WOLFSONG

LA CANCIÓN DEL LOBO

DISCARD

‣ **Título original:** *Wolfsong*
‣ **Dirección editorial:** Marcela Luza
‣ **Edición:** Melisa Corbetto con Stefany Pereyra Bravo
‣ **Coordinación de diseño:** Marianela Acuña
‣ **Diseño de interior**: Julián Balangero

un sello de
V&R Editoras

México: Dakota 274, Colonia Nápoles
C. P. 03810, Del. Benito Juárez, Ciudad de México
Tel./Fax: (5255) 5220-6620/6621 · 01800-543-4995
e-mail: editoras@vergarariba.com.mx

Argentina: San Martín 969, piso 10 (C1004AAS) Buenos Aires
Tel./Fax: (54-11) 5352-9444 y rotativas
e-mail: editorial@vreditoras.com

Primera edición: marzo de 2019

ISBN: 978-607-8614-45-5

Impreso en México en Litográfica Ingramex, S. A. de C. V.
Centeno No. 195, Col. Valle del Sur, C. P. 09819
Delegación Iztapalapa, Ciudad de México.

WOLFSONG

LA CANCIÓN DEL LOBO

TJ KLUNE

Traducción: Ana María Perez

Para Ely, por todos esos links de Tumblr.

Tú sabes cuáles.

La sed es real.

"¡Por favor no te vayas!
¡Te comeremos, en verdad te queremos!"

–Maurice Sendak,
Donde viven los monstruos

MOTAS DE POLVO/ FRÍO Y METAL

Tenía doce años cuando papi puso una maleta al lado de la puerta.

—¿Para qué es eso? —le pregunté desde la cocina.

Suspiró por lo bajo de forma brusca y le tomó un momento voltearse en mi dirección.

—¿Cuándo llegaste a casa?

—Hace un rato —me dio una comezón que no se sintió nada bien.

Papi echó un vistazo al reloj viejo sobre la pared. La cobertura plástica del frente estaba agrietada.

Es más tarde de lo que pensaba —sacudió la cabeza—. Mira, Ox…

Parecía nervioso. Confundido. Mi padre era muchas cosas: un alcohólico, rápido para enfadarse y atacar con palabras o puños, un dulce demonio con una risa que retumbaba como esa vieja Harley Davison que habíamos reparado el verano anterior. Pero jamás se lo veía nervioso, jamás parecía confundido. No como lo estaba ahora mismo.

Presentí algo terrible.

—Sé que no eres el muchacho más listo del mundo —me dijo mientras ojeaba su maleta.

Era cierto, no había sido provisto de una gran inteligencia. Mi mamá una vez dijo que yo estaba bien. Mi papá pensaba que era lento. Mamá le respondió que no se trataba de una carrera. Papá ya había bebido demasiado whisky y comenzó a gritar y romper cosas. No la golpeó. No aquella noche, de hecho. Mamá lloró mucho, pero él no la golpeó, yo mismo lo verifiqué. Cuando comenzó a roncar en su vieja silla, me escurrí a mi habitación y me oculté bajo mis mantas.

—Lo sé, señor —repliqué.

Me miró de nuevo y juraré hasta el día en que me muera que vi amor en sus ojos.

—Más tonto que un buey —dijo. No se oía malicioso viniendo de él. Tan solo lo era.

Me encogí de hombros. Esa no era la primera vez que me lo decía, incluso cuando mamá le había pedido que dejara de hacerlo. Estaba bien, era mi papá, sabía más que cualquier otra persona.

—La gente hará que tu vida sea una mierda.

—Soy más grande que la mayoría —afirmé, como si eso significara algo. Y lo era, las personas me temían, aunque no quería que así fuera. Era grande, como mi papá. Él era un hombre de gran tamaño con un temperamento inestable gracias a la bebida.

—La gente no te comprenderá.

—¿Eh?

—No te entenderán.

—No necesito que lo hagan —en verdad quería que lo hicieran, pero podía comprender por qué no lo harían.

—Debo irme.

—¿A dónde?

—Lejos. Mira…

—¿Lo sabe mamá?

—Claro… Tal vez. Sabía qué sucedería, probablemente lo sabe desde hace tiempo —rio, pero no se oyó como si encontrara gracioso lo que acababa de decir.

—¿Cuándo regresarás? —di un paso hacia él.

—Ox, la gente será mala. Solo ignóralos y mantén tu cabeza baja.

—La gente no es mala, no siempre —no conocía a demasiadas personas. De hecho, no tenía amigos. Pero la gente que *sí* conocía no siempre era mala. Simplemente la mayoría no sabía qué hacer conmigo. Eso no estaba mal, yo tampoco sabía qué hacer conmigo.

—No me verás por un tiempo —agregó—. Tal vez por mucho…

—¿Qué hay del taller? —le pregunté.

Papi trabajaba en lo de Gordo. Siempre olía a metal y grasa cuando regresaba a casa, y sus dedos estaban ennegrecidos. Tenía camisas con su nombre bordado con puntadas de rojo, azul y blanco: *Curtis*. Siempre pensé que esa era una de las cosas más maravillosas. La marca de un gran hombre, tener tu nombre grabado en una camisa.

En ocasiones me permitía acompañarlo. Me enseñó a cómo cambiar el aceite cuando tenía tres, cómo cambiar un neumático a la edad de cuatro y cómo reconstruir el motor de una Chevy Bel Air Coupe de 1957 cuando tenía nueve años. Esos días llegaba a casa oliendo a grasa, aceite y metal, y soñaba que tenía una camisa con mi nombre bordado. Diría *Oxnard* o tal vez solamente *Ox*.

—A Gordo no le importará —dijo mi padre.

Se sentía como una mentira. A Gordo le importaba todo. Era algo malhumorado, pero una vez me dijo que cuando fuera lo suficientemente mayor, podría pedirle empleo. "Los tipos como nosotros deben mantenerse juntos", me dijo. No supe qué quiso decir, pero me bastó el hecho de que pensara en mí.

—Oh —fue todo lo que pude decirle a mi padre.

—No me arrepiento de haberte tenido —dijo—. Pero me arrepiento de todo lo demás.

—¿Esto se trata de…?

No sabía de qué se trataba.

—Me arrepiento de estar aquí —continuó—. No puedo tolerarlo.

—Bueno, eso está bien —respondí—. Podemos solucionarlo.

Quizás podríamos irnos a algún otro lugar.

—No hay solución, Ox.

—¿Cargaste tu teléfono? —le pregunté porque jamás recordaba hacerlo—. No olvides cargarlo para que pueda llamarte. Hay cosas de Algebra que aún no entiendo. La señora Howse me dijo que podía pedirte ayuda.

Aunque sabía que mi padre no entendería los problemas numéricos más que yo. La llamaban *Preálgebra*. Eso me asustaba porque si ya era difícil siendo *pre,* ¿qué pasaría una vez que solo fuera *Algebra*, sin el *pre* incluido?

—Maldita sea, ¿acaso no lo entiendes? —gritó. Conocía ese gesto, era su expresión de enfado. Estaba colérico.

—No —le respondí, porque no lo entendía. Intenté no encogerme por el miedo.

–Ox, no habrá ayuda para Algebra, ni llamadas por teléfono. No hagas que me arrepienta de ti también.

–Oh…

–Ahora tienes que ser un hombre, por eso intento explicarte todo esto. La mierda te va a llegar, solo deberás sacudírtela y seguir adelante –tenía los puños apretados a los costados. No sabía por qué.

–Puedo ser un hombre –le aseguré porque tal vez eso lo haría sentir mejor.

–Lo sé –respondió.

Sonreí, pero apartó la mirada.

–Debo irme –concluyó al fin.

–¿Cuándo vas a regresar? –pregunté.

Dio un paso vacilante en dirección a la puerta, con la respiración repiqueteando en su pecho. Tomó su maleta y se marchó. Pude oírlo arrancar su vieja camioneta afuera, el motor tardó en encenderse. Se oía como si necesitara una nueva correa de distribución. Tendría que recordárselo más tarde.

Mamá llegó tarde a casa esa noche, luego de trabajar doble turno en el restaurante. Me encontró en la cocina, de pie en el mismo lugar en donde estaba cuando mi papá atravesó la puerta. Las cosas eran diferentes ahora.

–¿Ox? –preguntó. Se veía muy cansada–. ¿Qué sucede?

–Hola, mamá.

–¿Por qué estás llorando?

–No estoy llorando –y no lo hacía porque ahora era un hombre.

—¿Qué sucedió? —acarició mi rostro. Sus manos olían a sal, patatas fritas y café mientras frotaba sus pulgares sobre mis mejillas mojadas.

Bajé la cabeza para mirarla. Siempre había sido pequeña y yo, en algún momento del año pasado, había crecido mucho. Ojalá recordara ese día, debió haber sido monumental.

—Cuidaré de ti —le prometí—. Ni siquiera debes preocuparte.

—Siempre lo haces —su mirada se suavizó. Pude ver las líneas alrededor de sus ojos, el cansado conjunto de su mandíbula—. Pero… —se detuvo. Tomó aire—. ¿Él se marchó? —preguntó y su voz se oyó *tan pequeña*.

—Eso creo —enrosqué su cabello con mi dedo. Oscuro, como el mío, como el de papá. Éramos todos oscuros.

—¿Qué te dijo? —me preguntó.

—Ahora soy un hombre —repetí. Eso era todo lo que necesitaba oír.

Mamá se partió de la risa.

Papá no se llevó el dinero cuando nos dejó. Al menos no todo. Aunque tampoco había demasiado, a decir verdad.

Tampoco se llevó fotografías. Solo un poco de ropa, su afeitadora, su camioneta y algunas de sus herramientas.

Si no lo hubiera conocido mejor, hubiera pensado que jamás estuvo aquí.

Lo llamé en el medio de la noche, cuatro días después.

Sonó un par de veces hasta que un mensaje dijo que el teléfono ya no estaba en servicio.

La mañana siguiente tuve que disculparme con mamá, había colgado con tanta fuerza que quebré la base del teléfono. Ella dijo que estaba bien, y no volvimos a mencionarlo nunca más.

Tenía seis cuando mi papi me compró mi propio set de herramientas. No de las que eran para niños. Nada de colores brillantes ni plástico, eran de metal frío y reales.

–Mantenlas limpias y Dios te libre si las encuentro tiradas afuera. Se oxidarán y te daré una paliza. Esta mierda no es para jugar, ¿entiendes? –me dijo.

–Sí –respondí y las toqué con reverencia porque eran un regalo. No podía encontrar las palabras para decir lo completo que se sentía mi corazón.

Un par de semanas tras su partida, me hallaba de pie en la habitación de ellos (de ella). Mamá estaba en el restaurante otra vez, en un nuevo turno. Sus tobillos estarían adoloridos cuando llegara a casa.

La luz del sol se vertía a través de una de las ventanas sobre la pared del fondo y atrapaba las pequeñas partículas de polvo.

Olía a él dentro de la habitación. A ella. A ambos, a una mezcla de los dos. Pasaría mucho tiempo hasta que él se desvaneciera. Pero al final lo haría. Abrí la puerta del armario y uno de los lados estaba casi vacío, aunque quedaban algunas cosas. Las pequeñas partes de una vida que ya no era vivida.

Como su ropa de trabajo, cuatro camisas que colgaban al final del armario. *Lo de Gordo*, en cursiva.

Todas decían *Curtis. Curtis, Curtis, Curtis.*

Toqué cada una de ellas con la punta de mis dedos.

Quité la última de su gancho, la deslicé por mis hombros. Era pesada y olía a *hombre, sudor* y *trabajo*.

—Okey, Ox —me dije—. Tú puedes hacerlo.

Entonces comencé a abotonarla. Mis dedos se trababan sobre sus botones, muy grandes y redondos. Era torpe e ingenuo, solo manos y piernas, sin encanto y soso. Era demasiado grande.

Acabé con el último botón y cerré mis ojos, respiré profundo. Recordé cómo lucía mamá esa mañana: las líneas moradas debajo de sus ojos, sus hombros caídos.

—Sé bueno, Ox, mantente lejos de los problemas —me había dicho, como si los problemas fueran la única cosa que yo conociera. Como si me metiera en problemas a menudo.

Abrí los ojos y me enfrenté al espejo que colgaba en la puerta del armario.

La camisa era demasiado grande o yo era demasiado pequeño. No estaba seguro de ninguna de las dos cosas. Me veía como un niño disfrazado, como si fingiera ser alguien más.

—Soy un hombre —dije con voz baja luego de fruncir el ceño al ver mi reflejo.

»Soy un hombre —no creía en mis palabras.

»Soy un hombre —repetí con una mueca de dolor.

Al final me quité la camisa de mi padre, la devolví al armario y cerré las puertas. A mis espaldas, las motas de polvo siguieron flotando en la luz solar que desaparecía.

CONVERTOR
CATALÍTICO /
SOÑANDO DESPIERTO

Lo de Gordo.

—Ey, Gordo.

—¿Sí? —un gruñido—. ¿Quién es? —como si no lo supiera.

—Ox.

—¡Oxnard Matheson! Justo estaba pensando en ti.

—¿En verdad?

—No. ¿Qué demonios quieres?

Sonreí porque sabía que diría eso. La sonrisa se sentía extraña en mi rostro.

—También me alegro de oírte.

—Sí, sí. Hace rato que no te veo, muchacho —estaba molesto por mi ausencia.

—Lo sé, tenía que… —no sabía qué tenía que hacer.

—¿Hace cuánto que el donante de esperma se fue a la mierda?

—Hace un par de meses, creo.

Cincuenta y siete días, diez horas y cuarenta y dos minutos.

—Que se vaya al diablo. Ya lo sabes, ¿no?

Lo sabía, pero él aún era mi papi, así que tal vez no.

—Claro —repliqué.

—¿Tu *ma* está bien?

—Sí.

No, no lo creo.

—Ox.

—No, no lo sé.

Suspiró profundo.

—¿Descanso para fumar? —le pregunté, y dolió porque eso me resultaba familiar. Casi podía oler el humo, quemaba mis pulmones. Si pensaba demasiado, podía verlo sentado en la parte trasera del taller, fumando con el ceño fruncido, sus piernas largas estiradas y sus tobillos cruzados. Aceite debajo de sus uñas, tatuajes brillantes y coloridos cubriendo sus brazos: cuervos y flores, y formas que deberían de tener un significado que no podía descifrar.

—Sí. Los cigarrillos son la muerte, hombre.

—Puedes dejarlos.

—Jamás dejo algo, Ox.

—Los perros viejos también pueden aprender nuevos trucos.

—Tengo veinticuatro —soltó una risotada.

—Viejo.

—Ox…

Lo sabía.

—No nos está yendo bien —confesé.

—¿El banco?

—Ella cree que no las veo. A las cartas.

—¿Cuánto se atrasaron?

—No lo sé —me sentía avergonzado. No debería haberlo llamado—. Debo irme.

—Ox —ladró—. ¿Cuánto? —claro y conciso.

—Siete meses.

—Ese maldito bastardo —se oía furioso.

—Él no…

—No, Ox. Por favor… no.

—Estaba pensando…

—Ay, muchacho.

—¿Tal vez podría… —mi legua se sentía pesada.

—Escúpelo.

—¿Podría trabajar para ti? —pregunté precipitadamente—. Es que necesitamos el dinero y no puedo dejar que perdamos la casa, es todo lo que nos queda. Lo haré bien, Gordo. Haré bien mi trabajo y trabajaré para ti por siempre. Iba a suceder de todas formas así que, ¿podemos adelantarnos? ¿Podemos hacerlo ahora? Lo siento. Es que necesito comenzar ahora porque debo ser un hombre.

Me dolía la garganta. Deseé haber tenido algo para beber, pero no podía mover las piernas.

—Creo que esto es lo máximo que te he oído hablar alguna vez —dijo luego de una pausa.

—No hablo mucho.

—Exacto —parecía divertido—. Esto es lo que haremos…

Le dio el dinero a mamá para amortizar la hipoteca, dijo que eso saldría del pago que me daría en negro hasta que pudiera trabajar legalmente para él.

Mamá lloró. Se negó, pero luego se dio cuenta de que no podía decir que no, entonces lloró y le dijo que sí. Gordo le hizo prometer que le avisaría si las cosas volvían a ponerse feas. Creo que ella pensó que Gordo era un héroe e intentó sonreír un poco más, intentó reír con ligereza e inclinar un poco más sus caderas.

No creía que Gordo estuviera interesado en mi madre. Ella ignoraba que una vez, cuando tenía seis años, lo había visto con otro tipo del brazo mientras entraban al cine. Gordo reía a carcajadas y tenía estrellas en sus ojos. Nunca volví a ver al hombre que iba con él, ni vi a Gordo con alguien más. Quería preguntarle algo al respecto, pero de repente tenía cierta tensión alrededor de sus ojos que antes no estaba allí, así que jamás lo hice. A las personas no les gusta recordar las cosas tristes.

Las cartas amenazantes y las llamadas telefónicas del banco se detuvieron.

Solo llevó seis meses devolverle todo el dinero a Gordo, o eso dijo él. No entendía bien cómo funcionaba el dinero, pero creía que llevaría mucho más tiempo. Sin embargo, él aseguró que la deuda había sido saldada y eso fue todo.

No vi mucho dinero después. Gordo me abrió una cuenta bancaria en donde acumularía intereses. No sabía lo que quería decir con *acumular intereses*, pero confiaba en Gordo.

–Para los días lluviosos –dijo.

No me gustaba cuando llovía.

Tuve un amigo una vez. Se llamaba Jeremy y usaba lentes, siempre sonreía con nerviosismo. Teníamos nueve años, le gustaban los cómics y dibujar. Un día me dio un dibujo que hizo de mí como un superhéroe, tenía capa y todo. Creo que era lo más bonito que había visto. Luego Jeremy se mudó a Florida y, cuando mi mamá y yo lo buscamos en el mapa, notamos que quedaba al otro lado del país desde Oregon, en donde vivíamos.

–La gente no se queda en Green Creek. No hay nada aquí.

Yo tocaba las calles del mapa con mis dedos.

–Nosotros nos quedamos –respondí.

Ella miró hacia un costado.

Estaba equivocada, la gente sí se quedaba. No todos, pero algunos lo hacían. Ella lo hizo, yo lo hice, Gordo también. Las personas con las que iba a la escuela, aunque podrían irse al final. Green Creek estaba muriendo, pero aún no estaba muerto. Teníamos una tienda de comestibles, el restaurante en donde ella trabajaba, un McDonald's, un cine que proyectaba películas de los setenta, una licorería con barras en las ventanas y cortinas rojas, negras y amarillas; el taller de Gordo, una gasolinera, dos semáforos y una escuela para todos los niveles. Todo en el medio de un bosque en el centro de las montañas de la Cascada.

No entendía por qué la gente quería marcharse. Para mí era mi hogar.

Vivíamos rodeados de árboles cerca del final de un camino de tierra, la casa era azul y las molduras blancas. La pintura se había descascarado, pero no importaba. En el verano olía a hierba, lilas, tomillo y piñas. En otoño las hojas crujían bajo mis pies; en invierno el humo escalaba por la chimenea mezclándose con la nieve. Durante la primavera, los pájaros cantaban desde los árboles y, por las noches, un búho ululaba su *uh, uh, uh* hasta temprano en la mañana.

Había una casa cerca de la nuestra, al final del camino, podía verla a través de los árboles. Mamá decía que estaba vacía, pero a veces había un auto o una camioneta estacionada fuera y había luces durante la noche. Era una casa enorme con varias ventanas. Intenté ver su interior, pero siempre estaban cubiertas.

A veces pasaban meses hasta que se viera otro vehículo fuera.

—¿Quién vive allí? —pregunté a mi padre cuando tenía diez.

El gruñó y abrió otra cerveza.

—¿Quién vive allí? —intenté con mi madre cuando regresaba del trabajo.

—No lo sé —respondió mientras tocaba mi oreja—. Estaba vacía cuando llegamos aquí.

Jamás volví a preguntarle a nadie, me convencí de que el misterio era mejor que la realidad.

Jamás pregunté por qué nos habíamos mudado a Green Creek cuando tenía tres años. Jamás pregunté si tenía abuelos o primos. Siempre fuimos los tres hasta que luego solo fuimos dos.

—¿Crees que regresará? —pregunté a Gordo cuando tenía catorce.

—Malditas computadoras —murmuró él por lo bajo, mientras apretaba otro botón de la Nexiq del auto—. Todo tiene que hacerse con computadoras —presionó otro botón y la máquina le respondió con un *bip* furioso—. Puedo descifrarlo y hacerlo yo mismo pero no, tengo que usar los códigos de diagnóstico porque todo se ha automatizado. El abuelo simplemente oía el ralentí del auto y sabía decirte qué andaba mal.

Tomé el Nexiq de sus manos y presioné en la pantalla derecha, extraje el código y se lo devolví.

—Es el conversor catalítico.

—Ya lo sabía —dijo con el ceño fruncido.

—Eso va a salir caro.

—Lo sé.

—El señor Fordham no podrá pagarlo.

—Lo sé.

—No vas a cobrarle todo, ¿cierto?

Porque ese era el tipo de persona que era Gordo. Se encargaba de cuidar a todos, incluso cuando no quería que nadie lo supiera.

—No, Ox. Él no regresará. Pon esto en el elevador, ¿de acuerdo?

Mamá se sentó en la mesa de la cocina con un manojo de papeles a su alrededor. Se veía triste.

—¿Más cosas del banco? —pregunté, nervioso.

—No —negó con la cabeza.

—¿Entonces?

—Ox, es… —tomó un bolígrafo y firmó con su nombre. Se detuvo antes de terminar con la primera carta y bajó la pluma—. Lo haré bien por ti —completó luego de levantar la cabeza para mirarme.

—Lo sé —contesté, porque era cierto.

Volvió a sujetar el bolígrafo y firmó, y luego otra vez más y otra y otra.

Puso sus iniciales algunas veces también.

—Y eso es todo —dijo una vez que terminó. Rio y se puso de pie extendiendo su mano hacia mí, bailamos juntos una canción que ninguno podía escuchar y se retiró tras un momento.

Estaba oscuro cuando dirigí la vista hacia los papeles sobre la mesa.

Eran para el divorcio.

Volvió a usar su apellido de soltera. Callaway.

Me preguntó si yo también quería cambiar el mío, pero le dije que no, que haría de Matheson un buen nombre.

Ella creyó que no vi sus lágrimas cuando lo dije, pero lo hice.

Me senté en la cafetería. Había mucho ruido, no podía concentrarme y me dolía la cabeza.

Un chico llamado Clint pasó por mi mesa junto a sus amigos.

Yo estaba solo.

—Maldito retrasado —dijo y sus amigos rieron.

Me puse de pie y vi el temor en sus ojos. Era más grande que él.

Me di la vuelta y me marché, porque mi mamá dijo que ya no podía meterme en peleas. Clint murmuró algo a mis espaldas y sus amigos volvieron a reír.

Me dije a mí mismo que el día que tuviera amigos, no seríamos malos como lo eran ellos.

Nadie me molestaba cuando me sentaba afuera, era casi agradable y mi sándwich sabía bien.

A veces caminaba por los bosques, allí las cosas eran más claras. Los árboles se mecían con la brisa y los pájaros me contaban historias. Nadie me juzgaba.

Un día tomé una rama y fingí que era una espada. Salté por encima de un arroyuelo, pero era tan ancho que mis pies se mojaron. Me eché de espalda y observé el cielo a través de las copas de los árboles mientras esperaba que mis calcetines se secaran. Enterré mis pies en la tierra.

Una libélula aterrizó en una roca cerca de mi cabeza. Era azul y verde con venas de añil en sus alas, sus ojos eran negros y brillantes. Voló y me pregunté cuánto tiempo viviría.

Algo se movió a mi derecha, miré en esa dirección y oí un gruñido. Pensé en correr, pero no pude poner mis pies en movimiento, o mis manos. No quería dejar atrás mis calcetines.

—Hola —dije, en cambio.

No recibí respuesta, pero sabía que había algo allí.

—Soy Ox. Todo está bien.

Un resoplido de aire, como un suspiro.

Le dije que me gustaba el bosque.

Hubo un destello negro, pero luego desapareció.

Cuando llegué a casa, tenía hojas entre mi cabello y había un automóvil aparcado en frente de la casa vacía al final del camino.

Se fue al día siguiente.

Un día de ese invierno, salí de la escuela y me dirigí al restaurante. Eran las vacaciones de Navidad, por lo que me esperaban tres semanas de nada más que el taller y estaba feliz.

Comenzó a nevar de nuevo en cuanto abrí la puerta de Oasis. La campana sonó sobre mi cabeza, había una palmera inflable cerca de la entrada y un sol de papel maché colgaba del techo. Cuatro personas se sentaban en el mostrador tomando un café. Olía a grasa y me encantaba.

Una camarera llamada Jenny estalló el globo de su goma de mascar con un chasquido y me sonrió. Iba dos cursos por encima de mí, a veces también me sonreía en la escuela.

–Ey, Ox –me saludó.

–Hola.

–¿Hace frío afuera?

Me encogí de hombros.

–Tu nariz está roja –dijo.

–Oh.

–¿Tienes hambre? –preguntó luego de reírse por mi respuesta.

–Sí.

–Toma asiento, te traeré algo de café y le diré a tu madre que estás aquí.

Me senté en mi reservado cerca de la parte trasera del restaurante. En realidad no era mío, pero todos sabían que yo me sentaba allí.

—¡Maggie! —llamó Jenny en dirección a la cocina—. Ox está aquí —me guiñó un ojo mientras traía el plato con huevos y pan tostado del señor Marsh, quien le coqueteaba con una pequeña sonrisa pícara, aun teniendo ochenta y cuatro. Jenny rio y él comió sus huevos, le puso kétchup por encima lo cual me pareció extraño.

—Ey —saludó mi mamá mientras ponía un café frente a mí.

—Hola.

—¿Los exámenes estuvieron bien? —quiso saber mientras enredaba sus dedos en mi cabello y quitaba los copos de nieve que luego se derritieron sobre mis hombros.

—Eso creo.

—¿Estudiaste lo suficiente?

—Tal vez. Aunque olvidé quién fue Stonewall Jackson.

—Ox —suspiró.

—No pasa nada —le aseguré—, hice todas las demás.

—¿Lo juras?

—Sí.

Y me creyó porque yo no mentía.

—¿Tienes hambre?

—Sí, podrías traerme… —la campana volvió a sonar por encima de todos los sonidos del restaurante y un hombre ingresó. Me pareció vagamente familiar, pero no podía pensar en dónde lo había visto antes. Tenía la edad de Gordo, lucía fuerte y grande y tenía una larga barba castaña clara. Se frotó la cabeza rasurada con la mano, cerró los ojos y respiró profundamente. Luego dejó escapar el aire con lentitud, abrió los ojos y puedo jurar que los vi destellar, pero luego todo lo que vi era azul.

—Dame un momento, Ox —se excusó mamá. Fue hacia donde estaba el hombre y yo hice lo mejor que pude para mirar en otra dirección. Era un extraño, sí, pero había algo más. Pensé en ello mientras daba un sorbo a mi café.

Se sentó en el reservado contiguo al mío y, cuando quedamos cara a cara, me sonrió brevemente. Era una sonrisa agradable, brillante y llena de dientes. Mamá le entregó un menú y le dijo que regresaría. Pude ver a Jenny asomar desde la cocina para observar al hombre. Acomodó sus senos hacia arriba, se pasó los dedos por el cabello y tomó la jarra de café.

—Yo me encargo —murmuró y mi mamá puso los ojos en blanco.

Era encantadora, el hombre le sonrió con amabilidad. Ella tocó sus manos, solo un pequeño roce de sus uñas, el hombre ordenó sopa. Ella rio, él pidió crema y azúcar para su café. Ella le dijo que su nombre era Jenny y él que le gustaría otra servilleta. Jenny se marchó de la mesa un poco decepcionada.

—Comida y show —murmuré. El hombre sonrió como si hubiera oído.

—¿Ya sabes qué vas a pedir, muchacho? —preguntó mamá mientras se acercaba a mi mesa.

—Hamburguesa.

—Lo pides, lo tienes, guapo —sonreí porque la adoraba.

El hombre se quedó viendo a mi madre mientras se marchaba. Sus fosas nasales se ensancharon y miró en mi dirección. Ladeó la cabeza y sus orificios nasales volvieron a dilatarse, como si estuviera… ¿olfateando? ¿Oliendo?

Lo imité y olfateé el aire. Olía a lo mismo para mí, como siempre había olido. El hombre rio y sacudió la cabeza.

—No huele nada mal —dijo. Su voz era profunda y amable. Aquellos dientes volvieron a destellar.

—Eso es bueno —respondí.

—Soy Mark.

—Yo, Ox.

—¿De veras? —una de sus cejas se elevó.

—Oxnard —me encogí de hombros—. Todos me llaman Ox.

—Ox —repitió—. Un nombre fuerte.

—¿Fuerte como un buey? —sugerí.

—¿Escuchas eso a menudo? —se rio.

—Supongo.

—Me gusta este lugar —miró a través de la ventana. Había mucho más en esa declaración, pero no pude siquiera captar algo.

—A mí también. Mamá dice que la gente no se queda aquí.

—Tú estás aquí —dijo y se sintió profundo.

—Así es.

—¿Esa es tu mamá? —sacudió su cabeza en dirección a la cocina.

—Sí.

—Ella también está aquí. Tal vez los demás no siempre se quedan aquí, pero algunos sí lo hacen —bajó la vista hacia sus manos—. Y los otros tal vez puedan regresar.

—¿Como volver a casa? —pregunté.

—Sí, Ox. Como volver a casa —la sonrisa volvió a su rostro—. Eso es… Así huele aquí. A casa.

—Yo huelo a tocino —comenté de forma avergonzada.

—Claro que sí —Mark rio—. Hay una casa en el bosque, al sur de McCarthy, está vacía ahora.

—¡Conozco esa casa! Yo vivo cerca de allí.

—Eso pensé —asintió—. Eso explica por qué huelas a… —Jenny regresó con la sopa y él se comportó amable de nuevo, pero no como lo había sido conmigo. Abrí la boca para preguntarle algo (lo que fuera) justo cuando mi mamá se acercaba a mi mesa.

—Déjalo comer —me regañó mientras colocaba el plato frente a mí—. No es de buena educación interrumpir la cena de alguien.

—Pero yo…

—Está bien —intervino Mark—. Yo era el que estaba siendo intrusivo.

—Si usted lo dice —mamá no se oía muy convencida.

Mark asintió y comenzó a comer su sopa.

—Quédate aquí hasta que termine mi horario —me dijo—. No quiero que camines, van a ser las seis. ¿Tal vez podríamos ver una película cuando lleguemos a casa?

—De acuerdo. Le prometí a Gordo que estaría mañana temprano en el taller.

—No hay descanso para nosotros, ¿eh? —me besó en la frente y me dejó comer.

Quería hacerle más preguntas a Mark, pero recordé mis buenos modales, así que solo comí mi hamburguesa. Estaba un poco quemada, justo como me gustaba.

—¿Gordo? —quiso saber Mark. Se oyó como una pregunta, pero también como si estuviera probando el nombre en su boca. Su sonrisa se volvió triste.

—Mi jefe. Es el dueño del taller mecánico.

—Es cierto —replicó—. ¿Quién lo habría imaginado?

—¿Imaginado qué cosa?

—Asegúrate de quedarte con ella —respondió Mark—. Con tu madre.

Levanté la mirada hacia él, lucía triste.

—Solo somos nosotros dos —le dije con voz baja como si le estuviera confesando alguna especie de gran secreto.

—Con más razón. Aunque creo que las cosas cambiarán. Para ti y para ella. Para todos nosotros —limpió su boca y sacó su billetera para dejar un billete sobre la mesa. Se puso de pie, tomó su abrigo y lo apoyó sobre sus hombros. Antes de irse, me miró–: Te veremos pronto, Ox.

–¿Quiénes?

–Mi familia.

–¿En la casa?

–Creo que casi es hora de que volvamos a casa –dijo mientras asentía.

–Podríamos… –me detuve porque solo era un chico.

–¿Qué cosa, Ox? –parecía curioso.

–¿Podríamos ser amigos cuando regreses? No tengo muchos –en verdad no tenía ninguno, a excepción de Gordo y mi mamá, pero no quería espantarlo.

–¿No muchos? –preguntó y sus manos se apretaron en un puño a sus costados.

–Hablo muy lento –miré hacia mis manos–. O no hablo en absoluto. A la gente no le agrada eso.

O yo no les agradaba, pero ya había dicho demasiado.

–No hay nada de malo con la forma en la que hablas.

–Tal vez –si la mayoría lo decía, tenía que ser parcialmente cierto.

–Ox, te diré un secreto. ¿De acuerdo?

–Claro –estaba emocionado porque los amigos compartían secretos y tal vez esto significaba que éramos amigos.

–Los más callados son los que siempre tienen mejores cosas que decir. Y sí, creo que seremos amigos.

Entonces se marchó.

No vi a mi amigo durante diecisiete meses.

Aquella noche, mientras yacía en mi cama esperando por el sueño, escuché un aullido en el interior del bosque. Se elevó como una canción hasta que estuve seguro de que nunca volvería a desear cantar otra cosa en la vida. Mientras continuaba y continuaba, yo solo podía pensar: *casa, casa, casa.* Finalmente, se desvaneció y también yo.

Más tarde me dije que había sido un sueño.

—Ten —dijo Gordo en mi cumpleaños número quince. Deslizó un paquete mal envuelto sobre mis manos, tenía muñecos de nieve. Otros de los muchachos del taller también estaban allí: Rico, Tanner y Chris. Todos jóvenes despiertos y con vida. Eran los amigos de Gordo, con los que se había criado en Green Creek. Todos me sonreían, expectantes, como si supieran algún gran secreto del cual yo no tenía idea.

—Estamos en mayo —señalé el motivo del papel.

—Abre la maldita caja —dijo Gordo con los ojos en blanco. Se inclinó hacia atrás en su sillón raído detrás del taller y dio una calada profunda a su cigarrillo. Sus tatuajes se veían mucho más brillantes de lo normal. Me preguntaba si se los habría retocado recientemente.

Destrocé el envoltorio, hacía ruido. Quería saborear el momento porque no recibía regalos a menudo, pero no podía esperar. Me tomó unos segundos, pero se sintió una eternidad.

—Esto —titubeé cuando vi lo que era—. Esto es… —fue reverencia, gracia, belleza. Me pregunté si esto significaba que por fin podría respirar. Como si hubiera encontrado mi lugar en este mundo que no comprendía.

Dos letras con puntadas perfectas, bordadas en rojo, blanco y azul.

Ox, se leía en la camisa.

Como si yo importara. Como si significara algo. Como si fuera realmente importante.

Mi papá me había enseñado que los hombres no lloraban, los hombres no lloran porque no tienen tiempo para hacerlo.

No debía de ser un hombre entonces, porque lloré. Incliné mi cabeza y lloré.

Rico tocó mi hombro, Tanner frotó su mano contra mi cabeza, Chris chocó sus botas de trabajo con las mías.

Se quedaron de pie a mi alrededor, sobre mí. Ocultándome por si alguien aparecía y veía mis lágrimas.

—Ahora nos perteneces —dijo Gordo mientras apoyaba su frente sobre la mía.

Algo floreció en mi interior y sentí calidez. Fue como si el sol hubiera estallado dentro de mi pecho y me sentí más vivo de lo que me había sentido en mucho tiempo.

Más tarde, me ayudaron a ponerme la camisa. Me quedaba perfecta.

Ese invierno, Gordo y yo tomamos un descanso para fumar.

—¿Puedo probar uno?

—No le cuentes a tu madre —advirtió mientras se encogía de hombros. Abrió la caja y extrajo un cigarrillo para mí. Acercó un encendedor y protegió la llama del viento con su mano, puse el cigarrillo entre mis labios y me acerqué al fuego. Inhalé y se encendió. Tosí, mis ojos se llenaron de lágrimas y un humo de color gris salió de mi nariz y boca.

La segunda calada fue más sencilla.

Los muchachos se rieron. Pensé que tal vez éramos amigos.

A veces pensaba que estaba soñando, pero en realidad estaba despierto.

Se volvía más difícil despertar.

Gordo hizo que dejara de fumar después de cuatro meses. Dijo que era por mi propio bien.

Le respondí que era porque ya no quería que robe más de sus cigarrillos.

Me dio un coscorrón en la parte trasera de mi cabeza y me mandó a trabajar.

No volví a fumar luego de eso.

Todos seguíamos siendo amigos.

Una vez le pregunté sobre sus tatuajes.

Las formas, los patrones, era como si todo tuviera un diseño. Todos colores brillantes y símbolos extraños que debían resultarme familiares, como si la respuesta estuviera en la punta de mi lengua. Sabía que todos subían por su brazo, no sabía cuánto más lejos llegaban desde allí.

–Todos tenemos un pasado, Ox.

–¿Ese es el tuyo?

–Algo así –respondió mirando hacia otro lado.

Me preguntaba si podría alguna vez grabar mi pasado sobre mi piel, en remolinos, colores y formas.

En mi cumpleaños número dieciséis pasaron dos cosas.

Fui empleado de manera oficial en el taller de Gordo, tenía una tarjeta profesional y todo. Rellenaba formularios de impuestos con la ayuda de Gordo porque no los entendía. No lloré en ese momento. Los muchachos me dieron palmadas en la espalda y bromearon sobre no trabajar más en un taller con trabajo infantil. Gordo me dio un juego de llaves del taller y untó grasa en mi rostro. Simplemente le sonreí. Creo que jamás lo vi tan feliz.

Ese día llegué a casa y me dije que ya era un hombre.

Luego la segunda cosa sucedió.

La casa vacía al final del camino ya no estaba vacía, y había un chico en el camino de tierra en el bosque.

TORNADO /
BURBUJAS DE JABÓN

Caminaba calle abajo hacia casa.

Estaba cálido, así que me quité la camisa de trabajo. Me dejé la camiseta blanca que tenía por debajo y la brisa refrescó mi piel.

Las llaves del taller pesaban en mis bolsillos. Las extraje y las observé, jamás había tenido tantas llaves. Me sentía responsable por algo.

Las devolví a mi bolsillo. No quería tener oportunidad de extraviarlas.

–¡Ey! ¡Ey, el de ahí! ¡Tú! ¡Ey, chico!

Levanté la vista.

Había un niño parado en el camino de tierra, mirándome. Su nariz se sacudía y sus ojos estaban muy abiertos. Eran azules y brillantes, tenía el pelo corto y rubio, la piel bronceada, casi tanto como la mía. Era joven y pequeño, y me pregunté si estaba soñando otra vez.

–Hola.

–¿Quién eres? –me preguntó.

–Soy Ox.

–¿Ox? ¡Ox! ¿Hueles eso?

–Huelo los árboles –respondí tras olisquear el aire. No podía oler nada más que los bosques.

–No, no, no. Es algo más *grande* –dijo negando con la cabeza. Caminó hacia mí, sus ojos se fueron agrandando y comenzó a correr.

No era muy corpulento, no podía tener más de nueve o diez años. Colisionó contra mis piernas, y apenas pude dar un paso hacia atrás cuando comenzó a treparse en mí, enroscando sus piernas en mis pantorrillas e impulsándose hacia arriba, hasta que sus brazos rodearon mi cuello y estuvimos cara a cara.

–¡Eres tú!

–¿Qué soy yo? –no entendía lo que estaba sucediendo.

El pequeño estaba en mis brazos, no quería que se cayera.

–¿Por qué hueles así? –quiso saber mientras sostenía mi rostro entre sus manos y apretaba mis mejillas hacia el centro–. ¿De dónde vienes? ¿Vives en el bosque? ¿Qué eres? Acabamos de llegar aquí. *Por fin.* ¿Dónde está tu casa? –apoyó su frente sobre la mía e inhaló profundamente–. No entiendo –exclamó–. *¿Qué es?* –y comenzó a arrastrarse hacia arriba y sobre mis hombros, con sus pies presionando mi pecho hasta que trepó mi espalda, con sus brazos en mi cuello y su barbilla enterrada en mi hombro–. Tenemos que ver a mamá y papá –dijo–. Ellos sabrán lo que es esto. Ellos lo saben todo.

Era un torbellino de dedos, pies y palabras, y yo había quedado en medio de la tormenta.

Sus manos estaban entre mi cabello, tirando de mi cabeza hacia atrás mientras me decía que vivía en la casa al final del camino, que acababan de llegar hoy. Que se había mudado de muy lejos. Estaba triste por dejar a sus amigos. Tenía diez y esperaba ser grande como yo cuando creciera. ¿Me gustaban los cómics? ¿Me gustaba el puré de patatas? ¿Qué era *Lo de Gordo*? ¿Había trabajado con algún Ferrari? ¿Alguna vez había hecho volar un auto? Quería ser un astronauta o un arqueólogo, pero no podía ser ninguna de las dos porque debería ser un líder, algún día. Dejó de hablar por un momento luego de decirlo.

Sus rodillas estaban enterradas a mis costados. Sus manos se envolvían en mi cuello, el peso de su cuerpo era casi demasiado para mí.

Fuimos hacia mi casa. Hizo que me detuviera para poder observarla, no se bajó de mi espalda. Y en lugar de eso, lo suspendí en lo alto para que pudiera ver.

—¿Tienes tu habitación propia? —preguntó.

—Sí, ahora somos mi madre y yo.

—Lo siento —dijo tras un silencio.

—¿Por qué? —nos acabábamos de conocer, no tenía que lamentarse por nada.

—Por lo que sea que te haya hecho sentir triste —contestó. Como si supiera lo que estaba pensando, como si supiera lo que sentía. Como si él estuviera aquí y fuera real.

—Tengo sueños —dije—. A veces se siente como si estuviera despierto. Y luego no.

—Estás despierto ahora. Ox, Ox, Ox. ¿Lo ves?

—¿Ver qué?

—Vivimos muy cerca el uno del otro —me susurró, como si decirlo en voz alta pudiera convertirlo en una mentira.

Nos volteamos en dirección a la casa al final del camino.

La tarde estaba menguando y las sombras se hacían cada vez más largas. Caminamos entre los árboles hasta que vislumbramos luces adelante. Luces brillantes, como un faro llamando a alguien de regreso a casa.

Había tres vehículos: un todoterreno y dos camionetas. Todos tenían menos de un año y placas con licencias de Maine. También había dos camiones de mudanza.

Y había personas, todas de pie, observando, esperando. Como si supieran que estábamos llegando, como si nos hubieran oído desde lejos.

Dos de ellos eran jóvenes, un chico tendría mi edad, el otro tal vez menos. Eran rubios y más bajos que yo, pero no por mucho. Tenían ojos azules y expresiones de curiosidad. Lucían como el tornado trepado a mis espaldas.

Había una mujer mayor y con el cabello similar a los otros, permaneció de pie de forma majestuosa y me pregunté si alguna vez había visto a alguien más hermosa. Sus ojos eran amables, pero cautos. Estaba tensa, como si estuviera lista para saltar en cualquier momento.

A su lado había un hombre, era más moreno que el resto, más parecido a mí que a los demás. Era feroz y amenazante, y aunque nunca lo había visto antes, todo lo que pude pensar fue *respeto, respeto, respeto*. Su mano reposaba en la espalda de la mujer.

Y a su lado estaba… oh.

—¿Mark? —pregunté. Se veía exactamente igual.

—Ox. Qué agradable verte otra vez —dijo con una gran sonrisa—. Veo que has hecho un nuevo amigo —lucía complacido.

El niño a mis espaldas serpenteó hasta bajarse. Solté sus piernas y cayó detrás de mí, me tomó de la mano y comenzó a jalarme hacia esa gente bella, como si tuviera derecho de estar allí con ellos.

Comenzó a girar como una tormenta, su voz subía y bajaba, las palabras salían con fuerza y sin patrones de su boca.

—*¡Mamá! Mamá, ¡tienes que olfatearlo!* Es como… como… ¡Ni siquiera lo sé! Estaba caminando en el bosque para ver los límites de nuestro territorio así podría ser como papá y luego estaba como… *guau*. Luego estaba allí de pie y no me vio al principio porque estoy volviéndome *muy* bueno para las cacerías. Estaba como *rawr* y *grr* pero entonces *olfateé* y era él y todo fue *¡kaboom!* ¡Aún no lo sé! ¡Aún no lo sé! Tienes que *olfatearlo* y luego decirme por qué es todo bastones de caramelo y piña, y épico y *asombroso*.

Todos se lo quedaron viendo como si se hubieran topado con algo inesperado. Mark tenía una sonrisa secreta en su rostro, oculta por su mano.

—¿De veras? —dijo por fin la mujer. Su voz ondeó como si fuera algo frágil—. ¿*Rawr* y *grr* y *kaboom*?

—¡Y sus aromas! —gritó.

—No puedo olvidarme de esos —replicó ligeramente el hombre junto a ella—. Bastones de caramelo y piña, y épico y asombroso.

—¿No se los dije? —dijo Mark—. Ox es diferente.

No tenía idea de qué estaba pasando, pero eso no era nada nuevo. Me preguntaba si había hecho algo mal. Me sentía mal.

Intenté soltar mi mano, pero el pequeño no la dejó ir.

—Ey.

—Ox —el niño me miró con sus ojos azules muy abiertos—. Ox, *¡tengo cosas que enseñarte!*

—¿Qué cosas?

–Como… no lo sé… –balbuceó–. Como *todo*.

–Acabas de llegar –comencé a dudar. Me sentía fuera de lugar–. ¿No debes…? –no tenía idea de lo que intentaba decir. Las palabras me estaban fallando. Por eso no hablaba, era más sencillo así.

–Joe –interrumpió el hombre–. Dale un momento a Ox, ¿de acuerdo?

–Pero *papá*…

–Joseph –casi se oyó como un gruñido.

El chico (*Joe*, pensé, *Joseph*) suspiró y soltó mi mano.

–Lo siento –di un paso hacia atrás–. Él solo estaba allí, no quise hacer nada.

–Está bien, Ox –me dijo Mark mientras daba un paso fuera del pórtico–. Estas cosas pueden ser un poco… demasiado.

–¿Qué cosas? –quise saber.

–La vida –se encogió de hombros.

–Dijiste que podríamos ser amigos.

–Sí, eso hice. Nos tomó más tiempo del que esperábamos –la mujer que estaba detrás de él inclinó la cabeza y el hombre retiró la vista a un lado. La mano de Joe se deslizó lentamente sobre la mía y fue allí cuando me di cuenta de que habían perdido algo, aun cuando no sabía qué. O cómo era que lo sabía.

–Ese es Joe –Mark cambió de tema–. Pero creo que ya debes saberlo.

–Tal vez –respondí–. No llegué a la parte de su nombre, hablaba demasiado rápido.

Todos volvieron sus miradas a mí.

–No estaba hablando demasiado. Tú eres que el habla mucho con su rostro –gruñó Joe, pero no se alejó de mi lado. Pateó el polvo con sus zapatillas deportivas. Uno de sus zapatos tenía los lazos a punto de desanudarse. Había una mariquita sobre un diente de león, rojo, negro y amarillo. Voló luego de que llegara una brisa.

—Joe —dije, testeando su nombre en mis labios.

—Hola, Ox. ¡Ox! —sonrió de oreja a oreja—. Hay algo que… —se detuvo mientras dirigía una mirada furtiva a su padre—. De acuerdo —suspiró. No sabía de qué estaba hablando.

—Esos son sus hermanos —dijo Mark—. Carter —era el que tenía mi edad. Me sonrió y saludó con su mano—. Kelly —el menor de los dos. Era el del medio, entre Carter y Joe. Asintió con su cabeza, lucía un poco aburrido.

Quedaban dos. No me daban miedo, pero se sentía como si debiera tenerlo. Esperé a que Mark los presentara, pero se mantuvo callado.

—Eres singular, Ox —concluyó la mujer.

—Sí, señora —respondí porque mi madre me había enseñado a ser respetuoso.

—Soy Elizabeth Bennett —rio—. Él es mi esposo, Thomas. Ya conoces a su hermano, Mark. Parece que seremos vecinos.

—Encantado de conocerla —respondí porque mi madre me había enseñado buenos modales.

—¿Qué hay de mí? —quiso saber Joe mientras jalaba de mi mano.

—También a ti —respondí llevando la mirada hacia abajo.

La sonrisa regresó a su rostro.

—¿Te gustaría acompañarnos para la cena? —preguntó Thomas mientras me observaba con cuidado.

Pensé *sí* y *no* al mismo tiempo. La oferta hizo que mi corazón doliera.

—Mamá vendrá pronto a casa. Vamos a cenar juntos esta noche porque es mi cumpleaños —hice una mueca de dolor. No había querido decir eso.

—¿Qué? ¡Por qué no lo habías dicho! ¡Mamá! ¡Hoy es su cumpleaños! —exclamó Joe quedándose sin aliento.

—Estoy aquí mismo, Joe. Ya lo oí —se oía divertida—. Feliz cumpleaños, Ox. ¿Cuántos años cumples?

–Dieciséis.

Todos seguían viéndome. La parte trasera de mi cuello estaba repleta de sudor. El aire se había puesto caliente.

–Genial, yo también –mencionó Carter.

–Yo lo encontré primero –Joe miraba ferozmente a Carter y dejaba ver sus dientes. Se puso de pie frente a mí, como si bloqueara el camino de su hermano.

–Ya es suficiente –lo reprendió su padre, su voz era algo profunda.

–Pero… pero…

–Ey –le dije a Joe y él me miró con frustración en sus ojos–. Está bien. Escucha a tu padre.

Joe suspiró y asintió con la cabeza mientras apretaba mi mano otra vez. Los lazos de sus zapatos se desanudaron en cuanto pateó el diente de león.

–Tengo diez –murmuró finalmente–. Y sé que eres mayor, pero yo te vi primero así que debes ser mi amigo antes que de nadie más. Lo siento, papá.

Y luego agregó:

–Solo quisiera darte un obsequio.

Así que respondí:

–Ya lo has hecho.

Creo que jamás había visto una sonrisa más grande que la de Joe en ese momento.

Me despedí de todos y noté que me observaron todo el camino de vuelta hasta casa.

–¿Se mudaron? –preguntó mi mamá cuando llegó a casa.

–Sí, los Bennett.

—¿Los conociste? —se sorprendió. Sabía que no hablaba con las personas si podía evitarlo.

—Sí.

—¿Y bien? —esperó.

—¿Y bien? —busqué mi libro de Historia. Los finales eran la semana siguiente y tenía exámenes para los que no me hallaba preparado.

—¿Son agradables? —preguntó poniendo los ojos en blanco.

—Eso creo. Tienen… —pensé en lo que tenían.

—¿Qué cosa?

—Hijos. Uno de ellos tiene mi edad. Los otros son menores.

—¿A qué se debe esa sonrisa?

—Un tornado —dejé escapar sin querer.

—Creí que cuando te hicieras mayor dirías cosas con más sentido. Feliz cumpleaños, Ox —besó mi cabello.

Esa noche cenamos pastel de carne, mi favorito, hecho especialmente para mí. Reímos juntos, algo que no hacíamos desde hacía un tiempo.

Me entregó un obsequio envuelto con los cómics del diario del domingo. Era un manual de taller de Buick de 1940, viejo y gastado. La portada era anaranjada, olía a humedad y era maravilloso. Mamá dijo que lo había visto en una tienda de beneficencia y pensó en mí.

También recibí algunos pantalones nuevos de trabajo, los otros ya comenzaban a hacerse pedazos, y una tarjeta con un lobo aullándole a la luna en el frente. Dentro traía una broma:

¿Cómo llamas a un lobo perdido en inglés? WHERE-WOLF!

Por debajo había escrito siete palabras:

ESTE AÑO SERÁ MEJOR. CON AMOR, MAMÁ.

Dibujó corazones alrededor de la palabra *"amor"*, pequeñas cosas que podrían desaparecer en un suspiro. Lavamos los platos mientras su vieja radio emitía música desde la ventana abierta por encima del fregadero. Ella cantaba tranquilamente mientras me salpicaba con agua, y me pregunté por qué olía a bastones de caramelo y piñones. Épico y asombroso.

Tenía una burbuja de jabón sobre su nariz.

Señaló que yo tenía una sobre mi oreja.

La tomé de la mano y la giré en círculos al compás de la música.

—Algún día vas a hacer muy feliz a alguien y no puedo esperar a verlo cuando suceda —me dijo con una mirada llena de luz.

Fui a la cama y vi las luces encendidas en la casa al final del camino a través de mi ventana. Pensé en ellos, en los Bennett.

Alguien, había dicho mi mamá. *Hacer muy feliz* a alguien.

No a un *ella,* pero a *alguien.*

Cerré los ojos y dormí. Soñé con tornados.

LOBO DE PIEDRA / DINAH SHORE

—Te ves bien, *papi* —fue lo primero que dijo Rico cuando entré al taller al día siguiente—. ¿Qué sucede con esos saltitos en tu andar?

Era domingo, el día del Señor como me habían enseñado, pero pensé que el Señor estaría de acuerdo si venía a esta casa de la alabanza en vez de a la suya. Había aprendido sobre la fe en el taller de Gordo.

—Debe tratarse de alguna chica bonita —bromeó Tanner desde donde estaba, inclinado sobre un ridículo auto deportivo que se podía encender solo con el sonido de la voz—. Ahora es un verdadero hombre. ¿Tuviste una revolcada de los dieciséis anoche?

Ya estaba acostumbrado a lo grosero, no lo hacían con malas intenciones. Aunque eso no impidió que me sonrojara intensamente.

–No. No sucedió nada de eso –respondí.

–Oh –replicó mientras se deslizaba hacia mí, oscilando sus caderas de manera obscena–. Miren ese *rubor* –pasó su mano por mi cabello, su pulgar sobre mi oreja–. ¿Es bonita, *papi*?

–No hay ninguna chica.

–¿No? Entonces, ¿un chico? Aquí en la casa de Gordo no discriminamos.

–¿Y Chris? –pregunté luego de empujarlo, Rico rio sin parar.

–Fue a ver a su madre –respondió Tanner–. Algo del estómago otra vez.

–¿Está bien?

–Tal vez. Aún no lo sabemos –Rico se encogió de hombros.

–¡Ox! ¡Trae tu trasero aquí! –gritó Gordo desde la oficina.

–*Oye*. Ten cuidado, *papi*, alguien no se levantó de buen humor hoy –dijo Rico con una pequeña sonrisa.

Y así se oía: la voz tensa y áspera. Me preocupé, no por mí, sino por él.

–Simplemente está molesto porque Ox necesita la próxima semana libre para la escuela. Sabes cómo se pone cuando él no anda por aquí –murmuró Tanner. Me sentí fatal.

–Tal vez podría…

–Tu cierra esa boca –dijo Rico presionando sus dedos contra mis labios. Pude degustar el aceite–. Necesitas enfocarte en la escuela y Gordo puede soportarlo, la educación es más importante que sus rabietas. ¿Estamos de acuerdo?

Asentí y retiró sus dedos.

–Estaremos bien. Solo pasa todos tus exámenes y tendremos todo el verano, ¿de acuerdo? –agregó Tanner.

–¡Ox!

Rico murmuró algo en español que sonó como si estuviera llamando a Gordo un maldito dictador imbécil, había descubierto que era adepto a los insultos en otros idiomas.

Caminé hacia el final del taller, en donde Gordo estaba sentando en su oficina. Su frente estaba arrugada mientras tipeaba con un solo dedo. Tanner lo llamaba su busco-luego-picoteo, Gordo no pensaba que fuera divertido.

—Cierra la puerta —ordenó sin mirarme. Obedecí y me senté en el asiento vacío al otro lado de su escritorio. No dijo nada, entonces supuse que sería mejor que yo comenzara. Gordo era así en ocasiones.

—¿Estás bien?

—Estoy bien —frunció el ceño mientras veía la pantalla de la computadora.

—Bastante inquieto como para estar bien.

—No eres gracioso, Ox.

Me encogí de hombros. Eso era cierto y lo sabía.

—Lo lamento —murmuró luego de suspirar y pasar la mano sobre su rostro.

—Bien.

—No quiero que vengas próxima la semana —dijo, por fin me miró.

—De acuerdo —intenté ocultar lo herido que estaba de mi expresión, pero dudaba haberlo logrado.

—Oh, Jesús, Ox, no me refiero a eso. Tienes tus exámenes esa semana —se veía afligido.

—Lo sé.

—Y sabes que una parte del trato con tu madre era que tus calificaciones no se vieran afectadas o no podrías continuar trabajando aquí.

—*Lo sé* —estaba molesto y lo demostraba.

—No quiero… Solo… —gruñó y echó de nuevo hacia atrás en su silla—. Apesto para estas cosas.

–¿Qué cosas?

–Todo *esto* –nos señaló a los dos.

–Lo haces bien –murmuré.

Esto. Ser mi hermano o mi padre. No le habíamos puesto un nombre, no teníamos que hacerlo, ambos sabíamos lo que era. Solo que era más fácil que sentirnos incómodos al respecto, porque éramos hombres.

–¿Sí? –entrecerró los ojos.

–Sí.

–¿Cómo van tus calificaciones?

–Más o menos, tengo una baja.

–¿Historia?

–Sí, maldito Stonewall Jackson.

–No dejes que tu madre te oiga hablar así –rio fuerte y prolongadamente. Gordo siempre se reía a lo grande, por raro que fuera.

–Jamás de los jamases.

–¿Horario completo para este verano?

–Sí, claro, Gordo –sonreí con ganas. No podía esperar por los días largos.

–Voy a hacer que trabajes como perro, Ox –las líneas en su frente se suavizaron.

–¿Puedo… puedo pasarme por aquí la semana que viene? –pregunté–. No voy a… yo solo… –las palabras. Las palabras eran mis enemigas. Cómo explicar que aquí me sentía más a salvo, que aquí era donde me sentía como en casa, aquí era en donde no sería juzgado. No era un maldito retrasado, no era una pérdida de espacio y tiempo. Quería decir tanto, demasiado, y descubrí que no podría decir nada en absoluto.

Pero se trataba de Gordo, así que no tenía que decir nada.

–Nada de trabajo en el taller, vienes aquí y estudias –se veía más relajado–. Nada de perder el tiempo. Hablo enserio, Ox. Chris o Tanner podrán ayudarte con el maldito Stonewall Jackson, saben mucho más de esa mierda que yo. No le preguntes a Rico, no conseguirás nada.

–Gracias, Gordo –la opresión en mi pecho se aflojó.

–Largo de aquí. Tienes trabajo que hacer –puso los ojos en blanco.

Hice el típico saludo militar que sabía que odiaba.

Y dado que me encontraba de humor, fingí no escuchar cuando me dijo que estaba orgulloso de mí.

Más tarde me di cuenta de que había olvidado contarle sobre los Bennett.

Caminé a casa. La luz del sol se filtraba a través de los árboles proyectando pequeñas sombras de las hojas sobre mi piel. Me preguntaba qué tan viejo era ese bosque. Parecía antiguo.

Joe estaba esperándome en el camino de tierra en donde había estado el día anterior. Sus ojos estaban muy abiertos mientras se movía con nerviosismo, tenía las manos ocultas detrás de su espalda.

–¡Sabía que eras tú! –exclamó con una voz aguda y triunfante–. Estoy mejorando con… –se detuvo y tosió–. Eh, con… hacer cosas. Como… saber que estás… allí.

–Eso es genial. Mejorar en algo siempre es bueno.

–Siempre estoy mejorando. Un día seré el líder –su sonrisa era resplandeciente.

–¿De qué?

–Oh, mierda –sus ojos se abrieron nuevamente.

–¿Qué cosa?

—Oh, ¡obsequios!

—¿Obsequios? —fruncí el ceño.

—Bueno, solo *uno*.

—¿Para quién?

—¿Para ti? —entrecerró los ojos—. Para ti —se ruborizó intensamente. Tenía manchas rojas hasta el nacimiento de su cabello—. Es por tu cumpleaños —murmuró mientras posaba su mirada en el suelo.

Los muchachos y mi madre me habían dado obsequios, nadie más lo había hecho. Era algo que hacían los amigos o la familia.

—Oh, guau —dije asombrado.

—Sí, guau.

—¿Eso es lo que estás ocultando? —se sonrojó aún más y no pudo mirarme a los ojos. Asintió una vez con su cabeza.

Pude oír a los pájaros por encima de nosotros, coreaban con fuerza e insistencia.

Le di el tiempo que necesitaba, no le tomó demasiado. Pude ver el aluvión de resolución en él, armándose de valor mientras erguía sus hombros, manteniendo su cabeza en lo alto. No sabía líder de qué sería algún día, pero sería uno bueno. Esperaba que también recordara ser amable.

Extendió su mano. Tenía una caja negra envuelta con un listón rojo.

—No tengo nada para ti —dije en voz baja. Por alguna razón me había puesto nervioso.

—No es mi cumpleaños —se encogió de hombros.

—¿Cuándo es?

—En agosto. ¿Qué estás…? Cielos, ¡toma la caja!

Eso hice. Era más pesada de lo que pensaba que sería. Apoyé mi camisa de trabajo por encima de mi hombro y él se quedó de pie cerca de mí. Tomó aire y cerró los ojos.

Desenlacé el listón y me recordó al vestido que mi madre había usado en un picnic durante el verano en el que cumplí nueve años. El vestido tenía pequeños listones atados en moños a lo largo de los bordes, y ella había reído mientras me pasaba un sándwich y ensalada de patata. Cuando nos recostamos sobre nuestras espaldas y señalamos las formas que tenían las nubes, ella me dijo que los días como esos eran sus favoritos, y yo admití que pensaba lo mismo. Jamás volvió a usar ese vestido. Un día le pregunté por qué y me respondió que se había roto por accidente. –No fue su intención –confesó. Sentí una gran y terrible rabia que no supe controlar, pero con el tiempo se disolvió.

Y ahora este listón… Lo sostuve entre mis manos, estaba cálido.

–A veces las personas están tristes –dijo Joe mientras apoyaba su frente contra mi brazo. Un pequeño gimoteo escapó del fondo de su garganta–. Y no sé cómo hacer para aliviarlos. Es todo lo que siempre quise: aliviarlos.

Abrí la caja. Había un trozo de paño negro doblado y ajustado con cuidado. Daba la sensación de que ocultaba un gran secreto debajo y quería develarlo más que nada en mi vida.

Desdoblé el paño y dentro había un lobo hecho de piedra.

Los detalles se sentían milagrosos en una cosa tan pequeña y pesada. La cola pomposa enroscada en el lobo que se sentaba en sus patas traseras, las orejas triangulares que imaginé que estaba agitando, las patas con uñas afiladas y almohadillas negras, la inclinación de la cabeza que exponía el cuello, los ojos cerrados y el hocico apuntando hacia arriba mientras el lobo aullaba una canción que podía escuchar en mi mente. La piedra era oscura y por un momento me pregunté de qué color sería el animal en la vida real, si tendría manchas blancas en sus patas o si sus orejas serían negras.

Los pájaros habían dejado de cantar y me pregunté si era posible que el mundo se quedara sin aliento. Me pregunté por el peso de las expectativas.

Me pregunté tantas cosas.

Tomé el lobo, encajaba perfectamente dentro de mi mano.

—Joe —mi voz se oyó ronca.

—¿Sí?

—Tú… ¿esto es para mí?

—¿Sí? —respondió como si fuera una pregunta—. Sí —repitió con más seguridad.

Iba a decirle que era demasiado, que no podría aceptarlo, que no había nada que pudiera darle que fuera así de hermoso, porque lo único hermoso que poseía no me pertenecía como para regalarlo. Mi madre, Gordo, Rico, Tanner y Chris. Ellos eran las únicas cosas que tenía.

Pero podía notar que él esperaba esa reacción, Joe esperaba que rechazara su obsequio, que se lo regresara, que le dijera que no podía aceptarlo. Sus manos temblaban y sus rodillas se sacudían, estaba pálido y mordisqueaba sus labios.

—Esto es probablemente lo más precioso que alguien haya podido darme. Gracias —dije, porque no sabía qué más decir.

—¿De veras? —graznó.

—De veras.

Y luego rio. Echó la cabeza hacia atrás y rio. Y los pájaros regresaron y rieron junto a él.

Ese día fue la primera vez que ingresé a la casa del final del camino. Joe me tomó de la mano y habló y habló mientras caminamos. Ni quisiera se detuvo cuando llegamos a mi casa, pasamos de largo sin un solo titubeo en nuestros pasos.

Los camiones de mudanza ya no estaban en la parte delantera de la casa grande. La puerta principal estaba abierta y pude oír la música que salía de su interior. Me detuve mientras Joe intentaba guiarme hacia el pórtico.

—¿Qué estás haciendo? —quiso saber en una forma que ya casi reconocía.

No estaba muy seguro. Me sentía grosero de simplemente entrar en la casa de alguien más. Conocía mis modales, pero incluso las plantas de mis pies deseaban dar un paso y otro y otro. Con frecuencia me encontraba en guerra conmigo mismo por las cosas pequeñas, lo que estaba bien y lo que estaba mal, lo que era aceptable y lo que no, cuál era mi lugar y si pertenecía o no.

Me sentí pequeño. Ellos eran ricos, los autos, la casa, incluso podía ver cosas lindas a través de las ventanas: sofás de cuero oscuro y muebles de madera que no tenían rayones o grietas. Todo era agradable y limpio, y maravilloso de ver. Yo era Oxnard Matheson, mis uñas estaban polvorientas y negras, mis ropas manchadas con suciedad, mis botas estaban rayadas. No tenía mucho sentido común, y si mi papá estaba en lo cierto, no tenía mucho de ninguna otra cosa. Mi cabeza no sabía cómo pensar sin hacer uso del corazón y era pobre. No éramos pobres que dependían del Estado, pero estábamos cerca. No podía soportar la idea de que esto era caridad.

Y no conocía a los Bennett. Mark era mi amigo y tal vez también lo era Joe, pero no los conocía en lo absoluto.

—No hay problema, Ox —dijo Joe.

—¿Cómo lo sabes?

—Porque no le hubiera dado mi lobo a cualquiera —respondió. Se sonrojó una vez más y apartó la mirada.

Sentí que me había perdido algo muy grande en sus palabras.

Elizabeth estaba cantando con una vieja canción de Dinah Shore que giraba en un tocadiscos antiguo. Estaba rayado y la canción saltaba y se adelantaba, pero ella sabía los lugares exactos en que lo hacía y volvía a cantar al ritmo de la canción en cuanto comenzaba de nuevo.

–*No me importa estar sola* –cantó con voz bella–. *Cuando mi corazón me dice que también estás solo.*

Dios mío, me dolía.

Se movía de aquí para allá en la cocina, su vestido de verano daba vueltas a su alrededor, flotando de manera liviana. La cocina era bonita, todo en granito y madera oscura. Había sido aseada recientemente y todo lucía brillante como si fuera nuevo. Pude oír a los demás mientras se movían en el jardín trasero. Reían y me sentí casi relajado.

Dinah Shore dejó de estar sola y Elizabeth levantó la vista y nos vio a los dos.

–¿Te gusta esa canción? –me preguntó

–Duele, pero de una forma buena –asentí.

–Se trata de quedarse atrás cuando otros van a la guerra –explicó.

–¿Quedarse o que nos dejen atrás? –quise saber mientras pensaba en mi padre. Joe y Elizabeth ladearon sus cabezas y me miraron casi de la misma manera.

–Oh, Ox –dijo ella y Joe tomó mi mano–. Hay una diferencia.

–A veces.

–Te quedas para la cena de domingo. Es la tradición.

–No quisiera ser inoportuno –no tenía tantas tradiciones.

–Veo que has recibido tu obsequio –observó como si no hubiera escuchado lo que dije.

–¡Le encantó! –Joe sonrió ampliamente a su madre.

–Te dije que lo haría –me miró–. Estaba tan preocupado...

–No es cierto –se sonrojó Joe. Dinah Shore comenzó a cantar de fondo mientras Elizabeth cortaba un pepino en pequeñas rebanadas.

–Sí, lo estabas –Carter entró por la puerta trasera–. ¿Qué sucede si lo *odia*? ¿Qué si no es lo suficientemente *genial*? ¿Qué si piensa que soy un *perdedor*? –imitó con la voz aguda y agitada.

–¡Cierra la boca, Carter! –Joe frunció el ceño a su hermano y creí escuchar un rugido proveniente de su interior.

–Muchachos –les advirtió Elizabeth y Carter puso los ojos en blanco antes de preguntar:

–Ey, Ox. ¿Tienes una Xbox?

–¡Ja! Rima. Ox y Xbox –rio Joe. Soltó mi mano y comenzó a extraer cubertería de plata de un cajón cerca de la estufa.

–Eh. ¿No? –froté mi mano en la parte trasera de mi cabeza–. Creo que tengo un Sega.

–Amigo, retro.

–No tengo mucho tiempo para jugar –me encogí de hombros.

–Nos haremos un tiempo –dijo mientras retiraba tazas de plástico de la alacena–. Necesito preguntarte sobre la escuela de todas formas. Kelly y yo seremos tus compañeros el año entrante.

–Desearía poder ir –gruñó sobriamente Joe.

–Ya sabes la regla: escuela en casa hasta que cumplas los doce –intervino Elizabeth–. Solo queda un año más, bebé –eso no lo tranquilizó. Aunque nunca había sido educado en casa así que no sabía si era algo bueno o malo.

–Ox, invita a tu madre, ¿podrías? –Elizabeth iba de un lado a otro entre las encimeras.

—Está trabajando —respondí sin certeza de qué debería decirle. Acababan de mudarse, pero actuaban como si hubieran vivido aquí desde siempre. Yo era como un elefante en la habitación. O un buey, no estaba seguro de cual.

—Entonces la próxima vez será —dijo como si fuera a haber otra oportunidad.

—¿Porque es la tradición?

—Exacto. Eres rápido —me sonrió y vi a Joe en su expresión.

De repente fui consiente de mi apariencia.

—No estoy vestido exactamente para la ocasión —pasé mis dedos por mi cabello y recordé que los tenía sucios.

—No somos formales, Ox —quitó importancia a lo que decía con un gesto de su mano.

—Estoy sucio.

—Desgastado, mejor dicho. Lleva esto atrás, ¿sí? Thomas y Mark se alegraran de verte —me entregó un cuenco con fruta y lo sostuve junto a la caja que contenía el lobo de piedra—. Tú te quedas aquí conmigo por ahora. Necesito tu ayuda —le dijo a Joe que intentaba seguirme.

—¡Pero mamá!

—Ox, ¡ve ya!

Atravesé la puerta trasera. Había una mesa larga sobre el césped, estaba cubierta por un mantel de color rojo que estaba sujetado por libros viejos en cada esquina. Kelly estaba distribuyendo unas sillas alrededor de la mesa.

—¿Todo está bien? —me preguntó en cuanto apoyé el cuenco sobre la mesa.

—Aquí las cosas suceden… rápido.—No sabes ni la mitad —rio—. Papá quiere hablar contigo —continuó como si estuviera comprobando lo que decía.

—Oh, ¿sobre qué? —intenté rememorar si había hecho algo mal. No podía recordar nada de lo que había dicho ayer. No había sido mucho y tal vez ese era el problema.

—No hay problema, Ox. No es tan temible como luce.

—Mentiroso.

—Bueno, sí. Pero es bueno que ya lo sepas. Hará que las cosas sean más fáciles —de repente comenzó a reír como si hubiera oído algo gracioso—. Sí, sí, sí —dijo agitando su mano hacia mí.

Mark y Thomas estaban asando algo y yo quería ir desesperadamente a donde estaban para hablar de cosas sin importancia, hablar como si pertenecía aquí. Junté coraje. Mark se volteó y comenzó a caminar en mi dirección.

—Hablamos luego —dijo apretando mi hombro al pasar junto a mí y me dejó con Thomas.

Thomas era al menos unos siete centímetros más alto que yo y pesaba quizá unos dieciocho kilos más, repartidos entre sus brazos, pecho y piernas. Yo era más grande que la mayoría, aún a mis dieciséis años, pero Thomas me superaba.

—Joe hizo el moño del listón él solo. No dejó que nadie lo ayudara —comentó luego de ver la caja en mi mano.

—Casi le digo que no podía quedármelo —honestidad, tal vez.

—¿Y eso por qué? —levantó una ceja.

—Parece valioso.

—Lo es.

—¿Entonces por qué?

—Por qué, ¿qué?

—¿Por qué dármelo a mí?

—¿Por qué no? —irritación.

—No tengo cosas de valor.

—Sé que vives con tu madre.

—Sí –y luego comprendí a lo que se refería–. Oh.

—Todos tenemos derecho a tener ciertas cosas que son solo nuestras –hizo señas a Kelly para que se aproximara al asador–. Ox, acompáñame.

Lo seguí mientras me guiaba lejos de la casa, entre los árboles. Era un hombre que había conocido el día anterior y aun así no tuve dudas. Me dije a mí mismo que se debía a que estaba hambriento de atención y nada más.

—Solíamos vivir aquí, antes que tú. Carter tenía dos años cuando nos marchamos. No se suponía que sería por tanto tiempo. Eso es lo gracioso de la vida y también lo aterrador, se mete en tu camino y luego un día abres los ojos y ha pasado una década, incluso más –estiró sus manos y las pasó por encima de unas marcas en el tronco de un árbol. Sus dedos casi encajaban perfectamente y me pregunté qué cosa podría haber causado esos rasguños. Parecían marcas de garras.

—¿Por qué se fueron? –pregunté, aunque no estaba en posición de hacerlo.

—El deber nos llamó. Responsabilidades que no podían ser ignoradas, sin importar lo mucho que lo intentamos. Mi familia ha vivido en estos bosques por mucho tiempo.

—Debe ser bueno estar en casa.

—Lo es. Mark venía a ver cómo iban las cosas de vez en cuando, pero no era lo mismo que tocar los árboles por mí mismo. Él está bastante interesado en ti, sabes –dijo.

—¿Mark?

—Claro. Él también. Crees que te ocultas, Ox, pero te delatas bastante. Las expresiones en tu rostro, tu respiración, el latido de tu corazón.

—Intento no hacerlo.

—Lo sé, pero no puedo descifrar *por qué*. ¿Por qué te ocultas?

Porque era más sencillo. Porque lo había hecho por todo el tiempo que podía recordar. Porque era más seguro que estar bajo el sol y dejar entrar a la gente. Era mejor ocultarse y vagar que revelar y saber la verdad.

Pude haber dicho todo eso, creo que tenía la capacidad y podría haber encontrado las palabras. Habrían salido entre tartamudeos, tullidas y ahogadas y amargas. Pero podría haberlas obligado a salir.

En cambio, permanecí callado. Thomas sonrió levemente.

—Aquí es diferente que en cualquier otro sitio —dijo mientras inhalaba profundamente con sus ojos cerrados y su rostro hacia el sol.

—Mark dijo eso cuando nos conocimos. Algo sobre los aromas del hogar.

—¿Sí? En el restaurante.

—¿Le contó?

—Así es —sonrió Thomas. Era agradable, pero mostraba demasiados dientes—. Le pareció que eras un espíritu afín y luego lo que le hiciste a Joe…

Me alarmé y di un paso hacia atrás.

—¿Qué hice? ¿Él está bien? Lo siento, yo no…

—Ox —su voz era profunda. Más profunda que antes, y cuando sus manos se posaron en mis hombros, se sintió como una orden y me relajé antes de saber lo que estaba pasando. La tensión que sentía no había estado jamás allí y eché mi cabeza levemente hacia atrás, como si estuviera exponiendo mi cuello. Hasta Thomas se sorprendió—. ¿Cuál es tu apellido?

—Matheson —hubo una corriente de pánico, pero su voz aún era profunda y su mano siguió sobre mis hombros haciendo que el pánico no saliera a la superficie. Abrió su boca para hablar, pero luego la cerró.

—Ayer, cuando Joe te encontró. ¿Quién habló primero? —preguntó luego, de forma deliberada y cuidadosa.

—Él. Me preguntó si olía algo —quería sacar el lobo de piedra de la caja y verlo de nuevo.

Thomas dio un paso hacia atrás, dejando caer sus manos. Sacudió su cabeza. Había una sonrisa pequeña en sus labios que se veía casi como asombro.

—Mark dijo que eras diferente. En una forma buena.

—No soy nadie —repliqué.

—Ox, antes de ayer, no habíamos oído hablar a Joe en quince meses.

—¿Por qué? —los árboles, los pájaros y el sol se alejaron y me sentí frío.

—Por la vida y todos sus horrores, el mundo puede ser un lugar espantoso —sonrió con tristeza.

El mundo puede ser espantoso y caótico y maravilloso.

Las personas pueden ser crueles.

Oía cuando la gente me ponía nombres a mis espaldas.

Los oía cuando me decían las mismas cosas a la cara. Lo oí en el sonido que hizo la puerta el día que mi padre se marchó.

Lo oí en el quiebre de la voz de mi madre.

Thomas no me dijo por qué Joe dejó de hablar. No le pregunté. No me correspondía. Las personas podían ser crueles.

Podían ser hermosas, pero también crueles.

Era como si algo bueno no pudiera ser simplemente bueno. También tiene que ser severo y estar corroído. Era una complejidad que no entendía.

No vi la crueldad cuando me senté por primera vez en su mesa. Mark se sentó a mi izquierda, Joe a la derecha. La comida estaba en los platos pero nadie levantó un tenedor o cuchara, así que tampoco lo hice. Todos los ojos se posaban en Thomas, quien estaba sentado en la cabecera de la mesa. La brisa era cálida y sonrió a cada uno de nosotros antes de dar un mordisco.

Los demás lo imitaron.

Dejé la caja con el lobo de piedra sobre mi regazo.

Y Joe… Joe solo dijo cosas como: *Me gusta cuando las cosas vuelan en las películas,* boom *y esas cosas* y *¿Qué creen que pase si te tiras pedos en la luna?* y *Una vez, me comí catorce tacos porque Carter me desafió a hacerlo y no me pude mover por dos días enteros.*

Y dijo:

Maine era Maine. Extraño a mis amigos, pero ahora te tengo a ti.

¡Eso ni siquiera es gracioso! ¡No me estoy riendo!

¿Me pasas la mostaza antes de que Kelly la use toda, como un cretino?

Y dijo:

Una vez, fuimos a las montañas y bajamos en trineos.

Soy muy malo para los videojuegos, pero Carter dijo que mejoraría con el tiempo.

Apuesto a que puedo correr más rápido que tú.

Y dijo:

¿Puedo contarte un secreto?

A veces tengo pesadillas y no puedo recordarlas.

A veces puedo recordarlas a todas.

La mesa se quedó en silencio, pero Joe solo tenía ojos para mí.

–También tengo pesadillas, pero luego recuerdo que estoy despierto y que los sueños malos no pueden seguirme cuando lo estoy, y entonces me siento mejor.

–Bien. Bien –dijo Joe.

Aprobé todos mis exámenes finales. Púdrete Stonewall Jackson.

CHICO LINDO /
A LA MIERDA

Mi mamá conoció a los Bennett a mediados del verano, en una de las cenas de los domingos. Estaba nerviosa, como lo había estado yo. Pasaba las manos sobre su vestido para quitarle las arrugas y enroscaba su dedo en su cabello.

—Se ven tan elegantes —dijo y reí porque lo eran y no lo eran.

Mi mamá sonrió con ansiedad cuando Elizabeth la abrazó. Más tarde, tomaban vino en la cocina y mamá reía, su rostro sonrojado por el alcohol y la felicidad.

Thomas trabajaba desde casa. Nunca comprendí qué hacía con exactitud, pero siempre estaba al teléfono en su oficina, llamando a personas de Japón o Australia, a altas horas de la noche; y de Nueva York y Chicago, temprano en las mañanas.

—Finanzas —había dicho Carter con un encogimiento de hombros—. Dinero y cosas, y bla bla bla aburrido. No puedes morir en este nivel, Ox. Es muy fácil.

Elizabeth pintaba. Ese verano dijo que estaba en su fase ecológica, todo era verde. Ponía un disco en el viejo Crosley y decía cosas como "Hoy, hoy, hoy" y "A veces, me pregunto" y luego comenzaba a trabajar. Siempre era un caos bajo control y, de vez en cuando, tenía pintura en sus cejas y una sonrisa en sus labios.

—Parece que es buena —Kelly empezó a contarme—. Tiene cosas expuestas en museos. No le digas que dije esto, pero pienso que todo luce igual. Quiero decir, yo también puedo salpicar un lienzo con pintura. ¿Dónde está mi fama y mi dinero?

Avancé por el camino de tierra luego del trabajo y Joe esperaba por mí.

—¡Ey, Ox! —dijo y sonrió muy, muy ampliamente.

A veces había días en los que no tenía permitido visitarlos. Dos o tres o cuatro días seguidos. "Es tiempo de familia, Ox" decía Elizabeth o "Esta noche los chicos se quedan dentro, Ox". Thomas decía "Vuelve el martes, ¿de acuerdo?"

Lo entendía porque no era parte de su familia. No sabía lo que era para ellos, pero me obligué a no sentirme herido, no lo necesitaba. Ya tenía bastante dolor del mío como para poner más por encima. No lo decían de forma maliciosa, no lo creía. Unos días después, encontraría a Joe esperando por mí en el camino de tierra, me abrazaría y me diría "te extrañé", y luego lo seguiría a casa y Elizabeth siempre diría "Aquí está nuestro Ox" y Thomas "¿Estás bien?", luego sería como si nada hubiera pasado.

Esas noches, me tumbaba en la cama perdido en mis pensamientos mientras oía sonidos lejanos que juraría que eran lobos aullando, la luna estaba llena y encendía la habitación como si fuera la luz del sol.

Jamás vinieron a mi casa. Jamás se los pedí, ni ellos a mí. De hecho, nunca había pensado en eso.

—¿Hoy te vas temprano? —me preguntó Gordo en un húmedo día cerca del final de agosto.

—Sí, ya debo inscribirme —respondí tras apartar la vista del alternador que estaba reparando.

Había traído un cambio de ropa para no ir apestando a metal y aceite.

—¿Tu madre trabaja?

–Sí.

–¿Quieres que te acompañe?

–Yo me encargo –negué con la cabeza.

–El penúltimo año de la preparatoria es duro.

–Cierra la boca, Gordo –puse los ojos en blanco.

–¿Vas a llevar a ese chico lindo contigo, *papi*? –gritó Rico desde el otro lado del taller.

Me ruboricé incluso cuando se trataba de nada.

–¿Qué chico lindo? –Gordo entrecerró los ojos.

–Nuestro grandulón se consiguió a alguien sexy de primera –dijo Rico–. Tanner los vio un par de noches atrás.

–Ese era Carter –gemí.

–*Carter* –suspiró Tanner con voz susurrante.

–¿Carter? ¿Quién es él? –preguntó Gordo–. Quiero conocerlo, en mi oficina así puedo hacerlo cagar del susto. Maldición, Ox. Más vale que estés usando los malditos condones.

–Sí. Asegúrate de que sean los malditos condones en vez de los normales –dijo Chris–. Son mejores, ya sabes para qué.

–¡*Bazinga!* –gritó Rico.

–Los odio a todos –murmuré.

–Esa es una mentira. Nos amas. Te damos dicha y felicidad –replicó Tanner.

–¿Entonces estás acostándote con él? –dijo Gordo con el entrecejo fruncido.

–Jesús, Gordo, ¡no! Íbamos a comprar pizza para comer con sus hermanos pequeños. Somos amigos, se acaban de mudar aquí. No estoy interesado en él de esa manera –aunque eso podía pasar, tenía ojos después de todo.

–¿Cómo lo conociste?

Bastardo escandaloso.

–Se mudaron a la vieja casa junto a la nuestra. O volvieron a la casa, no estoy seguro cuál de las dos todavía. Son los Bennett, ¿habías oído hablar de ellos?

Y luego sucedió algo curioso: había visto a Gordo enojarse, lo había visto reír tan fuerte hasta orinarse, lo había visto molesto y triste, pero jamás lo había visto asustado. De nada.

Gordo no se asustaba. Nunca lo hizo desde que lo vi por primera vez cuando mi papá me llevó al taller y él me dijo "Ey, muchacho, escuché mucho sobre ti, qué dices si vamos a sacar algo de la máquina". Ni una sola vez. Si me preguntaban, hubiera dicho que Gordo no se asustaba en absoluto, aun sabiendo lo ridículo que eso se oía.

Pero Gordo estaba asustado ahora, con los ojos bien abiertos y la sangre abandonando su rostro. Tomó diez segundos. Tal vez quince o veinte y luego todo ese miedo se desvaneció como si no hubiera estado allí en un principio.

Pero lo había visto.

–Gordo…

Gordo se dio la vuelta y entró a su oficina azotando la puerta detrás de él.

–¿Qué demonios le pasa? –preguntó Rico de forma sucinta.

–Mojigato celoso –murmuró Tanner.

–Cierra la maldita boca, Tanner –le advirtió Chris mientras me echaba un vistazo.

Me quedé viendo la puerta cerrada.

—Lo lamento, por lo que sea que haya hecho —dije más tarde.

—No es contigo, muchacho —Gordo suspiró—. Necesito… ¿podrías buscarte otros amigos? ¿No somos lo suficiente para ti? —parecía abatido.

—No es lo mismo.

—Debes tener cuidado.

—¿Por qué?

—Olvídalo, Ox. Solo cuídate.

—Recibí una llamada extraña de Gordo —dijo mamá una noche.

—¿Qué´?

—Quería que te aleje de la casa de al lado.

—¿Qué?

—Dijo que había malas noticias —se veía confundida.

—Mamá…

—Le dije que yo me encargaría.

—Algo lo hizo cagarse de miedo —respondí.

—Cuida tu vocabulario. No estás en el taller —frunció el ceño.

—¿Cuál es tu maldito problema? —irrumpí en la oficina de Gordo.

—Me lo agradecerás un día —dijo sin apartar la vista de la computadora. Como si no tuviera tiempo para mi reclamo.

—Lástima que a mamá no le importa una mierda lo que piensas. Me dijo que soy lo bastante mayor como para tomar mis propias decisiones.

Eso captó su atención, estaba molesto. Salí furioso.

Ofreció llevarme a casa en su auto todos los días, después del trabajo. Me reí y le dije que se fuera al demonio.

—¡Ox! ¡Mira cuántas patatas fritas caben en mi boca! —exclamó Joe y luego procedió a empujar al menos treinta piezas en sus fauces abiertas mientras hacía gruñidos.

—Asqueroso. Por esto no sales en público —se quejó Carter.

—Solo quieres impresionar a la mesera —Kelly soltó una risotada.

—Es sexy. ¿Va a nuestra escuela, Ox?

—Eso creo. Al último año.

—Seguro que este año voy a darle.

—Ah, los placeres del amor joven —suspiró Mark—. Joe, no pongas patatas fritas dentro de tu nariz.

—¿*Darle*? Amigo, eres asqueroso —dijo Kelly con incredulidad.

—Oh, lo siento si ofendí tu delicada sensibilidad. Quise decir *hacerle el amor*.

—Por favor, no le digas nada a Thomas ni a Elizabeth —me suplicó Mark—. Soy un buen tío, lo juro.

—¡Ox, ey, Ox! Soy una morsa de patatas fritas. ¡Mira, mira…!

Todos se quedaron inmóviles al mismo tiempo. Mark tensó los puños sobre la mesa y ya estaba de pie y en la puerta antes de que pudiera hablarle.

—Quédense aquí —gruñó.

—¿Qué demonios? —pregunté.

–¡Déjame ir, Carter!

–¡No! Nos quedamos aquí. Ox y Joe. Ya *lo sabes*.

Kelly asintió con la cabeza y se quedó al lado de la mesa, cruzado de brazos como si estuviera haciendo guardia por si alguien se nos acercaba.

Miré a través de la ventana del restaurante. Mark estaba al otro lado de la calle con Gordo. No se veían felices por haberse encontrado.

–Hijo de puta –murmuré e intenté salir de mi asiento.

–No, Ox, no puedes… –me ordenó Kelly mientras tomaba mi brazo, pero dejé escapar un gruñido feroz y sus ojos se abrieron y dio un paso hacia atrás.

–Joe, tú te quedas aquí –solté por encima de mi hombro.

Los ojos de Joe se entrecerraron y abrió su boca para replicar, pero lo interrumpí cuando le dije a Kelly que cuidara de él. Carter ya estaba de pie y me siguió afuera sin decir una palabra.

Mientras nos acercábamos, solo pude captar fragmentos y partes de la conversación. No había contexto, ninguna forma para que pudiera comprender. Vi la mirada cargada de furia de Gordo y la mandíbula tensa de Mark.

–Gordo, *no* es lo mismo…

–Tú te marchaste. Mantuve este pueblo a salvo y, maldición, tú te *marchaste*…

–Debíamos hacerlo, no podíamos…

–Voy a poner más guardas en él, fortaleceré las que están en su casa. Nunca podrán…

–Es *su* elección, Gordo. Ya es lo suficiente mayor como para…

–Déjalo fuera de todo esto. Él *no* es parte de esto.

–Sabes lo que sucedió con Joe. Está ayudándolo, Gordo. Lo está *curando*.

–Maldito bastardo, no puedes *utilizarlo*…

–¡Gordo!

—Ox, trae tu trasero aquí. Ahora.

—¿Cuál es tu maldito problema? —le pregunté mientras pasaba delante de Mark y me ponía frente a él, a centímetros de él.

Jamás había usado mi tamaño para intimidar a alguien.

Pero estaba bien porque Gordo no estaba intimidado, aun cuando los dos nos dimos cuenta de que había crecido más que él durante los últimos meses. Tenía que levantar la cabeza para verme a los ojos.

—Ponte detrás de mí, Ox. Yo me encargo de esto.

—¿De qué? No me dijiste que los conocías. ¿Qué está pasando?

Dio un paso atrás con las manos hechas puño a sus costados. Sus tatuajes lucían más brillantes que de costumbre.

—Solo un drama familiar —dijo con los dientes apretados—, una larga historia.

—Lo entiendo, ¿de acuerdo? —hice un gesto entre los dos—. Lo entiendo, pero no puedes decirme qué hacer. No sobre esto, no estoy haciendo nada malo.

—No se trata *de ti*...

—Eso no es lo que parece.

—Ox, necesito que estés a salvo —dijo con los ojos cerrados luego de tomar aire profundamente y exhalar despacio.

—¿Por qué no habría de estarlo? —no entendía.

—Mierda. Él es tu lazo —murmuró Mark y rio sombríamente—. Oh, la maldita ironía —los ojos de Gordo se abrieron inmediatamente. Intentó ponerse frente a mí, pero no lo dejé.

—Ve a dar un paseo. Tranquilízate —le dije.

Me gruñó, pero se dio la vuelta y se alejó.

—¿Qué diablos fue eso? —pregunté mientras me giraba hacia a Mark. Él aún seguía observando a Gordo mientras se marchaba.

–Un viejo drama familiar.

–¿Qué?

–No tiene importancia, Ox –replicó–. Es historia antigua.

Le pedí a Gordo que se explicara. Le pedí que me dijera cómo había conocido a Mark y los otros, por qué había mentido y actuado como si no los conociera.

Solo permaneció con el ceño fruncido mientras me marchaba.

Le pedí a Mark que me dijera cómo había conocido a Gordo. Mark parecía triste y no pude soportarlo, así que le dije que lo sentía y que jamás volvería a mencionarlo.

Era la última cena de los domingos antes de que la escuela comenzara. Joe y yo estábamos sentados en el pórtico observando los árboles.

–Desearía poder ir contigo –murmuró.

–El próximo año, ¿sí?

–Eso creo. Pero no es lo mismo. No estarás siempre a mi lado.

–No me iré a ninguna parte –dije mientras ponía mi brazo sobre su hombro.

–Tengo miedo.

–¿De qué?

—Las cosas están cambiando —susurró.

Yo también. Más de lo que él podría saber.

—Lo harán, así debe ser. ¿Pero tú y yo? Te prometo que eso jamás cambiará.

—Bien.

—Feliz cumpleaños, Joe.

Apoyó su cabeza sobre mi hombro y froto su nariz en mi cuello. Respiró en mi piel mientras veíamos el atardecer. Era rosado, anaranjado y rojo y no pude pensar en otro lugar mejor en el que estar.

—Maldito retrasado —dijo Clint con desdén el segundo día de clases porque esa era su gracia.

Lo ignoré, como siempre hacía, mientras empujaba mis libros dentro de mi casillero. Era más sencillo.

Aunque, por lo visto, para Carter no lo era. Sujetó a Clint por la parte trasera de su cabeza y lo arrojó contra la línea de casilleros, mientras presionaba su rostro contra el metal frío.

—Le vuelves a hablar de esa forma y te arrancaré el maldito corazón —siseó—. Diles a todos que Ox está bajo la protección de los Bennett y que si alguien lo mira de forma extraña siquiera, les partiré los brazos. No se metan con Ox.

—No tenías que hacerlo —dije en voz baja mientras me alejaban de allí. Carter tenía su brazo sobre mis hombros y Kelly sujetaba mi codo—. No molestan por mucho tiempo.

—A la mierda con eso —gruñó Carter.

—No van a tocarte. Jamás —dijo Kelly guturalmente.

Llegaron a la escuela con sus atuendos lujosos, sus rostros perfectos, sus secretos y todos hablaban de ellos. Los chicos Bennett.

La preparatoria es igual a donde sea que vayas.

Todo se trata de rumores, clichés e insinuaciones.

Están en una pandilla, murmuraban todos.

Son vendedores de drogas.

Tuvieron que abandonar su otra escuela porque mataron a un maestro.

Se turnan para cogerse a Ox.

Ox se los coge a los dos.

Yo reía y reía.

Nos sentábamos juntos en el comedor y tenía amigos. Algunas veces quería hablar, otras no tenía nada para decir y abría mi libro, ellos siempre se quedaban. Siempre se sentaban en el mismo lado de la mesa como yo, amontonándose sobre mí.

Eran de contacto físico. Toda la familia.

Una mano entre mi cabello.

Un abrazo.

Los besos de Elizabeth en mi mejilla.

Joe en el camino de tierra mientras caminaba en el sol. Su mano siempre buscaba la mía y se inclinaba hacia mí mientras me guiaba a casa.

Kelly chocaba levemente mi hombro cuando nos cruzábamos en el corredor. El peso del brazo de Carter sobre mí cuando caminábamos juntos a clase. La mano de Thomas estrechando la mía con un apretón fuerte y lleno de callosidades. El pulgar de Mark contra mi oreja.

Al comienzo solo sucedía conmigo.

Pero en cuanto se acercó el invierno, comenzaron a incluir a mi madre.

Gordo me contó sobre Joe, al menos una parte y lo odié por hacerlo.

–Debes ser cuidadoso con él –me dijo en uno de los descansos para fumar, aunque yo no fumara más.

–Lo sé –respondí.

–No, no lo sabes. No tienes ni idea –se tocó el cuervo de su brazo, mientras que el humo de su cigarrillo se enroscaba en sus dedos.

–Gordo…

–Se lo llevaron, Ox.

Me quedé tieso.

–Se lo llevaron en medio de la noche, para llegar a su padre y a su familia. Lo lastimaron por semanas. Regresó, pero ya estaba roto, ni siquiera sabía su nombre…

–Cállate –dije con voz ronca–. Cierra la maldita boca.

–Mierda –cerró los ojos, debió darse cuenta de que había ido demasiado lejos.

–Te quiero –le dije–. Pero ahora mismo te odio, jamás te había odiado antes, Gordo. Pero te odio demasiado, maldición, y no sé cómo detenerlo.

No volvimos a hablar por un largo tiempo.

Y entonces todo cambió.

O NUNCA /
OCHO SEMANAS

L a madre de Chris falleció y eso fue terrible.

Lloró en medio del taller y puse mi cabeza en su hombro. Rico tocó su cuello. Tanner apoyó la cabeza sobre su espalda y Gordo pasó sus dedos sobre su cabello alborotado.

Se ausentó por un tiempo y regresó con Jessie, su hermana menor. Quien había cumplido diecisiete e iba a vivir en Green Creek con él.

Lucía como su hermano: pelo castaño y ojos verdes bonitos, piel clara con pequeñas pecas en su nariz y mejillas, y una en su oreja, lo que me fascinaba. La llevó al taller y ella sonrió levemente cuando nos presentó.

—Ese es Ox —dijo y choqué contra una pared.

Los chicos se me quedaron viendo.

—¿Acaba de…? —preguntó Gordo.

—Esto es estupendo —rio Tanner.

—Hola —mi voz sonó extrañamente profunda—. Soy Ox, Oxnard. Llámame Ox —intenté posar sobre una Chevy Tahoe del 2007, pero me resbalé y despellejé mi codo. Volví a incorporarme—. U Oxnard. Cómo sea.

—Ay, Dios. Esto es tan vergonzoso, deberíamos ayudarlo o marcharnos —dijo Rico.

Pero ninguno me salvó o se marchó.

—Hola, Ox. Un placer conocerte —la sonrisa traviesa de Jessie mostraba un poco de sus dientes.

Se me secó la boca porque sus labios eran bonitos y también sus ojos, y pensé… *bueno, eso está muy bien.*

—Tú… ah… ¿el placer es mío?

—Tal vez Ox pueda enseñarte la escuela la semana que viene, cuando comiences las clases —dijo Chris.

Dejé caer una llave de tubo sobre mi pie.

Jessie comenzó la escuela un martes de primavera. Me sentía incómodo e inseguro, incluso cuando ella reía por alguna broma que yo había dicho sin intención. Su risa era baja y gutural, y me parecía uno de los sonidos más bonitos que había escuchado.

Aparentemente les gustaba bastante a Carter y Kelly, pero ninguno de los dos se despegó de mí en clase y me apretujaron aún más de lo usual durante el almuerzo. Eso tuvo que verse extraño para cualquiera que nos observara: tres chicos enormes amontonados en una banca mientras que una chica se sentaba en frente con todo el espacio del mundo.

Jessie ladeó sus cejas en nuestra dirección, pero Carter y Kelly se rehusaron a moverse y le expliqué que así eran los dos.

—¿Protectores? —aventuró, mientras los observaba.

—Podría decirse. Chicos, por favor...

Me fulminaron con los ojos antes de mirar a Jessie. Ella solo rio.

Luego de la escuela fuimos caminando al taller y me ruboricé cuando su brazo rozó el mío. Mantuve la puerta abierta para ella y me llamó caballero. Me tropecé con mis pies y casi la arrastro conmigo al piso. Rico dijo que debía ser amor, en voz muy alta.

El sol se estaba poniendo cuando emprendí el camino de regreso a casa con la cabeza cargada de chicas bonitas y cabellos castaños.

Joe estaba esperándome con una sonrisa en sus labios, que fue desdibujándose mientras me acercaba.

—¿Qué es eso? —quiso saber en cuanto estuve a su lado.

—¿Qué cosa?

—Ese aroma.

Olfateé a mi alrededor. Todo olía como de costumbre: bosque, hojas, hierba y flores abriendo, todo intenso y embriagador. Le dije eso.

—No importa —negó, sacudiendo su cabeza.

La sonrisa regresó a su rostro y me tomó de la mano mientras caminábamos hacia la casa. Me contó acerca de todo lo que había aprendido y sobre cómo no podía esperar al día en que pudiera ir a la escuela conmigo, Carter y Kelly. Luego me preguntó si aquel árbol no se veía como una chica bailando, ¿había visto la roca con la franja de cristal atravesando su costado? ¿Había visto el comercial de la nueva película de superhéroes que habíamos ido a ver ese verano? ¿Quería quedarme para la cena o quería leer cómics esta noche?

—Sí, Joe —respondí.

Sí a todo.

Por fin pude reunir coraje un jueves.

—¡Me verá como si estuviera loco y no recordaré cómo respirar! —gemí con irritación a Carter y Kelly.

—No tienes que hacer nada que no quieras —dijo Kelly.

—Pero *sí* quiero.

—¿Estás seguro? —Carter sonaba incrédulo—. No actúas como si lo estuvieras, ¿por qué no lo piensas unos días más?

—O semanas —repuso Kelly.

—O años —continuó Carter.

—O nunca —agregó Kelly.

—¡Ahí viene! —exclamé. Podría haber chillado.

—Ey, chicos —Jessie sonrió a todos mientras se sentaba en la mesa del comedor.

—Jessie —dijo Carter muerto de aburrimiento.

—Qué bueno verte de nuevo —dijo Kelly que parecía no decirlo en serio.

Ambos se empujaron sobre mí, apenas podía respirar.

—Hola, te ves… perfecta.

Kelly soltó una carcajada.

—Gracias —respondió Jessie.

—Entonces —dije. Todos me miraron—. Hay... cosas. Cosas que pasarán. Cosas que pasarán este fin de semana.

—¿Sí? —preguntó Carter como un cretino—. ¿Qué tipo de cosas pasarán este fin de semana, Ox?

—Cosas —dije mientras lo pateaba por debajo de la mesa, ni siquiera se inmutó.

—¿Cosas? —quiso saber Jessie—. ¡Qué bueno!

—Tal vez…

—¿Tal vez, qué?

—Tal vez tú quisieras… ¿hacer cosas conmigo?

Kelly dio un quejido.

—Vaya, Oxnard Matheson, qué diablillo —dijo ella con una sonrisa traviesa—. No puedo el sábado porque Chris y yo tenemos que resolver algunas cuestiones con el testamento de mamá. ¿Qué hay del domingo por la tarde?

—No puede —contestó Carter.

—La cena de los domingos —me recordó Kelly.

—Oh. Bueno. Tal vez… ¿podría perdérmela? ¿Por esta vez? No es que no vaya a ir el domingo siguiente.

Carter y Kelly se me quedaron viendo.

—Suena bien —Jessie estaba ruborizada y pensé: ¡Guau!

—Se lo dirás tú a Joe —me dijo Carter,

—Por supuesto —estuvo de acuerdo su hermano—. Ni siquiera quiero estar en esa misma habitación.

—¿Joe? —preguntó Jessie.

—Hermano menor —respondió Carter como si fuera obvio.

—El mejor amigo de Ox —agregó Kelly, como desafiándome.

—Él es increíble —acepté y sentí un poco de culpa sin saber por qué.

—¿Y en dónde está?

—Es educado en su casa —dije—. Vendrá con nosotros el año próximo.
Y yo no podía esperar a que eso pasara.

—¿Qué edad tiene? —parecía confundida.

—Once.

—¿Tu mejor amigo tiene once años? —Carter y Kelly se tensaron a mi
lado, como los resortes de una trampera—. Eso es muy tierno —concluyó
Jessie y nos sonrió a los tres.

—Da igual —murmuró Carter.

—No te olvides de avisarle a Joe —insistió Kelly.

Olvidé decirle a Joe.

No sé por qué. Tal vez fue por el trabajo y la escuela y el hecho de
que iría a mi primera cita con una chica bonita. Tal vez fue porque me
hallaba distraído por las bromas alegres que los muchachos me hicieron
en el taller cuando lo descubrieron:

—Asegúrate de envolverlo bien, *papi* —dijo Rico—. Chris te perseguirá
a punta de pistola si no lo haces.

Chris me había mirado horrorizado y luego me amenazó con daños
físico si me atrevía siquiera a *pensar* en sexo, fuera de la manera o forma
que fuera. Tanner y Gordo solo se rieron sin parar. Gordo parecía parti-
cularmente complacido por todo esto.

El domingo Chris vino al taller con una caja de condones y me dijo
que jamás habláramos de ello. La arrojé en el basurero de atrás del taller
así mamá no podría encontrarlos en casa. Estaba mortificado.

Pero olvidé decirle a Joe.

Jessie sonrió cuando golpeé a la puerta del apartamento. Chris hizo su mayor esfuerzo por poner mala cara, pero lo conocía demasiado bien. Puso los ojos en blanco y alborotó mi cabello y nos dijo que seamos buenos chicos.

Y lo fuimos.

Jessie me contó historias mientras comíamos una lasaña que estaba demasiado seca, por ejemplo, como cuando a los siete años una serpiente mordió al caballo en el que iba montada y salió disparado con ella sobre su lomo. No se detuvo por casi una hora. Jamás volvió a montar caballos desde ese día, pero no odiaba a las serpientes.

Tomó un sorbo de agua de una copa de vino, como si fuéramos mayores. Como si fuera vino y nosotros dos adultos haciendo cosas de adultos. Me pareció que su pie había tocado el mío.

–Sabíamos que la perderíamos. Lo sabíamos desde hacía un largo tiempo, pero cuando dio su último respiro fue tan inesperado que creí que me rompería. Aunque se ha vuelto más fácil, y mucho más rápido de lo que pensé.

Abrí la boca para darle una tragedia por otra tragedia, para contarle acerca de papá abandonándonos un día cualquiera, pero no pude encontrar las palabras. No porque no estuvieran *allí*, pero sí porque no podía encontrar una razón para dárselas a ella. Jessie era honesta y amable, y yo no sabía qué hacer con eso.

Tomamos helado mientras el sol se ponía. Caminamos alrededor del parque por sus caminos iluminados. Estiró su mano y tomó la mía. Comencé a tartamudear y tropecé con mis pies. Era perfecto. Era demasiado perfecto.

–¿Cómo está Joe? –preguntó.

Ay, mierda –respondí.

La llevé de vuelta a su casa y me disculpé por haber interrumpido la cita. Estaba confundida, pero no se molestó. Dijo que podía recompensarla la próxima y mi rostro se sintió caliente. Rio de nuevo y antes de que supiera lo que estaba pasando, se puso en puntillas y se inclinó para besarme suavemente. Fue dulce y amable, y esperaba que Joe estuviera bien.

—¿Nos vemos mañana? —preguntó mientras retiraba sus labios de los míos.

—Sí —logré responder.

Me sonrió y entró a su casa.

Toqué mis labios porque sentía un hormigueo y luego recordé que estaba a tres kilómetros de casa y no tenía teléfono porque no podía permitirme tener uno. Corrí todo el camino de regreso.

La casa del final del camino tenía las luces encendidas.

La puerta se abrió incluso antes de que alcanzara el pórtico, y Thomas salió de la casa. Carter estaba a su lado. Ambos se veían como preparados para atacar. Thomas dio un paso adelante, sus fosas nasales se habían ensanchado y, por un momento, creí que sus ojos relucían de una forma imposible, pero me dije que debía ser el reflejo de la luz. Nada más.

Carter estuvo encima mío en pocos segundos, frotando sus manos por mi cabeza y cuello.

—¿Estas bien? —preguntó con voz profunda—. ¿Por qué estás tan asustado? ¿Qué sucede?

Fue allí cuando noté que *estaba* asustado porque había decepcionado a mi amigo.

—Nadie lo siguió —dijo Thomas dando unos pasos hacia a su hijo. Pude sentir el calor de los dos.

—No está herido —repuso Carter. Puso sus manos en mis hombros y me miró a los ojos—. ¿Alguien te hizo daño?

—Joe —dije negando con mi cabeza—. Joe. Lo olvidé. Él…

—Ah, eso lo explica todo —dijo Thomas.

Carter dejó caer las manos a sus costados y dio un paso atrás.

—Eres un idiota. Ox —ahora lucía irritado.

—Carter. Es suficiente —soltó su padre.

—Pero es un…

—*Suficiente.*

Esa sola palabra hizo que deseara componerlo todo. Hacer lo que fuera que Thomas me pidiera y no podía saber por qué.

—Lo siento, Ox. Es que es… Joe, amigo. Es Joe —suspiró Carter, yo agaché la cabeza—. Papá, ¿no crees que es hora de que lo sepa? —añadió en voz baja—. Ya es manada.

—Ve adentro —respondió Thomas.

Carter no dijo una palabra más: ya estaba en el pórtico y luego dentro de la casa, cerrando la puerta de los Bennett detrás de él.

—¿Está bien? —pregunté a Thomas, incapaz de mirarlo a los ojos.

—Lo estará —replicó.

—No quise…

—Lo sé, Ox.

Miré a Thomas. No estaba enojado, solo se veía triste.

—Te acompaño a tu casa.

Pensé en rebatir su oferta, decirle que solo quería ver a Joe unos minutos para decirle que lo sentía. Pero el tono de su voz no dejó lugar a ninguna discusión. Asentí y lo seguí mientras arrastraba los pies en la tierra.

—¿Es agradable?

—¿Quién?

—La chica.

—Está bien —me encogí de hombros—. Parece ser una buena persona.

–Y tú no has conocido a muchas –afirmó Thomas. No era una pregunta.

–Ahora sí –dije con franqueza, porque era cierto.

–Ahora sí… –repitió–. A veces olvido que tienes solo dieciséis. Tienes un alma sabia, Oxnard.

No sabía si eso era algo bueno o malo, entonces no dije nada.

–¿Te gusta?

–Eso creo.

–Ox.

–Me gusta.

–Bien. Eso es bueno. Con Elizabeth nos conocimos cuando yo tenía diecisiete y ella quince. Jamás ha habido otra para mí.

–Pero… Joe. Él…

–Joe… –suspiró–. Joe estaba decepcionado y no lo digo para hacerte sentir mal, Ox, así que por favor no me malinterpretes. Joe es… *diferente*. Luego de todo lo que le ha pasado, no puede ser nada más *excepto* diferente.

–Gordo dijo… –me detuve, pero el daño ya estaba hecho.

–Continúa, ¿qué fue lo que dijo Gordo? –Thomas ladeó su cabeza y sonó más peligroso que nunca.

–Que alguien le hizo daño –susurré mientras miraba mis manos–. No dejé que me siguiera contando más.

–¿Por qué?

–Porque… no tenía derecho a contármelo. No tengo derecho a que me cuenten nada en absoluto. Y, honestamente, no sé si me importa. No porque no me importe él, pero sí porque quiero ser su amigo sin importar cómo me necesite –barrí un poco de polvo con la punta de mi bota–. Y seré su amigo siempre y cuando él me lo permita.

–Ox, mírame.

Obedecí. No podría haberme negado ni aunque así lo hubiese deseado. Sus ojos oscuros eran más grandes que antes.

Y habló, su voz era suave y uniforme. Sus palabras me cubrieron como un río y no pude detenerlo, sin importar cuánto lo quisiera. Sin importar cuán fuerte deseaba que cerrara su maldita boca.

A Joe se lo llevó un hombre que quería lastimar a Thomas y a su familia, y lo mantuvo aislado por varias semanas. Le hizo daño, físico y mental. Rompió los pequeños dedos de sus manos y pies, su brazo, sus costillas. Lo hizo llorar, sangrar y gritar. Los llamaba en ocasiones, el hombre malvado. Los llamaba y ellos oían a Joe de fondo diciendo que quería volver a casa. Todo lo que quería era regresar a casa.

Ochos semanas. Eso fue lo que les llevó encontrar a Joe.

Y lo hicieron, pero él no hablaba. Los conocía, la mayoría era su familia. Lloraba silenciosamente mientras sus brazos y hombros temblaban.

Pero no hablaba. Incluso cuando sus pesadillas eran las peores y despertaba gritando por las noches, golpeando su cama en un intento de escapar del hombre malvado, aún no hablaba.

Intentaron con terapia. No dio resultado. Nada podía hacerlo hablar.

—Nada pudo, hasta que llegaste tú —dijo Thomas.

Al parecer aún no era un hombre porque, debajo de toda la furia, una lágrima brotó de mis ojos y rodó por mi mejilla.

—¿Quién fue? —las palabras se oyeron como un terremoto.

—Un hombre que quería algo que no podía tener —contestó Thomas.

—¿Lo mataste?

—¿Por qué? —sus ojos se oscurecieron.

—Porque yo lo haré si tú no lo has hecho. Lo romperé y lo haré sufrir.

—¿Lo harías?

—¿Por Joe? Sí.

—Eres más complejo de lo que aparentas. Esas capas… Justo cuando creo haber llegado al fondo, desaparecen como arte de magia y se vuelven más profundas.

—¿Puedo verlo?

—Dale un par de días, Ox —Thomas tocó mi hombro, apretándolo con delicadeza—. Te encontrará cuando esté listo. Tú ocúpate de tu chica, ella lo merece.

—No es mi chica —murmuré ruborizado.

—Podría serlo.

—Tal vez. ¿Ya soy parte de tu manada?

—¿Qué?

Había tomado por sorpresa a Thomas Bennett por primera vez desde que lo conocía. Sus ojos se agrandaron y dio un paso atrás.

—Tu manada o lo que sea que haya dicho Carter —no dijo nada y me pregunté si había cruzado alguna linea que no sabía que existía.

—No quise decir… —mi voz se fue apagando, inseguro de cómo terminar lo que estaba diciendo.

—¿Qué crees que significa manada? —preguntó.

—Familia —respondí inmediatamente.

—Sí, Ox. Eres parte de mi manada —sonrió.

Carter y Kelly no fueron a la escuela al día siguiente y me preocupé. Por lo general me daban un aventón, pero no estaban allí esa mañana y casi llego tarde luego de que mamá me llevara.

—Estoy segura de que está todo bien —dijo Jessie, apretando mi mano mientras nos sentábamos a almorzar. Hice lo mejor que pude para sonreír mientras me hablaba sobre cómo le gustaba Green Creek más de lo que había esperado, sobre cómo no podía esperar al verano y cuánto extrañaba a su madre. Se preguntaba por cuánto tiempo dolería y le dije que no tenía idea, aunque quería responderle que probablemente dolería por siempre.

Me besó en la mejilla antes de que me marchara al trabajo.

Los muchachos no me dejaron en paz en el taller. Chris me contó que Jessie había llegado a casa completamente emocionada la noche anterior.

—Ox es tan *adorable* —fingió suspirar en un falsete alto—. Sus *ojos* y su *sonrisa* y su *risa*. ¡Oh, Dios mío!

Me ruboricé intensamente e intenté enfocarme en el cambio de aceite.

—¡Mírenlo! ¡Parece un tomate! —se regodeó Rico.

—Nuestro pequeño retoño está creciendo —suspiró Tanner.

—¿Dónde está Gordo? —pregunté. La luz de su oficina estaba apagada.

—Día libre —respondió Rico—. Tenía algunos asuntos que atender.

—¿Qué asuntos? —no recordaba que dijera algo al respecto, jamás se tomaba libres los lunes.

—No preocupes a tu pequeña y linda cabecita en esas cosas —dijo Tanner—. Solo piensa en cómo impresionar a tu novia.

—¡No es mi novia!

—Claro, intenta decírselo a *ella* —dijo Chris.

Joe no estaba esperándome. La casa al final del camino estaba oscura, como si no hubiera nadie allí. Pensé en llamar a la puerta, pero me marché. El lobo de piedra descansaba en una estantería de mi habitación. Lo tomé y recordé que Thomas jamás había respondido sobre el hombre malvado que había herido a Joe. Si aún estaba con vida.

Una bocina resonó fuera de la casa a la mañana siguiente. Carter y Kelly esperaban en el auto. Estaba nervioso.

—Ey, Ox —dijeron cuando me senté en el asiento del copiloto. Kelly se sentó detrás de mí.

—Ey —respondí y retorcí mis manos.

—Él está bien —dijo Carter en cuanto dimos con la calle de tierra.

—¿Seguro? —dejé escapar un suspiro.

—Lo estará.

—Nos aseguraremos de que así sea —agregó Kelly.

—Su padre dijo que soy parte de la manada —les dije porque quería asegurarme de que ambos también pensaran lo mismo.

Carter pisó los frenos de repente. El cinturón de seguridad se apretó contra mi pecho y los brazos de Kelly me sujetaron fuerte desde atrás. Carter se inclinó y frotó su cabeza en mi hombro.

—Por supuesto que lo eres —dijo, y su hermano asintió de acuerdo apretando un poco más sus brazos a mi alrededor.

No dijimos mucho luego de eso y estuvo bien.

Carter rio por algo que dijo Jessie. Hasta Kelly sonrió. Estaba aturdido.

Gordo estaba en el taller. Me enfrentó en cuanto atravesé la puerta.

Tenía los ojos hinchados con bolsas y se veía pálido. Hasta los tatuajes en sus brazos se veían desvaídos.

—¿Estás bien?

Asintió con la cabeza.—Sí, ¿y tú? —sonaba adolorido.

—No estabas aquí ayer.

—Lo sé.

—Tal vez debas irte a casa, amigo. No luces bien.

—Me siento mejor ahora —respondió y luego me abrazó.

Me tomó por sorpresa ya que no hacíamos esas cosas con frecuencia, pero le devolví el abrazo porque era Gordo. Puse toda mi fuerza en ese abrazo porque lo necesitaba.

—Te compraré un teléfono móvil —murmuró—. Me irrita que no tengas uno, que no pueda siquiera llamarte.—Oye, no. No tienes que…

—Cierra la boca, Ox.

Y eso hice.

Joe no estaba esperándome en el camino de tierra. Las luces de la casa estaban encendidas. Era parte de la manada ahora, pero me dirigí a casa.

Dormí con el lobo de piedra en mi mano.

Carter y Kelly sonrieron cuando entré al coche la mañana siguiente. Quería preguntarles sobre las ocho semanas en las que Joe estuvo secuestrado, pero las palabras se atascaban en mi garganta. Ambos encontraron una forma de tocarme, una palmada en la espalda, otra sobre mi pecho.

Debería haber sido obvio. Debería haber sido evidente lo que eran, pero yo no estaba buscando lo increíble que oculta lo ordinario.

–¿Cómo está Joe? –preguntó Jessie en el almuerzo. Carter y Kelly se paralizaron.

–No lo he visto –murmuré.

–¿Por qué no? –preguntó confundida.

–Ha estado enfermo –respondió Carter antes de que pudiera hablar, mientras que Kelly apretaba mi pierna por debajo de la mesa. Aún se amontonaban a mis dos lados mientras comíamos.

–Oh, lamento oír eso –dijo Jessie–. Espero que se mejore.

–Lo hará –respondí y debo haber puesto demasiado énfasis en las palabras porque me miró divertida. Carter y Kelly se apretujaron contra mí y comprendí lo qué intentaban decirme.

Gordo me dio un teléfono celular. No era lujoso, era funcional. Era maravilloso. Había puesto su número, el del taller, el del restaurante y los del resto de los muchachos.

—Lo tendrás siempre contigo, ¿de acuerdo? Pero no te atrevas a usarlo en clase a menos de que se trate de una emergencia.

Asentí mientras tocaba suavemente la pantalla.

—¿Tengo mi propio número de teléfono? —pregunté asombrado.

—Sí, chico. Tienes tu propio número —sonrió con esa sonrisa que sabía que era para mí y nadie más.

—Gracias, Gordo —dije mientras lo abrazaba una vez más.

Rio en mi oreja y por un momento olvidé que lo había odiado.

Era miércoles y Joe no estaba esperándome.

Carter y Kelly hicieron que los agregara a mi teléfono nuevo y me dieron el de sus padres y Joe porque, aparentemente, él también tenía uno, aunque tuviera once años. No sabía para qué los niños pequeños necesitarían un teléfono, pero en cuanto tuve su número me quedé mirándolo. No sabía cómo enviar un mensaje de texto, así que no hice nada.

Chris me contó que Jessie le estaba dando indicios de que yo debía invitarla a salir otra vez. Puse los ojos en blanco cuando todos comenzaron a reír y silbar.

Caminé calle abajo hacia la casa. El polvo se elevaba en pequeñas nubes mientras arrastraba mis pies sobre la tierra. El cielo estaba gris y las nubes amenazaban con lluvia.

Y ahí estaba, de pie, con sus ojos enormes y brillantes.

Había pasado casi un año desde que lo conocí y había crecido durante ese tiempo. Sus hermanos seguían llamándolo pequeño, pero no creía que eso fuera a ser cierto por mucho más tiempo. Joe sería grande como el resto de ellos, después de todo era un Bennett.

Sus ojos se mantuvieron clavados en mí mientras avanzaba lentamente, inseguro de mi lugar. No extendió su mano cuando estuve cerca. Una parte de mí quería estar furioso y decirle: *Fue solo una maldita cena, fue un solo día, no es justo, no es justo, no puedes actuar de esta forma.* Era una parte pequeña, pero estaba allí y me odiaba por eso.

–Hola, Ox –dijo con una voz baja que no podía ser más diferente a él.

–Hola, Joe –respondí y me oí algo severo.

Parecía que quería alcanzarme y tocar mi mano, pero se detenía. Esperé, no quería presionarlo.

–Quería verte –dijo, bajó la mirada a sus pies y pateó una hoja seca. En algún lugar, un pajarillo cantó una canción que dolía.

–Tengo un teléfono –respondí con la primera cosa que vino a mi mente–. Tengo tu número. No sé cómo enviar mensajes. ¿Puedes enseñarme? Porque quiero escribirte y no sé cómo hacerlo.

–Sí, sí –miró hacia arriba con esos ojos enormes, sus labios inferiores estaban temblorosos–. Puedo enseñarte. No es difícil. ¿La amas?

–No –respondí–. No la conozco de esa forma.

Y entonces saltó a mis brazos, se envolvió a mi alrededor y lloró en mi cuello. Lo sostuve con fuerza y supuse que no era un hombre aún, porque mis ojos también soltaron algunas lágrimas. Le dije que lamentaba no haber estado allí para la cena del domingo y que nunca volvería a suceder porque él era Joe y yo Ox, y así era como funcionaban las cosas.

Asintió con su cabeza y sollozó. Mi cuello se sentía pegajoso. Al final se tranquilizó y se enrollo sobre mi pecho. Una vez acomodado, respiró profundo como si estuviera inhalando cada parte de mí. Lo llevé cargando hasta casa.

Cuando llegamos a la casa al final del camino, todos estaban esperándonos. Joe se había dormido, su rostro yacía en el hueco de mi cuello y sus brazos colgaban a los costados.

—Estaba cansado —intenté explicar y pensé *manada*.

—Te echó de menos —la voz de Elizabeth era cálida—. Al igual que nosotros.

—Lo siento.

—No tienes nada de qué lamentarte —dijo Mark.

—No es cierto. Yo… —fruncí el ceño.

—¿Ox?

Miré hacia atrás, en dirección a Elizabeth.

—Tienes dieciséis, puedes tener citas. Solo, ¿podrías avisarle a Joe?

Asentí.

—¿Tienes hambre? —preguntó.

Volví a asentir, aun cuando en realidad no estaba hambriento. Solo quería entrar con todos ellos.

—¿Por qué no lo llevas arriba? Luego calentaré algo para ti y nos podrás contar sobre esa chica linda.

Los seguí al interior de la casa.

Me quedé junto a Joe por un momento. Solo para asegurarme de que no tuviera pesadillas.

Al día siguiente, me enseñó cómo enviar textos. Mi primer mensaje fue para él:

hola joe aquí ox enviándote un mensaje para agradecer tu ayuda.

Me llevó cinco minutos tipearlo porque mis dedos eran demasiado grandes. No dejaba que lo leyera mientras presionaba las letras.

Una vez que terminé, su teléfono sonó inmediatamente y me maravillé por lo rápido que las palabras podían ser enviadas. Fue un pensamiento aterrador.

Leyó el mensaje y rio tanto que cayó al piso con lágrimas en los ojos.

Más tarde, esa misma noche, me llegó mi primer mensaje:

Tú también me ayudaste.

GARRAS Y DIENTES /
REÍR A CARCAJADAS

Cumplí diecisiete y le dije adiós a mi penúltimo año de instituto. Tres meses sólidos de trabajo, manada y Jessie se extendían delante de mí. No creía del todo que las cosas estuvieran sucediendo de la forma en la que lo hacían. Parecía demasiado bueno, demasiado parecido a un sueño.

Todo fue normal por un tiempo.

—Será bueno tenerte de nuevo aquí todo el día —declaró Gordo.

—¿Crees que deberíamos hablar sobre conseguirte algo con ruedas? Estoy segura de que Gordo podría darnos una mano —pensó mamá

–¡Feliz cumpleaños! –exclamaron todos.

–En verdad necesito acostarme con alguien –dijo Carter.

–Eso es algo que jamás hubiera querido escuchar –respondió Kelly.

–¿Puedes llamar a la señora Epstein y decirle que su Jeep ya está listo? Lastimé mi maldito pulgar y hay sangre por todos lados –se lamentó Tanner.

–He superado mi fase verde. Ya era hora. Ahora pienso en Picasso y el azul. ¿Qué opinas, Ox? –preguntó Elizabeth.

–Me alegra que estés de vuelta a tiempo completo, *papi*. Gordo es más agradable cuando estás aquí –comentó Rico.

–¿Sabías acerca de Platón y la alegoría de las cavernas? ¿No? Está bien. Solo no creas que las sombras son todo lo que es real –me aconsejó Thomas.

–Le gustas, Ox, le gustas mucho. No la lastimes porque tendré que lastimarte, o si ella es la que te lastima, dímelo y patearé su trasero. No te metes con la familia –dijo Chris.

–Cada día haces que él esté un poco mejor. Ox, estoy tan feliz de que te hayamos encontrado –se alegró Mark.

–¡Ox! ¡Ey! *Tienes* que venir conmigo *ahora mismo*. Encontré estos… son como… estos árboles y son una *locura* y creo que podría ser un fuerte o algo. ¡Aún no lo sé! Solo debes venir a *verlos* –Joe estaba muy entusiasmado.

–Creo que deberíamos tener sexo –fue lo que Jessie soltó.

–¿Qué? –pregunté sin poder apartar la vista de ella.

–Deberíamos tener sexo.

–Tu hermano me asesinará –fue lo primero que vino a mi mente.

Ella puso los ojos en blanco y levantó sus pies sobre mi cama. Tenía los dedos delgados, sus uñas estaban pintadas de rojo, de algún tipo de rojo que me parecía sexy. No sé por qué, pero me fascinaba.

—Somos lo bastante mayores como para cometer nuestros propios errores.

—Eh, tenemos diecisiete. Y no creo que la mejor forma de seducirme sea llamándolo un error.

—Seducir. Oh, Jesús —rio y golpeó mi brazo.

—Entonces… —elevó una de sus cejas.

—¿Tal vez? —mis palmas estaban sudorosas y se me había secado la garganta—. Tal vez no.

—Eso es… claro, como siempre.

—No soy… bueno para las cosas.

—Eso no es para nada cierto —contestó.

Y me sedujo.

Yacíamos en mi cama, sudado y saciados. Mi boca le había hecho cosas y la suya me había hecho cosas, pero no teníamos condones, así que no hicimos más que eso. No importaba porque mi mente estaba extasiada y vacía. Me recordaba al viejo televisor que mi papá tenía en la cochera: solo mostraba estática, ruido blanco. Era un televisor olvidado y roto, enterrado bajo años de recuerdos. Me reí al pensarlo, y cuando Jessie me preguntó qué era tan gracioso solo dije "nada".

—¿Qué es eso? —¿Qué cosa? —no lograba ver a dónde estaba apuntando.

—Ese perro —se alejó de mí.

—¿Umm? —murmuré, los canales aún intentaban aclararse. Necesitaba envolver mis antenas con papel aluminio.

—Es pesado —murmuró. Y todo se volvió agudo como una navaja. Me senté de inmediato y se lo arranqué de las manos.

—Ox —dijo confundida.

—Es… no… —no quería que lo tocara. Jamás quise que alguien lo tocara. Solo que no pude encontrar las palabras (las razones) para decirlo.

—Se ve tan antiguo —concluyó.

—Joe me lo obsequió. Por mi cumpleaños.

—Joe —suspiró—. ¿Alguna vez lo voy a conocer?

—Tal vez.

—¿Tal vez? Es tu mejor amigo, Ox, soy tu novia. Te presenté a mis amigos.

Y lo había hecho. A algunas chicas de la escuela que veía en sus clases. Cassie y Felicia, y a otras más que no recordaba. No me iba bien con la gente nueva. Parecían agradables, pero pude ver sus ojos yendo de Jessie a mí y de mí a Jessie pensando ¿en serio?

—Conoces a Carter y Kelly.

—Ox.

—Él es… Joe.

—Lo sé.

—Él no está bien todo el tiempo.

—También lo sé. Esa cosa de la que nadie hablará al respecto.

—No necesitas saberlo —tragué saliva para mantener mi enojo hacia ella controlado.

—Voy a hacer de cuenta que no sonaste como un idiota —hizo una mueca de dolor—. ¿Por qué no viene aquí? ¿Por qué ninguno de ellos viene a tu casa?

—Es más fácil ir allí.

—Eso es raro, Ox.

Puse el lobo de piedra en su lugar y respiré profundo.

—Ella quiere conocerte.

—Oh.

—Sabe cuánto significas para mí.

—¿De veras? —preguntó Joe.

—No dejaré que nadie te haga daño.

—Lo sé.

—Puedes decir que no.

Me miró a los ojos. La luz del sol se coló entre los árboles y golpeó su rostro mientras caminábamos en el camino de tierra.

—¿Te importa? —su mano se sentía cálida contra la mía.

—Sí.

—¿Te importo?

—*Sí.*

—Bien —respondió.

—¿Bien?

—Bien —se encogió de hombros.

Jessie vino a la cena del domingo a comienzos de julio. Estaba nerviosa, le dije que no debía estarlo. Se veía bonita con su vestido de verano amarillo, ella era dorada. Toqué su cabello y no pude evitar pensar en lo pequeña que se veía en comparación con mi mano.

—Pero ellos son tu *familia* —dijo mientras caminábamos en dirección a la casa al final del camino, y eso me llenó de tanta calidez que apenas pude respirar.

—Conociste a mi mamá —logré decir.

—Eso es diferente y lo sabes.

La puerta principal de los Bennett se abrió antes de que llegáramos al pórtico, como siempre lo hacía, como si siempre supieran que estaba llegando.

Joe atravesó la puerta corriendo. Su sonrisa se veía radiante en cuanto me vio. Echó un vistazo a Jessie y algo más complejo de lo que yo pudiera comprender atravesó su rostro. Su mano izquierda se apretó en un puño que luego se relajó.

—Ey, Ox —saludó.

—Hola, Joe.

No me abrazó como normalmente lo hacía, se quedó en el pórtico, se veía inseguro. Solté la mano de Jessie y di un paso adelante. Saltó los escalones del pórtico y se estrelló contra mi cuerpo, su nariz estaba en mi cuello.

Reí y lo sostuve con fuerza.

—¿Estás bien? —susurré.

Se encogió de hombros y luego asintió. Frotó su cabeza en mi hombro.

Jessie comenzó a avanzar, pero sacudí mi cabeza y se detuvo.

Al final, Joe se bajó de mis brazos. Sujetó mi mano y se quedó de pie, rígido a mi lado.

—Hola —murmuró a Jessie. La miró a los ojos, luego hizo la vista a un lado y finalmente miró sus pies.

—Hola, Joe —lo saludó ella—. He oído mucho de ti. Estoy feliz de poder conocerte al fin.

—Yo también —dijo, y sonrió con picardía porque no se oyó como si lo dijera en serio en lo absoluto—. Lo lamento.

—Está bien. No hay nada por lo que haya que disculparse.

Joe me arrastró hasta la casa y Jessie nos siguió por detrás.

Pude notar que Jessie no comprendía a los Bennett, no como yo lo hacía. Me tocaban, todos: abrazos y manos sobre mi cuello y cabello, mis brazos y espalda. Ya estaba acostumbrado, pero ella no.

Thomas y Elizabeth le sonreían cálidamente, pero no la tocaban. Ninguna mano le fue ofrecida, ningún beso se depositó en sus mejillas.

No era grosero, o reservado. Se reían junto a ella durante la cena, la alentaban a contar sus historias, la incluían en las conversaciones. Se aseguraron de que ninguna broma personal de la familia (manada) fuera muy lejos como para que pudiera perderse. Pero no la tocaban.

Ocupé mi lugar de siempre junto a Joe. Jessie se sentó a mi otro lado, el sitio que siempre reservaban para mi madre.

A veces Joe hablaba, otras veces se notaba distante. Creí oírlo gruñir en un momento, pero luego corrió su vista a un lado; sus manos eran puños a sus costados, luego se relajaban. Sus hombros estaban encorvados e hizo una mueca, como si sintiera dolor.

—¿Qué sucede? —pregunté con el ceño fruncido.

—Solo un entumecimiento —murmuró. Su voz se oía baja y áspera.

—¿Estás enfermo? —negó con la cabeza.

Mark, Elizabeth y Thomas estaban viéndonos cuando levanté la mirada. Carter y Kelly estaban hablando con Jessie. Los tres adultos me dieron respuestas que no comprendí con sus ojos vibrantes.

Joe tomó aire y lo dejó salir lentamente.

Y luego sonrió, tenía demasiados dientes.

–Son… extraños –soltó Jessie antes de subirse a su coche.

–No, no lo son –tenía el entrecejo fruncido.

–Ox, lo son un poco.

–Sé amable.

–No lo digo con maldad. Sé que eres protector cuando se trata de ellos, pero dan esta especie de… vibra. No sé cómo explicarlo.

–Son mi manada.

–¿Manada? –frunció el ceño.

–Quise decir familia.

–Joe es bastante genial –dijo en voz baja y me besó en los labios.

–Lo sé.

–Aunque no le agrado mucho.

–Le gustas lo suficiente. Solo que ha pasado por mucho –fruncí el ceño.

–No puedes verlo, ¿verdad? –se oía asombrada.

–¿Ver qué?

–Es muy protector cuando se trata de ti.

–Es mi amigo.

–Ah –sonrió levemente y luego se marchó.

Ya sabía cómo enviar mensajes.

Miércoles:

hola estoy en el trabajo

¡Hola, Ox! ¿Cuánto tardaste en tipear todo eso? xD

que es xD

Es como reír a carcajadas

oh no soy bueno para estas cosas xD

Lo estás haciendo bien, lo juro.

Viernes:

¿Quieres ver una película con nosotros esta noche?

no puedo jessie quiere que salgamos

Oh. ¡Bien!

puedes venir también

¿Quieres que vaya con ustedes?

sí

¡¡Le preguntaré a mamá!! =D

qué es eso

Una cara sonriente

xD

Jueves:

Mamá quiere que te recuerde que es tiempo familiar. No estaremos por
aquí por unos días.

ok

Me gustaría que pudieras venir con nosotros.

a mí también

Un día lo haremos. Lo prometo <3

qué es eso

No importa. Te hablaré luego.

Domingo:

¡Estamos de vuelta!

qué bueno que estés bien.

Sí. No soy un niño pequeño, Ox.

eres un niño pequeño

Da igual. ¿Vienes a cenar?

es domingo, por supuesto que iré

¿Traerás a Jessie?

no, tiene cosas que hacer

Martes:

que quieres para tu cumpleaños

¡Aún falta un mes!

entonces qué es lo que querrás

Cavernícola

joe dime qué quieres

¡Todo!

ok puedo hacer eso <3

¿Qué?

Ox.

¡Ox!

Eran las dos de la mañana cuando mi teléfono sonó.

—¿Eh? —respondí.

—Ox —Mark se oía estresado.

—¿Qué sucede? —se me fue el sueño de inmediato.

—Joe.

—¿Está bien? —ya estaba de pie y buscando los pantalones en el suelo.

—No. Tuvo una pesadilla, no podemos calmarlo. Creo que te necesita.

–De acuerdo, ya estoy en camino.

Carter me encontró en la puerta. No tuvo oportunidad de abrir la boca antes de que escuchara un fuerte grito que provenía del interior de la casa. Lo empujé y comencé a llamar a Joe.

Estaba en las escaleras cuando lo oí de nuevo.

–¡No! No dejen que se lo lleve. ¡Por favor, mamá! Por favor, no dejes que se lleve a Ox –la voz de Joe estaba rota y húmeda, y mi corazón se partió dentro de mi pecho.

Mark estaba en la puerta con Kelly. Ambos me miraron con los ojos muy abiertos y cansados. Los ignoré porque debía llegar a él. Tenía que verlo y…

Estaba en su cama. Thomas y Elizabeth estaban a cada uno de sus lados. Su rostro estaba enterrado en el cuello de su madre y temblaba, era tan violento, sus manos la sujetaban muy fuerte mientras gritaba una vez más.

–Ay, Joe –dije.

No lo pensé demasiado cuando me escurrí entre sus padres y lo levanté. No me dijeron nada por sujetarlo de esa forma, tampoco intentaron detenerme. La expresión de Thomas estaba rígida por la preocupación y Elizabeth estaba llorando, grandes lágrimas que desgarraron mi pecho.

Joe se tensó en mis brazos por un momento, y luego se aferró a mí como si su vida dependiera de ello, sus piernas se enroscaron en mi cintura y sus manos se enredaron detrás de mi cabeza.

Thomas y Elizabeth salieron de la cama, tocaron mi brazo y Thomas susurró que le dirían a mi madre en dónde estaba. Al salir, cerraron la puerta detrás de ellos.

Me moví con Joe a cuestas hacia uno de los lados de la cama y me senté en el suelo, mi espalda contra el colchón. Le di la vuelta para que quedara reposando sobre mi pecho.

—Tuve una pesadilla —dijo finalmente.

—Lo sé —respondí.

—Siempre es lo mismo. La mayoría de las veces él viene por mí y me lleva consigo, y hace... cosas.

—Estoy aquí —quería gritar del horror, pero me contuve.

—A veces se lleva a mi mamá o a mi papá.

Puse una mano sobre su cabello.

—Esta vez te llevó a ti, y si puede encontrarte en mis sueños, creo que podrá encontrarte en la vida real.

—Te protegeré —le dije. Y jamás había dicho algo tan cierto en toda mi vida.

Se durmió y el sol comenzó a salir.

No dormí por un largo tiempo.

A partir de ese día, siempre que tenía una pesadilla, él pedía (lloraba y *gritaba*) por mí y siempre iba con él.

Se sacudía y sollozaba, con los ojos enloquecidos por las formas de sus pesadillas. Pero luego mis manos trazaban círculos suaves en su espalda, y él se tranquilizaba hasta que no era más que suspiros temblorosos y una cara húmeda.

Tres semanas más tarde, descubrí su secreto.

LUNA

—Ox.

—Vete.

—Ox, maldición, ¡despierta!

Abrí los ojos. Aún era de noche, la única luz venía de la luna llena alta y radiante en el cielo.

Había alguien en mi habitación, sacudiéndome.

—¿Qué demonios? —dije somnoliento.

—Vístete.

—¿Gordo? Qué demonios está…

—Necesitas venir conmigo —dio un paso atrás, sus ojos se entrecerraron.

—Mi mamá… —mi corazón estaba en el medio de mi garganta.

—Ella está *bien*, Ox. Está dormida y no oirá nada. Está a salvo.

Me puse una camiseta y unos pantalones cortos mientras Gordo esperaba en la puerta de mi habitación. Lo seguí hacia el recibidor y las escaleras, la puerta de mi madre estaba medio abierta y pude verla mientras dormía. Gordo tiró de mi brazo.

Estábamos fuera antes de que él hablara. El aire nocturno era cálido contra mi piel, todo se sentía demasiado fuerte.

—Hay cosas —por el aturdimiento del sueño, me tropecé con sus palabras y no pude procesarlas—, cosas que verás esta noche, que jamás habías visto antes. Necesito que confíes en mí, no dejaré que nada te lastime, ni dejaré que nada te ocurra. Estás a salvo, Ox, necesito que lo recuerdes.

—¿Qué está pasando, Gordo?

—No quería que lo descubrieras de esta forma. Pensé que tendríamos más tiempo si alguna vez tenías que saberlo todo —su voz se quebró.

—¡¿Saber qué?!

Un aullido se elevó desde la profundidad del bosque y sentí que se me enfriaban hasta los huesos. Era una canción que ya había escuchado antes, pero esta vez se oía desesperada.

—Mierda. Tenemos que apurarnos —murmuró Gordo.

La casa al final del camino estaba a oscuras.

La luna estaba llena y blanca por encima de nosotros.

Había estrellas, muchas estrellas. Demasiadas. Nunca me había sentido tan pequeño en mi vida.

Entramos al bosque con paso rápido.

Estaba escuchando a medias a Gordo y esquivando las raíces de los árboles para no tropezar. Escupía sus palabras, falsos comienzos y silabas que se deshacían antes de combinarse en algo más. Estaba nervioso, aterrado y eso afectaba lo que decía.

Y entonces ya no estuvo tan oscuro. Incluso con la luna.

—Es como... Verás, hay *cosas*.

—¿Gordo? —lo interrumpí.

—¿Qué?

—Tus tatuajes están brillando.

Estaban brillando. El cuervo, las líneas, los remolinos y espirales. En ambos brazos, todo brillaba de arriba a abajo con luz tenue y se movía como si estuviera vivo.

—Sí, esta es una de las cosas —dijo.

—Bien —respondí.

—Soy un brujo.

—*Eres un mago, Harry* —dije, había una gran posibilidad de que estuviera atrapado en algún sueño. Rio, pero se oyó como si se estuviera ahogando.

Me distraje y mi pierna golpeó contra algo sólido. El dolor era brillante y vidrioso, y se disparó a través de la niebla. Fue entonces cuando me di cuenta de que nunca antes había sentido dolor en un sueño y que había leído en alguna parte que era imposible hacerlo.

—Mierda. ¿Eres un qué? —pregunté.

—Brujo.

—¿Desde cuándo?

—Toda mi vida.

—¿Qué cosa?

Otro aullido. Más cerca esta vez. Nos habíamos internado más o menos medio kilómetro dentro del bosque. Tal vez más. No había nada más que la vegetación que avanzaba miles de acres por delante de los dos. Me había perdido en él una gran cantidad de veces.

–¿Qué fue eso?

–Tu manada –sus palabras fueron tan amargas que pude sentirlas.

–Mi... Yo no...

Soñando, soñando, soñando. Tenía que estar soñando, aun con el dolor. Mi pierna estaba adolorida, pero tal vez solo lo había deseado y por consecuencia la sentía así.

–Intenté mantenerlos lejos de ti –dijo–. En verdad lo intenté, no quería esta vida para ti, no quería que fueras parte de esto. Quería mantenerte limpio, entero. Porque eres la única cosa en mi vida que vale la pena.

–Gordo.

–Escucha, Ox. Los monstruos son reales –dijo–. La magia es real. El mundo es un lugar oscuro y aterrador, y *todo es real.*

–¿Cómo?

–No temas –sacudió la cabeza.

Una nube se deslizó por encima de la luna y la única luz vino del colorido patrón cambiante que se enrocaba en sus brazos. Prismas de colores, azules y verdes, y rosados, y rojos.

–¿Duelen? –quise saber.

–¿Qué cosa?

–Los colores.

–No. Me tironean y yo los aparto, y se trepan por mi piel, pero nunca me hacen daño. Ya no.

–¿A dónde vamos?

–Al claro –y el aullido volvió a alzarse en el bosque, pero ahora era más de uno. Había muchos, y todos se mezclaban juntos en uno solo. Era una canción oculta a medio paso por encima y por debajo, fuera de tono hasta armonizarse. Y entonces era *hermoso.*

–¿Quiénes son? –todo comenzó a picarme porque presentía *algo.*

—Intenté detenerlo —respondió, ignorando mi pregunta. Se oía *desesperado* y *suplicante*, pero todos *cantaban* por encima de su voz, y...

"Ven," decía la canción. *"Apresúrate, ven ahora. Aquí. Por favor. Pronto pronto pronto, porque tú eres nosotros y nosotros somos tú".*

—Intenté decirles que se mantuvieran alejados. Que te dejaran fuera de esto.

"Ox. Es Ox, es él y está aquí y es nuestro. Huélelo, siéntelo, es nuestro. Lo necesitamos porque él oye nuestra canción".

—Pero para cuando descubrí que sabías quiénes eran, que estaban de regreso en Green Creek, ya era demasiado tarde.

—Me están llamando —respondí, mi voz se oía ligera y etérea.

—Lo sé —Gordo apretaba los dientes—. Ox no puedes confiar en ellos, en esto.

—Sí puedo. ¿No la oyes? —pregunté aún sin saber a quiénes se refería.

"Ox Ox Ox Ox. Tráiganle comida, conejos, aves y venado. Demuéstrenle que podemos proveerle porque es ManadaNuestroMíoHermanoHijoAmor".

—Sí —dijo Gordo—. Pero no como puedes oírla tú. No soy de la manada. Ya no.

Manada.

Oh, Dios. Manada.

Comencé a correr.

—¡Ox! —rugió detrás de mí.

Lo ignoré. Tenía que acercarme porque mi pecho se sentía tan caliente que quemaba, la piel me picaba tanto que creí que me volvería loco. El viento rugió en mis oídos y la nube liberó a la luna, todo estaba casi tan brillante como en el día y *aullaron*. Cantaron. La canción estaba viva y vibraba, y casi no pude evitar echar mi cabeza hacia atrás y expulsar una melodía desgarradora: *los escucho, los conozco, voy por ustedes, los amo,* para que todo el bosque y la luna me oyeran. Mi corazón era un tambor y el latido retumbaba en mi interior. En ese momento, pensé que podría romperme y las piezas caerían entre los árboles, y todo lo que quedaría serían pequeños fractales de luz de luna, reflejados en los fragmentos que habían sido mi totalidad.

"OX, OX, OX, OX, OX, OX".

Golpeé mi rostro y mis brazos con tres ramas. Pequeños destellos de dolor antes de que la canción tomara el poder.

"AQUÍ, AQUÍ, AQUÍ, AQUÍ".

Pensé en mi padre cuando me dijo "La gente hará que tu vida sea una mierda".

"NUESTRO, NUESTRO, NUESTRO, NUESTRO, NUESTRO"

Pensé en mi madre cuando sonreía "Hay burbujas de jabón en tu oreja".

"CASA, CASA, CASA".

Pensé en Gordo cuando susurró "Ahora nos perteneces". ¿Era cierto? ¿Realmente les pertenecía?

"SÍ, SÍ, SÍ, SÍ, SÍ".

Pensé en Joe, y estaba en *canción*, en *concierto* con todos los aullidos que estaban *más allá de la línea de árboles, solo unos pocos pasos más y necesitaba estar allí, necesitaba ver lo que había allí para ver y yo, yo, yo...*

Llegué al claro y me detuve.

Caí sobre mis rodillas, cerré los ojos y me dejé caer sobre mis talones, de cara a la luna.

Ellos *cantaron*.

Y luego se volvió un eco.

Respiré profundo.

Abrí los ojos.

Ante mí y de pie estaba lo imposible.

Un lobo blanco. Con el pecho, las piernas y el lomo salpicado de negro. Sus ojos eran rojos, destellaban en la luz de la luna. Tenía el tamaño de un caballo, sus patas tenían el doble de la medida de mis manos, su hocico era tan largo como mi brazo. Asomaba un rastro de dientes como picos.

Algo se movía detrás de él, pero no podía quitarle los ojos de encima.

El lobo caminó hacia mí y no me pude mover.

—Estoy soñando —susurré—. Oh, Dios. Estoy soñando.

Se detuvo delante de mí y bajó su cabeza. Olisqueó mi cuello con una respiración lenta y deliberada que se sentía caliente en mi piel. Pensé en que debería estar asustado, pero no podía encontrar un motivo para estarlo.

El lobo exhaló a lo largo de mi garganta, mi cabello, mi oreja.

Oí susurros dentro de mi cabeza que decían *"OxManadaOxASalvo-OxOxOx"*. Conocía esa voz, esas voces. Las conocía a todas.

Estiré mis dedos, mis manos se deslizaron dentro del suave pelaje, rozando la piel que había por debajo.

Y luego, el chapuzón frío de algo similar a la realidad.

—¡Ox! —una voz gritó detrás de mí.

El lobo gruñó por encima de mi hombro. Una advertencia.

—Oh, vete a la mierda, Thomas —dijo Gordo. Podía oírlo acercarse a mis espaldas—. No sabes nada. Las guardas están resistiendo.

Thomas. Thomas. Thomas.

—¿Thomas? —soné roto.

El lobo miró de nuevo en mi dirección, sus ojos brillaban rojos. Presionó la nariz contra mi frente y *resopló*.

—Dios —me derrumbé—. Qué ojos más grandes…

Golpeó su hocico contra mi cabeza y lo tomé por lo que era.

El lobo *(Thomas Thomas Thomas)* dio un par de pasos hacia atrás y se sentó en sus patas traseras. Esperó a mi lado, sobrepasándome, no sabía para qué.

Me puse de pie lentamente y me pregunté si iba a comerme. Esperaba que fuera rápido.

El lobo *(THOMAS THOMAS THOMAS)* ladeó su cabeza en mi dirección.

—Así que esto *está* pasando —dije.

Gordo soltó una risotada detrás de mí.

—No creo que esté soñando.

—No estás soñando.

—Okey. Tú tienes brazos brillantes porque eres un mago —no quité mi vista del lobo, que volvió a resoplar, como si hubiera dicho algo gracioso.

—Brujo —me corrigió Gordo—. Y no tengo *brazos brillantes*.

—Eso es mentira. Eres como tu propia linterna —murmuré.

—¿En eso te fijas? Descubres que los Bennett son hombre lobo, ¿y piensas en mis *brazos brillantes*?

—Hombres lobo —respiré—. Eso es… guau.

El lobo sacudió su cabeza, casi como si se estuviera divirtiendo.

—Jesucristo. Thomas, trae al resto de tus perros aquí para que te huelan el culo. Me aseguraré de que las guardas se mantengan.

Thomas gruñó desde el fondo de su garganta. Sus ojos se pusieron rojos de nuevo.

—Sí, sí. Tu mierda de Alfa no funciona conmigo. Podría freírte el cabello de tu trasero en un latido. Tú, perro cretino.

Se acercó a nosotros y sus tatuajes brillaron por arriba y debajo de sus brazos.

—Yo… —miré de nuevo a Thomas. No sabía qué decir.

Miró por encima de su hombro y emitió un ruido sordo desde lo profundo de su pecho. Hubo un fuerte ladrido y luego dos lobos pequeños dieron un salto, uno era más pequeño que el otro. Se frotaron contra mí, sus cabezas golpearon contra mi pecho. El más grande era gris oscuro con pequeñas manchas blancas y negras en sus patas traseras. El más pequeño tenía un color similar, pero sus manchas blancas y negras nacían en su cara hasta sus hombros.

Sus ojos brillaban anaranjados mientras pasaban sus lenguas por mi piel.

—Asqueroso —dije amablemente.

Rieron. No alto, pero rieron y la familiaridad hizo que doliera.

—Carter. Kelly... —me oía *estúpido* por el asombro.

Volvieron a reírse de mí y brincaron a mi alrededor, dando saltitos como cachorros. Mordisquearon mi ropa y mis dedos. *No estaba soñando.*

Toqué sus lomos y la luz de la luna se filtró entre mis dedos sobre su piel. Estaban felices.

De alguna forma, supe que estaban felices. Podía sentirlo en mi cabeza y pecho, y era *tan brillante*. Miré de nuevo a Thomas y vi a un gran lobo castaño sentado a su derecha, me observaba atentamente. No era tan grande como Thomas, pero sus ojos seguían iluminados como Halloween, ardientes y cálidos.

—Mark —dije. Resopló y vi la curvatura de una sonrisa secreta.

Se inclinó sobre mí y emitió un sonido sordo y gutural, frotó su nariz por todo mi rostro mientras arrastraba su lengua.

—Entonces lamer es lo que hacen —les dije—. Van a estar avergonzados más tarde. No voy a lamerlos ahora —hice una pausa, considerándolo—. O probablemente jamás.

A ninguno parecía importarle. No sabía si me comprendían. Ni siquiera sabía si todo esto era real.

Gordo regresó y sus tatuajes se habían atenuado un poco. Aún estaban iluminados, pero no parecían cambiar de forma con antes. Estaba pálido y sus ojos se veían hundidos en sus cuencas.

–No funcionará. No puede adherirse a ninguno de ustedes. Su atadura no se fijará –dijo mirando a Thomas–. Y creo que lo sabías de antes –su tono se volvió severo y acusador.

Entonces se oyó un sonido. Era húmedo y roto, y horrible. Un gemido de piel y músculo. El pelaje blanco se onduló y retrocedió. Tardó unos pocos segundos, pero en donde había habido un lobo, ahora estaba Thomas. Aún era un animal, o al menos la mitad de él, atrapado entre el lobo y el hombre. Sus dedos terminaban en garras negras y su rostro estaba ligeramente alargado. Tenía dientes, dientes filosos, y sus ojos eran rojos. Y estaba desnudo, lo cual hizo que todo fuera más surreal.

–Sabíamos que era una posibilidad –le respondió a Gordo, su voz tenía un resonar profundo, las palabras se atenuaban por los colmillos. Los *colmillos*.

–¿Cómo puede ser justo para Ox? –preguntó con amargura–. No le diste elección.

–¿Y tú sí?

–No es lo mismo y lo sabes –los tatuajes centellaron en sus brazos.

–No eres un estúpido –soltó Thomas–. No actúes como si lo fueras. Estas cosas se eligen por sí solas. A pesar de en lo que se convirtió tu padre, te enseñó mejor que eso.

–No te atrevas a hablar de él. Ox no es…

–Estoy aquí –logré decir de alguna forma.

Me miraron con sorpresa en sus expresiones, como si hubieran olvidado que estaba allí.

Entonces caí en la cuenta.

—Joe —dije—. ¿Dónde está Joe?

Carter y Kelly gimieron a mi lado, frotándose sobre mí.

—Es su primer cambio —suspiró Thomas—. Él no… lo está manejando muy bien.

—¿Dónde está? —demandé, el miedo me recorrió de punta a punta.

—Ox, debes entenderlo. *Siempre* tienes una opción. Esto no está escrito en piedra.

—No me importa. No me interesa lo que esté pasando, no me importa si estoy soñando o despierto, o si me volví loco. Malditos lobos y brujos, y no me importa una mierda qué más. ¿Dónde demonios está Joe?

Mis manos eran puños a mis dos lados. Carter y Kelly echaron sus orejas sobre sus cabezas y se inclinaron, intentado volverse más pequeños.

—Necesita tu ayuda —soltó Thomas.

—A la mierda con eso —replicó Gordo—. No pongas esa responsabilidad en él. Lo próximo que supe fue que Thomas lo sujetaba por la garganta y se veía más lobo que hombre, aunque aún se paraba en sus dos piernas. El pelaje blanco había regresado, y las garras se habían extendido. Sus dientes eran más grandes, como uñas anchas, y el sonido que emitía erizó los vellos de mis brazos y cuello.

—Estás aquí —rugió Thomas—. Porque respeto a tu padre y al pacto. O al menos a lo que alguna vez fue. No malinterpretes eso por algo más. No eres manada por elección propia.

—Y aun así me llamaste —largó Gordo, luchando en las garras de Thomas—. Y vine. No estoy unido por ninguna mierda, y aun así vine.

—Él es mi *hijo* y el próximo Alfa, mostrarás *respeto.*

—Vete al diablo.

—*Ya basta* —intervine. Y me obedecieron.

Gordo cayó al suelo, aspirando aire.

Thomas respiraba pesadamente, sus ojos rojos brillaban de manera tenue.

Y luego lo vi: detrás de ellos, en el claro, en la luz de la luna.

Una silueta oscura, encorvada en el suelo. Un destello de luz, verde, tal vez verde oscuro, se alzó a su alrededor y se esfumó antes de que pudiera estar seguro.

Me abrí paso a empujones entre Thomas y Gordo. No tenía tiempo para ellos.

Carter y Kelly estaban a mi lado, con sus lenguas saliendo de sus bocas. Mark estaba detrás de mí, con su hocico presionando mi espalda.

Otro lobo yacía en el suelo, casi tan grande como Mark, y pensé *Elizabeth*. Tenía el pelaje de sus hijos, gris, negro y blanco. Levantó la cabeza mientras me acercaba y sus ojos eran iguales, muy hermosos y azules, y recordé cuando me dijo que había terminado con su fase verde. Me había hecho girar y había reído, con salpicones de pintura en sus manos.

Eran los mismos ojos, pero podía ver la tristeza en ellos.

—Yo no… —sacudí mi cabeza.

—No puede oírte. Hay una guarda de tierra infundida con plata. Bloquea todos los sonidos y olores —hubo otro destello de verde, y pude ver con la luz de la luna unas diagonales en la tierra que formaban un círculo alrededor de Elizabeth.

—¿Están atrapados? —estaba horrorizado.

—Por elección. Es más seguro para Joe por su estado. Bloquea todo excepto a su madre —dijo Gordo.

Di un paso hacia Elizabeth, pero Gordo me sujetó del brazo, jalándome hacia atrás.

—Antes debes escucharme.

—¿Antes?

Elizabeth no me quitó sus ojos de encima, centelleaban anaranjados. No logré ver a Joe y me provocó dolor de cabeza.

—Tenemos… necesitamos algo, lo que sea. *Algo* que nos mantenga sujetos a nuestra humanidad —la mano de Gordo aflojó la presión sobre mi brazo, pero no me dejó libre. Sentía una especie de electricidad al tacto y me preguntaba si se trataba de los tatuajes, de él, o de lo que sea que esto fuera—. La magia consume mucho de uno. Puede llevarte a lugares que nunca habías pensado que podrías alcanzar. Rincones oscuros que es mejor dejar en paz.

—¿Y los lobos?

—Los lobos deben recordarse que son en parte humanos. Especialmente los lobos nacidos. Es más fácil para ellos perderse en el animal, y sucede eso cuando no tienen algo a lo que aferrarse en el mundo racional.

—Nada de todo esto es racional —repliqué con voz áspera. Sentí como si estuviera entrando en algo de lo cual no podría regresar.

—Joe se volverá salvaje si no cuenta con un lazo. Generalmente se trata de la manada, la familia o una emoción como el amor o el sentido del hogar. Puede ser enojo u odio, pero al menos es algo. No lo tiene aún, no sucederá hoy o mañana, o tal vez siquiera dentro de un año, pero si no logra atarse a su humanidad, entonces un día se volverá salvaje y jamás volverá a cambiar. Y un lobo sin un lazo es peligroso. Deberá tomarse… una decisión.

Un destello en la oscuridad, un recuerdo de antes. Algo sobre los lazos.

—Mark había dicho…

—Sí, lo hizo —suspiró. Gordo lo sabía—. Tú eres mi lazo, Ox.

—¿Desde cuándo?

—Desde que cumpliste los quince, cuando te di las camisas.

–No sentí nada diferente.

Ahora nos perteneces.

–Sí, lo sentiste.

–Mierda –susurré.

–Simplemente sucedió –se excusó–. Nunca quise…

–¿Puedo ser el de ambos?

–¿Ambos?

–Tuyo y de él.

–No lo sé… tal vez. Si alguien pudiera hacerlo, serías tú.

–¿Por qué yo? No soy nada. No soy nadie.

–Eres más grandioso que cualquiera de nosotros, Ox. Sé que no lo ves, sé lo que piensas, pero eres mucho.

–¿Qué necesito hacer? –ahora era un hombre, así que empujé el ardor de las lágrimas fuera de mis ojos.

–¿Estás seguro? –preguntó Thomas a mis espaldas.

Solo tenía ojos para Elizabeth. Podía sentir a los lobos a mí alrededor, pero jamás aparté la mirada de ella.

–Sí –porque se trataba de Joe.

–Será rápido. La guarda caerá, vas a oírlo, ha sido… intenso. No dejes que te asuste. Captará tu esencia, háblale, deja que escuche tu voz. No luce… como él mismo ahora. ¿De acuerdo? Pero sigue siendo Joe.

–Bien –mi corazón resonaba en mi pecho.

Esto no era un sueño.

–No permitiré que nada te pase –prometió Gordo en voz baja.

–Bien.

–Ox, tienes opción.

–Y ya he escogido.

Finalmente lo miré.

Me sostuvo la mirada, buscando con sus ojos. No estoy seguro de si encontró lo que quería, pero al final asintió con fuerza y levantó el brazo izquierdo, con la palma hacia el cielo. Todos los tatuajes de su brazo se habían desvanecido, excepto uno, que era verde profundo y terroso: eran dos líneas que se agitaban en sincronía entre sí. Frotó dos dedos sobre ellos y murmuró en voz baja, el aire se volvió estático y mis oídos estallaron. Los lobos a mi alrededor gruñeron y miré a Elizabeth.

El círculo hizo una llamarada breve y luego se volvió negro. Pesado y sin vida. Y luego lo escuché: sonidos animales bajitos, gruñidos pequeños y enojados.

Di un paso hacia Elizabeth y estiré mi mano.

Ella la empujó con su hocico y respiro en el hueco.

Y luego silencio.

Unas manos se estiraron sobre Elizabeth desde su otro lado, unas garras negras.

—Joe —fue apenas un susurro.

Y se lanzó hacia mí. Antes de que pudiera moverme, antes de que pudiera pensar, hubo un grito de advertencia, gruñidos estridentes. Me derribó, su peso sobre de mí, las garras se clavaron en mis hombros, pequeños pinchazos que ardían. Vi destellos de dientes, ojos que parpadeaban en color anaranjado, rojo, azul y verde. Una nariz estaba en mi cuello, mi mejilla, inhalándome.

—Ox —dijo en un tono bajo, oscuro y furioso.

Había quedado a la mitad entre un lobo y un humano, como Thomas hacía un momento. Thomas había tenido control de su transformación.

Joe no lo tenía.

Cabellos blancos crecían y se desvanecían a lo largo de sus brazos y rostro, los colmillos atravesaban sus encías y luego se volvían planos.

Había un chico, luego la mitad de un lobo, luego un chico otra vez.

–Ox, duele. Me duele… –gruñó, sus palabras se disolvieron en gruñidos que escupía cuando su forma de lobo avanzaba. Sus ojos cambiaban a diferentes colores y por un momento se combinaron en algo como *violeta* y *violencia*, y las garras sobre mi pecho presionaron más fuerte. Hice una mueca de dolor y oí a los demás a nuestro alrededor. Se oía como si estuvieran a punto de arrancarlo de mí y no podía dejar que eso sucediera. No podía dejar que lo alejaran de mí.

–Mi padre se fue cuando tenía doce –dije.

Todos se quedaron quietos.

Las garras se retrajeron, solo un poco.

–Bebía demasiado. Me decía que todo estaba bien, pero no era cierto. Creo que solía golpear a mamá, pero no sé si alguna vez tendré el coraje para preguntárselo. Una vez ella se puso un vestido para ir a un picnic y creo que él lo rompió, y si descubro que lo hizo, si la lastimó y yo no lo sabía, entonces haré que lo pague.

Joe gimió, se oía adolorido.

–Puso su maletín cerca de la puerta y se marchó. Dijo que era tonto y estúpido, y que de la gente solo obtendría mierda, que no quería arrepentirse de mí y que por eso debía marcharse. La cosa es que creo que ya lo hacía, creo que se arrepentía de cada parte de su vida, pero estaba en lo cierto con algunas cosas. Fui un tonto y un estúpido porque creí que regresaría, que un día vendría oliendo a lo de siempre: aceite de motor, cerveza y sudor, porque ese era el olor de mi *padre*.

Y así era. Siempre había sido así.

–Pero nunca regresó. Y tampoco lo hará, lo sé. Pero no es porque yo haya hecho algo mal, él era el que estaba mal. Se marchó y nosotros nos quedamos, y él estaba mal, pero ahora estoy bien con eso, estoy bien con haber sido abandonado porque tengo a mi madre, tengo a Gordo y a los muchachos. Y te tengo a ti, Joe. Si no hubiera sido abandonado, no te tendría. Así que debes concentrarte, ¿de acuerdo? Porque no puedo aceptar que algo te suceda a ti. Te necesito aquí, conmigo, Joe, y no me importa si eres un chico o un lobo. Cosas como esas no me interesan, eres mi amigo y no puedo perder eso. Jamás me arrepentiré de ti. Nunca.

Fue lo máximo que había dicho de una sola vez. Mi boca se sentía seca y mi lengua hinchada, me dolía en todas partes por todo. Oí la voz de mi padre en mi cabeza y se reía de mí. Me dijo que no funcionaría.

"La gente hará que tu vida sea una mierda", me dijo.

No había notado cuando Gordo se había atado a mí. Al menos no de una forma en la que podría definirlo.

Pero ahora sabía lo que era.

Y lo sentí. Una calidez en mi pecho que subía por mi cuello y brazos, mi rostro y mis piernas, como los pequeños flameos de un rayo de sol a través de las hojas de un árbol.

Los lobos a mi alrededor comenzaron a aullar. Su canción me golpeó y creí que me rompería en pedazos. Grité junto a ellos, uniendo mi voz junto a las suyas. Estoy seguro de que el mísero grito de un humano no era nada comparado con la canción de un lobo. Pero di todo lo que tenía porque eso era todo lo que podía dar.

Los aullidos se extinguieron.

El peso se deslizó de mi pecho y abrí los ojos.

Había un lobo sobre mí. Era más pequeño que el resto, más delgado, y era de un blanco puro, ni una sola coloración en todo su cuerpo. Sus orejas se crisparon y sus fosas nasales se ensancharon.

Miró hacia abajo, hacia mí. Sus ojos eran anaranjados, brillantes y hermosos. Flamearon brevemente antes de volver a su azul habitual, y supe que él estaba ahí dentro. Supe que era el mismo chico que creía que olía a bastones de caramelo y piña. A épico y asombroso. Intenté no pensar en cuantas cosas tenían más sentido ahora, por la amenaza de sentirme abrumado.

–Ey, Joe –dije en cambio.

Él echó su cabeza hacia atrás y *cantó*.

Corrieron a través del claro, entre los árboles, entrando y saliendo. Persiguiéndose entre ellos, mordisqueándose los talones.

Joe se veía desgarbado al principio, inseguro. Se tropezaba con sus propios pies, se caía de cara al suelo. Quedaba atrapado por las imágenes, los sonidos y los olores.

Corrió hacia mí a gran velocidad, amagando a la izquierda cuando me envolví con mis propios brazos. Dio un pequeño ladrido mientras pasaba a mi lado, regresó y se frotó en mis piernas como un gato con su nariz en el hueco de mi mano.

Y luego comenzó la carrera de nuevo.

Thomas y Elizabeth se quedaron cerca de él. Le gruñían suavemente si comenzaba a exaltarse demasiado. Mark se sentó a mi lado, casi tan alto como yo. Se veía encantado mientras observaba a Joe.

Carter y Kelly entraron en el bosque, pude oír cómo se chocaban con los árboles y los arbustos. Predadores sigilosos eso dos.

Y luego sentí como todo me golpeaba de repente, estrellándose sobre mis hombros.

La realidad cambiaba porque debía hacerlo.

Inhalé profundamente, Mark se quejó a mi lado.

–¿Estás bien? –me preguntó Gordo.

–¡Mierda! –exclamé. Gordo no rio, tampoco esperaba que lo hiciera–. ¡Maldición, son hombres lobo!

–Sí, Ox.

–Tú eres un maldito mago.

–Soy un brujo –dijo con el ceño fruncido.

–¡Por qué demonios me ocultaste todo esto! –rugí.

No se suponía que dijera todo de esa forma.

Se suponía que debía ser razonable, tranquilo. Pero estaba asustado, enfadado y confundido, y la realidad estaba cambiando de forma. Las cosas tenían sentido, mucho más sentido ahora, pero al mismo tiempo no lo tenían. En absoluto. Se suponía que el mundo no estaba lleno de monstruos y magia, estaba destinado a ser ordinario y estar arruinado con pequeñas partes rotas de *maldito retardado* y *vas a obtener mierda, Ox.*

Y no estaba solo atado a Gordo, no.

Estaba atado a todos ellos: los lobos, el brujo, los malditos lazos.

No hagas que también me arrepienta de ti, había dicho mi padre, y por alguna razón en todo lo que pude pensar fue en esas motas de polvo que flotaban en la habitación *(de ella)*, bailando en la luz del sol mientras yo tocaba las puntadas curvas que deletreaban *Curtis, Curtis, Curtis.*

Pero eso fue antes y esto era ahora.

Porque ya (no) tenía doce años.

(No) era un hombre.

(No) era de la manada. Era. Era. Era y los lazos. Dios santo, los lazos, podía sentirlos jalándome y...

Gordo estaba frente a mí.

De repente me rodeaban los lobos. Todos ellos.

Gruñeron al unísono cuando Gordo me sujetó del brazo. Él los ignoró.

—Ox, necesitas respirar —su voz era ronca.

—Eso intento —la mía salió aguda y rota. Y no pude, no pude recuperar el aliento. Estaba atascado en algún lugar entre mi garganta y mis pulmones. Mis dedos se sentían entumecidos y pequeños destellos de luz bailaban delante de mis ojos.

Uno de los lobos lloriqueó a mi lado. Supe que se trataba de Joe, y ¿no era algo increíble que pudiera reconocerlo como un lobo incluso cuando apenas una hora atrás no sabía que este tipo de cosas existían?

Pequeñas cosas que se acomodaban en su sitio.

La manada y el *tacto,* los olores y los aullidos en el medio del bosque. Las noches familiares en las que no se me permitía seguirlos, que siempre eran cuando la luna estaba llena, blanca y redonda. El lobo de piedra en mi mano, la forma en que se movían, la forma en la que hablaban. El hombre malvado. El hombre malvado que se llevó a Joe. Seguro fue porque…

Voy a ser un líder un día, susurró Joe. ¿Acaso no sentí un orgullo feroz cuando lo dijo por primera vez? ¿No había *brillado* incluso cuando ni siquiera sabía lo que significaba?

Había hechos de los cuales estaba consiente.

Verdades simples.

Yo era Oxnard Matheson.

Mi madre era Maggie Callaway, vivíamos en Green Creek, Oregon.

Mi padre se marchó cuando tenía doce años. No era listo, era tonto como un buey.

Obtendría mierda la mayor parte de mi vida.

No quería nada más que tener un amigo.

Gordo era mi hermano-padre-amigo, a mi mamá le gustaba bailar.

Tanner, Chris y Rico eran mis amigos y nos pertenecíamos los unos a los otros.

Los Bennett eran mis amigos (*manada manada manada manada*) y teníamos las cenas de los domingos como tradición.

Jessie era mi novia.

Joe era mi... Oh, *Joe era mí...*

Esas eran mis verdades simples. Pero la realidad había cambiado. La realidad se había doblado, se había roto.

Y allí estaba de pie en el medio de un campo iluminado por la luna llena, mi padre-hermano-amigo, con sus tatuajes que cambiaban a más colores de los que creía que existían, estaba a mi lado, sacudiéndome, gritando y vociferando "*Ox, Ox, Ox, está bien. Ox, está bien no tengas miedo, yo estoy aquí.*"

Y allí estaba de pie en el medio de un campo iluminado por la luna llena, rodeado por lobos (*MANADA, MANADA, MANADA, MANADA*) que apretaban contra mí. Y en mi corazón secreto, a través de esos lazos que no sabía que estaban allí, pude oír susurros de canciones que eran cantadas para mí.

"*Calma, PequeñoHijoCachorro, calma. No hay nada que temer*", transmitió Elizabeth

"*Ox, Ox, Ox, soy tu Alfa y tú eres parte de lo que nos hace uno*", dijo Thomas.

"*No estés triste, AmigoManadaHermano, porque jamás te abandonaremos*", afirmó Carter.

"*No dejaré que nada te pase, siempre estaré a tu lado*", prometió Kelly.

"*ya no hay razón para estar solo. Jamás estarás solo*, aseguró Mark.

Y Joe... Joe cantó la más alta de todas:

"*Tú me perteneces*".

KILÓMETROS
Y KILÓMETROS /
EL SOL ENTRE
NOSOTROS

—¿Quieres convertirte en un lobo? –preguntó Thomas el domingo siguiente a la luna llena.

Caminábamos a través del bosque antes de la cena. Joe había intentado seguirnos, pero su padre le ordenó, con sus ojos rojos, que regresara a la casa, y me pregunté cómo no lo había notado antes. ¿Cómo podía haber ignorado lo que debió haber sido obvio? Joe se escabulló de vuelta a la casa y echó un último vistazo hacia mí.

Esperó hasta que estuviéramos lejos de la casa y que los demás no pudieran escucharnos para hacerme la pregunta. Había aprendido mucho sobre los lobos los últimos días: tenían el sentido del olfato y oído agudizado, podían curarse, cambiar de forma, cambiar a media forma o forma completa. Alfas, Betas y Omegas. Los Omegas eran cosas oscuras, salvajes y sin lazos, algo de que temer.

Aprendí más de lo que creía posible.

Y caminábamos a través del bosque una vez más, solo él y yo. Tocaba los árboles de vez en cuando, como siempre lo hacía. Respiraba profundo, y le pregunté por qué.

—Este es mi territorio, me pertenece —respondió—. Ha sido de mi familia por un largo tiempo.

—Tu manada.

—Sí, Ox, mi manada. Nuestra manada.

¿Y eso me conmovió? Sí, lo hizo.

—Estos árboles, este bosque, están llenos de magia antigua. Está en mi sangre y se sacude y retuerce dentro de mí.

—Pero te marchaste —repliqué.

—A veces, tenemos responsabilidades más grandes que el hogar. A veces, tenemos que hacer lo que es necesario antes de poder hacer lo que deseamos, pero cada día que estuve lejos de aquí, sentí este lugar. Cantaba para mí, me dolía y quemaba. Mark regresaba para asegurarse de que aún estuviera en pie, porque yo no podía.

—¿Por qué?

—Porque soy el Alfa. No sé si hubiera sido capaz de dejarlo otra vez —me sonrió.

—¿Cuán extenso es? Tu territorio.

—Kilómetros, y kilómetros, y kilómetros. Y los recorro todos, con el suelo debajo de mis pies y el aire en mis pulmones. Es algo único, Ox.

Toqué el más cercano de los árboles e intenté sentir lo que él describía.

Mis dedos rozaron la corteza y cerré los ojos. Me reí de mí mismo por lo bajo, estaba siendo ridículo, no era nada parecido a ellos.

—¿Quieres convertirte en un lobo? —insistió.

Abrí los ojos porque era una pregunta importante. Estaban esas pequeñas ataduras, como cuerdas que jalaban mi mente y mi corazón secreto. Aún no podía darles un nombre, porque todo era demasiado nuevo, pero estaba cerca de hacerlo.

Aunque podía nombrar la de Joe, la suya era la más sencilla.

—¿Quieres que me convierta en uno? —pregunté.

—Tantas capas —murmuró con una sonrisa cegadora, mientras caminábamos entre medio de los árboles.

No sería como ellos, no completamente. Eso era todo lo que me habían explicado. Ningún humano convertido lo era. Había una diferencia entre nacer o ser mordido. En primer lugar, los instintos. Ellos tenían los suyos de toda la vida, yo estaría dando tumbos como un niño.

—Habría diferencias —pensé en voz alta.

—Las habría.

—Pero sería un Beta.

—Sí, uno de los míos. Y con el tiempo, uno de Joe.

—¿Por qué Carter o Kelly no serán los próximos Alfa?

—No nacieron para serlo —contestó—. Joe sí, por eso él será uno.

—Tendré algo que ustedes no tienen —no quería ofenderlo, pero no pude detener mis palabras—. Si me convierto…

—¿Eh? ¿Y eso qué sería?

Toqué nuevamente el árbol.

—Recordaré lo que es ser un humano.

No se enfadó. Puso un brazo sobre mis hombros y juntó su mejilla contra mi cabello, frotándose una y otra vez. Ellos solían hacer eso, ahora entendía el porqué. Yo era parte de la manada y necesitaban que oliera como tal, era extraño, y tranquilizador.

Se apartó de mí.

—Lo harás —sonaba tranquilo—. Y serás un buen lobo.

—Mi mamá… —dije a modo de excusa, intentando detener el tiempo mientras todo lo demás se tambaleaba a mí alrededor.

—Tú eliges.

—¿Ella es parte de la manada?

—De una forma particular.

—Tendría que saberlo.

—Confío en ti, Ox —me tranquilizó y yo cerré los ojos.

No pasé por alto el paso de sus palabras, no con toda su historia familiar.

—¿Me perdería a mí mismo? ¿La parte que me hace ser quién *soy*?

—No. No dejaría que eso sucediera. Tu seguirías siendo tú, solo que…

—¿Mejor? —pregunté con amargura.

—Diferente —concluyó—. Ox. Ox, jamás necesitarás ser mejor. En nada. Eres perfecto de la forma en que eres, los humanos son… especiales. Los miembros humanos de la manada son admirados, siempre estarás protegido, siempre serás amado.

Una abeja pasó por mis piernas y la seguí con la vista hasta que desapareció.

—¿Entonces por qué me preguntas?

—Porque siempre tendrás una elección. Nos definimos por nuestras elecciones. Cuando tengas dieciocho, si quieres ser mordido, yo lo haré por ti.

Lo miré, él me observaba de cerca.

—Podría correr contigo —continué, avergonzado—, bajo la luna llena.

—Eso lo harías de todas formas —rio—. Tal vez no seas tan veloz, pero no te dejaremos atrás.

—¿Por qué no me lo dijeron antes?

—Para protegerte —su sonrisa se desvaneció.

—¿De qué?

—Hay cosas más grandes que tú o yo allí afuera, Ox. Tanto buenas como malas. El mundo es más grande de lo que posiblemente podrías llegar a imaginar. Estamos a salvo aquí, por ahora, pero eso no siempre será así. Este es un lugar de poder, y lugares como estos siempre atraen la atención.

—¿Qué ha cambiado?

—Joe.

—¿Me hubieran dicho si él…? —miré hacia un lado.

—Sí, algún día.

—Probablemente sea la hora de la cena —dije-. Es la tradición.

Y la sonrisa regresó a su rostro.

Me preguntaba si Thomas había notado que jamás respondí a su pregunta sobre convertirme en un lobo. Pensaba que lo había hecho. Pensaba que él lo sabía todo.

—Te mantendré con los pies sobre la tierra —le dije a Gordo no mucho después. Estábamos solos en el taller, preparándonos para cerrar. Era casi tiempo de regresar a la escuela y esos momentos de tranquilidad que teníamos se volverían más escasos y aislados.

No respondió de inmediato. Estaba bien con eso.

Cerré la puerta principal y lo seguí hacia la parte trasera, en donde fumaba sus cigarrillos y yo fingía que también lo hacía y hablábamos de nada por unos diez minutos como siempre hacíamos antes de regresar a casa.

Estaba sentado en su reposera de jardín harapienta, jugueteando con un encendedor en sus manos y el cigarrillo detrás de su oreja. Observaba una bandada de aves que volaban por encima de nosotros.

—Mi padre.

Esperé.

—Mi padre —aclaró su garganta y lo intentó una vez más—. No era… un hombre bueno.

Quería decirle que ya teníamos una cosa más en común, pero las palabras murieron en mi lengua.

—No conoces este mundo, Ox, aún no. Si lo hicieras, sabrías el nombre de mi padre. Tenía mucho poder, era fuerte y valiente, y la gente veneraba el suelo que pisaba. Demonios, yo también lo hacía, pero él jamás fue bueno.

Tonto como un buey.

Porque la gente haría que mi vida fuera una mierda.

—Manadas como la de los Bennett, viejas manadas con largas historias, tenían a un brujo en sus templos. Era para crear la paz, el balance y darle mayor poder al Alfa. Mi padre… él era el brujo de Abel Bennett, el padre de Thomas. La manada de los Bennett era más numerosa en ese entonces, más fuerte, venerada y temida.

—¿Qué sucedió? —pregunté en voz baja.

—Perdió su lazo —respondió Gordo con una risita amarga.

—¿Tu madre?

—No, otra mujer. Ella… no importa ahora. Murió, era una mujer lobo. Mi padre mató a muchas personas luego de eso.

Me sentí aturdido.

—Tomé su lugar. Tenía doce años —continuó.

—Gordo…

—No estaba listo para ese tipo de responsabilidad, cometí errores. Mi padre desapareció. Maldición, nadie sabe si aún sigue con vida, pero tenía una casa, un lugar.

—¿Gordo?

—Qué.

—Soy tu lazo.

—Sí.

—¿Quién lo era antes que yo?

—Ya no importa —apartó la mirada. Pero por supuesto que importaba.

—¿Hace cuánto?

—Jesucristo.

—¿Por cuánto tiempo estuviste sin un lazo?

No creí que respondería a mi pregunta, pero luego lo hizo.

—Años.

—Maldito imbécil —dije con la voz ronca—. ¿Por qué no me lo pediste?

—No creía que…

—No, claro que no creíste una mierda. Podrías haber resultado herido.

—Lo tenía bajo control —encendió su cigarrillo, inhaló profundamente y soltó el humo.

—Púdrete tú y tu control.

—Solo porque estés metido en esto no quiere decir que sepas una mierda sobre todo, Ox —soltó con brusquedad—. No lo olvides, he tenido una *vida entera* de todo esto. Tú eres un maldito *niño*.

—Un niño que es parte de la manada de los Bennett y está enlazado a ti y a Joe —me erguí en toda mi altura.

Me observó con una expresión desconocida en su rostro.

—Maldición, Ox —murmuró.

—No. Nunca más. ¿Me oyes? No volverás a ocultarme nada. Jamás.

—Ox…

—*Gordo.*

—Jesucristo, muchacho. Eres jodidamente aterrador por momentos. ¿Lo sabías? Hay un poco de Alfa en ti.

No dije nada, solo lo fulminé con mi mirada.

—De acuerdo —resopló.

—¿Quién era?

—Mark, ¿de acuerdo? —el humo se enroscó por encima de su rostro mientras lo decía—. Fue Mark. Lo amaba. Lo amaba y él se marchó, y yo me quedé aquí, estuve perdido en la oscuridad hasta que te encontré, tú me trajiste de vuelta, Ox. Lo hiciste y no puedo perderte. No puedo.

Los otros no lo sabían. Tanner, Rico, Chris. Gordo dijo que era mejor de esa forma.

A veces no creía que Gordo creyera sus propias mentiras.

La escuela comenzó. Mi último año de preparatoria.

La bocina resonó afuera y abrí la puerta. La sonrisa de Joe era brillante y cegadora mientras saludaba con su mano desde el asiento trasero.

—Ey, Ox. Ahora soy como ustedes, muchachos. Hora de la escuela, ¿cierto?

Cuando estábamos en el bosque, luego de preguntarme si quería ser un lobo, Thomas me explicó algo.

—Los lazos son importantes, Ox, en especial cuando son personas. Cuando son emociones deben ser universales, y eso solo sucede con la furia y el odio, que se retuercen y cambian hasta que el lazo se oscurece y quema. Cuando el lazo es una manada, se extiende entre todos los miembros, y todos comparten el peso de esa carga.

—¿Y si se trata de una sola persona? –pregunté. Una brisa sopló en mi cabello y cerré los ojos.

—Si es una sola persona –respondió en voz baja–. Esa persona es tratada como algo valioso, pero se puede convertir en un lazo posesivo. Simplemente es así. Es una de las cosas más importantes para un lobo.

—¿Cuál es tu lazo? –pregunté, y quise borrar mis palabras en cuanto salieron de mi boca, sentía que había hecho una pregunta personal que no tenía derecho a realizar.

—La manada. Siempre ha sido mi manada. No los miembros individuales de por sí, sino la *idea* detrás de lo que una manada significa.

—Familia.

—Sí, y mucho más que eso. Puede ser más difícil cuando se trata de individuos.

—¿Qué sucede si estoy enlazado a dos personas?

—Ya lo veremos, ¿no crees? –frunció el ceño.

"Hay un tercer hermano Bennett", susurraban por los pasillos.

"Se ve como los demás".

"¿Por qué aún siguen con Ox?".

Necesitábamos una mesa de almuerzo más grande.

O tal vez un asiento más amplio.

Estaba rodeado de Bennett. Kelly a mi izquierda, Joe a mi derecha y Carter junto a él. Me empujaban a un lado de la mesa amontonándose contra mí tanto como podían. Joe hablaba de esto y aquello, y sobre todo lo que posiblemente viniera a su mente.

Jessie parecía divertirse, sentada frente a nosotros. Había algo más oculto en esa sonrisa, pero no pude descifrar lo que era.

Estoy seguro de que para cualquiera que estuviera en la cafetería, se vería extraño. Los cuatro y ella. No me importaba. Joe nos hablaba sin parar. A mí, a Carter, a Kelly. Nunca a Jessie.

Me dio una tajada de su manzana.

Le di algunas patatas fritas.

—Estoy feliz de estar aquí, contigo —susurró.

—Yo también.

—¿Lo amabas? —le pregunté a Mark una tarde de otoño.

—¿A quién?

—A Gordo.

—No… —no dijo más, y se marchó.

No lo seguí.

Hice que Gordo quitara las guardas de alrededor de mi casa y los Bennett pudieron venir a cenar un domingo.

—No es seguro —se negó al principio.

—Pertenezco a una manada de hombres lobo sobreprotectores que viven en la casa de al lado. Estoy bastante seguro de que no podría estar más a salvo.

—Jesús —murmuró—. ¿Recuerdas al chico de pocas palabras? Esos eran los buenos y viejos tiempos.

Eso dolió, más de lo que llegaría a creer. No fui capaz de ocultarlo en mi expresión, porque suspiró y me llamó.

—Ox.

—Dime —miré a mis zapatos. Sabía que no siempre decía las mejores o más brillantes cosas, pero pensaba que había mejorado. Estaba intentándolo.

Su mano se enroscó en la parte trasera de mi cuello y *algo* latió entre los dos. No era fuerte como lo que tenía con Joe o la manada, pero estaba allí y era *cálido,* y *compasivo,* y se sentía como *estar en casa.*

—Lo siento —dijo en voz baja.

—Lo sé. Está bien —traté de restarle importancia.

—No, no está bien. Nadie debería hacerte sentir mal, especialmente yo. Es inaceptable —sus dedos se ajustaron detrás mi cuello.

—Lo sé.

—Seré mejor, ¿de acuerdo? No soy el mejor, soy consciente de ello. Pero lo haré bien contigo, lo prometo.

—Lo sé.

Apretó mi cuello y retiró su mano.

—No quitaré las guardas, no por completo. Sin embargo, las modificaré para Joe, Carter y Kelly.

—Y el resto de la manada —repliqué.

—Sí, Ox. Para el resto también —y apartó la vista.

Por primera vez teníamos la cena de los domingos en mi casa.

Mamá estaba muy nerviosa, revoloteaba en la cocina como un pajarito.

—Ellos son tan *elegantes*. Nosotros no somos personas *elegantes*, Ox —respondió cuando le pregunté por qué actuaba así.

—No les importan esas cosas.

—Lo sé.

—Te ves bonita —y era cierto, siempre se veía bonita. Aun cuando estaba cansada, aun cuando estaba triste.

—Calla —dijo mientras reía. Me golpeó con un paño de cocina y me ordenó que hiciera la ensalada mientras ella revisaba la lasaña.

Joe fue el primero en atravesar la puerta. Su mirada se disparó en todas direcciones, asimilándolo todo tan rápido como era posible, su pecho se levantaba, inspirando tanto como podía. Sus ojos estaban enormes, a punto de estallar.

—Joe —dijo Thomas detrás de él—, tranquilízate. Respira tranquilo.

Pude oír el comando en su voz, uno que enviaba temblores a lo largo de mi piel. Ahora me resultaba más fácil oírlo por lo que era: el Alfa. No era un lobo, pero aun así quería ofrecerle mi cuello.

—Es demasiado —susurró en respuesta, mientras intentaba regular su respiración—. De una sola vez.

No entendí, pero imaginé que no se suponía que debiera entenderlo.

Elizabeth entró seguida por Carter, Kelly y Mark. Mamá charlaba dejando notar sus nervios a través de la candencia y los altibajos de su voz. O no se dio cuenta o prefirió no preguntar cuando los Bennett tocaron casi todo lo que se hallaba a la vista, arrastrando las manos por el sofá, la mesa del comedor, las sillas, las encimeras. Carter y Kelly se acomodaron en las sillas de la mesa, extendiéndose tanto como podían.

Sabía lo que estaban haciendo. Hacían que este lugar oliera a ellos, a la manada.

Las esencias eran importantes. No querían que solo sean la de mamá y la mía, también necesitaban mezclarse. Abracé a cada uno de ellos. Carter y Kelly frotaron sus narices contra mi cuello.

Joe tomó mi mano.

—Tu habitación, quiero verla.

Me jaló escaleras arriba sin esperar por una respuesta. Ni siquiera tuve que decirle a dónde ir, estiró su mano libre y dejó que sus dedos rozaran las paredes, con su cabeza moviéndose de un lado a otro. Gruñó bajo por un breve momento y su mano se aferró con fuerza a la mía. No pregunté de qué se trataba. No sabía si quería saberlo.

Pero luego estuvimos en mi habitación y él estaba por todas partes. No se quedaba de pie en el mismo lugar ni un segundo, y tocaba todo a lo que podía ponerle sus manos encima.

—Es tan fuerte aquí, tan fuerte, fuerte, fuerte —murmuraba para sí mismo—. Puedo taparlo, puedo hacer que se vaya. Mío, mío, mío.

Lo dejé. Dejé que hiciera lo que necesitaba hacer. De repente se detuvo frente a mi escritorio e inhaló profundamente.

—¿Joe? —pregunté, dando un paso fuera del umbral de la puerta.

—¿Lo guardaste?

—¿Qué cosa?

No respondió. Me paré detrás de él. Estaba creciendo, su cabeza llegaba a la mitad de mi pecho. Sentí una punzada de algo agridulce, no sabía por qué.

Y luego vi lo que estaba observando.

El pequeño lobo hecho de piedra.

—Sí, ¿por qué no iba a hacerlo?

—Ox —dijo con voz ahogada.

Miré hacia abajo. Sus manos estaban enrolladas sobre el escritorio, dejando pequeñas marcas de garras, grabando la madera. Sus ojos centellearon de un color anaranjado.

—Ey —puse mi mano sobre su hombro, y allí estaba de nuevo, esa calidez, como había sucedido con Gordo. Pero si con Gordo se había sentido como un fuego cálido, entonces el latido, la *tensión* con Joe, se sentía como si fuera un sol.

Suspiró y sus garras se retrajeron.

—Me gusta tu habitación —dijo en voz baja—. Es tal cual como había imaginado que sería. Desordenada y limpia.

—¿Bastones de caramelo y piña?

—Y épico y asombroso —sonrió.

Tocó el lobo de piedra. Solo la punta de sus dedos sobre su cabeza y ese sol entre nosotros ardió con mucha, mucha intensidad.

UNA COSA DE LOBOS / ESTAMOS SOLOS

Entrenaban. Los lobos, la manada. Se adentraban y zigzagueaban entre los árboles veloz y sigilosamente.

Me rastreaban a través del bosque mientras intentaba desviarlos de mi camino.

Thomas decía "ataquen" y sus garras salían, y él comenzaba a amagar de izquierda a derecha, arriba y abajo.

Una vez le pregunté por qué entrenábamos de esa forma.

—Tenemos que estar listos.

—¿Para qué? —puso su mano sobre mi hombro.

–Para proteger lo que nos pertenece.

–¿De qué?

–De lo que sea que pueda quitarnos nuestra manada o territorio –sus ojos centellearon de un color rojo.

Un escalofrío escaló por mi columna.

Entrené más duro.

–Feliz Navidad, Ox –Joe sonrió de oreja a oreja cuando lo abracé, mi barbilla estaba sobre su coronilla.

–Estás diferente –dijo Gordo mientras daba una calada de su cigarrillo.

–¿Eh?

–Te mueves diferente –aclaró.

–Tal vez sea porque estoy creciendo.

–Es más como… confianza. Te mueves con altura.

–Es una cosa de lobos.

–No eres un lobo.

–Bastante cerca de serlo.

–¿Lo hizo, cierto? –sus ojos se entrecerraron.

–¿Quién?

–Thomas. Te ofreció la mordida.

Oí a Rico soltar una risotada desde atrás del taller. Tanner y Chris respondieron con algo a los gritos.

—Sí.

—Ox —me alertó.

—Es mi decisión. No lo hará hasta que cumpla los dieciocho, pero aun así es mi decisión.

—Solo… mierda —estaba molesto—. Solo piensa en las consecuencias. Serás perseguido por el resto de tu vida. Hay cosas allí afuera, monstruos y gente que no quiere otra cosa más que tu cabeza en una pica.

—¿Porque seré un lobo? ¿O porque ya soy parte de la manada? —pregunté.

—Mierda.

—¿O quizás porque estoy enlazado a un brujo?

—Te lo dije…

—Ya no soy un niño, Gordo.

—Pero eres todo lo que me queda —su voz se quebró mientras lo decía.

—Bien. Entonces sabes que no voy a dejarte nunca. Ni a esto.

Cerró los ojos y respiró profundo.

—Tú la rechazaste —tuve el presentimiento—. La mordida, le dijiste que no.

Abrió sus ojos lentamente.

—La decisión más fácil que he tenido que tomar en mi vida.

Ambos sabíamos que esa era una mentira.

No le dije que había decidido permanecer como humano.

De momento.

—Jessie vino al restaurante —comentó mamá.

Volví la vista hacia mi tarea de Matemáticas. No creía que la estuviera haciendo bien.

—Dijo que no te había visto en unos días.

—Estuve ocupado. Trabajo, escuela —murmuré.

Luna llena con los lobos.

—Prioridades, Ox. Está bien tenerlas, pero no te olvides de las cosas buenas.

Correr junto a ellos era una de las mejores cosas.

Sentí un oscuro latido en el sol que nos unía a Joe y a mí.

Levanté de repente mi cabeza del escritorio en Historia. Estaba de pie y fuera de la puerta de la clase antes de que fuera consciente de que me estaba moviendo, y pensé "*JoeASalvoEncuentraAJoe*".

Otros dos latidos, pequeños destellos de luz.

Carter y Kelly pensaron "*manada*".

Había furia en el sol. Estaba conteniéndose, pero estaba por romperse. Lo sabía, aunque no sabía cómo.

El sanitario de hombres. Pasillo. Empujé la puerta.

Joe estaba presionado contra la pared, su mochila se encontraba abierta a sus pies y los lápices y papeles estaban por todo el suelo.

Tres chicos lo rodeaban, uno lo sostenía contra la pared, su antebrazo presionando su cuello. Los reconocí vagamente a través de mi visión teñida de rojo: estudiantes del segundo año. Idiotas.

Joe no estaba asustado, al menos no por completo. Juré que podía escuchar el rápido, pero constante, latido de su corazón. No se estaba defendiendo porque sabía que estaba por cambiar de forma.

Entonces me vio. Sus ojos se agrandaron. Y el sol estalló.

Primero me encargué del que lo tenía presionado contra la pared. Lo tomé por detrás de su cuello y lo quité de un tirón.

—Qué... —empezó a decir, y luego no pudo hablar porque estaba en el suelo, mi rodilla sobre su pecho y mis manos alrededor de su garganta. Sus ojos se agrandaron en cuanto gruñí y enseñé mis dientes en su cara.

Los otros dos me tomaron de los hombros y brazos, intentando apartarme, pero recordé mi entrenamiento y a Thomas diciéndome "cálmate y mantén el control".

Dejé que me jalaran. Aproveché el momento y llevé mi rodilla al estómago del chico a mi derecha y le di un codazo en la cara al de la izquierda. Uno se dobló sobre su cuerpo mientras luchaba por respirar, el otro gritó, un destello carmesí brotó de entre sus dedos. Di un paso atrás, empujando a Joe detrás de mí y él presionó su cabeza contra mi espalda.

Carter y Kelly irrumpieron en el sanitario, lanzando fuego de los ojos, y examinaron el lugar. Algo se sintió bien en mí cuando comprobé su satisfacción al ver con lo que se encontraron. No era sorpresa, era satisfacción, como si supieran que era capaz de encargarme de esto.

—Pues bien, digan sus nombres —escupió Carter.

—Púdrete —respondió el chico con la nariz repleta de sangre.

—Respuesta incorrecta —replicó Kelly mientras se movía en su dirección.

—¡Nombres! —insistió Carter.

—Henry —dijo Nariz Sangrante.

—Tyler —respondió el chico con las manos sobre su estómago.

—Vete al infierno —agregó el que aún estaba echado en el suelo.

Carter lo levantó sujetándolo de su garganta y lo sostuvo en el aire, sus pies abandonaron el suelo mientras daban patadas.

—Tu. Nombre —estaba muy cerca, pero aún mantenía el control.

—Dex —respondió entrecortadamente.

—¿Los tienes? —Carter le preguntó a Kelly.

—Henry, Tyler, Dex —asintió con la cabeza mientras inhalaba sus esencias.

—Si alguna vez se acercan a mi hermano otra vez, los mataré a cada uno de ustedes —dijo Carter—. Y si yo no puedo, Kelly lo hará. Y si él tampoco puede, que Dios los salve cuando Ox ponga sus manos encima de ustedes —arrojó a Dex al suelo, quien gritó cuando aterrizó de lado. Carter y Kelly dieron un paso en su dirección, los otros dos se encogieron del miedo. Luego vinieron a mi lado, bloqueándoles la vista de Joe. Kelly puso una mano sobre mi brazo y el hombro de Carter se presionó contra el mío.

Henry fue el primero en salir corriendo, luego fue Tyler y Dex nos miró con desdén, pero era la actitud de un cobarde que vacilaba y se rompía. También corrió.

Quemaba como el sol.

El director nos miró. A mí, a mi mamá, a todos los Bennett.

—Cinco días de suspensión.

Carter, Kelly y yo nos mantuvimos en silencio, como habíamos sido instruidos.

—¿Cinco días? ¿Y qué hay de los tres que comenzaron esto? —preguntó mi madre.

–Nos estamos encargando de ellos –respondió el director, y pude notar una pequeña capa de sudor en su frente.

–¿En verdad? –soltó Elizabeth–. Eso espero, ya que han puesto a mi hijo de doce años contra la pared.

–¡Ox rompió la nariz de uno de ellos! –exclamó el director–. Tiene suerte de que no se hayan presentado cargos en su contra.

–Sí, bastante afortunado. Aunque si hubiera habido cargos en su contra, estoy segura de que nosotros hubiéramos podido responder también –concluyó Elizabeth.

El director secó el sudor de sus cejas.

–¿Mark? –intervino Thomas en un tono suave.

–¿Sí?

–¿Cuánto dinero podemos donar al distrito escolar de Green Creek este año?

–Veinticinco mil dólares.

–Ah. Gracias, Mark.

–De nada.

–Ahora, señor Bennett –dijo el director–. Estoy seguro de que podemos…

–Ya terminé de hablar con usted –declaró Thomas–. Su presencia me molesta. Oigan todos, vámonos, es hora de irnos.

Thomas y Elizabeth me alejaron de los otros. Thomas tenía los ojos rojos.

–Protegiste a los tuyos. Estoy muy orgulloso de ti.

Era mi Alfa y mi piel tamborileó con sus palabras. Incliné la cabeza hacia atrás, descubriendo mi cuello para él. Se estiró y lo tocó con delicadeza.

Elizabeth me abrazó con fuerza.

Interrumpieron la suspensión de repente y sin aviso.

–Podría haberme encargado de todo yo solo –se quejó Joe mientras caminábamos por el camino de tierra.

–Lo sé.

–Podría haber acabado con ellos.

–Lo sé.

–No soy un niño pequeño.

–Lo sé.

–Di algo más –me reprendió.

–Estoy feliz de haber podido protegerte –lo dije con honestidad–. Y siempre lo haré.

Se quedó mirándome con esos ojos enormes y azules. Luego se ruborizó, comenzó por su garganta y subió hasta su rostro. Entonces miró a un lado y pateó el polvo. Esperé hasta que pudiera componerse.

Finalmente tomó mi mano y seguimos caminando.

Otra discusión.

–Son mi familia –solté bruscamente.

–Lo comprendo –la cara de Jessie estaba ruborizada, sus ojos brillaban. Su voz era dura–. Incluso cuando no comprendo su extraña fascinación contigo.

–No es algo extraño.

–Ox. Es algo extraño, es como, ¿son parte de algún tipo de culto o algo?

–¡Ya basta, Jessie! No puedes hablar así de ellos. Jamás han tenido una sola cosa mala que decir de ti, así que no hables de ellos de esa forma.

–Excepto por Joe –murmuró.

–¿Qué cosa?

–Dije que a excepción de Joe –levantó la vista desde su lugar en mi cama–. A él no le agrado.

–No es cierto –reí.

–Ox, es así. ¿Por qué no puedes verlo? ¿Por qué eres tan ciego cuando se trata de él?

–No lo incluyas en esto –mi tono de voz comenzó a elevarse.

–Simplemente estoy pidiéndote ser una parte de tu vida, Ox –lucía frustrada–. Tú me apartas, me ocultas cosas. Sé que hay algo. ¿Por qué no puedes confiar en mí?

–Confío en ti –le dije, aunque se sintió como una mentira.

Jessie sonrió, pero la sonrisa no llegó a sus ojos.

Mamá envió un mensaje justo después del Día de Acción de Gracias, pidiéndome que luego del trabajo fuera directo a casa.

La casa se sentía diferente cuando llegué. Era como un golpe en el pecho: había enojo, tristeza, pero también alivio. Mucho alivio. Tenía que tratarse de alguna cosa de manada, nunca antes había sentido las emociones en casa. No era un lobo, pero tampoco era un simple humano. Era algo más.

Sentí casi como si viera colores.

El enojo era de color violeta, pesado y empalagoso. La tristeza era un azul parpadeante, vibraba en los bordes del violeta. El alivio era verde, y me pregunté si era lo que sentía Elizabeth en su fase verde. Alivio.

Mamá estaba en la mesa. Su rostro estaba seco, pero sus ojos enrojecidos. Había llorado, pero ya había pasado. Y supe que yo ya no era una persona completamente común cuando, de alguna forma, supe lo que estaba por decirme antes de que lo hiciera.

Sin embargo, dejé que hablara. Se lo debía.

—Ox. Necesito que me escuches, ¿de acuerdo?

—Sí, claro —respondí y puse mi mano sobre la de ella. Empequeñeció a la suya por completo. Amaba a esta pequeña y diminuta mujer.

—Nos tenemos el uno al otro.

—Lo sé.

—Somos fuertes.

—Lo somos —sonreí.

—Tu padre murió. Estaba ebrio, se puso al volante y se estrelló contra un árbol.

—Okey —dije a pesar de que mi pecho se tensaba.

—Estoy aquí, siempre estaré aquí —prometió.

Ambos decidimos ignorar esa mentira porque nadie podía prometer algo así.

—¿Dónde fue? —quise saber.

—Nevada.

—No llegó muy lejos, ¿cierto?

—No. Creo que no lo hizo.

—¿Estás bien? —pregunté, estirando mi mano para rozar su mejilla con mi pulgar.

Asintió con la cabeza y luego se encogió de hombros. Su rostro perdió la compostura por un momento y apartó la mirada.

Espere hasta que pudiera continuar.

—Lo amé. Por mucho tiempo —dijo finalmente.

—Yo también —aún lo hacía. Ella podría no seguir amándolo, pero yo aún lo hacía.

—Fue bueno, por un tiempo. Un buen hombre.

—Sí.

—Te amaba.

—Sí.

—Ahora somos solo nosotros dos.

—No —repliqué.

—¿Qué quieres decir? —me miró y una lágrima rodó por su mejilla.

—Hay más —estaba temblando.

—Ox, ¿qué sucede? —se oía preocupada.

—No estamos solos. Tenemos a los Bennett, a Gordo. Ellos son…

—¿Ox?

Respiré profundamente y exhalé el aire de a poco. No podía dejarla pensar que estábamos solos, ya no. No cuando no necesitábamos estarlo.

—Voy a mostrarte algo. Debes confiar en mí, nunca dejaré que nada te lastime, siempre te protegeré, te mantendré a salvo.

—Ox… —estaba llorando.

—¿Confías en mí?

—Sí. Sí. Sí. Por supuesto —soltó en fragmentos separados por pequeños suspiros.

—Nunca lo necesitamos. Hemos sobrevivido.

—¿De veras? ¿Lo hicimos?

La tomé de la mano, la levanté y la rodeé con mis brazos sobre sus hombros, la guie hacia la puerta principal. Afuera hacía frío, por lo que la mantuve cerca, era más cálido que ella.

—No temas. Jamás tengas miedo.

Levantó la vista para mirarme, había muchas preguntas en sus ojos.

Así que elevé mi mirada al cielo nocturno, mi cabeza echada hacia atrás.

Y canté.

No era tan bueno como los lobos. Tampoco lo sería, porque a pesar de lo que fuera, estaba más cerca a la forma humana que de otra cosa. Thomas me lo había dicho cuando me enseñó, en lo profundo del bosque, pero ese aullido era fuerte, incluso cuando mi voz se quebró. Puse todo lo que pude en él. Mi rabia violeta, mi tristeza azul, mi alivio verde, mi alivio verde de mierda porque él se había ido, se había ido, se había ido, y ya no debía preguntarme más por él. No habría más *y si...* No habría más *por qué*. No habría más sufrimiento, porque no estábamos solos. Mi padre había dicho que la gente haría que mi vida fuera una mierda, pero a la mierda con él, maldito sea. Lo amaba demasiado.

Puse todo eso en mi canción. E incluso antes de que el eco hubiera muerto entre los árboles, un aullido vino en respuesta desde la casa al final del camino.

Joe.

Y luego otro, Carter. Y Kelly, y Mark, y Elizabeth. Thomas fue el más alto de todos. El llamado del Alfa.

Escucharon mi canción y la cantaron para mí en respuesta.

—Oh, Dios mío —susurró mi madre y se apretó más contra mí.

Hubo un estallido en la distancia. El latir de patas y garras en las hojas cubiertas de escarcha. El violeta era la ira.

El azul la tristeza.

El verde el alivio.

Y entre los árboles vinieron destellos de naranja, destellos de rojo. Los colores de la familiaridad, la familia y el hogar.

Pude oírlos en mí mientras decían *"estamos aquí, HermanoHijoAmigo-Amor. Estamos aquí y somos manada, y tuyos y nada cambiará eso".*

Mi madre dio un respingo a mi lado, sujetándome con fuerza. Estaba temblando.

—Jamás te harían daño.

—¿Cómo lo sabes? —preguntó sin aliento.

—Porque somos manada —me aparté de ella, deteniéndola con suavidad cuando intentó aferrarse nuevamente a mí—. Está bien. Está bien.

Nunca aparté la vista de mi madre. Caminé hacia atrás por los escalones del pórtico, lentamente, para no resbalar en el hielo. Mi aliento se propagó a mí alrededor en nubecitas blancas. Hacía frío, pero en el momento en que pisé el suelo congelado, me vi rodeado de calor. Los lobos me rozaron, gimiendo con entusiasmo, mordiéndome los dedos, las manos y los brazos. Joe saltó sobre sus patas traseras, poniendo sus patas sobre mis hombros. Me lamió el rostro, y yo me reí y reí.

Thomas se sentó, esperando. Al final dio un pequeño gruñido por lo bajo, los otros dejaron de moverse a mí alrededor y se apartaron. Cuando se levantó, escuché como mi madre se quedaba sin aliento.

Las pisadas de Thomas eran lentas y deliberadas. Vino hacia mí e inclinó su cabeza sobre mi hombro, envolviendo mi cuello con el suyo, su nariz recorriéndome la piel y cabello. Un ruido sordo vino de su pecho, calma y placer. Era la primera vez que les ponía nombre por mí mismo. Estaba orgulloso de mí.

Estaba a siete meses de cumplir los dieciocho y todavía no debía de ser un hombre porque tuve que apartar las lágrimas de mis ojos.

—Mi padre murió —le susurré. Joe lloriqueó, pero no se nos acercó—. Ella piensa que estamos solos.

El ruido sordo en su pecho se hizo más sonoro, y escuché *"calla. No, nunca solo aquí, estamos aquí, no llores, HijoManada. No llores, nunca solo*", a través de los lazos que nos unían a todos.

Puse mis manos sobre su pelaje y lo sujeté con fuerza. Me permitió esos momentos de dolor porque sabía que era todo lo que necesitaba. Y los momentos pasaron, como suelen hacer las cosas. Lamió las lágrimas de mis mejillas y reí por lo bajo. Puso su frente sobre la mía.

–Bien. Ahora estoy bien, gracias.

Thomas volteó hacia mi madre. Ella soltó un pequeño sonido ahogado mientras daba un paso hacia atrás, temblando.

–Está bien.

–Esto es un sueño –replicó.

–No.

–¡Ox! ¿Qué es esto?

Thomas se puso frente a ella, inclinando su cabeza. Presionó su nariz contra su frente y ella solo exclamó:

–*Oh.*

PELEA POR MÍ /
LA FAMILIA
LO ES TODO

—Vivimos en un mundo extraño —declaró mi madre y luego rio. Y luego lloró.

La manada se arrimó a su alrededor hasta que el sol salió a la mañana siguiente.

Los días continuaron su curso.

—Mamá lo sabe.

Gordo cerró los ojos al oírme. Pude sentir la atadura entre los dos mientras luchaba por controlar su furia, violeta con matices de azul. Había algo dorado mezclado y lo empujé hasta que descubrí que eran celos. Los colores intensos se desvanecieron en cuanto dejé salir el aire.

—Es tu manada —dijo con voz de indiferencia y expresión vacía.

—Papá murió —un latido de mi propio violeta.

—Ox. Lo lamento —*Azul, azul, azul.*

Y sus brazos estaban a mi alrededor y yo era su lazo, y pensé que él podría haber sido parte del mío.

Poco antes de mi cumpleaños, Jessie me besó en mi habitación. Se presionó contra mí hasta que di un paso hacia atrás y mis piernas chocaron contra mi cama.

Me senté.

Ella se sentó a horcajadas en mi regazo.

Me reí por lo bajo y pensé en la luna llena de esa noche. Mamá iría con nosotros por primera vez, solo para ver.

—Creo que deberíamos romper —dijo Jessie.

—De acuerdo.

Silencio.

—Ox —se apartó de mí y se puso de pie. Sus ojos estaban entrecerrados.

—¿Qué?

—¿Eso es todo? ¿Eso es todo lo que tienes para decir?

—¡Tú lo dijiste! —estaba confundido. Puso los ojos en blanco.

—Se supone que debes *pelear* por mí.

—Oh.

—Ox.

—¿Qué cosa?

—¿Quieres luchar por mí?

—Jessie. ¿Por qué haces esto? —intenté alcanzar la atadura entre los colores, pero luego recordé que no había ningún tipo de enlace y me sentí un poco triste.

—Ya nunca estás aquí —caminó de un lado a otro frente a mí.

—¿Aquí? Siempre estoy aquí, esta es mi casa, mi habitación.

—No. *Aquí. Quiero decir aquí,* tú-y-yo-aquí. *Si* es que puedo verte, *si* es que recuerdas devolver mis llamadas, *si* es que haces algo porque siempre estas *distraído.* Siempre estás en *otro lugar.* Es como si estuvieras vacío o en otro maldito lugar y no merezco eso. Ox, no lo merezco.

Tenía razón. Ella no lo merecía, se lo dije.

—Entonces *arréglalo.*

—No puedo hacerlo —dije y ella oyó lo que quise decir.

No lo haré.

Dio un paso atrás, alejándose de mí y me pregunté que vería cuando posaba sus ojos en mí. Sí había cambiado, sí me había convertido en algo diferente. Algunos días era el viejo Ox. Otros, me apetecía aullar una canción que sacudiera los árboles.

—¿Por qué? —quiso saber.

—Mira, Jessie —intenté mantener la voz neutra, aunque sentí que mi corazón se rompía un poco—. Tengo… cosas que hacer.

Jamás había sido bueno con las palabras y me estaban fallando en ese momento.

—Prioridades. Tengo prioridades –luché por decir algo y me aferré a lo primero que vino a mi mente.

—Y yo no soy una de ellas.

—No –dije porque eso no estaba bien–. Lo eres –aunque eso tampoco era cierto. Era una sensación espantosa–. Mierda –murmuré.

—Ox, te amo. ¿No puedes verlo?

Podía verlo. También la amaba, a mi manera.

—Te vas. En unos meses –esquivé la pregunta.

Al otro lado del estado, por la universidad.

—Sí, me voy, pero íbamos a *intentarlo.*

—Tal vez no deberíamos.

—¿Por qué? –insistió mientras negaba con la cabeza.

—Porque no puedo darte lo que necesitas, y eso no es justo.

—Se trata de Joe, ¿cierto? Es por ese pequeño pedazo de mierda…

Me puse de pie rápidamente.

—*No…*

—Lo siento. Eso no es lo que… no sé por qué lo dije –sus ojos se agrandaron y le temblaron los labios.

—Esto es entre nosotros dos. Déjalo fuera de esto.

Al final, se marchó.

—Puedo olerlo –dijo Joe por lo bajo. Nos sentamos en el pórtico y miramos el sol–. Estás triste.

—Sí –afirmé, porque lo estaba.

—¿Quieres que hablemos?

—Aún no.

—Bien —posó su cabeza sobre mi hombro.

Más tarde, luego de que el sol se hubiera puesto y las estrellas estuvieran en el cielo, dijo:

—Nunca te dejaré.

—Tú, bastardo —gritó Chris—. Jessie está destrozada. Púdrete, Ox.

Gordo lo llamó imbécil. Tanner dijo que el amor no era sencillo. Rico me llamó rompecorazones. Chris no me habló durante tres días.

Al cuarto, vino hasta mí, se veía nervioso. No podía soportarlo, entonces lo abracé. Me devolvió el abrazo.

—Te extrañé. Soy un idiota. ¿Me perdonas?

—Claro —respondí y sonrió, y me compró un sándwich en el restaurante.

No dijo nada sobre Jessie y yo tampoco.

Cumplí los dieciocho. Thomas no preguntó si quería recibir la mordida, tampoco le pedí que me la diera.

Green Creek era pequeño. Nuestra clase de graduación tenía solo treinta y cuatro personas.

Pero cualquiera pensaría que la multitud contaba con miles por la forma en la que todos gritamos cuando Carter caminó hacia el escenario. Sonrió de oreja a oreja y guiñó un ojo cuando aceptó su diploma.

—Oxnard Matheson —llamaron más tarde y el rugido que le siguió me dejó sin aliento. Los Bennett, mi mamá, Gordo y los muchachos gritaron y aullaron como si hubiera logrado la cosa más grandiosa conocida por el hombre.

Seré honesto: no me lo esperaba. Me dolió, pero de una forma buena. En ocasiones el dolor puede ser bueno.

—No me iré lejos. Eugene queda a unas pocas horas —dijo Carter.

—No será tan malo —agregó Kelly.

—Nos veremos todo el tiempo —concluyó Joe.

—Maldición, esto apesta —solté.

—Sí —suspiraron.

Nos quedamos en el césped observando las estrellas por encima de nosotros. Éramos todo ángulos y paralelos, estirados y tocándonos de alguna forma. Joe tenía su cabeza sobre mi pecho, sus piernas se extendían apartadas de mí. Las piernas pesadas de Carter cubrían las mías. La cabeza de Kelly estaba sobre mi hombro.

Me sentía cálido, a salvo, y triste.

—Todo estará bien, lo prometo —dijo Carter.

Joe le preguntó con un hilo de voz:

—¿Qué sucede si ya no regresas más? —froté mis manos sobre su cabello.

—Regresaré. Tú serás mi Alfa, por supuesto que regresaré por ti, por Kelly y por Ox. Un día nos liderarás a todos.

—Pero no sé cómo hacerlo —confesó Joe—. No creo que vaya a ser muy bueno.

—Serás el mejor —declaré—. El mejor Alfa que haya vivido alguna vez.

Se hizo el engreído y Carter y Kelly rieron. Creyeron que estaba burlándome. *El tonto Ox.* Pero creía en lo que había dicho con todo mi corazón.

En ocasiones Thomas llevaba a Joe al bosque y se quedaban allí por horas. Nunca pregunté acerca de lo que hablaban o hacían porque había entendido que se trataba de algo entre los dos. No era de mi incumbencia.

Hasta que Thomas demostró lo contrario.

Envió a llamarme a mediados del verano. Carter apareció en el garaje, sus ojos brillantes con algo que no pude descifrar, lucía como si cables con vida se arquearan por debajo de su piel. Si no lo conociera, hubiera pensado que estaba por perder el control.

–*Papi* –llamó Rico–, el chico amante está aquí. Toma un descanso, diez minutos serán suficientes para llegar al orgasmo.

Chris y Tanner silbaron y gritaron, puse los ojos en blanco.

Gordo permaneció en el umbral de su oficina, con los brazos cruzados sobre su pecho, sus ojos me siguieron mientras caminaba por el taller. Esto era diferente y él también lo sabía, aunque no era parte de la manada, podía sentirlo. Y los lobos jamás venían por aquí, las guardas los mantenían a raya. Gordo era un cretino, pero no conocía su historia, no por completo. Intenté no culparlo.

Y ahí estaba Carter, de pie, agitado y con los ojos anaranjados.

–¿Todo en orden?

–El Alfa te quiere esta noche –respondió en una voz cargada de aspereza como si su lobo quisiera salir por su garganta.

Quería preguntarle *por qué,* cuestionar todo, pero sabía que se trataba de un *mensaje*. Envolví a Carter con mis brazos y gimió guturalmente, su nariz reposó en el arco de mi cuello. Finalmente dejó de temblar.

—¿Mejor? —susurré en su oído. Asintió y se apartó de mí.

—Estaré por aquí —agregó con su voz habitual—. Te llevaré a casa en el coche.

—¿Qué fue eso? —indagó Gordo una vez que estuve de regreso en el taller.

—Asuntos de manada —repliqué y volví al trabajo.

Carter no habló demasiado en el camino de regreso a casa, solo pequeñas cosas sobre la universidad y las chicas. Y entonces lo dije, algo que pensaba desde hacía mucho tiempo.

—Un tipo vino al trabajo y me pareció que era atractivo. Me fijo en los chicos de vez en cuando —salió de mi boca de manera atropellada porque era la primera vez que lo decía en voz alta. Sentí cierto alivio, y terror.

Carter no dijo nada por un minuto.

—Oh, bien. ¿Le lamiste las bolas?

Me reí tan fuerte que pensé que moriría. Él rio junto a mí.

—Sabes que no me importa una mierda, ¿verdad? De todas las cosas en el mundo para ponerse loco, esta es una de las últimas.

—Sí, Carter, lo sé —mi corazón estaba desbocado.

—Oye. Tranquilo, Ox.

—Lo estaré —*estúpidos hombres lobo*.

—¿Soy el primero al que se lo dices?

—Sí.

—Inauguré tu homosexualidad —frunció el ceño—. ¡Espera!

—¡Oh, Dios mío!

—¡Eso no es lo que quise decir!

—¡Oh, Dios mío!

—Desvirgué tu homosexualidad —hizo caras cuando nos detuvimos en un semáforo—. Eso no se oyó mejor.

—¡Oh, Dios mío!

—¿Has besado a un chico?

—No —me sonrojé. Antes de que pudiese reaccionar se inclinó sobre mí y plantó un beso fuerte sobre mis labios, apartándose de forma ruidosa.

—Ahora lo has hecho.

—¡Oh, Dios mío!

—Te oyes muy parecido a Joe.

—Eso fue como besar a mi hermano.

—Púdrete, Oxnard —dijo con una sonrisa de oreja a oreja—. Tienes suerte de que sea heterosexual. Ya te hubiera dado hace tiempo —olisqueó el aire y tuvo la osadía de lucir ofendido—. ¿De veras? ¿No estás excitado? ¿Para *nada*?

—Jamás en mi vida —gruñí.

—Debo estar haciéndolo mal.

—Eso debe ser.

—¿Aún te gustan las chicas?

—Creo que sí —me encogí de hombros.

—Codicioso —me pegó en el brazo.

Reí.

—Aunque hará que las cosas sean más fáciles —soltó, y pensé ¿qué?

—¿Qué cosas?

—El futuro —se encogió de hombros—. Y todo lo que viene con él.

Y eso fue todo lo que diría hasta que llegáramos a la casa al final del camino. Thomas y Joe estaban esperándonos.

—Todo estará bien, Ox —dijo Carter antes de entrar.

—Ox, gracias por venir —me saludó Thomas cálidamente.

Sonreí en respuesta, un poco nervioso. Sabía que podía olerlo en mí. Los hombres lobo eran así.

—No hay nada de qué preocuparse.

—De acuerdo —respondí.

Joe tomó mi mano y frotó su frente en mi hombro. Estaba volviéndose alto, con casi trece años estaba creciendo como la hierba. Se lo comenté y me ofreció una sonrisa radiante.

Thomas caminó dentro del bosque sin pronunciar una sola palabra, seguí su ejemplo y me mantuve callado. Finalmente, llegamos al claro del bosque.

Joe dejó caer mi mano y se paró junto a su padre. Sin emitir una sola palabra se sentaron sobre el césped con sus piernas cruzadas, viéndose de frente.

—Joe, ¿qué significa ser un Alfa? —preguntó Thomas.

—Significa proteger a los demás a toda costa.

—¿Incluso arriesgando tu vida?

—Sí. La manada es más importante que cualquier otra cosa.

Quise interrumpirlos con todas mis fuerzas y decir algo, pero mantuve la boca cerrada. Thomas me miró brevemente con una mirada de advertencia en su rostro, pero sonrió ligeramente haciéndome saber que lo entendía.

—¿Y por qué la manada es más importante?

—Porque la manada es la familia y la familia es todo.

—Ox, siéntate con nosotros —me pidió Thomas.

Y obedecí. No tenía en claro cuál sería mi lugar, tampoco por qué había sido invitado. No tenía claro qué decir. Así que hice lo que mejor hacía y no dije nada, en absoluto.

Tampoco lo hicieron Thomas o Joe. Se sentaron allí, observando las hojas de los árboles, mientras sus manos surcaban caminos en el pasto y todo era *verde*. Verde como las alas de la libélula que vi el primer día que nos topamos con Joe. Como la fase de Elizabeth cuando nos conocimos por primera vez, como la magia terrenal de Gordo, intensa y mordaz. Como el *alivio*, como toneladas de condenado *alivio* que me dejaba totalmente abrumado.

Sentía alivio porque estaba sentado al lado de un hombre lobo Alfa y de un futuro Alfa, y *les pertenecía*. A ellos. Y ellos me pertenecían a mí.

Las ataduras estaban allí, entre nosotros. La atadura a mi Alfa. La atadura a mi Joe.

Nos quedamos allí durante horas y no dijimos una sola palabra.

A partir de ese instante, fui con ellos la mayoría de las veces. A veces nos sentábamos, a veces observaba a Thomas entrenar a Joe mano a mano, garras en el aire y colmillos al descubierto.

—¿Para qué es todo esto? —pregunté nuevamente a Thomas.

—¿Qué cosa?

—La lucha, las garras, los dientes. El entrenamiento. Todo esto.

—Para poder proteger nuestro territorio cuando llegue la hora.

—¿De quién?

—De todos —se encogió de hombros.

—Thomas… —comencé. Pero luego me detuve porque no estaba seguro de lo que quería.

Esperó, como siempre lo hacía.

Quiero la mordida.

Realmente pensé en decirlo. Abrí la boca, pero no pude formar las palabras. No pude hacerlo. Él lo sabía. Por supuesto que lo sabía.

–Estaré allí. Siempre y cuando estés listo. Si no soy yo, será Joe.

–Será grandioso, ¿lo sabes? –dije en voz baja–. Por todo lo que le has enseñado.

Thomas sonrió. Era algo poco común en él, y me hizo sentir bien verlo.

–Un Alfa solo es tan fuerte como su manada.

Un día le pregunté cuándo sería el día en que Joe se convertiría en Alfa.

Respondió que sucedería en el momento indicado.

Le pregunté qué pasaría con él en ese momento.

Dijo que serviría a su hijo como su Beta.

Le pregunté cómo se sentiría dejar todo lo que implicaba ser un Alfa.

Respondió que se sentiría *verde*.

No le pregunté cómo lo sabía.

A veces Thomas nos enviaba a mí y a Joe al claro.

A veces hablábamos. A veces no decíamos una sola palabra.

Dijo que era por el lazo entre los dos.

A veces pensaba que me ocultaban cosas.

Simplemente era una sensación que tenía.

EL SUELO EN EL QUE PISAS / EL REY CAÍDO

—Mamá, ¿puedo hablar contigo? —estaba en la cocina cantando junto a su radio. Miró por encima de su hombro mientras agitaba una cacerola sobre la estufa.

—Hola, cariño —sonrió. Casi doy la vuelta y huyo de la habitación. Tenía dieciocho años y le temía a mi *madre*.

Debió haber visto algo en mi expresión porque apagó la estufa y se volteó.

—¿Estás bien? —preguntó luego de estirarse y tocarme el brazo.

—Eh. ¿Tal vez? Eso creo. Posiblemente —dije mientras negaba con la cabeza.

Me esperó.

La amaba y ella me amaba.

–Estoy bastante seguro de que me gustan las chicas –dije.

–Está bien –replicó.

–Y los chicos –agregué. Me sudaban las manos.

–Está bien.

–Como… ya sabes.

–*Oh* –sus ojos se agrandaron ligeramente–. Quieres decir… ¿de la misma forma?

–¿Qué cosa?

–¿Que te gustan las chicas y los chicos de la misma forma? ¿O alguno te gusta más que el otro?

–¿Tal vez de la misma manera? No puedo estar seguro porque jamás he hecho nada con un chico –hice una mueca de dolor–. Realmente desearía no haber dicho eso jamás.

–Bueno. Ya tienes dieciocho –se ruborizó–. Ya puedes… ya sabes. Hacer... cosas de adultos.

–Oh, Dios –gemí.

–No, no. ¡Está bien! –se oía nerviosa–. Yo simplemente… siempre escuchas que los padres siempre saben de antemano estas cosas sobre sus hijos. Yo… no lo sabía –frunció el ceño–. ¿Eso me hace una mala madre?

–¡No! Eh. No. Nop. Eres… grandiosa en eso. Lo de ser mamá.

–Ox –suspiró.

–¿Sí?

–No me importa.

–¿Qué cosa?

–Si eres gay o lo que sea.

–Bisexual –dije como si fuera a mejorar algo con mencionarlo.

—Bisexual. De acuerdo.

—Esto es incómodo.

—¿Lo crees?

—¿No lo crees?

—Te ves aterrado —replicó.

—No quería que te enfadaras —miré hacia el suelo y logré retirarme de la cocina.

Y luego sus brazos estuvieron alrededor de mi cintura y su cabeza sobre mi pecho. Posé mi frente en su hombro y la abracé.

—Nunca podría enfadarme contigo por ser quién eres —dijo en voz baja—. Y lo siento si alguna vez te hice creer eso.

—Entonces no es... ¿extraño? ¿O algo?

—Ox. ¿Eres parte de una manada de hombres lobo y me preguntas si algo como esto es extraño?

—Tú también eres parte de la manada —repliqué con rapidez.

Y lo era. Hasta cierto punto. Había sido parte de la manada desde ese mismo momento en el que Thomas se inclinó y tocó su cabeza, y cuando fue consiente de cuán extraño podía ser el mundo. Le había tomado semanas aceptar lo que había visto, y tal vez un poco más asimilarlo. Kelly dijo que, durante mucho tiempo, apestaría a miedo cada vez que entrara en contacto con los Bennett. Le pedí que no lo tomaran como algo personal, y él solo rio y puso sus brazos sobre mis hombros para decirme que por supuesto no lo harían.

En la mayoría de los casos, mamá no venía con nosotros en las noches de luna llena, pero Thomas había insistido que debía entrenar como el resto de nosotros cuando fuera posible. Al principio, estaba callada e incómoda. Al principio, hacía muy poco.

No sé qué cambió. Tal vez fue cuando Thomas la llevó a dar una caminata por el bosque y le habló sobre cosas que jamás pregunté, tal vez fue cuando Elizabeth la llevó a almorzar y bebieron licor de duraznos y rieron como niñas pequeñas, tal vez se trataba de mí y que vio que la necesitaba. Que los necesitaba.

No sé qué causó el cambio. Pero un día, mamá vino con los ojos destellantes, su cabello levantado en una coleta ajustada y logró barrerme por las piernas desde abajo. Estaba aturdido, observando las nubes a través de los árboles y ella solo rio. Dios, amaba a esa mujer. Más que a nada. Y eso hacía que me asustara tanto decepcionarla con algo tan estúpido como el sexo.

–Hay… ya sabes –levantó la vista hacia mí–. ¿Alguien especial?

–No después de Jessie –negué con la cabeza.

–No hay demasiadas opciones por aquí.

–¿Eh?

–Ya conocerás a alguien –dijo con fiereza–. Ya verás. Una chica o un chico que adorará el suelo en el que pisas porque mereces ser atesorado, y ahí estaré para decirte que te lo dije, porque te lo has ganado. Si hay alguien en este mundo que se lo ha ganado, ese eres tú.

Carter se fue a la universidad. Logré visitarlo un fin de semana, Kelly y Joe querían venir, pero tenían tarea y Elizabeth fue determinante.

Carter estaba bien con el cambio. Tenía una habitación para él solo.

Me presentó a unas pocas personas, pero olvidé sus nombres casi de inmediato porque habían pasado semanas desde que había visto a mi amigo. Él se debe haber sentido igual porque hizo que todo el mundo se marchara y nos echamos en el suelo.

—Hueles como el hogar —dijo con su cabeza sobre mis piernas.

Nos quedamos ahí hasta que el sol se escondió.

Me llevó a un club y logró que ingresáramos, no sé cómo. Creyó que probamente se debía a que éramos más grandes que todos los demás.

La música estaba alta, las luces brillaban, no sabía cómo podía soportarlo, dado que todos sus sentidos estaban agudizados. Podía oler alcohol, sudor y el perfume empalagoso de una mujer que vino de la nada y se frotó contra mí antes de desaparecer en la multitud.

Carter solo rio.

—Toma —me dijo, y me ofreció un vaso de *algo*. Lo bebí, era frutal y quemaba.

Él también bebió, pero el alcohol no hacía nada a los lobos, a menos que bebieran una cantidad equivalente a la que podría matar a una persona normal. En una oportunidad me había dicho que le agradaba el sabor. Se preguntaba cómo sería estar ebrio. Me preguntaba cómo sería sentir la fuerza de atracción de la luna.

Vi un destello anaranjado en sus ojos.

Hacía calor en el club, estaba pegajoso y húmedo. En un momento estaba riendo de como dos chicas se acercaron y lo rodearon, apretándose contra él en la pista de baile, y al siguiente, había un par de ojos verdes frente a mí, piel pálida y una sonrisa traviesa con un rastro de dientes.

—¿Cómo te llamas? —me preguntó.

—Ox.

—Ox. Eso es único.

—Supongo, ¿quién eres? —sonreí mostrando los dientes porque me sentía bien. Mis extremidades estaban aflojándose. El bajo se deslizaba por mi piel.

—Eric. ¿Quieres bailar?

—No soy muy bueno. Soy muy grande.

—¿Cierto? —su sonrisa maliciosa se curvó un poco más.

Me jaló de la mano y me llevó a través de la multitud. Carter llamó mi atención e hizo una pregunta que solo yo pude oír, me encogí de hombros y di la vuelta.

Eric se presionó contra mí, una larga línea caliente de sudor y carne. Hubo un giro de sus caderas contra las mías.

—Guau —dije, y rio.

La canción cambió y sentí labios sobre mi cuello, un pequeño roce de una lengua.

Más tarde, estaba en un cubículo del sanitario, Eric estaba sobre sus rodillas, mi pene en su boca y mi cabeza hacia atrás contra los azulejos cálidos que se sacudían al ritmo de la música. Mis dedos estaban entre su cabello y todo se sentía caliente y húmedo. Gruñí una advertencia y se apartó, agitándome hasta que acabé sobre el suelo sucio. Se puso de pie y me besó mientras se masturbaba. Suspiró dentro de mi boca, sabía a cerveza agria y menta. Acabó en sus manos. Me sentí desnudo.

—Gracias —dijo mientras se ajustaba sus pantalones—. Eso fue grandioso.

—Claro —no estaba seguro de qué más decir—. Tú también.

Y luego se marchó.

Me quedé en el baño por un momento, pero olía a orina y me dolía la cabeza. No podía ver a Carter e intenté encontrar ese hilo, la cosa dentro de nosotros que decía *LazoManadaHermano*, pero estaba abrumado por todo.

"*Carter, Carter, Carter*", lo llamé.

Por un momento no sucedió nada. Y luego estaba delante de mí, los ojos entrecerrados, sus manos sobre mis brazos, examinándome de arriba hacia abajo, intentando hallar en dónde estaba herido. Sus fosas nasales se ensancharon.

—¿Fue consentido? —quiso saber, me ruboricé y aparté la mirada.

Me tomó un momento, pero asentí con la cabeza.

—Tú, perro —su brazo se enroscó en mi hombro y rio cerca de mi oído, su frente presionada contra mi cabello.

—Dice el lobo.

—¿Fue *bueno*? —gruñó cerca de mi oreja.

—Cierra la boca.

—¿Te *excitó*?

—Oh, por el amor de Dios.

—Mírate. Consiguiendo mamadas en los baños públicos. Mi pequeño Ox ya ha crecido.

—Más que tú —murmuré y Carter solo rio y rio.

Me alejó. No fue hasta que salimos a la calle que vi las manchas de labial en sus labio y cuello. Lo llamé zorra, me gruñó y corrí, me persiguió con el brillo anaranjado en sus ojos por la felicidad. Fingió dejarme ganarle.

Dormimos en la misma cama, enroscados el uno con el otro porque éramos manada y sabía que él extrañaba el hogar. Me duché durante un largo rato antes de irme, a la mañana siguiente.

—¿Te divertiste? —quiso saber Joe cuando regresé.

—Claro, Joe —respondí, pero se sentía como una mentira.

Un año más tarde conocí a Nick. Llegó al taller de Gordo lleno de polvo de carretera, el embrague de su motocicleta había volado a unos pocos kilómetros de Green Creek. Se quedó por una semana, tuvimos sexo los últimos tres días que estuvo en el pueblo. Se fue y nunca lo volví a ver.

Joe tenía catorce y no me habló durante tres semanas luego de eso. Dijo que estaba ocupado, los exámenes finales se acercaban y tenía que estudiar.

–Seguro –dije, intentado no preocuparme por la tensión de su voz–. ¿Estás bien?

–Sí, Ox –suspiró en el teléfono–. Estoy bien.

Casi le creí.

Había cumplido los veintidós cuando los monstruos vinieron al pueblo.

A pesar de las advertencias de Gordo acerca de lo grande y horroroso que el mundo podía ser, a pesar de las nociones de Thomas sobre un territorio protegido, nada había pasado. Nadie había venido, nadie había atacado. Jamás hice preguntas sobre otras manadas o qué otras cosas existían si los hombres lobo eran reales, vivía en una burbuja, en un pequeño pueblo en el medio de las montañas y pensé que allí era en donde siempre estaría.

Todo era bueno, todo estaba bien.

Carter había acabado de graduarse y se mudó para trabajar con su padre. Kelly estaba tomando cursos en línea, así no se vería obligado dejar a la manada. Joe tenía dieciséis y aún seguía esperándome en el camino de tierra casi todos los días. Gordo estaba pensando en abrir otro taller en el pueblo vecino. Mamá sonreía cuando corría junto a los lobos por las noches. Jessie se mudó nuevamente a Green Creek y era maestra en una escuela. Tanner, Rico y Chris me llevaron a beber cerveza, y comimos nuestro propio peso en alitas de pollo. Mark estuvo a punto de contarme sobre él y Gordo. Elizabeth pintaba en rosados y amarillos. Thomas sonreía a sus árboles, un rey satisfecho con sus dominios.

Debería haber hecho más preguntas sobre lo que había allí afuera, sobre lo que podría llegar a querer, pero fui peligrosamente ingenuo.

Caminaba hacia el restaurante para el almuerzo. Froté la grasa debajo de mis uñas, mis manos tenían callos, señales del trabajo duro. Me maravillé de cómo tenía un lugar aquí, en Green Creek. Mi padre había dicho que la gente haría que mi vida fuera una mierda, pero estaba muerto y yo tenía mi lugar, amigos, familia. Tenía personas. Era algo, alguien.

Era un día soleado de junio y estaba vivo y feliz.

—Bueno, hola —dijo una mujer.

Me detuve y levanté la vista del suelo.

Se veía mal, apagada, oscura. Hermosa con pelo rojo, piel pálida y la sonrisa de un tiburón en su rostro, repleta de dientes. Llevaba puesto un bonito vestido de verano, tonos azules y verdes, estaba descalza y me pregunté si sus pies ardían sobre el cemento calentado por el sol.

—Hola —saludé. Parecía que no había nadie más en la calle.

Dio un paso hacia mí. Inclinó la cabeza a un lado y pensé *Mal. Mal, mal, mal.*

—Mi nombre es Marie. ¿Cuál es el tuyo?

—Ox.

—Ox —respiró—. Me gusta ese nombre —estaba lo bastante cerca como para tocarla y no sabía cómo había llegado hasta ahí.

—Gracias —respondí—. Es muy amable de su parte.

—Hueles a... —cerró los ojos e inhaló profundamente.

—¿A qué?

—Humano —abrió sus ojos que destellaron de un tono violeta, como una Omega—. Dime, humano, ¿juegas con los lobos? —preguntó mientras daba otro paso hacia mí.

Di un paso hacia atrás como respuesta. Escuché a Thomas diciendo que recuerde mi entrenamiento dentro de mi cabeza, que recuerde lo que me había enseñado. No creí que realmente se tratara de él, pero tampoco podía estar seguro. Sabía que Gordo tenía guardas por todo el pueblo, así que seguramente hubiera sabido si algún otro lobo las había atravesado.

—Deberías irte —le advertí—. Antes de…

—¿Antes de…?

—Sabes de qué.

—¿Ox? ¿Qué ocurre?

—Mierda —murmuré mientras veía por encima del hombro de Marie. Mamá estaba en la puerta del restaurante, observándome con preocupación.

—Vuelve adentro —le ordené mientras Marie miraba hacia atrás y serpenteaba sus dedos en una ola obscena. Sus uñas estaban pintadas de azul.

—Huele como tú. ¿Lo sabes? Como tú y madera, humo y hojas de otoño. Y ahora sé cómo huele. La memoria de las esencias, Ox. Jamás se borran.

—Ox —llamó mamá.

—Adentro —solté de manera brusca.

Volvió dentro. Sabía que estaría buscando el teléfono.

—Pequeño humano puede morder. ¿Te enseñaron eso los lobos?

—Este es el territorio de la manada Bennett. No perteneces aquí.

—Bennett —dijo—. *Bennett.* Como si ese nombre aún significara algo. Déjame decirte algo sobre los Bennett.

—¿Qué demonios es esto?

Gordo estaba a mi lado, su rostro estaba contorsionado de ira. Sus brazos estaban cubiertos por la camisa de trabajo, pero sabía que los tatuajes comenzaban a cambiar de forma por debajo de ella.

—Brujo —siseó Marie.

—Loba —gruñó como respuesta—. Tienes agallas al mostrarte aquí, señorita. Thomas Bennett está en camino. ¿Qué crees que te hará cuando te vea?

Un pequeño destello de miedo atravesó su rostro antes de que desapareciera por completo.

—¿El Rey Caído? —volvió a sonreír con más colmillos—. ¿Saliendo de su escondite? ¡Gloria a Dios!

—No es esconderse cuando estás en tu propio territorio —repliqué.

—Con humanos en su manada. Eso es bajo, incluso para él. Arrastra su estómago por la mugre.

Mis manos se cerraron en dos puños. Marie me sonrió.

—¿No eres adorable? Podría destriparte, sabes. Aquí mismo, antes de que pudieras moverte. Tu Alfa ha estado oculto por demasiado tiempo. Incluso yo puedo sentirlo. Podría llevarte y él no podría hacer nada.

—Inténtalo —le dije y Gordo se tensó a mi lado.

Pero no hizo nada, dio un paso hacia atrás. Miró por encima de su hombro antes de darnos la espalda.

—Saluda a tu madre por mí, Ox —sonrió y luego se largó calle abajo, hasta que desapareció.

Llegaron dos noches más tarde.

Eran feroces. Solo eran cuatro de ellos, no una manada, ya que no tenían un Alfa, pero de alguna forma funcionaban juntos.

Aunque cometieron un error al mostrarse. O, al menos Marie, al haberse mostrado.

Thomas hizo que mamá y yo nos quedáramos en la casa Bennett los días que siguieron al encuentro con Marie. Le dije que Gordo necesitaba estar aquí también. Thomas no discutió, pero Gordo sí. Le dije que cerrara la maldita boca, puede que haya sonado ligeramente histérico.

Mamá iba a trabajar durante el día, Carter y Kelly la acompañaban.

Gordo y yo ibámos al taller. No me quitaba la vista de encima, incluso cuando teníamos que tomarnos un descanso para el almuerzo más largo de lo normal para que pudiera reforzar las guardas.

Joe se quedaba en casa, le llevaba su tarea, y él la recibía con manos firmes.

Thomas se refugió en su oficina junto a Mark, susurrando con enojo a sus teléfonos, hablando con gente de la que jamás había oído hablar. Elizabeth nos ayudó a mantener la calma, acariciaba nuestro cabello cada vez que caminaba cerca de nosotros.

En la segunda noche, nos sentamos para cenar. La conversación era tranquila, la platería raspaba los platos de cerámica.

Gordo tomó aire profundamente y suspiró, luego anunció:

—Están aquí.

Ojos de Alfa y Betas brillaron a nuestro alrededor.

Sabíamos el plan, habíamos entrenado para esto.

Creí que mis manos se sacudirían al tomar la barreta de hierro infundida en plata, un regalo de Gordo. Pero no temblaron.

Thomas, Mark, Carter y Gordo, salieron al pórtico.

El resto nos quedamos dentro. Elizabeth y yo al frente, Kelly junto a Joe y mi madre, atrás.

Los vi acercarse en la oscuridad, sus ojos violetas brillaban entre los árboles.

—Este es territorio Bennett, les doy la oportunidad de retirarse —anunció Thomas—. Sugiero que la tomen.

Rieron.

—Thomas Bennett. No puedo creerlo —dijo un hombre.

—Y nada menos que un brujo —agregó otro—. Huele a… ¿Livingstone? ¿Ese era tu *padre*?

Gordo Livingstone. Su padre, quien había perdido su lazo y herido a gran cantidad de personas. Pero Gordo no respondió. No era su lugar, el Alfa habló por todos ellos, aun cuando Gordo no era manada.

—Una oportunidad.

—Los pequeños sufrirán, es especial el pequeño Joseph. No creo que me lleve mucho tiempo romperlo —tenía una sonrisa desagradable en su rostro y lo habría asesinado en su mismo lugar sin dudarlo si Elizabeth no hubiera puesto presión en su mano sobre mi brazo.

—No debiste haber dicho eso —respondió Thomas.

—Hablas demasiado —replicó Marie.

Y entonces hubo garras, colmillos y gruñidos desesperados. Los lobos a media transformación se lanzaron sobre los otros. Los ojos de Thomas eran de un rojo fuego y parecía ser más grande que los demás, muchísimo más grande. Me pregunté por qué los Omegas creyeron tener alguna oportunidad.

Gordo fue por el primer hombre, sus tatuajes brillaron y cambiaron de forma y pude oler el ozono a su alrededor, rayos y grietas. La tierra cambió de forma por debajo de los pies del Omega, una columna afilada de roca surgió y lo estrelló contra un viejo roble.

Carter se encargó del segundo, eran todo dientes y piel desgarrada. Rugió con furia cuando el Omega surcó líneas afiladas sobre su espalda, Kelly gruñó como respuesta detrás de mí, dando un paso en dirección a su hermano antes de que Joe lo tomara de la mano y lo mirara con ojos muy abiertos y aturdidos.

Mark levantó al tercer hombre por encima de su cabeza y lo llevó hacia abajo contra su rodilla. El quiebre de la espalda del Omega se oyó agudo y húmedo, y cayó al suelo, sus brazos y piernas sobre el suelo estaban inmóviles.

Thomas se encargó de Marie. Su cabello rojizo volaba alrededor de su rostro lobuno. Sus ojos rojos perseguían cada uno de sus movimientos. Él era gracia, ella era violencia. Sus garras colisionaban y producían chispas en la oscuridad. Thomas se movía como el líquido y el humo, ella de manera entrecortada. Ya había perdido, pero aún no lo sabía. Lo haría, pronto.

Sin embargo.

No sabíamos que había un quinto. Tal vez los lobos debieron haberlo sabido, tal vez debieron haber sido capaces de sentirlo, tal vez la brecha en las guardas de Gordo debió haberlo puesto en aviso. Pero había sangre y distracción, magia y huesos rotos. Nuestra familia estaba peleando, y ellos podrían haber estado ganando, pero no sin recibir golpes.

Los sentidos estaban sobrecargados, los pelos del lomo erizados.

Mi madre estaba detrás de nosotros.

—Ox.

Entonces me di la vuelta.

Un Omega la tenía, presionada contra él, su espalda contra su pecho. Sus brazos formaban un círculo alrededor de ella, manos y garras en su garganta.

—No.

—Diles que se detengan —soltó el Omega.

—Lo lamentarás. Cada día de tu miserable y corta vida.

—La mataré ahora mismo.

—Lo *lamentarás*.

—Humano —escupió el gran lobo malvado con una sonrisa.

—*Ox* —suplicó mamá, y su voz fue tan suave, dulce y cargada de lágrimas que di un paso hacia ella.

—Déjala ir.

—Diles que se detengan —repitió el Omega.

Y Joe. Joe, el chico de dieciséis años, de pie a un lado y olvidado porque el Omega solo tenía sus ojos puestos en mí, como si pudiera sentir que *yo* tenía algún poder aquí. Como si *yo* tuviera algún control sobre la manada. O estaba equivocado o creía saber algo que yo no. Pero Joe, antes de que yo pudiera dar un paso más, se estaba moviendo con sus piernas enroscadas y sus garras fuera. Saltó con una patada en la pared y aterrizo por encima y sobre el Omega. Apuntó sus garras hacia el rostro, pinchándole los ojos y destrozando su piel. Gritó, las manos que tenía sobre el cuello de mi madre se aflojaron.

Mamá no era estúpida, había entrenado. Vio lo que venía así que lo golpeó en el estómago con su codo y llevó su talón directo hacia sus testículos, lo esquivó.

Joe se alejó de él, cayendo al suelo. Di tres pasos.

—Siempre habrá *más* —gruñó, ahora ciego.

—No debiste haber tocado a mi madre —repliqué y blandí la barreta de plata como un bate, le reventó la cabeza y el cráneo se resquebrajó haciendo que la sangre volara. La piel se quemó y su cabello ardió, emitió un gruñido y cayó al suelo. Su pecho se elevó una vez, arriba y fallando. Luego se detuvo.

Los sonidos de la lucha fuera de la casa fueron disminuyendo.

Respiré profundo. Sentí el sabor del cobre en mi boca.

—¿Estás bien? —preguntó mi madre tocando mi brazo.

—Sí, ¿y tú?

—Sí, mejor ahora.

—Joe.

Y me miró, sus ojos hinchados, sus manos en ambos lados goteando sangre que caía al suelo. No me detuve a pensar, no me importó. Me aparté de mi madre y lo jalé hacia mí. Sus manos se cerraron en puños en la parte trasera de mi camisa, sus garras lastimaban ligeramente mi piel, no me importaba, porque eso me decía que estábamos vivos y que no estaba soñando. Su nariz estaba en mi cuello, porque se había vuelto muy alto. Mucho más grande que el niño pequeño que había encontrado en el camino de tierra. Inhaló mi piel y su corazón latió contra mi pecho, la sangre del lobo que había matado formaba un charco a nuestros pies.

—¿Qué más hay allí afuera? —pregunté a Gordo días más tarde.

—Lo que sea que te imagines.

Como se habían dado las cosas, pude imaginar una infinidad de opciones.

Thomas me llevó a través del bosque y me contó que había muchas manadas, aunque no tantas como solía haber. Se mataron entre ellas. Los humanos las cazaron y las asesinaron como si fuera su trabajo, como si fuera un deporte. Otros monstruos las cazaron y asesinaron.

—Esto fue casualidad —dijo—. Los demás saben que no deben venir aquí.

No sabía a quién trataba de convencer, si a él o a mí.

—¿Por qué?

–Por lo que significa el nombre Bennett.

–¿Qué significa? –recordé cuando Marie lo llamó el Rey Caído. Su cuerpo ya no era más que cenizas, quemado y esparcido por todo el bosque.

–Respeto –respondió–. Y los Omegas fallaron en comprenderlo. Pensaron que podrían entrar en mi territorio, mi hogar, y tomar mis cosas. Derramamos su sangre porque no sabían cuál era su lugar.

–Lo maté porque amenazó a mi madre.

Thomas deslizó su mano hacia la parte trasera de mi cuello y me dio un ligero apretón.

–Fuiste muy valiente –susurró–. Protegiste lo que es tuyo. Vas a hacer cosas grandiosas, y la gente se quedará asombrada ante ti.

–Thomas.

Me miró.

–¿Quién eres? –pregunté, porque había algo más que no comprendía.

–Soy tu Alfa.

Y lo acepté como respuesta.

PANTALONES CORTOS DE TIRO BAJO / JOE Y TÚ

N o fue algo gradual.

Momento.

Esa fue una mentira.

No *sabía* que había sido algo gradual. Pero debió de serlo. *Tenía* que haberlo sido.

Porque es la única cosa que explicaría la explosión cósmica que era el sentimiento de *querer* y *necesitar*, y *mío, mío, mío*. La fuerza de ello era ridícula. Tenía que haber estado ahí antes, por mucho tiempo.

Joe cumplió los diecisiete en agosto. Hicimos una fiesta como siempre lo hacíamos. Había pastel y presentes, y me sonreía ampliamente.

En septiembre comenzó su último año de preparatoria. Kelly estaba comenzando su maestría en Administración de Empresas, Carter trabajaba con Mark y Thomas, Elizabeth hacía las cosas que le daban felicidad. Gordo decidió posponer la apertura de su segundo taller, mamá sonreía más de lo usual, yo trabajaba, respiraba y vivía. Tenía sangre en mis manos, pero fue en servicio de la manada. Tenía pesadillas sobre lobos muertos con sus cabezas reventadas y me despertaba sudando, pero cada vez que veía la sonrisa de mi madre, la culpa se reducía solo un poco más.

Jessie me besó una noche de octubre. La besé y luego me detuve, sonrió con tristeza y me dijo que lo comprendía. No le conté que no había estado con nadie desde esa noche que los Omegas vinieron, porque no podía perder el foco, no podía distraerme. Tampoco le confesé que ya no me sentía de la misma manera con ella, solo me disculpé y ruboricé cuando sacudió su cabeza y se marchó a casa.

En noviembre, Carter salió con una chica llamada Audrey. Era dulce y bonita, y se reía de manera ronca. Le gustaba beber y bailar, y un día dejó de venir. Carter se encogió de hombros y dijo que no estaban destinados a estar juntos, que solo se divirtieron un poco.

Nevó en diciembre y corrí con los lobos a través de la nieve fresca, con la luna de invierno brillando sobre nosotros, mi aliento dejaba un sendero detrás de mí, mientras la manada aullaba sus canciones a mi alrededor.

En enero, un hombre vino a la casa de los Bennett y habló por un largo rato con Thomas en su oficina. Era un hombre alto, con ojos astutos y se movía como un lobo. Su nombre era Osmond, y mientras se marchaba más tarde esa noche, se detuvo en frente de mí.

–Humano, ¿eh? Bueno, supongo que para gustos hay colores –dijo. Sus ojos brillaron de color anaranjado y se marchó. Consideré seriamente arrojarle una taza de té en la parte posterior de su cabeza.

En febrero, un joven siguió a Joe de camino a casa luego de la escuela. Joe se veía desconcertado, pero no hizo que se marchara. Tenía su misma edad y se llamaba Frankie, era de estatura pequeña y tenía cabello negro y unos enormes ojos marrones que seguían a Joe a todas partes. Me temía y eso divertía a Joe enormemente. A mediados del mes, entré a la habitación de Joe y vi a Frankie inclinado sobre él, besándolo en los labios. Joe se quedó inmóvil. Yo me quede inmóvil, pero solo por un momento antes de que me marchara de la habitación y cerrara la puerta con cuidado detrás de mí. Sonreí ligeramente para mí, incluso cuando algo extraño se retorcía en mi estómago. Me largué y esperé que fuera feliz.

Ese pequeño nudo en mi estómago jamás se fue, pero aprendí a ignorarlo.

Era marzo cuando llamó a mi puerta a las tres de la mañana gritando "*Ox, Ox, Ox*" y yo entré en pánico, tomé la barreta de plata y le dije a mi madre que se quedara en su habitación. Ella ya tenía una daga lista en su mano y me detuve para decirle lo temeraria que se veía con eso. Puso los ojos en blanco y me dijo que fuera a ver qué era lo que pasaba.

–*Ox* –me llamó Joe en cuanto abrí la puerta.

No estaba herido ni había sangre. Nada lo estaba persiguiendo. Estaba físicamente bien. No importó, lo atraje hacia mí y sus manos fueron a mi cabello, se *estremeció* mientras se presionaba contra mi cuerpo.

–¿Qué ocurre?

–Frankie –respondió, y me pregunté sobre el estado de mi cabeza y mi corazón cuando comencé a planear la muerte de un chico de diecisiete años, amante de la mantequilla de maní crocante y los dibujos animados. Me juré que, si le hacía daño a Joe, no quedarían restos que enterrar.

–¿Qué es lo que hizo?

–Nada. No hizo *nada*.

–Entonces, ¿qué es lo que pasa?

–Tú, *estúpido* –me gritó y se apartó de mí.

–¿Qué? –pregunté porque… *qué*.

–Mírame.

Y lo miré. Porque siempre lo miraba.

–¿Qué es lo que ves?

–Joe, te veo a ti –tal vez un poco arrugado. Tal vez algunas bolsitas debajo de sus ojos. Tal vez estaba un poco pálido, y de no ser un hombre lobo, me preguntaría si no estaba enfermándose. Pero no podía enfermarse, por lo que no lo hice.

–No es cierto –lloró–. Maldición, no me ves.

Nunca lo había visto tan molesto.

–No… ¿entiendo? –le pregunté. O lo afirmé.

–¡Dios! –me gritó. Sus ojos como dos llamaradas de anaranjado y luego rojo. Entonces volteó y se marchó.

Al día siguiente, se disculpó. Dijo que estaba cansado.

–Claro, Joe. No hay problema.

Luego tomó mi mano y bajamos por el camino de tierra como siempre lo hacíamos.

Era abril cuando Frankie dejó de visitar la casa. Quería preguntarle a Joe al respecto, pero nunca podía encontrar las palabras correctas. Kelly dijo que habían roto, solo respondí "Oh" cuando lo que en realidad pensaba en mi interior era *Bien. Bien. Bien.*

Todo estalló en mayo.

Fue la cosa más extraña.

Los días eran calurosos y húmedos, las noticias decían que sería el verano más caluroso en años. Ola de calor, la llamaron. Podría seguir por semanas y semanas.

Casi era mi cumpleaños número veintitrés. Pensé que tal vez era momento de mudarme de la casa de mamá, pero la idea de no vivir cerca de la manada me hacía sudar, por lo que no me presioné demasiado.

Mamá jamás se quejó, le gustaba mi compañía. Y significaba que podía mantenerla a salvo en caso de que los monstruos volvieran alguna vez.

Así que poco antes de haber cumplido los veintitrés años en esta tierra, fui a casa de los Bennett para la cena de los domingos. Elizabeth me pidió si podía traer algunos tomates del jardín. Me sonrió y besó mi mejilla.

Joe, Carter y Kelly salían del bosque mientras yo regresaba del jardín.

Estaban riendo y empujándose entre sí de la forma en que actúan los hermanos. Los amaba a los tres.

Excepto.

Excepto.

Joe llevaba un par de pantalones cortos de tiro bajo. La más pequeña de las prendas.

Y eso fue todo.

Estaba casi tan grande como yo. Estábamos a la misma altura, o tan cerca que ya ni importaba. Eso lo ponía a unos centímetros por encima del metro ochenta.

Había un brillo sudoroso sobre su torso, una salpicadura de vellos rubios y mojados se curvaba sobre su pecho tallado en granito. La definición suave de los músculos de su estómago. Una línea de sudor golpeaba la línea de vello en el abdomen bajo y empapaba la cintura de sus shorts.

Se volteó, respondiendo algo a Carter, y vi los hoyuelos encima de su trasero. La forma en que sus piernas se flexionaron y se movieron mientras saltaba de un pie al otro.

Señaló con fuerza hacia algo en el bosque y una vena azul sobresalió a lo largo de su bíceps y tuve deseos de recorrerla con mis dedos porque... ¿Cuándo había sucedido *eso*?

Y esas manos. Esas malditas enormes manos y yo...

Joe había crecido.

Y de alguna manera, no lo había notado hasta que estuvo frente a mis ojos. Justo frente a mí.

Debió haberme visto por el rabillo del ojo. Se volteó y me ofreció una sonrisa radiante, y era Joe, pero era *Joe*.

Por supuesto, fue entonces cuando me estrellé contra la casa. Los tomates en mis manos se aplastaron contra mí. Mi cabeza dio con el revestimiento de madera y pensé *Oh, mierda*.

Di un paso hacia atrás, trozos de tomates cayeron al suelo.

Maldición.

Sentí mi rostro ruborizándose mientras miraba hacia los hermanos Bennett. Todos se quedaron de pie allí, observándome con expresiones preocupación en sus rostros.

—¿Qué demonios? —preguntó Carter—. ¿Sabes que hay una casa allí, cierto? Ha estado ahí... casi seguro que desde siempre.

—Eh —mi voz me abandonaba. No pude detenerla—. Oigan, chicos, ¿qué pasa? Solo estaba... recogiendo tomates —crucé mis brazos por encima de mi pecho y los manché aún más. Estaba por recostarme sobre la casa, pero estaba más lejos de lo que pensaba y me caí contra ella.

—¿Qué es lo que está pasando? —quiso saber Kelly.

Joe dio un paso hacia mí y los músculos de su *estómago* se *flexionaron* y el calor inferior del *deseo* rugió a través de mí, pero recordé que los lobos podrían *olerlo* y di un paso hacia atrás con un *terror* absoluto.

—Oigan —mi voz sonaba rota—. Oigan. Pues. Hay algo. Que tengo que hacer. En mi casa. Antes de la cena —aclaré mi garganta y volví a intentar.

Ahora todos me veían extrañados. Aún no podían oler mi furia inmoral de lujuria, o lo que sea que fuera. Mis *sentimientos*. Aquellos que no podía estar teniendo.

Joe dio otro paso más hacia mí y tenía *pectorales*. Tenía un *torso* que era simplemente… era simplemente muy *lindo* y me daba *ideas* que…

—Detente ahí, vaquero —dije y me pateé internamente por tanta *idiotez*.

—¿Qué harás en tu casa? —preguntó Joe y ese hijo de puta comenzó a *olisquear* el aire.

—Ox —intervino Carter—. Tu corazón está *enloquecido*.

Estúpidos y malditos hombres lobo. Y Joe estaba *allí* de pie. Con sus *músculos*.

—¡Cambiarme! —grité y los tres dieron un paso atrás—. Tengo que… cambiarme. La camiseta —bajé la voz mientras la señalaba—. Los tomates y las casas no se mezclan. Ja-ja-ja.

—Sigo sin saber qué es lo que está pasando —repuso Kelly.

—Volveré en un minuto —me giré, intentando evitar salir corriendo.

—Eh, ¿Ox? —me detuve.

—¿Sí, Joe?

—Tu casa queda en la otra dirección.

—Claro que sí —pero en vez de caminar frente a ellos para que pudieran olerme, caminé todo el camino alrededor de la casa. Cuando estuve de nuevo a la vista, seguían de pie en el mismo sitio, observándome.

Entré a casa y cerré con llave.

—¿Qué le pasó tu camiseta? —preguntó mamá.

—Tomates.

—Te ves sonrojado. Tienes el rostro rojo brillante.

—Hace calor afuera.

—Ox, ¿sucede algo?

—Nop, ni una sola cosa.

—Estás respirando muy fuerte.

—Es algo que hago. Soy un chico grande, ¿sabes? Necesito grandes bocanadas de aire.

—De acuerdo. No creo que eso tenga algo que ver.

—Debo cambiar mi camiseta —me rehusé verla a los ojos.

—¿Quieres que espere por ti?

—No. No. Estoy… bien —sacudí mi cabeza. Quería que se marchara así podía pegarle a algo.

Esperó hasta que me alejara de la puerta antes de avanzar.

—¿Tú la cerraste? —frunció el ceño cuando intentó girar la perilla. Sonreí, probablemente parecía un loco.

—Fue la costumbre.

—Ajá —salió y cerró la puerta.

Golpeé la pared. Me dolió como el infierno.

Solo tenía diecisiete. Eso estaba mal.

Excepto que tenía casi dieciocho años. Lo cual… bien.

Pero. Era *Joe*.

Y de aquí para allí y de allí para aquí.

Mi teléfono sonó. Un mensaje de texto.

Joe.

¿¿¿Dónde estáaaas???

Eché un vistazo al reloj. Había estado sentado frente a la puerta por veinte minutos.

—Mierda.

No podía *no* ir a la cena, era la tradición, y si me excusaba con alguna enfermedad, alguien *(JoeJoeJoe)* vendría a ver cómo me encontraba.

Así que tenía que ir.

No podía hacer nada con el ritmo de mi corazón, lo escucharían de todos modos. Pensaría en algo.

Pero el olor.

Corrí escaleras arriba y me arranqué la camiseta, mientras tomaba otra de los cajones. Me la puse mientras me dirigía al cuarto de baño. Hallé una botella de colonia que ya no usaba porque no les agradaba a los lobos. *Te bloquea*, me había dicho Joe en una oportunidad. *La mayor parte de ti, de todos modos.*

La rocié sobre mí al menos unas seis veces.

Respondí el mensaje.

estoy en camino

Me llevó otros veinte minutos convencerme a mí mismo para regresar a la casa al final del camino.

Finalmente, me exigí madurar, porque tenía casi veintitrés malditos años y ya había luchado contra *monstruos* (una vez) y entrenado con *lobos* (muchas veces), y solo se trataba de Joe.

Con quien aparentemente quería hacer cosas. Con. Él.

Eso no ayudó a calmar el ritmo de mi corazón.

Con cada paso que daba hacia la casa Bennett, sentía que estaba dirigiéndome hacia mi sentencia de muerte.

Podía oírlos a todos en la parte trasera, probablemente se preparaban para comer. Risas, charla, gritos. Y luego la conversación se *detuvo*.

Incluso antes de poder dar la vuelta al otro lado de la casa.

—¿Ese es Ox? —oí preguntar a Mark, parecía preocupado.

Hubo una colisión y múltiples pares de pies corriendo. Dieron la vuelta a la esquina y se *detuvieron*.

—¿Dónde está? —demandó saber Mark.

—¿Estamos siendo atacados? —preguntó Thomas, listo para convertirse en un lobo. Sus ojos se volvieron rojos.

—¿Ox? Amigo, en serio. Tu corazón. Te oyes aterrado —dijo Carter.

—Hola, chicos.

Había aprendido desde el comienzo que no debes correr de un lobo que está a punto de convertirse. Activa sus instintos. En verdad quería salir corriendo.

Porque *Joe* aguardaba al frente. Se había cambiado, pantalones cortos blancos, una camiseta verde que no ocultaba *nada*. Estaba descalzo y sus pies eran sexy, por todos los infiernos.

—Eh. Hola chicos.

—¿Por qué siento que esto es algo que debería estar entendiendo? —dijo Kelly.

—¿Qué es ese olor? —Joe arrugó la nariz.

Por supuesto que todos los varones Bennett comenzaron a olfatear el aire. No era gracioso, en lo absoluto.

—Ox, amigo, ¿en qué demonios... en qué te bañaste? —preguntó Carter luego de acercase un paso adelante.

—Nada —soné a la defensiva, incluso mientras daba un paso hacia atrás—. No sé de qué están hablando.

—Ox —Joe fruncía el ceño—. ¿Te encuentras bien?

—Estoy bien. Todo está bien —respondí sin siquiera poder mirarlo a los ojos.

—Esa… fue una mentira —repuso Kelly.

Joe dio un paso hacia mí, y yo di otro hacia a atrás.

—¿Sucedió algo hoy? —indagó Thomas. Quería decirle: *tal vez comencé a imaginar a tu hijo menor de edad desnudo*, pero no sabía si eso era algo que alguien pudiera decirle a un hombre lobo Alfa.

—Nada. Solo quería… oler ¿diferente?

Los hombres Bennett se me quedaron viendo. Yo dirigí mi mirada a algún lugar por encima de sus hombros.

—Ox —dijo Joe.

—Sí – respondí mientras miraba a un árbol.

—Oye.

—¿Qué cosa?

—Mírame.

Maldita sea. Lo miré. Aún podía ver la preocupación en su expresión. Su estúpida y bonita cara.

Sentí como me ruborizaba.

—Tal vez debamos… —Mark comenzó a decir, pero fue interrumpido por Carter.

—Oh, ¡por Dios!

—¿Carter, puedo hablarte un momento? —me apuré a decir fuerte y alto—. ¿Ahora? ¿Por favor? ¿Ya mismo?

Me dio la sonrisa burlona más grande de todas, incluso cuando Joe miraba en medio de los dos, con sus ojos entrecerrados.

–¿Qué hiciste? –preguntó a su hermano.

–Absolutamente nada –replicó Carter, oyéndose incluso deleitado por *algo*–. Y es *increíble*.

–Carter, ¡ahora! –ladré.

Antes de que los demás pudieran protestar, Carter se movió, y me sujetó del brazo mientras me arrastraba al bosque.

–Esto no tomará demasiado tiempo –gritó alegremente por encima de su hombro.

–¿*Qué* no tardará? –oí que Joe preguntaba.

–Oh, estoy seguro de que te enterarás de eso lo bastante pronto –dijo Mark, y oh, Dios mío, estaba *condenado*.

Dado que los lobos eran impacientes como el mismísimo demonio, Carter solo me arrastró lo suficientemente lejos hasta estar seguro de que estábamos fuera del alcance del oído y se detuvo, liberó mi brazo y se volteó para decirme:

–Estás caliente por mi hermanito.

–No tengo idea de lo que estás diciendo –al menos tenía que intentarlo.

–Te empapaste con la cosa más olorosa que pudiste encontrar para ocultar el aroma que te delata que estás *caliente*.

–¡Deja de decir *caliente*!

Movió sus cejas de un lado a otro.

Lo miré fijo.

–Ya era hora –concluyó.

–¿Qué cosa?

–*Tú y Joe* –entornó los ojos.

–¿Qué hay *conmigo y Joe*?

–En serio. ¿Eso es lo que dirás?

Era eso o tener un ataque de pánico.

–Sí. Eso es lo que diré.

–Está bien. Tienes permitido estar caliente por mi hermano de diecisiete.

–Estás haciendo que esto sea mucho peor –gruñí, enterrando mi rostro entre mis manos.

–Lo dudo considerablemente –soltó una risotada–. Si piensas que es incómodo para ti, piensa en cómo me siento *yo* ahora mismo.

–¡Sigues diciendo *caliente*!

–Sí. Lo estoy pasando muy bien ahora mismo.

–¡Carter!

–¿Por qué te alteras con esto?

–¿Por qué tú *no* lo haces?

–¿Es por todo el asunto del hombre lobo?

–¿Qué? No. No me importa que él sea un…

–Y no es porque él sea un chico, ya te has revolcado con tipos antes.

–¿Qué demonios? Simplemente vas a decirlo como si nada, ¿verdad?

–¿Es porque tiene diecisiete? –preguntó–. A papá no le molestará. Bueno, probablemente no le moleste *demasiado*.

–¿De qué estás *hablando*?

–Ox –dijo lentamente, como si hablara con un niño pequeño–. Se trata de Joe, amigo. ¿Qué creías que iba a pasar?

–Yo no… yo solo… él tenía puestos esos pantalones *cortos* y…

–De acuerdo –Carter hizo una mueca–. Olerlo es una cosa, *escucharlo* es ir demasiado lejos. Estás hablando de mi hermanito.

Solté un sonido ligeramente estrangulado.

—Ox, siempre supiste que esto sucedería, ¿cierto? —eso me detuvo en seco.

—¿Qué cosa?

—El lobo.

—Te lo dije, no me *importa* que sea un lobo… —comenzó a negar con la cabeza.

—No es eso. El lobo de piedra. El que te obsequió en tu cumpleaños.

—¿Qué hay con eso?

—Hombre, esto no va a terminar bien —suspiró.

Lo que no mejoró para nada las cosas. Se lo dije.

—Mira. Cuando los lobos nacen, su Alfa les da un lobo tallado en piedra. Algunas veces los hacen ellos mismos, otras, son hechos por otros. Pero cada lobo natural recibe uno de esos. No sé cuándo inició, y con honestidad, es una especie de mierda arcaica, pero como sea. Es la tradición, y sabes cómo es papá con las tradiciones.

Asentí porque lo sabía.

—Es la posesión más valiosa de un lobo. Algo que debemos proteger y venerar. O eso es lo que nos enseñan —continuó Carter.

—Entonces, ¿por qué me lo daría a mí?

—Porque eso se supone que debes hacer —respondió con una pequeña sonrisa.

—No…

—Nos enseñan que un día, cuando seamos lo suficientemente mayores, encontraremos a alguien. Alguien que sea compatible con nuestro lobo. Alguien que logre acelerar nuestros corazones. Alguien que nos complete. Nos enlace. Nos haga humanos.

Se me erizó la piel.

Los pájaros cantaron en los árboles. Las hojas se mecieron en las ramas. Se sentía verde aquí. *Muy verde.*

—Cuando la encontramos, cuando encontramos a la persona que hace que olvidemos todo lo malo que nos ha sucedido alguna vez, bueno… para ello es el lobo. Es un obsequio, Ox. Una promesa.

—¿Una promesa de qué? —grazné.

—Puede significar muchas cosas —se encogió de hombros—. Amistad, familia, confianza —cerró los ojos y escuchó el sonido del bosque—. O algo más.

—¿Algo más?

—Amor, fe, devoción.

—Él…

—Sí, amigo. Él lo hizo.

—Tenía *diez* años.

Abrió los ojos.

—Y te habló luego de no haber hablado por más de un año. Todos lo supimos, incluso en ese entonces —tuve una extraña sensación de traición al respecto. No pude ocultar la amargura de mi voz.

—¿Otra cosa más que quieran ocultarme?

—Tenías dieciséis, Ox. Y no sabías nada sobre los hombres lobo —Carter sacudió la cabeza.

—Pero cuando yo…

—Jessie.

—¡Maldición! —respiré—. Por eso…

—Eso y fuiste un poco cretino al respecto.

Lo miré fijamente.

Se encogió de hombros.

—No haré nada sobre esto —declaré—. Él es joven. Irá a la universidad, tendrá una *vida*. Es mi amigo, y eso es…

—Sí, buena suerte con eso, Oxnard —soltó una risotada—. Confía en mí. Cuando Joe sepa de esto… y lo hará… no vas a tener opciones.

—No lo sabrá —dije con determinación—. Y tú no dirás una maldita cosa.

Me sonrió de oreja a oreja.

Carter me obligó a regresar a casa y darme una ducha, señalando que mi pestilencia era abrumadora y no había forma de que fuera a comer ellos oliendo así.

Lo empujé lo más fuerte que pude.

Solo se rio.

Intenté extenderlo tanto como pude, pensando absolutamente en todo *menos* Joe.

La ducha duró cuatro minutos. Diez minutos más tarde, ya estaba vestido y caminando hacia la casa de los Bennett.

Podía oír a todos, incluso a mi madre, en el patio trasero. Elizabeth estaba riendo, Carter le gritaba a Kelly y mi madre hablaba con Mark.

Antes de que pudiera dar la vuelta a la esquina de la casa, sentí una mano en mi hombro.

No necesitaba voltearme para saber de quién se trataba. Pero lo hice de todos modos.

Joe estaba de pie detrás de mí, con preocupación en sus ojos, sus dedos trazando un camino por mi brazo y sujetando mi codo con suavidad. Estábamos muy cerca el uno del otro, a centímetros de distancia. Podía sentir su calor, sus rodillas chocaron contra las mías.

—Ey.

—Hola —logré responder.

—¿Estás bien?

—Sí, bien. Todo está bien.

—Sí. ¿Quieres intentarlo de nuevo?

—No tengo idea de lo que estás hablando.

—Ox —uso un tono de voz que ambos sabíamos que podía hacerme hacer *lo que fuera* que pidiera, y ahora que era totalmente consiente de lo que podía implicar, apenas podía respirar.

—El lobo —solté.

—¿Qué? ¿Qué lobo?

—El que me diste —fruncí el ceño.

—¿Qué hay con eso? —preguntó sin apartar la mirada. Desde cerca pude ver un rubor ligero que se extendía de forma ascendente por su cuello.

—Yo solo… yo. ¿Gracias? Por eso. Supongo.

—¿De nada? Porque estás… espera. ¿De qué hablaron Carter y tú?

—Eh, ¿nada?

—En serio. Eso es todo lo que dirás.

—Nada —insistí.

—Estás actuando extraño.

—*Tú* estás actuando extraño.

—Lo del olor, retirarte al bosque con Carter, hablando del lobo de la nada. No me hagas empezar con lo de que te estrellaste contra la casa cuando volvíamos de… —su voz se fue apagando, y *reconocí* esa expresión. *Sabía* lo que significaba. *Esa* era la mirada que tenía cuando su mente comenzaba a operar a toda marcha, poniendo cada pieza en su lugar.

—Probablemente deberíamos ir a comer —dije apresuradamente–. No queremos hacerlos esperar, no es de buena educación.

Sus ojos se agrandaron.

Bien, demonios.

—Ox – una pizca de su lobo se asomó a través del resplandor de sus ojos–. ¿Hay algo que quieras decirme?

–No. Nada en absoluto –respondí rápidamente.

–¿Estás seguro? –indagó, su mano en mi codo presionó más fuerte.

Apenas pude liberar mi brazo.

–Estoy hambriento –mi voz sonaba áspera–. Deberíamos…

–Claro. Vamos.

Parpadeé. Me sonrió. Mi corazón se sobresaltó un poco. Su sonrisa se ensanchó.

Nadie comentó nada en cuanto rodeamos la casa, aunque estaba seguro de que cada uno de ellos, a excepción de mi madre, había escuchado la totalidad de la conversación. Carter me guiñó un ojo, Kelly se veía algo complacido, Mark ocultó su sonrisa secreta, Elizabeth me miró con afecto. Mamá solo se veía confundida.

Pero Thomas. Thomas se veía más aliviado de lo que lo había podido ver antes.

Joe se empujó contra mi costado, sentándose a mi lado, sin dejar un espacio entre los dos. La cena fue un ejercicio de tortura.

Se inclinaba a menudo cuando me hablaba, su aliento en mi cuello, susurrando en oído. Tocaba mi brazo, mi mano, mi muslo. Tenía un sorbete en su refresco. Jamás lo usaba. *Jamás*. Pero ahora tenía uno, obtenido de alguna parte, pestañas aleteando mientras succionaba, ahuecando sus mejillas.

Se me cayó el tenedor y resonó contra mi plato.

–Joe –suspiró Thomas–. ¿En serio?

–Ups. Lo siento –no se oía apenado en absoluto.

–Oh, amigo, esto tiene más sentido ahora –dijo Kelly–. Y es mucho más asqueroso.

–Hice un pastel para el postre –agregó Elizabeth mientas regresaba a la mesa–. Con cobertura de crema.

Gruñí.

Joe se veía encantado.

Mucho más cuando recorrió la crema con uno de sus dedos y la lamió de su piel, sin apartar su mirada de la mía. Carter y Kelly compartieron expresiones de horror y disgusto.

—Detente —siseé.

Joe me miró ladeando su cabeza antes de inclinarse. Y susurró:

—Oh, Ox. Esto recién comienza.

Y UNA CORBATA
DE LAZO /
LO QUE SEA POR TI

Tendría que haber sabido que no se detendría.

Me dio tres días para hundirme en la preocupación y repasar cada pequeño detalle e interacción que alguna vez tuvimos.

Ahora las cosas tenían sentido: Jessie, aquel hombre con el que tuve sexo, la manera en la que Joe había desaparecido de mi vida por días después de eso.

Y Frankie. Frankie había sido su intento de... ¿qué? ¿Una vida normal? ¿Alguien que no fuera yo?

Descubrí que no me agradaba Frankie, en absoluto.

Tres días. Dejó que tuviera tres días.

Tres días de sus sonrisas dirigidas a mí.

Tres días de intentar descifrar el mensaje oculto en cada texto que me enviaba.

Esperó por mí en el camino de tierra cuando regresaba del taller el lunes y el martes.

—Hola, Ox —me saludó.

Me ruboricé.

Caminamos juntos a casa, mientras intentaba encontrar las palabras para decir: *esto no puede suceder* y *tú mereces a alguien mucho mejor* y *tenías solo diez años, cómo pudiste dármelo, solo tenías* diez *años.* Pero no fui capaz de decirlas en voz alta.

Su mano rozaba la mía a menudo, y algunas veces pensé en sujetarla.

Al tercer día, Joe no me esperó en el camino. Quería sentir alivio. Sin embargo, estaba desilusionado.

Hasta que llegué a casa.

Mamá tenía el día libre, el primero en mucho tiempo. Así que, por supuesto, estaba en casa cuando llegué.

Y también Joe.

Sentado en la mesa de la cocina. Con pantalones y camisa de vestir. Y una corbata de lazo. Cosa que, hasta ahora totalmente desconocida para mí, resultó ser una de mis más grandes debilidades.

En vista de ello, caminé hacia la puerta de la cocina.

—Ajá —dijo mamá—. Ahora todo comienza a cobrar sentido.

—¿Qué sucede? —pregunté mientras frotaba mi nariz enrojecida y los observaba con el ceño fruncido.

—Joe preguntó si podía hablar conmigo —explicó mamá.

—¡Le traje flores! —exclamó Joe, parecía sin aliento y nervioso.

—Y me compró flores —mamá ladeó la cabeza hacia el florero que estaba sobre la mesa, lleno de irises, sus favoritas. Cómo lo averiguó, imposible saberlo.

—¿Por qué le trajiste flores?

—Porque mamá dijo que sería algo lindo y que lograría que ella esté de mi lado cuando le pregunté si estaría bien que te quedaras a mi lado por el resto de mi vida —explico Joe—. Mierda. No se suponía que lo dijera así.

—¡Oh, Dios mío! —dejé escapar en un hilo de voz.

—¿Por cuánto tiempo te lo quieres quedar? —preguntó mamá mientras miraba a Joe con los ojos entrecerrados.

—Eh —dudó—. Demonios. Esto no está yendo como quería. Tenía planeado todo lo que necesitaba decir. Aguarden —se estiró hacia abajo y tomó una tarjeta de su bolsillo, estaba arrugada y tenía las esquinas rotas. Se la quedó viendo mientras movía su boca al leer en silencio lo que fuera que hubiera escrito allí, una gota de sudor caía por su frente.

Tenía que estar soñando.

—Joe, tal vez deberíamos… —intenté decirle.

Pero volvió a mirar a mi madre con determinación.

—Hola, señora Callaway. Estas flores son para usted.

Gruñí.

—Gracias, Joe —mamá mordisqueó sus labios—. Es lo que te dije hace diez minutos cuando me las diste y luego te sentaste allí a observarme mientras esperábamos a Ox.

—Cierto. El placer es mío. Hablando de Ox, he venido para hablar de él con usted.

—Traes una corbata de lazo —dije innecesariamente.

—Mamá dijo que debía vestirme para la ocasión —me explicó mientras me echaba un vistazo.

Oí una risotada ahogada que venía desde la ventana abierta por encima del fregadero. *Y lo supe.* Observé con atención hacia fuera y allí descubrí al resto de los Bennett, sentados y esparcidos por el césped.

Condenados y malditos hombres lobos.

–Hola Ox –me saludó Elizabeth sin una pizca de vergüenza–. Hermoso día, ¿no lo crees?

–Ya lidiaré con todos ustedes más tarde.

–Uhh –respondió Carter–. Eso me dio escalofríos.

–Estamos aquí de apoyo –comentó Kelly–. Y para reírnos de lo torpe que es Joe.

–¡Te oí! –gritó Joe detrás de mí.

Golpeé mi cabeza contra el marco de la ventana.

–Maggie –continuó Joe–. ¿Puedo llamarla Maggie?

–Claro – dijo mi madre, se podía oír como lo *disfrutaba. La muy traidora*–. Puedes llamarme Maggie.

–Bien –Joe parecía aliviado–. ¿Conoce a Ox, el de allí?

–He oído hablar de él.

–Bueno –Joe echó un vistazo a su tarjeta antes de volver a mirar a mamá–. Existe un momento en la vida de todo hombre lobo cuando llega a la edad de tomar ciertas decisiones sobre su futuro.

Me pregunté si tirarle algo lo distraería lo suficiente como para poder alejarlo de la cocina. Miré por encima de mi hombro hacia la ventana, Carter me saludó con su mano como un idiota.

–Ox es mi futuro –afirmó.

Ay, Dios, eso dolió.

–Ah, ¿sí? –preguntó mamá–. ¿Cómo lo descubriste?

–Él es muy agradable –respondió con seriedad–, y huele bien, y me hace feliz, y no quiero hacer otra cosa más que poner mi boca sobre él...

—Oh, bien —oí decir a Thomas—. Lo intentamos.

—Es nuestro pequeño copo de nieve —lo reprendió Elizabeth.

—¿Qué quieres hacer *qué cosa*? —pregunté incrédulo. Él hizo una mueca.

—No quise decirlo de esa manera —sudaba con mayor intensidad ahora mientras miraba a mi madre—. Quiero cortejar a su hijo.

—¿Qué significa eso?

—Significa que quiero hacerme cargo de él para probarle que valgo la pena —dijo Joe—. Y luego, una vez que él acepte ser mío, lo montaré y lo morderé, y todos podrán ver que nos pertenecemos el uno al otro.

Reí a carcajadas.

—Joe —llamó Elizabeth desde la ventana—. Sería mejor que no mencionaras esa parte por ahora… o nunca.

—De acuerdo —Joe se jalaba la corbata de lazo como si estuviera muy ajustada—. Olvidemos que mencioné esa parte.

—No sé si podré hacerlo —confesó mi madre alternando la mirada entre Joe y yo.

—¿Montar? —logré decir—. De todas las cosas que pudiste haber dicho, ¿elegiste *esa*?

—¡Estoy nervioso! —gritó—. ¡No es mi culpa! ¡Fue en lo único en lo que pude pensar!

—Lo tienes escrito —siseé

—Simplemente lo dejaste salir como si no fuera nada —agregó mamá.

Ignoré los sonidos de risa ahogada a mis espaldas.

—De acuerdo. Intentémoslo de nuevo: Hola, Maggie. ¿Cómo está? Estas flores son para usted. Creo que su hijo es la cosa más grandiosa de este mundo.

Todos se quedaron callados.

—¿En verdad? —preguntó mamá.

–Sí –asintió–. Hay mucho que usted no… sabe sobre mí. Por un tiempo, las cosas fueron… difíciles. A veces, aún lo siguen siendo. Pero Ox, él… solo. Tengo pesadillas, sobre hombres malvados. Sobre monstruos. Y él logra hacer que se vayan.

Intenté tragar el nudo que se formó en mi garganta. Joe continuó.

–He estado esperando a que él me viera en la forma en que yo lo he visto todo este tiempo. Y finalmente lo ha hecho. *Por fin* lo ha hecho. Y haré *todo* lo que sea posible para asegurarme que siga siendo *así*. Porque lo quiero *para siempre*.

–Tienes diecisiete. ¿Cómo es posible que sepas lo que quieres siendo tan joven?

–Soy un lobo. No es lo mismo. Nosotros nos… conectamos de manera diferente.

–¿Y si él dice que no?

–Entonces, eh, creo que estaré… ¿bien? ¿Con su decisión?

–¿Lo harás?

Él asintió, pero cerró las manos en puños a sus costados.

–Tal vez no, pero lo respetaría porque Ox es mi mejor amigo por encima de todo. Y lo tendría a mi lado de la manera que fuera posible.

–Mmm. Entonces, ¿Ox? ¿Qué opinas?

Todos dejaron de respirar.

Y yo… ¿qué?

Creo que me quedé mirándolo.

Mi piel se sentía muy tirante. Como si fuera a romperse. Como si fuera a romperse y luego despertaría porque esto era solo un sueño. Todo esto era un simple sueño.

–¿Por qué? –pregunté porque realmente no podía entenderlo. Era lo único que no comprendía. Mi padre estaba muerto, pero él dijo que la gente haría que mi vida fuera una *mierda*, y esto no era nada de eso. Esto era aterrador, esto era *oportunidad*, esto era *responsabilidad* y no era algo malo. No era malo en absoluto.

—¿Por qué…? —preguntó Joe confundido.

—¿Por qué yo?

—¿Por qué no? —frunció el ceño.

—Serás Alfa algún día —y sería uno grandioso.

—¿Y?

—Eso es importante —solo podía mirar mis manos.

—Lo sé.

—Yo no…

—¿Tú no qué?

—Ya sabes. No soy nadie.

Entonces lo tenía frente a mí, se veía *molesto,* prácticamente *temblaba.*

—Cierra la boca. Solo *cierra* la boca.

—Joe…

—No puedes decir eso. Ni siquiera deberías *pensar* en algo como eso.

—Tienes *diecisiete…*

—¿Eso quiere decir que crees que no sé lo que estoy haciendo? ¿Piensas que porque *solo tengo diecisiete* años no sé de lo que estoy hablando? —ahora estaba gruñendo, y supe que, si lo miraba a los ojos, vería al lobo intentando salir a la superficie—. No he sido un niño desde hace mucho tiempo, Ox. Eso me lo *arrebataron* con el primer grito al teléfono para que mi madre pudiera oírme y después de que me rompieran los dedos. No he sido un pequeño desde que lo arrancaron de mí y me convirtieron en algo diferente. Sé lo que es esto, sé lo que estoy haciendo. Sí, tengo *diecisiete* años, pero supe desde el día que te conocí que haría *lo que sea* por ti, que haría *lo que fuera* para hacerte feliz porque nadie antes había olido como tú. Era bastones de caramelo y piña, y épico y asombroso y también era mi *hogar*. Olías como mi *hogar*, Ox. Y había olvidado lo que era eso, ¿sabes? Lo había olvidado porque él me lo había quitado y no lo pude volver a encontrar hasta que te conocí. Así que no te quedes ahí sentado diciendo que *solo* tengo diecisiete. Mi padre le dio su lobo a mi madre cuando tenía mi edad. No se trata de la edad, Ox, sucede cuando lo sabes.

—Pero yo no… —mi voz salió áspera.

—¡Cierra la boca! —gritó—. ¿Sabes qué? No, tú no puedes decidir lo que vales porque obviamente no lo sabes. No puedes decidirlo porque no tienes la remota idea de que lo vales *todo*. ¿Qué crees que es? ¿Una broma? ¿Una decisión precipitada? No es así. No se trata del destino, Ox, no estás *enlazado* por esto, aún no. Hay una elección. *Siempre* hay una elección. Mi lobo te escogió. Yo te escogí. Y si tú no me escoges, entonces será *tu* propia elección y me marcharé de aquí sabiendo que has podido elegir tu propio camino. Pero, lo juro por Dios, si tú me elijes me aseguraré de hacerte saber el peso de tu valor cada día por el resto de nuestras vidas, porque así es como es. Algún día seré un maldito *Alfa*, y no existe nadie que quiera tener a mi lado más que tú. Eres tú, Ox. Para mí siempre has sido tú.

—Está bien, Joe —lo miré. Su lobo estaba cerca de la superficie.

—¿Está bien?

—Sí, está bien. No sé si veo las cosas que tú ves.

—Lo sé.

—Y no sé si seré lo suficientemente bueno.

—*Sé* que lo serás —sus ojos flamearon anaranjados al decirlo.

—Pero te lo prometí. Te dije que siempre seríamos tú y yo.

—Lo hiciste. Me lo prometiste —su expresión tembló—. Lo *prometiste*.

—No soy demasiado, no tengo mucho, por momentos me siento un tonto y digo cosas estúpidas. Mi papá me abandonó y cometo errores todo el tiempo. No fui a la universidad y regreso a casa con grasa debajo de las uñas y sobre mis pantalones. No tengo muchos amigos. Pero te hice una promesa, y aunque desearía que encontraras a alguien mejor para ti, cumplo mis promesas. Así que sí, Joe. ¿De acuerdo? Solo sí.

Aún no debía de ser un hombre, porque me ardían los ojos. Mamá estaba llorando en la mesa y pude oír también a Elizabeth afuera de la ventana, pero Joe estaba frente a mí. Era el niño pequeño que me había encontrado en un camino de tierra el día que cumplí dieciséis, el niño pequeño que se había convertido en un hombre y estaba de pie frente a mí unos días antes de que cumpliera mis veintitrés, y pensaba que yo valía algo. Quise creerle.

Entonces presionó su frente contra la mía e inhaló, y apareció ese sol. Ese sol entre los dos, esa atadura que quemaba y ardía porque me la había dado a mí. Porque me había elegido.

Y decidí elegirlo.

QUÉ ES LA VIDA / TE NECESITO

Entonces, los compañeros eran algo real.

Y aprendí que aún no sabía una mierda sobre los hombres lobo.

—Siento que esto es algo que tendrían que haberme dicho.

—¿Sí? —Thomas me miró mientras caminábamos entre los árboles.

—Sí.

—Ah.

—Elizabeth es tu compañera.

—Para falta de mejores palabras, sí. Podemos llamarlo así. Pero ella es mucho más para mí.

—¿Cómo lo supiste?

—Porque cada vez que la veía, no quería otra cosa más que estar seguro de que la volvería a ver.

Sabía de lo que hablaba. Por completo.

—Lo sabías. Sobre Joe y yo.

—Sí.

—Por eso… —me detuve.

Esperó.

—Cuando lo entrenabas, me trajiste aquí.

—Sí.

—Por lo que yo soy para él.

—Sí.

—Su compañero.

—Si quieres llamarlo de esa forma. Está bastante romantizado, pero supongo que esa definición es la más acertada que vamos a tener.

—¿Qué soy?

—Tú eres Ox —se sorprendió.

—Para él. ¿Qué es Elizabeth para ti?

—Capas —dijo con una risita—. Tantas capas. Ella es mía y haría lo que fuera por ella, me hace fuerte por ese motivo. Un Alfa lo necesita más que ningún otro, no podría serlo sin ella.

—¿Y eso es lo que seré para Joe?

—Tal vez —repuso—. O quizás más. Tú eres distinto, Ox. No podría precisar en qué eres diferente, pero será un gran espectáculo para la vista. Y yo, por mi parte, no puedo esperar a verlo.

—¿A ver qué?

—Tu todo.

El sol desapareció tras una nube que se posó sobre nosotros.

—¿Por qué se lo permitiste?

—¿Permitirle?

—Darme su lobo.

—Porque él lo decidió.

—Pudiste detenerlo —fruncí el ceño.

—Supongo que sí.

—Carter dijo que lo intentaste.

—Porque no te conocíamos.

—Pero dejaste que lo hiciera de todas formas, ¿por qué?

—Porque de todas las personas, Joe merecía la oportunidad de decidir, después de todo lo que vivió. Y porque por primera vez desde su regreso llevó a cabo una elección: eligió hablarte, eligió llevarte a la casa, eligió tomarte de la mano. Eso es la vida, Ox, elecciones. Las elecciones que hacemos dan forma a lo que nos convertiremos. Por mucho tiempo, a Joe le arrebataron sus elecciones y luego fueron gobernadas por el miedo. Pero un día llegaste y él tomó su propia decisión. Entonces sí, debí haberlo detenido, podría haberle dicho que debía esperar, podría haberle dicho que no lo hiciera, pero no lo hice porque él ya había elegido. Te eligió a ti, Ox.

—¿Quién fue?

Thomas apartó la mirada.

—Necesito saberlo.

—¿Por qué?

—Porque si elijo esto, estoy eligiéndolo por completo.

Su nombre era Richard Collins. Fue un Alfa hasta que eso le fue arrebatado. Violó y asesinó a miembros de su propia manada. Alimentaba con humanos a los más feroces entre los suyos. Era un monstruo y no le importaba. Le arrancaron lo Alfa del cuerpo, pero escapó antes de que pudieran hacerle algo más.

Thomas y Richard habían sido amigos de pequeños, aquí, en este territorio. Eran manada y se amaban como hermanos.

Un día, cuando Thomas y su padre estaban lejos, llegaron cazadores humanos que torturaron a la madre y al padre de Richard frente a él. A ellos y a muchos otros más.

Carne chamuscada y el aire cargado de cenizas.

Gran parte de la manada Bennett se perdió aquel día.

Y Richard se había marchado.

Nadie sabía que se había convertido en un Alfa. Magia, tal vez. Asesinato. Sacrificio. Era cruel, dejó de lado la vida y la esperanza, hasta que lo atraparon.

Pero luego se les escapó de las manos.

Le pidieron a Thomas que fuera al este y ayudara a los demás a encontrarlo. A detenerlo. Buscaron por años, y años, y años. Moviéndose por todo el país. Thomas no pensaba que hubiera alguna esperanza para su viejo amigo, pero no dejó que eso lo detuviera.

Recibió la llamada cuando estaban en Maine.

Joe no estaba. Se lo habían llevado del jardín delantero de su pequeña casa junto al mar. No podía hallarlo, tampoco rastrearlo. Su esencia se había esfumado, como si nunca hubiera estado allí.

Lo buscaron durante días.

Al tercero, el teléfono sonó.

–Thomas, Thomas, Thomas –era Richard.

—Tú, hijo de puta.

—No estabas allí. No hiciste nada para detenerlos. Gritaron tu nombre para que los ayudaras. *Yo también grité*. Por ti, por tu padre. *Pero no estaban allí.*

—Mi hijo, Richard, mi hijo. Por favor —suplicó Thomas.

Y Richard Collins dijo que no.

Llamaba un par de veces a la semana y Joe gritaba. Hacía que Joe gritara y Thomas pensaba que perdería la cabeza.

Les tomó ocho semanas poder encontrarlo. Una mezcla de esencias y pura suerte los dirigió a una cabaña en el medio del bosque, mucho más cerca de lo que esperaban. Lo encontraron maltrecho y solo. Y no era el mismo. Era un lobo, pero los lobos no cambian de forma hasta la pubertad.

Sanó, pero fue lento.

Y no hablaba.

—¿Qué era lo que quería? —pregunté una vez que me aseguré de que mi voz funcionara.

—Infligir dolor, la mayor cantidad posible.

—¿Está muerto? —hice la misma pregunta que había hecho antes.

—No, pasará el resto de sus días pudriéndose en una celda forjada por magia. La magia no le permitirá cambiar de forma. Para todos los efectos y propósitos, le ha quitado su lobo.

—¿Por qué no lo acabaste? —mis manos se crisparon a mis costados.

—La venganza es una lección enseñada por animales y es más difícil mostrar piedad —me miró con ojos tristes—. Le ofrecí misericordia porque él jamás la tuvo con mi familia.

Y por un momento, odié a Thomas. Pensé que era débil, un cobarde. Y lo supo, debió saber cada uno de los pensamientos que atravesaron mi cabeza en ese momento.

Esperó.

Mi enojo pasó porque lo conocía. Pero debía ser honesto.

—No sé si hubiera sido capaz de hacer lo mismo.

—No —dijo con paciencia—. No espero que lo hagas.

Y caminamos a través del bosque.

—¿Es lo que realmente quieres? —preguntó mamá.

—Sí.

—Tiene diecisiete años, Ox.

—Y no sucederá nada hasta que cumpla los dieciocho.

No quería hablar de esa parte con ella, hacía que mi piel zumbara hasta que me sentía ruborizado y acalorado. Era demasiado. La idea de tocarnos, de ser tocado.

—¿Qué sucede si no funciona? —preguntó mientras observaba el sol veraniego a través de la ventana.

Y tampoco quería pensar en eso. No quería pensar en nada de eso.

—Son oportunidades —respondí—. De eso se trata todo.

—Primero, somos amigos —susurró Joe en mi oído—. Eres mi mejor amigo, Ox, y prometo que eso nunca cambiará. Solo seremos... algo más.

—¿Tendré que convertirme en un lobo? —le pregunté a Thomas—. ¿Para estar con Joe?

—No.

—He pensado en ello —dije en voz baja.

—¿En serio?

—Sí.

Esperó.

—¿No tengo que serlo? —insistí.

—No —repitió—. Eres maravilloso tal y como eres.

Me pregunté si así se sentiría tener un padre que te amara lo suficiente como para quedarse contigo a pesar de todas tus fallas.

—No existe nadie más a quien hubiera escogido para él —fueron las palabras de Elizabeth—. Ox, harán cosas maravillosas juntos. Él será un líder y, como Alfa, pondrá a la manada por encima de lo demás. Pero recuerda que siempre serás su corazón y su alma.

—Lo sabía —dijo Mark—. Desde el primer día. Sabía que estabas hecho para algo maravilloso. Estoy orgulloso de poder llamarte mi amigo y manada.

—Espero que estés listo para el vigor de los hombres lobo. Digo, en serio, estarás adolorido durante *días* —bromeó Carter, a lo que Kelly solo respondió:

—Desearía no haber oído eso. Necesitaré verter cloro en mi cerebro. Durante *días*.

Soñé con lobos y una luna roja como la sangre. Ellos cantaban para mí y tomé sus canciones y las hice mías. Corría con ellos en cuatro patas y mi corazón retumbaba en mi pecho. Podía ver, y oler, y escuchar todo, y se veía verde, verde, verde y naranja Beta y rojo Alfa. Los colores encajaban con la canción y *cantamos* porque éramos *manada, manada, manada.*

—Eh, ¿Ox? —mamá llamó mientras me preparaba para el trabajo. Afuera, el cielo comenzaba a iluminarse.

—¿Sí?

—Creo que ha comenzado.

—¿Qué cosa? —me puse la camisa mientras bajaba las escaleras.

Mamá estaba en el pórtico, la puerta de entrada abierta. Me acerqué a ella.

—Al menos lo mantuvo fuera del pórtico como le pedí.

Un conejo gordo yacía sobre la hierba, su garganta estaba destrozada, tenía los ojos muy abiertos y enfocados en cualquier lugar. La sangre se acumulaba por debajo, espesa y oscura. Las moscas zumbaban alrededor y se posaban sobre las patas rígidas.

—No comeré esa cosa —fue lo primero que dije.

—¡Podría estar escuchando! —siseó.

—Quiero decir. *Uh. Guau. ¡Eso se ve bien!* —exclamé casi gritando.

—Sé sutil, Ox.

—Un hombre lobo me está cortejando con un conejo muerto. No hay nada sutil aquí.

—¿No podrían haber sido flores? —murmuró mientras se ponía las botas de goma en la puerta.

—Te dio flores a ti —le recordé.

—Quise decir para tu… —se inclinó y tomó el conejo por las orejas, levantándolo del suelo. El cuerpo sin vida crujió por lo bajo, tenía hierba pegada a la parte de abajo—, cortejo. Lo juro.

—¿Por qué lo estás *tocando*? —pregunté horrorizado.

—No podemos *dejarlo* allí. Se ofenderá.

—Seré honesto. Yo ya me siento ofendido.

—Rápido —pasó junto a mí de camino al interior de la casa—. Busca recetas con conejos en internet antes de que te vayas a trabajar.

—¡Estás goteando el suelo!

—Solo es un conejo muerto, Ox. Te oyes histérico.

—Me oigo *higiénico*.

No era muy bueno con el tema del internet, así que puse "qué hacer cuando tu futuro compañero/novio/mejor amigo hombre lobo te corteja y trae un conejo muerto" en el buscador. Primero había mucha pornografía. Luego encontré una receta para un estofado de conejo maltés.

Se veía delicioso.

La receta, no la pornografía. La pornografía era extraña.

—Entonces, enviaron una canasta con, no sé, ochenta mini panquecitos para ti —anunció Gordo.

—¿Mini panquecitos? —pregunté y aparté la vista de una rotación de neumáticos que estaba realizando a un Ford Escape del 2012.

—Eh, sí. Son como ochenta.

—Esos son muchos panquecitos.

—Lynda de la panadería los trajo. Bueno, en realidad fue su hijo porque la canasta estaba muy pesada para ella.

Suspiré.

—Suspiro de ensueño —me acusó entrecerrando los ojos.

Me siguió hasta la oficina.

En efecto, había una canasta de mini panquecitos. La más grande que había visto jamás.

Sabía lo que era esto.

No contaba como cacería, no es que me estuviese quejando. Dudaba que a Gordo le agradara tener animales muertos en el taller.

Había una nota en el sobre:

"CÁLLATE. ESTO TOTALMENTE CUENTA COMO CACERÍA".

Suspiré de nuevo.

—Ox —dijo Gordo.

—Parece este asunto de estar emparejados es importante, ¿eh?

—*Ox* —repitió.

—¡Eres solo un niño! —me gritó más tarde, luego de que los otros se fueran a casa. Se había contenido durante todo el día.

—Tengo veintitrés años, Gordo. Hace tiempo que he dejado de ser un niño.

—¿Acaso sabes lo que esto significa? Esto es de por *vida*, cuando un lobo se enlaza, es para toda la *vida*.

—Lo sé –Thomas me lo había dicho. Había tenido una pequeña crisis, pero eso fue ayer. Hoy era diferente.

—¿Y aun así accediste? ¿Acaso has perdido la maldita cabeza?

—Es gracioso. Pensé que se trataba de *mi* vida. No de la tuya.

—¿Cómo mierda se supone que debo protegerte si te la pasas haciendo cosas como estas? –preguntó mientras caminaba de un lado a otro frente a mí.

—Puedo protegerme a mí mismo. No te necesito a ti o a nadie más para que lo haga.

—Patrañas. Sabes que necesito… –se detuvo con un gruñido.

—Me necesitas. Lo sé.

—Eso no era lo que iba a decir –estrelló su mano contra el escritorio.

—Gordo.

—Vete a la mierda, Ox.

—Él será el Alfa algún día.

—No me importa.

—Necesitará a un brujo –insistí de todas maneras. Él retrocedió como si lo hubiera abofeteado.

—No, no te atrevas.

—¿Qué demonios pasó contigo? ¿Por qué los odias tanto?

Soltó una risa amarga.

—Ya no tiene importancia.

—Importa si siempre vas a actuar así. Mira, sé que te preocupas por mí. Esa es tu tarea, pero tienes que confiar en mí. Ya tengo suficientes dudas al respecto. No puedo lidiar con las tuyas también. Te necesito para que cuides mi espalda, amigo.

—¿Dudas? –por supuesto, se abalanzó sobre esa palabra–. ¿Entonces porque estás haciéndolo?

—No dudo de él, son dudas sobre mí. ¿Qué si no soy lo suficientemente bueno para él? ¿Qué si no logro ser lo que necesitará?

—Ox, no puedes pensar eso —detuvo su caminata frenética y relajó los hombros.

—¿No? —solté una risotada—. De hecho, es bastante sencillo hacerlo.

—Tu padre te hizo esto —dijo con el ceño fruncido—. Tendría que haberle pateado el trasero cuando tuve la oportunidad.

Lo miré sorprendido.

—No me gusta esto —continuó—. En absoluto. Pero lo voy a decir, ¿de acuerdo? Cualquiera debería llamarse afortunado si pudiera tenerte a su lado. No estoy dándote mi aprobación porque de todos modos no importa para ti. Nada de lo que pueda decir importará a esta altura —su voz se quebró—. Pero es mejor que te trate como la maravilla que eres, o lo haré desaparecer de la tierra.

Extendí mi mano y apreté su hombro, tratando de que mis rodillas no fallaran. Por supuesto que todo lo que me dijera importaba. ¿Cómo podía pensar lo contrario?

—Gordo. Gordo, su lobo. Me entregó su lobo, el lobo de piedra.

—Asumí que lo había hecho —sonrió con tristeza—. ¿Fue cuando vino a verte?

Negué con la cabeza.

—Al día siguiente de haberlo conocido. Cuando tenía diez años. No sabía lo que significaba. Dijeron que tenía elección.

Y ahí estaba. Esa mirada en su rostro. Ese *temor.*

—¿Incluso entonces?

—Incluso entonces —y entonces me golpeó la conciencia, había estado tan condenadamente *ciego*—. Gordo, *Gordo.*

—Sí, Ox.

–¿Él? –casi me detengo, pero continué–. Mark lo hizo, ¿verdad? Te dio su lobo –completé.

Los tatuajes de su brazo comenzaron a brillar ligeramente cuando agachó la cabeza. Le froté el cabello con mi mano. Estaba largo. Necesitaba recordarle que lo cortara, olvidaba muchas cosas si no estaba para decírselas.

–Sí –tosió–. Sí. Lo hizo. Y se lo devolví.

Estábamos corriendo bajo la luna llena.

Los lobos me rodeaban y los árboles pasaban volando. Ladraban, aullaban, vivían y reían.

Joe seguía apretujándose más y más cerca, ya era casi tan grande como Mark. Cuando se convirtiera en el Alfa, sería del tamaño de Thomas.

Llegamos a nuestro claro. Los demás se dispersaron, persiguiéndose entre ellos, mordiéndose las patas y las colas.

Joe no se movió de mi lado.

Una vez me dijo que cuando el lobo tomaba el control, toda la racionalidad humana lo abandonaba. Podía comprender y recordar, pero a un nivel más básico, era todo animal e instintos.

Aún era Joe, pero también un lobo. Que al parecer pensaba que todavía no olía lo suficiente a él. Frotó su torso sobre mis piernas y muslos. Presionó su cabeza y hocico contra mi pecho y cuello, mientras arrastraba su nariz por mi piel.

Carter y Kelly se nos acercaron, querían jugar.

Joe les gruñó, un rugido de advertencia. *"Aléjense"*.

Ambos ladearon sus cabezas y se echaron al piso. Joe se volteó en mi dirección y olisqueó mi oreja y cuello. Carter y Kelly avanzaron lentamente.

Joe los ignoró porque había encontrado algo más interesante para olisquear detrás de mí oreja. Se acercaron un poco más.

Joe tocó mi frente con su nariz. Avanzaron un poco más.

Joe se volteó y los fulminó con la mirada. Carter bostezó como si estuviera aburrido. Kelly puso su cabeza sobre las patas delanteras.

Joe volvió a girar en mi dirección.

—Estás actuando como un tonto.

Me enseñó sus dientes, filosos y brillantes. Le pegué en la nariz.

—No te tengo miedo —le aseguré.

Carter y Kelly saltaron hacia adelante, frotándose contra mí de cada lado.

Joe le gruñó a los dos, sus ojos llameaban. Solo se rieron de él. Más tarde, cazaron. Me eché de espaldas, observando la luna por encima en el cielo. El aire estaba cálido y era feliz.

Mató una cierva y la arrastró fuera del bosque para echarla ante mí.

Su lengua colgaba fuera de su boca, los ojos enormes y desenfocados.

—¿En serio? —pregunté. Acicaló su hocico cubierto de sangre y suciedad.

—En serio —suspiré.

Joe dijo:

"Cuando te encontré, pensé que eras el mundo entero".

Él dijo, "te entregué mi lobo porque estaba hecho para ti".

Él dijo, "cuando Jessie llegó a tu vida, se me rompió el corazón".

Él dijo, "intenté que me agradara, lo prometo, lo hago y lo hice".

Él dijo, "pero la odiaba. La odiaba demasiado".

Él dijo, "cuando rompiste con ella, corrí al bosque y aullé a la luna".

Él dijo, "y luego olí hombres en ti".

Él dijo, "tenías su esencia y tuve que detenerme porque quería lastimarte".

Él dijo, "quería decirte que esperaras".

Él dijo, "quería decirte que lo que necesitabas era esperar por mí".

Él dijo, "pero no pude. Porque no sería justo para ti".

Él dijo, "y luego llegó Frankie y… no lo sé, jamás pensé…".

Él dijo, "tú me confundías, me agraviabas. Eres maravilloso y hermoso, y a veces solo quisiera hincarte los dientes para verte sangrar. Quiero saber a qué sabes, quiero dejarte mis marcas en la piel y quiero cubrirte hasta que huelas como yo. No quiero que nadie vuelva a tocarte nunca más. Te quiero, a cada parte de ti. Quiero pedirte que rompas el lazo con Gordo porque me quema que estés enlazado a alguien más, quiero decirte que puedo ser una buena persona, quiero que sepas que lo soy, quiero convertirte, quiero que seas un lobo para que corramos entre los árboles, quiero que te quedes como humano para que nunca pierdas esa parte de ti. Si algo fuera a pasarte, si estuvieras a punto de morir, te convertiría porque no podría perderte jamás, no podría permitir que te vayas, no podría dejar que nada te aleje de mí, nunca".

Él dijo:

"Richard me dijo cosas. Cosas horribles".

Mi respiración quedó atrapada en mi pecho. Mi mano se congeló sobre su cabello.

Las estrellas brillaron sobre nosotros. La hierba se sintió fresca en mi espalda, la cabeza de Joe un peso sobre mi estómago. Lo miré y sus ojos brillaron cuando me vio, oscuros y más feroces que nunca.

Podría haberle dicho que callara, que no necesitábamos hablar de él.

Podría haber dicho: "ya no tiene importancia. No puede volver a tocarte".

Podría haber dicho: "lo encontraré y lo mataré por ti. Dime en dónde está".

Pero lo que dije fue:

—¿Eso hizo? —y no sé si fue lo correcto.

—Sí —dejó escapar un suspiro quebrado.

—Okey.

—Ox.

—¿Sí? —logré decir a través de la rabia en mi corazón.

—Está bien.

Claro que podía olerlo. Me preguntaba qué aroma tendría la furia. Pensé en que probablemente quemara.

Entonces dije:

—Okey.

—Tenías que saberlo. Antes.

—¿Antes?

—Así lo sabes todo —se volteó ligeramente y frotó su nariz contra mi costado, a lo largo de mi costilla.

—No estás roto.

—No sabes eso —replicó.

—Lo sé. Estás vivo. Si puedes tomar otra bocanada de aire, si puedes dar un paso más, entonces no estas roto. Maltrecho, puede ser; marcado, agrietado, pero jamás roto.

—Richard dijo que mi familia ya no me quería, que me habían entregado a él y querían que sangrara.

Tuve que reprimir mis ansias de aullar una canción de desesperación.

—Richard dijo que era mi culpa que eso sucediera. Que si tan solo hubiera sido un mejor hijo, si tan solo hubiera sido un mejor niño, nada de eso me hubiera pasado. Dijo que me odiaban porque no era el Alfa que ellos querían. Que era demasiado pequeño, que no era un buen lobo, que no merecía ser el Alfa porque haría que la manada se dividiera y que todos morirían y esa sería mi carga.

»No sé si puedo explicarlo, en verdad —suspiró—. Ese sentimiento dentro de mí. El Alfa. No soy uno aún, pero se acerca el momento, burbujea por debajo de la superficie. Hay momentos en los que todo en lo que puedo pensar es en marcarte para que todos sepan a quién perteneces, grabar mi nombre sobre tu piel para que así nunca te olvides de mí, esconder a mi familia así nunca nadie pueda herirlos. Tengo que proteger lo que es mío. Richard intentó quitarme eso y creo que lo hizo peor. No creo que supiera que lo estaba empeorando.

—No está mal —afirmé, aunque no estaba seguro si era exactamente correcto.

—Quiero tu sangre en mi lengua —sus ojos destellaron en la oscuridad, anaranjados con matices de rojo—. Quiero romperte en dos y arrastrarme dentro de ti. Soy un monstruo por las cosas que podría hacerte y tú no serías capaz de detenerme —apartó la mirada y tomó un respiro para tranquilizarse. Luego, otro y otro más—. Papá lo sabe, mamá también. Es por eso que me voy con él, al medio del bosque. Para aprender a controlarme. Por mí, por ellos y por ti. Porque él rompió algo en mí, me hizo de esta forma, hizo que quiera ser un monstruo, y no siempre creo que sea capaz de detenerlo —esta vez habló con más calma.

–No te tengo miedo –aparté un mechón de cabello de su frente–, nunca lo tuve.

–Tal vez deberías tenerlo.

–Joe –una pizca de disgusto asomó en mi voz.

–Mataría por ti –dijo bruscamente–. Si alguien intentara hacerte daño. Lo mataría.

–Lo sé. Porque yo haría lo mismo por ti –respondí.

Rio y el sonido salió mezclado con el de su lobo: ladridos y gruñidos.

–Lo veo, en ocasiones, cuando cierro los ojos.

–Lo sé.

–No sé si eso se irá alguna vez.

–También sé eso.

–¿Y aun así dijiste que sí?

–Si –contesté y moví mi mano entre su cabello una vez más.

Suspiró.

Miramos las estrellas. Eran más enormes de lo que podríamos haber esperado.

Alguien me dijo una vez que la luz que veíamos de las estrellas estaba a cientos de miles de años de distancia. Que la estrella podría estar muerta y nunca lo sabríamos porque aún se veía viva. Pensé que eso era algo trágico: que las estrellas pudieran mentir.

–¿Tienes miedo? –quise saber.

–Sí –contestó de inmediato–. ¿De qué?

–De convertirte en el Alfa.

–Tal vez. A veces creo que lo haré bien, ¿sabes? Y luego pienso que no.

–Lo harás bien.

–¿Sí?

–Te ayudaré –porque lo haría.

Se quedó callado por un momento

–No creí que llegaríamos hasta aquí.

–Lo siento –a los dos nos dolió al escuchar eso.

–No te disculpes –negó con la cabeza–. Tienes elección. Eres humano.

–¿Y tú? ¿Tienes elección?

–Eres tú. Siempre te elegiría. No importa si es un mandato biológico, no importa si se trata del destino, no importa si es porque has sido hecho especialmente para mí, no importa, porque te elegiría a pesar de todo eso.

Pensé en besarlo. Pensé hacerlo por un momento.

Pero no lo hice. Debí hacerlo.

–No eres un monstruo –toqué su mejilla, sus orejas, sus labios–. No lo eres. Te lo prometo. Te lo juro. No lo eres.

–Ox, Ox, Ox –susurró. Y se sacudió, y se rompió, y yo me hice pedazos junto a él.

Creo que ambos lloramos un poco.

Porque aún no éramos hombres.

TE TRAERÉ UN OSO / LASTIMARTE

A veces conducía la vieja camioneta que Gordo me había comprado. Pero la mayoría de las veces caminaba porque sabía que Joe estaría esperándome.

Podía contar con ello. No necesitaba ninguna explicación, simplemente era así.

Unos días después, por supuesto que estaba allí. De pie en la sombra de un viejo olmo, la luz del sol se filtraba entre las hojas y bailaba en sus brazos y cuello. Antes había sido pequeño, ese primer día. El cachorro de la manada, el pequeño tornado.

Pero ya no. Parte de ello se debía a la genética, parte porque se estaba volviendo el Alfa. Se había convertido en él mismo, y sé que escuchó el momento en que mi corazón se agitó por su presencia, porque sonrió como si eso lo complaciera.

–Hola, Joe.

–Hola. Hola, Ox.

Me detuve frente a él, inseguro. Solo había pasado una semana desde esa… cosa. Esa *cosa* que había comenzado. Esa… *cosa* entre los dos.

–Hola –repetí como idiota, las palabras se secaron sobre mi lengua.

Nos miramos fijo.

Era *estúpido*.

–Esto es raro –dije.

–Quiero llevarte a una cita –dijo Joe al mismo tiempo.

Me ahogué con mi propia lengua y tosí.

–Sí, claro –logré decir finalmente–. Bien. Sí, suena genial. ¿Cuándo? ¿Ahora? Podemos ir ahora.

–¿Ahora mismo? –sus ojos se agrandaron.

–¡No! No, no quise decir... Ya sabes, podríamos…

–Oh, bueno. ¿Tal vez? Podríamos… ir a algún lugar.

–¿Vas a traerme más animales muertos o mini panquecitos? –solté. Luego hice una mueca de dolor–. Tú… ah. No es necesario.

Ni siquiera logré *probar* alguno de los mini panquecitos porque los muchachos del taller se los comieron todos. A excepción de Gordo, él solo se los quedó mirando.

–¿*Quieres* más animales? –me miró con extrañeza–. ¡Puedo ir a buscar más ahora mismo! Te traeré otro venado o un oso. ¡Te traeré un oso! –y comenzó a quitarse la ropa.

–¿Te estás *desnudando*? –exclamé, porque toda esa *piel*.

–¿Qué cosa? –preguntó, ya sin camiseta.

–¡Tienes diecisiete! –me aferré a la única cosa que tenía sentido.

–No por mucho tiempo –dijo con voz profunda, porque estaba mirándome de manera lasciva.

–No necesito un oso –afirmé en vez de enfocarme en su actitud.

–¿Ciervo? –preguntó.

Sacudí la cabeza porque la idea de verlo arrastrando un ciervo del bosque y dejarlo frente a mi jardín me revolvió el estómago.

–Deberías volver a ponerte esa camiseta.

–¿Por qué? –preguntó mientras me miraba con los ojos entrecerrados.

–Porque… ya lo sabes. Por todo *eso* –sacudí mis manos mientras señalaba todo su cuerpo.

–¿Todo esto? –sonrió con malicia. Y era *malvado*. Flexionó su pecho. *Jugaba sucio.*

–Sí. Por todo eso –logré decir.

–Podríamos… ah. Ya sabes –dio un paso hacia mí. Agitó sus cejas y pensé, *mierda.*

–O podríamos esperar a que cumplas los dieciocho –di un paso hacia atrás.

–Así no es como funciona –ahora me miraba fijo. Había un poco del lobo en esa mirada.

–Sí, porque tú sabes cómo funciona esto. Con todo el cortejo que has hecho.

–No puedo esperar a ser el Alfa así puedo decirte todo lo que tienes que hacer, todo el tiempo.

–Le diré a tu padre que solo quieres ser el Alfa porque quieres meterte en mis pantalones.

–No hables sobre mi padre mientras intento seducirte –gruñó.

—Deja de hablar —le supliqué—. Por favor.

Y luego, por supuesto, Carter y Kelly aparecieron, de camino.

Se detuvieron y nos miraron con atención.

Los miramos. Me sentí culpable porque su hermano, menor de edad, estaba sin camiseta y probablemente todo apestaba a burdel.

—Esto es incómodo —soltó Kelly.

—¡No pasó nada! —exclamé.

—¡Oh, Dios mío! Apesta a *sexo* —exclamó Carter.

—Voy a matar un oso para él —dijo Joe.

Hubo más miradas.

—Me siento tan incómodo ahora —murmuró Kelly.

—Ponte la ropa de nuevo —ordené.

—Es como si me estuviera ahogando en feromonas y erecciones —continuó Carter.

—O tal vez un ciervo —agregó Joe.

Todas las miradas.

—Espero que sepan que ambos han arruinado mi vida —volvió a murmurar Kelly.

—Tu *camiseta*, Joe, ponte la *camiseta*.

—Es bueno que haya desvirgado los labios de Ox con un beso gay hace *años* —contó Carter, simplemente porque era un cretino—. *De nada*

Joe rugió y Carter rio, y salió disparando hacia el bosque, la camisa de Joe cayó al suelo y sus pantalones cortos se destrozaron en cuanto se transformó en lobo. Se fueron por entre los árboles, Joe gruñendo y aullando de ira.

Kelly y yo nos quedamos de pie en el camino de tierra.

—Entonces...

—Sí —respondió Kelly.

—¿En verdad matará a un oso?

—Probablemente —soltó una risotada—. Ahora que sabe que te besuqueaste con Carter.

—¡No me *besuqueé* con Carter!

—¿Pero le diste un beso?

—Él *me* besó.

—Realmente no veo la diferencia.

—Él es heterosexual.

—No sé si los hombres lobo se identificaban como otra cosa que no sea fluidos.

—Pero él… Lo dijo… Me lo *dijo*… —Kelly puso los ojos en blanco—. No sé *nada* de hombres lobo.

Kelly resopló al escuchar a Joe rugir de ira a través el bosque.

—Lo más seguro es que estemos oyendo un fratricidio.

—No sé qué es eso.

—Joe va a matar a Carter.

—¿De veras?

—Probablemente —se encogió de hombros—. Se oye como que definitivamente quiere hacerlo.

—No pareces para nada preocupado.

—Eh —repuso—. ¿Qué podría hacer? Aún no he tenido sexo con ningún chico *o* chica.

—Eh. ¿Gracias por compartirlo?

—Estuve pensando en ello.

—Bien.

—Parece como que es mucho trabajo —dijo con el entrecejo fruncido mientras algún lobo era estrellado contra un árbol a la distancia.

—Lo es —le aseguré.

—Aunque he besado a un chico —comentó.

—¿Qué? ¿Cuándo?

—En esta… *cosa*. Ni siquiera sé. Luego hubo una chica, no sé si eso cuenta. Ella solo… puso su lengua en mi cara, como… cerca de mi nariz.

—¿Bien?

—¿Está mal tener veintiuno y no haber tenido sexo?

—Eh… ¿no? ¿Por qué me estás preguntando esto?

—Eres el futuro compañero del futuro Alfa —se me quedó viendo—. Debes responder preguntas como estas.

—¿Sí?

—Sí. Es como tu trabajo.

—Oh. Nadie me lo dijo.

—¿Cuál creíste que sería?

—¿Honestamente? No estoy del todo seguro. Esto fue algo como… repentino.

—¿Como cuando tuviste tu primera erección por Joe? —preguntó con comprensión.

—¡Ay, Dios!

—Así que tienes que dar consejos y esas cosas. Ayudar a la manada cuando tenga problemas. Es lo que mamá hace. Es lo que hacía cuando la manada era más grande.

—No soy tu madre.

—Podrías serlo también —hizo un gesto con su mano, su boca se torció un poco—. O algo como ¿papá?

—Me aseguraré de que nunca te acuestes con nadie.

—Estoy seguro de que ocurrirá cuando esté listo —se encogió de hombros.

—Y ni un día antes —asentí—. Nunca dejes que nadie te presione a hacer nada.

–Gracias, papá –sonrió.

Respiré profundo para no golpearlo en la cara. Se hubiera sanado al momento en que me fuera con una mano rota.

–Bien, no soy muy bueno para hablar. O dar consejos. O para nada –pero si él lo necesitaba, si ellos me necesitaban, entonces haría lo que pudiera.

–Lo haces bien.

–¿Sí? –sonreí.

–Excepto por la parte en la que te besuqueaste con Carter antes de que Joe haya podido ocuparse de eso.

Dos lobos gruñeron en alguna parte del bosque.

–Eso es fantástico.

–Joe me llevará a una cita –le conté a mamá, porque ahora le contaba todo y parecía más sencillo de esa forma.

–¿Oh? ¿Dónde? –quiso saber.

–No lo sé –me encogí de brazos–. Lo mismo mata a un oso para mí.

–Suena bien –asintió–. Bueno… diviértanse con eso. Tengo que llegar al restaurante. No duermas con él por ahora.

–Eh –casi me caigo al suelo–. ¿Está bien?

–Aunque quieres hacerlo –suspiró.

–Por el amor de Dios, mamá…

–¿Necesitas que te consiga algunos condones? Creo que tengo un cupón.

–Por favor, vete –me estrellé la cabeza contra la mesa de la cocina–. Por favor.

Me besó la frente y se marchó al trabajo.

Tuvimos nuestra cita.

Fue incómodo. No por nosotros. Bueno, no solamente por nosotros.

Golpeó la puerta.

La abrí antes de que volviera a hacerlo.

—Estos son para ti —me entregó más mini panquecitos—. No pude encontrar ningún oso —se quejó.

—Está bien —respondí porque, honestamente, no sabía qué habría hecho con el cadáver de un oso.

—Lo siento —se frotó la parte trasera de la cabeza.

—¿Entonces mini panquecitos?

—Mini panquecitos —sonrió.

—Estoy bien con eso.

—Te ves sexy —espetó, luego frunció el ceño—. Voy a intentar mantener el buen tono. Mamá me dijo que lo hiciera.

Miré hacia abajo. Llevaba puestos unos jeans y una camisa roja con botones.

—¿Gracias? —le pregunté. Pero quise decírselo—. Gracias —y luego—: Te ves muy bien también —mi boca traicionera casi dice *tentador* en vez de *bien*—. Me gustan tus… pantalones.

—Mis pantalones.

Pantalones grises, ¿de lana tal vez?

Me los quedé viendo.

—¿En serio? ¿Qué es lo que te gusta de ellos? ¿Tal vez como lucirían sobre tu suelo? —dijo y sus ojos se agrandaron—. Guau, eso sonaba más elegante en mi cabeza.

¿Cómo se había acercado tanto sin que lo notara?

Pude sentir su aliento sobre mi rostro.

–Bien. Eh, deberíamos… ¿irnos?

–Podríamos quedarnos –dijo y sus labios rozaron mi mejilla.

–Gracias por los panquecitos –di un paso hacia atrás.

–Puedo olerlo, lo sabes –me miró con intensidad.

–Eso no es normal –repliqué.

Puso los ojos en blanco y me arrastró hasta el auto de Elizabeth. Era lujoso, con muchos botones. Presioné uno y mi asiento comenzó a vibrar.

–Uuuuh –dije.

También fuimos al único lugar costoso de Green Creek. Y por "costoso" me refería a que era el único lugar que tenía manteles y servilletas dobladas.

Y por supuesto, Frankie era el camarero.

–¡Hola, Joe! –lo saludó con una gran sonrisa. Me echó un vistazo e hizo un mohín–. Y Ox –el saludo salió más forzado.

–No tenía idea que estaría aquí –me confesó Joe con los ojos desorbitados.

–Está bien –porque estaba bien, no me importaba. Solo porque Frankie había llegado allí antes no significaba nada para mí–. Hola, Frankie. Es bueno verte de nuevo.

–¿Cómo has estado? –preguntó a Joe, ignorando mi saludo–. No te he visto este verano. ¿Emocionado por el último año?

–Todo anda bien. He estado…

–Me gustaría una limonada, ¿cuál es la especialidad del día?

Frankie me fulminó con la mirada y me dio la sensación de que Joe estaba a punto de reírse como un estúpido.

Frankie nos dijo las especialidades del menú. Sarcásticamente.

—Lo siento por eso —volteó de nuevo hacia Joe—. ¿Me decías?

—¿Tal vez nos podrías dar un momento para elegir? —pidió Joe.

—¿Estás seguro? —preguntó.

—Sí —respondí yo.

Y entonces Frankie se fue.

—Eso fue genial —exclamó Joe.

Fruncí el ceño mientras miraba el menú. No sabía qué eran la mitad de las cosas que había allí. Solo quería una hamburguesa.

—Estabas celoso —cacareó Joe.

—No, no es cierto.

Me pateó por debajo de la mesa. Lo ignoré porque acababa de encontrar hamburguesas.

—Ox —miré el menú con atención—. Ox. Ox. Ox.

—¡¿Qué?!

—*Muy celoso* —susurró.

Frankie me trajo la limonada, la apoyó sobre la mesa derramando un poco de su contenido mientras decía "ups" y luego dejó el agua de Joe con delicadeza y se quedó allí de pie.

—Necesitamos más tiempo —dije.

Frankie miraba a Joe.

—Ox —dijo Joe divertido.

—¿Ox? —preguntó la voz de una mujer a mis espaldas.

Joe gruñó desde lo profundo de su pecho. Frankie arqueó una de sus cejas. Me volteé. Jessie estaba sentada en la mesa de atrás con una mujer que no reconocí.

—Hola, Jessie —saludé.

—Entonces, Joe —continuó Frankie—. Estaba pensando…

—Bueno, *hola*, Jessie —la saludó Joe.

—Ey, Joe. Es bueno verte —respondió al saludo mirando por encima de mi hombro. Había una pequeña sonrisa en su rostro, como si supiera algo que yo no—. ¿Fuera del pueblo?

Y lo *supe*.

—Sí —mantuve mi expresión y tono inexpresivo.

—Joe, estaba pensando —interrumpió Frankie—. Hay algo…

—Jessie —insistió Joe—. Creo que estaré en tu clase el próximo semestre.

—Oh, no —murmuré.

—¿En serio? —preguntó ella.

—Sí, yo también —acotó Frankie y todos menos yo lo ignoraron. Quería que se marchara con la fuerza de mi voluntad, pero no funcionó.

—¡Será emocionante! —dijo—. Vamos a leer algunos libros grandiosos. Haremos algunos proyectos geniales. Aunque no podrás llamarme Jessie en clase, deberás llamarme…

—¿En serio? —no se oía como que hablara en serio, en lo absoluto—. Apenas puedo esperar.

—Aún no estamos listos para ordenar —le dije a Frankie porque no estaba captando el mensaje.

—¿Ox? —dijo la mujer que estaba junto a Jessie—. ¿Oh, ese no era tu…? —su voz se fue apagando, teniendo la decencia de ruborizarse.

—Sí —repuso Jessie—. Ese es Ox.

—Es tan… grande —dijo la mujer como si no estuviera sentado ahí mismo—. Mira el tamaño de sus manos.

Todos miraron a mis manos. Las oculté en mi regazo.

—Sabes lo que dicen de los hombres con manos grandes… —agregó Jessie, con una sonrisa de oreja a oreja.

—Estamos en una cita —Joe anunció lo más alto que pudo.

—¿Están en una qué? —intervino Frankie—. ¡Pero él es tan mayor!

–¿En una qué? –comentó Jessie–. ¡Pero él es tan menor!

–¡Oigan! –dijimos Joe y yo al mismo tiempo, igualmente ofendidos.

–Solo tiene veintitrés –declaró Joe.

–Casi cumple dieciocho –agregué y, Dios, ese argumento se oyó horrible.

–Lo sabía –Frankie se oía molesto–. Todo el tiempo.

–Me lo esperaba, totalmente –Jessie se veía entretenida y herida. Era una combinación extraña.

–¿Tú qué? –quise saber.

–No, Frankie, no es así –intentó aclarar Joe–. Okey, fue así, pero no se trata de eso.

–Oh, por favor. Solo hablabas de Ox cada segundo de todos los días.

–Siempre era Joe, Joe, Joe –agregó Jessie.

–¿No tienes otras mesas a las que atender? –pregunté a Frankie.

–Somos *mejores* amigos –Joe se dirigió a Jessie.

–No, es una noche tranquila –Frankie se dirigió a mí.

–Oh, siempre fui consciente de todo –continuó Jessie–. Incluso cuando salíamos…

Joe apretó su pie contra el mío mientras gruñía, le devolví la presión y vi un destello de anaranjado en sus ojos.

–Joe.

Me miró.

–Quédate conmigo.

–Es muy fuerte –respondió. Tomé su mano. Se enredó en la mía. Sentí los pinchazos de las garras.

–Joe –volví a llamarlo.

–Necesito…

–Bien.

–Joe, yo… –comenzó Frankie.

—Largo de aquí –le ordené–. ¡Ahora!

—¿Se encuentra bien? –preguntó Jessie.

—Lo estará. Por favor solo regresa a tu mesa –le pedí.

Frankie se marchó. Jessie se volteó. Solo tuve ojos para Joe. Siempre Joe.

—Estás sangrando –sus fosas nasales se dilataron mientras lo decía.

—No duele. Tú jamás me harías daño.

—Ox.

—Vámonos.

Entonces nos marchamos.

Caminamos por el bosque.

Tomó mi mano y la elevó hacia su rostro.

La piel estaba ligeramente hinchada, un poco enrojecida. Mi mano estaba cubierta de pequeñas hojuelas de sangre seca.

Me detuve y esperé a que acabara con lo que sea que estuviera haciendo.

—Te lo dije.

—¿Qué cosa?

—¿Lo recuerdas?

—Sí, ¿pero qué?

—Que quería ver tu sangre. Que quería saborearla.

—Sí, pero nunca me harías daño para conseguirlo.

—¿Cómo lo sabes? –hubo un destello de esos ojos escalofriantes.

—Porque te conozco.

Dio un paso más, acercándose.

—Puedo lastimarte.

—Lo sé.

—Tengo garras y dientes —su pecho colisionó contra el mío.

—Lo sé. No vas a hacer que te tenga miedo, Joe.

—No quiero… —su mirada vaciló.

—Es eso o estás poniéndome a prueba.

—Ox.

—No. Tú lo quisiste. Me diste tu lobo. Tú fuiste detrás de mí.

—No es eso…

—No va a funcionar.

Y había temor. Era un miedo real.

—¿Qué no funcionará? —graznó.

—Asustarme para que me vaya. Sé en lo que me estoy metiendo, hubiera huido antes si no pudiera manejarlo. Mi padre me dijo que la gente haría que mi vida fuera una mierda, pero no lo aceptaré, jamás lo aceptaré.

Su aliento estaba sobre mi rostro.

Este era Joe. Y yo era Ox.

Su nariz rozó la mía. Mis manos encontraron su cintura. Tembló bajó mis manos. Un trueno profundo dentro de su pecho.

—Mío —dijo.

Mis mejillas rasparon las suyas.

—*Mío* —gruñó el lobo. *Era algo terrible y grandioso.*

—*Sí. Joe. Sí, Joe.*

Volteé para besarlo.

Pero antes de que nuestros labios pudieran tocarse, un aullido se elevó, haciendo eco a través de los árboles. Los pájaros levantaron vuelo y el bosque se estremeció con esa canción.

Era Thomas. De eso no tenía la menor duda, porque conocía a mi Alfa.

Pero era una canción llena de ira y desesperación que me tambaleó hacia atrás, la atadura de la manada estalló dentro de mi cabeza y el corazón se volvió rojo y azul.

Y violeta. Tan violeta que estaba completamente enterrado en él.

Los ojos de Joe volvieron a la vida, y cantó en respuesta. Pude oír el miedo en su canción. Temor puro y frío. La canción era rojo Alfa y anaranjado Beta en sí mismo, y azul, demasiado azul.

Murió en los árboles que nos rodeaban.

Todo se quedó en silencio y luché por respirar.

—Tenemos que apresurarnos —dijo Joe, sus ojos resplandecieron.

Así que eso hicimos.

Y todo cambió una vez más.

PALABRA DE ALERTA / DERECHO DE NACIMIENTO

abía hombres en la casa Bennett. Hombres que no había visto nunca. Estaban de pie frente a la casa junto a autos deportivos color negro. Nos oyeron llegar y por un momento sus ojos brillaron de color anaranjado en la oscuridad, y me pregunté si Joe y yo podríamos contra ellos. Nos superaban en número, pero no éramos débiles. Thomas tenía que haberlo previsto.

No fue necesario. El Alfa salió del pórtico y gruñó por lo bajo. Los tipos se pusieron en estado de alerta. Un hombre salió detrás de ellos. Osmond. El que había venido durante el invierno.

—Quietos, todos ustedes —ordenó.

Los hombres junto a los automóviles apartaron la vista de Joe y de mí, sus ojos escanearon el bosque detrás de nosotros.

—¿Dónde está tu brujo? —preguntó Osmond.

—Estará aquí —respondió Thomas.

Me pregunté qué opinaría Gordo de esto. De ser llamado el brujo de Thomas.

—¿Qué sucede? —exigió saber Joe.

—Ve adentro —le ordenó Thomas—. La manada te está esperando.

Parecía que Joe estaba juntando fuerza para discutir, pero los ojos de Thomas brillaron de color rojo y Joe guardó silencio.

Pasó cerca de su padre e ingresó a la casa.

Me moví para seguirlo. Thomas tocó mi hombro para que me detuviera.

—Lo siento.

—¿Por qué?

—Sabía que estaban en una cita.

—¿Esto es importante? —me encogí de hombros.

—Sí —repuso.

—Entonces está bien.

—Joe es muy afortunado —suspiró.

—¿Cita? ¿Con Joe? —dijo Osmond—. Thomas, él es un humano.

Antes de que pudiera pensarlo para reaccionar, Thomas ya lo tenía apretujado contra la pared. Los Betas a nuestras espaldas comenzaron a gruñirnos en respuesta, pero no avanzaron. Podrían tener cierta lealtad hacia Osmond, pero sabían cuál era su lugar.

Independientemente de que yo también supiera cuál era mi lugar, avancé hasta que tuve mi espalda contra la de Thomas, enfrentando a los lobos, fulminándolos con la mirada. No dejaría la espalda de mi Alfa descubierta.

—Una palabra de advertencia —dijo con un tono de voz monocorde y frío. Eché un vistazo en su dirección por encima de mi hombro—. No vienes a mi territorio, mi hogar y juzgas las cosas que de las cuales no sabes nada al respecto. Mi hijo ha elegido, no es de tu incumbencia. El especismo no tiene lugar en Green Creek o en mi manada.

—Pero él será el futuro Alfa. ¿Qué crees que… —fue interrumpido por Thomas cuando se transformó a medias, sus colmillos descendieron y sus músculos comenzaron a expandirse.

—No. *Te*. Concierne.

Osmond asintió.

—Discúlpate con Ox.

Ojos anaranjados.

—*Ahora* —gruñó el Alfa.

—No pretendía ofenderte —dijo Osmond con rigidez, mientras me echaba un vistazo—. Acepta mis disculpas, Ox.

No dije una sola palabra mientras les daba la espalda a los lobos que estaban detrás de nosotros. Thomas se alejó un paso y Osmond se desplomó contra la casa. Los Betas que estaban en el jardín no reaccionaron.

—Ox, ve adentro con los demás, ¿quieres? —no apartó los ojos de Osmond.

—¿Estás seguro? —toqué su hombro—. Podría quedarme para ayudar.

—Solo será un momento, Ox —sonrió ligeramente.

Me dirigí a la casa.

Los demás estaban en la sala de estar. Mark estaba de pie observando con la cara pegada a la ventana. Elizabeth hablaba con Joe en voz baja, pero no podía escuchar lo que le estaba diciendo. Carter y Kelly se levantaron en cuanto abrí la puerta y se agolparon a mí alrededor. Ambos tenían un zumbido en su pecho y lo sentí vibrar contra mí en cuanto se acercaron. No sabía si era para mí beneficio o el de ellos.

–¿Todo está bien? –preguntó Kelly.

–Sí, ¿qué sucede?

–No tenemos idea –confesó Carter–. Osmond y sus perras vinieron a la oficina de papá. Cinco minutos después, papá salió disparado de la habitación, arrancó la puerta de las bisagras y aulló para que Joe y tú regresaran a casa.

–Mamá, ¿dónde está mi mamá? –pregunté.

–Gordo –respondió Kelly–. La irá a buscar al restaurante.

–¿Pasa algo malo? –quise saber porque ellos tenían que saber mucho más que yo.

Apartaron la mirada.

Thomas ingresó a la casa. Nos ignoró y fue directo hacia Joe y Elizabeth.

–¿Qué pasó? –oí preguntar a Joe. Pero Thomas le pidió que se callara y que esperara.

Osmond lo siguió e ignoró notablemente mi mirada. Pasaron unos pocos minutos hasta que un auto aparcó afuera, Osmond se tensó.

–Es el brujo y la madre de Ox –explicó Thomas.

Nos llegaron algunos gruñidos del exterior.

–Oh, cierren la maldita boca si no quieren que les prenda fuego esos traseros lanudos –amenazó Gordo.

Mamá tenía los ojos muy abiertos cuando atravesó la puerta. Me buscó entre todos y tomó mi mano. Le dije que no sabía lo que estaba pasando.

Gordo entró un momento después y se puso ligeramente rígido.

–Osmond –dijo.

–Livingstone –respondió él de manera formal.

–Esto no va a ser nada bueno, ¿verdad?

—Nunca lo es, Gordo —suspiró—. Lamento haber llegado a esto. El…

—Ox —interrumpió Thomas.

Miré por encima de él y Osmond permaneció en silencio.

—¿Recuerdas lo que expliqué sobre los lazos? —me había dicho muchas cosas sobre los lazos, le dije eso—. Su fuerza. En tiempos de gran incertidumbre, te atraerá como nunca antes lo ha hecho. Y deberás resistir tanto como puedas. ¿Lo entiendes?

—Thomas —Gordo tenía el entrecejo fruncido—. ¿Qué diablos sucede?

—¿Lo entiendes? —Thomas lo ignoró. Solo tenía ojos para mí.

—Sí. Sí —dije porque lo hacía. Creí que lo hacía. Podía sentir la tensión mientras aumentaba en la habitación, eran pequeños parpadeos sobre mi piel, mi cabeza y mi pecho jalándome hacia Joe y hacia Gordo. Toqué esos hilos pequeños que nos unían y envié una ola de calma y paz. Les hice saber que todo estaba bien, que estábamos bien porque éramos manada, manada, manada. Incluso si Gordo no lo fuera en realidad, estaba enlazado a mí y yo a él.

—¿Lazo? —quiso saber Osmond—. ¿De quién?

—Mío —dijo Joe con los ojos llenos de fuego anaranjado.

—Y mío —agregó Gordo, el cuervo de su brazo brilló por un momento, se veía listo para emprender vuelo.

—¿Quién eres? —Osmond me observó echando la cabeza hacia atrás.

—Soy Ox. Solo Ox. Eso es todo.

Por alguna razón, no parecía creerme. Eso fue lo más extraño de todo.

—Richard Collins ha escapado —dijo Thomas y el aire dejó la habitación.

Casi pregunto "¿quién?", pero luego lo recordé y la furia floreció a través de mí, y se sintió como si estuviera ardiendo en llamas. Fue una ira terrible y, por primera vez en mi vida, reflexioné sobre las consecuencias que el asesinato tendría en un alma. No me cabía duda de que la debilitaba pieza por pieza hasta que no quedaba nada más que ruinas carbonizadas, humo enroscándose en el aire y el sabor de las cenizas sobre la lengua.

Pero solo podía pensar en asesinato. Al demonio con las consecuencias.

Si Richard hubiera mostrado su rostro en ese momento, lo habría asesinado sin ningún remordimiento. Si hubiera alzado sus manos en señal de rendición, habría acabado con su vida de todos modos, sin pensarlo dos veces. Si hubiera rogado por piedad, habría derramado su sangre sin dudarlo.

Casi me consumía en esos pensamientos, porque se trataba de Joe y era *injusto* y ¿acaso no me pertenecía ahora? ¿No era mío para protegerlo y atesorarlo?

Lo era, pero en lazo entre los dos no estaba completo. Me había reclamado, pero no me había marcado.

Y era *injusto*. Porque se suponía que teníamos tiempo para hacerlo de la manera en la que él quería, la manera en la que *ambos* queríamos.

Sentí una mano sobre mi hombro. Mi madre. Luego otra detrás de mí cuello, era Gordo. Él no era parte de la manada, por su propia elección, pero estaba cerca de serlo. Y yo era su lazo y estaba aprendiendo cómo podría ser posible que sucediera lo contrario.

–¿Cómo? –pregunté, porque Thomas me había dicho que estaba encerrado en una jaula hecha de magia. De algo que no comprendía porque no sabía cómo funcionaba la magia, pero se suponía que *controlaba* a su lobo. Me pregunté qué tan estúpido fui al creer en todo lo que se me decía sin cuestionarlo.

–No, no, no –oí a Gordo y lo entendí. Porque Gordo lo sabía, y ese conocimiento pulsó a través del lazo, completamente violeta y azul y también *negro*. Porque el negro era el miedo. El negro era el terror.

Una jaula hecha de magia para contener a un hombre y su lobo. Parecía lógico que una jaula de ese tipo *solo* pudiera ser rota por más magia.

–Creemos que fue tu padre, Gordo –declaró Osmond–. Creemos que Robert Livingstone encontró un nuevo camino hacia la magia y rompió las guardas que contenían a Richard Collins.

Tomé una decisión. Aunque todos mis instintos gritaban *JoeJoeJoe,* él estaba rodeado por la manada y Gordo no tenía a nadie.

Lo seguí cuando salió caminando por la puerta.

Los lobos que se encontraban en el jardín despejaron el camino y lo llamé:

–Gordo.

Sus tatuajes brillaban con furia y comenzaban a moverse. Continuó caminando.

–Detente.

Me ignoró y extendió la mano para abrir la puerta del auto.

–Gordo, te dije que te *detengas* –gruñí con toda la fuerza. La orden salió de mí como una tormenta a través de un valle: oscura y eléctrica.

Gordo se detuvo.

Los lobos a mí alrededor gimieron y bajaron la mirada.

–¿Qué demonios? –oí murmurar a Osmond que había salido del pórtico detrás de nosotros.

–No lo entiendes, Ox –dijo Gordo con la voz áspera.

–Lo sé.

–No sabes lo que él hizo.

–Y tú no sabes si en verdad ha sido él.

–La magia tiene una firma, Ox –sus manos eran dos puños–. Es como una huella digital.

–Pero dijiste que se la habían arrebatado. ¿Cómo logró recuperarla?

–No lo sé –negó con la cabeza–. Existen… formas, pero son oscuras. Es una jodida magia negra y ni siquiera puedo comenzar a comprender lo que significa –abrió la puerta del vehículo.

–No puedes irte.

–Ox. No soy bienvenido aquí –suspiró–. No soy de la manada. Debo descubrir…

–No me importa –lo interrumpí–. No me importa lo que pienses de la manada o cualquier otra mierda. Te quedarás aquí y vamos a trabajar juntos. Nada más importa. Te necesito, amigo. Lo sabes. No puedo hacer esto solo.

–No estás solo. La manada está contigo.

–¿Y quién está aquí para ti? *Tú eres mi manada* –respondí sabiendo que hacía hincapié en el remordimiento, pero no me importó. No sabía lo que significaba todo esto. No sabía quiénes eran estas personas, aparte de las historias de terror.

–Maldición –murmuró–. Apestas, Ox.

–Sí.

Esperamos en la oscuridad.

–Ox, ¿qué si se trata de él? –dijo luego con hilo de voz, de una forma ahogada que jamás había escuchado en él en todos los años que lo conocía.

Di un paso hacia adelante y puse mi mano sobre su hombro. Estaba temblando. Pensé en todas las cosas que podría decir. Y en todas las que no podía, porque no sabía nada.

–No estás solo –repuse.

Se estremeció al escucharlo. No supe si era algo bueno o malo.

—¿Recuerdas? ¿Cómo fue todo cuando papá se marchó?

Asintió.

—Estaba asustado.

—Ox…

—Pero tú me ayudaste a que ya no lo estuviera.

—¿Lo hice?

—Y ahora es mi turno de hacerlo por ti.

Se volteó con tanta rapidez que casi me voltea. Me rodeó con sus brazos y sentí la magia que vivía en él, los remolinos, las formas y los colores. Busqué el verde, el alivio. Estaba allí, enterrado en lo profundo del violeta y el azul, y el rojo y el anaranjado.

Regresé a la casa.

—Joe —llamé.

—Ox —me tomó de la mano, me alejó de los demás. Sabía que aún podían oírnos si así lo deseaban, pero también sabía que Thomas no lo permitiría.

Encontramos un rincón oscuro en la casa, alejados de las miradas curiosas, alejados de la luz. Sus ojos brillaron en la oscuridad.

—No dejaré que nada te pase —declaró.

—Lo sé.

—Va a venir aquí.

—Lo sé.

—Quiere ser el Alfa —suspiró.

—Thomas…

—O yo, para llegar a papá. Lo intentó una vez y podría hacerlo otra vez.

–¿Por qué? ¿Por qué tú? ¿Por qué Thomas?

–Hay cosas. Ox, lo juro… yo solo. Hay cosas que no sabes. Yo nunca…

Intenté mantener mi enojo a raya, lo hice. No se lo merecía. No después de todo lo que había pasado. Pero saber que aún guardaban secretos, que Joe había…

No quería enfadarme.

–¿Eh?

–No es cómo crees –parecía molesto.

–Es bastante claro cómo es.

–Ox.

–Soy parte de tu manada.

–Sí.

–Y soy tu compañero.

–*Sí* –respondió.

–Pero aun así me ocultas cosas.

–No por elección –dijo Joe.

–Siempre hay elección –le eché sus propias palabras encima.

–No es… –un gemido bajó por su garganta.

–¿Quién es él? Quiero decir, Thomas.

–Nunca te mentiría –se oía como si estuviera suplicándome. Puse mi mano en la parte trasera de su cuello y acerqué nuestras frentes. Sus ojos brillantes estaban posados en los míos, no los apartó.

–Lo sé –porque lo sabía. Me dije a mí mismo que lo sabía.

Joe frotó su nariz con la mía.

–Era el Alfa de más alto rango de todos nosotros. Era el líder. Estaba a cargo de los lobos. Cedió su puesto cuando me llevaron y durante años ha habido autoridades interinas, pero es la línea de sangre de los Bennett. Es un derecho de nacimiento. Y se supone que es mío.

Lo dejaron ir luego de lo que le sucedió a Joe. Les dijo que necesitaba marcharse por el bien de su familia y, tal vez algún día, Joe estaría listo.

No querían aceptarlo, por supuesto. Osmond y los hombres en posición de poder como él. Había cónsules y organizaciones, reuniones de hombres lobo y encuentros de Alfas.

Continuaron incluso cuando Thomas no estuvo.

Se retiró para poder salvar a su hijo.

Y cuando lo hizo, simplemente jamás regresó.

Ahora comprendía por qué Osmond entró en pánico al darse cuenta de que Joe cortejaba a un humano.

Joe estaba destinado a ser el próximo gran líder. Exactamente lo que me había dicho cuando era solo un niño.

Tendría que haber sido más insistente.

Tendría que haber hecho más preguntas.

Pero cuando lo fantástico se revela ante ti, es fácil volverse ciego a todo lo demás.

LA BESTIA /
FUEGO Y ACERO

S e la llevaron al segundo día, al caer la noche.

Estábamos preparados. Los estábamos, los estábamos, lo *estábamos*.

Me he dicho eso una y otra vez desde ese día.

Lo *estábamos*.

Lo juro por Dios. Por todo lo que tengo.

Estábamos preparados.

Pero no lo suficiente. Nunca fue suficiente. Nunca *sería* suficiente.

Mamá dijo que necesitaba ir a la casa a recoger algo de ropa, un uniforme para trabajar al día siguiente.

–Iré contigo.

–Quédate, solo voy al final de la calle. Estás ocupado.

Y lo estaba. Entrenaba con Thomas, Joe y los otros. Osmond me miraba con atención. Sentía como que debía probarle algo, porque sabía lo que era y mi posición en la manada.

Con Joe.

–No puedes ir sola –insistí.

–Enviaré a dos de los míos para que la acompañen –ofreció Osmond.

–De acuerdo –acepté.

De acuerdo.

Dije *"de acuerdo"*. Como si no fuera nada. Como si no fuera nada en absoluto.

Elizabeth y Mark estaban dentro. Carter y Kelly estaban arañándose y cortándose el uno al otro a mi derecha. Gordo estaba controlando las guardas en el pueblo. Osmond nos observaba movernos de un lado a otro, pero sus ojos siempre se fijaban en mí. Era algo que aún no podía descifrar, estaba siendo cauteloso y mostraba curiosidad desde que el tono en mi voz hizo que sus Betas se estremecieran.

No hablamos de ello. O, al menos, no lo oí hablar al respecto.

Estaba distraído.

Dije "de acuerdo".

–¿Necesitas algo? –preguntó ella, como si no fuera nada. Como si no fuera nada.

Sacudí mi cabeza, barrí el sudor de mis cejas, me moví a la derecha cuando Joe se acercó. Giré una vez. Choqué mi puño contra la parte trasera de su cuello. Salió despedido, temblando.

–Nop. Estoy bien –respondí, porque lo estaba. Estaba bien. *Estaba bien.* Lo desconocido se cernía delante de nosotros, un monstruo capaz de cosas horribles, pero estaba con mi familia. El sol brillaba sobre nosotros, había algunas nubes en el cielo y podía oír a los pájaros, los árboles y la hierba. Estaba verde. Todo estaba tan jodidamente verde que incluso los pequeños bordes violetas se veían distantes, porque éramos *manada*. Éramos más fuertes que cualquier cosa que pudiera venir a atacarnos, y si Richard Collins mostraba su rostro, sería la última cosa que haría. Si Robert Livingstone llegaba oliendo a ozono y rayos, arrancaríamos la magia de su piel y él no sería más nada. Esa era una promesa. Por Joe, por lo que él era. Para su manada, para las personas como Osmond. Para mí.

Estaba enfocado. No hice las preguntas que debía.

¿Por qué el padre de Gordo estaría junto a Richard Collins? ¿Qué era lo que querían? ¿Detrás de qué iban?

(Cuál era la más débil de las ataduras, cuál sería el más fácil de vencer primero, cuál de ellos podría ser destrozado, cuál era amable y hermoso y no merecía un trato tan cobarde, algo monstruoso que…).

–Vuelvo enseguida –avisó mamá.

Y Joe vino hacia mí de nuevo. Thomas miraba con ojos cautelosos. Carter y Kelly gruñeron y chasquearon. Osmond señaló a dos de sus Betas y siguieron a mi madre, eran tipos grandes. No pensé en ello.

Estábamos a salvo aquí, en las tierras Bennett, en el territorio Bennett. Con protecciones de un brujo y un bosque lleno de magia tan antigua que nunca hubiera comprendido, aunque no necesitara hacerlo.

Porque mi Alfa lo entendía. Y él nos protegería.

Veinte minutos después, supe que algo andaba mal.

Mamá era parte de la manada, lo era, pero no era lo mismo que conmigo. Yo estaba enlazado a los Bennett. Los lazos entre nosotros eran muy fuertes. Cuando la luna estaba llena, podía oírlos susurrar dentro de mi cabeza.

La luna llena ya había pasado y era luna nueva. Y mamá no tenía los lazos que todos teníamos, estaba enlazada a ellos por mí. Los lobos estaban dentro de mí. Ella revoloteaba a lo largo de los bordes, pequeñas ráfagas de luz brillante.

Pero lo supe.

Fue pequeño al comienzo, como un pequeño tirón en algún lugar detrás de mi cabeza.

Thomas estaba monitoreando a Carter, a Kelly y a Joe.

Tomé un poco de agua. Estaba fría y sabía dulce, ese pequeño tirón me causó comezón.

—¡Oigan! ¿Cuánto tiempo pasó? —pregunté—. ¿Cuánto ha pasado desde que se marcharon?

—Veinte minutos —Osmond frunció el ceño—. Más o menos.

Tomé mi teléfono. Envié un mensaje.

por qué estás tardando tanto

Y esperé.

Comencé a sudar.

Y luego una respuesta:

Estaba terminando. ¿Puedes venir a ayudarme rápido?

claro

—Vuelvo enseguida —le avisé a Osmond—. Necesita algo de ayuda.

—Ox —lo miré, dudó un momento—. No me hagas caso.

Entré a la casa.

Elizabeth y Mark estaban en la cocina. Me sonrieron mientras pasaba junto a ellos. Fue algo forzado, pero lo intentaron.

—¿Todo está bien, Ox?

—Sí, mamá quiere algo de ayuda rápida en la casa.

—Espera, iré contigo —se ofreció Mark.

—No es necesario —negué con la cabeza—. No creo que nos tardemos demasiado.

—Ox…

—Está bien, lo prometo —reí.

—Solo… sé rápido. ¿De acuerdo?

—Sí.

Y fui rápido. Me moví por la hierba hacia mi casa, mantuve los ojos y oídos bien abiertos porque era como me habían enseñado. Las barreras estaban altas, seguras. Estaba rodeado de lobos, con mi manada, era grande y fuerte. Mi padre me había dicho que la gente haría que mi vida fuera una mierda, pero él estaba muerto y yo estaba vivo, era importante para alguien, para muchos, tenía amigos y tenía una familia. Tal vez habría gente que intentaría fastidiarme, pero se encontrarían con colmillos y garras como repuesta.

Me moví con decisión.

Estaba alerta. Nada estaba mal, nada se sentía fuera de sitio. Era un humano, pero había desarrollado mis instintos.

Estaba bien. Todo estaba bien.

Pero aun así tomé mis recaudos.

Entré por la puerta lateral de la cocina. Sentí como si una manta húmeda me cayera encima en cuanto la cerré detrás de mí.

Silencio. Oscuridad.

El aire olía cargado, casi como el humo.

Los lazos de la manada estaban allí, pero estaban pesados y descoloridos. Amortiguados.

—¿Mamá?

–Hola –dijo la voz de un hombre.

Estaba inclinado sobre la encimera, cerca del fregadero. Era alto, delgado, con poco cabello castaño, pequeñas arrugas alrededor de sus ojos y una nariz afilada y angular por encima de unos dientes uniformes. Su piel estaba bronceada sin ninguna marca visible. Me estaba sonriendo y era una sonrisa *amable*, llena de risa y diversión.

Estaba satisfecho.

–Ox, ¿cierto?

Di un paso con cautela porque se sentía *mal mal mal*.

–¿Dónde está mi madre?

–Eso fue descortés –ladeó su cabeza y sonrió ligeramente–. Te hice una pregunta.

No dije nada.

–Ox –suspiró.

Mamá guardaba la platería en una gaveta al otro lado de la cocina. Podría…

–Ya he oído historias sobre ti. El humano que corre con los lobos, el hombre en la manada de lobos. Dime, Oxnard. ¿Sientes la fuerza del lobo dentro de ti? ¿Acaso clava sus garras en el tejido humano que rodea tus huesos?

–¿En dónde está?

El sentimiento pesado no se iba y me preguntaba si así era como se sentía la magia cuando eras devorado por ella. Si así era como se sentía Gordo todo el tiempo.

–Te hice una pregunta –frunció el ceño.

–No soy un lobo.

–*Lo sé*. Soy consciente de *ello*. Eso no fue lo que te pregunté.

–No, no lo siento.

—Eso es mentira —dijo el hombre—. ¿Por qué me mentirías, Ox?

—Lo siento, por favor, ¿dónde está mi madre?

—No pueden oírte ahora.

—¿Quiénes?

—Tu manada, no saben que algo está… mal. Este hechizo es poderoso.

—¡Dígame!

—¿Sabes quién soy? —preguntó. Sus ojos eran verdes brillantes hasta que se consumieron por el anaranjado. Pero no era el escalofriante anaranjado habitual, vibrante y con vida. Este anaranjado estaba en descomposición.

—No.

—Otra mentira. Ox, ¿no te han enseñado *nada*?

—No lo haga —supliqué.

—¿Hacer qué cosa? —se rio.

—Lastimarla.

—Oh, bueno. Puedes evitarlo, Ox, si tú quieres.

—¿Cómo?

—Es simple, en verdad. Entrégame a Joe y Thomas Bennett y te devolveré a tu madre. Los llamarás para que vengan hasta aquí, no me importa lo que tengas que decir para que vengan. Solo a ellos dos solos. Si tan solo sospecho que quieres darles alguna pista, pintaré las paredes con la sangre de tu madre.

—No puede…

—Te equivocas. Porque puedo hacerlo, es más, lo estoy haciendo. Esto está pasando, Ox. Mientras hablamos, mientras respiras, de pie aquí con tu pequeño corazón de conejo.

—No puede…

—Ox. Ox. No puedes discutir conmigo, no en esto. Soy una *bestia*. Fui diseñado para ser de esta forma por el poder y la locura de los hombres, y he dejado de negar lo que era hace mucho tiempo atrás. Tomaré lo que me pertenece por derecho y todo estará bien.

—No tiene que hacer esto —mi voz se *quebró*.

—Tienes una elección para hacer, Oxnard. Apresúrate, tienes un minuto para decidir.

Di un paso hacia él, mis manos eran dos puños. Me dolía el corazón solo podía pensar *MAMÁ* y *JOE* y *THOMAS* y había tanta *ira*. Demasiada *ira* de que este hombre, decepcionantemente simple, pudiera venir a *mi* casa e intentar quitarme algo. Todo lo que tenía, todo lo que había construido.

—Richard Collins.

—A tus órdenes —sonrió de oreja a oreja. Inclinó su cabeza en una reverencia y extendió sus manos en una pequeña y prolija floritura.

Sus ojos deteriorados volvieron a brillar.

—Lo mataré. Por todo lo que ha hecho.

—Puedo ver por qué le agradas a Thomas. Humano o no, tienes algo especial, ¿me equivoco? Cuarenta y cinco segundos, Ox —su sonrisa se ensanchó. Los dientes eran más los de un lobo que los de un humano.

—No haga esto, lléveme a mí. Déjelos en paz, iré con usted.

—¿Tan rápido te ofreces como sacrificio?

—Solo lléveme —otro paso adelante—. Iré sin resistencia, a dónde sea que usted quiera.

—Me matarás o vendrás conmigo, ¿cuál de las dos? Estás confundiendo la situación, Ox. Qué cambiante es la voluntad del hombre.

Luché por respirar.

—Treinta segundos, Oxnard. Y no necesito ningún humano para conseguir lo que quiero. No me sirves más que para acercarme a lo que en verdad necesito.

Di otro paso y allí estaba mi madre. Pude verla en la sala de estar. Había otros hombres junto a ella, todos eran Omegas, sus ojos eran violeta brillante, y mi madre... oh, Dios, mi madre estaba sobre sus rodillas, mirándome. Estaba amordazada, con lágrimas en sus mejillas. Sus ojos se abrieron cuando me vio y se inclinó en mi dirección, uno de los Omegas la tomó bruscamente por el cabello, llevando su cuello hacia atrás y...

—Los mataré —dije con la voz ronca—. A todos ustedes. A cada uno de ustedes. Lo juro, lo juro sobre todo lo que tengo.

Todos rieron.

Los Betas de Osmond estaban de rodillas a cada lado de mi madre, la sangre se derramaba desde sus heridas que aún no se habían cerrado y no se cerrarían.

—Quince segundos —dijo Richard.

—No tengo mi teléfono. No lo tengo, no lo tengo lo juro, no lo tengo —no podía *respirar* porque esto era *decidir* entre *MAMÁ* y *JOE* y *THOMAS*. Me estaba haciendo *escoger* entre los tres.

—Maten a los Betas —ordenó.

Antes de que pudiera dar otro paso, dos de los Omegas se adelantaron y sujetaron las cabezas de los lobos que estaban arrodillados. Realizaron un movimiento rápido de muñecas al que le siguió un crujido y un estallido de hueso y tejido. Cayeron al suelo sacudiendo sus piernas y con garras en sus manos. Habían retorcido tanto sus cabezas que la piel se había desgarrado y la sangre se estaba derramando. No había vuelta atrás después de eso, no sanarían. Los Omegas se colocaron por encima de ellos y esperaron a que murieran, no tomó mucho tiempo.

—Hablo en serio, Ox —dijo Richard con calma—. Hay cosas que necesito, cosas que deben ser realizadas antes de que pueda irme de aquí. Haré lo que sea para tomar lo que es mío, lo que se me debe. ¿No puedes verlo? Ox, está *asustada*. Es tu *madre*. No estás emparejado con Joe. Aún no. Puedes encontrar a otro, será un lindo chico o chica para ti al final del camino, pero nunca podrás tener otra *madre*, Ox. Ella es la única que tienes. Por favor, no me obligues a lastimarla, me sentiré muy *mal* al respecto. Lo haré, realmente me sentiré mal.

Y lo sabía. Lo sabía. Lo sabía. Ella era la única, la única que tendría.

—Regresaré y los traeré —dije—. Prometo ir por ellos y traerlos aquí.

—Ox. Ox. Ox. Así no funciona —se oía decepcionado. Caminó hasta mi madre.

La miré, y volví a tener siete años o seis o cinco y estaba mirando a mi mami, preguntándole que debía hacer, suplicando a que me diga *qué demonios debía hacer* porque era todo *violeta* y *azul,* y todo lo que podía ver era *rojo.*

Mi madre me miró con sus ojos oscuros, ya no estaba llorando, su cara estaba húmeda, al igual que sus ojos, pero no caían más lágrimas. Había fuego y acero enterrados en una resolución fría, ella solo me *miró* y supe lo que estaba haciendo.

Estaba siendo valiente y estúpida, y la odiaba. La odiaba por ello. Porque estaba tomando la decisión por mí.

Estaba diciéndome adiós.

—No. No, no, no —dije y di un paso hacia ella.

Los Omegas gruñeron.

Richard estaba a unos pasos de distancia.

Sus ojos parpadearon hacia la puerta a mis espaldas, por la que había entrado. La puerta por la que me pedía que huyera mientras ella se movía.

—Mamá.

Asintió.

—Esto es conmovedor —dijo Richard—. Tu última oportunidad, Ox.

—Mamá –grazné.

Sonrió por debajo de la mordaza. Una sonrisa brillante, la cosa más terrible que había visto en mi vida.

Y luego se movió.

Fue gracia, belleza, fluidez. Como el agua y el humo. Se retrajo hacia atrás y luego se levantó con más rapidez de lo que la había visto moverse jamás. Su cabeza golpeó hacia atrás, estrellándose hasta partirla contra la nariz del Omega que estaba detrás de ella, y cuando gritó, di un paso tambaleante hacia atrás porque si era lo suficientemente rápido, si ponía un pie fuera de la casa y de la magia que me ahogaba, entonces podría llamar a mi manada y ellos nos salvarían, la salvarían, y nunca tendríamos que volver a estar solos.

Solo que la mano de Richard se curvó con sus garras negras.

Levantó el brazo en el aire.

Recordé cuando bailamos en la cocina, la noche de mi cumpleaños número dieciséis. La manera en la que me había sonreído. La burbuja de jabón sobre mi oreja.

Cómo había reído.

Y mientras me abría paso a empujones por la puerta para cantarle a mi familia, la mano de la bestia descendió hasta su garganta.

El suelo se mojó a su alrededor, el sonido que hizo fue húmedo. Sus ojos y sus labios estaban mojados, y su garganta. Su garganta.

Su *garganta.*

Ella comenzó a caer y empujé la puerta para abrirla. La magia me *retuvo y jaló*, pero grité mi canción por la pérdida y el horror y *me abrí paso* a través de ella.

Cuando salí al exterior había un agujero en mi pecho, donde una de las ataduras se había roto. Y lo sabía. Lo sabía, lo sabía, lo sabía.

Entonces canté. Me arrastré sobre mis manos y rodillas y *canté*.

Canté una canción para mi madre desde lo profundo de mi alma, con el corazón destrozado.

Lo supo. Mi manada. En cuanto mi canción golpeó sus oídos, todos lo supieron. Sus aullidos en respuesta eran rabia, ira y desesperación.

Me arrastré hacia ellos, llamándolos, suplicándoles que se llevaran este dolor, rogando porque todo fuera un sueño, una pesadilla, pero había leído que no sentías dolor cuando estabas durmiendo. Lo recordé a través de la bruma de la magia y la oscuridad, lo recordé y entonces esto no podía ser un sueño porque todo lo que sentía era dolor. Se enroscaba por todo mi cuerpo hasta amordazarme.

Joe me alcanzó primero en la forma de lobo, le colgaban jirones de la ropa que no se había molestado en quitarse. Se presionó contra mí y se estremeció, gimiendo profundamente mientras me frotaba con su nariz. Cambió de forma y gruñó.

—Ox, Ox. Por favor. Por favor solo mírame. Por favor ¿En dónde está? ¿Por qué hueles a sangre? ¿Te lastimó? Por favor no estés herido. Por favor dime qué es lo que está mal. No puedes estar herido. No puedes. Jamás puedes estarlo —sus manos me recorrieron, en busca de alguna herida.

Los lobos casi volaron hacia la casa.

El sol se estaba poniendo detrás de las montañas.

Joe tomó mi rostro en sus manos y besó mi frente, mis mejillas y mi barbilla.

—Lo siento. Lo siento. Lo siento —dijo como si fuera su culpa. Como si él hubiera hecho algo.

Y por un momento, un momento asombrosamente terrible, pensé que él había tenido la culpa. Pensé que todos ellos la tenían, los Bennett. Porque si no hubieran regresado, si no los hubiera conocido, si nunca los hubiera escuchado hablar o hubiera visto sus secretos descubiertos ante mí, mi madre seguiría conmigo. Seríamos más tristes, más callados y estaríamos más solos.

Pero estaríamos vivos.

Y el momento pasó.

Pasó porque me habían dado a elegir entre ella y ellos.

Y yo había elegido.

El aire era cálido y los pájaros cantaban y las manos de Joe eran suaves, pero no sentía nada de eso, no podía escuchar nada.

No había lágrimas en mi rostro. No lloré, porque mi padre me había dicho que los hombres no lloraban. Alejé las manos de Joe y me puse de pie.

Thomas salió de mi casa, había vuelto a su forma humana. Apretó la barandilla del pórtico y cerró los ojos. Osmond apareció detrás de él, podía escuchar a los otros moverse dentro de la casa.

—¿Dónde está? —pregunté.

—Se fue a los bosques —dijo Thomas.

—¿Puedes rastrearlo?

—Ox, yo…

—¿Puedes rastrearlo? —repetí.

—Sí, pero es lo que quiere. ¿Cuántos había con él?

—Unos cinco o seis —respondí—. Todos Omegas.

—Se están uniendo a él, es su líder. Habrá más, está intentando ser el Alfa de esos Omegas.

Elizabeth salió de la casa, su rostro estaba ceniciento. Aún tenía su ropa, por lo que pensé que no había cambiado de forma. Se abrió paso entre Thomas y Osmond, y me alcanzó en cuanto dejé el último de los escalones, me envolvió con sus brazos y me presionó contra ella. Los míos permanecieron a mis costados.

—Ox —me dijo.

—Lo encontraremos esta noche –dije yo, sin apartar la vista de Thomas.

—Ay, Ox –suspiró Elizabeth con la respiración entrecortada.

—No escapará –declaró Osmond–. Esto estaba planeado.

—Llama a Gordo. Necesitamos actuar rápido –concluyó Thomas.

Me senté en el pórtico con la barreta de metal en mi mano.

La manada se acurrucó a mí alrededor. Joe no se apartaba de mi lado.

Nunca había sentido este frío antes.

Estaba completamente oscuro cuando Gordo regresó.

—Ox –dijo en cuanto salió del auto.

Me puse de pie.

—Lo lamento.

—¿Por qué? –pregunté.

—Por lo que sucedió. Hice… hice algunas llamadas. Se encargarán de ella.

—¿Qué significa eso?

—No permitiré que nada le suceda.

—Okey –ya era demasiado tarde.

—Puedo llevarte lejos de aquí, lejos de todo esto –dijo mientras daba un paso hacia mí.

Los lobos gruñeron a mí alrededor y los ignoré.

—¿A dónde iríamos?

—A cualquier lugar que quieras. Podemos dejar Green Creek atrás.

Joe lo enfrentó poniéndose de pie frente a mí.

—Lárgate –gruñó, imaginé que sus ojos estaban anaranjados.

—Joseph —lo llamó Thomas, su voz de Alfa descendió a través de todos—. Retírate.

—Ox, no puedes hacerlo —Joe se veía como si lo hubieran golpeado.

—Puede hacerlo —replicó Gordo—. Puede hacer lo que quiera.

—¿Cualquier cosa? —pregunté.

—Sí, lo que sea —dijo Gordo.

—¿Puedo? —me volteé para preguntar a Thomas.

—Sí, Ox —respondió en voz baja.

—Bien —repuse—. Quiero cazar a Richard Collins y matarlo.

Todos permanecieron en silencio.

—Ox —atinó a decir Gordo en un tono ahogado. Dio otro paso hacia mí. Mi mano se apretó sobre la barreta de metal—. Esto no es lo que ella hubiese querido para ti.

—No me digas lo que mi madre hubiera querido —mi voz temblaba—. No te atrevas a hacerlo —porque su cuerpo aún estaba dentro de la casa, en un charco de su propia sangre y él no tenía derecho a hablar de ella. Elizabeth dijo que la cubriría con una manta, quise agradecerle, pero permanecí en silencio por lo *insignificante* de su oferta. Una maldita *manta*.

—Por favor —dijo Gordo—. Deja que te lleve lejos de aquí. Lejos de todo esto.

—Yo no huyo —afirmé tan fríamente como pude—. No soy como tú.

Gordo un dio un paso hacia atrás, sus ojos estaban desorbitados.

Sentí una mano sobre mi hombro. Creí que sería Joe o Elizabeth o Thomas. Pero no era ninguno de ellos.

Me tensé ante la mínima presencia de garras sobre mi hombro.

—Detente, Ox —era Mark—. Sé que duele, sé que te quema como jamás lo habías sentido, pero detente. No es su culpa, no digas algo de lo que luego no puedas retractarte.

Mis dientes rechinaron mientras me mordía las palabras que sabía que podrían hacer daño. Ese era el peligro de conocer y amar a las personas, siempre sabías cosas sobre ellos para echárselas en la cara.

Era capaz de hacerlo. La mayoría de la gente lo era.

Pero todo se redujo a una elección.

Me tragué el dolor —*es su culpa, tu culpa y la de todos, porque ustedes trajeron esto aquí, ustedes hicieron que esto suceda porque no pudieron dejarnos solos, porque Joe tuvo que darme su lobo, los odio a todos*—, y pregunté:

—¿Me ayudarás?

—Ox… este… este no es el final, ¿de acuerdo? —dijo Gordo—. Sé que así lo parece, pero te garantizo que no lo es. Lo juro.

—Gordo, deberías saber que hubo una amortiguación en la casa de los Matheson, una muy poderosa —intervino Osmond—. No solo silenció las ataduras, sino que hizo que nadie fuera de la casa pudiera sentir ningún peligro sobre ellos.

—Fue mi padre. Las guardas del norte fueron modificadas y nunca sentí que cambiaron. Es el único que podría haberlo hecho, se siente como él, pero diferente.

—¿Podrías regresarlas a la normalidad? —indagó Osmond.

—Soy mejor de lo que solía ser —asintió con la cabeza—. Y él no lo sabe. Habrá visto lo complejas que eran al principio, pero no supo que tan profundo podían llegar. Su magia fue como una infección sobre la superficie. Ya las curé.

Los lobos de Osmond aparecieron de entre la oscuridad.

—Al norte —dijo uno—. Fueron al noroeste.

—¿Cuántos son?

—Diez o algo así. Tal vez más, tal vez menos.

—¿Qué hay al noroeste?

—Un claro —respondió Thomas—. Uno que usamos con frecuencia. Lo conoce, jugábamos allí de pequeños. Es un lugar sagrado para mi familia.

—Esto es una rebelión —dijo Osmond en voz baja—. Venir hasta tu territorio, sabiendo que la magia que hay en este bosque es antigua, Thomas. Y ¿en el ciclo más alejado de la luna llena? No es posible que pueda pensar que ganará.

—Probablemente haya oído las historias del rey caído —dijo Thomas con voz amarga y oscura. Era la primera vez que lo oía hablar así—. Sin duda cree que soy débil, que todo lo que necesita es dividir y reinar. Comenzó por los humanos porque sabe lo fácil que es romperlos, no se esperaba encontrar la fortaleza que hay en ellos.

Sus palabras denotaban orgullo, pero no sentí nada. No podía hacerlo.

—Si te pidiera que confiaras en mí y te quedaras aquí, ¿lo harías? —me miró.

—No.

—Ox.

—No es justo.

—Podría obligarte —sentenció—. Sabes que puedo hacerlo —sus ojos se envolvieron de rojo. Sentí el tirón, la necesidad de subyugarme florecía en lo profundo de mí ser.

—Sin embargo, no lo harías.

—¿Eh? ¿Y por qué no? Soy tu Alfa, haces lo que yo ordeno.

—Porque tú no eres así y confió en ti, ¿recuerdas? Pero no me quedaré atrás, porque a donde tú vayas, yo iré.

—A veces vamos a lugares donde no todos pueden seguirnos —estaba triste.

—Me la quitó —rogué con voz temblorosa.

—Lo sé —respondió Thomas. Dio un paso hacia delante hasta que quedó frente a mí. Puso su mano sobre mi cuello y me apretó contra él, mi rostro en su garganta. Un zumbido tranquilizador ascendió desde su pecho–. Lamento que esto te haya sucedido a ti. Desearía poder borrar todo el dolor que sientes, pero no lo haría incluso si fuera capaz de hacerlo, porque ese dolor es la prueba de que estás vivo, de que respiras, de que puedes dar un nuevo paso, y a donde vayas yo iré contigo. Acabaremos con esto y nuestra manada te ayudará a darle descanso a tu madre, no estás solo, Ox, y jamás lo estarás.

La barreta de metal cayó al suelo en cuanto me aferré a Thomas con fuerza.

Aun así, no lloré.

ALFA

Nos esperaron en el claro. Las estrellas brillaban sobre nosotros y los ojos violetas de los Omegas relucían en la oscuridad. Conté quince, todos eran lobos. No se suponía que los Omegas se reunieran en grupos como esos. Era como si fueran una manada, aunque no tenían un Alfa, aún no, por lo que no podían ser Betas. Sin embargo, y de alguna manera, parecían estar unidos.

—Thomas —dijo Richard.

—No debiste haber venido aquí.

—Sabías que esto pasaría un día —rio y echó un vistazo en mi dirección antes de volver a Thomas–. Humanos, Thomas, ¿en serio? ¿Todavía? ¿No has aprendido nada del pasado? Deberías agradecerme por haberme encargado del problema en tu lugar.

No era un Alfa, pero capas de rojo cayeron sobre mis ojos y todo en lo que pude pensar fue *muerte* y *asesinato* y *sangre*.

–Ese siempre ha sido tu problema, Richard. Subestimas el poder de aquellos que consideras inferiores a ti. Solo porque tú no puedas ver su valor no significa que no lo tengan.

–Tu idolatría era entretenida hace treinta años. Desde entonces ha perdido su significado –los ojos de Richard centellearon.

–¿En dónde está? –preguntó Gordo en voz baja.

–¿Quién? –sonrió Richard.

–Sabes quién.

–Ah. Solo quiero oírte decirlo.

Todo esto era un juego para él.

–Mi padre.

–Sí, él. Bueno él... tenía otros asuntos que atender. Envía sus saludos. Estoy seguro de que lo verás pronto –paseó la vista por todos nosotros hasta detenerse en Joe–. Bien, definitivamente has crecido. Hola, Joseph. Es agradable volver a verte.

Eso era suficiente. Hasta ahí soportaría, no más. Podía hablarme como quisiera, podía decir mierda de Thomas y Gordo, porque ellos podían con ello, lo harían. Pero este hombre había asesinado a mi madre y ahora le hablaba a Joe, y yo estaba harto.

Aparentemente Kelly y Carter se sentían de la misma forma porque avanzaron rápidamente hacia adelante en cuanto gruñí, sus garras estaban extendidas y sus dientes al descubierto.

Los seguí porque eran mis hermanos.

Los seguí por mi madre.

Los seguí por Joe.

Las ataduras estaban allí, entre todos nosotros.

Éramos manada, nos superaban en número, pero aún éramos una manada.

Levanté mi barreta y la estrellé contra un brazo con garras que buscaba golpearme. El hueso se quebró antes de que las garras llegaran a mi estómago, el Omega gritó y su piel se quemó al hacer contacto con la plata. Comenzó a cambiar a su forma de lobo, pero giré sobre mis talones, lanzándome a mitad de camino, formando un arco con mi barreta y dando un revés como si tuviera un palo de golf. El shock del impacto llevó un sacudón a través de mis manos mientras la mandíbula del Omega se quebraba. Sangre y fragmentos de dientes salieron de su boca, salpicando su cara mientras se mecía hacia atrás. La curva de la barreta se deslizó a través de la piel de su mandíbula y se enganchó en el puente de sus dientes. Sacudí mis brazos tan fuerte como pude y le arranqué del cráneo la mandíbula inferior.

Una línea de fuego me arañó la espalda. Gruñí y me tambaleé. Oí a Joe rugir de furia en algún lugar a mi derecha. No sabía si gruñía por el Omega que había aparecido en mi retaguardia o si lo hacía por algo más.

Me volteé para ver a la Omega. Tenía sangre en el rostro. Me miró con una mueca de desdén y me recordó a Marie.

–Tu madre comenzará a pudrirse pronto –dijo–. Se descompondrá y llenará de gases. Cómo se *hinchará*.

Sabía lo que la Omega estaba haciendo porque Thomas me lo había explicado. La rabia y el enojo causaban aumentos de poder y fuerza, pero sacrificaban la precisión. No era difícil caer en el brillo rojo porque lo abarcaba todo, pero también te volvía descuidado.

Ella estaba tendiéndome una trampa.

Y estaba cerca. Porque hablaba de mi madre.

Maggie Callaway jamás había lastimado a nadie. Durante toda su existencia la gente se había ocupado de hacer que su vida fuera una mierda y todo lo que ella quería era ser feliz. Jamás pidió mucho, no lo necesitaba. Me tenía a mí y al final tuvo a la manada.

Y nos la quitaron.

Me la quitaron.

Por poco caigo en su trampa, porque lo que la Omega me decía era *verdad*. Podía sentirlo tirando bajo la superficie. La sangre corría por mi espalda y el dolor era brillante, y asombroso, y *estaba tan cerca* de caer. Pero luego llegó un *sonido* a través de las ataduras de la manada, un latido. Me golpeó y me aferré a él. Decía *hogar*, y *confianza*, y *dolor*, y *amor*.

Aunque una parte se había perdido, porque *ella* se había ido.

Se sentía como ácido sobre mi piel. Hielo en mis venas.

—No debiste haber venido —le dije.

Y fui *certero* y *preciso*. Di un paso hacia delante y sus garras se dirigieron a mi rostro, cubriéndose de mi sangre. Era rápida. La esquivé, amagué hacia la izquierda y luego me moví a la derecha. Lancé la barreta hacia ella en un arco plano y la punta curva golpeó la parte trasera de su cabeza.

Emitió un gruñido bajo y gutural. Tomó aire y lo exhaló con un sonido ahogado.

Me agaché y deslicé mi hombro derecho bajo la barra de metal. La sujeté con mis dos manos porque estaba aferrada fuertemente en su cabeza. Apreté los dientes y me erguí en toda mi altura. La Omega cayó contra mi espalda mientras sacudía la barra metálica hacia delante. El impulso hizo que girara hacia arriba y por encima de mi espalda con sus pies hacia el cielo, y aterrizó sobre su rostro frente a mí. Se retorció en el suelo mientras arrancaba la barreta. Luego la elevé por encima de mi cabeza para bajarla una y otra y otra vez.

Recibí un golpe en mi costado derecho. La fuerza del impacto me estrelló contra un árbol, me golpeé primero el hombro y luego la cabeza contra su corteza. Vi estrellas y luces y caí al suelo mientras pensaba *levántate, levántate, levántate*, pero no pasó nada, era más sencillo permanecer tendido.

Escuchaba gruñidos y furiosos rugidos a mi alrededor.

Mi visión seguía borrosa.

Volví a cerrar los ojos.

Pensé en muchas cosas. Como en Joe. Y en mi mamá. En lo oscuro que estaba todo, cuánto me dolía la espalda, cuánto me dolía la cabeza. Cuánto me dolía el corazón.

—¡Ox! —gritó una voz por encima de mí.

Quería decirle a quien fuera que me encontraba bien.

—Vete —respondí en su lugar.

—Te necesito —dijo la voz.

Era *Joe*. Era *Joe* quien estaba de rodillas a mi lado. *Joe,* quien tenía sus garras extendidas en mi piel. *Joe,* que decía mi nombre una y otra vez, pidiendo que me *moviera*, que *abriera mis ojos*, que me *ponga bien, que solo estuviera bien*.

Una parte de mí me había sido arrebatada. Fue aplastada y destruida en cuanto la sangre impactó sobre el suelo de la sala de estar.

Una parte de mí se había consumido, volviéndose humo, cenizas y restos chamuscados.

Pero otra parte de mi aún se mantenía en pie. La parte que le pertenecía a él, a Gordo y a mi manada.

Abrí los ojos, mi visión estaba borrosa. Parpadeé una, dos y tres veces. Allí estaba, sobre mí, con sus ojos anaranjados cargados de preocupación, sus colmillos afilados y a media transformación. Me estiré para tocarle el rostro.

Cerró los ojos y se inclinó hacia mi mano.

—Tenemos que acabar con esto —murmuré.

—Ya casi termina —respondió tras abrir los ojos.

Me ayudó a levantarme de un tirón y ya casi *terminaba*.

Pero no de la manera en que esperaba.

Estábamos muy separados, no podía ver a Carter o a Kelly, pero los oía gruñir en algún lugar entre los árboles, su rabia era evidente. La atadura que nos unía estaba estirada, tensa y delgada, pulsando en completa furia.

Por un instante, creí ver a Elizabeth. Estaba convertida completamente en loba, grácil, con los ojos brillantes y su dentadura al descubierto, pero luego no estaba más allí, los Omegas iban rezagados tras ella.

Mark estaba doblado sobre la hierba, respiraba superficialmente. Gordo se encontraba de pie frente a él, sus tatuajes brillaban y tenía una herida en la frente que escurría sangre. Los rodeaba un grupo de Omegas.

—Sí, vamos. *Vengan* —Gordo sonrió burlonamente, mostrando sus dientes cargados de sangre.

Y luego estaba Thomas. El Alfa.

—No —sangraba por cada centímetro de piel expuesta, a media transformación, con los ojos rojos y sus garras goteando sangre. Había Omegas muertos esparcidos a su alrededor, sangre derramada en el claro.

Su pecho se elevaba y descendía mientras respiraba con dificultad, su brazo derecho colgaba inútilmente a su costado y una protuberancia de hueso se asomaba a través de su antebrazo, aún sin sanarse. Tenía los hombros encorvados y los colmillos extendidos. Había más Omegas en camino. Se arrojaron de entre los árboles y no supe cómo podía haber tantos, cómo era posible que hubiera tantos Omegas en Green Creek sin que nosotros lo hubiéramos notado. Sin que Thomas lo supiera, porque estas eran sus tierras, este era su *hogar* y yo no lo podía *comprender*.

Lo atacaron en multitud y él rugió. Los árboles del bosque se sacudieron, las estrellas brillaron por encima de nosotros.

Y entonces fuimos traicionados.

Joe soltó un gruñido bajo y profundo desde el fondo de su garganta, sus músculos se sacudieron, listos para lanzarse en dirección a su padre. Para ayudarlo, para salvarlo.

–Ey –dijo Osmond.

Y cuando volteamos, aturdidos, Osmond lo abofeteó.

La fuerza del golpe nos derribó a ambos. Joe voló hacia un árbol, gritó cuando su espalda se rompió violentamente contra el tronco. Luego cayó y se retorció en el suelo.

Yací en la hierba, pasmado, mientras veía las estrellas en el cielo. Pensé en mi madre, y por un momento me olvidé de que estaba en nuestra casa, cubierta con una manta, mientras la sangre se enfriaba por debajo de su cuerpo inerte.

–Me duele la cabeza, mamá.

Pero las estrellas no me respondieron.

Y luego algo las bloqueó.

Osmond me observó e inclinó su cabeza.

–Fuiste tú –dije.

–En verdad no tenía otra opción.

Levantó su pie por encima de mi cabeza, me pregunté si dolería cuando me aplastara el cráneo.

—Deja al humano, Osmond —dijo Richard Collins—. Aún no acabo con él.

Osmond retiró su pie, pero no se alejó de mí.

Volteé la cabeza, la hierba se sintió fresca sobre mi mejilla. Joe estaba a unos metros de distancia, sobre el suelo. Tenía la piel brillante por el sudor, su rostro contorsionado en una mueca de dolor y sus manos cerradas en forma de puño.

—Joe —dije, o eso intenté. Mi voz sonó rota y débil. No me oyó o, si lo hizo, no pudo hacer nada debido a su dolor intenso.

No veía a Gordo por ningún lado y me pregunté si estaría vivo.

Giré mi cabeza en otra dirección, me tomó menos esfuerzo del que creía.

Los Omegas superaban a Thomas y lo obligaban a permanecer abajo, arrodillado ante Richard Collins. La sola imagen de Thomas, el mero *pensamiento* de Thomas sobre sus rodillas, ante *cualquiera,* fue suficiente para hacer que mi sangre hirviera.

—Sabes —dijo Richard—. Esperaba más del gran Thomas Bennett. Estoy un poco… decepcionado.

La sangre brotó de la boca de Thomas en cuanto encogió sus hombros.

—Las expectativas pueden ser una mierda —graznó—. Créeme cuando digo que estoy igual de decepcionado que tú.

—Había olvidado el sonido de los huesos de Joe al romperse, el chasquido húmedo. Fue su espalda, creo.

Thomas soltó un gruñido gutural, pero aun así pude ver cómo se apagaba su fuerza. Tantas heridas, tan poco tiempo de sanar. Era el Alfa, pero no era inmortal. Forcejeó con los Omegas, pero lo sujetaban con fuerza.

—Antes de que mueras, quiero que sepas que te culpo por todo: por mi familia, mi padre, por todo y hasta la última parte de todo lo que sucedió. Tus padres, tu manada, los brujos y los lobos. Haré que cargues con todas sus muertes y acabaré con tu vida por todos ellos. Me convertiré en el Alfa y violaré tu territorio en sumisión. Esa magia antigua será mía, Thomas, como también tu esposa y tus hijos. Eres un falso dios, indigno de todo lo que se te ha entregado.

No era un lobo, era un humano que formaba parte de una manada. No podía moverme como ellos, claro que no. No podía sanar como ellos, no podía pelear como ellos, no poseía las garras, los colmillos o los ojos que brillaban. Era Ox, y nada más que eso.

Pero ellos eran míos.

Estas personas habían entrado a mi hogar y habían tomado algo mío. Habían hecho que mi vida fuera una *mierda*, justo como mi padre había dicho que lo harían. La gente haría de mi vida una *mierda*, porque era Oxnard Matheson, porque era un maldito idiota que ni siquiera podía proteger a su propia familia.

Pero ya no.

Nunca más.

Jalé de las ataduras de la manada tan fuerte como pude.

Osmond estaba distraído por las palabras de Richard. Mis dedos hallaron la barreta de metal en el césped.

Recordé lo que me había enseñado Thomas. Mi padre dijo que recibiría mierda toda mi vida, pero él no era mi verdadero padre. Ya no. Mi padre había ayudado en traerme a este mundo, pero fue Thomas quien me formó y me convirtió en quien era.

Pensé en que todos íbamos a morir, pero intentaría llevarme a cuantos pudiera con nosotros.

Osmond no esperaba que me levantara, no esperaba que lo barriera con mi pierna golpeando la parte trasera de sus rodillas, e hiciera volar sus pies por el aire.

Ya me estaba moviendo antes de que él llegara al suelo.

Un lobo cantó, en algún lugar entre los árboles, y sentí la canción ardiendo dentro de mí, los lazos que decían *OxCompañeroHermanoHijoAmigo*. Me moví más rápido de lo que lo había hecho en mi vida.

No era un lobo. Pero, Señor, sí que daba la impresión de serlo.

Richard comenzaba a voltearse cuando surgí por detrás de él. Sus Omegas apenas tuvieron chance de reaccionar.

La barra de metal se clavó en su espalda con mucha más facilidad de la que había podido imaginar y la carne se separó mientras la barra raspaba el hueso. La sangre brotó sobre mis manos y rostro, y *empujé*. Richard gritó mientras cambiaba de forma, se llevó las garras a los hombros, intentando alcanzar la barreta, intentando *alcanzarme*, intentando cortarme y marcarme.

Empujé más la barra, con la esperanza de atravesar el corazón del muy bastardo, con la esperanza de que eso bastara, porque Thomas estaba *desangrándose* a borbotones y no sabía por cuánto tiempo más aguantaría…

Las garras de Richard se estrellaron contra mi hombro y se retorcieron, perforándome la piel mientras me empujaba, la barreta se deslizó por mis manos llenas de sangre. Me puso frente a él y, aunque que debía superarlo por unos buenos veinte kilogramos, me sujetó por el cuello y me levantó del suelo. Sus ojos anaranjados brillaban y su aliento se sentía caliente sobre mi cara.

–Pequeño humano. Realmente te admiro –dijo con la boca llena de dientes alargados.

Sentí un pulso a mi derecha, que iluminaba el bosque a nuestro alrededor.

Era Gordo. El suelo cambió de forma por debajo de nosotros con un sonido sordo y pesado que se volvía más y más ruidoso. Una luz verde se disparó a través de la tierra que gemía mientras Gordo llamaba a su magia hacia él. Vi símbolos reluciendo por debajo de mis pies, líneas arcanas que formaban estrellas y lunas crecientes, cuervos que volaban por debajo de mí, arrastrando chispas verdes en su estela. La tierra se rompió por debajo de nosotros y Richard gruñó en mi oído, sus dientes chasqueaban, mordían y…

Fue derribado cuando el suelo se fragmentó a sus pies. Todo fue *verde*, con destellos de luces que hirvieron mi sangre y *cantaron* a algo que estaba en lo profundo de mi ser.

Richard resopló mientras caía lejos de mí y escuché los gritos de los lobos en medio del caos y la confusión. No sabía si eran de los míos o los otros. Caí sobre mis rodillas, el dolor era vidrioso y brillante, y mi estómago se retorcía por el vértigo.

Una mano mojada sujetó mi brazo y *jaló* de mí.

La seguí a ciegas.

Antes de que pudiera enfocar la mirada, ya estábamos en lo profundo del bosque.

Thomas me llevó lejos, lejos, lejos.

—Debemos regresar —grazné, pero no pude intentar escaparme.

—Confía en mí —respondió.

¿Y cómo no hacerlo?

Me dolía todo, mi espalda estaba hecha trizas.

—Debes escucharme —su respiración se agitaba dentro de su pecho, un sonido mojado.

Las estrellas brillaban sobre ambos. Los árboles se balanceaban.

—Te necesitamos ahora, más que nunca. El peso del Alfa puede ser una carga terrible, y quien sea que la lleve sobre sus hombros debe ser capaz de permanecer fuerte y leal.

—No. No, no. Tú…

—Ox.

El viento se extendió a través de las hojas.

Me dolían la cabeza y el corazón.

—Te *necesitarán* –dijo Thomas y luego trastabilló, poniéndose sobre una de sus rodillas, mientras sujetaba mi brazo con fuerza. Gruñó por lo bajo, con la cabeza colgando mientras la sangre escurría de su boca. Quité mi brazo de sus manos. Me agaché por debajo de sus brazos, para posicionar mis manos en su pecho. Se sintió sólido y tosió bruscamente cuando lo levanté, con mi espalda quejándose por el esfuerzo.

Los sonidos de la tierra separándose seguían en la distancia a nuestras espaldas.

Continuamos.

—Todos ellos –dijo.

—¿Qué cosa?

—La manada. Van a necesitar…

—¿Por qué?

Thomas tomó aire profundamente y llevó su rostro al cielo. Me pregunté si podía sentir a la luna, aun cuando estaba oculta.

—Siempre supe que eras diferente, desde la primera vez que te vi. Incluso si no hubiese sido por Joe, lo habría sabido –sus ojos brillaron de color rojo una y otra vez llamando algo dentro de mí y pensé que mi sangre estaba hirviendo por debajo de mi piel.

—Si soy algo, es gracias a ti.

—Ay, Ox. Solo te mostré lo que ya tenías dentro.

Presioné las ataduras de la manada, pero estaban perdidos en una neblina de dolor y magia de Gordo.

—Debes escucharme –me pidió.

Gruñí cuando volvió a tambalearse. De alguna manera fui capaz de mantenerlo en pie.

—Tú… —tosió y su cuerpo se sacudió—. El lazo será la cosa más importante. Esa atadura que los une el uno al otro, tendrás que ser tú. Para todos ellos. Te estoy pidiendo algo terrible, especialmente luego de todo lo que has perdido, pero solo tú podrías serlo.

—Yo no…

—Lo *eres* —dijo con fiereza—. Tú eres *más* de lo que crees, Ox. El poder del Alfa pasa al que lo toma. Si Joe o yo no podemos serlo, entonces tiene que ser tuyo. Él no está aquí y estoy pidiéndotelo a ti.

—¿Qué?

—Richard *no puede* tenerlo —sus labios estaban brillantes por la sangre—. No puede. Las cosas que haría con este poder… no. Y yo no puedo contenerlo, no así. No por mucho más tiempo. No puedo sanar, no en este estado. Me estoy yendo.

—No. *No. No puedes…*

—Necesito que te conviertas en un lobo. Necesito que lo hagas por mí.

Era demasiado. Todo… todo lo que me pedía. Aún no me había decidido si iba a aceptar la mordida antes de que todo esto sucediera. ¿Y ahora? Ahora él decía que…

—Quieres que yo sea el Alfa —dije con hilo de voz.

—Sí —dijo, y yo no podía encontrar las palabras.

»Creo en ti, Ox. Siempre he creído en ti. Eres mi hijo tanto como los demás y yo siempre seré…

—Ahí están —oí a Richard Collins detrás de nosotros.

Thomas gruñó y me empujó tras él con una fuerza que no lo creía capaz. Me tropecé con mis propios pies y caí de rodillas. Thomas se elevó sobre mí, pero solo tenía ojos para el otro lobo.

Richard no se veía mucho mejor. Alguien había retirado mi barreta de metal de su espalda y su piel estaba empapada de sangre, sus ojos putrefactos brillaban oscuros, sus garras estaban extendidas y sus dientes afilados destellaban por la luz de las estrellas.

—Tenías que saber que irrevocablemente llegaría este momento, Thomas —dijo—. No existe otra manera para terminar con esto.

—Solo porque así lo elijes —respondió Thomas con calma—. Fuimos amigos una vez. Hermanos.

—Si hubieras sido mi *hermano* —soltó bruscamente—, no habrías dejado que murieran. Y si incluso así hubieran muerto, habrías hecho *todo* lo posible para asegurarte de que los responsables pagaran. Los humanos tendrían que haber *sufrido* por lo que trajeron sobre nuestra manada. Y, por el contrario, tú los acogiste.

—Fueron unos pocos —respondió Thomas—. Una *minoría* privilegiada. ¿Qué resultado *posible* piensas que tendrá todo esto?

—Me convertiré en el Alfa —dijo mientras extendía un poco más sus garras—. Y luego los haré pagar por todo. Los humanos se arrodillarán ante mí y *acabaré* con ellos.

Se lanzó hacia Thomas mientras cambiaba de forma en el aire, su ropa hecha jirones y el pelo brotando de su piel. Antes de que pudiera dar un grito de alerta, se oyó un chasquido de hueso y músculo, y ambos lobos colisionaron entre los árboles. Sus colmillos se cerraron de golpe y sus patas buscaron desesperadamente algo de lo que aferrarse.

Thomas era el de mayor tamaño entre los dos, pero incluso transformado, su sangre no detuvo su flujo y manchó su pelaje. Richard lo atacaba de manera feroz y me derribaron en cuanto rodaron hacia mi dirección. Tenían enterrados sus dientes en el otro mientras gruñidos rotos salían de sus bocas.

Miré a mí alrededor en busca de algo, *lo que fuera*, algún tipo de arma que pudiera utilizar para detenerlos. Para detener a Richard antes de que todo empeorara. Me topé con una roca un poco más pequeña que mi mano. La tomé sin pensarlo mucho, porque se trataba de mi *Alfa*. Era *Thomas* y no podía dejarlo ir.

Él me había enseñado sobre mí mismo, sobre quién podía ser.

Alfa significaba padre.

(Eres mi hijo).

Significaba estar a salvo. Significaba hogar.

No hice ningún ruido cuando me puse de pie, no dudé mientras me movía hacia el lobo blanco que luchaba contra el de pelaje marrón, no lo pensé dos veces mientras seguía sus movimientos, esperando, esperando por el momento justo.

El momento llegó más rápido de lo pensado.

Richard derribó a Thomas, quien se estrelló contra un árbol emitiendo un gemido profundo y se deslizó hasta el suelo con los ojos fuera de foco. Richard se puso de pie sobre él, sus labios se retrajeron para mostrar sus dientes. Un ruido sordo comenzó a resonar en su garganta y observé la tensión de sus músculos en cuanto se preparó para atacar.

Solo llevó unos segundos.

En un momento estaba por encima de Thomas y al siguiente yo estaba estrellando una roca contra la parte posterior de su cabeza. Se oyó un *crac* afilado y rogué porque fuera al menos el sonido de un cráneo aplastado. El lobo aulló y, por un momento, sentí la emoción enfermiza de que habíamos ganado, de que lo había acabado, de que caería al suelo y no se volvería a levantar.

Vi como su cabeza se llenaba de sangre. Se derramaba entre sus ojos y sobre su hocico, goteando por la curvatura de sus labios.

Pero no cayó.

Se volteó hacia mí.

Thomas intentó levantarse, pero colapsó sobre sus patas.

Di un paso hacia atrás.

La gran y terrible bestia respondió con otro paso hacia adelante.

–Ven aquí, maldito –dije con voz áspera, apretaba la roca porque era lo único que tenía.

Pensé en Joe y en mi madre.

Me sentí mal. Había dejado a uno atrás por el otro y ahora volvía a hacerlo.

Pero al menos estarían a salvo si podía llevarme a Richard conmigo.

Y eso era lo único que importaba.

No dejaría que se llevara a Joe.

No otra vez.

Las orejas de Richard se pegaron a la parte posterior su cabeza y, aunque parezca imposible, hubiera jurado que el lobo estaba sonriendo.

Como si supiera que la victoria era suya.

Recordé lo que me habían enseñado.

Era todo lo que podía hacer. Mientras recordara, tal vez Joe estaría bien. Y Thomas, y los otros. Y algún día, todos podrían mirar al pasado y recordarme por las cosas que hice desde el día en que nos conocimos, más que por la última.

Hubo una vez en la que Thomas y yo caminábamos por el bosque. No había permitido que Joe viniera con nosotros y él no estaba muy contento, pero Thomas solo hizo brillar sus ojos y Joe dejó más o menos de quejarse.

Permanecimos en silencio por mucho tiempo. Se sentía bien estar con alguien en silencio, sin necesitar del peso de la conversación. Thomas me conocía, sabía que no decía nada porque a veces no podía encontrar las palabras para expresar lo que quería. No pensaba que yo fuera estúpido, no como otros antes de él lo habían hecho.

Hubo un pequeño y brillante momento en el que pensé en mi padre. Todavía no estaba seguro de qué podían percatarse los lobos por medio de los latidos o las esencias, si la tristeza tenía sabor o si la ansiedad se sentía pesada.

Mi padre no lo habría entendido. Lo de los lobos, la manada, mi lugar junto a ellos. No habría entendido nada de eso.

En verdad que no. Me hubiera echado mierda, habría intentado quitármelos.

Mi padre no había sido un buen hombre. Ahora lo sabía. Habría hablado desde la indiferencia y brutalidad. La furia y la violencia.

Pero lo amaba de todas formas, porque era su hijo. Y él era mi padre.

Me preguntaba qué decía eso de mí, el poder amar a alguien como él, a pesar de todo.

No era la primera vez que me decía a mí mismo que era mejor que se hubiera ido, pero tal vez fue la primera vez que lo creí por completo. Y eso me impactó con fuerza.

Haber pensado que estaba bien que alguien estuviera muerto escapaba a mí, porque yo no era así. Y no lo dije con indiferencia, con brutalidad. Con furia o violencia.

Mi corazón se sobresaltó en mi pecho. Respiré profundamente, con una bocanada silenciosa. Thomas envolvió mi cuello con su mano enorme y presionó un poco, dejándola allí mientras caminábamos.

No dijo nada, él estaba. Él solo estaba.

Allí.

El latido de mi corazón se ralentizó, mi respiración regresó a la normalidad, mis pies dejaron de arrastrarse.

Continuamos caminando.

Por más extraño que parezca, fui el que habló primero. Después de un momento, por supuesto. Mucho después, y pensé que tal vez él estuviera esperándome.

—¿Cómo sabes todo siempre? —quise saber.

Thomas ni siquiera actuó sorprendido por la pregunta. Simplemente dijo:

—Me perteneces. Siempre sabré todo.

—¿Porque eres el Alfa? —pregunté. Al responder, no apartó sus ojos de los míos.

—También.

Y escuché todas las cosas que no había mencionado.

La bestia vino por mí, allí en los bosques oscurecidos.

Mi Alfa yacía en silencio bajo un roble cuyas ramas se agitaban por el viento. Su pecho se elevaba superficialmente y se quedaba inmóvil. Calló y tardó una eternidad en volver a elevarse.

Richard se acuclilló.

Entrecerré mis ojos.

—Deberías haberte quedado lejos de mi territorio —dije.

Richard dio un brinco.

Me alcanzó con sus garras.

Su mandíbula estaba abierta de par en par.

Levanté la roca y…

Un destello de color blanco se cruzó frente a mí.

Richard dio un alarido mientras era arrojado a un costado.

Un lobo se irguió frente a mí, su lomo erizado, su cabeza cerca del suelo y sus dientes al descubierto gruñendo furiosamente a Richard, que intentaba ponerse de pie.

Joe.

Joe estaba aquí.

Joe estaba bien.

No estaba soñando porque me dolía ferozmente la espalda.

Me estiré y enrosqué mis dedos en el pelo de su cuello. Sentí el zumbido en lo profundo.

Cantó para mí.

Los ojos de Richard relucieron con ese brillo pútrido mientras observaba a Joe y se movía lentamente a nuestro alrededor.

Joe se movía a la par, manteniéndose siempre entre los dos. Podía sentir su ira, su rabia y su tormento. Intenté alcanzar a los demás para asegurarme de que no hubiéramos perdido a nadie de la manada, pero los hilos estaban todos revueltos. Me dolía la cabeza y no podía enfocarme en nada más que el alivio verde de tener a Joe aquí, de saber que estaba bien, de que no estuviera aún bajo un árbol con su espalda quebrada y retorciéndose.

Podíamos lograrlo. Podíamos…

Richard corrió hasta nosotros sigilosamente. Joe se tensó por debajo de mi mano, preparándose para el impacto. Enterré mis talones en la tierra y luché contra cada uno de los instintos que me decían que huya, porque *no* era un cobarde y me iba a quedar *junto a mi compañero*.

Las luces se dispararon a nuestro alrededor mientras se elevaban de la tierra, el suelo por debajo de nuestros pies comenzó a quejarse y cambiar de forma. Richard colisionó con la luz que lo arrojó hacia atrás como con una descarga eléctrica, sus ojos se pusieron blancos y aterrizó en la base de un roble viejo. Se retorció, sus piernas se deslizaron por el suelo, enterrándose en la tierra.

—Ox —me llamó una voz a mis espaldas. Me volteé.

Gordo estaba de pie, recostado sobre un árbol, jadeando. Su rostro estaba pálido y perlado por el sudor. Acunaba su brazo izquierdo contra su pecho y tenía la ropa deshecha, sangraba por casi todo el cuerpo.

Y los tatuajes en sus brazos se veían más brillantes que nunca.

—¿Cómo…?

—Es el territorio —respondió con un débil hilo de voz—. Le pertenece a los Bennett. Siempre lo ha hecho y no le gustan los intrusos. La tierra, ella… puedo oírla, me habla. Puedo alejarlo, por ahora, pero no puedo resistirlo mucho más, Ox. No para siempre. Lo que sea que deba pasar, necesitamos que sea ahora.

Me estiré y toqué la ¿barrera? de luz que nos rodeaba y nos separaba de Richard. Se sentía firme bajo mis dedos, y cálida, y había un hilo que me conectaba a Gordo, uno que siempre había sentido con debilidad. Jamás fue sólido como el que me ataba a los otros, porque, aunque estuviéramos enlazados, no éramos manada.

Sin embargo, ahora el hilo era brillante y fuerte.

—¿Qué debe pasar? —pregunté poco seguro de querer una respuesta.

—Ox —comenzó Gordo.

Y lo supe. Entonces una voz habló con suavidad.

—¿Papá? —dijo.

Eché un vistazo.

Joe había vuelto a su forma humana y estaba arrodillado junto a su padre. Había un cardenal profundo y oscuro a lo largo de su espalda, en donde había golpeado contra el árbol. Sus bordes se fueron desvaneciendo mientras lo miraba. No sabía si había sobrevivido al impacto por ser quien era o si Carter y Kelly podían hacer lo mismo.

Su padre estaba tendido ante él, aún en su forma de lobo. Sus ojos abiertos observaban a su hijo. Gimió por lo bajo, su cola se movió una vez. Dos veces.

—Tienes que levantarte.

Thomas estiró su cuello hasta tocar la mano de su hijo.

—Todos están bien —respondió como si hubiese escuchado la pregunta de su padre. Y, por lo que yo sabía, tal vez así fuera—. Se están encargando del resto, pero te necesitan, ¿de acuerdo? Tienes que levantarte —su voz se quebró.

Thomas dio un gran y pesado suspiro, como si todos sus miedos se estuvieran escapando.

Un lobo aulló una canción de furia detrás de nosotros.

Giré rápidamente.

Richard Collins se puso de pie y estaba furioso. Abría y cerraba su mandíbula y comenzaba a arrojarse contra la barrera. Sus ojos estaban más oscuros que antes, como si hubiera sucumbido por completo al lobo, ferocidad y rabia. Cada vez que se azotaba contra el verde, la luz pulsaba hacia afuera, como una onda sobre el agua, y eso lo hacía enfadar más.

—Thomas —dijo Gordo entrecortadamente—. Tienes que hacerlo ahora. No puedo…

Thomas comenzó la transformación, más lento que las otras veces que lo había visto. A juzgar por la mueca de su rostro lobuno y la forma en la que su cuerpo se tensaba, se trataba de una transformación dolorosa. Los huesos que estaban rotos seguían rotos, los cortes eran anchos y sangraban sin ninguna señal de detenerse.

Joe gimió por encima de su padre, sus manos temblaban mientras se acercaba. Dudó, no estaba seguro en dónde tocarlo.

Richard gritó y continuó su ataque contra la barrera.

—Papá —dijo Joe.

Thomas Bennett sonrió. Su boca estaba roja y la sangre se escurría hacia sus mejillas, sus ojos eran claros.

—Me alegra que estés bien —respondió.

—Tenemos que levantarnos —suplicó Joe—. Tenemos que levantarnos e irnos. Mamá te está esperando.

—Van a estar bien. Dolerá por un tiempo, pero estarán bien.

Joe negó con la cabeza, tomó la mano de su padre y la sujetó contra sí.

—No puedo hacerlo —dijo—. No estoy preparado —se oía más pequeño.

—Sí, lo estás —dijo Thomas—. Lo has estado desde hace tiempo. Es por lo que hemos estado trabajando. Tú has…

Se oyó el gemido sonoro del hueso y el músculo.

—Yo puedo salvarlo, Joe —dijo Richard—. Puedo salvarlo. Solo debes darme lo que quiero, puedo ayudarte a ti y ayudarlo a él.

Richard se puso de pie, desnudo y cubierto de sangre, sus ojos estaban posados en Joe pero era incapaz de dar un paso hacia él por la magia de Gordo.

—No —Thomas miraba a su hijo—. No lo escuches. No es…

—Tú no lo necesitas —continuó Richard—. Puedo solucionarlo todo. Tu padre estará *bien*. Yo seré el Alfa y te prometo que todo esto habrá sido como un sueño. Podrán ir a casa y jamás volverán a verme.

No necesitaba ser un lobo para saber que estaba mintiendo. Y a pesar de todo lo que valía, de todo por lo que había pasado, de todo el horror que había visto, Joe dudó. Lo noté, era una duda pequeña, pero estaba ahí.

Thomas también lo notó.

Y Richard.

Sonrió.

–Joe –dijo dando un paso adelante.

Joe me miró con sus ojos anaranjados, vibrantes y húmedos.

–Hace promesas –intervine– que no podrá cumplir.

–Pero… –Joe mordió su labio.

–Es un *humano* –interrumpió Richard con la voz cargada de desdén–. Aunque pertenezca a la *manada*, no lo entiende. Jamás entenderá lo que eres, lo que se supone que debes ser. Su clase es la responsable de que todo esto esté sucediendo. Ellos te traicionan, Joe, siempre te traicionarán.

–Prometí –avancé un paso–, que siempre seríamos tú y yo. Que te protegería y que jamás te mentiría.

Las lágrimas rodaron por sus mejillas.

–¡*Solo* saben mentir! –rugió Richard estrellando sus puños contra la barrera–. ¡Es de lo único que son *capaces*!

–Ox, apresúrate –soltó Gordo a través de sus dientes apretados.

–Confiaste en mí con tu lobo incluso antes de conocerme –dije–. Cuando pensaba que no era nadie, pero tú me enseñaste, tú confiaste en mí y te pido que lo vuelvas a hacer.

Sus ojos estaban muy abiertos y retuvo el aliento en su pecho.

Apartó su mirada de la mía y volvió la vista a su padre.

–Este no es el final –susurró Thomas, su voz apenas audible por encima de los gritos de Richard–. Lo verás. Estoy muy orgulloso de ti y en lo que te has convertido. En lo que te convertirás.

–No puedo hacerlo solo –lloró–. No puedo…

–Y no tendrás que estar solo. Porque un Alfa no es nada sin su manada y tu manada siempre estará contigo.

–¡Ox! –Gordo dio un grito de advertencia y miré en su dirección.

Estaba sobre sus rodillas, sudando intensamente y con el pecho subiendo y bajando a gran velocidad. Richard soltó un aullido de triunfo.

—Joe —dije—. Tienes que…

Antes de que pudiera terminar de hablar las garras de Joe ya estaban fuera, negras y afiladas. La barrera parpadeó en cuanto las llevó hacia el pecho de su padre, sobre su corazón, con los dedos separados en cinco puntos filosos.

—¿Recuerdas? —dijo Joe con voz temblorosa—. Ese día en el bosque que perseguimos ardillas y me dijiste que estabas feliz de que fuera tu hijo.

—Yo también te amo —Thomas sonrió ligeramente.

Joe perforó el pecho de su padre.

El mundo era un lugar vasto y aterrador, eso era lo que Gordo me había enseñado. Todo lo que pudiera imaginar probablemente existiera allí fuera. Había preguntas que no hice porque estaba asustado de las respuestas que podría obtener, y había preguntas que no se me ocurrió hacer, pero cuyas respuestas se mantuvieron en secreto para mí de todas formas.

Y luego había preguntas que no estaba preparado para comprender: ¿Por qué se fue mi padre? ¿Por qué Joe me eligió? ¿Cuál era mi lugar en todo esto?

¿Cómo se convertiría Joe en el Alfa?

Él lo sabía, lo sabía porque no dudó. No lo hizo, no dudó cuando lo decidió. Me pregunté en qué momento se lo habría explicado Thomas o si se trataba de instinto, algo sabido naturalmente de pasado a futuro.

Sus garras ingresaron en la piel de su padre, presionaron hacia abajo hasta que su palma estuvo plana contra el torso de Thomas. Richard gritó con furia y al principio no sucedió nada, pensé que tal vez algo había ido mal. A decir verdad, no sabía qué debía esperar de la transferencia del poder de un Alfa a otro.

Aún no sabía una mierda sobre los hombres lobo.

Comenzó como un hormigueo en mi piel, como un susurro en mi oreja.

Joe no se movió.

Thomas permaneció inmóvil.

Pero luego mi piel se *erizó*.

Sentí una oleada en mi cabeza y mi corazón, me pregunté si esto se sentía cuando te golpeaba un rayo. Las ataduras de la manada *estallaron* en mi pecho y pude sentirlos a todos, a cada uno de ellos. Hubo un alivio intenso tan *VerdeVerdeVerde* porque *todos* estaban *con vida,* pero también *dolía* porque la atadura de Carter era fuerte, y la de Mark, Elizabeth, Kelly y Gordo (porque él también estaba allí, por primera vez como *manada* y podía sentir su magia en el fondo de mi lengua. Notas de ozono y algo amargo).

Y *Joe,* Joe era el más brillante de todos, el más fuerte, y había tanto *poder* que apenas podía respirar.

Y Thomas. Thomas también estaba.

Pero el suyo se desvanecía, el hilo era fino. Más débil de que lo que tenía derecho a ser. Como si apenas estuviera jalándome.

La barrera volvió a su lugar con un chasquido.

Thomas abrió los ojos y centellearon de un anaranjado apagado.

Suspiró un alivio verde.

—Ox —dijo—. Un lobo es solamente tan fuerte como su lazo.

Cerró sus ojos.

Exhaló.

Y su pecho no volvió a elevarse.

El hilo se rompió y desapareció.

—Papá —lo llamó Joe.

Su pelo brotó en sus mejillas, su rostro comenzó a estirarse en su media transformación, sus labios se curvaron y sus dientes se alargaron en espigas. Echó su cabeza hacia atrás y cantó la canción del Alfa con sus ojos bien abiertos, rojos como el fuego.

HERIDAS ABIERTAS /
CAMINO A CASA

Richard se había ido.

Osmond también. Robert Livingstone no había aparecido. La mayoría de los Omegas estaban muertos y los sobrevivientes huyeron. Pero, por supuesto, no pensaría en eso hasta más adelante.

Los demás lo supieron.

Lo supieron incluso antes de encontrarnos debajo de los robles.

Al igual que yo, habrían sentido el momento en que murió. Probablemente con mayor intensidad, dado que yo aún era un humano.

Primero Carter y Kelly saltaron de entre los árboles, corriendo sobre sus cuatro patas, gemidos agudos brotaban de sus bocas. Se detuvieron una vez que nos vieron: Thomas inmóvil sobre la hierba, Joe de rodillas, con la cabeza inclinada hacia su padre y sus garras a sus costados, Gordo recostado sobre un árbol, las manos cubriéndole el rostro y sus tatuajes brillando con intensidad.

Y yo, adormecido por mi madre, ahora un cuerpo bajo una manta.

En cuanto a Thomas, su cuerpo estaba tibio, la sangre todavía goteaba.

Carter fue el primero en moverse y pasar su nariz por el brazo de Joe, por su cuello y su cabello. Inhalaba y exhalaba pequeños resoplidos, tomando la esencia de su nuevo Alfa. Su pelaje estaba manchado de sangre y recogía una de sus patas, pero continuó presionando su cuerpo contra su hermano.

Kelly se movió finalmente hacia ellos, sus ojos desorbitados, la boca abierta mientras soltaba unos suaves ladridos una y otra vez. Dejó a Carter y Joe solos y colapsó a los pies de su padre, olisqueando sus pies, sus pantorrillas. Al final, posó la cabeza sobre las piernas de su padre y se estremeció.

Luego vino Mark, en su forma humana. Mientras que los demás lobos estaban desnudos él llevaba pantalones harapientos, raídos y hechos jirones con salpicaduras de suciedad y sangre. Tenía heridas abiertas que estaban sanando lentamente y tenía una mordedura de aspecto desagradable en su hombro derecho, donde parecía que le habían arrancado un buen trozo de carne, dio un paso tambaleante hacia Thomas y los demás, pero se detuvo, sus manos se curvaron en puños a sus lados. En su lugar, fue primero hacia Gordo, susurrando algo que no puede descifrar.

Gordo no levantó la vista, pero sacudió su cabeza. Los ojos de Mark se dirigieron alrededor de la línea de árboles, su mirada era dura y su mandíbula estaba apretada.

Y luego vino ella.

Se movía lento, ya sea por la pena o las heridas, no podía saberlo. Un corazón destrozado puede ser más pesado que una costilla rota. Permanecía en su forma de loba, lo cual agradecí de manera egoísta. El rostro de un lobo no puede moverse tanto como el de un humano. El dolor grabado en su rostro lobuno no era nada en comparación con lo que habría sido si hubiera estado en su forma humana.

No creí que hubiera sido capaz de soportarlo.

Estaba helado. Mis dientes comenzaron a castañear.

Carter dejó de frotarse contra Joe y comenzó a darle empujoncitos a su padre, haciendo unos sonidos en la parte posterior de su garganta como si estuviera suplicando que se levantara.

Kelly gimió entre sus piernas, intentando enterrarse en la esencia de su padre.

Joe respiraba con pesadez, sus fosas nasales se ensanchaban, sus manos goteaban con sangre por donde sus garras habían cortado sus propias palmas.

Mark se puso en guardia.

Gordo se desplomó contra el árbol, con su cabeza entre sus rodillas y con los tatuajes moviéndose incontroladamente. El cuervo voló hacia arriba de uno de sus brazos y desapareció dentro de la manga de su camisa para luego aparecer en su cuello, con las alas extendidas hacía arriba, hasta su oreja.

Y Elizabeth.

No se dirigió hacia su esposo, o sus hijos o su cuñado.

Vino hacia mí, de manera lenta y rígida. Presionó su hocico contra mi mano. Mis dedos se enroscaron cerca de su oreja. La sentí sacudirse debajo de mi piel. Empujó más fuerte y bajé la vista. Cometí un error al agradecer que fuera una loba por la falta de humanidad, porque sus ojos eran los más humanos de todos.

Y se veían afligidos.

Rompí el silencio.

—Lo lamento —dije ahogado.

Porque debería haber hecho más para protegerlo y tal vez, si no hubiera permitido me arrastrara, él habría estado bien. Si no se hubiera puesto entre Richard y yo, Elizabeth no habría perdido a su compañero.

Tomó mi mano suavemente en su boca, sus dientes marcaron mi piel. Por una fracción de segundo, pensé que me mordería, pensé que derramaría mi sangre por permitir que esto sucediera, y se lo habría permitido.

Pero en cambio ella tiró de mi mano en dirección hacia los demás.

No entendía, pero la seguí. No me soltó, tampoco apartó la mirada de mí. Retrocedió lentamente, paso a paso, con sus ojos fijados siempre en los míos. Me enfoqué en ella porque se me hacía difícil respirar.

Los sonidos me fueron llegando: pude oír a Gordo quejarse bajo y roto, a Kelly y sus resoplidos mientras se estremecía contra su padre, pude oír lo que podría considerarse como sollozos provenientes de Carter.

Sin embargo, Joe…

Joe no emitía ninguno, al menos de forma audible. Pero podía sentirlo.

Su horror. Su angustia. Su furia.

Eran más fuertes que las del resto. Me abrumaba. Me consumía.

Pero Elizabeth no me soltó.

Y supe lo que intentaba hacer.

Susurró: *"ManadaHijoAmor"*.

"Nos perteneces".

"Te pertenecemos".

"Siento tu dolor, siento tu pena, hemos perdido, he perdido, pero también tú".

"Por favor no nos culpes, por favor no nos odies".

"No debieron quitártela, no debieron quitárnoslo".

Dejé que jalara de mí, dejé que sus palabras fluyeran sobre mí, a través de los hilos y a través de las ataduras. Los demás también la escucharon, oyeron lo que había dicho. Incluso Gordo levantó su cabeza sorprendido, observando a Elizabeth mientras tiraba de mí más cerca. De alguna manera él se había vuelto parte de esto. De nosotros.

Se dirigió hasta sus hijos y su esposo, sus piernas traseras golpearon a Kelly, quien no abrió los ojos. Apretó ligeramente su mordida un poco antes de soltar mi mano.

Oí los indicios de un cambio y Mark se acercó a nosotros. Elizabeth se sentó cerca de la cabeza de su marido, inclinándose y lamiendo la sangre de su rostro. Mark se sentó a su lado, su lobo grande e imponente, el más grande de ellos.

Al menos por ahora. Porque, aunque solo había pasado un momento, Thomas parecía más pequeño de lo que había sido en vida. No supe si era por la muerte o por si había muerto como un Beta, pero su tamaño había disminuido. Era menos sustancial.

Joe no lucía diferente, quitando la apariencia de sus ojos que se veían como si estuvieran inyectados con sangre.

Pero él se *sentía* diferente.

Había algo que radiaba fuera de él, algo más grande de lo que había sido antes. No entendía lo que significaba ser un Alfa y no entendía lo que significaba ser un lobo, estar conectado al territorio como lo estaba él ahora.

Quería tocarlo. Pero no pude levantar mi brazo.

Aún no se había apartado de su padre.

Carter y Kelly se levantaron de encima Thomas. Permanecieron transformados y se movieron hasta que se sentaron como lo hacía Mark, erigidos de manera imponente por arriba de Thomas. Mark se sentaba a su lado izquierdo, Carter y Kelly cerca de sus pies.

Elizabeth se apartó del rostro de su esposo y se sentó cerca de su cabeza, su pata presionando contra su mejilla.

Joe permaneció en su lado derecho.

Se habían posicionado deliberadamente alrededor de él, basados en el rol que tenían en la manada.

Aguardaron. No sabía a qué.

Hasta que todos, excepto Joe, me miraron.

Pensé en huir de allí. Desaparecer entre los árboles.

Encontrar el cuerpo de mi madre y yacer cerca de ella. Cerraría mis ojos y dormiría para que cuando despertara todo hubiera sido un sueño. Aun cuando había dolor, aun cuando podía sentirlo *todo*, esto sería un sueño porque no podía ser real.

Pero había oscuridad en mi cabeza.

Muerte en mi corazón.

Y se sentía real. No podía moverme. Los lobos esperaron.

En algún lugar un chorlo gritón cantó desde los árboles. Un ave extraña cantando en la noche.

Pensé que todo el bosque estaba aguantando la respiración.

—Están esperando por ti —dijo Gordo detrás de mí.

No me volteé para mirarlo. No pude. No mientras Los lobos me estuvieran observando.

—Eres parte de ellos —dijo—. Eres parte de esto.

Esa pequeña voz, esa pequeña y miserable voz susurró nuevamente en mi oído y me dijo que en realidad nunca había tenido elección, que si tan solo se hubieran alejado nada de esto hubiera ocurrido y yo no estaría sintiendo tanta culpa como lo hacía. Y mi madre estaría en la cocina explotando burbujas de jabón sobre mi oreja.

Carter gimió detrás de mí con suavidad y bajó sus orejas. Era probable que pudiera sentir lo que estaba pensando. Tal vez no con tantas palabras o tan específico, pero tendría una idea. Todos la tendrían.

Así que lo tragué y dejé que se deslizara por mi garganta. Quemaba.

Sentí la mano de Gordo en mi hombro y vi por el rabillo del ojo como sus tatuajes latían y se retorcían.

—También lo sientes —dije.

Suspiró. Era la única respuesta que necesitaba. Me encogí de hombros quitando su mano y di un paso adelante, y luego otro y otro.

Hasta que tome mi lugar al lado de Joe.

Me arrodillé a su lado, mi hombro chocó con el suyo. Estaba rígido, inmóvil. Miró hacia abajo, a su padre, con sus ojos rojos brillando en la oscuridad.

Algo encajó en su sitio en cuanto tomé mi lugar a su lado.

No fue mucho, especialmente frente a todo lo que había sucedido.

Pero mi lugar estaba allí. Porque ahora él era mi Alfa.

Y yo era su compañero.

—¿Por qué aúllan? —le había preguntado a Thomas.

Apoyó sus pies descalzos en la tierra y la hierba mientras se apoyaba de espaldas contra un árbol. El sol brillaba por encima de nosotros.

—En su estado salvaje, los lobos se llaman los unos a los otros. Puede ser como una alerta para otros cuando invaden el territorio, puede ser un grito de guerra para reunir a la manada. En la cacería para enseñar la ubicación, y a veces pueden hacerlo juntos para demostrar felicidad o para que parezca que son un grupo más grande de lo que en verdad son. Se les llama aullidos en grupo y es algo hermoso para los oídos.

—¿Y por eso lo hacen?

Cerró los ojos y sonrió. Yo lo entretenía y él me fascinaba.

—Creo que lo hacemos simplemente porque nos gusta oír el sonido de nuestras propias canciones. Somos criaturas narcisistas después de todo —su sonrisa de borró levemente—. Aunque a veces las canciones están hechas para guiar a un miembro de la manada a casa. Es sencillo extraviarse, Ox. Y porque el mundo es un lugar vasto y horroroso, de vez en cuando deben recordarte el camino a casa.

Permanecimos en silencio por un rato luego de eso.

No era un lobo.

No pensé que lo sería. No por elección.

Pero dos miembros de mi manada estaban *perdidos*.

Eché mi cabeza hacia atrás.

Me escocieron los ojos. Las estrellas se borraron sobre mí.

—Ah, Dios —dije.

El sonido salió áspero, carraspeé en cuanto mi garganta intentó cerrarse.

Pensé en mi madre. Pensé en Thomas. Estaban perdidos para mí. Necesitaba cantar para guiarlos a casa.

Y eso fue lo que hice.

Fue un sonido roto, quebrado y fragmentado. No era muy alto, chirrió en mis oídos. Pero puse todo de mí en él mientras me daba cuenta de que tal vez no era el hombre que creía porque mis mejillas se humedecieron mientras mi respiración se detenía en mi pecho.

Mi aullido se consumió rápidamente.

Tomé aire otra vez.

Mark aulló conmigo, su voz era melódica y desconsolada. Carter y Kelly armonizaron junto a nosotros, mezclándose en nuestra canción. Elizabeth se nos unió mientras inhalábamos, su aullido era alto y prolongado. La canción cambió por ella, por lo que había perdido, y los lobos tomaron su canción y la hicieron suya, sus voces se incrustaron en la de ella, octavas por debajo, octavas por encima.

Sentí a Gordo en la periferia. Noté su vacilación, su sobrecogimiento y su tristeza. No aulló, pero su magia cantó por él. Estaba en la tierra, por debajo de nosotros, en los árboles que nos rodeaban. No aulló, pero no necesitaba hacerlo.

Todos lo sentimos de todas formas.

Joe se transformó a mi lado. Fue más fluida que cualquiera de las transformaciones que había tenido antes.

Un momento era un chico triste perdido y ensangrentado, y luego era un lobo, blanco y brillante en la oscuridad. Ya era más grande de lo que había sido esta noche, puede que sus patas doblaran su tamaño original. Donde antes había llegado a mi cintura, probablemente ahora llegaría hasta mi pecho si yo estuviera de pie. No era robusto como había sido su padre, era más grande, sí, pero aún delgado. Probablemente eso cambiaría con el tiempo, a medida que creciera.

Los demás dejaron que sus canciones hicieran eco y se desvanecieran en el bosque mientras esperaban.

Joe nos miró a cada uno por turnos, sus ojos se posaron sobre mí por más tiempo.

Su canción era más profunda que lo que había sido antes. Sentí cada una de las emociones (*"pena, dolor, amor. Oh, Dios, por qué, por qué, por qué"*) que puso en la canción, y fue todo lo que pude hacer para evitar volar por los aires.

Allí en el bosque, bajo una luna nueva y estrellas que mintieron, cantamos para guiar a nuestra manda a casa.

Las cosas pasaron muy rápido luego de eso.

Los siguientes tres días fueron un torbellino, la casa de los Bennett se llenó de gente que jamás había visto antes. Entraron junto a Joe, Mark, Elizabeth y Gordo a la oficina de Thomas y desaparecieron allí por horas, todos lobos. Los que no conocía, susurraban por lo bajo entre ellos, me observaban mientras Carter y Kelly yacían enroscados a mi alrededor, aún transformados, gimiendo lastimosamente mientras pateaban en cualquiera de los sueños que estuvieran teniendo. No dejé que esos extraños me intimidaran, los miraba fijo.

Solo obtuve pedazos y fragmentos.

A Richard se lo había tragado la tierra. Robert Livingstone no había podido ser encontrado. Pero, Osmond…

Lo de Osmond fue una sorpresa que nadie se esperaba. Y también se marchó.

Los lobos se irritaron al saber que ahora tenían a un traidor entre ellos, especialmente uno de alto rango como Osmond. No los culpaba, pero ya no confiaba en nadie que no conociera en la casa de los

Bennett. Tuve la impresión de que ellos también estaban teniendo un mal momento confiando los unos en los otros.

Elizabeth no me dejaba regresar a mi casa, dijo que no sería correcto, no por ahora. Tal vez tampoco por un largo tiempo. Me quedaba en la habitación de Joe, en su cama.

Pero Joe jamás estaba allí.

Los Bennett, a quienes todos respetaban, a quienes todos admiraban, dijeron que fue un robo que salió mal, que mi madre había llegado a casa e interrumpió a quien estaba en la casa. El pueblo podría no comprenderlos, pero respetaban la manera en la que lucían, la riqueza que tenían, las cosas que hicieron por el pueblo.

El médico forense dijo que la garganta de mi madre lucía como si hubiese sido cortada por algún tipo de navaja con dientes. Le informé a la policía que no teníamos nada como eso, que debía de haber pertenecido al intruso.

"¿Y dónde está Thomas?", preguntó la policía. A lo que Elizabeth respondió: "Está fuera por negocios, fuera del país. Se ausentará por unos meses".

Más tarde anunciarían que Thomas murió por un ataque al corazón en el extranjero.

Pero por ahora, solo se había ido.

"¿Cuándo regresará?".

"Esperemos que pronto".

De alguna manera su voz permaneció monocorde. Los desconocidos no pudieron ver las grietas. Pero yo sí.

Mi madre fue sepultada un martes.

No había nada especial con los martes, pero fue el primer día que tuvimos disponible.

El pueblo estuvo de luto junto a nosotros. Junto a mí.

El sacerdote dijo cosas tranquilizadoras sobre Dios, y los misteriosos que eran sus planes. Podríamos no entender por qué sucedían estas cosas y todo lo que podíamos hacer era confiar en que las cosas sucedían por una razón.

El sol brillaba cuando la bajaron hacia la tierra. La manada nunca se apartó de mi lado. Joe tomó mi mano todo el tiempo, pero no hablamos.

Tanner, Chris y Rico nos acompañaron, se abrieron paso empujando a todos de su camino y ni siquiera se molestaron en estrechar mi mano. Los tres me envolvieron y me abrazaron como si sus vidas dependieran de ello. *Algo* proveniente de ellos destelló y lo sentí trepar por mi piel, pero se perdió bajo el peso de lo que tenía por delante.

Jessie también estuvo allí. Esperó hasta que pudo estar frente a mí, susurró algo que no pude recordar, sus labios presionaron contra mi mejilla, dulces y persistentes.

Joe observaba mientras Jessie apretaba mi mano.

Apartó la mirada en cuanto ella se alejó.

Más tarde, luego de que me parara para permitir que una línea de gente llorara un poco sobre mí y estrechara mi mano para decirme lo mucho que lo sentía, permanecí de pie sobre el hoyo en el suelo en donde estaba mi madre. No lo cubrirían hasta que todos se marcharan.

La manada se mantuvo alejada, entre los árboles, esperándome.

—Lo siento —dije y pensé en el día en que vimos las nubes que pasaban mientras yacíamos de espalda, ella con su hermoso vestido de lazos azules.

Thomas fue cremado un martes por la noche.

No había nada especial con los martes, pero ya habíamos sepultado a mi madre esa tarde, y era mejor acabar con todo.

Las mismas personas que habían llenado la casa el día siguiente al ataque de Richard ahora estaban en el bosque, algunos en su forma humana, pero la mayoría transformados en lobos. Mi manada se había transformado también, a excepción de Gordo y yo. De todos modos caminamos juntos, Elizabeth y yo a cada lado de Joe, los demás cerrando la marcha. Enrosqué mi mano en el lomo de Joe y la mantuve allí todo el tiempo.

Nadie habló sobre Dios y sus planes infinitos. De hecho, estaba casi en silencio cuando vimos el cuerpo de Thomas sobre la pira construida en el claro del bosque. Los lobos se reunieron a mí alrededor, mis lobos. Todos los demás mantuvieron distancia.

Gordo encendió el fuego.

A medida que Gordo se acercaba a la pira, me pregunté si Thomas lo habría sentido como parte de la manada antes de dar su último aliento, si habría sentido que su brujo había regresado al fin. No hablamos de ello, sobre su significado, sobre lo que pasaría ahora, ni siquiera lo intenté. Sentía un pequeño resentimiento por lo que me ocultaban en esa oficina, esas reuniones secretas, pero lo espanté.

Cuando puso ambas manos en la pira, sus tatuajes cobraron vida e inclinó la cabeza. Una lengua de fuego brotó por debajo de sus dedos, las llamas incendiaron la madera y se expandieron.

Me quedé allí y lo vi arder.

Más tarde, Joe los guio.

"Se llama un aullido en grupo", Thomas susurró entre mis recuerdos. "Las armonías permiten a que los embaucadores piensen que el grupo es más grande de lo que en verdad es".

Y lo lograban. Se oía como si fueran cientos, más que solo docenas.

Gordo había amortiguado el territorio para que nadie en Green Creek lo supiera. Su magia era útil cuando no intentaba denegar su rol. Aun así, me pregunté si la gente llegaría a escucharlos. O, al menos, sentir el paso de un rey a otro, vivían en su territorio después de todo.

Lo sentí, lo sentía por completo.

El fuego se sentía caliente en mi rostro.

Las canciones aulladas a mí alrededor eran más fuertes que nunca. Me dejaron vacío, hicieron que mi piel se volviera quebradiza y tirante. Era una cáscara comparado con lo que había sido días atrás. No sabía con qué llenar el espacio, no sabía si había algo *con qué* llenarlo.

Finalmente, el fuego se consumió hasta que no quedaron más que brasas y cenizas, que desparramarían más tarde por el territorio. Pero por el momento los lobos desconocidos se marcharon.

Y quedó nuestra manada.

Inhalamos el humo y llenamos nuestros pulmones hasta que comenzamos a toserlo. Entonces Gordo se marchó, las manos dentro de sus bolsillos y la cabeza baja. Siguió Mark, se dirigió lejos de la casa de los Bennett, a lo profundo del bosque. No lo volvimos a ver durante dos días.

Carter y Kelly se fueron con su madre, uno a cada lado, sosteniéndola en alto mientras ella se tambaleaba con sus piernas debilitadas.

Quedamos solo Joe y yo.

Se sentó sobre sus patas traseras, observando la última lamida del fuego, el último estallido de chispas.

Me senté a su lado, inclinado sobre su costado.

Resopló con un suspiro mientras se erguía más alto que yo.

Me presioné con más fuerza.

Bufó, sus ojos destellaron.

El calor proveniente de la pira comenzó a desaparecer. Pero aun así nos quedamos.

Las aves nocturnas chirriaron. Un búho cantó.

—Estoy aquí —dije.

Joe rasqueteó la hierba con su pata gigante.

—Cuando sea que estés listo —sus orejas se torcieron—. Vamos a resolverlo juntos.

Gimió desde lo más profundo de su garganta.

—Tenemos que hacerlo.

Inclinó su cabeza y su hocico rozó mi mejilla y mi cuello, detrás de mí oreja, resopló su esencia sobre mí por primera vez desde que era el Alfa.

Amaba eso. Y lo amaba a él.

Pero no pude decirlo, las palabras se atascaron en mi garganta. Así que esperé que lo sintiera en mi aroma porque eso era todo lo que podía darle.

Todo debería haber terminado en ese momento, ese debería haber sido el final de aquel día tan terrible.

Pero no lo fue.

Otras palabras encontraron su camino fuera de mi boca, y expresaron la última cosa que debería de haber dicho en ese momento. Pero estaba enterrado en el dolor y la ira. Así que no estaba pensando en lo que *podría* pasar, solo en aquello que quería.

—Nos ha robado —dije.

»Se llevó parte nuestra manada —dije.

»Nos lastimó —dije.

»Se llevó a mi *madre*–dije con la voz ahogada.

Joe comenzó a gruñir.

–Ha escapado –dije.

»Tenemos que encontrarlo –dije.

»No podemos dejar que esto le suceda a nadie más –dije.

»No podemos dejar que esto vuelva a suceder –dije.

»Tenemos que proteger a los demás –dije.

»Y tenemos que hacer que pague.

Y ese fue el momento. Más tarde me daría cuenta de que ese fue el momento. El momento en el que comenzamos a despedirnos.

EN LOS HUESOS /
PERDIÉNDOTE

Sin embargo, no lo vi venir.
Tal vez debería haberlo hecho.
Pero no lo hice.

Nos dejaron luego de un tiempo.

Los lobos desconocidos. Regresaron al sitio del que habían venido, fuera cual fuera. Pero no antes de llevar a cabo una última reunión secreta.

Ni siquiera tuve la astucia de hacer preguntas, de interesarme en saber quiénes mierda eran.

Me quedé mirando la puerta cerrada.

Y me alejé.

Cuando se marcharon todo estaba silencioso.

Carter y Kelly se pasaban horas y horas en el bosque, moviéndose entre los árboles sin descanso. Cuando no regresaban a casa por la noche, los encontraba en el claro echados sobre sus estómagos cerca la hierba chamuscada, moviendo sus colas al compás de un latido que solo ellos podían escuchar. Elizabeth desaparecía por largos tramos de tiempo, jamás la seguí, jamás descubrí a dónde se iba. Mark se quedaba en el pórtico mientras vigilaba la línea de árboles. Sabía lo que él buscaba, pero no creía que fuera a suceder.

Richard se había ido.

Y así permanecería gracias a Gordo. Gordo, quien se había pasado los días siguientes al ataque reforzando las barreras que había levantado alrededor de Green Creek. Ahora que volvía a ser un miembro de la manada, tenía acceso a áreas de su magia que antes habían sido bloqueadas. Sentía el tirón de su magia cada vez que él hacía algo diferente, esa sensación extraña como si estuvieras bajando las escaleras y te saltarás el último escalón.

Joe se quedaba en la oficina de su padre.

Intenté que todos estuvieran juntos.

Me echaba con Carter y Kelly en la hierba, bajo las estrellas. Cuando Elizabeth estaba en la casa, me aseguraba de que se alimentara. Vigilaba junto a Mark desde el pórtico, mientras pasaba mis dedos entre su pelaje. Seguía a Gordo. Lo observaba mientras murmuraba por lo bajo, atento de que nadie en Green Creek notara los tatuajes que se movían en sus brazos. Dijo que no era necesario, que nadie lo notaría, pero lo acompañé de todos modos.

Joe apenas me hablaba. Ni siquiera en su forma humana, ni siquiera cuando estaba a su lado.

No comprendía por lo que estaba pasando, no sabía lo que Thomas le había entregado. No tenía idea de lo que significaba ser un Alfa, todo lo que hacía era tener la esperanza de que pudiera ser suficiente como su lazo.

Por supuesto, todo el cortejo se detuvo.

No me importó, sabía que había otras cosas en las que debía enfocarse. Cosas más importantes.

Un día fui a trabajar simplemente para hacer algo diferente.

Gordo no estaba allí. Estaba con Joe, discutiendo cosas que no se suponía que yo debiera oír. Creo que los fulminé con la mirada, porque me devolvieron el gesto con rostros inexpresivos. También creo que azoté la puerta al salir de la casa. No me sentía orgulloso de ello.

Así que, sin ninguna idea mejor de adónde ir, me dirigí al taller.

Me moví lejos de la calle principal. No quería que nadie me detuviera, que intentara hablarme y ofrecerme sus condolencias, porque ya estaba harto de las condolencias.

No era de ayuda que estuviera enfadado con Joe y Gordo, aunque realmente hice el esfuerzo de no estarlo. Pero ellos nunca me habían ocultado nada, al menos no desde que descubrí la existencia de brujos y lobos.

Sin embargo, al ver al taller por primera vez tras un par de días, algo de ese enojo disminuyó y la tristeza mitigó. Pensé que tal vez esto podría ser un escape, al menos por un tiempo.

Ingresé al local y la campana de la puerta tintineó sobre mi cabeza, haciendo que mi corazón doliera un poco, pero de una forma buena.

—¡Enseguida estoy con usted! —anunció una voz al final de la habitación.

Conocía esa voz.

Se me cerró la garganta un poco.

—Bienvenido a Lo de Gordo —dijo Rico mientras ingresaba a la recepción. Estaba frotándose las manos con un paño, mientras intentaba remover el aceite por debajo de sus uñas. El paño que usaba tenía una suave esencia a aceite de coco. Los demás usábamos agua y jabón. Rico decía que sobre gustos no había nada escrito—. En que puedo ayudarlo...

Se detuvo y me miró fijo.

—Ey, hola —dije—. Hola, Rico.

—Hola —soltó una risotada y sacudió la cabeza—. Dice "Hola". Hola, como si fuera un pequeño... Trae tu trasero aquí, Ox.

Llevé mi trasero allí.

El abrazo fue bueno, realmente bueno.

—Me agrada verte —susurró, envolviéndome con fuerza en sus brazos.

Solo asentí en su cuello. Luego me arrastró de nuevo al taller. Había un par de automóviles encima de los elevadores, la radio estaba a todo volumen con la música country de Tanner, una canción sobre algún hombre y como todas sus exparejas vivían en Texas, pero él colgaba su sombrero en Tennessee.

Tanner estaba debajo del capó de un Toyota Corolla de 2012. Parecía como si estuviera reemplazando la correa dentada, mientras cantaba con la radio.

Chris realizaba un control de diagnóstico en una camioneta, observando la pantalla de la computadora aun cuando sus lentes posaban en lo alto de su cabeza. Decía que odiaba cómo se veían en él.

Inhalé profundamente el aroma de la grasa, la suciedad, el metal y la goma. Era igual a como cuando era niño y papá me traía, y Gordo me ofrecía dulces de la máquina.

Lo extrañaba.

Pero lo aceptaba, ahora estaba ocupado.

–Miren lo que ha traído el *gato* –anunció Rico.

Todos miraron. Saludé con mi mano de manera incómoda.

Antes de que pudiera retroceder, todos se me echaron encima.

Rieron, me estrecharon en sus brazos, frotaron mi cabeza pasando sus dedos a través de mi cabello, sus brazos se enroscaron en mis hombros, presionaron su frente con la mía y me dijeron que se alegraban de verme por allí. Que me habían extrañado.

No pude encontrar las palabras para decir lo que quería.

En ocasiones, cuando tu corazón está tan lleno, te roba la voz y todo lo que puedes hacer es aferrarte a la vida y no soltarla.

Caminé a casa al atardecer.

Nadie me esperó en el camino de tierra. No me sorprendió, pero aun así dolió.

El sol se desvanecía y brillaba a través de los árboles. Llevé mi mano a través de las hierbas altas que crecían al costado del camino. Me preguntaba a dónde estaba yendo, qué estaba haciendo.

Cuánto me tomaría antes de que pudiera respirar libremente otra vez sin este peso en mi pecho. Cuánto me tomaría que mi manada no siguiera tan dividida. Cuánto tiempo tomaría que Joe volviera hablarme.

O, de hecho, a alguno de nosotros.

Me preguntaba muchas cosas.

Me detuve frente a mi casa. Mi casa. No la que quedaba al final del camino.

Me quedé mirándola. Me dije que debía seguir caminando. Ir a lo de los Bennett y quedarme allí como hasta ahora, como lo había estado haciendo las últimas semanas. Necesitaba saber cómo estaban, asegurarme de que estaban bien, que al menos se estaban alimentando con algo. No podía dejar que los lobos pasaran hambre.

Así que imaginen mi sorpresa cuando me encontré frente a la puerta de mi propia casa, con la mano sobre el picaporte. Me dije que sería mejor alejarme. Pero posé mi mano sobre el picaporte y lo giré. No se movió. No comprendí. Y luego caí en la cuenta de que estaba *cerrada* y nosotros *jamás* cerrábamos la puerta.

No lo hicimos cuando mi padre se marchó porque no teníamos ninguna razón para hacerlo. Vivíamos en la parte rural y la casa al final del camino había estado vacía, y luego habitada por lobos. No sucedían crímenes en Green Creek, los *monstruos* no salían al bosque durante la noche.

Antes. Eso cambió y mi mano se sacudió.

No traía llaves y tampoco sabía dónde estaban, ya que jamás las había *necesitado*...

"Las pondremos aquí", susurró mi madre. "En caso de que alguna vez la necesitemos".

Había una llave de repuesto. Mamá había puesto una de más en el pórtico, oculta debajo de una roca. Me había enseñado su ubicación cuando tenía nueve, o tal vez diez.

Antes de pensarlo, ya estaba buscándola. No encontraba la roca, solo había hojas muertas y arañas, pero nada de la *maldita roca*...

Mis nudillos se rasparon contra una piedra.

Tiré de ella. Encajaba en mi mano de la misma forma que lo había hecho la que usé en el bosque, con la que golpeé a Richard.

La llave no estaba.

Respiré profundo, sacudí mi cabeza y volví a buscarla. Y allí estaba, solo un poco enterrada. Tenía un insecto acurrucado, con su caparazón brillante y gris.

Tomé la llave y caí en la cuenta de que la última persona en tocarla había sido mi madre. Papá nunca la había usado, jamás lo necesitó. Si llegaba a casa tarde, tambaleándose fuera de su camioneta, perdido en la neblina del alcohol, la puerta siempre estaba abierta.

Nunca la había usado. Venía a casa de la escuela, del trabajo, de la biblioteca, de las caminatas en el bosque, en donde sentía el canturreo del territorio de Thomas a través de mis venas.

Ella había sido la última en tocar esta llave.

Recordé el día en el que había sostenido mi propia camisa de trabajo por primera vez, con mi nombre bordado en puntadas delicadas. Recordé la primera vez en la que sostuve la mano de Joe, el pequeño tornado que decía que olía a bastones de caramelo y piña, a épico y asombroso.

Esto se sintió igual de importante.

Subí los escalones nuevamente hacia la casa, puse la llave en la cerradura y el mecanismo hizo *clic*, la giré. Presioné mi frente contra la puerta de madera e inhalé profundamente. La claridad se desvanecía detrás de mí y las sombras se estiraban. Retiré la llave de la cerradura y la resguardé en mi bolsillo para mantenerla a salvo. Di la vuelta al picaporte y la abrí, la puerta crujió en sus goznes.

Dentro, las sombras eran más profundas. Di un paso y me vi *asaltado* por los aromas de mi hogar: la cera para muebles y el limpiador con aroma a pino, las flores de primavera y las hojas de otoño, el azúcar y las especias. Olía *cálido*, aunque todo sucedió allí, ¿o me equivocaba? Ese olor a monedas grasosas, por debajo del olor del *hogar*. Esto *no* era un sueño, lo supe porque podía sentir el dolor en mi pecho con toda certeza.

Cerré la puerta detrás de mí. La casa estaba oscura.

Iría a la cocina, o arriba a su habitación, o a mi habitación. Necesitaba ropa nueva, había estado usando la de Carter durante la última semana y, aunque oliera como la *manada*, necesitaba oler como *yo*. Era un plan, uno bueno. Iría arriba a buscar una muda de ropa, *algunos* conjuntos y luego...

Estaba en la sala. Me habían dicho cómo había quedado. Uno de los lobos desconocidos me lo contó.

"Lo lamento, lo intentamos. Intentamos limpiar lo mejor posible, pero... Penetró en la madera de los pisos y...".

Y allí estaba. Una mancha oscura con los bordes desgastados por el cepillado. La lavaron a presión, la habían *raspado*, pero no pudieron quitarla del todo.

La sangre de mi madre se había empapado en los huesos de la casa.

Pero eso estaba bien, porque formaba parte de ella. Esta era su *casa* y en donde había *muerto*...

Estaba fuera, en el jardín delantero, sobre mis manos y rodillas, vomitando sobre el césped. La bilis se salpicó caliente en mi mano, cerca de mi pulgar. Emití un gemido mojado y un hilo de saliva pendió de mi labio inferior. En un pensamiento lejano, sentí un *silbido* de temor.

Hubo un rugido, el más profundo que escuché en mi vida. Ese *silbido* se convirtió en un *clamor*.

Oí la respiración de un animal grande y el sonido de sus patas sobre la tierra. Él ya estaba conmigo cuando volví a tener arcadas. Sentí el chasquido y crujido de los huesos y músculos, y luego Joe estuvo frente a mí, frotando mi espalda y brazos con manos frenéticas.

–Ox.

–Joe –gemí mientras escupía el líquido amargo de mi boca–. Estoy bien, estoy bien, estoy bien…

–Pude sentirlo –dijo con la voz rota–. Por encima de todo. En la casa es difícil verlo porque *todos ellos* se sienten igual. Nos envuelve a *todos*. Pero tú no estabas y no podía recordar adónde habías ido, y lo *sentí*. Fue como si clavaran cada parte de mí. Siempre lo sentí, pero nada comparado como esta vez. Nunca hubo *nada* como esto, como *tú*.

–Yo no…

–Esto debe ser lo que él sentía todo el tiempo. Mi padre. Porque eres mío… mi *manada*. Esto… Ox. Es tan grande, no sé qué *hacer* con esto.

Fue extraño oírlo nuevamente, luego de una semana de silencio, porque volvía a oírse como cuando era un chico, simplemente como el niño que no había hablado durante quince meses y que había trepado por mi cuerpo como si fuera un árbol para examinar cuál era ese olor. Esto me confortó, apenas, pero de alguna manera.

Se mantuvo callado mientras me balanceaba para ponerme de pie e intentaba recobrar el aliento. Su mano seguía en la mía, sin importar que estuviera sudada y empapada de bilis.

–¿Por qué entraste?

Levanté la vista al cielo. La noche alcanzaba al día: el anaranjado y el rojo, el violeta y el negro se extendían por encima de los dos. Vi el primer rastro de estrellas y la primera ligera curvatura de la luna.

–Tenía que hacerlo –dije–. Hallé la llave y debía hacerlo.

—No puedes entrar solo.

—Es mi *casa*.

—Soy tu Alfa —dijo con los ojos llameantes.

Y sentí al tremor enroscarse a través de mí ante sus ojos rojos, la necesidad de dejar mi cuerpo al descubierto y *obedecer*, un susurro que crecía y se volvía una tormenta. Tiró del hilo que nos conectaba, hasta hacerme estremecer, hasta que tuve que apretar mis dientes para resistirme. Cerré los ojos y esperé a que acabara.

No duró mucho porque Joe se detuvo.

—Oh, mierda —sus ojos se agrandaron y otra vez se veía como un niño—. Lo siento. En verdad lo siento.

—No hagas eso conmigo —dije con la voz ronca—. Nunca más.

—Ox, yo. Nosotros… No fue mi intención, ¿de acuerdo? Te lo juro, no quise hacerlo.

Apretó mi mano con tanta fuerza que creí que se me romperían los huesos.

—Lo sé —le dije porque lo sabía. Ese no era él, nada de esto era como nosotros. Todo era tan complicado—. Lo sé.

Lucía abatido, como el chico de diecisiete años que ahora debía cargar con todo sobre sus hombros. Sin embargo, había ira en él, latente e inadvertida, y no sabía cómo detenerla. En especial porque se parecía a lo que yo sentía.

—No puedes volver aquí, no por tu cuenta. No hasta que…

—No puedes solucionarlo —dije tan amablemente como pude—. No ahora.

Retrocedió, pero me aferré a su mano.

—Ox, yo…

—No quise decir lo que piensas.

–No… no sabes a lo que te refieres.

–Tal vez, no lo sé. Todo es extraño ahora.

–Lo sé.

–Pero lo solucionaremos.

–Lo sé.

–Lo haremos –insistí.

Apartó la vista.

–Tenemos que hablar, Ox. He… tomado una decisión sobre esto, sobre todo. Necesito que tú… Tenemos que hablar, ¿de acuerdo?

Y sentí frío.

Toda la manada estaba en la oficina de Thomas. Era la primera vez que todos los lobos mantenían su forma humana al mismo tiempo desde la noche que nos visitó Richard. No se me pasaba por alto el hecho de que todos estuviéramos juntos, especialmente con Gordo, que también se encontraba presente.

Al parecer él también ahora tenía lugar en la manada. Había sucedido algo la noche en que murió Thomas, algo que lo enlazó tanto al Alfa como al resto de nosotros. No sabía si fue por su magia, por el cambio de Alfa, o por combinación de ambas. Gordo no me hablaba del tema, de hecho, nadie me hablaba del tema.

Había una gran posibilidad de que todos los reunidos supieran de qué se trataba esto, a excepción de mí.

Elizabeth lucía pálida y demacrada, tenía una manta de ganchillo envuelta sobre sus hombros. Carter y Kelly tenían el ceño fruncido y estaban de pie, a cada lado de Joe. Mark observaba a través de la ventana, con sus brazos cruzados sobre su pecho. Gordo estaba inclinado en la pared más lejana, examinando sus manos. Joe se sentaba detrás del escritorio de su padre. Parecía un niño que jugaba a ser mayor. Y luego estaba yo. Mi versión en las sombras.

Nadie hablaba.

—¿Qué han hecho? —dije entonces.

Todas las miradas se enfocaron de manera inmediata sobre mí, pero solo tuve ojos para Joe.

—Nos marcharemos —suspiró.

—¿Qué? ¿Cuándo?

—Mañana.

—Sabes que aún no puedo irme. Debo ver al abogado de mamá en dos semanas para revisar el testamento. Además, está la casa y…

—Tú no irás, Ox —me interrumpió, su voz era baja.

Me paralicé.

—Tampoco lo harán mamá y Mark.

Me zumbaba la piel.

Esperó.

—Entonces serán tú —dije lentamente, no muy seguro de haber entendido—. Carter y Kelly.

—Y Gordo.

—Y Gordo —repetí sin emoción— ¿A dónde?

—A hacer lo correcto —dijo sin apartar sus ojos de los míos. Algo comenzó a levantarse entre los dos y no lucía bien. Nada lucía bien.

—Nada de esto está bien —le dije—. ¿Por qué no me lo dijiste?

—Te lo estoy diciendo ahora.

—Porque *eso* es lo correcto… ¿A dónde irán?

—Tras Richard.

Debí habérmelo esperado.

No lo hice. Me golpeó como un martillo en el pecho.

—¿Por qué? —salté de manera ahogada.

—Por todo lo que nos ha quitado —respondió Joe con sus manos formando puños—. A todos. A *mí*. A *ti*. Me *dijiste* que necesitábamos…

—Estaba *furioso* —le grité—. La gente dice cosas cuando está *furiosa*.

—Pues bien, ¡yo aún lo estoy! Y tú deberías estarlo también. Ox, él…

—¿Y qué es lo que crees que harás? ¿Qué es lo que crees que pasará?

—Voy a darle caza —declaró Joe, mientras sus garras descendían—. Y voy a matarlo por todo lo que me ha arrebatado.

—No puedes dividir a la manada —anuncié algo desesperado—. No ahora. Joe, eres el maldito *Alfa*, te necesitan aquí. Todos ellos. *Juntos*. En verdad crees que los demás van a acceder a…

—Lo saben hace días —hizo una mueca de dolor—. Mierda.

—¿Qué? —el zumbido de intensificó.

Miré a cada uno de ellos.

Carter y Kelly clavaron la vista en el suelo. Mark y Elizabeth encontraron mi mirada. Los ojos de ella estaban apagados y sin brillo. Él se veía más rígido que nunca. Y Gordo. Él…

—Ox… —comenzó.

—No —espeté—. Me encargaré de ti más tarde.

Suspiró.

Volví mi mirada a Joe. Se veía afligido pero determinado.

—Entonces, eso es todo.

—Sí.

—Vas a ir detrás de él.

—Sí

—A darle caza.

–Sí.

–Y dejarás al resto de nosotros aquí… ¿Para qué? ¿Para esperar por ti? ¿Esperar que no te mate? ¿Esperar que no regrese aquí, en dónde nos dejaste indefensos? ¿Eso es lo que hace un Alfa? –no quise decir esa última parte. Se me escapó. Pude ver el dolor en su rostro antes de que cambiara cuidadosamente a una expresión vacía. Nunca se había ocultado de esa forma, éramos honestos el uno con el otro. Siempre. Hasta esta última semana que me ocultó secretos mucho más allá de lo que lo creía capaz.

–No espero que lo comprendas, Ox, no del todo –dijo–. Es algo que debo hacer.

–No es cierto. No *tienes* que hacer esta *mierda*. ¿Realmente crees que es lo que Thomas hubiera querido? ¿Acaso crees que es lo que quería para ti? Él no…

Los ojos Joe centellaron de un color rojo.

–Él era *mi* padre –dijo por detrás de sus colmillos–. No el tuyo. No puedes venir a…

–Joseph –dijo Elizabeth con una advertencia áspera.

Pero el daño ya estaba hecho. Retrocedí un paso, de repente sentía incertidumbre acerca de todo: mi lugar en la manada, con Joe. Era gracioso como un par de palabras podían ser capaces de hacerme cuestionarlo todo.

Joe emitió un sonido herido, roto y suave.

–Ox. No quise decir eso.

Y lo sabía o al menos creí que lo sabía.

Pero aun así dolía más que nada, especialmente por venir de su parte. Todavía me veía perseguido por mi padre, incluso cuando todo lo que quedaba de él no fuera más que huesos bajo la tierra.

Y por primera vez, sentí que mi propia máscara se deslizaba en su lugar, alejando el dolor, el enojo, el mero terror de la idea de que Joe se marchara. No estaba asustado por los dos o por aquellos a los que dejaba atrás, estaba asustado por él.

Y todos lo habían decidido, sin mí.

El humano en la manada.

–¿Por cuánto tiempo? –pregunté entrecortadamente.

Los lobos se inquietaron, Gordo frunció el ceño.

–Ox –la voz de Joe sonó suave.

–No, ¿quieres hacer esto? Bien. ¿Quieres decidir cosas sin mí? Adelante. Claro que las cosas no son como creía, pero dado que eres capaz de tomar estas decisiones, puedes responderme la maldita pregunta. ¿Por *cuánto* tiempo?

El gesto inexpresivo abandonó su rostro. Ahora lucía asustado como un niño pequeño, no el Alfa de la manada Bennett. Cada parte de mi cuerpo gritaba que me arrimara a él, que lo acercara a mí y no lo perdiera de vista, para hacer que todo estuviese bien de alguna manera, porque creía que ese era mi trabajo.

Pero no hice nada.

–El tiempo que nos tome –dijo por lo bajo.

–¿Y qué pasará con el resto de nosotros?

–Ustedes se quedarán aquí.

–¿Y si regresa? ¿O alguien más viene? Omegas en busca de territorio, gente como Marie o lo que sea que esté ahí fuera de lo que ninguno de ustedes me ha hablado.

–Habrá… protección en cada lugar –dijo Gordo. Pero no aparté mis ojos de Joe.

–Como la que había cuando vino tu padre –espeté.

Golpe bajo, pero necesario.

—Esta vez estoy mejor preparado —afirmó—. Ahora que lo sé. Richard no será capaz de regresar a Green Creek, ni mi padre, ni Osmond.

—Pero otros podrían hacerlo.

—No lo harán —dijo Joe y se oía menos convencido de lo que debería, especialmente si tenía intenciones de ser convincente.

—¿Cómo puedes saberlo? —la máscara se deslizó—. Ni siquiera estarás para comprobarlo.

Joe hizo una mueca de dolor.

—Por lo que entiendo —dije—. Mi madre murió, tu padre murió, tomaste su lugar y tu primera acción como el Alfa es separar a tu manada para poder tomar venganza.

—Tienes razón —declaró con frialdad. Sus ojos regresaron al rojo—. *Soy el Alfa y haré lo que creo que es correcto. Puedes no estar de acuerdo conmigo, Ox, pero vas a respetar mi decisión porque ya la he tomado.

—Así no es cómo funcionan las cosas —dije aun cuando una gran parte de mí me demandaba que descubriera mi cuello—. Solo porque tienes la posición que tienes ahora no significa que te seguiré ciegamente. Tu padre comprendía eso, no creo que tú lo comprendas.

Sus garras rasgaron la madera en el escritorio mientras gruñía.

Carter y Kelly se miraron mutuamente y gimieron.

Elizabeth palideció. Incluso Mark parecía preocupado.

Y Gordo, bueno. A la mierda con él.

—¿Qué si lastima a alguien más? —indagó Joe mientras recuperaba el control—. ¿Qué si intenta llevarse a algún miembro de otra familia? ¿Crees que sería capaz de vivir con eso? Él lastima a la gente, Ox. Y lo hace porque puede. No puedo dejar que eso vuelva a suceder.

—Entonces vamos todos —dije—. Si tú vas, llévanos a todos contigo.

—No, absolutamente no —negó con la cabeza.

–¿Por qué?

–Porque no quiero arriesgar a mi madre y no podemos dejar el territorio desprotegido.

Me mordí la lengua ante la necesidad de señalarle que habían dejado Green Creek por años y nada de lo que decía había sucedido.

–Bien –concluí–. Entonces Carter puede quedarse, o Kelly. Mark ya está aquí, pero yo iré contigo.

–No –dijo Joe.

–¿Por qué no?

–Porque yo lo digo.

–Esa no es una razón suficiente.

–¿De veras? –dijo furioso–. ¿Quieres saber por qué, Ox? Porque acabo de perder a mi padre y estoy destrozado. Perderlo duele más que nada que haya sentido jamás, pero ¿perderte a ti? Ox, si algo llegara a pasarte, eso me *mataría*. No tengo razón de ser si tú no estás. Así que no, no vas a venir. Te quedarás porque te amo más que a nada en este maldito mundo y me *importa* una mierda que eso te moleste. Tampoco me *importa* si me odias por hacerlo, mientras sepa que estarás a salvo, es suficiente. Esa es mi razón, bastardo.

No quería nada más que decirle lo mismo.

Sin embargo, insistí porque nada de esto se sentía correcto.

–No puedes usar tus sentimientos por mí para retenerme, Joe. Así no funcionan las cosas. No me quedaré a un lado para que tú puedas…

–¡No me importa! –rugió, mientras estrellaba su puño contra el escritorio de su padre. La superficie se quebró haciendo que la madera volara por los aires–. Eres mi lazo, Ox. Y también el de Gordo. ¿Qué crees que pasaría si te perdiera?

–Eres un cretino –respondí–. Por el amor de Dios, Joe.

—La decisión ya está tomada.

—Por supuesto. Ni siquiera sé qué es lo que hago aquí, entonces. O por qué estamos hablando. Viendo que haces lo que quieres, sin importar qué. ¿Quieres irte? Bien, vete. No estaré en tu camino, ya no.

—Ox…

—¿Ya lo decidiste?

Asintió y apartó la mirada.

—Bien —dije—. Ahora lidiarás con las consecuencias.

Me di la vuelta y abandoné la habitación.

ANTES
DE QUE TE VAYAS /
AGRIDULCE

G ordo fue quien me encontró primero.

Estaba cerca de nuestro claro, sobre mi espalda, observando las estrellas a través del dosel de árboles. Desde donde me encontraba, podía ver el suelo en donde la pira de Thomas había estado. La tierra estaba chamuscada. No podía acercarme más.

Ni siquiera tuve que mirar para saber quién era. Me pregunté cuándo había comenzado a reconocer a la manada a través de las ataduras. La mayoría se encontraba cerca, pero se mantenían alejados. Sentí a todos a excepción de Joe. Él no estaba en los bosques.

—Cuando estuvimos fuera —dije pesadamente con mis ojos siguiendo la constelación de *El perro mayor*—. Cuando estabas arreglando las guardas. Ya lo sabías, ¿cierto?

—Sí —dijo tras dudarlo.

—Y te pidió que no me lo dijeras.

—Así es, pero estuve de acuerdo.

—Por supuesto que sí —solté una risotada.

Gordo suspiró. Lo vi por el rabillo del ojo, mientras se movía a mi derecha.

—No se equivoca, Ox.

—¿Dices eso porque en verdad lo crees o porque piensas que algo podría pasarme? —Gordo permaneció en silencio y lo vi con claridad—. Puedo cuidar de mí mismo.

—Lo sé.

—Eso es una mierda, Gordo.

—Lo es —se sentó a mi lado con las rodillas contra su pecho.

—Y vas a seguirle el juego.

—Alguien debe asegurarse de que no se mate a sí mismo.

—Y ese alguien eres tú. Porque eres de la manada.

—Eso parece.

—¿Por elección?

—Eso creo.

—Tiene que haber otros buscándolo por su cuenta. Por quien Thomas fue para ellos, no van a dejarlo pasar simplemente.

—No —Gordo coincidió conmigo—. Pero no lo buscarán para lo mismo que nosotros tampoco.

—¿Cómo? —sus tatuajes brillaron, aparté mi vista de ellos—. Quieres decir matar.

Suspiró.

−¿Te parece bien?

−Nada de todo esto está bien, Ox. Pero Joe tiene razón. No podemos dejar que esto le vuelva a suceder a nadie más. Richard quería a Thomas, pero ¿cuánto más tardará hasta que vaya tras otra manada para convertirse en un Alfa? ¿Cuánto más antes de que reúna a otros seguidores, más grandes que los que logró reunir en el pasado? Estamos perdiéndole el rastro. Tenemos que terminar con esto mientras podamos, por todos. Esto es venganza, simple y pura, pero viene del lugar correcto.

−Realmente lo crees.

−Tal vez. Joe lo cree y eso es suficiente para mí.

Nos quedamos en silencio por un rato, cada uno perdido en sus propios pensamientos.

−Lo traeré de regreso, Ox.

Me dolía todo.

−¿Puedes confiar en que lo haré?

No quería, pero si existía alguien a quien podía confiarle aquello, ese era Gordo. Se lo dije.

−Bien −concluyó mientras estiraba su pierna para darme un golpecito en mi cadera con su bota.

−Debes hablar con él −dije−. Antes de que se vayan.

−¿Con Joe? −preguntó confundido.

−Con Mark.

−Ox…

−¿Qué si no regresas nunca más? ¿Realmente quieres que piense que no te importa? Porque eso es pura mierda, amigo. Me conoces, pero a veces creo que te olvidas de que te conozco igual de bien. Incluso un poco más.

—Bueno, ¡mierda!

—Sí.

—¿Cuándo te volviste tan listo?

—No lo aprendí de ti, eso seguro.

—Entonces tendrás que hacer lo mismo.

—¿Qué cosa? –fruncí el ceño.

—Hablar con Joe antes de que nos marchemos. No puedes dejar las cosas así, Ox.

—Podría. Con facilidad.

—No lo harás.

—¿Cómo lo sabes?

—Lo amas –Gordo se encogió de hombros.

—Me ocultó esto.

—Sabía cómo reaccionarías.

—Eso no lo hace mejor.

—No dije que lo hiciera.

—Debiste habérmelo dicho –lo miré fijo.

Suspiró.

—Probablemente, pero ya es un poco tarde para eso. Había olvidado lo diferente que es estar en una manada. Existe el libre albedrío, pero está mezclado con el de los demás lobos. Él es el Alfa, tengo que escucharlo.

—¿Confías en él?

—¿Tú?

—No —sacudí la cabeza–. En cuanto a saber cuidarse solo.

—Qué bueno que estaré con él –me dio una palmada en la mano–. Y sí, confío en él. Es joven, al igual que yo cuando todo esto comenzó. Al menos tenemos eso en común.

—¿Es suficiente?

—Ya lo veremos.

Nos quedamos en silencio nuevamente.

—Así que esencialmente eres el brujo de un Alfa de diecisiete años —bromeé solo porque podía—. Buen trabajo.

—Vete a la mierda.

—Cretino.

—Perra.

Rio.

Y tal vez yo también, un poco. Solo un poco.

Se marchó.

Esperé a los lobos porque sabía que vendrían.

Carter y Kelly aparecieron primero, con las orejas aplanadas en su cabeza y las colas entre sus piernas. Se echaron lo suficientemente lejos para que solo pudiera distinguirlos en la oscuridad, pero lo suficientemente cerca como para que pudiera oír sus gemidos de súplica, los pequeños resoplidos de aire.

Como no los regañé ni los eché, se acercaron un poco más y esperaron.

Más cerca. Y esperar.

No tomó demasiado tiempo antes de que estuvieran presionados contra mí uno de cada lado, sus cabezas reposando en mi pecho, observándome con sus ojos enormes. Sus orejas se movían mientras escuchaban los sonidos del bosque, pero no apartaban la vista de mí.

—Estoy furioso con ustedes dos.

Kelly gimió y presionó su nariz contra mi barbilla.

—Los dos son unos cretinos.

Carter resopló y apoyó su pata sobre mi mano. Los escuché susurrar dentro de mi cabeza. Decían cosas como *hermano* y *amor* y *por favor no estés enojado con nosotros, por favor no nos odies, por favor no nos abandones,* y no tuve las agallas para corregirlos. Yo no los estaba dejando.

Eran ellos quienes me abandonaban.

Carter estaba dormitando.

La lengua de Kelly colgaba de su boca mientras le rascaba las orejas.

Luego vinieron Mark y Elizabeth. Ella en su forma de lobo y Mark como humano. Caminaba a su lado, desnudo, con los hombros encorvados ligeramente.

Sentí a Elizabeth, pero no fue como con Carter o Kelly. Eran olas de dolor y pena, no había alivio en ella, estaba en lo profundo de su fase azul y no estaba seguro de si alguna vez saldría.

Se echó a mis pies y cerró los ojos, no le tomó demasiado tiempo quedarse dormida. Mark se sentó a mi lado.

—Permanecerá en esa forma, creo, por un tiempo.

—¿Como loba?

—Sí.

—¿Por qué?

—Es más fácil procesar las cosas. Podemos recordar la mayor parte de todo cuando somos lobos, pero es diferente. Es más básico. Las complejidades son difíciles de entender y lidiamos con las cosas a grandes rasgos. Podemos ver las formas, pero se dificulta ser más específicos. Es su forma de soportarlo. En gran parte, la tristeza de un lobo no es lo mismo que la tristeza de un humano.

Entendía lo que me estaba diciendo y sentí que quizás eso era hacer trampa.

—No soy un lobo —concluí.

—No.

—Y mi corazón está roto.

—Sí.

—No tengo transformación que lo cambie.

—No es para nada más fácil de lidiar, Ox. Solo lo vuelve más fácil de comprender.

—No creo entender muchas cosas —admití.

—Tampoco yo. Te necesitaremos, ¿sabes? Eres muy importante para nosotros.

—¿Por qué?

—¿Por qué eres importante? ¿Por qué te necesitaremos?

—Sí.

—Estamos heridos, Ox, al igual que tú. Podremos no entender tu dolor, pero lo sentimos al igual que tú. Todos sufrimos de manera diferente y cuando un miembro de una manada muere, especialmente cuando se trata del Alfa, aparece este gran agujero que se abre como un abismo y todos estamos desesperados por llenarlo, por hacerlo desaparecer, o al menos por olvidarnos de él. Solo por un momento. Ya sea escondiéndonos en el bosque durante la noche…

—O buscando a la persona que lo ocasionó —completé.

—Le dije que no lo hiciera, ¿sabes? —sonrió levemente—. A Joe. Le dije que cometía un error.

—¿Te escuchó?

—Me gustaría creer que sí.

—Entonces no te escuchó lo suficiente.

—Puede ser difícil escuchar lo que no quieres cuando estás desesperado y todo lo que sientes es furia.

—Pero es más fácil cuando estamos todos juntos, eso es lo que se supone que es la manada.

—Y por eso te necesitaremos —asintió—. Y espero que tú también nos necesites porque estaremos aquí también, Ox. Lo prometo, no te dejaremos atrás.

Quise creerle.

Los dejé en el bosque.

Mark se transformó y se acomodó alrededor de Elizabeth. Carter y Kelly gimieron mientras me movía, pero encontraron consuelo con el resto de su manada. Sabían a dónde me dirigía y pensaron que debían darnos la privacidad que necesitábamos. Pero no sabían lo que iba a pedirle.

Porque había tomado una decisión.

"*Lo haré bien por ti*", susurró mi madre.

"*Protegiste a los tuyos, estoy orgulloso de ti*", oí a Thomas.

Pensé que tal vez estaban caminando conmigo a través del bosque, pero no estaba seguro. No sabía si podía notar la diferencia entre los recuerdos y los fantasmas.

Los hilos entre nosotros habían desaparecido. Pero la mano de mi madre frotó mi oreja y sentí que Thomas presionaba mi hombro.

No era un sueño porque sentía dolor.

Joe aún estaba en la oficina, en la silla de su padre, con la mirada perdida mientras se enfocaba en la nada. Era difícil creer que solo una semana atrás habíamos tenido nuestra primera cita, ese destello de brillo y esperanza incómoda que estallaba en mi estómago. Me era difícil pensar como se había sentado en nuestra mesa en la cocina, con su corbata de lazo, mientras hablaba con mi madre como si aquello que estaba diciendo fuera lo único en lo que creía en el mundo. Como si yo fuera algo de lo que podía estar orgulloso.

No me miró, pero sintió mi presencia. Intenté encontrar las palabras correctas para decirle cómo me sentía.

–Quiero que me des la mordida –dije.

–No.

La habitación quedó sumida en silencio por un largo momento.

–Es mi elección, Joe.

–Lo sé –me miró, sus ojos se aclaraban mientras lo miraba.

–Y soy el que lo decide.

–Lo sé.

–Quiero esto.

–¿De veras?

–Sí.

–Antes no lo querías, ni ayer ni la semana pasada.

–Las cosas eran diferentes, ayer o la semana pasada. O todos esos años atrás cuando Thomas me lo ofreció.

–¿Cuándo?

–¿Cuándo qué? –parpadeé.

–¿Cuándo te ofreció la mordida mi padre?

–Dijo que podría tenerla cuando cumpliera los dieciocho.

–¿De veras? ¿Eso hizo?

–Pareces sorprendido.

–Lo estoy. Quiero decir… –frotó su rostro con la mano–. Imaginé que te lo habría ofrecido, en algún punto, solo que no supe cuándo.

—¿No te lo dijo?

—¿Porque habría de hacerlo? No se trataba de mí.

—¿Estás seguro?

—No veo cómo…

—Se trataba de ti, Joe. Todo esto se trata de ti. Eso es lo que soy. Eso es *todo* lo que soy ahora.

Porque yo ya no era el hijo de nadie más. No sabía si alguien podía considerarse un huérfano a la edad de veintitrés años. Si era posible, entonces eso era lo que era.

—Pero no quisiste.

—No.

—¿Por qué? —por un momento no supe cómo responderle. Pero entonces recordé algo que Thomas me había dicho una vez.

—No tenía que ser distinto para estar en tu manada. Para pertenecer a todos ustedes. Thomas dijo que yo era lo suficientemente bueno simplemente en la manera en la que era. Y creo que necesitaba sentir eso antes de convertirme en algo diferente.

—¿Y pudiste sentirlo así? —preguntó.

—Ese no es el punto —me encogí de hombros.

—No voy a morderte, Ox.

—¿Eso es todo, entonces? Porque tú lo dices y así es cómo será todo.

—Soy el Al…

—Eso no funciona conmigo —repliqué—. Deberías saberlo mejor que nadie. Me importa una mierda de qué color sean tus ojos. Eres Joe, ¿de acuerdo? Así que no intentes esas mierdas conmigo.

—Me marcharé.

—Con mucha más razón debería recibir la mordida. Así puedo hacer algo mientras estés fuera haciendo lo que demonios sea que estarás haciendo.

—Ox, nos marchamos mañana.

¿Acaso intentaba *herirme* más?

—Lo sé.

—No puedo dejar a un lobo recién mordido, en particular a uno de los míos —dijo negando con la cabeza—. Si alguna vez recibes la mordida, necesitarás tener a tu Alfa cerca para ayudarte a enfrentar la primera luna llena. No puedo hacerlo por ti si no estoy. Has visto lo difícil que fue para mí cuando me transformé por primera vez, y mi padre estaba allí.

—Aún más razones para que me dejes acompañarte.

Sus fosas nasales se ensancharon y juro que por un momento vi como temblaban sus labios.

—Sabes que no puedo.

—A la mierda con el *no puedo* —gruñí—. Estás haciendo todo lo posible para que todo vaya *exactamente* de la manera en lo que deseas. ¿Y desde cuando hay secretos entre los dos? ¿Hay algo más que no me estés diciendo? ¿Algo más que ya hayas decidido en mi lugar? Por favor, Joe, dímelo. Dime cómo deberían ser las cosas de ahora en adelante. Dime qué debo hacer.

—No espero que comprendas…

—Porque *no* lo comprendo. Apesta, Joe. Realmente apesta. Mi *madre* no está, tu *padre* tampoco, y ahora… ¿Estás intentando alejarte tú también? ¿Qué demonios crees que estás haciendo conmigo?

—No se trata todo de ti… —tenía los ojos humedecidos y las mejillas ruborizadas.

—*¡Asesinó a mi madre!* —rugí—. *¡Eso hace que se traté condenadamente de mí!*

Estaba llorando. Joe estaba llorando y odiaba que lo hiciera. Oh, Dios, como *aborrecía* verlo con lágrimas en su rostro, ver al muchacho de diecisiete años que era, al chico que se suponía que debería estar feliz y yendo a citas, al que merecía todo lo bueno luego del infierno que había atravesado en manos de un monstruo, al muchacho que no debería haber tenido que preocuparse aún por ser el Alfa, cargando el peso de una manada en sus hombros. Solo era un *chico*, por el amor de Dios.

Y no estaba siendo de ayuda, lo estaba lastimando porque *yo* estaba lastimado y porque estaba un poco muerto por dentro.

—No puedes irte —dije con la voz rota—. No puedes dejarme, Joe.

—¿Crees que es lo que *quiero*? —gritó—. ¿Crees que *quiero* esto? Ox, jamás quisiera estar lejos de ti. Jamás quisiera que me aparten de ti. Jamás quisiera estar en ningún otro sitio en el que tú no estés. Eres *todo* para mí. Cuando te vi, cuando estabas con mi pa... padre, y ese *hombre*, jamás había estado tan asustado en mi vida, ¿entiendes? ¿Lo comprendes? Me llevó lejos, me lastimó por semanas. Sin embargo, el peor de los momentos de mi vida fue cuando pensé que él iba a *lastimarte*. ¡Así que quédate aquí, maldición! Haz lo que te di... digo, demonios, porque no puedo perderte, Ox. *No puedo* hacerlo. No a ti. No a ti también.

Estaba sollozando en cuanto terminó de hablar. Joe, el hombre lobo Alfa estaba llorando ante la idea de que algo me pasara.

Podía soportar ciertas cosas. No me consideraba débil. Era fuerte, la mayor parte del tiempo. La manada hizo que fuera así.

Pero ver a Joe de esta manera... Yo solo... No pude soportarlo más.

Estuve al otro lado del escritorio antes de que pudiera ponerme a pensar.

Lo sostuve lo mejor que pude y calzó contra mi cuerpo a la perfección, era como si volviera a ser un pequeño tornado otra vez, y yo, Ox, un simple gran tonto que no sabía lo que significaba pertenecerle a alguien.

Sentí ese poder dentro suyo, sí.

Sentí como me jalaba, oh, sí.

Pero solo se trataba de Joe.

Y yo solo era Ox.

Y tal vez mi padre se equivocaba cuando dijo que los hombres no lloraban. No se equivocó en la parte de que la gente haría que mi vida fuera una mierda, pero estaba seguro de que era un hombre y aun así lloré junto a Joe. Lloré porque todo se caía a pedazos y no sabía cómo detenerlo.

Nos recostamos en su cama, uno junto al otro, con las rodillas chocándose y nuestros rostros separados por unos centímetros. La habitación estaba oscura, sus ojos eran brillantes y el aliento sobre mi cara se sentía cálido. No sabía qué hora era, pero sabía que debía ser tarde y también sabía que, si me quedaba dormido, Joe ya no estaría a la mañana siguiente cuando me despertara.

Tenía que luchar contra el sueño por el tiempo que fuera posible, porque no podía soportar la idea de despertarme solo.

Me observó y sentí el pulso de *algo* entre los dos, un vínculo incipiente que estaba allí. No era la atadura de un Alfa con su manada, era la que había entre dos compañeros. Quería aferrarme a ese hilo el tiempo que me fuera posible, porque saber que no estaría allí cuando despertara, me aterraba.

Estiró su mano y recorrió mis cejas con sus dedos, mis mejillas, mi nariz, mis labios. Besé sus dedos con ternura, suspiró y cerró los ojos.

—Esto apesta.

—Sí —dije, porque estaba en lo cierto.

—No se suponía que sería así —abrió los ojos.

—Lo sé.

—Tienes que ayudarla, Ox.

—Lo haré —sabía qué quería decirme.

—Tienes que hacerlo —la respiración se dificultó en su pecho—, es mi madre.

—Lo sé.

Apretó mi mano y la sostuvo entre nuestros cuerpos. Había trazos de rojo en sus ojos, matices que habían estado allí antes.

—Lo que dije. Lo dije en serio.

—¿Qué cosa? —pregunté mientras intentaba catalogar cada uno de sus detalles lo mejor posible, para esos momentos que sabía que vendrían: cuando no pudiera dormir porque él no estuviera conmigo.

—Cuando dije que te amaba.

—Lo sé —mi corazón traicionero se sobresaltó dentro de mi pecho.

—Solo… necesitaba que lo supieras. Antes.

—Está bien, Joe. También te amo. Sabes que es así. Te he amado durante mucho tiempo.

—Sí, Ox. También lo sé —dejó escapar un suspiro tembloroso—. No es justo. Debíamos haber tenido más tiempo.

—Está bien —dije aun cuando no estuviera bien. Una parte de mi quería señalarle que se trataba de su decisión, su obra, pero ya no tenía fuerza para seguir peleando. No en este momento. No así—. Estamos juntos ahora.

—No puedes olvidarme —dijo con fiereza mientras apretaba mi mano hasta que me dolieron los huesos—. Sin importar qué suceda. Jamás puedes olvidarme.

—Sí, Joe, lo sé. No podría incluso si lo intentara, tampoco quiero hacerlo. Verás, haz lo que tengas que hacer y luego regresa y todo será perfecto. Se acabará antes de que lo sepas. Semanas, incluso. Días. Lo prometo. ¿De acuerdo?

—Y luego seremos compañeros, ¿sí?

—Claro, Joe.

—Por siempre.

—Sí —pero incluso eso se sintió lo bastante lejano.

—¿Ox?

—¿Dime?

Sus ojos buscaron los míos.

—¿Puedo besarte?

Lo dijo con tanta timidez y duda que me dolió.

—¿Quieres besarme? —pregunté en voz baja.

Asintió con un pequeño movimiento de su cabeza.

—Supongo que está bien.

—No soy el primero.

—No.

—Y tampoco eres el primero para mí.

—No —dije con la mandíbula tensa.

—Pero tú eres el único que importa. Entonces es como si fuera la primera vez. Para ambos.

Entonces lo besé. No pude contenerme después de eso.

Soltó un gruñido de sorpresa cuando nuestros labios se encontraron, una pequeña exhalación de aire que fue casi como un suspiro. Fue casto. Sus labios estaban parcialmente abiertos y sus ojos también. Me observaban y pensé que eran infinitos. Frotó su nariz contra la mía y ejerció más presión en nuestros dedos entrelazados. Estiré la mano y la ahuequé en su mejilla, mis dedos estaban sobre su oreja, sosteniéndolo para que no se cayera en pedazos.

Resplandeció dentro de mí, con un estallido cálido. Fue agridulce, fuerte y embriagador.

Me aparté primero.

Se estremeció y presionó su frente contra la mía.

—Regresaré por ti.

Le creí que lo intentaría.

Luché contra todo, por cuanto tiempo pude.

Pero no pude escaparme: Thomas, mi madre, Joe convirtiéndose en el Alfa, los funerales, el fuego y la decisión de Joe.

Todo.

Intenté mantenerme despierto.

Me dije que él se iría en el momento en que cerrara mis ojos.

—Duerme, Ox —susurró.

—Pero te irás —susurré también.

—Mientras más pronto me marche, más pronto regresaré a ti —me dijo con una sonrisa triste.

Mis ojos languidecieron y los obligué a abrirse de nuevo.

—Te extrañaré. Cada día.

Apartó la mirada, pero no antes de que pudiera ver el brillo en sus ojos.

Luché contra el sueño, con todas mis fuerzas. Pero mi cuerpo también ofreció resistencia.

Finalmente, cerré los ojos y no los pude abrir otra vez.

Sentí su mano sobre mi cabello. Sus labios sobre mi frente.

Y caí en la oscuridad, pero lo oí decirme una última cosa:

—Regresaré por ti.

Y luego yo ya no estaba más allí.

Esa noche soñé con Joe.

Caminábamos por un bosque con la luna llena sobre nuestras cabezas. Tomaba mi mano y sus ojos eran rojos. Un gran sonido de zarpas sobre la tierra llegó desde las sombras, más allá de los árboles. Los lobos nos rodearon en un círculo, pero no teníamos miedo.

Porque eran de los nuestros.

–Todo estará bien –dijo Joe.

Y *sonreí*.

Desperté lentamente.

No sabía en dónde estaba. Nada dolió ni estuvo mal en ese pequeño momento hasta que desperté por completo. Mi madre vivía. Thomas vivía. Había un peso contra mí, como si estuviera rodeado.

En la confusión de mi cabeza, pensé que me había quedado dormido en lo de los Bennett, rodeado por la manada. Recordé una luna brillante y pensé que habíamos pasado la noche corriendo en el bosque.

Tenía que llamar a Gordo, lo sabía. Siempre se preocupaba luego de las lunas llenas, no le gustaba esperarme hasta que fuera al taller al día siguiente, necesitaba saber.

No recordaba si mi mamá había salido la noche anterior, así que debía llamarla a ella también.

Joe y yo desayunaríamos, y tal vez nuestros pies se enredarían por debajo de la mesa y tal vez reuniría el coraje de tomarlo de la mano. Carter y Kelly se burlarían de los dos luego de escuchar la manera en la que nuestros latidos perdieran el control, pero estaba bien. Elizabeth los regañaría y Mark sonreiría de manera misteriosa. Thomas solo nos observaría conforme desde su puesto en la cabecera de la mesa. Y cuando lo mirara, haría brillar sus rojos, rojos ojos y me guiñaría, y yo sabría cómo se siente tener un padre de nuevo, sabría que…

La bruma del sueño comenzó a aclararse.

Y comenzó el dolor.

Al principio era como una astilla, irritante, justo por debajo de mi piel. La quitaba, me preocupaba. Solo empeoraba las cosas.

Tomé una gran bocanada de aire, jadeando. Estaba despierto.

Se habían ido. Carter, y Kelly, y Gordo.

Y Joe.

Abrí los ojos.

Había dos lobos acurrucados contra mi cuerpo.

Elizabeth y Mark. Respiraban pesadamente, perdidos en el sueño. Los envidiaba. Porque el dolor se echó sobre mí, cristalino y afilado.

Empujé hacia afuera, intentando encontrar a los demás, sentirlos, sus ataduras, los hilos entre nosotros. Pero no había nada.

Empujé de nuevo. Nada. Era como si nuestros hilos hubieran sido desconectados.

La pérdida era tan grande que, por un momento, no pude respirar. Intenté poner mis manos en puños, pero mi mano izquierda no se cerró, sino que rodeó algo que estaba allí. Miré.

La estatua del lobo de piedra estaba en mi mano.

Me quede mirándola por un largo rato. Sabía lo que significaba y quién la había dejado allí. Finalmente asentí.

—De acuerdo, Joe. Está bien.

Y comencé a esperar por él.

EL PRIMER AÑO / PUNTOS DE LUZ

El primer año fue el más difícil.

Porque no sabíamos que habría *un primero*.

—Envíame mensajes —le dije cuando estábamos en su cama, aún sentía su sabor en mis labios y solo quería besarlo—. Cada par de días. Así sabré.

—No dejaré que sepas en dónde estamos —dijo—. Porque sé lo que serías capaz de hacer.

—Bien, pero me enviarás mensajes, ¿entendido? —lo regañé.

Entendió.

Te extraño, decía el primero de los mensajes, tres días después de que se marcharon.

Me lo quedé viendo durante horas.

—Dejó todo para ti —dijo el abogado mientras lo observaba sentado en su oficina. Elizabeth y Mark estaban cerca, ocultos en el bosque—. La casa, las cuentas y, por último, tendrás un pago por un seguro de vida, pero esas cosas llevan su tiempo. Sin embargo, debería ser suficiente para pagar la hipoteca y algo más cuando lo tengas. Ella quería asegurarse de que estuvieras cubierto si algo le pasaba. Lo estás, Ox, por ahora. Prepararé todo para que puedas firmarlo y sea lo más fácil posible. Tú solo enfócate en sanarte, Dios sabe que te lo has ganado.

Asentí y miré a través de la ventana, pensando en burbujas de jabón sobre mi oreja.

Carter y Kelly están peleando, decía un mensaje de texto.

Les pedí que se detengan y no lo hicieron. Así que les apliqué el Alfa. Ya no pelean más.

–¿Qué demonios se supone que significa eso? –dijo Chris mirando fijamente la carta que Gordo había dejado para ellos en el taller–. *Tengo que irme por un tiempo. Tanner estás a cargo, asegúrate de enviar las ganancias al contador, él se encargará de los impuestos. Ox tiene acceso a todo lo relacionado al banco, el personal y el taller. Lo que sea que necesiten, acudan a él. Si necesitan emplear a alguien más para tomar las riendas, háganlo. Solo eviten que sea un desastre. Trabajamos mucho para llegar a donde estamos. Chris y Rico, encárguense de la actualización de los precios. No sé cuánto me tomará esto, pero solo por si acaso, necesitarán cuidarse entre todos. Ox va a necesitarlos.*

Rico y Tanner estaban amontonados en la oficina de Gordo. Las manos de Chris se sacudían mientras sostenía la carta, su voz se tensó cada vez más a medida que avanzaba en la lectura.

–Tendrás que ser evasivo –me advirtió Gordo en el bosque–. Van a presionarte para obtener respuestas, Ox. Necesitas aguantar el mayor tiempo posible. Son mis hermanos, nunca quise involucrarlos en nuestro mundo, pero no sé cuánto tiempo más pueda evitarlo. Lamento tener que meterte en esto. Nunca quise esto para ti, ni para ellos.

Todos levantaron la vista y me miraron.

–¿Sabías algo de esto? –indagó Tanner.

–Sí –admití, cansado y con pena. No dormía debido a las pesadillas.

–Ese cretino –gruñó Rico–. ¿Cómo mierda puede dejarte de esta manera luego de todo lo que pasó?

–¿A dónde fue? –preguntó Chris mientras dejaba caer la carta sobre el escritorio.

Me miraron expectantes.

Y me enfadé con Gordo y Joe, por la posición en la que me habían dejado. Estaba acorralado y no sabía cómo responder a la pregunta sin cagarla.

Joe se había ido, Gordo se fue con él. Me obligaron a hacerlo.

Y tal vez estaba lo bastante cansado de llevar esta carga sobre mí, solo. Entonces…

—¿Qué tanto saben de los hombres lobo?

Pensé que teníamos una pista, decía Joe en el mensaje.

Pensé que habíamos encontrado lo que necesitábamos fuera de Calgary, pero era un callejón sin salida. Un maldito callejón sin salida. Ox, duele.

Pensé en llamarlo.

Pero me pidió que no lo hiciera. Me había dicho que necesitaba enfocarse.

No había verde por aquí.

—*Dios mío* —dijo Rico entre jadeos, mientras observaba la transformación de Mark. Primero lobo, luego hombre.

—¿Debería tener miedo? —preguntó Tanner con un tono agudo—. Porque siento como que debería tener miedo. De acuerdo. Tengo miedo —chilló fuerte cuando vio a Elizabeth salir de la casa. Se sentó en el pórtico, ladeó la cabeza para verlos y su cola golpeteó ligeramente los listones de madera del suelo.

–*Alucinante* –susurró Chris–. ¡Esto es como las mierdas de Lon Chaney!

Todos me miraron, y aguardaron.

–¿Qué?

–Ahora tú –sugirió Rico.

–Sí, hazlo –agregó Tanner.

–Muéstrame tu *Hombre lobo americano en Londres* –me pidió Chris.

–Por el amor de Dios –murmuré–. No soy un lobo.

Estaban desilusionados.

Llegó un mensaje de texto en medio de la noche.

Por favor dime que estás bien.

estoy bien.

Un mal sueño.

sobre qué.

No volvió a responder.

–Gordo es un brujo –repitió Tanner.

–Cierra la maldita boca –le ordenó Chris.

–Sabía que ese hijo de puta estaba metido en algo –meditó Rico–. Sacrifica pollos a la medianoche y se baña en su sangre, ¿cierto?

Todos nos lo quedamos viendo.

–¿Qué? Podría pasar, eso existe. Sé cosas, he *visto* cosas, amigos. Quiero decir *cosas*. *Mi abue* solía matar pollos todo el tiempo, era algo duro.

–En realidad, eso explica mucho –analizó Chris–. Debido a sus rarezas.

–Como cuando sus tatuajes siempre parecían estar en lugares diferentes.

–O cuando nos mudamos aquí y él siempre andaba por nuestras casas, frotando las paredes y murmurando cosas.

–O cuando no creyó que fuera divertido poner decoraciones de brujas para Halloween en el taller –dijo Chris–. *Y era divertido.*

–O como tenía problemas con su padre, pero jamás nos explicó por qué –dijo Tanner–. Siempre creí que su padre era solo un imbécil. No imaginé que fuera un *imbécil diabólico.*

–Había toda clase de señales –señaló Rico–. Estoy un poco decepcionado con nosotros.

–No fuimos autoconscientes –Chris frunció el ceño.

–¡Mierda! –exclamó Tanner–. Puede hacer *magia.*

–Tiene brazos que brillan –confesé con un suspiro.

–¿Brazos que brillan? –quiso saber Rico–. Como… ¿qué?

–Sus brazos brillan cuando hace magia.

–Brazos que brillan –Tanner parecía pensativo–. Eso es asombroso.

–Magia –dijo Chris–. No… sé qué hacer con eso.

–¿Y qué hay de ti? –me preguntó Rico–. ¿Cómo encajas en todo esto? Eso llevó a lo de los lazos y los compañeros.

–¿Cómo el destino y esas estupideces?

–Dios mío, Ox. Tu vida es como esa mierda de las películas de vampiros que brillan. Esas que jamás vi y no me gustaron para nada, *cierren la boca.*

–Oh, amigo. Eso explica todo sobre Jessie. Jamás tuvo una sola posibilidad contra tu destino de vampiros brillantes o lo que sea que fuera.

Puse mi rostro entre mis manos. La conversación prosiguió por unas tres horas más luego de eso. Y al final, Tanner fue el que habló:

—Tu madre era muy valiente —declaró.

Y luego me abrazó.

Me aferré a él como si mi vida dependiera de ello.

Finalmente, Rico y Chris se nos sumaron y estuve rodeado.

El mensaje era de Gordo.

Joe está bien. Nos topamos con algunos problemas. Está descansando.
No quería que te preocuparas.

Esa noche no dormí demasiado.

Comenzaron a venir a la casa. Rico, Tanner y Chris. Al comienzo
era cada un par de días y solo se quedaban por un rato, actuaban un
poco cautelosos, sorprendiéndose ante cada cosa pequeña, riendo demasiado fuerte. Hablaban con Mark y observaban a Elizabeth. Hacían
preguntas, siempre estaban haciendo preguntas.

Sin embargo, pronto comenzaron a venir casi todos los días, cenába-
mos juntos. Rico, Tanner y Chris estuvieron en la segunda luna llena,
luego de que los demás se fueran. Estaban nerviosos, aunque les dije
que no lo estuvieran. No entendía qué estaba pasando, pero comenzaba
a verlos de manera diferente. Mark solo puso esa sonrisa secreta en sus
labios cuando le pregunté, su sonrisa era un poco menos brillante de
lo que solía ser. Elizabeth siempre estaba en su forma de loba, así que
no podía preguntárselo, aunque hablara con ella como normalmente lo

hacía en su forma humana. Por alguna razón, parecía que le gustaba el sonido de mi voz. No sabía si podía comprenderme, especialmente porque hacía mucho tiempo que permanecía como loba. Mark me explicó que mientras más permanecieras en la forma del lobo, más difícil sería regresar, pero que lo haría cuando estuviera lista. Confiaba en ella y dijo que yo debía hacer lo mismo.

Mark y Elizabeth corrieron a través de los árboles bajo la luz de la luna. Pero no cantaron. Ninguno de nosotros lo hizo. Parecía que no podíamos encontrar las canciones para mostrar cómo nos sentíamos.

¿Cómo están?, preguntó.

bien. tu mamá aún no se ha transformado.

No le dije que mis amigos ahora sabían sobre ellos, porque no quería que Gordo lo supiera. Al menos no todavía.

Aguardé su mensaje.

Pasaron días hasta que me volvió a escribir.

Mark publicó un obituario en el periódico anunciando la muerte de Thomas, sin revelar detalles. Pedía privacidad. Las condolencias comenzaron a llegar. También las flores. Demasiadas. Eran rojas y anaranjadas, violetas y azules. Había tanto verde.

Elizabeth tocó cada una de ellas con su hocico e inhaló profundamente.

A veces, sentía como si no pudiera respirar.

—Tendremos teléfonos descartables —me susurró Joe cuando estábamos tendidos sobre su cama—. No podrán ser rastreados. Los reemplazaremos de vez en cuando, pero te prometo que estaremos en contacto.

—No entiendo —admití.

—Lo sé —dijo mientras trazaba un sendero sobre mi mejilla con sus dedos—. Lo sé.

—¿Vas a transformarte alguna vez? —le pregunté a Elizabeth.

Lamió mi mano antes de voltear y regresar al bosque.

Esperé un largo rato antes de que regresara.

No hubo palabras de él esta vez.

Solo una fotografía: la luna llena.

Me la quedé mirando, pasé mi pulgar sobre la foto, como si pudiera saber en dónde se encontraba él solo con verla.

Pero no podía.

Alguien golpeó a la puerta cinco semanas después de que se marcharan y dos días después de la luna llena.

Había llegado a casa del taller (y por casa me refiero a la casa de los

Bennett porque aún veía la mancha de sangre en la sala de mi vieja casa). Me senté en la mesa de la cocina, con la espalda adolorida y los dedos manchados de negro. Elizabeth se acercó y se recostó sobre mis pies con su hocico posado en mis botas, los ojos cerrados y la respiración profunda. Mark vino a la cocina, vigilaba una olla sobre la estufa. Lo que fuera que estaba preparando olía picante y mi estómago rugió ante la idea. Estaba hambriento.

Antes de que golpearan a la puerta, tanto Elizabeth como Mark se tensaron.

Luego tres golpecitos sobre la madera.

No eran Rico, Chris o Tanner. Los había dejado en el taller hacía una hora. Además, ya no golpeaban. Simplemente entraban a la casa trayendo polvo, risas y grasa. No eran como habían sido los demás y eso era algo bueno.

Así que supe que no se trataba de ellos. Y si bien Gordo había dicho que las guardas no permitían que nadie que albergara mala voluntad pudiera acercarse a la propiedad de los Bennett, aún seguíamos prestando atención.

Elizabeth estaba de pie y dirigiéndose hacia la puerta antes de que los golpecitos se apagaran. Mark se transformó a medias y fue hasta la ventana, monitoreando el jardín trasero para asegurarse de que no nos rodeaban.

Tomé mi barreta de metal. Los hilos entre nosotros estallaron con intensidad.

Y había otros.

Nuevos hilos. Eran débiles y difusos, pero estaban allí. No veía a dónde nos llevaban, pero latían con delicadeza.

Volvieron a golpear la puerta y me acerqué. Elizabeth gruñó por lo bajo, agazapándose hacia atrás, lista para atacar. Mark se puso junto a mí, fuera de la vista de quien estuviera al otro lado de la puerta.

Posé mi mano sobre el picaporte, respiré profundo. Y abrí la puerta.

No fuimos atacados.

Parado frente a la puerta, había un hombre que no había visto antes. No era mucho mayor que yo. Era más bajo y delgado, sus ojos oscuros con gafas se arrugaron cuando me vieron, entrecerrados. Su piel era pálida y su cabello negro, corto casi como el estilo militar. Llevaba unos jeans y botas polvorientas, daba la impresión de que había estado en el camino por un tiempo. Era un Beta, y uno atractivo, pero de seguro que ya lo sabía.

Arqueó una ceja y Elizabeth gruñó de manera audible.

—Lobo —lo supe.

—Ox —respondió con una sonrisa amplia, cargada de dientes blancos—. Vengo en son de paz a traerles noticias de gran alegría. Mi nombre es Robbie Fontaine, deben conocer a mi predecesor, Osmond.

Elizabeth rugió al hombre y oí como Mark gruñía desde algún lugar a mi derecha.

—Sí, probablemente mencionar ese nombre no fue la mejor de las ideas —expresó Robbie con una mueca de dolor—. Mi error, no volverá a suceder. Bueno, en realidad no puedo prometerles eso, puede que diga alguna mierda que no tengo intenciones de decir y me disculpo de antemano. Soy algo nuevo en esto.

—¿En qué cosa? —no pude evitar preguntarle.

—La posición que tengo.

—¿Y cuál es?

—Bien —ladeó la cabeza mientras me observaba, evaluándome—. Estoy aquí para protegerlos.

—Protegernos —solté una risotada.

—Así es —la sonrisa volvió a sus labios—. Necesito ver a tu Alfa.

Robbie Fontaine vino desde el este.

Había una nueva Alfa, por ahora. Su nombre era Michelle Hughes. Fue ascendida a la posición de Thomas, para que gobernara a todas las manadas de los Estados Unidos.

Incluyendo a la mía.

—Es una buena mujer —dijo Mark—. Una cabeza sensata por encima de sus hombros. Hará las cosas bien. Estamos bien con eso. Será buena, por los próximos años.

Hasta que Joe tome su lugar. No lo dijo.

Nos sentamos en la sala, Robbie estaba en el sofá frente a nuestro diván. Mark estaba presionado contra Elizabeth y yo. Pensé que esta ocasión ameritaría que ella volviera a su forma humana, pero no lo hizo.

—Envía sus condolencias —dijo Robbie—. Hubiera venido en persona, pero hay… asuntos acuciantes, estoy seguro de que comprenderán.

Mark asintió. Todo era muy diplomático.

—¿En dónde está Joe? —quiso saber Robbie—. No está aquí —aunque sabía de su ausencia. Lo supo desde el momento en que ingresó a la casa. Probablemente desde antes. No quería pensar por qué Mark y Elizabeth no pudieron oírlo cuando se acercaba.

Esperé a que Mark hablara, pero permaneció en silencio. Me sorprendió que me observara, obviamente esperando. Robbie captó esa pequeña conversación.

Lo miré.

–No está aquí –repetí lentamente.

–¿Ox, cierto? –me preguntó.

Asentí.

–He oído cosas sobre ti.

–¿Sí?

–Cosas buenas. Los lobos hablan de ti. Dicen que eres un humano, pero que eres tan fuerte como nosotros. Créeme cuando te digo que es muy raro impresionarlos. Pero tú lo has hecho.

–No hice nada –respondí.

–Tal vez –dijo Robbie–. O tal vez no entiendes exactamente lo que hiciste. Es realmente notable.

–No te conozco.

–No –estuvo de acuerdo.

–Conocí un poco a Osmond.

–Fue una sorpresa para todos nosotros –Robbie frunció el ceño.

–¿Lo fue? –pregunté.

–Sí.

–Una sorpresa.

–Sí.

–Su sorpresa terminó con la muerte de mi madre y la de mi Alfa.

–Yo no… –Robbie palideció.

–No te conozco, no sabía que venías. Eres una sorpresa y no me gustan las sorpresas.

–No vine a hacerles daño –dijo Robbie–. O a quitarles nada.

–Osmond hubiera dicho lo mismo.

Robbie miró a Elizabeth, luego a Mark. Ambos guardaron silencio a mi lado.

Esperé.

—Curioso —dijo luego de volver su mirada a mí.

—¿Qué cosa?

—Tú. No eres lo que me esperaba.

La voz de mi padre susurró dentro de mi mente, diciendo que la gente siempre iba a hacer que mi vida fuese una mierda.

—Me lo dicen a menudo.

—¿En serio?

—¿Por qué viniste?

Parpadeó múltiples veces, como si acabara de salir de la niebla.

—Osmond era el intermediario principal de Thomas con el Alfa interino que fuera necesario. Asumí su posición.

—Thomas ya no está.

—Exacto —dijo Robbie—. Pero Joe sí. Y la línea Bennett es muy fuerte. ¿En dónde está?

—¿Sabes quién soy? —le pregunté inclinándome hacia delante.

—Oxnard Matheson —dijo sin demora, sorprendido de estar respondiendo esa pregunta.

—¿Osmond te lo dijo? ¿O alguno de sus otros lobos? ¿Lo que soy para Joe?

Sus ojos parpadearon en dirección a mi camisa de trabajo abierta, su mirada se arrastró por mi cuello.

—El humano es compañero de un Alfa —dijo—. Pero aún no se han emparejado. Todavía no.

—Lo haremos.

Robbie sonrió ampliamente. Fue una sonrisa amable, aunque no confiara en él.

—Romántico —concluyó.

—¿Cuántos lobos están buscando a Richard Collins? —quise saber.

Se encogió. Fue algo pequeño, y no estuve seguro si se debía a la pregunta o al cambio de conversación, pero lo vi. Ahora notaba ese tipo de cosas.

—Muchos —respondió.

—¿Y cuánto es muchos?

—Siete equipos —la sonrisa abandonó su rostro y pensé que sus ojos destellaron anaranjados—. Formados por siete lobos cada uno. Un aquelarre también está involucrado por Livingstone.

—¿Y Osmond?

—Lo encontraremos.

—Han pasado seis semanas.

—Estas cosas requieren su tiempo. ¿En dónde está tu Alfa? Necesito darle mis respetos y me han dicho que también hay otros, hermanos, y el heredero de Livingstone.

—Te han dicho.

—Soy muy bueno en lo que hago.

—Obviamente —solté una risotada—. Por algo te enviaron…

Estábamos en silencio, el reloj de pie del pasillo marcaba los segundos.

Era un juego de espera.

No aparté la mirada.

Curiosamente, Robbie sí, luego de un tiempo.

Desvió sus ojos hacia abajo y la izquierda. Su cabeza se inclinó ligeramente. No entendí, porque era algo que había visto que otros hacían con Thomas. Era una señal de…

—¿Se marchó, cierto? —afirmó.

No hablé.

—Mierda —suspiró.

Tres pequeños puntos de luz a lo largo de los débiles hilos en las ataduras de la manada. Elizabeth y Mark suspiraron a cada lado, suave y por lo bajo. Las luces se acercaban y cerré los ojos, preguntándome cuándo había sucedido esto. Al igual que con las nuestras, podía casi rastrearlas. Estarían aquí en unos pocos minutos. Viajaban a gran velocidad.

—¿Fue tras él? —dijo Robbie—. ¿Fue en busca de Richard?

—Hizo lo que creyó que debía —respondí.

—Es el Alfa —dijo levemente horrorizado—. ¿Y abandonó el territorio? ¿Y a la manada?

Lo miré. Los pequeños destellos de luz eran más brillantes ahora.

—¿Por qué no lo detuvieron? —demandó Robbie—. Tiene un *puesto* aquí y un maldito *futuro* en el que pensar.

—¿En verdad crees que alguien puede decirle a un Alfa qué hacer? —preguntó Mark—. ¿Especialmente al nuevo Alfa?

—No está bien.

Una camioneta se acercó a la casa al final del camino de manera ruidosa. Robbie entrecerró los ojos y se dirigió hacia la ventana. Los demás no nos movimos porque, de alguna manera, lo sabíamos.

—Humanos —se alertó Robbie—. Son tres y no traen armas. Aunque creo que uno de ellos lleva un martillo, por alguna razón. Debemos actuar…

—Siéntate —dije a la ligera.

Robbie se veía perplejo.

Por un momento pensé que no lo estaría. Sin embargo, lo estaba. No apartó su vista de mí.

Tanner, Chris y Rico irrumpieron en nuestra puerta, sus ojos abiertos y agitados. Rico, por supuesto, era el que traía el martillo en lo alto de su cabeza, blandiéndolo como si estuviera listo para aplastar algunos cráneos.

—¿En dónde está esa cosa que tenemos que matar? —gruñó Tanner disparando sus ojos por toda la habitación.

—Sé karate —advirtió Chris—. Tomé lecciones por tres meses cuando tenía diez.

—Tengo un martillo —afirmó Rico.

—Dios mío —murmuré. Creí que se trataba de alguno de los nuestros. Miré a Mark que los estaba observando con algo parecido al asombro—. ¿Los sentiste?

—Pero son todos *humanos*...

—¡Ey! —dije mientras golpeaba su brazo—. Yo también lo soy.

—Eso es diferente —sacudió la cabeza—. Te sentíamos por Joe, eso no era sorpresa. Pero ellos están aquí por *ti*. Y todo lo que percibimos es por *ti*.

Antes de que pudiera procesar lo que estaba diciendo, Elizabeth se alejó del diván y se acercó a los otros. Presionó su nariz contra sus manos, a uno después del otro.

Recordé el sonido que hizo mi madre la noche que supo la verdad, el pequeño sonido de *oh*, estupefacto y entrecortado, cuando Thomas la había tocado por primera vez.

Sabía lo que hacía Elizabeth. Los estaba reconociendo.

Porque de alguna manera, en las pocas semanas desde que nuestro mundo se había ido al infierno, Tanner, Chris y Rico se habían vuelto parte de nuestra manada.

Y no sabía cómo.

Los mensajes se tornaron más esporádicos. A veces los recibía en medio de la noche, otras luego de semanas enteras. Llevaba mi teléfono a todos lados, siempre esperando.

Una vez envié primero un mensaje yo:

las cosas están cambiando. no sé qué hacer.

Y a las tres de la mañana respondió:

Lo sé.

Tiré de las mantas de su cama sobre mi cabeza y esperé hasta el amanecer.

Robbie se quedó.

No queríamos que estuviera en la casa Bennett porque no confiábamos mucho en él. No tenía deseos de estar muy alejado, había algunos pocos moteles en Green Creek, pero la gente comenzaría a preguntar si se quedaría por mucho tiempo. Mark pensó que estaba todo en orden con él, le pregunté si lo conocía de antes y me respondió que no. Hizo un par de llamadas y verificó si Robbie era quien decía ser y, para empezar, las guardas de Gordo lo dejaron atravesarlas. Y como confiaba en Mark y confiaba en Gordo, le dije a Robbie que podría quedarse en la vieja casa.

La vieja casa, porque así pensaba en ella.

No creía que volviera a vivir allí alguna vez. Al menos no por algún tiempo. Porque había noches en las que despertaba y sentía la magia pesada reteniéndome, separándome de la manada.

Había noches en las que no sabía si estaba durmiendo o si estaba despierto, y mi madre estaba parada al borde de mi cama, con lágrimas en su rostro, con sus ojos férreos frente a mí, diciéndome que me marchara, que escapara de....

Esas eran las noches que más extrañaba a Joe.

No solía tener pesadillas. No en realidad. ¿Pero ahora? Ahora eran todo lo que tenía. Recordé como estaba Joe cuando despertaba gritando mi nombre.

No grité cuando abrí los ojos bruscamente, aunque deseaba hacerlo. Lo reprimí, hospedándolo en mi garganta mientras el sudor caía por mi cuello. Era más fácil de esa forma.

Entonces no podía regresar a la casa, no mientras el suelo estuviera manchado, no mientras la expresión en su rostro siguiera estando tan vívida en mi mente. El sonido húmedo que hizo al caer.

Robbie no preguntó, y no dijo nada al día siguiente luego de su primera noche en la casa. Lo único que le pedí fue que se quedara en mi habitación y dejara libre la de mi madre. No tenía nada que hacer allí. Y tampoco quería que pusiera su esencia en nada. La puerta estaba cerrada y permanecería de esa forma hasta que pudiera abrirla y respirarla.

–Claro, Ox –dijo–. Puedo hacer eso –y luego–: Ella quería que te dijera que siente tu pérdida. Especialmente para alguien tan joven, ella… entiende las pérdidas. A su manera.

–¿Quién? –pregunté confundido.

–La Alfa.

–¿Sabe quién soy? –mis ojos se agrandaron un poco por el asombro.

–Sí, Ox, mucha gente sabe quién eres.

–Oh –dije porque no sabía qué hacer con eso.

Así que no hice nada.

Pasaron dos semanas sin novedad alguna.

Empezaba a comprender lo que se sentía perder lentamente la cabeza.

Imaginé todas las cosas posibles: cautiverio, tortura, muerte. Pensé que si algo estaba mal lo sabría. Pero la realidad era que mientras más tiempo pasaba desde su partida, y mayor era la distancia, sentía cada vez menos. No creía qué fuera capaz de saber si alguno de los dos estuviera herido. Si Joe estuviera herido.

Porque sentía a los que se habían quedado en Green Creek más de lo que lo podía sentirlo a él.

Mucho más fuerte de lo que alguna vez los había sentido.

Elizabeth era *azul,* era de un maldito *azul,* y sabía que necesitaba aullar su dolor a la luna, pero mantuvo su canción dentro y dejó que se pudriera.

Mark era fuerte y robusto como siempre, pero sabía de la foto que tenía en el cajón de su escritorio. La foto de la que creía que nadie sabía. Aquella en la que Gordo y él tenían la edad de Joe, y sus brazos estaban alrededor de los hombros del otro, sonriendo. Gordo sonreía a la cámara y se veía más joven de lo que alguna vez lo había visto. Por el contrario, Mark, él solo tenía ojos para Gordo.

Jamás le pregunté si había hablado con Gordo antes de que se fueran. Esperaba que Gordo hubiera hecho lo correcto, pero nunca tuve el coraje de descubrirlo.

Tanner, Chris y Rico estaban allí también, poniéndose fuertes cada día. Era un proceso lento, pero estaban *enlazándose* como el resto de nosotros.

Todavía. Cuatro meses y apenas nos manteníamos juntos.

Tal vez por eso aquellas dos semanas en las que no supe nada de Joe habían dolido más de lo que debía. Tal vez esa era la razón por la que estaba enojado cuando finalmente envió un mensaje. Fue desde un número nuevo, obviamente los antiguos teléfonos habían sido descartados.

El mensaje era breve.

Estamos bien

Y perdí la compostura.

Marqué el número. Sonó un par de veces y luego dio con un mensaje automático avisando que el correo de voz no estaba configurado.

Llamé una vez más.

Y otra.

Y otra.

La llamada se conectó luego de la quinta o sexta vez.

No dijo nada.

—Tu maldito cretino —gruñí en el teléfono—. ¡*No* puedes hacerme eso! ¿Escuchaste? *No* puedes. ¿Acaso te *importamos* una mierda? ¿Te importamos? Si te importamos, si alguna parte de ti se preocupa por mí, por *nosotros*, tendrías que preguntarte si todo esto vale la pena. Si lo que estás haciendo *vale la pena*. Tu familia te necesita. Maldición, yo te necesito.

No dijo nada.

Pero estaba allí porque pude oír su respiración atascada en su garganta.

—Cretino —murmuré de repente muy, muy cansado—. Tú, maldito bastardo.

Nos quedamos al teléfono cerca de una hora solamente escuchándonos respirar. Cuando abrí mis ojos de nuevo era la mañana y mi teléfono se había apagado.

Luego de seis meses caí en la cuenta de que algo tenía que cambiar.

No podíamos seguir como lo estábamos haciendo.

Joe me enviaba mensajes con más regularidad, tal vez una vez cada pocos días. Sin embargo, las novedades eran tan vagas como siempre y mientras más tiempo le llevaba, menor era mi esperanza de cuándo volvería a verlos.

Resultó ser que Robbie sabía menos que nosotros. O eso decía. Se veía tan frustrado como el resto de nosotros con la falta de información. De vez en cuando me lo topaba realizando alguna llamada telefónica silenciosa y aunque no pudiera oír lo que se estaba diciendo las expresiones en su cara eran suficiente. Los equipos de lobos que continuaban buscando a Richard, Robert y Osmond regresaban con las manos vacías. Nadie sabía en dónde buscar, nadie sabía si se estaban ocultando o si estaban reuniendo Omegas. Cada uno de los Alfa había sido alertado, pero Mark me dijo que cada tres o cuatro Alfas registrados había uno que era *desconocido*.

Richard podría intentarlo y rastrear a aquellos desconocidos. Si no lo esperaban, no tendrían oportunidad. Especialmente con Robert Livingston de su lado.

Había rumores de que Richard Collins estaba en Texas, o Maine o México. Algunos habían visto a Robert Livingston en Alemania. Osmond estaba en Anchorage.

Ninguno de esos rumores fue comprobado.

Ni Michele Hughes ni ninguno de los altos mandos sin rostro que sabían quién era yo, estaban complacidos con que Joe y los demás se hubieran ido. Los equipos que habían sido enviados para la búsqueda también tenían como instrucción que si se topaban con Joe deberían aprehenderlo y llevarlo al este. Robbie parecía estar lleno de una mezcla de alegría y terror mientras nos lo comentaba.

Jamás pudieron encontrarlo.

Pero en casa las cosas necesitaban cambiar. Elizabeth aún no se había transformado en humana y me preocupaba que llegara el día en el que ya no pudiera ser capaz de hacerlo.

Mark se volvía más y más callado. Hablaba solo cuando alguien se refería a él y eran unas pocas palabras antes de regresar a su silencio.

Tanner, Chris y Rico no sabían qué hacer. Eran parte de la manada, pero no entendían lo que eso significaba. Luego de la emoción inicial sobre lo novedoso de poder unir nuestras ataduras con las suyas, la emoción decayó. Elizabeth corrió más en luna llena. Mark optaba por desaparecer.

Caminaba por el bosque, la luz del sol se filtraba entre los árboles.

"*Se romperá pronto*", Thomas caminaba a mi lado.

—Lo sé —respondí, aunque en realidad él no estuviera allí.

"*Algo debe cambiar*", agregó mi madre, mientras acariciaba la corteza de un abeto de Douglas.

—Lo sé —repetí, aunque ella estuviera bajo tierra a kilómetros de aquí.

Estos fantasmas decían la verdad. Estos recuerdos, estas pequeñas cosas que me quedaban.

"*Un Alfa no se elige por el color de sus ojos*", dijo Thomas mientras yo recogía una piña del suelo del bosque.

"*¿Recuerdas cuando se marchó?*", preguntó mamá. "*Te quedaste de pie en la cocina y me dijiste que ibas a ser el hombre. Tu cara estaba empapada, pero me dijiste que serías el hombre de la casa. Me preocupé, por nosotros, por esto, por ti. Pero también creí en ti*".

Y lo hizo, ambos lo hicieron. Me encontré frente a la casa. La vieja casa. Se veía como siempre. Me quedé de pie por un largo rato.

Finalmente, sentí un empujoncito en mi mano, miré hacia abajo. Elizabeth me observaba con ojos comprensivos.

—Tenemos que cambiar. Esto no está funcionando, ya no.

Gimió.

—Sé que duele —continué—. Sé que ahora es más fácil para ti de esta forma. Pero no podemos seguir así, ya no.

Volvió a golpear mi mano.

Miré hacia la casa.

Me esperó hasta que estuviera listo para volver a hablar. Era tan buena como eso.

Le dije: *Debo entrar.*

Le dije: *Quiero que vengas conmigo.*

Le dije: *Y cuando salgamos, querré escuchar tu voz.*

Le dije: *Porque ha llegado la hora para los dos.*

Me siguió dentro de la casa.

De alguna manera Robbie había logrado quitar la mancha en la madera en donde ella había muerto.

La madera lucía como solía verse.

En mi habitación, todo estaba casi igual que antes. Recorrí los estantes de libros con mis dedos. Tomé el manual del Buick que mamá me había regalado para mi cumpleaños una vez. Dentro había una tarjeta.

¿Cómo llamas a un lobo perdido en inglés?

WHERE-WOLF!

ESTE AÑO SERÁ MEJOR.
TE AMA, MAMÁ.

No sabía si dormía o estaba despierto. Lo regresé a su lugar y me pregunté si tenía burbujas de jabón sobre mi oreja. Elizabeth me observó y esperó, jamás se alejó de mi lado.

Lloré un poco. Un par de lágrimas que barrí con mi mano. Me detuve frente a su habitación, puse mi mano sobre el picaporte.

Tuve que reunir todo mi coraje. Me había enfrentado a Omegas, a Osmond, a Richard. Pero esto fue más difícil.

Finalmente, por fin abrí la puerta.

Olía como ella, sabía que así sería. Su esencia se había desvanecido, pero aún estaba allí. Las motas de polvo capturaron la luz del sol. Fue como antes, luego de mi padre.

Cuando salí de la habitación, la puerta quedó abierta.

—Hablaba en serio —le dije—. Nos vamos de aquí y escucharé tu voz.

Paseó su mirada desde la puerta de entrada hacia mí.

—Es difícil. Y lo será por mucho tiempo, pero por eso nos tenemos los unos a los otros, por eso tenemos una manada. Debemos comenzar a recordarlo.

Le tendí una manta para que la tomara, así cubría su cuerpo si decidía transformarse. No iba a presionarla más que lo que ya lo había hecho porque me preocupaba que fuera demasiado.

Se quedó viendo mi oferta por un largo rato.

Pensé que tal vez había fallado. Pero luego se estiró con cuidado y tomó la manta entre sus dientes. Dejé que se deslizara entre mis dedos.

La arrastró por el piso y al rodear la esquina.

Oí el sonido del cambio: hueso y el músculo. Se oía doloroso luego de tanto tiempo. Hubo un suspiro.

Esperé.

Un arrastrar de pies.

Elizabeth Bennett dio vuelta a la esquina con los ojos cansados, pero más humanos de lo que habían sido durante un tiempo. Su cabello claro cayó en cascada a lo largo de sus hombros, la manta estaba sujeta con presión sobre su cuerpo.

Cuando habló, tenía la voz áspera y seca.

Fue algo maravilloso.

—*No me importa estar solo cuando tu corazón me dice que también estás solo.* ¿Lo recuerdas?

—Dinah Shore. Bailabas con esa canción, estabas en tu fase verde.

—Esa misma —respondió—. Te dije que era sobre quedarse atrás cuando otros van a la guerra.

—¿Quedarse atrás o que nos dejen atrás? —repetí mi línea de aquel día.

—Ox —lloró—. *Hay una diferencia.*

se transformó a su forma humana.

Gracias a ti, ¿cierto?

no. ella lo quería

Fue gracias a ti, Ox. Créeme.

tienes que volver

joe

estás ahí

JOE

Sonreía en ocasiones y en otras se veía a kilómetros de distancia.

Mark la abrazó cuando regresamos a la casa el día que volvió a ser humana. No hablaron, solo se aferraron el uno al otro por lo que me parecieron horas.

No lloró.

Aunque Mark lo hizo.

—Lo siento, lo siento —dijo él.

No era la primera vez que pensaba que todo lo que me había dicho mi padre era pura mierda.

Robbie estaba asombrado con ella.

—¿No tienes idea de quién es? —me siseó.

—Es Elizabeth.

—Es una *leyenda*.

Tanner, Chris y Rico se presentaron con torpeza, sonrojándose intensamente mientras los besaba a cada uno en la mejilla, lenta y suavemente.

Me burlé de ellos más tarde y volvieron a ruborizarse.

No supe si intentó llamar a Joe, Carter o a Kelly. No supe si la sintieron mejor de lo que podrían haberlo hecho. Le conté lo que sabía, cuánto tiempo había pasado y sobre las respuestas vagas que había recibido.

—Deberíamos hacer la cena del domingo —dijo con un asentimiento y tras observar algún punto en la distancia.

Y lo hicimos. Porque era tradición.

Elizabeth se quedó en la cocina, mientras tarareaba una canción que pasaban en la vieja radio. No creo que fuera Dinah Shore. Pensé que tal vez esto era lo más cercano a nuestro hogar, por ahora.

Mark y Tanner estaban afuera, en el asador, aunque estuviera haciendo frío. Rico y Chris ponían la mesa. Robbie se veía dubitativo mientras estaba de pie al borde de la cocina, cerca del umbral de la puerta.

–Ox –llamó Elizabeth–. ¿Ya están listas las cebollas?

–Sí –le alcancé el cuenco en donde las había cortado, porque estábamos pretendiendo que todo estaba bien.

–Gracias –dijo y sonrió. Era apenas una sombra de lo que solía ser su sonrisa, pero allí estaba. Elizabeth era más fuerte de lo que había dado crédito, no volvería a cometer ese mismo error.

Revolvió las cebollas.

–¿Robbie, cierto? –preguntó.

–Eh –respondió Robbie–. ¿Sí?

–¿Estás seguro? No te oyes seguro.

–Sí. Estoy seguro –sin embargo, no se oía tan seguro.

–¿Robbie qué?

–Fontaine.

–Fontaine –dijo mientras le echaba un vistazo antes de volver su mirada a la estufa–. Ah, tu madre era Beatrice.

–¿Conoció a mi madre? –preguntó perplejo.

–Fuimos juntas a la escuela, lo lamenté mucho cuando oí que había muerto.

–Pasó hace mucho tiempo –se encogió de hombros con incomodidad.

–Aun así. Era una mujer inteligente, muy amable. No éramos tan cercanas como lo hubiera querido. Diferentes caminos.

–Sí –respondió con la voz ronca.

–¿Tienes una manada? –quiso saber Elizabeth.

–¿A veces? Nada es permanente. Dado mi trabajo, tiendo a estar aquí y allá. Todos los lazos que forjo generalmente son temporales.

–¿Temporales? Eso no puede ser bueno.

–Es lo que tengo, creo –se veía incómodo, nervioso. Recordé haberme sentido de esa forma con ella al comienzo.

—Pero estás aquí.

—Porque me lo ordenaron —sus ojos se agrandaron y sus próximas palabras fueron apresuradas—: No es que no quisiera estar aquí ni nada.

—Claro —dijo suavemente—. Alguien tiene que informar a Michelle sobre cada movimiento nuestro.

—No todos —se ruborizó de manera intensa.

—¿Eh?

—No le contado acerca de… ya sabe.

—¿Acerca de?

—Que… usted ha vuelto.

—¿Por qué?

Por alguna razón fijó sus ojos en mí, en lugar de responder de inmediato.

Elizabeth lo entendió y rio por lo bajo.

—No parecía ser lo correcto —dijo por fin volviendo su vista a ella.

—Interesante —dijo—. Se buen chico y tráeme el vinagre de la despensa.

Observé mientras Robbie era invitado dentro de su espacio. Se veía tan sorprendido como yo, pero se movió rápido y sin dudar.

—Encaja —dijo Elizabeth y arqueé una ceja en su dirección.

—¿En serio?

—¿No lo sientes?

—No lo sé —dije porque ya no sabía *qué* sentía.

—Qué extraña criatura eres, Ox —declaró—. Siempre lo he pensado. Es algo tan maravilloso.

Aparté la mirada.

Dejamos vacío el puesto de Thomas en la cabecera de la mesa.

Porque ahora pertenecía a Joe.

Me moví para tomar asiento, pero Mark negó con su cabeza y señaló donde antes se sentaba Elizabeth, en la cabecera opuesta a la del Alfa.

Elizabeth ni siquiera atinó a sentarse en su antiguo puesto, en cambio, se dirigió al que solía ser mi asiento mientras hablaba suavemente con Rico.

No vaciló, ni siquiera me miró. No entendí lo que estaba pasando, no del todo. Aunque, claro, tuve una idea básica de todo.

Yo era el compañero del Alfa. Tenía un lugar en la manada más alto del que había tenido antes, pero no era un lobo. Aún no estábamos emparejados. Y Joe no estaba con nosotros.

Sirvieron la comida.

Todos esperaban, al igual que yo. Hasta que me di cuenta de que me estaban esperando a mí. Los miré uno por uno. Sostuvieron la mirada.

Sabía que debía decir algo, pero nunca había sido bueno con las palabras. Sin embargo, debía intentarlo. Por ellos. Porque lo necesitaban y creo que yo también.

—Somos una manada. Es hora de que volvamos a actuar como una.

Y a pesar de que no estábamos todos (y la idea de que volveríamos a estarlo era una esperanza que no me atrevía a creer todavía), y a pesar de que la ausencia de quienes amábamos dolía como un diente cariado, di mi primer bocado. Los demás siguieron el ejemplo.

No me di cuenta hasta más tarde de que esto jamás había ocurrido antes. De que incluso cuando Thomas no estaba en la cena, nunca habíamos esperado que Elizabeth comiera antes que nosotros.

Solo se hacía con el Alfa.

Recibí un mensaje en medio de la noche, al terminar el año. No lo leí hasta la mañana siguiente.

Lo siento.

No comprendí.

qué cosa

La respuesta llegó casi inmediatamente.

Entrega del mensaje fallida. El número al que intenta llamar ha sido desconectado o no está en servicio.

Un escalofrío me recorrió la médula.

Llamé. Un tono. Un mensaje automático.

Desconectado

Teléfono fuera de servicio.

Estaba bien, me dije. Todo estaba bien porque estos teléfonos eran descartables. Simplemente volverían a tener uno. Joe solo había olvidado de darme el nuevo número, como lo hacía siempre.

Era cuestión de esperar.

Bajé el teléfono y jalé de la manta de Joe hasta ponerla sobre mi pecho. Ya no olía a él, nada en esta habitación olía a él. Ya no.

Pero estaba bien. Porque solo tenía que esperar.

EL SEGUNDO AÑO / CANCIÓN DE GUERRA

os Omegas vinieron a mediados del segundo año.
No estaban preparados para enfrentarnos.

—Hola, Ox —dijo Jessie.

Estábamos en el garaje del taller. Tanner, Chris y Rico y yo. Robbie también estaba con nosotros, luego de haber decidido que estaba lo suficientemente aburrido como para querer aprender un poco. Fue una marcha lenta porque él era absolutamente *terrible* cuando se trataba de autos, tan malo que apenas confíe en él para hacer un cambio de aceite por su cuenta.

Sin embargo, lo intentó.

Aprendí mucho sobre él: tenía un año menos que yo, su madre había sido asesinada en una contienda de territorio entre manadas rivales cuando era solo un niño. Su padre vivía en Detroit, un humano al que solo veía de vez en cuando, dado que no deseaba tener nada que ver con la vida de la manada luego de la muerte de su esposa. Pero eran dos personas separadas y sus caminos no tenían razón de cruzarse. A veces eso lo entristecía, pero no quería arreglarlo. No tenía un compañero y había tenido un novio una vez, hacía mucho tiempo, y luego una novia, pero no se enfocó en esa relación. Tenía trabajo que hacer.

Me confundía y eso no era algo bueno.

—¿Por qué sigues aquí? —le pregunté. Él se encogió de hombros y apartó la mirada.

—Así me lo ordenaron.

No le creía, ya no. No cuando había escuchado su conversación en el teléfono mientras hablaba con aquellas personas del este sin rostro. Les decía que no quería ser reemplazado que estaba *bien* aquí con nosotros y que *quería* quedarse. No había sucedido nada desde su llegada y quería asegurarse de que siguiera de esa forma.

Cuando hablaba con nosotros hacía que se oyera como si fuera un simple trabajo. Estaba mintiendo, pero no creía que eso fuera algo malo.

No había mucho que una persona pudiera hacer para vigilarnos antes de que comenzara a aburrirse. Así que vino al taller.

No necesitaba que le pagáramos dado que ya estaba cobrando una suma desconocida solo por estar en Green Creek. Nos aseguramos de mantenerlo fuera de los registros contables. Sin embargo, era algo bueno tener alguien con quien hablar.

Pude sentir la necesidad de enlazarlo a nosotros de la misma forma que había pasado con Tanner, Chris y Rico. La necesidad de hacerlo parte de lo que éramos. No sucedió enseguida porque había venido en un momento extraño en donde no podíamos confiar fácilmente. Por el contrario, conocía a los muchachos del taller desde hacía años. Eran mis amigos.

Él no. No al principio.

Pero estaba convirtiéndose… en algo.

Sabía que todos lo sentíamos, pero jamás hablábamos al respecto.

Así que también estaba ahí cuando llegó Jessie. No se sorprendió de verme. Hacía mucho tiempo que no la veía, desde el funeral, cuando había sujetado mi mano. Solíamos cruzarnos de pasada, tal vez en medio del tráfico o en la tienda de comestibles, pero ya casi nunca estaba solo, siempre había algún miembro de la manada conmigo.

No tenía tiempo para ella, tampoco es que lo hubiera tenido antes. Era una de las razones por las cuales terminamos de la forma en que lo hicimos.

Pero incluso si no hubiera sido por el tiempo, hubiéramos terminado por Joe. Eventualmente, todo hubiera llevado a Joe. Me sentía bastante agradecido de que hubiéramos dejado de vernos en el momento en que lo hicimos, porque hizo que las cosas fueran más fáciles.

Así que cuando me saludó fui capaz de devolverle una sonrisa.

–Hola, Ox.

Recordaba el pequeño aleteo en mi corazón y estómago que solía tener cada vez que la veía, especialmente el día que vino al taller por primera vez. Una chica sin su madre siguiendo a su hermano a un pequeño pueblo en el medio de la nada. Parecía como si eso perteneciera a alguien más.

—Hola, Jessie —la saludé, y ella se acercó sin importarle que mis manos estuvieran sucias cuando me dio un abrazo.

No presté atención al gruñido de advertencia a mis espaldas, dado que supe que era demasiado bajo como para que Jessie lo oyera, y aunque lo escuchara, no habría podrido reconocer el gruñido territorial de un lobo. Robbie no la conocía y se había vuelto más cercano a nosotros que antes. No era manada, pero no creía que tomara demasiado tiempo hasta que lo fuera. Si él lo quería. Si todos lo queríamos.

—Es bueno verte —dijo, apartándose de mí.

Di un paso hacia atrás para hacer las cosas más fáciles. Recordaba como Carter, Kelly y Joe reaccionaban a su cercanía. No quería que hubiera ningún problema.

Miré por encima de mi hombro y le propicié una mirada fulminante a Robbie quien tuvo la decencia de parecer avergonzado y confundido, como si no supiera por qué había gruñido en primer lugar.

—También es bueno verte —dije en cuanto me volteé hacia ella—. ¿Qué te trae por aquí?

—Almuerzo con Chris —levantó una bolsa de comida rápida—. Se me ocurrió pasar por aquí. Hacía mucho que no venía por este lugar, luce bien.

—Gracias —dije—. Chris está usando el teléfono en la oficina, saldrá en un momento. Rico y Tanner fueron a recoger algunos repuestos.

Jessie asintió y hecho un vistazo por encima de mi hombro.

—No recuerdo haberte visto —le dijo a Robbie—. Soy Jessie, la hermana de Chris.

—Hola —respondió él y fue todo lo que dijo.

Apenas pude evitar poner los ojos en blanco. Malditos hombres lobo.

—Hola —Jessie ni siquiera se molestó en ocultar su sonrisa. Volvió a verme—. Encajará bien aquí.

No sabía si eso era un insulto o qué, así que solo asentí.

—¿Cómo has estado? —quiso saber.

—Bien —me encogí de hombros. Sabía lo que me estaba preguntando en realidad. La parte que no estaba mencionando, cómo has estado *desde que tu madre murió*. No me molestó. Ella no me tenía lástima y tampoco quería que lo hiciera.

Algo en sus ojos se suavizó.

—Eso está bien —dijo—. Sé que fue… repentino.

Se formó una llamarada de dolor en mi pecho, una cosa negra que se hinchó *repentinamente*. Era oscura y aceitosa, con pequeños pensamientos como *fue culpa de los lobos* y *si me hubieran dicho lo que estaba pasando, podría haberla salvado* y *me ocultaban secretos como si no fuera nada* y *miren cómo se dio todo*. Esos eran el tipo de pensamientos que tenía en ocasiones, cuando estaba en la cama, sin poder dormir y con el reloj marcando más de las tres de la mañana.

Aunque Jessie no lo sabía. De lo contrario no hubiera continuado su conversación.

—¿Y cómo está Joe? Sé que fue a una escuela privada para su último año. Debe de estar preparándose para la universidad, ¿cierto?

Esa era nuestra coartada: el dolor por la pérdida de su padre había sido demasiado para él como para permanecer en Green Creek. Quería marcharse así que regresó a Maine. Carter y Kelly estaban fuera del estado, al este. Nadie parecía tener curiosidad por Gordo, a decir verdad.

Elizabeth decía que todas las cosas pasaban por una razón. Que necesitábamos confiar en que sabían lo que estaban haciendo.

Mark no opinaba sobre ese asunto.

Era una mierda. Nunca había sentido ira hacia Joe, no en realidad. Tampoco algo que pudiera plantar sus raíces en mi piel y huesos como para convertirse en otra cosa, pero estaba sucediendo ahora. Pensé que tal vez esto crecía envenenado porque había momentos en los que me decía que nos había abandonado, que solo estaba pensando en sí mismo y su deseo egoísta de venganza, que estaba siendo injusto conmigo, sus hermanos y el resto de manada, que se estaba poniendo en peligro por *nada*. Y aparentemente éramos una distracción demasiado grande como para mantenerse en contacto.

Eso era lo que me decía a mí mismo. Verdadero o falso, creo que no importaba.

—Sí —dije—. Universidad y esas cosas —casi sueno convincente.

—Ustedes aún… —entrecerró los ojos.

Me encogí de hombros. No sabía cómo responder a eso. Aún éramos… ¿qué?

Esos eran otros pensamientos que también tenía. Aquellos que decían que yo no significaba nada para él, que tan solo *nos* había dejado, que *me* había dejado. Que había otras cosas más importantes que yo. Que él solo era un muchacho y no sabía lo que quería.

Claro, mi padre se equivocó la mayoría de las veces, pero había dicho que la gente haría que mi vida fuese una mierda.

Y Joe estaba haciendo que mi vida fuera una mierda.

—Eh —dijo Jessie—. Siempre creí que sería algo permanente.

—Las cosas cambian —respondí forzando una sonrisa—. Veremos qué pasa cuando regrese.

Si es que regresa, dijo esa pequeña voz.

Estiró su mano y sujeto la mía, mientras apretaba mis dedos con delicadeza.

—Va a regresar —dijo como si supiera lo que estaba pensando. Y tal vez lo hacía, hubo un tiempo en el que nos conocíamos bien—. Lo sabes, Ox.

Robbie volvió a gruñir, a tropezones, como un motor intentando encenderse.

—Sí —dije, porque era más fácil estar de acuerdo que discutir con ella sobre cosas que no comprendía.

—Deberíamos vernos algún día. Si estás libre.

—Creo que puedo…

—Ox, tenemos ese asunto —interrumpió Robbie.

—¿Qué asunto? —pregunté intentando encontrar un último ápice de paciencia.

—*Ese* asunto —insistió—. Que ocupará la mayor parte de tu tiempo.

—No sé de qué estás hablando…

—No estarás libre por un tiempo.

—¿Él es un Bennett? —quiso saber Jessie, entretenida—. Porque se oye como uno.

—Es un Fontaine —dije con el ceño fruncido. No entendí a qué se refería.

—Claro —dijo—. Cómo sea, llámame si estás libre. Mi número es el mismo.

Asentí con la cabeza y ella se dirigió a la oficina, en donde Chris estaba colgando el teléfono.

—¿Qué fue eso? —me volteé hacia Robbie.

—Nada —dijo—. Quiero decir, no sé a qué te refieres.

—Robbie.

—Terminemos con este cambio de aceite, Ox.

—Estábamos arreglando el alternador.

—Ah —miró al vehículo—. Eso tiene más sentido de lo que creía que estábamos haciendo.

—Es una amiga.

—No estabas oyendo sus latidos o sintiendo su *olor* —frunció el entrecejo.

–Oh, Dios –murmuré–. Odio a los hombres lobo.

–Apestaba a estimulación sexual.

–No deberías andar por ahí *oliendo* a las personas.

–¡No puedo evitarlo! ¡Dile que no vaya por ahí oliendo a como si quisiera subirse a tu pene!

–¿Quién quiere subirse a qué pene? –preguntó Rico mientras se acercaba junto a Tanner.

–Nadie –respondí con rapidez.

–Esa chica –respondió Robbie–. Jessie.

Suspiré.

–Esa es la antigua novia de Ox –le contó Tanner.

–De la preparatoria –agregó Rico–. Porque esas son relaciones que duran toda la vida.

–¿*Saliste* con ella? –Robbie se veía algo horrorizado.

Puse mi rostro entre mis manos.

–¡Pero estás emparejado a un Alfa!

Eso me detuvo en frío, dejé caer mis manos.

–No estoy emparejado con nadie –lo fulminé con la mirada–. Si lo estuviera, podrías estar tan seguro como la mierda de que él estaría aquí…

Los otros se me quedaron viendo. Me detuve, este no era el momento. Aún no, tal vez nunca.

–Ox –dijo Rico con suavidad, como si estuviera acercándose a un animal atrapado–. Sabes que él…

–No lo digas –le dije.

Obedeció.

Murmuré algo sobre ir a almorzar y los dejé allí parados.

Vinieron cuatro días después.

Durante ese tiempo me molesté aún más. Tenía *problemas* y no podía pensar en una sola forma de deshacerme de ellos.

Porque los hombres lobo eran mi problema. Las manadas eran mi problema.

Tal vez solo quería una vida normal, lejos de todo lo que no debería existir. Tal vez quería dejar todo esto atrás y encontrar un lugar en donde los lobos no supieran mi nombre.

Thomas me había dicho una vez que mientras más tiempo un humano permaneciera en una manada, más fuerte seria la esencia de su manada hasta que se tornara parte de ellos y se incrustara en cada cosa que fuera.

Cualquier lobo sabría que pertenecía a otros, sin importar lo mucho que frotara mi piel.

Y me enfurecía.

Me alejé de los demás tanto como pude. Trabajaba hasta tarde, me quedaba en el taller hasta pasada la medianoche. Los muchachos intentaban obligarme, pero les decía que me dejaran solo.

Mark y Elizabeth no me presionaron. No quería que lo hicieran, pero estaba confundido en cuanto a por qué pensé que deberían hacerlo.

Debí haber sabido que Elizabeth esperaría hasta que estuviera listo. A veces pensaba que me conocía mejor de lo que yo mismo lo hacía.

Froté mi mano contra mi rostro mientras caminaba hacia la casa al final del camino. Probablemente fue tonto de mi parte salir solo en la noche, pero tenía fe en las guardas de Gordo, aun cuando estaba perdiendo la fe en él.

Estaba agotado de muchas cosas.

Sentí a Elizabeth antes de que pudiera verla u oírla. No creía que esto le sucediera a la mayoría de los humanos en manadas de lobos, pero no conocía a nadie más como para preguntarle. Y la idea de hacer preguntas estos días era agotador, especialmente por encima de todo lo demás.

–Sé que estás allí –dije y esperé a que surgiera por detrás de los árboles en su forma de loba.

–Claro que lo sabes, no hubiera esperado menos –respondió.

Se fundió de la oscuridad con una gracia inhumana.

Traía un par de pantalones deportivos holgados y una vieja sudadera de Thomas, las mangas caían hasta sus manos. Sus ojos brillaron brevemente en la oscuridad, ese naranja vibrante que me recordaba a su hijo. Sentía un dolor en el pecho cada vez que pensaba en él.

Y ella lo sabía. Porque podía hacerlo.

–Ah. Me preguntaba si era eso.

–Desearía que no lo hicieras –refunfuñé.

–No puedo no hacerlo –rio por lo bajo–, es lo que soy.

–Merodear por el bosque a mitad de la noche, ¿eso es lo que eres?

–No merodeo –se oyó algo ofendida.

–De alguna manera sí lo haces –dije–. Es parte de tu… ser.

–Me agradas –dijo seriamente–. Mucho.

No habría podido ocultar la sonrisa aun si lo hubiera intentado.

–Lo sé y también me agradas.

Comencé a caminar hacia la casa al final del camino.

Ella caminó a mi lado.

–Estuviste evitándonos –dijo.

–Estuve ocupado.

–Ah. En el taller.

–Sí.

–Habrá sido enorme.

–¿Qué cosa?

—La entrada de gente a Green Creek que necesitaba reparar sus autos al mismo tiempo.

La miré fijamente. Me sonrió con serenidad.

—Decenas de ellos —respondí.

—Estás molesto.

Dejé de caminar y mis manos se volvieron puños.

—Está bien estar molesto.

—No estoy *molesto* —gruñí.

—Claro que no —dijo—. Solo estás evitando a tu manada y cuando nos ves es como si nos depreciaras. Para nada molesto.

—No *desprecio* a nadie —respondí.

—Eso no puede ser cierto. Hay mucha gente despreciable ahí fuera.

—Elizabeth…

—No te culpamos.

—¿Por qué? —parpadeé.

—Por culparnos.

—Yo no… —di un paso hacia atrás.

—Está bien si lo hiciste o si lo haces. No sé si no lo haría si estuviera en tus zapatos. Sin duda, es un lugar adecuado para resolver tus penas.

Bajé la cabeza.

—Después de todo —prosiguió—. Si nunca hubieras oído sobre los lobos, nada de esto habría sucedido. Si no hubiéramos regresado a Green Creek, nunca habrías podido conocernos y tu madre estaría durmiendo en su cama. O, mejor dicho, espero que lo estuviera haciendo, ya que nunca se puede saber realmente lo que podría suceder. La vida puede ser curiosa.

—¿Por qué me dices esto?

—Porque alguien tiene que hacerlo —respondió—. Y dado que Joe no está aquí, necesito ser yo quien lo diga.

Mi furia se encendió como algo brillante y candente. Pudo sentirlo, lo vi en sus ojos que se abrieron levemente.

—Él no quiso dejarte, Ox —dijo.

—¿En serio? —reí con amargura—. Porque se fue bastante rápido como para ser alguien que no quería hacerlo.

—No tenía...

—No me digas que no tenía *elección* —solté bruscamente—. Porque la tenía, podría habernos *elegido*, podría haberme... —no quise terminar ese pensamiento porque hubiera hecho que todo fuera más real.

Pero Elizabeth lo sabía.

—Él te *eligió*, Ox —dijo mientras ignoraba la furia en mi tono de voz—. ¿O te has olvidado? No le dio su lobo a nadie más. Solo a ti. Siempre has sido tú.

—¿Y de qué sirve eso ahora? Está en Dios-sabe-dónde con Carter, Kelly y Gordo. Maldición, ni siquiera sabemos si está vivo. Si alguno de ellos lo está.

—Están vivos.

—¿Lo sabes? —la miré fijo.

—Sí.

—Porque...

—Porque soy una madre y una loba. Sabría si no estuvieran con vida, con tanta claridad como lo supe cuando le sucedió a Thomas.

—Ya no puedo sentirlos —mi garganta estaba seca—, no como antes.

Elizabeth extendió su mano y rozó mis brazos con sus dedos. No estaba seguro de si quería que me tocara o no, pero retiró su mano antes de que pudiera retroceder.

—No espero que puedas hacerlo —dijo—. No eres un lobo, incluso si eres más de lo que solías ser. No es lo mismo.

–¿Has hablado con él? –mi corazón palpitó dentro de mi pecho.

–No –dijo con tristeza–. No he hablado con ninguno de ellos. Si lo hubiera hecho, lo sabrías. Ox, entiendo por qué hizo lo que hizo, aun si tú no estás de acuerdo con él. Perder a un padre es una cosa terrible, como bien lo sabes, y no tengo intenciones de minimizar lo tuyo, pero Joe perdió a su padre *y* a su Alfa. Y luego tuvo que asumir mucho antes de lo que pensó el rol para el que se estaba preparando.

–No se trata sobre lo que está bien –le dije–. Es sobre la venganza. ¿Al menos intentaste detenerlo? –me vio como si la hubiera abofeteado y esa fue la única respuesta que necesité.

»Mira es…

–¿Qué hubieras hecho tú? –preguntó–. ¿Si tuvieras la oportunidad de hacer lo correcto y lo ignoraras solo para luego descubrir que tu falta de acción causó que otros sufrieran?

No se oía como si me estuviese juzgando, parecía mera curiosidad.

–Hubiera puesto a la manada primero –respondí con honestidad–. Aun estando enfadado e incluso no queriendo ver nada más que a Richard Collins muerto, hubiera mantenido a nuestra manada unida, para protegerlos, para mantenerlos enteros y una vez que estuviéramos todos en terreno firme, hubiéramos tomado una decisión, todos juntos. Eso fue lo que me enseñó Thomas, me dijo que la manada siempre estaba primero, por encima de cualquier cosa.

Sonrió insegura.

–Te amaba –dijo–. Thomas te amaba. Mucho. Como al resto de nosotros. Y Joe más que todos. No sé si puedes comprenderlo, Oxnard, pero te necesitamos. Más de lo que probablemente puedas imaginar.

Me escocieron los ojos y deseé sus palabras fueran ciertas más que nada en el mundo.

–Pero ¿qué hay de lo que yo necesito? –le pregunté.

–Nos necesitas tanto como nosotros a ti.

–Lo necesito.

–Lo sé.

–Tienen que volver.

–Lo sé.

–¿Lo harán?

–Cuando puedan –tocó mi brazo por un segundo.

No era suficiente, pero supe que era todo lo que me podía dar.

–Vamos –me dijo.

Mi teléfono comenzó a vibrar.

Se oía escandalosamente alto en medio del silencioso bosque.

–Lo siento –murmuré, y por un breve momento mi corazón dio un vuelco porque *sabía* que era el momento. Tenía que ser *Joe*, y diría que lo *sentía*, que nunca quiso ausentarse por tanto tiempo, que regresaría a casa, que jamás volvería a marcharse de mi lado y que todo estaría *bien*.

Tomé el teléfono con torpeza, la pantalla brillaba demasiado en la oscuridad, empañaba mi visión y no pude *ver*, no pude…

–Hola –grazné–. Soy…

–¿Ox? –dijo una voz sollozante–. Ox. Ellos… me lastimaron. Ox. No era Joe.

–¿Jessie? –pregunté confundido, y enojado, y dolido a la vez. Porque no era Joe, *no era* Joe, no era Joe.

–Ox –estaba llorando–. Sus *ojos* están *brillando*…

–¿Dónde estás? –espeté apretando mi mano alrededor del teléfono.

Y luego la oí gritar.

–¡Jessie!

El grito disminuyó.

—Hola —dijo otra voz en el teléfono. Se oía como si saliera de una boca cargada de dientes afilados.

—¿Quién es? —rugí.

—Encontré una amiguita. Olía como tú, un poco. Tal vez el recuerdo de años atrás. Estaba intentando ingresar en tus pequeñas… guardas.

—Juro por Dios que te haré pedazos si tocas un solo cabello de su cabeza.

—Oh, no —gruñó la voz—. Supongo que tendrás que matarme entonces porque su sangre, su sangre sabe muy bien.

—¿Qué es lo que quieres?

—Mejor, gracias. Es simple, en verdad. Te quiero a ti, Ox. A los restos de tu manada. Él estará tan… complacido conmigo. Me *amará* por deshacerme de todo lo que él no pudo.

—No sabes con quién estás…

—Ox —rugió el lobo. No podía ser otra cosa más que un lobo. Había estado cerca de ellos el tiempo suficiente como para reconocer los sonidos que hacían, el odio que tenían—. No creo que me estés *escuchando*.

Jessie volvió a gritar, su voz se quebró a la mitad, brillante y estremecida por el dolor.

—No —rogué al teléfono porque esto era mi culpa. Estaba haciendo eso por mí—. No la lastimes, no lo hagas más. ¿Qué quieres?

—Ven a mí —indicó el lobo—. Fuera de estas… cosas *pegajosas, candentes*, estas malditas *barreras*. Ven fuera de ellas y veremos… lo que veremos.

—¿Dónde? —apreté los dientes.

—El puente. Me han dicho que solo hay uno, tienes veinte minutos, Oxnard. Me temo que debo ser insistente en eso. Veinte minutos o su sangre estará en *tus* manos.

El lobo colgó.

Mis manos se sacudían como si fueran a caerse a mis costados.

—¿Lo escuchaste? —pregunté a Elizabeth.

—Todo —respondió, sus ojos eran dos llamas anaranjadas en la oscuridad.

—No lo saben, ¿cierto?

—No, creen que la manda está dividida.

—Bien —rugí—. Porque la han cagado.

Elizabeth se transformó a medias, sus garras y colmillos descendieron y el vello lupino se propagó por sus mejillas y frente.

Elizabeth Bennett echó su cabeza hacia atrás y por primera vez, desde la última vez que aulló una canción de luto por la muerte de su Alfa, *cantó*.

Solo que esta vez, era una canción de guerra.

Estábamos divididos.

En parte era cierto. Algunos de los nuestros se habían marchado y nuestra manada no estaba completa.

Pero logramos compensarlo. Llenamos esos espacios vacíos con cosas temporales para mantenernos juntos mientras pudiéramos.

—¿Cuál es el punto de todo esto? —había preguntado Rico con el sudor cayendo por su rostro.

Nunca olvidé lo que me dijo Thomas sobre la manada y proteger el territorio.

—Solo por si acaso —respondí. Tanner y Chris estaban al alcance del oído, jadeando pequeñas ráfagas de aire. Mark estaba a media transformación y Elizabeth en su forma completa de loba, sus ojos centellearon cuando me vieron.

–¿Por si acaso qué?

–Cualquier cosa. Inténtalo una vez más.

Y lo hicieron otra vez.

Y otra vez.

Y otra vez.

El punto de encuentro que había indicado el lobo era toda una rareza. Un puente viejo y cubierto en las afueras de Green Creek. Se suponía que debía ser pintoresco, aunque la pintura se estaba gastado y la madera estaba ajada. La gente de la ciudad venía en otoño para tomar fotografías mientras las hojas cambiaban a su alrededor. El puente se extendía sobre el lecho de un arroyo que goteaba agua fría proveniente de lo alto de la montaña.

Eso quería decir que estaba apartado de la gente, por lo que nadie resultaría herido.

Ni siquiera nos molestamos en tomar el auto, Mark nos había encontrado entre los árboles ya transformado, con sus ojos brillando en la oscuridad y sacudiendo su cola. Elizabeth se desvistió mientras Tanner llamaba tras haber oído su canción.

–¿Esto es real? –preguntó.

–Sí –dije con los dientes apretados–. Se llevaron a Jessie.

–Mierda. Chris, él…

–Ve por ellos al taller. Yo se lo diré.

–Ox…

–Muévete –solté bruscamente–. *Ahora*.

Gruñó y terminó la llamada.

Me volteé hacia los demás.

Robbie también estaba aquí, un lobo gris con una mancha negra en su cabeza. Era más pequeño que Mark y Elizabeth; y delgado, pero sus dientes eran afilados y sus garras enormes. Sentí el latido tenue de ese hilo fino que de alguna manera se estiraba entre los dos, y pude sentir el *"ManadaManadaManada"* en cada una de las ondas.

No lo habíamos reconocido, ninguno de nosotros, porque la traición había calado muy en lo profundo. No era Osmond, pero provenía del mismo lugar. Sin embargo, Robbie había estado aquí, entrenado con nosotros, comido en nuestra mesa. No creí que pasara demasiado tiempo hasta que cualquiera que fuera el obstáculo entre nosotros desapareciera.

Me preguntaba si Joe podía sentirlos.

Me preguntaba si siquiera le importaba.

Me siguieron entre los árboles, corriendo a mi lado en la oscuridad. No necesitaba ver a dónde me dirigía, conocía este lugar, estos árboles, este bosque. Conocía cada centímetro de él, Thomas me lo había enseñado. Me había enseñado que el territorio era el hogar y este era mi hogar. Sabía en dónde saltar, en dónde agazaparme. No sabía el *cómo* ni el *por qué*, simplemente era así.

Fuimos cuidadosos cuando llegamos a Green Creek, nos mantuvimos en las sombras. Era tarde, muy tarde, y las calles estaban vacías. Pero ya se oían rumores sobre lobos en el bosque, y no necesitábamos que nadie en la ciudad pensara que caminaban entre sus calles.

El taller estaba a oscuras, pero pude sentirlos en la parte trasera. Sus voces se detuvieron en seco en cuanto dimos vuelta en la esquina. Me miraron mientras los lobos se acercaban y se frotaban contra ellos.

Tanner me arrojó mi barreta de metal, con cuidado para que no hiciera contacto con Robbie, que estaba presionado contra su pierna.

—Lo oímos —escuché a Chris cuando lo decía—. El aullido, era como…

—¿Dentro de tu cabeza?

Todos asintieron luciendo aliviados.

—Se acostumbrarán. En general.

—¿Qué sucede? —indagó Rico.

—Chris —le dije—. Necesito que me escuches.

—¿Qué? —frunció el ceño—. ¿Qué sucede?

—Los Omegas —le expliqué—. Están por fuera de las guardas.

—No pueden entrar, ¿cierto? —preguntó Rico—. ¿Por qué estamos…?

—Tienen a Jessie —dije sin apartar mis ojos de los de Chris.

—¿Qué? —susurró, estaba pálido.

—Hicieron que me llamara.

Dio un paso hacia delante, rígido e irradiando ira.

—¿Está viva? —indagó.

—Sí —pensé que aún lo estaría, necesitaban una provocación. Teníamos nueve minutos, tal vez diez—. Oí su voz.

—¿Qué te dijo?

Había gritado, pero no hacía falta que él lo supiera.

—Dijo que la tenían y que sus ojos brillaban.

—Mierda —murmuró Rico.

—Se la llevaron —Chris se dirigió a mí.

—Sí.

—Y vamos a recuperarla.

—*Sí*.

—Ox —dijo y puse mi mano sobre su hombro mientras presionaba mi frente contra la suya—. Ella es todo lo que tengo. Ella … es mi hermana, Ox. No pueden *hacerle* esto.

—La recuperaremos —le prometí—. La traeremos de vuelta y se arrepentirán del día que nos la quitaron.

Exhaló de manera pesada y sus hombros se estremecieron por debajo de mis manos. Pero pude *sentir* el momento en que se recompuso, la forma en que se tensó y se endureció, la forma en que sus ojos se oscurecieron y cómo enseñó sus dientes.

–Creen que no somos nada –aumenté el tono de mi voz para que los demás pudieran escucharme–, que pueden venir a *arrebatarnos* lo que deseen. Que estamos *rotos*.

Los lobos gruñeron y sus dientes rechinaron.

–Vamos a enseñarles cuánto se equivocan.

Y tal vez, tal vez por el más breve instante, pude comprender a Joe y las elecciones que había hecho.

Sentí las guardas de Gordo antes que cualquier otra cosa, terminaban casi diez metros antes de llegar al puente cubierto. No estábamos atrapados, podíamos dejar Green Creek cuando lo quisiéramos. Esto no se trataba de mantenernos dentro sino de mantener fuera a quienes tuvieran intenciones de herir a la manada. Y si algo fuera lo suficientemente fuerte para atravesarlas, se suponía que lo sabríamos. Gordo dudaba que alguien fuera a poder cruzar a través de ellas, ni siquiera su padre. Estaban mezcladas con los lazos de la manada en una especie de sistema de alarma.

Las sentí canturrear bajo mi piel cuanto más nos acercamos. Se sentía cálido y vibrante, y susurraba pequeñas canciones a su manera. La magia de Gordo estaba enlazada a nosotros, tal vez mucho más a Joe, pero se habían ido y las guardas se habían quedado. Pensé un momento en él y luego lo alejé. No tenía tiempo para los recuerdos, ahora no.

Las habían estirado lejos alrededor de Green Creek, en lo profundo del bosque. No cubrían la totalidad del territorio de los Bennett, pero sí lo suficiente como para que estuviéramos a salvo.

Había lobos frente al puente, del otro lado de las guardas.

Me acerqué primero, los otros estaban fuera de vista. Sabía que las guardas jugarían con los sentidos de los Omegas, no sabrían cuántos más estaban conmigo. Tal vez podrían ser lo bastante estúpidos como para creer que había venido solo.

Me observaban con sus ojos violetas, conté diez pares siguiendo cada uno de mis pasos.

No vi a Jessie. Había olvidado, por un breve momento, que no podía sentirla como a los demás. Recordé ese día en mi habitación cuando habíamos terminado nuestra relación y había intentado lo mismo. Ella no era manada. No podía sentirla de esa forma.

Me detuve justo frente a las guardas. En algún lugar a mi derecha, Gordo había quemado una runa en uno de los árboles. La línea invisible delante de mí repicó. Respiré profundamente, apestaba a ozono.

—¿Vienes solo, humano? —gruñó una voz familiar en frente del puente. El lobo de la llamada.

—¿Cuál es tu nombre? —pregunté. Solo pude percibir sus ojos de Omega.

—¿En dónde están los demás? El resto de lo que alguna vez fueron.

—Te hice una pregunta.

Los Omegas a su alrededor rieron en cuanto dio paso adelante. Aún estaba oculto por las sombras, pero ya me había habituado a la oscuridad.

El lobo no se veía mucho más joven que yo. Su barba era moteada y tenía el cabello hacia atrás, sujetado con una correa de cuero. Los colmillos habían descendido y pellizcaban la piel de su labio inferior, pensé que tal vez estuviera sonriendo.

—Tú —dijo con la voz cargada de desprecio—. *Me* hiciste una pregunta.

Los lobos volvieron a reír.

—Tu nombre.

—Los humanos no pueden *preguntarme* nada —gruñó—. Eres la porquería por debajo de nuestros pies. El rey caído hizo una parodia de una manada de lobos y mira a dónde lo llevó eso. Lleno de agujeros y su sangre derramada en su propio territorio.

Tranquilízate, me dije. *Tranquilízate.* Porque había una posibilidad completamente real de que me lanzara sobre él, sin importarme una mierda cuántos eran.

"*Está provocándote*", susurró Thomas. "*No entiende en lo que te has convertido*".

Yo tampoco lo entendía. No sabía lo que era, ya no. No creía que la mayoría de los humanos se sintieran como lo hacía yo, incluso si pertenecían a una manada.

Thomas había dicho que no necesitaba ser un lobo. Que no necesitaba ser más de lo que ya era. Él no hubiera querido eso para mí. Me ofreció un don no porque había querido que cambiara, sino porque había querido que me conectara más con él y con los demás.

Aunque a veces escuchaba su voz, aunque a veces caminaba con él y mi madre, no estaban allí. Eran solo recuerdos, fragmentos de ellos que había guardado y que necesitaban abrirse paso fuera de mí cuando menos lo esperaba.

Me preguntaba si él sabría en lo que me convertiría.

Nunca tuve la oportunidad de preguntárselo.

Pero incluso en ese entonces, antes, él me había estado observando. Lo sorprendía, de vez en cuando, como si estuviera esperando algo de mí.

—Te lo preguntaré una vez más…

—Humano —escupió el lobo.

Sostuve la barreta de metal y la apoyé sobre mi hombro. Raspó mi oreja y los lazos de la manada se sintieron electrificados. Mark y Elizabeth, Tanner, Chris y Rico, y también Robbie con su suave latido que se volvió más como un faro. Estaba aquí ahora, con nosotros, pensé que Joe estaría orgulloso.

Tal vez me lo dijera un día. Si alguna vez volviera, si alguna vez lo perdonara.

–Cuál. Es. Tu. Nombre –pregunté otra vez.

–Ven aquí –me indicó el lobo–. Más allá de las guardas –ladeó la cabeza hacia mí, sus orejas alargadas se sacudieron.

–Esto es lo que va a pasar –ya estaba cansado de él y de todo esto–. Me vas a entregar a la chica. Una vez que vea cuál es su condición, deci-diré si te irás de aquí caminando o arrastrándote –eché mi cabeza hacia atrás, sin apartar mi mirada de él–. O cuán profundo te enterraré.

Los lobos no rieron ante eso.

Vi como dos de ellos daban unos pasos hacia atrás. Les perdonaría la vida a ambos. Si podía.

El lobo frente a mí hizo una pausa.

–Tú. Eres un problema. ¿Por qué eres así?

–Por mi padre –pronuncié esas palabras mientras pensaba en Thomas.

Me observó por un momento.

–Traigan a la chica –dijo luego, elevando la voz.

No podía ser así de fácil.

Dos figuras emergieron de la oscuridad desde las sombras del interior del puente. Una de ellas trastabillaba con cada paso que daba, la otra arrastraba a la primera con rudeza.

Jessie.

Caminaba por su cuenta, pero podía oír la dificultad en su respiración.

Estaba cojeando, apenas ponía peso en su pie derecho. Tenía los ojos muy abiertos y las mejillas húmedas, pero su boca era una línea recta, su mandíbula estaba tensa. Estaba asustada, sí, pero también estaba *molesta*. Eso era bueno. La ira era una mejor motivación que el miedo. Probablemente significara que los lobos la habían subestimado. Al igual que me habían subestimado a mí. Mi manada.

—*Ox* –su voz sonó cruda cuando me vio.

—Está bien –dije–. Mírame, todo estará bien.

—En realidad, no lo estará –intervino el lobo mientras sujetaba a Jessie por su brazo. Ella forcejeó contra él, pero la presión de su mano era fuerte como el acero–. Dime, Ox. ¿Realmente crees que esa barra de metal que traes haría algo para evitar que le desgarre la garganta justo aquí delante de ti? ¿Crees que podrías retenerme antes de que yo detenga su corazón?

—Otro lobo me dijo algo como eso una vez –respondí por lo bajo–. Antes de Richard Collins. Ese lobo sujetaba a mi madre casi de la misma manera en la que tú lo haces con ella. Aplasté su cabeza, tuvo una muerte dolorosa.

—La historia jamás se repite a sí misma.

—Puede hacerlo –me encogí de hombros.

—No con tu madre –dijo con una sonrisa vulgar–. Cuéntame, Ox. La salvaste la primera vez, ¿por qué no una segunda?

"*Tranquilízate*", susurró Thomas.

—¿Qué es lo que quieres? –pregunté apenas conteniendo mi ira.

—Simple –dijo, sus ojos centellearon de color violeta–. A ti. Dado que tu Alfa los ha… abandonado, necesitará un incentivo para salir de su escondite. Tú serás ese incentivo y nosotros seremos recompensados. Nos posicionará por encima de los demás cuando te entreguemos, y luego a tu Alfa.

—¿Y si no lo hago?

—La chica —dijo—. Morirá. El resto de este pueblo morirá y lo que queda de tu manada también.

—Las guardas resistirán —solté una risotada—. No puedes tocarlas, ni a la manada, ni a este pueblo.

—Ox, ¿qué demonios es esto? —exclamó Jessie con voz aguda y vacilante.

—¿Por cuánto tiempo? —preguntó el lobo—. Cometerán errores. Puedes quedarte allí por mucho tiempo, puedo quedarme aquí para siempre y cada vez que alguien abandone este lugar, estaré aquí para matarlos, uno a uno.

—Debiste haberme dicho tu nombre —espeté—. Eso era todo lo que pedía.

—Tú no sabes con quién estás… —sus ojos se entrecerraron.

—Te di la opción —dije finalmente, dejando al descubierto mi furia. Mi voz se profundizó y sentí algo que surgía de los lazos de la manada—. De dejarlo pasar, de poder huir, o al menos arrastrarte. Ahora, no creo que ninguna de esas sean tus opciones.

"*HermanoManadaAmorHijoAmigo*".

Estaban ahí, todos. Aquellos que habíamos quedado atrás. Porque a pesar de los que faltaban, éramos una manada. Vivíamos como una, nos alimentábamos juntos como una, entrenábamos como una.

Desde el día en que Elizabeth había vuelto a su forma humana, las cosas habían sido diferentes. Desde Tanner y Chris. Desde Rico y Robbie. Habían venido cuando estábamos solos e hicieron de nosotros algo más otra vez. Tal vez no algo completo, pero nos mantuvimos unidos. Había dudas, sí, en la mayoría de mi parte, por las cosas que no pude dejar ir, la ira y la traición. La pérdida de mi familia y las piezas fragmentadas que Joe y los demás habían dejado atrás.

Pero no estábamos derrotados, no por completo.

Tenía a mi manada. Y mi manada me tenía a mí.

—En un minuto —anuncié a los Omegas—, habrá gritos, probablemente algunos alaridos. Las cosas se tornarán confusas y se derramará sangre, pero quiero que recuerdes una cosa por mí cuando todo eso suceda: todo lo que quería era saber tu nombre.

Eran diez, nosotros siete. Pero no lo sabían.

El lobo que sostenía a Jessie dio un paso hacia delante.

Entonces vinieron a mi lado.

Primero los lobos con sus dientes al descubierto, gruñendo a los intrusos que se atrevían a venir a nuestro territorio, que se atrevían a hacerlo otra vez.

Elizabeth y Mark estaban a mi derecha, Robbie vino a mi izquierda. Rozando contra mis costados con sus músculos listos para la pelea y el pelaje erizado.

Siguieron los otros. Tanner y Rico de pie junto a Robbie, con armas cargadas con balas de plata, algo de lo que Gordo se había asegurado de que siempre tuviéramos en caso de una emergencia. Un año atrás, Rico jamás había sostenido un arma, ahora era el mejor de los dos.

Chris apareció entre Elizabeth y Mark. Flexionó sus muñecas y salieron navajas automáticas infundidas en plata. Las hizo él mismo con materiales del taller y esquemas que encontró en internet. Balanceó su cabeza hacia uno y otro lado, y el chasquido de su cuello llenó el silencio.

—¿Qué es esta… —comenzó el lobo.

Pero hasta ahí llegó.

Antes de que completara la oración, comenzamos a movernos. No había ningún ruido más que el de nuestros pies sobre la tierra. No creo que fueran conscientes de lo que sucedía hasta que fue casi tarde para ellos.

Jessie nos vio avanzar y no esperó a ser rescatada. Levantó su pie derecho en un ángulo recto, mientras su muslo se presionaba contra su estómago. Entonces, con la misma rapidez, pateó hacia abajo justo en la rodilla del lobo, derribándolo hacia un lado, los huesos chasquearon con un sonido empapado mientras se rompían.

No le di oportunidad de registrar el dolor antes de que llevara la barreta directo a su cabeza con un movimiento de golf y lo volteara. La sangre y sus dientes volaron por el aire mientras aterrizaba sobre su espalda con una pierna en un ángulo extraño.

Los lobos gruñeron a nuestro alrededor mientras se atacaban entre sí, dientes y garras, mordidas y desgarros. Sujeté a Jessie y la arrastré lejos de la pelea. Sentí las guardas sobre mí en cuanto las atravesamos.

–Quédate aquí –solté–. No te acerques ni un paso. No pueden atraparte aquí.

–Ox.

Pero no me quedé a escucharla, me di la vuelta y corrí de regreso hacia las guardas, directo hacia los lobos que gruñían y rugían detrás de mí.

Un Omega a media transformación, con los ojos desorbitados por la ira, ladró y saltó hacia mí con sus garras extendidas. Me deslicé con mis rodillas sobre la tierra, avancé velozmente mientras rasgaba mis pantalones y las piedras se incrustaban en mi piel, y me incliné como pude para terminar debajo del lobo. Voló sobre mí, sus dientes castañeaban con furia cerca de mi cuello, sus garras trazaban líneas en mi piel. Levanté la punta de la barreta y la empujé hacia arriba. La piel del lobo burbujeó y se chamuscó mientras la plata la cortaba. Los huesos de su caja torácica se partieron cuando empujé el metal tan fuerte como pude, su impulso lo llevó sobre mí, separándolo de su pecho hasta su estómago. Aterrizó torpemente sobre su hombro, se estrelló contra el suelo y rodó lejos. Dejó de moverse cuando estuvo boca abajo y la sangre comenzó a acumularse en la tierra bajo él.

Los disparos estallaron detrás de mí. Me volteé hacia el sonido.

Elizabeth tenía sus dientes hincados en el cuello de un lobo que tenía debajo. El lobo estaba sobre su espalda y pateaba débilmente mientras ella lo desgarraba.

Mark era más grande que cualquiera de los otros lobos, casi más de la mitad. Derribó a uno de ellos antes de que pudiera moverme, sus dientes empapados de sangre.

Estos Omegas eran, por mucho, menos coordinados que los que habían atacado en el pasado. No creía que Richard Collins los hubiera enviado. Luchaban contra nosotros, pero no luchaban juntos. Se movían de forma independiente, no estaban enlazados.

Robbie dio un alarido en cuanto un Omega le clavó las garras en el lomo. Se giró y dio mordidas en el aire por encima de su hombro, intentando clavar sus colmillos en las piernas de su atacante. No esperé a que pudiera alcanzarlas, corrí a toda velocidad y derribé al Omega. Golpeamos el suelo, el Omega escarbaba sobre mí, con sus dientes cerca de mi garganta.

Antes de que pudiera quitármelo de encima, Chris acudió a mí. Le acertó un puñetazo en la parte posterior del cuello mientras la navaja automática se disparó desde su muñeca y se adentró en la columna vertebral del animal. El lobo convulsionó sobre mí con sus piernas rozando y raspando mi piel. Chris sacudió su brazo hacia atrás y la cabeza del lobo se alzó con el brazo hasta que la hoja se liberó hacia afuera. Mi amigo reaccionó antes que yo y empujó al lobo muerto.

Tanner y Rico se movían en conjunto, espalda contra espalda, con sus brazos extendidos disparando a cualquier lobo que se les acercara.

Continuaban moviéndose en círculos lentos, tirando de cerca e incluso ráfagas. Cuando uno recargaba, el otro lo cubría.

Un lobo se escabulló por lo bajo desde uno de sus lados, intentado no ser detectado mientras los acechaba a los dos. Tenía los dientes al descubierto y se agazapaba, listo para saltar.

—A las dos en punto —les grité.

Tanner se inclinó inmediatamente cuando Rico se dio la vuelta, con el brazo sobre él, y se movió hasta que el lobo estuvo en la mira del arma. Disparó una vez, la bala dio directo en la garganta. El lobo cayó hacia atrás y supe que la bala lo estaba rompiendo por dentro, la plata desparramándose por su sangre, envenenado al Omega, reduciendo su curación lo suficiente como para que no sobreviviera.

Los sonidos murieron a nuestro alrededor.

Tomé aire y exhalé lentamente.

Rico y Tanner bajaron sus armas. Chris ya estaba corriendo en dirección a Jessie quien seguía de pie tras las guardas, lucía conmocionada.

El dolor ardió por un breve momento en mi brazo. Había un corte cerca de mi hombro, no era profundo, pero era largo. Un diente o garra me había alcanzado en algún momento. Probablemente necesitaría puntadas o se formaría una cicatriz. No me pareció importante, las cicatrices eran una muestra de todo lo que atravesé, que aún estaba vivo. La herida sangraba lentamente. Estaría bien. Por ahora.

Mark estaba de pie junto a Robbie, gruñendo a tres Omegas que no se habían transformado durante la pelea. Estaban cerca del puente, el miedo era evidente en sus expresiones. No sabía si estaban allí por elección o los habían obligado. Una vez Thomas me dijo que los Omegas, en su mayoría, eran lobos perdidos. Camino a ser salvajes. Marie era una de esas, ciertamente. No sabía si serían capaces de encontrar su camino o no.

Elizabeth estaba sobre el lobo que había realizado la llamada. Aún estaba consiente, su cuerpo se quemaba por la plata. Sabía que al final sanaría, si lo dejaba libre.

Había seis lobos muertos desparramados en el suelo, la gente del pueblo pronto se daría cuenta del enfrentamiento, no teníamos mucho tiempo.

—Rico —llamé.

—Me encargaré —dijo caminando mientras sacaba su teléfono y marcaba el 911—. Sí, ¿hola? Creo que oí disparos, ¿no ha llamado nadie para avisar? Se oía como si viniera del extremo sur del pueblo, ¿cazadores? ¿Tal vez en los bosques?

La ubicación opuesta.

Caminé hacia Elizabeth. Gruñía por lo bajo desde lo profundo de su garganta, un rugido constante mientras el lobo por debajo de ella se ahogaba y sangraba.

Pasé mi mano por su lomo antes de inclinarme a su lado. Ella se presionó contra mi tacto, pero no apartó la vista del lobo.

—Mierda —maldijo el lobo, y una burbuja de sangre estalló dentro de su boca. Una llovizna fina manchó sus mejillas y frente—. *Dios.*

—Debiste haberme dicho tu nombre —dije por lo bajo—. Pero ese no fue tu primer error. Tampoco diría que haber venido fue el primero. ¿Sabes cuál fue?

—Dios. Dios. Dios…

—Tu primer error fue subestimarnos, a mí y a mi manada. Podré ser un humano, pero corro con los lobos.

Me puse de pie y me dirigí a los otros Omegas.

Se encogieron por el miedo en cuanto me acerqué. Mark y Robbie los habían acorralado contra el muro del puente. Se abrieron un poco para dejar que me pusiera en medio de los dos. Taparon mis costados de inmediato, presionando su calidez contra mí.

—No se transformaron. ¿Por qué? —les pregunté a los Omegas.

Había terror en sus ojos al mirarme. Ninguno habló. Di otro paso hacia adelante y chillaron.

Y luego descubrieron sus gargantas hacia mí.

Me detuve.

Porque eso no debía de suceder. Eso solo sucedía con…

Yo no era…

No podía ser…

Algo en mi esencia o el latido frenético de mi corazón debía de haberme delatado porque Mark estaba allí, Robbie estaba allí, Elizabeth también. Los tres me tocaban, pasaban sus hocicos contra mis piernas y brazos. Rico, Tanner y Chris también estaban allí, en algún lugar. Podía sentirlos en mi cabeza, brillantes y audibles. El hilo de Robbie era más fuerte que antes, y latía con *"amigo"* y *"hogar"* y *"ManadaManadaManada"*.

Apenas pude respirar.

—Te los llevarás de aquí —logré decir—. Tus lobos. No dejarán una sola huella, volverán por dónde han venido. Si ven a Richard Colllins le dirán qué sucedió aquí hoy. Y si vuelvo a ver sus rostros otra vez, no los dejaré ir.

Entonces comenzaron a moverse. Los Omegas se precipitaron hacia el camino de tierra mientras recogían a los lobos muertos. El lobo que había sido el único en hablar se estaba levantando lentamente. Su mandíbula estaba visiblemente rota y sobresalía en un ángulo afilado. Sangraba en abundancia por su boca. Dio un paso tambaleante hacia nosotros. Sus ojos estaban cargados de odio cuando me fulminaron.

No dije nada mientras se alejaba a tropezones por el puente, seguido de los otros Omegas. Pude oír las sirenas en la distancia, alejándose y llevándose el sonido con ellas. No venían hacia nosotros, al menos no por ahora.

Me quedé viendo las sombras del puente por un largo tiempo.

Hubo movimiento a mí alrededor. Rico y Tanner recogían los casquetes de las balas, Chris cubría la sangre desparramada con tierra. Jessie murmuraba, exigía respuestas, se preguntaba quiénes eran esas personas, qué demonios había pasado.

—¿Acaso eran *lobos*? Oh, Dios mío, Chris, *¿Qué es todo esto?*

Robbie y Mark estaban en algún lado a mi izquierda olfateando el suelo. Sabía que estaban rastreando las esencias para asegurarse que ningún otro Omega o nada más estuviese oculto esperando para atacarnos por la espalda.

Elizabeth se acercó a mí.

Se movió a mi alrededor hasta que estuvo frente a mí, se sentó con la cabeza en alto majestuosa y con orgullo. Esperó hasta que ya no pude ignorar su mirada insistente. La miré, sus ojos centellearon, y me provocaron el tirón más intenso que había sentido jamás.

—No puede ser —dije finalmente.

Permaneció inmóvil.

—Sabes que no puede ser. No soy un lobo —no sabía a quién intentaba convencer.

Sentí un roce a lo largo de su hilo, decía *"niño tonto, no importa"* y *"manada es lo que está bien para la manada"* y otra palabra que no quise escuchar. Una que no podía ser posible. Una palabra que se sentía como si estuviera traicionando a Joe.

—No lo quiero.

Resopló con severidad.

—Lo digo en serio. No puedo. *No puedo...* —luego otro pensamiento me golpeó e hizo que los escalofríos erizaran la piel de mis brazos–. ¿Lo sabías?

Inclinó la cabeza hacia mí, esa no era una respuesta.

—¿Él lo sabía? —indagué.

No hablaba de Joe.

Pero ella entendió de quien hablaba, pude sentir la ola suave de tristeza que la recorrió.

—¡Responde! —exclamé, porque la idea de que lo hubieran sabido desde el comienzo, desde aquella primera vez en el pórtico de la casa al final del camino, era todo en lo que podía pensar. No era cierto, *no podía* serlo, pero ¿qué *si lo era?* ¿Qué si todo lo que había sucedido fue para llegar a *este* momento, a *esta* maldita conclusión? ¿Acaso alguien tenía elección en esto? ¿La tenía Joe?

¿La tenía yo?

Entonces Mark se nos acercó y se sentó a su lado. Empujó su oreja con la nariz antes de mirarme con una expresión idéntica a la de ella.

Robbie también se nos acercó, pero él se movía más lento, como si estuviera inseguro de sí mismo. Sus hombros estaban bajos y sus orejas presionadas contra su cabeza. Tenía la cola enroscada entre las piernas. Se veía asustado, como si pensara que sería rechazado si se movía más rápido. Mantuvo una mirada evasiva mientras se sentaba al lado de Elizabeth.

—¿Qué demonios está pasando? —oí que Jessie preguntaba detrás de mí.

—Lo están reconociendo —respondió Chris por lo bajo, y eso fue otro golpe al muro que había construido precipitadamente ante este condenado reconocimiento. Si *ellos* también lo sentían, entonces...

—¿Reconocerlo como qué?

—¿Por qué? —quise saber, como último recurso. Mi voz se quebró y no pude hacer nada para detenerla–. No soy nada, no soy nadie. No deberían estar haciendo esto. ¡Esto no es lo que se suponía que debía pasar! Se suponía que él lo sería. Él regresará, ¿de acuerdo? Él volverá y ustedes tendrán que...

Hubo un indicio de una transformación, el chasquido y gruñido del tejido del hueso y el músculo. La loba tomó forma humana.

Pero sus ojos permanecieron con la misma expresión.

–*Ox* –dijo.

–*Entonces*... esto real –dijo Jessie con un hilo de voz–. La señora Bennet está desnuda y esto es real.

La ignoramos.

Esperé a que el Elizabeth volviera a hablar porque no tenía nada más que decir.

No tuve que esperar demasiado, porque ella habló:

–A veces no se trata sobre ser capaz de transformarse, algunos de nosotros ya hemos nacido con un lobo en nuestro corazón. El color de tus ojos no importa y el hecho de que eres humano tampoco. Lo que importa es que has tomado tu lugar como si hubieras sido hecho para esto.

–Yo no quise nada de esto –le dije con desesperación.

–Lo sé –aseguró con suavidad–. Pero tú eres lo que necesitamos.

–Mi padre...

Sus ojos se endurecieron.

–Tu padre no entendía el valor de quién eras o de quién era tu madre. Te he visto en su sombra y sé las palabras que te dijo, pero tú no le perteneces. Desde el momento en que mi hijo te encontró en esa calle perteneciste a nosotros.

–¿Lo sabías? ¿Incluso en ese momento? ¿Thomas también lo sabía? ¿Es por lo que hicieron todo esto? ¿Es por lo que Joe...? –¿me dio su lobo?

No pude completar la oración porque la idea de haber sido obligado a algo sobre lo que no tenía elección o que ni siquiera quería, me congeló.

Aunque ella lo supo. Siempre lo hacía.

—No —respondió en voz baja—. Sabíamos que eras un muchacho notable, Ox. Bueno y considerado. Lo sabíamos desde el comienzo y también que serías un maravilloso miembro de nuestra manada. ¿Pero el resto? ¿Esto? Ox, esto es algo que jamás hubiéramos pensado que sucedería. Puedes tener planes de por vida, pero la vida siempre tendrá sus propios planes. Si Thomas no hubiera muerto, si tu madre no hubiera muerto, Richard Collins no se hubiera escapado o incluso enfocado en nuestra familia desde un principio. Si tú, Ox… Siempre hay un "si tal cosa" —sus ojos centellearon con el anaranjado y sentí el tirón con gran fuerza—. Pero ahora no se trata de un "si" ahora es algo más.

Mark echó la cabeza hacia atrás, descubriendo su garganta.

Robbie hizo lo mismo, su cola golpeteaba con nerviosismo.

Elizabeth inclinó su cabeza hacia un lado, una larga columna de piel silenciada a la luz de las estrellas.

Entonces lo dijo.

Esa sola palabra.

Y esperaba que Joe pudiera perdonarme, porque por más que quisiera luchar contra eso no tenía la fuerza para hacerlo.

Ya no.

—*Alfa.*

EL TERCER AÑO /
CONEXIÓN MÍSTICA
DE LA LUNA

Durante el tercer año, y al poco tiempo de ser reconocido como miembro de la manada de los Bennett, Robbie se mudó a la casa. Sus superiores no se veían sorprendidos. Un hombre hosco visitó la casa, llevaba un traje arrugado y una corbata delgada. Sus ojos se agrandaron brevemente cuando ingresé a la habitación, porque era capaz de sentir algo en mí que yo aún no comprendía del todo. Fue descortés y directo: no había rastros de Richard Collins y ninguna prueba tangible de él por más de un año, los equipos que buscaban desde que abandonó Green Creek regresaban con las manos vacías y ya no había más rumores acerca de él.

Lo mismo se dijo de Joe y los demás. No habíamos oído nada de ellos, aun cuando Elizabeth seguía insistiendo que estaban con vida, que ella *sabría* si algo les hubiera pasado a sus hijos. No tenía corazón para mostrarme en desacuerdo, incluso cuando yacía despierto cada noche imaginando cientos de cosas diferentes: que habían encontrado a Richard y los había asesinado, convirtiéndose en Alfa; que estaban con vida, pero que jamás regresarían; que jamás volvería a ver a Carter o a Kelly o a Gordo.

Y a Joe, claro. Porque él estaba mucho más presente en mi mente que el resto.

El hombre hosco nos dijo que continuarían la búsqueda, pero parecía poco entusiasta. Hablaban como si Michelle Hughes fuera a ocupar su puesto a largo plazo, para tener finalmente a alguien que tomara de forma definitiva el lugar de Thomas como el líder de todos los Alfa.

—Les daremos más tiempo —dijo mientras tomaba un sorbo de su café—. Pero no podemos esperar por siempre.

Pidió hablar conmigo en privado, eché un vistazo a Elizabeth quien asintió antes de manifestarse de acuerdo. Señaló la antigua oficina de Thomas y dudé por un momento. Los demás dejaron la casa, Tanner, Chris y Rico estaban en el taller. El hombre hosco esperó hasta que los demás estuvieran fuera del alcance del oído y cerró la puerta de la oficina. Me senté detrás del escritorio, era más intimidante de lo que esperaba. Intenté presionarlo, pero creo que él se dio cuenta.

—Tiene curiosidad por ti —soltó.

—¿Quién? —quise saber, no me lo esperaba.

—La Alfa Hughes.

—¿Por qué?

—Porque eres un humano —rio—. Y de alguna manera te has convertido en el Alfa de la manada Bennett, nada menos.

—Joe es el Alfa de la manada Bennett —repliqué. Yo solo era temporario. Lo había aceptado un poco más que antes, pero aún era un trabajo en progreso, uno que esperaba que acabara muy pronto.

—Joe no está aquí.

—Lo hará —aseguré y me pregunté si el hombre hosco oyó el latido traicionero de mi corazón.

—¿Cómo lo hiciste? —preguntó—. Ella querrá saberlo. No porque hayas hecho algo malo o porque quiera quitarte algo.

Entrecerré los ojos.

—¿Por qué hablamos de esto?

—Porque tú lo hiciste —se encogió de hombros—. Y no te culpo, tampoco ella. Esta manada ha pasado por… demasiado, y eso es quedarse corto. No confían en los demás fácilmente.

Hablaba de la manada y de mí como si fuéramos uno solo, con respeto.

—No hay muchas personas en las que podamos confiar.

—La Alfa Hughes…

—Es alguien a quien jamás he conocido —le respondí con tono afilado—. Así que no puede pedirme que confíe en ella.

—Eso no la detuvo para preocuparse por ti.

—Monitorearme.

—Robbie.

—Robbie —coincidí.

—¿Me creerías si te dijera que sus reportes se volvieron excesivamente escasos con el paso del tiempo?

Le creí porque era cierto. Asentí lentamente mientras me preguntaba si tendría que pelear con este hombre hosco por uno de los de mi manada, porque Robbie no le pertenecía, ya no partencía a la Alfa Hughes, me pertenecía, aquí, con la manada.

—Ella lo comprende.

—¿Sí? —pregunté.

—Probablemente más que lo que piensas. No puedo decir que no tienes los instintos que tenemos, porque no sé lo que eres, pero un lobo sabe cuando encaja, cuando encuentra un hogar. Aparece como un tirón en su mente y en su pecho, comienza pequeño al principio, pero luego crece, si se lo permite, y tú se lo has permitido.

—No puedes llevártelo —dije sin rodeos—. No lo permitiré.

—No iba a reclamarlo —me miró por un momento.

—Ahora me pertenece —y una parte primitiva en mi interior sintió gran placer ante la idea.

—Lo sabemos. No es exactamente lo ideal, pero…

—Mejor que Osmond.

El hombre se encogió al escucharme.

—Es justo.

—¿Justo? Creo que eso podría ser una subestimación.

—Lo de Osmond fue… inesperado.

—Osmond fue un error. Creo que hasta Thomas lo supo, antes de que pasara.

—Nadie podría haberlo predicho.

—Tal vez no estaban prestando la suficiente atención. ¿Saben al menos qué es lo que sucedió? ¿Cuándo? ¿Cuándo comenzó a trabajar para los otros o si siempre perteneció al bando de Richard Collins?

—Esas son preguntas que tenemos la esperanza de hacerle —frotó una mano sobre su rostro—, si lo encontramos.

—*Cuando* lo encuentren.

—Para alguien que no confía en nada de lo que digo, estás poniendo demasiada fe en nuestros equipos.

—No hablaba de sus equipos —aclaré en tono frío.

—Robbie seguirá trabajando para nosotros. Pedimos que nos mantengas informados sobre cualquier… cambio.

—Cambios.

—En tu manada. Normalmente cuando una manada suma miembros, hay un proceso de investigación para evitar cualquier posibilidad de dejar entrar a alguien que podría tener otros intereses ocultos.

—¿Fui investigado? —parpadeé.

—Parcialmente. En su mayoría bastó la palabra de Thomas, la gente no solía decirle que no a él. Incluso cuando se hizo a un lado. Era… persuasivo.

Eso no me cayó bien.

—Quieren control.

—Queremos estar a salvo —replicó—. No hay tantos de nosotros como solía haber. Las cosas cambian, las actitudes cambian. Si las cosas hubieran continuado como estaban, probablemente habría más mordidos que puros de nacimiento. Cuando una especie está muriendo, se debe hacer todo lo posible por preservar a aquellos que quedan. Esto no se trata sobre control, es sobre supervivencia.

—A Richard Collins le importa una mierda eso.

—Richard Collins es un psicópata.

—Bien. Robbie puede continuar con los reportes, pero si lo presionas por cosas que no deberían de discutirse, si intentan actuar a mis espaldas…

—No hacen faltan las amenazas —me aseguró el hombre hosco—. Aunque estaría mintiendo si dijera que no vas a recibir mierda por esto.

Me paralicé, pero fue algo pequeño.

Sin embargo, el hombre lo captó. Arqueó una ceja.

—¿Cómo? —me aclaré la garganta.

—Otros no verán con buenos ojos a un humano Alfa. Apenas hay tolerancia por los Alfa mordidos, ¿pero tú? Eres un *humano*. Algunos lo verán como una bofetada y otros creerán que mientes.

—¿Cree que miento?

Sacudió la cabeza.

—Tal vez antes de llegar aquí, tal vez oí historias sobre ti antes, el humano en la manada de lobos, y tal vez no creía necesariamente cada cosa que escuchaba. Thomas siempre decía lo venerados que deberían ser, incluso después de que los humanos hubieran intentado exterminarnos. Y te ocultó de nosotros, no a ti específicamente, sabíamos de ti. Pero ¿el hecho de que serías emparejado con el futuro Alfa? Nos ocultó eso, nadie lo supo hasta que Osmond llegó. Estábamos... preocupados.

—Lo bastante preocupados como para enviar a un traidor y unos cuantos Betas, sin saber cuáles eran sus lealtades.

—No sabíamos que él era...

—No —lo interrumpí—. Entiendo eso. Pareciera ser que ninguno de ustedes sabe demasiado de nada.

—Sea como sea. Habrá resistencia, hacia ti. A mí me has convencido porque estoy aquí, en tu territorio. Puedo sentir la forma en la que estás enlazado con él, con tu manada, pero los otros no lo podrán ver.

—Ese no es mi problema, no busco tolerancia. Solo quiero que dejen a mi manada en paz.

—Debiste haber elegido otra manada entonces —dijo en tono seco—. Ser un Bennett ya te asegura que no podrás estar en paz. Si esto... continúa por más tiempo, necesitarás registrarte. Todos los Alfa deben registrarse con el líder de los Alfa, nos ayuda a tener la cuenta de la población lupina. Para asegurarnos de que no están construyendo manadas sin nuestra guía.

—¿Si sigue qué cosa?

—Tú. Esto. Si Joe no regresa.

—No puedo hacer nuevos lobos —le recordé—. Aún soy humano.

Me observó por largo tiempo, era exasperante lo poco que necesitaba parpadear.

—Eso no significa que no puedas atraerlos hacia ti. No necesitas morderlos para hacerlos tuyos. Robbie o los otros humanos, puedes expandir tu manada sin siquiera necesitar ser un lobo.

—Lo haces sonar como si yo fuera alguien de temer.

—No sabemos lo que eres. Y siempre existe el miedo ante lo desconocido.

—Él lo hará.

—¿Qué cosa?

—Joe. Él regresará.

—Tienes fe en él —parecía sorprendido.

—Siempre.

El hombre hosco no se dio cuenta de que no era del todo sincero.

Porque *tenía* fe en Joe.

Pero sentía que quizás iba menguando a medida que pasaban los días.

Robbie esperó de pie, nervioso, más allá del alcance del oído mientras el hombre hosco se marchaba. Tan pronto como su automóvil desapareció por el camino de tierra, prácticamente corrió a mi lado. Podía oír a los demás en el bosque, los suaves ladridos de Mark y Elizabeth, y las risas y gritos de Tanner, Chris y Rico.

—¿Bien? —indagó, retorciéndose las manos. Sus ojos se dispararon hacia mí y luego se apartaron.

—¿Bien? —bromeé.

—¡Ox!

—Puedes quedarte, seguirás trabajando para la Alfa Hughes, pero puedes…

—Ella no es mi Alfa —me interrumpió apresuradamente—. No lo es… *No puede* ser mi Alfa. No como… bien. Simplemente *no puede* serlo.

—¿Por qué? —pregunté por curiosidad—. Sabía que no eras realmente una parte de su manada, o de hecho de ninguna otra, pero trabajabas para ella. ¿Por qué no ser entonces un miembro de su manada?

—Jamás encajé. *Yo* no encajaba, no con ellos. Aun cuando otras manadas me aceptaron luego de que mi madre muriera, nunca… nunca se sintió *correcto*. Me mantenían a salvo, alimentado y vestido, me ayudaban a soportar mi pena, pero yo solo… no podía. Me pidieron que me quedara y no pude. Así que cuando cumplí la mayoría de edad, caminé y fui de aquí para allá. Y luego la Alfa Hughes me pidió que hiciera el trabajo y cuando *ella* pide algo, uno solo lo hace, no hay tiempo para las preguntas. Entonces vine aquí e *hice* mi trabajo y estaba *bien*, Ox, era *bueno*. Y aun cuando ninguno de ustedes confió en mí durante mucho tiempo, me sentía más yo mismo de lo que me había sentido desde… ni siquiera sé cuándo.

Para cuando acabó de hablar, sus mejillas estaban ruborizadas y sus ojos eran enormes y anaranjados. Se oía como si le faltara el aliento, como si estuviera asustado de que fuera a rechazarlo en ese mismo momento.

—Robbie —le dije extrañamente conmovido—. Vas a…

—Porque tú eres mi Alfa —escupió—. Tú eres el único que quiero que lo sea, nadie más. Mi lobo… Solo… Tú lo eres, ¿de acuerdo?

—De acuerdo, Robbie —dije—. Oye, está bien. Vas a quedarte con nosotros, conmigo.

—¿Hablas enserio? —se quedó boquiabierto.

Asentí.

La sonrisa de su rostro era amplia y cegadora.

Y aunque todavía me sentía un poco como un niño jugando a disfrazarse, sentí cierto orgullo con el que no supe qué hacer. Solo sabía que no quería dejarlo ir.

Jessie se mantuvo alejada por un tiempo.

No es que pudiera culparla.

Tenía solo dieciséis años cuando descubrí la verdad, todavía era tan joven e ingenuo como para creer en cosas imposibles. Ella no estaba en sus dieciséis, estaba en sus veinte, lo que significaba que estaba siendo cínica.

Pero no la culpaba, no podía hacerlo. Había sido testigo de algo con lo que la mayoría de las personas no hubiera sabido qué hacer, no hubiera sabido cómo procesar. Había sido secuestrada y mordida, atrapada como rehén en una pelea con la que no tenía nada que ver.

Regresaba a casa de una noche con amigos a dos pueblos de distancia, habían ido a un restaurante nocturno y habían tomado un par de tragos, pero nada que le impidiera conducir de regreso. Eso hacía cuando vio otro automóvil detenido al costado de la carretera, a una mujer de pie en la oscuridad junto a él. Las luces de emergencias amarillas encendidas.

Se detuvo porque era lo correcto. La mujer estaba sola y aunque Green Creek fuera un lugar *seguro*, Jessie dijo que no hubiera sido capaz de perdonárselo si no se detenía y luego oía que *no* había sido seguro.

La mujer le había sonreído y anunciado que su auto estaba averiado. Además, su teléfono se había quedado sin batería, ¿podía Jessie *creer* su mala suerte?

Sucedió rápidamente, en un momento caminaba hacia la mujer, y al siguiente estaba *rodeada* por gente que tenía los ojos de un color violeta brillante.

La golpearon. La hicieron sangrar. No la tocaron… no de esa forma.

Pero el sentido personal de su ser había sido violado.

Se había distanciado de Chris. Rara vez lo había presenciado, pero sabía que ellos eran cercanos. La furia que sintió luego de esa noche hacia los Omegas, fue la más fuerte que había visto en él. Se avocó al entrenamiento que siguió, ejercitando hasta que sus músculos temblaban y goteaba sudor.

Le dije que se detuviera, que tomara un descanso. Que dejara la manada si era necesario y se enfocara en Jessie, si creía que eso era lo indicado.

Me miró afligido.

—¿Estás pidiéndome que me vaya? —preguntó con un hilo de voz.

No sabía mi alcance sobre ellos, sobre la manada. No lo entendía en verdad, no hasta ese momento. Porque si le hubiera dicho que se marchara, él lo habría hecho. Se habría marchado y cuidado de su hermana. Se habría alejado de la manada porque yo se lo *decía,* y lo hubiera herido, y a mí también, en el proceso.

Fui egoísta, debí haberle pedido que se alejara.

Pero no lo hice.

—No —le dije—. No quiero que te vayas.

Se relajó y dejó escapar un largo y lento suspiro.

Al final, ella regresó durante el verano.

La campana de la puerta principal del taller tintineó.

La ignoré mientras estaba enfocado en el ventilador de un radiador que intentaba instalar. Robbie estaba en el escritorio del frente. Por el bien de todos, habíamos acordado que sería más seguro que se alejara de las herramientas, dado que tenía una tendencia a hacerse daño, y a otros, si estaba cerca de cualquier cosa filosa. Ahora respondía las llamadas telefónicas, negociaba con los clientes y programaba trabajos. La gente que venía a nuestro taller lo adoraba, y a él le gustaba hablar con ellos. Nuestra vida se simplificó.

Hasta ese día que oí la campanilla y las voces alteradas.

—¡No me importa quién *demonios* eres! ¡Me vas a dejar pasar porque tengo algo que decirles!

—Mire, señorita…

—Me llamo Jessie, cretino.

—*Jessie,* simplemente no puedes…

—Oh, por el maldito amor de Dios, largo de mi camino.

—Esto no va a ir bien —suspiró Chris desde el coche siguiente—. Conociéndola, ha estado acumulando eso todo este tiempo.

—Mejor tú que yo —Tanner soltó una risotada.

—De hecho, probablemente ella vaya a gritarle al *Alfa* de por allí —acotó Rico.

—¿Qué hice? —pregunté con un quejido.

—*Jefe*, ¡qué no has hecho!

—Hijo de perra —murmuré mientras colocaba el ventilador—. Robbie, deja que venga —agregué con el mismo tono de voz.

Robbie fue interrumpido a mitad de su réplica en la oficina del frente. Escuché la puerta de la recepción del taller abrirse bruscamente.

—¡Ox! —ladró Jessie.

—Esto se pondrá ruidoso —dijo Chris.

—¿Deberíamos irnos? —preguntó Tanner.

—Nah —respondió Rico-. Quiero ver lo que pasa.

—Como su Alfa, les ordenó que me salven —les dije.

Se quedaron mirándome, maldita e inútil manada.

Jessie estaba en pie de guerra, tenía el cabello hacia atrás en una coleta ajustada, su rostro ruborizado y los ojos brillantes. Robbie la siguió con cautela, tenso. Como si no supiera si debía atacarla si acercaba demasiado. Lo miré y negué con la cabeza, y se encogió de hombros antes de irse con los demás.

Jessie se detuvo justo frente a mí, sus labios formaban una línea fina. Todavía tenía ese pequeño lunar que solía besarle. No sé por qué me enfoqué en eso.

—Eres un maldito saco de mierda —escupió.

Suspiré.

—¿*Sabías* sobre esto? ¿Todo el *tiempo*?

—Jessie —dije con calma-. Hola, bienvenida a Lo de Gordo.

Me fulminó con la mirada. Estaba molesta y no la culpaba. En verdad que no. Yo sería el Alfa, pero ella podía ser aterradora.

—Chris también sabe de esto, hace un tiempo —dije.

—¡Oye! —chilló Chris-. ¿Por qué me arrojas debajo del tren?

—Oh, no te preocupes —Jessie entrecerró los ojos-. Él también tendrá lo suyo, te lo prometo.

—Apestas, Ox —murmuró Chris-. El peor de los Alfa.

Robbie le gruñó.

—Pero tú —dijo ella mientras empujaba mi pecho con su dedo índice-. *Todo* es *tu* culpa.

—¿Cómo puede ser *mi* culpa? –pregunté un poco ofendido.

—¡Hombres lobo! –me gritó.

—Sí –dije–. Han pasado seis meses desde que los descubriste. ¿Por qué haces esto ahora?

—Necesitaba tiempo para procesarlo –parpadeó.

—De acuerdo. Y ahora lo has procesado.

—Hombres lobo –repitió.

—Hombres lobo –asentí.

—Lo sabías, todo el tiempo.

—No *todo* el tiempo.

—Eso –agregó Rico–. Fue *casi* todo el tiempo.

Jessie volvió a hincar su dedo índice en mi pecho mientras yo fulminaba a Rico con la mirada. Él solo me guiñó un ojo.

—¿Eres uno de ellos? –indagó.

—No –respondí lentamente.

—Entonces eres un humano.

—No… –repetí, aún más lento.

—¿Qué diablos significa *eso*?

—Significa que no estoy del todo…

—¿Vas a morderme? –preguntó.

—No te importaba cuando solíamos…

—¡No es el momento, Ox!

—Lo sé –dije apresuradamente–. Aún no se me dan bien las bromas, o saber cuándo es el momento adecuado para hacerlas.

—¡No puedes morderme!

—¡No lo haría! No soy un hombre lo…

—Eres *algo*.

—No algo que sea capaz de transformarte –me dolía la cabeza.

—Transformaste a mi hermano, él me lo dijo. Me dijo que puede *sentirte*, que es parte de ti y tu… manada —escupió la última palabra como si fuera una maldición.

Y sí, me había pillado.

Mierda.

—Vas a decírmelo *todo* —hincó su dedo índice por tercera vez.

—¿Ahora mismo? —pregunté intentando no gemir. Era el maldito *Alfa*. ¿Por qué ella me decía qué hacer?

—*Ahora* mismo.

Maldición.

Así que obedecí.

Nos tomó unas pocas horas. Y pude haber titubeado en algunas partes (y pasado por alto otras, porque, aunque ya habían pasado dos años, las muertes de Thomas y de mi madre eran bastante difíciles para obviarlas), pero intenté dejar fuera lo menos posible. Sentí que se lo debía, por toda la mierda por la que la había hecho pasar desde que la había conocido. Para darle crédito a su favor, rara vez me interrumpió, solo cuando no entendía algo y necesitaba que se lo explicara con más detalles. Mientras más hablaba (más de lo que había hablado jamás) más callada estaba.

Finalmente, se quedó mirándome por un largo rato. Me ardía la garganta, así que no dije nada mientras aguardaba por lo que fuera que ella fuera a hacer.

—Y todo eso pasó de verdad —dijo al fin.

—Sí.

—No dijiste mucho sobre *él*.

—¿Quién? —me hice el tonto.

Lo notó.

—Joe —respondió de todos modos.

—No hay mucho que decir —intenté tragar la amargura que ascendió como bilis por mi garganta.

Jessie puso los ojos en blanco.

—Además del hecho de que es tu compañero y se *imprimó* en ti como si fuera algún escalofriante *fanfiction* de *Crepúsculo*.

—No sé qué significa la mayor parte de eso —me encogí de hombros.

—Yo sí lo sé —dijo Rico—. Y admitiré que no es algo de lo que ahora me sienta muy orgulloso.

—Tienes un destino místico de la luna con Joe —se exasperó Jessie.

—¿Un qué? —la miré de reojo.

—Lo *tuyo* con Joe.

—No es…

—Dios me alegra tanto haberme salido de eso en el momento en que lo hice.

—No fue el destino —intenté ignorar mi mal humor—, fue una elección. Él me eligió.

—Y tú a él, luego de que descubrieras lo que significaba.

Y lo había descubierto, pero qué bien me hacía eso. Así que no dije nada.

—Eso explica mucho.

—¿De veras? —pregunté y me miró como si fuera un idiota—. ¿Qué?

—Ox, él me *odiaba*.

—No te odiaba.

Tal vez no le agradaba mucho, ¿pero odio? No creía que Joe fuera capaz de odiar. Ni siquiera odió a Richard Collins, en ese entonces. Ahora, bueno. No sabía ahora. Ya no lo conocía como para decir si ahora era capaz.

—Eres un estúpido —dijo seriamente—. Todo esto es estúpido.

—Un poco —repuse de acuerdo.

—Estar de acuerdo conmigo no te sacará de esta.

—Lo sé —bueno, no lo sabía antes. Pero ahora sí. Así que tal vez no hubiera estado tan de acuerdo con ella.

—Esto explica por qué has estado abatido el último par de años.

—No he estado abatido...

—Un poco abatido —opinó Rico—, tal vez no todo el tiempo.

—La mayor parte del tiempo —acotó Tanner.

—A veces se queda mirando a la distancia —agregó Chris amablemente—. Con su fortaleza sosegada y su angustia.

—Los odio a todos —lo decía en serio.

—Yo no dije nada —repuso Robbie.

—Jamás fue a la universidad —retomó Jessie—. Así que esa es otra mentira que nos contaste. A mí y a *todos*.

—No se suponía que fuera una *mentira*.

—¿Por qué no has ido detrás de él?

Como si eso no hubiera cruzado mi mente antes.

—No sabría siquiera por dónde empezar, y le prometí que me quedaría aquí, para cuidar a los otros. A la manada.

—¿No puedes encontrarlo con tu conexión mística de la luna?

—Mística… Dios, ¡deja de llamarlo así!

—Te entregó un lobo hecho de piedra que esencialmente lo comprometió contigo para siempre —dijo en tono inexpresivo—. Si eso no es una conexión mística de la luna, entonces no sé qué es.

—Es algo como eso —dijo Robbie. Hizo una mueca de dolor cuando lo fulminé con mi mirada—. Lo siento Ox.

—Eso quiere decir que te quedarás aquí sentado y no harás nada —se oía extrañamente desilusionada.

—No estoy *no* haciendo nada.

—Tu uso del lenguaje es muy bueno —dijo Rico.

—¡No estás buscándolo!

—Él tomó su decisión —solté.

—¿Y solo vas a dejar que suceda?

—Ya ha *estado* sucediendo. El hecho de que estés descubriéndolo todo *ahora* no significa que el resto de nosotros no haya lidiado con todo esto durante años.

—No entiendo por qué no hiciste nada al respecto. Con él.

—¿Qué podría haber hecho? —pregunté con brusquedad—. Obviamente había cosas que eran más importantes que otras.

Por primera vez desde que había entrado al taller, el rostro de Jessie se suavizó. Su expresión estaba cerca de la lástima y no quería eso de ella.

—Mira, es…

—Ox, no creo que algo fuera más importante que tú —estiró su mano y apretó la mía—. Tal vez no pudiste verlo, pero yo sí. La forma en la que te miraba —su sonrisa estaba cargada tristeza—. Eras todo para él y no creo que haya cambiado.

—No puedes saberlo —aparté mi mano.

Jessie frunció el entrecejo.

—Ni siquiera sabemos si aún… —me detuve y negué con la cabeza—. No importa. Él no está aquí. Ellos no están aquí. Nosotros estamos aquí y tengo un trabajo que hacer. Algo que jamás hubiera pensado que debería hacer, pero aquí está. Así que sí, los hombres lobo existen. Sí, aparentemente, soy el Alfa o algo parecido. Y lo siento si te herí por eso, pero me aseguraré de que no vuelva a suceder.

—¿Cómo? —quiso saber—. No puedes prometer algo como eso.

—No —dije—, pero puedo dar lo mejor de mí y, si fueras uno de nosotros, eso facilitaría un poco las cosas.

—No quiero que me muerdan —dijo apresuradamente—. Esa no es…

—Una posibilidad ahora mismo —la interrumpí—. Pero si estás de acuerdo, si formas parte de esto, naturalmente comenzarás a conectarte a mí. Ni siquiera entiendo cómo funciona, pero sucederá.

—¿Por qué mejor no vamos viendo cómo avanza esto? —pude verla acceder, incluso si ella no lo sabía.

No le tomó demasiado tiempo decidirse.

No es que haya esperado que le llevara más.

Una semana más tarde, Elizabeth la llevó al bosque, regañándonos para que no las siguiéramos porque necesitaba hablar con Jessie, a solas, de mujer a mujer. Jessie se veía ligeramente incómoda ante la idea, pero más que nada intrigada, así que lo dejó pasar. Elizabeth no la lastimaría.

Regresaron luego de cuatro horas, sonrojadas, brillantes y felices. Jessie reía y Elizabeth sonreía, las líneas alrededor de sus ojos y boca estaban menos pronunciadas.

—Lo hará bien —aseguró, mientras recorría mis hombros con sus dedos al pasar.

Y eso fue todo.

Vinieron otros ese año.

Luego de los Omegas que se habían llevado a Jessie, todo había estado tranquilo, aunque nos habíamos preparado. Robbie hizo su parte y se mantuvo en contacto con sus superiores, el hombre hosco y la Alfa

Hughes, de vez en cuando. Aunque redujo su frecuencia, ya que ahora era mi Beta. La Alfa jamás pidió hablar conmigo, jamás pedí hablar con ella. No sabía por cuánto tiempo dejaría que todo esto siguiera su curso. A veces, durante la noche, yacía despierto y me preguntaba si vendría e intentaría arrebatármelos porque yo no era lo que necesitaban realmente.

Aunque no lo hizo, no había un día en el que no esperara que ocurriera.

Aún buscaban a Richard Collins, Osmond y a Robert Livingstone, jamás los encontraron.

Y creía que aún estaban buscando a Joe, también. Porque él era el Alfa que se encontraba fuera del radar. No se trataba tanto sobre devolverlo a casa, sino de mantenerlo vigilado.

Robbie me aseguró que no transmitía los asuntos de la manada a nadie que no fuera parte de ella. Le creí porque confiaba en él. No me mentiría, no sobre eso. Estaba seguro.

Pero vinieron otros nuevamente.

Jessie, que siempre había sido una mujer fuerte, se negó a ser la damisela en apuros esta vez. Se avocó al entrenamiento con los demás, y pronto superó a los otros humanos. La expresión de su hermano la primera vez que lo derribó barriéndolo con un bastón de entrenamiento, era tanto de orgullo como de ligero enfado. Jessie se quedó de pie por encima de él, sonriendo con el bastón reposando sobre su hombro y un rastro de sudor en su frente.

–¿Quién sigue? –preguntó mientras Rico y Tanner intentaban retirarse lo más silenciosamente posible sin ser notados.

Los notaron. Diez minutos más tarde, ambos yacían en la tierra, Jessie por encima de ellos. Así que cuando vinieron los otros, estuvimos listos.

Pero no eran Omegas.

El primero era solo un hombre. Y trajo noticias sobre Joe.

Era tarde y seguía en el taller, completaba las facturas de lo pedido para el mes siguiente. Normalmente, Chris se encargaba de esto, pero lo dejé marcharse dado que tenía una cita con una chica del siguiente pueblo. Algo casual, me había asegurado. Al menos por ahora. No quería pensar qué pasaría si se convertía en algo más. Jessie me aseguró que estaba bien, que era agradable y dulce, y que dejara de preocuparme por cosas que aún no habían sucedido.

No funcionaba de esa forma, pero era una idea agradable.

Estaba pensando en guardar todo y terminar el resto de las facturas al día siguiente. Ya había tres mensajes de texto amenazadores en mi teléfono: uno de Mark y los otros dos de Elizabeth, diciéndome que, si no regresaba a casa en una hora, vendrían a buscarme. No eran amenazas vacías, así que decidí irme.

Sentí un golpe en la puerta de entrada del taller en cuanto apagué la luz. Un fuerte golpe contra el cristal.

Me detuve. Quien quiera que fuera, no era de los míos.

Eran más de las nueve, probablemente tampoco fuera alguien que quisiera un cambio de aceite. Tomé mi teléfono y dudé solo por un momento, pero era mejor estar a salvo que lamentarlo. Abrí nuestro chat grupal y envié una sola palabra:

prealerta

Obtuve respuesta de todos dentro de los veinte segundos, incluso de Chris. Me sentía complacido, las ataduras entre todos nosotros se ensancharon. Tiré de ellos tanto como pude *"CalmaPazAmorManada"*, esperando que fuera suficiente.

Porque no era nada. Bueno, probablemente no lo fuera.

El golpe se oyó nuevamente. Quien quiera que fuera, era persistente.

Las guardas de Gordo aún estaban funcionando. Tenía fe en ellas incluso cuando no tuviera fe en el hombre que las conjuró.

No en verdad. Ya no.

Pero Gordo me había dicho que, aunque era fuerte y estaba seguro de lo que podía hacer, la magia no era infalible, no era lo mejor. No era el principio y el fin.

Algún día, algo tendría que pasar.

Pero no debía preocuparme por eso, porque ya habría regresado para ese momento. Eso fue lo que me dijo.

Y le había creído.

Tenía mi barreta, la llevaba a todos lados. Era una extensión de mi cuerpo, y la mantenía cerca todo el tiempo. Un Alfa mantiene a su manada a salvo, y la barreta de metal era una de las formas en la que sabía hacerlo. La tomé de su lugar sobre mi escritorio, su peso se sintió familiar. Ya no pensaba en la violencia, cuán fácil era para mí matar a quien sea que viniera por lo que era mío. Si lo hiciera, de seguro me temblarían las manos, dudaría. Y no tenía tiempo para eso, ya no.

Me moví por el taller a oscuras. Incluso el letrero de Lo de Gordo estaba oscuro, apagado cuando el taller cerró. La luz de la oficina no podía verse desde el frente, por lo que quienquiera que fuera no tenía forma de saber que había alguien dentro.

A menos de que hubiera estado observando.

Entrecerré mis ojos, dejando que se ajustaran a la oscuridad.

Volvió el golpeteo en la puerta, esta vez golpecitos suaves y educados sobre el vidrio. La puerta no se estremeció, el golpeteo no era furioso, simplemente insistente.

Empujé la puerta del taller hacia el área de la recepción, moviéndome lentamente.

Vi la silueta de una persona de pie en la puerta principal, iluminada por detrás por el letrero luminoso de la ferretería al otro lado de la calle, que Harvey siempre olvidaba de configurar en el tiempo correcto. Quienquiera que fuera no parecía traer nada en sus manos, pero sabía que eso no significaba nada. Las armas podían estar ocultas en las mangas, los colmillos podían descender. Gordo me dijo que cualquier cosa que pudiera imaginar, estaba allí fuera. E incluso después de todo este tiempo, todavía podría imaginar muchas, muchas cosas.

Encendí las luces.

Era un hombre. Un hombre mayor con el rostro desaliñado, barba gris y blanca de varios días. Sus ojos oscuros parpadearon ante el repentino estallido de fluorescencia. Frunció un poco el ceño mientras me miraba, ladeando la cabeza. Luego sonrió dejando a la vista dientes grandes y torcidos. Volvió a golpear el cristal.

—Está cerrado —anuncié aumentando el tono de mi voz.

—No estoy aquí por mi camioneta, Ox —dijo ensanchando su sonrisa.

—¿Cómo sabe mi nombre? —mantuve mi rostro inexpresivo.

—Todos saben tu nombre —respondió a través del cristal—. No eres exactamente desconocido en estos lugares, todo lo que tuve que hacer fue preguntar. Los muchachos del restaurante en serio sienten debilidad por ti.

—¿Por qué preguntaba por mí?

—Abre la puerta. Es mejor hablar cara a cara.

—Sí, no creo que eso vaya a suceder.

—Podría romperlo —la sonrisa se deslizó de su rostro.

—Entonces estaría cometiendo un delito.

—Llama a la policía —soltó una risotada—. Haz que me arresten, pero no podrás escuchar lo que vine a decir.

—¿Por qué debería importarme lo que sea que tenga para decir?

—Por tus lobos.

Me tensé, alerta. Furioso. *Es una amenaza*, pensé. Se *sentía* como una amenaza.

—Mis lobos. No sé de qué está hablando.

—¿Esa es tu respuesta? Oí que no eras tan estúpido como luces, Oxnard. No comiences ahora.

—¿Quién es?

—David King —respondió con una pequeña inclinación de cabeza—. A tu servicio.

—No lo conozco.

—No —estuvo de acuerdo—. Pero yo a ti sí.

Tal vez ya estaba cansándome de la gente que me decía eso.

—No es un lobo.

—Humano como cualquiera. Lo cual, aparentemente, es más de lo que puedo decir de ti.

—Y vino aquí —descubrí mis dientes—. ¿A mi territorio?

—Tu territorio —dijo con tono divertido—. Qué fascinante, me pregunto cómo funciona eso. No has recibido la mordida, no hay nadie aquí para morderte.

—Debería saber que mi manada esta lista. En caso de…

—¿En caso…? —preguntó—. ¿En caso de *qué*?

—De lo que sea.

—¿Me matarías?

—Si fuera necesario. Si me amenaza a mí o a los míos.

—No eres como los otros.

–¿Los otros?

–Lobos.

–No soy un lobo.

–No –respondió–, pero estás cerca. Más cerca de lo que cualquier otro humano debería tener derecho a estar. ¿Cómo lo haces?

–¿Qué quiere?

–Vine a entregarte un mensaje.

–Pues hágalo.

–Eso es –parpadeó.

Guardé silencio.

–Honestamente, creí que esto sería un poco más dramático.

–Perdón por desilusionarlo.

–En eso, sí. ¿Pero tú? Jamás. Un humano Alfa, jamás oí algo como eso. Puedo ver por qué estaba tan desesperado porque venga aquí.

Estaba cansado de sus juegos.

–¿Quién? –gruñí y sentí una leve satisfacción cuando sus ojos se abrieron un poco.

–Joe. Me envía Joe Bennett.

Todo se tornó confuso, como cuando el viejo televisor de mi padre solía ponerse en cretino, y él debía torcer las antenas hasta que conseguía que la imagen saltara y se desvaneciera. Estaba estático y congelado, y la sangre continuaba corriendo por mis venas.

–Joe –grazné.

–Ya tengo tu atención, ¿cierto? –David volvió a sonreír–. Bien.

Sí. Tenía mi atención. Pero lamentaría haber deseado tenerla.

Apenas tuvo tiempo de reaccionar cuando corrí hacia la puerta, enrosqué mi brazo derecho sobre mi pecho y rompí el cristal con mi hombro. Gruñí mientas se hacía añicos a nuestro alrededor, astillas afiladas punzaron mi piel. David dejó escapar un gritito e intentó retroceder con un paso, girando con sus brazos. Me estrellé contra él, derribándonos a los dos. Aterrizó de espaldas en la acera con cristales crujiendo debajo de él. Me levanté antes de que pudiera reaccionar, a horcajadas sobre su estómago, y presioné mi barreta contra su mandíbula, la punta afilada se clavaba en su piel suave.

—Un golpe y esto irá directo a tu cerebro.

—Impresionante —jadeó. Dejó de luchar. Tenía un delgado corte en la mejilla derecha por el cristal, la sangre se escurría hasta su oreja—. Yo… no esperaba eso. Debí haberlo hecho, pero no lo hice.

—¿En dónde está?

—Jesucristo, ¿cuánto pesas? No puedo *respirar*.

—Ultima oportunidad —rugí.

—¡No sé en dónde está!

—¡Miente!

—¡No miento! Lo juro por Dios. No estoy aquí para hacerle daño a tu manada. Intento ayudarte, grandulón.

—¿Está vivo?

—¿Qué?

—¿Está con vida?

—Sí, Sí. La última vez que lo vi lo estaba.

—¿Cuándo?

—Hace tres meses.

—¿En dónde?

—Alaska.

—¿Quién estaba con él?

—Sus hermanos, un brujo —presioné más fuerte, la sangre comenzó a brotar alrededor de la punta de la barreta—. ¡No pregunté sus nombres!

—¿Qué les hizo?

—Nada. *Nada.* Ellos me salvaron. Por Dios, ellos me *salvaron.*

—¿De qué?

—¡Richard Collins!

Me detuve.

No mentía. No sabía cómo podía saberlo, pero lo sabía. Este hombre *no* estaba mintiéndome.

Y era lo más cercano que tenía a Joe en estos tres años.

—¿Qué dijo? —pregunté con la voz ronca—. Un mensaje. Dijo que tenía un mensaje.

—Si solo pudieras *soltarme*…

—¡Dígame qué es! —rugí sobre su rostro, mi saliva voló por el aire.

—Dijo… dijo *aún no.* Me dijo que te dijera *aún no.* Dijo que sabrías su significado.

Aún no.

Ese maldito bastardo.

—¿Dijo algo más? —pregunté con frialdad.

—No, simplemente: "Oxnard Matheson. Green Creek, Oregon. Aún no. Aún no. Aún no".

Años atrás, David King había sido cazador de lobos. Fue criado en el clan King, su padre y su abuelo antes que él, habían hecho el mismo trabajo. Lo criaron para matar cualquier cosa con dientes afilados. Pero luego de su primera muerte, a la edad de diecisiete, luego de ver la luz abandonando los ojos de una hembra Beta cuando se atragantaba con su propia sangre, a causa de él, abandonó todo. Fue rechazado por su clan, desterrado.

Hacía casi cuarenta años de eso.

Ellos fueron los que masacraron a la familia de Richard Collins. David no había participado. Fue después de su destierro.

Pero ya no quedaban muchos Kings. Se ocultaron porque fueron muriendo uno a uno.

—Gargantas arrancadas —dijo David mientras hacia una mueca de dolor cuando retiraba una pequeña astilla de cristal de su costado—. Sangre por las paredes, un mensaje de los lobos.

—¿Qué mensaje?

—Que vendría por todos nosotros —suspiró.

David se ocultó utilizando viejas conexiones de la familia, para mantenerse en ventaja de Richard y los Omegas. La mayoría de los clanes de cazadores lo rechazaron, no querían ser parte de ninguna disputa que seguramente acabaría con sus muertes. Pero había algunos con viejas deudas, por lo que fue capaz de pasar días, e incluso semanas, sin tener que estar viendo por encima de su hombro.

—Hubo veces en las que pensé que yo era bueno —dijo—. Que era libre. Porque no tenía nada que ver con mi padre ni mi abuelo. No fui parte de esa masacre. El abuelo llevaba muerto mucho tiempo. Cáncer, si puedes creer en esa mierda. El hombre se pasó su vida entera luchando contra garras y dientes, y un *cáncer* lo acabó.

—¿Qué hay de tu padre? —pregunté por lo bajo.

David rio, era un sonido hueco.

—Era viejo, su memoria se había ido hacia tiempo. Estaba en un asilo para ancianos en Topeka. Escuché que tuvieron que raspar lo que quedó de él de las paredes.

Un mes se volvieron dos, y dos meses en tres, y David comenzó a creer que lo habían olvidado, que ni siquiera estaba registrado en algún radar.

—Eso es todo lo que se necesita. Despreocupación. Solo un momento de *despreocupación* y te vuelves descuidado. Tal vez le mostré mi rostro a personas que no debían verlo. Tal vez dejé mi esencia en algún lugar que no debía. No lo sé, en verdad. Pero me encontró.

A las afueras de Fairbanks. La nieve estaba derritiéndose, la hierba sobresaliendo verde y brillante, y luego él estuvo allí.

—Me preguntó si sabía quién era —continuó—. Simplemente se presentó delante de mi puerta y golpeó.

Ni siquiera tuvo que responder. Richard Collins debió de haber visto la expresión en su rostro, porque *rio* cuando David intentó cerrar la puerta y buscar su arma. Casi lo logra, pero piensa que fue porque Richard se lo estaba permitiendo.

—Fue un juego. Creo que solo era un juego para él. El enorme y malvado lobo había soplado, y empujado, y luego tenía la maldita puerta abajo.

Lo siguiente que David supo fue que lo aprisionaron en su hogar temporario. Sus brazos estirados y amarrados por encima de su cabeza, las piernas atadas.

—Me cortó —se levantó la camisa. Su torso era una aglomeración de cicatrices, algunas moteadas de rosado, la mayoría gruesas, duras y blancas. Se entrecruzaban sobre su pecho y estómago, envolviéndose alrededor de los costados hasta su espalda, donde no podía ver. Se veía como si casi hubiera perdido un pezón—. Con sus garras. Durante horas. Lo curioso del dolor es que puedes soportar mucho antes de desvanecerte. Soporté mucho dolor ese día.

Estaba delirante para cuando había terminado.

—Un minuto estaba Richard, Richard, Richard y luego se había ido, y estaba este lobo con ojos rojos frente a mí. Un Alfa.

—Joe —susurré.

—Joe —repitió David—. Joe Bennett. Oí lo que sucedió con Thomas Bennet. Jamás conocí al lobo, pero había oído de él. Casi todo el mundo había oído de él, si estabas al tanto. Él era esta... *leyenda,* ¿sabes? Lo más cercano a una dinastía que hayan tenido los lobos. No le tengo afecto a los lobos, ¿okey? Algunos de ellos están jodidos, algunos son *monstruos,* pero también pueden serlo los humanos. Debería saberlo, lo he visto. Pero Thomas... él siempre estuvo fuera de los límites para la mayoría de la gente. Claro, estaban esos que decían que lo cazarían algún día, solo por decir que habían atrapado al Alfa de todos los lobos, pero jamás nadie lo hizo. Era solo mierda que hablaban para parecer mejor de lo que eran.

Aparentemente, Richard se había ido hacía unas buenas horas cuando Joe encontró David. Había otros dos lobos y un brujo. Lo curaron, le hicieron preguntas. Joe había estado furioso.

—¿Por qué?

—Porque habían estado muy cerca de Richard —continuó David—. Al parecer, eso fue lo más cerca que estuvieron de él. O eso dijeron.

Se marcharon casi inmediatamente, pero no antes de que Joe lo alejara un momento, con los ojos rojos ardientes, pidiéndole que entregara un mensaje.

Aún no.

—¿Y te llevó tres meses venir hasta aquí? —lo regañé.

—Intenta ser desgarrado por un hombre lobo demente —respondió bruscamente—. Necesitaba tiempo para recuperarme *y* necesitaba asegurarme de que no me volviera a encontrar. No *tenía* que venir aquí.

Y por supuesto que tenía razón. Aunque parte de mí deseaba que no la tuviera porque "aún no" no era suficiente.

—¿Cómo se veían? —quise saber—. ¿Estaban...? ¿Estaban bien?

David sonrió con tristeza.

—Cansados. Se veían cansados. No hablé con los demás, no en verdad. Pero todos se veían agotados.

Asentí porque no podía pensar en nada más para decir.

—No lo sabe, ¿cierto? —preguntó luego.

—¿Qué cosa? —quise saber.

—Sobre ti. Que eres un Alfa.

—No, no lo creo. ¿Cómo lo sabes tú?

—Crecí en este tipo de vida, chico. Hay cosas que uno aprende. Los trucos del oficio, supongo. La mayoría de las veces, los ojos rojos te delatan.

—No tengo ojos rojos.

—Por eso dije *la mayoría* de las veces. Cuando estás en presencia de un Alfa, solo lo sabes, ¿bien? Está esta sensación de… *poder*. De algo *más*. Especialmente con un Alfa en su propio territorio. Hace tiempo, cuando era niño, conocí a un Alfa, además de ti y Joe. Todos ustedes se sienten igual —ladeó la cabeza en mi dirección—. ¿Cómo lo hiciste?

—No hice nada —respondí, sintiéndome fregado—. Solo sucedió.

—Dios, muchacho. No te envidio.

—¿Por qué?

—Porque la gente no lo comprenderá —se oía como el hombre hosco.

—Me importa una mierda esa gente.

—Tampoco les importa eso.

—Mientras nos dejen en paz, pueden hacer lo que quieran.

—¿En verdad crees que eso harán?

—Deja que vengan —susurré y soné peligroso—. Hemos enfrentado cosas peores.

David entrecerró los ojos desde su silla, lo suficiente como para que sepa que había entendido.

–¿Tienes lugar para quedarte?

–No aquí –rio–. Aquí nunca. Especialmente en el territorio de un Alfa. Me iré en cuanto terminemos con esto. Me encontró una vez, lo cual significa que puede encontrarme de vuelta. Debo mantenerme en movimiento, por el tiempo que pueda.

–Esa no es vida.

–Tal vez. Pero es la única que tengo.

–Él acabará con todo esto. Joe lo hará.

–Chico, no dudo que lo creas, y tal vez lo logre, pero no voy a tomar ningún riesgo. Verás, ahora soy un fantasma. Y tal vez alguna vez ya no tenga que serlo, pero hasta el día que escuche que Richard Collins tiene la cabeza separada de su cuerpo, solo estaré rodando en los caminos –se puso de pie lentamente, haciendo una mueca de dolor.

–Lo siento por eso –le dije.

–¿Por qué?

–Por todo… la ventana, el cristal.

–Vine al territorio de un Alfa sin anunciarme –soltó una risotada–. Creo que la saqué bastante fácil.

–Aun así –era cierto.

–Sucede. He pasado peores, aunque no puedo decir que no sentiré nada mañana. No soy tan joven como antes. Ya conozco la salida. Ha sido… interesante –se volteó para marcharse.

–No debería hablar de mí –pedí por lo bajo. Se detuvo.

–¿Disculpa?

–Acerca de que me ha visto aquí. Sobre… mí.

–Aun si pudiera –rio–. No tengo con quien hablar, es mejor de esa forma. No te delataré Alfa, no te preocupes por eso.

Me quedé sentado, me sentía pesado, agobiado.

Se dirigió hacia la puerta de la oficina.

—Sabes —dijo sin voltearse, con la mano sobre el picaporte–, había algo en él. Cuando dijo tu nombre, estaba esta… luz en sus ojos. Pensé que tal vez se trataba de rabia e ira, o que estaba gobernado por su lobo. Un Alfa Omega, tal vez. Una mezcla de rojo y violeta. Pero dijo tu nombre y… no lo sé. Algo cambió. Se sintió… ¿verde? No sé si eso tiene sentido. Pensé que deberías saberlo.

Luego se había ido.

deténganse. falsa alarma. solo unos niños. rompieron la ventana.

La manada respondió inmediatamente con mensajes de alivio.

¿Estás seguro?, preguntó Elizabeth.

si.

No respondió.

Me quedé en la oficina hasta bien entrada la noche.

Aún no, pensé.

Aún no.

No les conté acerca de la visita de David King.

Parecía más sencillo de esa forma.

Robbie me besó hacia el final del tercer año.

Desearía decir que lo había visto venir.

Pero no lo hice. Y era mi culpa.

En un momento estábamos caminando por el bosque, solo los dos, como intentaba hacer con todos mis Betas. Riendo y hablando de nada en particular, y al siguiente sus labios estaban sobre los míos, torpes. Sus manos contra mi pecho. Su aliento en mi cara era cálido y dulce, y me odiaba a mí mismo por no haberlo rechazado. Podría decir que me sobresalté, podría decir que no me lo esperaba, pero la verdad es que no me alejé, no al principio.

No le devolví el beso.

Me quedé allí de pie, la risa murió en mi garganta.

Manos a mis costados, los ojos muy abiertos.

No se movió demasiado, solo una presión que duró uno, y dos, y tres, y *cuatro,* y luego se apartó, con el corazón desbocado dentro de su pecho y los labios húmedos. Su lengua salió rápido, como si estuviera persiguiendo mi sabor.

Nos quedamos mirándonos.

No sabía qué hacer.

—Ox, yo… —levanté mi mano.

Pensé en ello. Realmente lo hice.

Porque hubiera sido tan fácil. Tomarlo allí mismo, en ese momento. No había estado con nadie desde antes de Joe, tampoco planeaba hacerlo, pero ya no estaba seguro dónde encajaba yo en sus planes.

Y hubiera sido tan fácil.

Y me gustaba. Robbie, realmente me gustaba. Era agradable y amable, y apuesto. Cualquiera sería afortunado de tener todo eso.

Y podía tenerlo.

Pero jamás podría darle lo que quería, lo que merecía. Porque Robbie merecía a alguien que pudiera darle su corazón por completo. Y hacía ya tiempo, le había le dado el mío a un chico de ojos azules que esperaba por mí en un camino de tierra.

–Robbie –suspiré.

–No debí hacer eso –murmuró, mientras miraba hacia abajo y pateaba la tierra.

–Tal vez, pero no es algo malo.

–¿No? –un ligero rastro de esperanza.

–Porque no puede ser algo en absoluto.

–¿Es por Joe? –suspiró, sus hombros se curvaron.

–Por Joe.

–Él no está aquí.

–No, no está aquí.

–Ox.

–Él no está aquí, pero eso no importa. Tal vez algún día me importará, pero no ahora.

–Solo… solo quería…

–Oye, no es nada de qué preocuparse. Está bien. Pasa.

–Eres mi amigo. Y mi Alfa. Yo solo… quiero ser *algo* para ti. Sé que tuviste a Jessie… antes. Y pensé que… tal vez yo podría ser algo después. Si podía haber un después –se estaba frustrando.

–Ya eres algo para mí –estiré mi mano y puse mis dedos bajo su barbilla para levantar su cabeza–. Eres más de lo que podría haber esperado.

–Pero no lo suficiente –me devolvió una sonrisa cargada de dolor.

–No se trata de ser suficiente. Se trata de ser lo indicado. No soy el indicado para ti, porque lo soy para alguien más. Te sentirás igual un día, cuando lo encuentres.

—Tal vez —dio un breve ladrido de risa—. Pero… —sacudió la cabeza—. Nadie había creído en mi como tú. No sé si quisiera sentirme diferente.

—Eres mi amigo —le dije en voz baja—. Y eso es suficiente para mí. Espero que pueda ser suficiente para ti —asintió y dejé caer mi mano. Seguimos caminando entre los árboles. Tras un momento, dijo:

—Debes amarlo de verdad para hacer lo que hiciste.

—Él haría lo mismo por mí —afirmé, sabiendo que era cierto. Sin importar cómo me sintiera, creía en eso con todo lo que tenía.

Y continuamos caminando.

Soñé con él esa noche.

Esperaba por mí en el camino de tierra, el sol se filtraba a través de las hojas, dejando pequeñas salpicaduras de luz en el suelo como pequeños charcos de agua ondulada. Sonreía tan alegremente cuando extendí mi mano hacia la suya, nuestros dedos se curvaron juntos, como siempre lo habían hecho. Caminamos lentamente hacia la casa al final del camino. No hablamos. No teníamos que hacerlo.

Era suficiente *estar* allí.

Robbie seguía incómodo conmigo unas semanas después del beso. Tartamudeaba, se ruborizaba y me evitaba cuantas veces podía.

Elizabeth sonrió y comentó que eso sucedía de vez en cuando.

—Sería muy afortunado —soltó mientras nos sentábamos en el pórtico para observar la puesta del sol—. Ambos lo serían.

—Pertenezco a alguien más.

—¿Sí?

—Sí.

—Me alegro por eso.

Y jamás volvió a hablar del tema.

Vinieron más Omegas.

Ya éramos más fuertes. Mejores. Más rápidos.

Más completos.

Acecharon los bordes de las guardas, chasqueando los dientes.

Debía haber al menos quince de ellos. Tal vez veinte.

—Humano —escupió uno.

—Solo lo diré una vez.

Los ojos violetas destellaron.

—Largo, mientras puedan.

Me gruñeron.

—Si así lo quieren —golpeé mi barreta contra mi hombro.

Mi manada rugió detrás de mí, tanto humanos como lobos.

Los Omegas dieron un paso atrás, de repente inseguros. Pero eso fue lo más lejos que llegaron.

Tres años.

Un mes.

Veintiséis días.

HOGAR

Fue un miércoles.

Estábamos en el garaje del taller cuando sentí un cambio en las guardas, como si estuviesen cambiando de forma, como si se estuvieran rompiendo.

Estaba en la oficina, y se sintió como si un rayo me hubiera golpeado.

—¿Qué demonios fue eso? —oí a Tanner maldecir en el taller, tras dejar caer algo metálico al suelo.

—Jesucristo —murmuró Rico.

—¿Ox? —dijo Chris en voz alta—. Tú...

La puerta de la recepción se abrió de par en par, Robbie se deslizó por el garaje mientras corría en dirección a la oficina.

—¿Escuchaste eso? —indagó en cuanto atravesó la puerta—. ¿Estás bien?

—Estoy bien —dije a través de mis dientes apretados, aun cuando sentía que mi piel estaba electrificada—. Las guardas, algo les sucedió.

—¿Más Omegas? —Robbie palideció.

—Algo diferente —negué con la cabeza—. Algo más.

Los demás se amontonaron en el umbral, el teléfono de Chris ya estaba en su oreja cuando sonó el mío. Lo oí decirle algo a Jessie ni bien ella atendió.

—Elizabeth —suspiré en cuanto llevé el teléfono a mi oreja.

—Lo sentiste.

—Sí, ¿qué es?

—No lo sé —respondió—. Algo está viniendo.

—¿Se rompieron las guardas?

—No, no lo creo… Es como si hubieran cambiado. De alguna forma.

—¿Robert?

—No lo sé, Ox. Creo que viene hacia aquí.

—Quédate allí —gruñí—, con Mark. Estamos en camino.

—Tengan cuidado.

Colgué el teléfono.

—¿Lo oíste? —dijo Chris a Jessie—. Ve hacia la casa.

—Mantenla al teléfono —le ordené a Chris—. No quiero que llegue antes que nosotros —Chris asintió en cuanto me puse de pie—. Robbie, Tanner, conmigo. Rico ve junto a Chris, nos seguirán. Alcanzaremos a Jessie, ella dejará su auto y se subirá con ustedes, ¿entendido?

Asintieron con los ojos entrecerrados y enseñando los dientes.

Llegamos al camino de tierra sin ver a nadie, aunque la sensación eléctrica se intensificó a medida que nos acercábamos. Sujeté con fuerza el volante y mis nudillos se tornaron blancos, mis dientes estaban presionados. Estaba *furioso*.

Jessie ya esperaba por nosotros y no dudó en saltar de su automóvil al de Chris y Rico, con su cabello hacia atrás y el bastón en las manos. Miré por el espejo retrovisor hasta que cerró la puerta y retomaron el camino, con el polvo alzándose en una gran columna detrás de nosotros.

Pasamos por la vieja casa primero, estaba como siempre.

La casa al final del camino estaba igual. Elizabeth y Mark esperaban por nosotros en el pórtico a medio transformarse, sus ojos brillaban incluso a la luz del sol.

—¿Novedades? —demandé mientras abría la puerta de la camioneta.

—No —respondió Mark—. Nadie se ha acercado a la casa.

—Lo harán —dijo Elizabeth, oteando el bosque.

Caminé hacia la parte de atrás, escaneando la línea de árboles. Todo se veía como de costumbre. Las ramas se mecían, los pájaros cantaban. El territorio se sentía *mío, nuestro*. Pero había algo más, deslizándose sobre él. No encajaba del todo, pero estaba cerca. No sabía si eran Richard y Robert, intentando engañarnos. Porque a pesar de que mi piel estaba erizada, se sentía como algo que debería reconocer, pero me estaba poniendo ansioso. Irritado. Quería merodear frente a la casa para advertirle a cualquier intruso que se alejara.

Los demás se reunieron detrás de nosotros en el pórtico, repartidos en la formación que habíamos entrenado tantas veces. No necesitaban que se lo dijera, simplemente lo sabían. Los lobos estaban esparcidos entre los humanos, las garras afuera, preparadas. Pude sentir su fuerza a mis espaldas, la de todos ellos. Esperaba que quien fuera lo suficientemente estúpido como para venir hacia nosotros, también la sintiera, antes de asegurarnos de que no volviera a hacerlo.

La electricidad se intensificó.

—Viene del norte —murmuró Mark—. Desde el claro.

También se estaba moviendo.

—¿Qué es? —preguntó Rico nervioso.

—No lo sé —respondió Mark—. Es como si…

Todos los lobos se tensaron al oír algo que nosotros no podíamos.

—Son cuatro —gruñó Robbie—. Se mueven rápido.

—No se separen —les ordené—. Sea lo que sea, no nos separemos.

Ahora los oía, los pasos y las zancadas en el bosque. Un destello de color en los árboles frondosos, algo rojo y anaranjado y…

—Oh, Dios mío —dijo Elizabeth, porque fue la primera en comprenderlo.

Una vez, cuando estábamos solo nosotros dos en la casa, ella decidió poner a Dinah Shore de nuevo. Joe y los demás habían estado fuera por casi dos años. Puso el viejo disco y mientras la cantante canturreaba sobre estar solo, me miró y me pidió que bailáramos.

—No sé cómo —dije intentando no ruborizarme.

—Tonterías. Cualquiera puede mientras sepa contar.

Tomó mi mano.

Se movió lentamente conmigo mientras contaba los pasos en voz alta, mi mano empequeñecía la suya. Nos movió en círculos, la canción se repitió una y otra vez.

Cuando ya no necesité seguir contando, cuando sentí que la canción se calaba en mis huesos, me habló.

—Nos quedamos atrás porque debíamos hacerlo.

Trastabillé en mi paso de baile, pero me contuve antes de perder el control. Ella sonrió por lo bajo mientras yo comenzaba a contar en voz baja de vuelta.

—¿Sí?

Nos movimos y balanceamos.

—Sí. Ellos no querían dejarnos atrás, Ox. Ninguno de ellos. Joe, Gordo, Carter y Kelly. Thomas y tu madre, ninguno de ellos quería partir.

—Sin embargo, todos lo hicieron.

—En ocasiones —explicó mientras dábamos vueltas perezosamente—, las elecciones son tomadas fuera de nuestro alcance. En ocasiones, no queremos marcharnos, incluso cuando sentimos que es nuestro deber.

—Él no *tenía* que…

—Crees que fue egoísta. Y puede que estés en lo cierto, pero nunca olvides que todo lo que hace, lo hace por ti. Y llegará un momento en el que lo volverás a ver. Dependerá de ti lo que suceda después.

—Estoy furioso. Muy furioso.

—Lo sé —apretó mis manos—. Por eso estamos bailando, me es difícil enojarme cuando estoy bailando. Hay algo en el baile que no provoca rabia.

—¿Crees que…?

—¿Qué, Ox?

—¿Crees que regresará?

—Sí, lo creo. Él siempre regresará por ti.

Y bailamos.

Y bailamos.

Y bailamos.

—Oh, Dios mío —dijo Elizabeth Bennett.

—¿Qué sucede? —preguntó Rico con la voz más alta de lo normal—. ¿Son los chicos malos? ¿Son los *lobos malos*?

—No —respondió Mark—. No lo son. Es un Alfa. Es...

La mano de Robbie cayó sobre mi hombro y sus garras perforaron mi camisa de trabajo y pellizcaron mi piel. Me devolvió a la tierra e hizo que me diera cuenta de que no estaba soñando, de que estaba despierto, ya que no podías sentir dolor en los sueños. Era un dolor punzante pero soportable.

—Ox —dijo Tanner en voz baja—. ¿Qué hacemos? ¿Qué debemos...?

No necesitaban hacer nada.

Cuatro hombres salieron de entre los árboles. Todos tenían sus cabezas rasuradas. El que estaba en el frente, el Alfa, llevaba una barba sucia, rubia y copiosa. Tenía el mismo tamaño que los otros dos lobos: grande e intimidante. Se movía con una gracia que no había tenido antes. El cuarto hombre que caminaba junto a ellos era el más pequeño de todos. Sus tatuajes eran más brillantes de lo que recordaba y el cuervo aleteaba en su brazo.

Todos lucían igual. Llevaban unos vaqueros negros polvorientos, botas y chaquetas desgastadas. El hombre de los tatuajes tenía las mangas levantadas para exponer los colores brillantes de sus brazos.

Los otros dos lobos se movían como si orbitaran alrededor de su Alfa, no se alejaban más de uno o dos metros los unos de los otros.

Se aproximaban lentamente, pero con paso seguro. Solo se detuvieron cuando sus pies tocaron la tierra. Tomaron una formación muy parecida a la nuestra, mientras se movían en sincronía: el brujo al lado del

Alfa y los dos Betas a cada lado de ellos. Estaba practicado. Lo habían hecho antes. Muchas, muchas veces.

Se detuvieron.

Respiramos.

Joe.

Carter.

Kelly.

Gordo.

¡Ey! ¡Ey, el de ahí! ¡Tú! ¡Ey, chico!

Nadie en mi manada se movió, aunque pude sentir cuánto lo deseaban Elizabeth y Mark.

Estaban esperando.

Por mí.

¿Quién eres?

Porque no éramos una manada.

Éramos dos.

¿Ox? ¡Ox! ¿Hueles eso?

La mano de Robbie se apretó sobre mi hombro.

Joe, quien no había apartado sus ojos de mí desde que salieron de la línea de árboles, miraba insistentemente la mano de Robbie. Las suyas se retorcieron ligeramente y también la piel alrededor de sus ojos, pero nada más.

No, no, no. Es algo más grande.

Los otros estaban allí. Lo registraba. Mis hermanos, Carter y Kelly, mi amigo y hermano y padre, Gordo. Estaban allí. No los había visto en treinta y ocho meses, desde que habían desaparecido en la naturaleza y nos dejaron atrás.

Pero en ese momento solo podía ver a Joe.

¡Eres tú! ¿Por qué hueles así?

Era más grande de lo que nunca había sido desde que lo había conocido. Antes tenía aproximadamente mi tamaño y llevaba bien el peso de Alfa. Una vez había sido alto y delgado, cuando todavía estaba creciendo para ser el hombre en el que se había convertido. Ahora era robusto, los músculos de sus brazos y piernas estiraban su abrigo y las mangas. Su pecho era amplio y ancho, probablemente ahora tendríamos la misma altura.

¿De dónde vienes? ¿Vives en los bosques? ¿Qué eres? Acabamos de llegar aquí, por fin. *¿Dónde está tu casa?*

Este no era el chico que había conocido, el que había encontrado por primera vez en el camino de tierra. Este era un Alfa puro y verdadero. Estaba desgastado por el camino, tenía círculos oscuros contra su pálida piel de debajo de sus rígidos ojos, pero su fuerza era evidente incluso estando allí, de pie. El niño torpe que había conocido ya no estaba, al menos físicamente. No sabía cuánto más de él quedaba.

Tenemos que ver a mamá y papá. Ellos sabrán lo que es esto. Ellos lo saben todo.

No supe qué hacer. No quería ser el primero en hablar, porque estaba seguro de que diría algo de lo que me arrepentiría.

Porque estaba condenadamente furioso.

Verlo aquí, sano y salvo, vivo, debería haberme hecho más feliz que nunca. Y lo hizo, pero la furia era más fuerte.

Mi manada suspiró detrás de mí en cuanto mi furia los invadió.

Y luego, como si él pudiera oír los recuerdos en mi cabeza del día que nos conocimos, habló.

—Lo siento —su voz era profunda, áspera y fuerte.

—¿Por qué? —jugué mi parte.

—Por lo que sea que te haya hecho sentir triste.

—Sueños. A veces se siente como si estuviera despierto. Y luego no lo estoy —tengo que recordarme a mí mismo que no éramos quienes solíamos ser. El pequeño niño en el camino de tierra y el gran y estúpido Ox, quien recibiría mierda de la gente por el resto de su vida.

—Estás despierto ahora —su voz se quebró—. Ox, Ox, Ox, ¿no lo ves?

—¿Ver qué cosa?

—*Estamos tan cerca el uno del otro* —susurró, como si decirlo más alto hiciera que no fuera cierto.

Y no era lo mismo que antes. Que lo que había dicho cuando era el pequeño tornado sobre mi espalda, pero era suficiente porque estábamos cerca. Estábamos el uno tan condenadamente cerca del otro, más cerca de lo que habíamos estado durante estos tres años. Y todo lo que debía hacer era dar el primer paso. Todo lo que tenía que hacer era abrir mis brazos y él podría estar allí, si lo quería y yo lo quería.

No me moví.

—Mamá —aún no había acabado—. Mamá —pero sus ojos no se apartaban de los míos—. Tienes que olfatearlo. Es como… como… ¡ni siquiera lo sé! Estaba caminando en el bosque para ver los límites de nuestro territorio así podría ser como papá y luego estaba como… —cerró los ojos por un momento. Todos contuvimos la respiración—. Luego estaba allí de pie y no me vio al principio, porque estoy volviéndome muy bueno para las cacerías. Estaba como *rawrr* y *grr*, pero luego lo olfateé otra vez, y era él y todo fue *kaboom* —continuó y abrió los ojos, se estaban llenando con el rojo de Alfa—. ¡Aún no lo sé! Tienes que *olfatearlo* y luego decirme por qué es todo bastones de caramelo y piña, y épico y asombroso.

Su voz se apagó.

Una alondra cantó desde los árboles.

La hierba se meció con la brisa.

—Ox –dijo.

—Alfa –repliqué y mi voz apenas contuvo mi ira.

—Alfa –asintió con una mueca leve de dolor.

No estaba repitiendo. Lo que decía era reconocimiento.

Porque este ya no era su territorio. De alguna forma se había convertido en mío.

Robbie flexionó su mano con cuidado en mi hombro. Los ojos de Joe salieron disparados nuevamente hacia él, a su rostro, en dónde me estaba tocando y luego a mí. Gruñó una advertencia. Este era un lobo extraño al que no conocía y me estaba tocando.

Todos se tensaron.

Robbie gruñó en respuesta y antes de que pudiera detenerlo, saltó por encima de mí, aterrizando frente a la manada, agazapado y descubriendo sus dientes a los otros.

Carter y Kelly hicieron descender sus garras y colmillos en respuesta, agolpados al lado de Joe, esperando a ver qué haría Robbie. Los otros comenzaron a moverse por detrás, asumiendo posiciones tácticas. Listos para pelear si era necesario, para proteger a su Alfa si los otros venían por mí.

Esto no era como se suponía que debía ser. Nada de esto.

No estaba soñando.

No estaba soñando.

—Suficiente –dije.

Robbie se relajó. Al igual que Carter y Kelly. Retrocedieron un paso, lejos de Joe. Gordo aún no se había movido, ni para atacar ni para defender. Robbie se veía avergonzado, frotó la parte trasera de su cabeza al ponerse de pie.

—Lo haría otra vez –murmuró.

—Lo sé. Pero no es necesario.

Se restregó contra mi hombro al acomodarse en sitio a mi espalda.

Miré en dirección a Joe.

—Estas aquí —fui directo al grano.

—Estoy aquí, estamos aquí.

—¿Hiciste lo que te proponías?

Un breve momento de duda, y después:

—No.

Eso… no sabía qué hacer con eso.

—¿Por qué no?

—Las cosas cambian.

—Entonces todo esto fue por nada.

—No diría eso, mírate.

—Mírame —hice eco.

—¿Somos bienvenidos? —quiso saber y esa fue la más importante de las preguntas. Porque un Alfa, en su territorio, tenía que dar su consentimiento a otra manada. Así funcionaban las cosas.

Pero no debía ser así con él o con ellos.

—Este es tu hogar —tenía mis dientes apretados—. No tienes que preguntarlo.

—Sí —dijo Joe, el rojo de sus ojos se desvaneció, volviendo a su azul habitual, brillante y traslucido—. Lo sabes tan bien como yo, Ox. Especialmente ahora que eres… tú.

Por un breve momento pensé en decir que no. No, no eres bienvenido aquí. No, no te necesitamos. No, no queremos verte porque te has ido durante demasiado tiempo, nos dejaste solos y pusiste a los demás por delante de nosotros, fuiste egoísta y cruel. Te necesitábamos, te necesitaba. Maldición, te necesitaba y te marchaste…

—Eres bienvenido aquí. Todos lo son —afirmé finalmente.

Todos se relajaron un poco.

A excepción de Joe y yo.

—¿Por cuánto tiempo? —preguntó Joe.

Una grieta en la pared.

—Lo que te tome hasta que decidas volver a escaparte.

Lo dije antes de poder detenerme. Los cuatro me vieron como si los hubiera abofeteado.

Debí haberme sentido mejor por ello, pero no fue así.

—Pueden ir con ellos —avisé.

Elizabeth y Mark salieron de mi sombra, rozándome en su camino hacia su familia. Gordo dio un paso atrás mientras Elizabeth abrazaba a sus hijos, aferrándolos lo más cerca que podía, sus brazos apenas capaces de alcanzarlos a los tres al mismo tiempo. Frotó su rostro contra sus mejillas, deseando que su esencia se impregnara en ellos, y la de ellos sobre ella. El Alfa en mi interior se resintió a la idea de que mi manada oliera como otra, pero intenté alejar la sensación. No se trataba de eso, no para ella.

Mark pasó sus manos sobre sus cabezas rapadas, mezclando su aroma por encima del de Elizabeth.

Carter y Kelly lloraban mientras se aferraban a su madre.

Mark se dirigió hacia Gordo, pero él no se movió. Se quedaron de pie, mirándose mientras hablaban un idioma silencioso del que no formaba parte.

Joe aún no había apartado su mirada de mí, incluso mientras su madre lo abrazaba.

—Sus habitaciones siguen siendo suyas. Asumo que querrán tener algún descanso —les avisé y me marché, porque no podía soportarlo más. No podía soportar su proximidad un minuto más.

Cerré la puerta de la vieja casa detrás de mí y me hundí contra ella, intentando respirar.

No había estado aquí en mucho tiempo. La casa estaba a mi nombre, Robbie se había mudado a la casa principal hacía un tiempo, así que usualmente estaba vacía. Aunque la teníamos en caso de que fuera necesaria: por si necesitábamos más espacio, si la manada se expandía o si la gente acudía a nosotros buscaba refugio.

O si otros regresaban a casa.

Elizabeth y el resto de la manada se turnaban para limpiarla, se aseguraban de que estuviera aireada. Aunque con frecuencia compartíamos responsabilidades, esta fue una de las cosas que no me dejaron hacer. Sabían cómo me sentía aquí. Lo que sentía por la casa.

Porque, aunque había pasado tiempo desde que se borrara, la sangre de mi madre se había calado en lo profundo del lugar.

Estaba aquí, en todas partes.

La mayor parte de su guardarropa fue donado luego de que yo estuviera de acuerdo. Pero había más de ella que solo su ropa.

Estaba en cada rincón de la casa.

Había burbujas de jabón en mi oreja.

Estaba nerviosa porque los Bennett vendrían a cenar y ellos eran tan elegantes.

Firmó su nombre y disolvió su matrimonio.

Se quedó conmigo en la cocina, preguntándome por qué estaba llorando. Le dije que no podía hacerlo porque tenía que ser el hombre.

Señaló un mapa, enseñándome a dónde se había mudado mi amigo, afirmando que nadie jamás se quedaba en Green Creek.

Ella era mi manada, mi primera manada.

–Ah –dije, intentando respirar–. Ah. Ah.

Me deslicé hasta el suelo con la espalda sobre la puerta.

Puse mi cabeza en mis rodillas.

Podía ver el lugar en donde había muerto desde donde estaba sentado. En donde había levantado su vista hacia mí con esa mirada férrea. Sabía que era su hora, pero quiso hacerlo bajo sus términos, dándome la más pequeña de las oportunidades de escapar y aullar a nuestra manada.

Las sombras se alargaron en cuanto se retiró el día.

Pude sentir a los demás, mi manada, su alegría, su confusión, su tristeza y su ira.

No podía sentir a Carter y Kelly como solía. No me sentía enlazado a Gordo como alguna vez lo había estado. Aunque él no había sido parte de la manada la mayoría del tiempo que había sabido de los lobos, siempre hubo *algo* entre los dos, especialmente luego de que me diera las camisas de trabajo cuando cumplí los quince.

Sin embargo, Joe…

Podía sentirlo.

Porque él era un Alfa. Más de lo que yo lo era. Este lugar, este territorio, era suyo por derecho. Y dado que *(sí sí sí)* él había regresado, debía ser suyo otra vez.

Debería haberme sentido aliviado de que la responsabilidad no era más solo mía.

Y mayormente así fue, pero había una parte en mí que decía *mío, mío, mío*. Que este lugar, estas casas, estas personas eran *mías*.

Golpeé mi cabeza contra la puerta, tratando de despejar mis pensamientos.

Las sombras se extendieron más.

Y allí fue cuando se acercó. Lo sentí, aun antes de oírlo.

No me enfoqué en el lazo. No quería ver cuán deshecho estaba el hilo entre los dos, o si es que aún estaba allí. Eso que una vez crecía más fuerte cada día, ahora estaba en pedazos.

Intenté mantener mi respiración regular, mi corazón calmado. Intenté hacer que se marchara sin tener que decir una palabra. Mi respiración se aceleró, mi corazón latía con dificultad. No se marchó.

No habló, pero no se marchó.

Los escalones del pórtico se quejaron en cuanto los subió. Sus manos estaban sobre la barandilla, arrastraba los dedos por la pintura descascarada. Alcanzó el último escalón y se detuvo allí por un momento.

Inhaló de forma profunda y exhaló lentamente para recibir toda la esencia del territorio, de esta casa. De mí. Me pregunté si podía saber que no había pasado más de unas pocas horas aquí desde que se marchó. Me pregunté si aún podría oler la sangre de mi madre.

Permaneció en silencio.

Dio otro paso hacia delante y otro, y otro, hasta que estuvo de pie frente a la puerta de entrada. No golpeó. No tocó el picaporte. En cambio, la puerta se sacudió ligeramente cuando se volteó y se recostó sobre ella, deslizándose hacia el suelo, como lo había hecho yo.

Se sentó del otro lado, nuestras espaldas separadas por siete centímetros de roble. No pasó mucho tiempo antes de que nuestras respiraciones y latidos estuvieran en sincronía. Intenté resistirme, detenerlo.

No funcionó.

Odiaba la paz que sentía, el alivio. El condenado alivio verde que me *arrollaba,* como si alguna vez hubiera tenido una oportunidad en su contra. Me aferré a mi enojo tanto como pude.

Se quedó allí hasta que me dormí.

Me desperté cuando el sol de la mañana se filtró por las ventanas.

Estaba cálido y tenía una contractura en mi cuello.

Abrí los ojos.

Aún estaba contra la puerta, me dolía la espada. Dos lobos reposaban sus cabezas sobre mis muslos. Los dos abrieron los ojos en cuanto abrí los míos, como si hubieran estado esperando a que despertara.

Un tercer lobo estaba enroscado a mi lado, sus pies se sacudían mientras soñaba.

Elizabeth, Mark.

Robbie.

Los otros estaban aquí.

Jessie roncaba suavemente con sus brazos envueltos sobre mis piernas.

Tanner, Rico y Chris estaban tendidos a mi alrededor, cada uno con una mano tocándome de alguna manera: mi pie, mi mano, mi estómago.

No había nadie más. Joe ya no estaba detrás de la puerta. No había oído cuando se marchó, tampoco oí cuando los otros entraron.

Mark había cerrado sus ojos nuevamente, respiraba profunda y lentamente.

Elizabeth aún me observaba. Pasé mis dedos por sus orejas, las agitó mientras resoplaba por lo bajo.

—No sé qué hacer —confesé con un hilo de voz, para no despertar a los demás.

Parpadeó.

—Estoy furioso y no sé cómo hacer que eso se vaya.

Estornudó.

—Asqueroso.

Frotó su nariz contra mi mano.

–Dependiente –dije mientras frotaba la piel entre sus ojos.

Soltó una risotada.

–Estás aquí. Conmigo.

Me miró como si se estuviera preguntando cómo podía decir algo así mientras me oía estúpidamente en shock. Y probablemente lo hacía. Había tenido años para acostumbrarme a las expresiones faciales de los lobos.

–Deberías estar con ellos.

Mordió suavemente mi mano mientras sacudía su cabeza de un lado a otro.

Todo lo que obtuve de ella fue *"ManadaHijoAmor"*.

Sabía lo que estaban haciendo, ella y los demás, estaban mostrándome su fidelidad. Eso hacía que las cosas fueran mejores y mucho peores.

No quería esto, esta división, y mientras siguiera sintiéndome de esta manera, mientras permitiera que mi furia estuviera fuera de control, mi manada sufriría. Thomas me había enseñado que la manada era una extensión del Alfa y que, lo que fuera que él sintiera, ellos también lo sentirían. En especial cuando provenía de una emoción fuerte en particular y ahora estaba teniendo emociones fuertes.

Cerró los ojos nuevamente y suspiró mientras descansaba su cabeza sobre mi pierna. Pronto se volvió a dormir. Me quedé inmóvil por un largo tiempo, rodeado por mi manada.

COMO UN LOBO /
AQUÍ SANGRARON

—Se ve bien –dijo Gordo, de pie en el umbral de la oficina.

Me congelé, no lo había oído acercarse. Habían pasado tres días desde su regreso, y había hecho lo imposible para evitarlos, al menos hasta acomodar mis pensamientos. Me quedé en la vieja casa, Joe y los otros se quedaron en la principal. Elizabeth y Mark iban y venían entre ambas, pero al caer la noche, nos quedábamos en nuestras casas separadas.

No sabía qué iría a pasar durante la luna llena, en tan solo un par de días. Con suerte, habría tomado una decisión sobre cómo proceder para ese entonces, o terminaría con mi cabeza fuera de mi trasero.

Prácticamente lo mismo.

Robbie había llamado al este para que la Alfa Hughes supiera que Joe y los otros habían regresado. Tenía preguntas, pero Robbie no pudo responderlas. De hecho, no había hablado con Joe, fuera de su confrontación inicial el primer día. Se pasaba la mayor parte del tiempo conmigo, en la vieja casa. El resto de la manada iba y venía, como lo hacían siempre. Sentían el tirón hacia mí, pero no era tan fuerte como en el caso de los lobos. Dado que era normal para los humanos irse al mismo tiempo, generalmente tenía a uno o dos lobos conmigo.

Pero no había hablado con ellos. Ni siquiera los había visto en realidad, más allá de un vistazo o dos. Hubo un momento en el que me topé con Carter cerca de la vieja casa, cuando regresaba del taller, y en todo en lo que pude pensar, más allá de su exterior áspero, fue en la forma que había reído cuando Joe descubrió que él fue el primero en besarme. La forma en la que había corrido a través del bosque. La forma en que Kelly me había llamado *papá* con ese tono irónico suyo.

Todo era tan simple antes.

Carter abrió la boca para decir algo, pero solo asentí con la cabeza y lo esquivé. Pensé que iba a acercarse e intentaría detenerme, pero no lo hizo, aunque pude sentirlo mirándome fijamente mientras ingresaba y cerraba la puerta detrás de mí.

No vi a Joe, aunque eso no significaba que no me estuviera observando.

No le pregunté a Elizabeth o a Mark sobre ellos, tampoco se habían ofrecido a decirme nada. Pero si no estaban en la vieja casa, sabía en dónde estarían.

—Se ve bien —dijo Gordo y me paralicé por encima de las facturas de expensas que había estado mirando por la última hora.

Levanté la vista lentamente hacia él y me invadió un extraño *déjà vu* al verlo allí. Fue como si estuviera chequeando cómo estaba y cómo iban mis deberes de la escuela, no me dejaría salir al piso del garaje a menos que pudiera hacer una lista de siete hechos del maldito Stonewall Jackson, y *no es tan difícil, Ox, tú puedes hacerlo, vamos.*

Con la diferencia de que *este* Gordo no era *ese* Gordo. *Este* Gordo era más duro de lo que el otro Gordo había sido. Tenía líneas alrededor de sus ojos, más pronunciadas que antes. Tenía treinta y ocho años, y los últimos tres no habían sido misericordiosos, aunque fuera más grandote ahora. No sabía si tenía que ver con la manada a la que pertenecía, o si no hicieron nada más que ejercitarse todo el tiempo que estuvieron fuera.

Sin embargo, fueron sus ojos los que más me impactaron. Siempre habían sido vibrantes y brillantes. Rápidos para pasar al enojo y encenderse cuando estaba feliz.

Ahora eran pesados y planos, y estaban ligeramente hundidos. Este era un Gordo que había vivido duramente los tres años que pasaron. No quería saber las cosas que había visto, las cosas que había hecho.

Lo que traía puesto no ayudaba a su nueva imagen. No era su ropa habitual de entrenamiento, tampoco su camisa de trabajo con el nombre bordado en el pecho, nada de pantalones azul marino. Tenía unos pantalones vaqueros y una camiseta ajustada a su pecho, con una chaqueta de cuero color café por encima, con el cuello dado vuelta.

–Sí –respondí, porque no sabía cómo comenzar–. Lo hemos hecho bien.

El *no gracias a ti* quedó implícito, pero él lo oyó, aun cuando no tuve intenciones de decirlo de esa forma.

–Mejor de lo que esperaba –asintió, pasando una mano por el marco de la puerta, sus dedos removieron una pequeña astilla de pintura.

–No hemos quebrado, si eso era lo que te preocupaba.

–No, no creí que lo hicieran –me dio una sonrisa la cual no repliqué–. Jamás me preocupé por ello, niño.

Regresé la vista a las facturas, inseguro de qué más debía decir.

Suspiró y se dirigió a la oficina, arrastrando sus manos sobre cualquier superficie que estuviera a su alcance. Reconocí la acción como el hábito de un lobo cuando quiere impregnar su esencia en algo o alguien. Los Bennett lo habían hecho la primera vez que visitaron mi casa, tumbándose por todos lados y tocando todo lo que podían. Especialmente Joe. Cuando había ido a mi habitación, cuando había visto el lobo de piedra, sentando en mi...

No. No era...

–Actúas como ellos –me alejé de mi tren del pensamiento–. Como un lobo, te mueves como uno también.

–Podría decir lo mismo de ti.

–No era una acusación.

–No dije que lo fuera.

–Yo...

Esperó.

No podía decirlo. Yo era en todo más lobo que él, aun cuando él había estado más inmerso en ellos, especialmente estos tres últimos años. Se había atrincherado y yo... Bueno.

–Hice lo que tenía que hacer.

–Y no oirás a nadie decir lo contrario.

Esto era surreal, me preguntaba si para él también lo era.

–Sé que te dijeron todo por lo que atravesamos.

Se detuvo con los dedos apenas tocando la foto en la parte superior del archivador. Era antigua: Gordo y yo, Tanner, Chris y Rico en mi cumpleaños número dieciséis cuando me habían entregado una copia de las llaves del taller. El día que conocí a los Bennett. No recordaba quién había tomado la fotografía, probablemente algún cliente que habría ido para un cambio de aceite. El brazo de Gordo estaba alrededor de mis hombros mientras sonreía a la cámara, Rico estaba al otro lado, y Tanner y Chris junto a mí. Había un cigarrillo detrás de la oreja de Gordo.

Dejó que sus dedos reposaran en el cristal del marco, trazando todos los rostros menos el suyo, en la foto.

—No todo —respondió—. Fueron imprecisos, a propósito. No era su deber, necesita venir de su Alfa. Y nosotros tampoco les hemos dicho demasiado, ni a ti, porque eso le corresponde a Joe.

—¿Por qué no ha dicho nada? —hubiera pensado que al menos había hablado con Elizabeth o Mark, así fuera para actualizarlos con lo que había pasado. Estaba demasiado envuelto en mi autocompasión como para acercarme a él. No era justo, pero necesitaba ser egoísta por mí propia cordura. Para no perder la razón.

Gordo rio.

—Ox, esa fue la primera vez que lo escuchamos hablar en casi un año, salvo las pocas palabras que le dijo al idiota de David King para que llegara hasta aquí, lo cual asumo que ocurrió.

La piel de mis brazos se erizó.

Aún no.

—¿Qué demonios…? —susurré.

Gordo se encogió de hombros mientras arrastraba la silla del otro lado del escritorio para sentarse. Suspiró y frotó una mano sobre su cabellera incipiente, que hizo un chirrido bajo sus dedos.

—Simplemente dejó de hacerlo, Ox. Carter y Kelly dijeron que era igual que después… Bueno, después de Richard Collins y antes de ti.

—Pero, cómo… él es el *Alfa*. Cómo demonios lo hizo… Oh, Dios.

Ni siquiera necesitaba hablar, ¿cierto? Las ataduras. Las ataduras de la manada entre ustedes.

—Sí, fue... intenso. Sentirlas en la forma en que las sentimos. Fue como cuando tenía... luego de mi padre, creo. Tenía doce cuando me nombraron el brujo de la manada Bennett, no era como es ahora, o como ha sido los último años. Todo es más... no lo sé. Simplemente *más*.

—Entonces dejó de hablar —fui inexpresivo.

—Mayormente, si es que alguna vez hablaba una o dos palabras no eran más que gruñidos, a decir verdad.

—Y ustedes simplemente se lo permitieron.

—No permitimos nada, Ox. Fue como sucedió. ¿Crees que puedes hacer que un Alfa en pena haga lo que quieras? Adelante, sé el primero.

—Es verdad —repliqué—. Porque no sé nada sobre ser un Alfa en pena.

Eso lo detuvo en seco. Cualquiera fuera la ira que se estaba cerniendo dentro de él se desvaneció, y solo se vio cansado y más viejo de lo que lo había visto alguna vez.

—Ox —dijo en voz baja.

—Y sin mencionar que dejaste a tu condenado *compañero* aquí...

—Déjalo fuera de esto —su expresión se tornó pétrea.

—Al menos lo reconoces.

—No quiero hablar de él.

—¿Él lo sabe?

—Ox.

—Tres preguntas.

—¿Qué? —parpadeó.

—Voy a hacerte tres preguntas.

—Deja a Mark fuera de esto.

—No son sobre Mark, son sobre todo lo demás.

—Ox, te lo dije. Necesita venir del...

—Gordo.

—Bien —se oía ligeramente irritado, me recordó al Gordo que solía conocer—. Tres preguntas y podré hacerte la misma cantidad a ti.

—Bien, yo voy primero —sentí comezón en la piel.

Asintió y por alguna razón los tatuajes de sus brazos brillaron.

—¿Por qué tiraron los teléfonos? —quise saber.

Gordo se quedó mirándome, obviamente no esperaba eso.

Esperé.

—Joe pensó que sería más fácil. Pensó que si cortábamos conexiones, podríamos enfocarnos en lo que necesitábamos. Que recordar siempre el hogar, o a todos ustedes, podría hacer las cosas más difíciles.

—Y todos lo aceptaron.

—¿Esa fue una pregunta?

—Una declaración.

—Estuvimos de acuerdo porque él tenía razón, por lo que teníamos que hacer, porque cada vez que atendía ese teléfono, cada vez que veía un mensaje tuyo, se hacía más difícil no dar la vuelta y regresar de inmediato. Teníamos un trabajo que hacer, Ox. Y no podíamos hacerlo si seguíamos recordando el hogar.

—Entonces en vez de hacernos saber que estaban bien, que estaban con vida, decidieron... disculpa, Joe decidió que era mejor mantenernos en la nada.

Gordo hizo una mueca de dolor.

—Joe dijo que Mark y su madre lo sabrían. Que ellos aún sentirían...

Estampé mi puño contra el escritorio.

—Yo no. No sentí una *maldita* cosa —rugí—. Y no me digas que los tenía para poder saberlo porque no era lo mismo.

–¿Piensas que queríamos hacerlo? –soltó con brusquedad–. ¿A algo de todo esto? ¿Piensas que *pedimos* estar en esta posición?

–¿Esas fueron tus preguntas? –arrojé sus propias palabras.

–¿Por qué se los contaste? –el espectro de una sonrisa, hace tiempo desvanecida.

Rico. Tanner. Chris. Jessie.

–Porque necesitaban saberlo –respondí–. Porque no comprendían por qué te habías ido, porque aunque lo supieras o no, ellos eran tu manada también. Necesitaban comprender que no estaban solos, aún si tú te habías marchado.

Cerró los ojos.

–¿Por qué regresaron? –pregunté.

–David King.

–¿Qué hay con él? –fruncí el ceño.

–Encontraron lo que quedaba de él en Idaho.

–Lo que quedaba…

–Pedazos, Ox –explicó Gordo mientras abría sus ojos–. Fue encontrado en pedazos en las afueras de Cottonwood, en un motel de mala muerte. Su cabeza estaba en el centro de la cama.

–¿Cuándo?

–Hace unas semanas.

–Richard.

–Probablemente. Había un mensaje escrito en la pared con su propia sangre. Vi las fotos. Tres palabras: *Otro rey caído*. Joe, bueno, Joe perdió la cabeza, solo un poco. Se había hecho esperar, hubo muertes en Washington, Nevada, California.

–Todas alrededor de Oregon.

–David fue el último –asintió Gordo–. Era como si Richard se estuviera burlando de nosotros. Luego de eso Joe, él… nos dirigimos a casa. Debíamos asegurarnos que… –sacudió su cabeza–. Necesitas hablar con él, él te contará todo… Solo habla con él. Ahora es mi turno, ¿cuándo te convertiste en el Alfa?

No preguntó *cómo* sino *cuándo,* como si supiera que era solo una cuestión de tiempo.

–Los Omegas vinieron –respondí.

–Las guardas.

–Jessie estaba fuera, olía a nosotros, a mí. Se la llevaron. Tanner, Chris y Rico ya eran parte de nosotros en ese momento. Fuimos hasta los Omegas, luchamos, perdieron y los otros, me vieron. Y dado que no había nadie más aquí para liderarlos, hice lo que tenía que hacer.

–Siempre lo hiciste.

–No soy un lobo.

–No, pero eres algo. Última pregunta.

Necesitaba preguntar tantas cosas acerca de los últimos tres años, en dónde estábamos parados ahora, sobre su estado de ánimo, si era el mismo Gordo que solía ser, si ese Gordo estaba muerto y enterrado, si alguna vez podríamos volver a ser lo que fuimos el uno para el otro.

Pero, en realidad, solo había una pregunta.

–¿Sigo siendo tu lazo?

Sus ojos se abrieron.

Le temblaban las manos.

Su labio inferior se estremeció.

Respiró profunda y temblorosamente.

Cuando habló, su voz salió rota y húmeda.

–Sí, Ox. Claro que sí. Siempre lo has sido. Aun cuando las cosas se pusieron malas, aun cuando estuvimos a miles de kilómetros de casa durmiendo al costado de la carretera, sí. Aun cuando estaba exhausto y creí que no podría dar un paso más, aun cuando encontré lugares en mi magia que no creía posibles, sí, eras mi lazo, lo eres. Pensaba en ti porque eres mi hogar. También eres mi manada, ¿de acuerdo? No me importa si eres un Alfa, no me importa si eres *mi* Alfa, también eres mi manada.

Asentí sin confiar en mi habilidad para hablar.

—Mi turno, Ox. Ox, ¿aún soy tu amigo? Porque no sé si pueda soportar no ser tu amigo y tu hermano. Por favor, dime que aún soy tu amigo, porque necesito que lo hagas. Lo necesito demasiado. No sé qué hacer si ya no lo eres. Ox, por favor, solo di que soy…

Y puse mi cabeza sobre el escritorio y lloré.

Nos encontraron poco después. Gordo estaba en cuclillas a mi lado, frotando su frente contra mi hombro. Los dos sorbiendo nuestras narices y secando nuestros rostros.

—Jesucristo —murmuró Tanner.

—Huele a sentimientos por aquí —dijo Rico—. ¿Eso es lo que diría si fuera un hombre lobo?

—Chicos, ¿están llorando juntos? —indagó Chris—. ¡Pensé que aún debíamos estar enojados con él! ¡Ox, eres un traidor!

Reí. A este paso jamás sería un hombre como mi padre decía que debía ser. Ya no creía que fuera algo malo.

Gordo murmuró algo sombríamente, todavía presionado contra mí, con su mano sujetando la mía. No sabía si estaba listo para dejarlo ir.

—Todavía podemos estar enojados con él —dijo Tanner—. Aun cuando Ox haya cedido.

—Tres días, *Alfa* —me regañó Rico fulminándome con su mirada—. Duraste tres días.

—Aún sigo enfadado —declaró Chris.

—Fuimos amigos durante veinticinco años —le recordó Tanner.

—Y nos ocultaste esta mierda —acusó Rico—. *Brujo*.

—A veces nos decía que las cosas *simplemente eran extrañas*.

—Que tus tatuajes no se movían —dijo Tanner—. Que estábamos locos.

—O cuando rompiste con Mark, que eso era todo. Una simple ruptura.

—Y que tu padre estaba en la cárcel por asesinato —terció Chris—. No que había asesinado gente usando magia.

—En retrospectiva, tiene un poco de sentido —Tanner frunció el ceño.

—Ahora que estamos diciendo todo esto en voz alta —confesó Rico—, me siento un poco estúpido.

Chris suspiró.

—Exacto. ¿Por qué le creíamos siquiera cuando a veces desaparecía en las noches de lunas llena?

—Pero aún estamos molestos contigo —dijo Tanner.

—Porque eres un cretino —dijo Rico.

—El más grande de los cretinos —dijo Chris.

Los tres se cruzaron de brazos y fulminaron a Gordo con la mirada.

—Los extrañé, chicos —afirmó Gordo con la voz ronca—. Más de lo que posiblemente podrían imaginar.

—Maldición —dijo Tanner.

—*Mierda* —maldijo Rico.

—Necesitamos abrazarnos, ahora —cedió Chris.

Y se amontonaron sobre nosotros.

Caminé a casa esa noche.

Las estrellas brillaban sobre mí.

Alcancé el camino de tierra que llevaba a la casa del final del camino.

Joe estaba allí.

No lo veía desde ese primer día. Ahora estaba vestido casual, con un par de jeans y un suéter suave. Se había rasurado la barba y vi al chico que alguna vez fue.

Apenas, pero aun así.

Solo… más, ahora.

No era el chico de diecisiete años que había sido. Era más grande, más fuerte, un hombre, un Alfa.

Se mantuvo en silencio mientras me acercaba. Teníamos la misma estatura, estaba seguro. Me pregunté cuán grande sería su lobo ahora, si se parecería a su padre cuando se transformara.

Tenía tantas preguntas. Pero no pude hacerlas.

—Aún no —declaré, sabiendo que quemaría. Hizo una mueca de dolor, pero no habló.

Lo esquivé sin detenerme.

Carter y Kelly me secuestraron dos días después.

Técnicamente.

Salí del restaurante luego de haber terminado mi sándwich para el almuerzo. Antes de que pudiera dar un paso para cruzar la calle de regreso al garaje, un auto deportivo familiar rechinó sus neumáticos frente a mí. Apenas tuve oportunidad de reaccionar antes de que la puerta del copiloto se abriera de golpe y dos lobos me fulminaran con sus ojos.

—Adentro —ordenó Carter.

—¿O qué? —les pregunté.

—O te obligaremos —agregó Kelly.

—¿En serio? ¿Quieren intentarlo otra vez?

—Claro —dijo Carter—. Adentro, ahora.

—Antes de que arrastremos tu trasero —amenazó Kelly.

Consideré marcharme.

—Malditos hombres lobo —murmuré.

Me subí al automóvil.

Se veían sorprendidos cuando se voltearon para verme.

—¿Bien? —pregunté mientras arqueaba una ceja.

—No creí que eso funcionara —confesó Carter.

—En serio —Kelly frunció el ceño—. Pensé que habría mucha más postura.

—No sé lo que es eso —me encogí de hombros.

—Quiere decir que pensó que tendríamos que arrastrarte del trasero —explicó Carter.

—Oh, ¿entonces en verdad iban a secuestrarme?

—No a secuestrarte. No se puede secuestrar a alguien de tu tamaño, qué demonios...

—Secuestrarme, ¿y luego qué? ¿Sentarnos aquí y mirarnos? —negué con la cabeza—. Dios, chicos, ¿cómo demonios lograron sobrevivir tanto tiempo por su cuenta?

Clavaron su mirada en mí.

Les devolví el gesto, y sentí que algo se acomodaba en mi pecho. Como una grieta cuando es tapada.

—Bien, entonces tengo trabajo que hacer. ¿Ya podemos empezar con esto? Así podemos terminarlo —les di una salida.

—No volverás al trabajo. Hoy no.

—Gordo ya está allí —dijo Carter mientras daba la vuelta alrededor y se alejaba de la curva—. Decidió que era un buen momento para volver al taller. Suerte para nosotros, porque ahora tenemos todo el tiempo del mundo.

—¿En serio? —pregunté, poco convencido de si debía sentirme divertido o irritado. Un poco de las dos cosas parecía lo correcto—. Aparentemente se olvidó de mencionármelo —probablemente por una buena razón. Mientras estábamos en vías de reconciliación, no sé si hubiera aceptado esto si lo hubiera sabido con anticipación. Y creo que todos lo sabían, era un maldito terco cuando quería.

—Bueno, el taller se llama *Lo de Gordo* —repuso Carter—. Estoy seguro de que no creyó que debía avisarte.

—Probablemente necesitará aprender un par de cosas nuevamente. Tres años es un largo tiempo para estar fuera.

Ambos hicieron una mueca de dolor.

—Lo ha estado haciendo por años —murmuró Carter.

—No es que él pudiera olvidarlo —refunfuñó Kelly—. No fue *tanto*...

—No lo digas —mi voz fue más profunda de lo que normalmente era—. No te *atrevas* a decir que no fue tanto tiempo. No tienes idea de lo que vivimos aquí. Así que no puedes decir eso.

El resto del viaje fue en silencio.

Me sorprendió que el automóvil se detuviera y descubrir que estábamos afuera, en el viejo puente cubierto. Estábamos a mitad de un día de semana, por lo que estábamos solos. Carter salió primero, azotando la puerta detrás de él. Lo observamos mientras caminaba de un lado al otro en frente del coche, observando el puente. Gruñía algo que podía escuchar aun cuando las ventanas no estuvieran bajas.

–Podemos olerlos –me explicó Kelly–. A los Omegas.

–Hubo mucha sangre.

–Mark nos contó –observó a su hermano–. No todo, solo algunas partes. Dijo que el resto debía venir de ti. Joe no estaba muy feliz por ello.

–No esperaba que lo estuviera –reí.

–Fue difícil para él, para todos nosotros.

–Tan difícil como para nosotros, que nos quedamos atrás.

–No queríamos irnos.

–Lo hicieron.

–Joe... No, esto no es justo. Todos tuvimos la misma elección, él no nos obligó –suspiró Kelly–. También puedo oler tu sangre aquí, y la de mi madre.

–Sucede cuando estás peleando contra colmillos y garras.

–¿Lo entiendes?

–¿Qué cosa? –pregunté, observando a Carter merodear por el área en donde habíamos peleado, deteniéndose de vez en cuando para analizar con detenimiento el suelo.

–Por qué tomamos las decisiones que tomamos.

Podría mentirle pero lo sabría. Ambos lo sabrían porque era consciente de que Carter nos estaba escuchando.

–No, no lo entiendo. Me ocultaron mierda, luego actuaron como si yo no fuera parte de esto, parte de ustedes. Tomaron sus decisiones sin mí.

–Acababas de perder a tu madre...

–¿Entonces todos decidieron que lo mejor para mí era perderlos al resto de ustedes también? –pregunté–. Porque eso fue lo que pasó. Perdí a mi madre y a mi Alfa, y luego a mis hermanos y a mí... Joe. Eso es lo que perdí porque ustedes así lo decidieron.

—Solo queríamos mantenerte a salvo —exudaba frustración—. Sé que no te gusta, pero espero que puedas entender al menos eso.

—¿Entender? —me reí—. Claro. Por qué no. Ahora, ¿entiendes porque estoy tan enojado que apenas puedo pensar con claridad? ¿Comprendes por qué el simple hecho de mirarte hace que me sienta feliz y enfermo al mismo tiempo? ¿Que no sé si abrazarte o patearte el maldito trasero?

Inclinó su cabeza.

—Pues claro que no lo sabes, porque elegiste el camino de menor resistencia. Todo en lo que pudieron pensar, todo en lo que él pudo pensar, fue en la venganza. No en las consecuencias de quedarse aquí, de enfrentar el dolor de perder a la manada, de perder a tu condenado *Alfa*. Y dado que el nuevo Alfa tomó esta decisión con la que todos ustedes estuvieron de acuerdo, nos vimos obligados a cumplir con todo lo que nos quedaba. Así que sí, hay sangre aquí. Mi sangre y la de tu madre, y la de Mark, y la de cada una de las personas en *mi* manada. Porque sangraron aquí por mí, por ti y por él.

Carter se detuvo para oírnos. Sus manos eran dos puños, sus hombros estaban tensos.

—Lo intentamos —dijo Kelly con voz rota—. Quisimos... Solo... No pasó un solo día, Ox, en el que no pensáramos en ti, ¿de acuerdo? Que no deseáramos estar en casa contigo, con mamá y con Mark. Sé que perdiste a tu madre, Ox. Y nosotros perdimos a nuestro padre, pero cuando... nosotros… Cuando nos fuimos, fue lo más difícil que hemos tenido que hacer. ¿Acaso crees que no sentimos pena? Lo hicimos. Sufrimos la muerte de nuestro padre, nuestro Alfa. Pero no fue nada en comparación al dolor de dejarlos a todos ustedes atrás.

—Debieron haber regresado a casa.

—Sí, debimos hacerlo.

—No debieron habernos abandonado.

Kelly se estiró y se secó los ojos.

—Sí, lo sé. Pero también sé por qué lo hicimos. Gordo... Él... Eh... Discutió por eso, dijo que era estúpido que tu... no comprenderías. Pero era diferente para nosotros, para los lobos. Porque estábamos todos enlazados a ti en ese momento, Ox, ¿de acuerdo? Y dolió. *Dolió*. Pero no podíamos hacer lo que debíamos estando enlazados a ti, viendo tus palabras en el teléfono.

—¿Valió la pena?

—Algunos días creo que sí, otros no. Sobre la mayoría de los días no sé qué pensar, porque no sé cómo encajamos. Puedes sentirlo, ¿verdad?

Abrió la puerta y salió.

Los observé a ambos a través de la ventana. Kelly se quedó de pie al lado de su hermano, hombro contra hombro. Carter se veía tenso, los dos lo estaban.

Pensé que tal vez podrían pasar por mellizos. No solo por cómo lucían, sino por las mismas expresiones en sus rostros y la forma en la que llevaban su culpa.

Había dolido cuando se fueron. Cuando mamá murió, cuando Thomas murió. Y sufrimos por ella, por todos ellos. Y *aún* dolía. Pero tal vez no tan profundo como antes.

Ellos no habían conseguido eso. Porque estaban *rodeados*, por Richard Collins y por todo lo que habían hecho.

Tomaron sus decisiones, sí. Ya sea por su familia o por obligación. Y jamás tuvieron la oportunidad de detenerse, de descansar, de estar de luto por todo lo que habían perdido.

Rompió mi corazón.

Salí del auto, me observaron mientras caminaba lentamente hacia ellos.

—No sé cómo perdonarlos —admití—. Cómo perdonar a Joe.

—Perdonaste a Gordo —Carter se oía amargado—. Eso pareció lo suficientemente fácil.

—No lo perdoné. Que haya hablado con él no significa nada. Confíen en mí, él no está en una posición diferente a la de cualquiera de ustedes.

—Lo haría otra vez —dijo Carter.

Kelly hizo un sonido estrangulado.

—¿De veras? —pregunté.

—Si todo sucediera otra vez, si tuviéramos que hacer cada una de las cosas nuevamente, lo haría —fue desafiante. Estaba enojado y asustado.

—¿Por qué?

—Porque teníamos que irnos.

—Podrían haberme llevado también.

—Tú no entiendes —Carter se veía frustrado.

—Creo que ya hemos establecido eso.

—Papá lo sabía.

—*Carter* —le advirtió Kelly. Él lo ignoró y mantuvo su mirada fija en mí. Miré entre los dos.

—¿Sabía qué cosa? —pregunté.

—No lo dijo, no lo puso en muchas palabras. No directamente.

—Carter tal vez deba escuchar esto de… —Kelly no terminó de hablar.

—Nos dijo que te protegiéramos, que eras especial. Que eras diferente. Que, si algo pasaba, necesitaríamos asegurarnos de que estuvieras a salvo, al igual que lo haríamos con mamá. Porque tú eras importante, pero era diferente contigo.

Sentí un puñetazo en el estómago. Mi corazón volvía a romperse otra vez.

—Y algo pasó, él murió y Joe se convirtió en nuestro Alfa. Y en todo lo que *él podía* pensar, era en detener esto de una vez por todas. Todo en lo que *podíamos* pensar, era en mantenerte a salvo. Porque si Osmond descubría lo que eras, Richard también lo haría. Si Richard lo sabía, no estarías a salvo.

—Entonces se marcharon.

—Tal vez no fue la mejor de las elecciones. Él era la única que teníamos.

—Como un demonio —le solté—, estoy seguro de que no era la única. Pudo haber...

—Nos fuimos para terminar con esto, para desviar la atención de ti y encontrarlo por nuestra cuenta, por nuestros propios medios —continuó Carter—. Nos fuimos para mantenerte a salvo y resguardándote teníamos la esperanza de que también podríamos mantener a los demás fuera de esto. Hicimos lo mejor, Ox. ¿Era lo correcto? No lo sé, pero lo haría otra vez si eso significara mantenerte a salvo, porque no creo que ninguno de nosotros se haya sorprendido al volver y ver en lo que te habías convertido. Creo que papá lo sabía antes que todos nosotros, que esto es en quien tú te convertirías. Hiciste una *manada*, Ox, con *humanos*. Ninguno podría haber hecho eso más que tú. Lamento que nos hayamos ido, lamento que sientas que te abandonamos, lamento que no te dijéramos nada de esto, pero eres mi *hermano*, el hermano de Kelly. Haríamos lo *que fuera* por ti.

—No pueden irse otra vez —mi voz sonó áspera y ronca—. No de nuevo, no pueden. ¿Harían cualquier cosa por mí? Bien, no se vayan.

Carter y Kelly intercambiaron una mirada antes de encogerse de hombros casi al mismo tiempo.

—Claro.

—Bien.

–¿Eso es todo? –me los quedé viendo.

Me derribaron incluso antes de que supiera lo que estaba pasando.

Nos recostamos, enredados sobre el suelo. La cabeza de Kelly estaba sobre mi estómago, elevándose con cada bocanada de aire que daba. Carter se aferró a mi brazo y a mi mano. Palma con palma, con los dedos apretados.

El enojo se estaba desvaneciendo. Luché para aferrarme a él porque pensé que era muy fácil dejarlo ir. Que tenía que haber más que esto.

Pero era verde en ese alivio.

No los había perdonado ni a Gordo ni a los dos lobos acurrucados contra mí, pero lo haría. Hoy no, y probablemente tampoco mañana.

Pero al final lo haría.

Sin embargo, a Joe… No sabía cómo sería con él. Todo estaba envuelto en él. No parecía justo que pudiera encontrar el perdón para los demás pero no para él. Kelly suspiró y enterró su rostro en mi pecho, frotando su nariz de un lado a otro.

–Muy bien –dijo Carter–. Debo preguntarte y solo porque alguien tiene que hacerlo.

Eso no sé oyó bien.

–Jessie –continuó.

–Oh, ¿qué hay sobre ella?

–¿Están teniendo sexo?

–¿Sexo? –repetí.

–Hueles a ella –acotó Kelly.

–Estoy seguro que también huelo como tu madre.

Los dos fruncieron el ceño.

—Oh, mierda, no quise decir eso. Por Dios, no le digan que dije eso. Y no, demonios, no estoy teniendo sexo con Jessie. No ha habido nada entre los dos durante años. Tuvo una cita la otra noche, con un profesor de historia.

—¿Entonces no tuviste sexo con ella mientras no estuvimos?

—¡Deja de decirlo!

—En serio, Carter. Eso es asqueroso —agrego Kelly. Y luego preguntó—: ¿Te estás acostando con Robbie?

—¡Oh, Dios mío!

—Eso no fue un no.

—*No.*

—Es muy sobreprotector contigo —dijo Carter.

—¡Soy su Alfa!

—Pareciera que son algo más que eso —dijo Kelly.

—Los odio.

—Sigue no siendo un no.

—No es... Miren... No

—¡Está enamorado de ti! —Carter sonó bastante alegre ante la perspectiva.

—No está *enamorado*.

—Amigo. No formaste una manada sino un *harén*.

—¡Kelly! ¡Mamá está en su harén!

—Oh, Dios mío, ¡también Mark! —Kelly palideció.

—Dándole una probadita a toda la familia, ¿eh, Ox? —jugó Carter—. Me besaste primero y no pudiste apagar tu insaciable sed de Bennett.

—Al menos siguen siendo dos idiotas —murmuré.

Se rieron de mí. Era un sonido agradable, aun cuando dolía escucharlo luego de todo este tiempo.

—A Joe no le agrada mucho...

–¿Qué cosa?

–Que Jessie forme parte de tu manada, pero sobre todo que lo haga Robbie. Esa fue toda la declaración que hizo cuando llegamos y vio su mano sobre ti, como si te estuviera tranquilizando.

–Eso hacía.

–Bueno, mierda –escupió Kelly–. Esto no terminará bien.

–¿Qué cosa?

–Robbie –respondió Carter como si fuera estúpido–. Él es tu lazo.

–No soy un lobo.

–Eres un Alfa –señaló–. No sé si eso importa.

–Te sientes como nosotros solo que sin la transformación –explicó Kelly–. Estás bastante cerca. Él te mantiene sobre la tierra.

–Joe no tiene derecho en molestarse –gruñí–. No tiene derecho a decir nada.

Carter y Kelly se tensionaron.

–Él solo...

–No –interrumpí a Carter–. No tengo nada que explicarle. Todavía no. Y aun si Robbie fuera mi lazo, no tengo que justificarme con él o con ustedes. Se *fueron*. Nos *abandonaron*. Dicen que fue para mantenernos a salvo y que harían lo mismo otra vez. Está *bien*. Pero no esperen regresar aquí y tener las cosas como las dejaron. Hicimos lo que tuvimos que hacer para sobrevivir porque así es cómo funciona la vida. No la pusimos en pausa porque *ustedes*...

–Nadie les pidió eso –dijo apretando mi mano en la de él–. Y no sé qué esperábamos que hicieras. Pero conozco a Joe, él se lo esperaba, Ox. Incluso si nunca dijo nada, incluso si se convirtió en un maldito Alfa meditabundo, él lo esperaba. Sé que lo hacía. Así que dale un pequeño respiro para aceptar que has seguido adelante...

–¿Seguido adelante?

Carter y Kelly intercambiaron otra de sus miradas.

–Con la ayuda de Robbie –soltó Carter lentamente.

–No hay *nada* entre Robbie y yo. Bueno, quiero decir, me besó... Oh, por el amor de Dios, dejen de *gruñir*. Le dije que no, ¿bien? Y lo *comprendió*. No tenemos ese tipo de relación, no la tendremos jamás. Al menos no por mí.

–Es por Joe –Carter sonó petulante.

–No se debe *a Joe* –afirmé, los dos sonrieron enormemente al escuchar mi mentira.

–Necesitas arreglarlo –intentó aconsejarme Carter.

–Y tú necesitas irte a la mierda.

–¿Ser un Alfa te convierte automáticamente en un imbécil? –Kelly me observó entrecerrando los ojos–. Porque entre tú y Joe...

Lo golpeé fuerte en el hombro.

Kelly se rio de mí y me empujó de vuelta al suelo para poder recostarse sobre mí. No me rehusé, no quería rehusarme.

Carter se movió más cerca para que su cabeza reposara en el hueco de mi brazo.

No tenía ganas de rendirme. Se sentían verde. Ambos.

No sabía qué hacer con Joe.

–No se debe solo a él –solté.

Esperaron.

–O a Robbie –intenté encontrar las palabras correctas–. Se debe a todos ellos, a la manada, eran mi lazo.

Silencio.

–Como lo era para papá –recordó Carter.

–Así fue siempre para él –dijo Kelly–. Siempre la manada.

Toqué sus brazos, sus hombros, sus cuellos, sus rostros. Ellos se inclinaron hacia el tacto y todo lo que pensé fue *manada manada manada*.

—¿Realmente creen que lo sabía? —pregunté cuando el sol comenzaba a ponerse.

—¿Quién?

—Su padre. Sobre mí.

—Sí, Ox. Creemos que lo sabía, creemos que tal vez todos lo sabíamos.

Me dejaron de regreso en el taller.

Gordo era el único que quedaba.

Era extraño verlo sentado detrás de su escritorio otra vez.

—Fue idea suya —se defendió.

—¿Empujándolos bajo el autobús? —solté una risotada y me incliné sobre el umbral.

—Sobrevivirán —se encogió de hombros.

—¿Cómo se siente haber vuelto?

Pasó sus manos sobre mi... su escritorio.

—Como que estuve lejos por mucho tiempo.

—Se oye correcto.

—Tanner me dejó volver a casa. Tenía las llaves.

—La aseábamos una vez al mes, para asegurarnos de que estuviera bien cuando regresarás.

—¿En serio?

—Sí.

—Dijiste cuando.

—¿Qué?

—Dijiste *cuando* regresaras, no *si regresabas*.

—Oh, supongo.

—Creíste que...

—Tal vez —aparté la mirada—. Esperaba.

—Se sintió extraño —Gordo se aclaró la garganta—, estar ahí. Como si no pudiera recordar cómo había llegado, como si estuviera en un sueño.

Yo sabía sobre estar en sueños.

—Así es como me siento cada vez que pongo un pie en la vieja casa. Como si no estuviera despierto, como si no fuera real, pero lo es. Tomará un tiempo antes de que se sienta real para ti.

—¿Se siente real para ti?

—La mayoría de las veces —dije con honestidad.

Permanecimos en silencio por un momento. Gordo habló primero.

—Joe patrulla durante las noches, por horas.

—Lo sé.

—Claro que lo sabes —golpeteó el escritorio con sus dedos—. Porque ahora puedes sentirlo tanto como él, tal vez incluso mejor. Lo supiste, ¿cierto? Al instante en que pusimos un pie en Green Creek.

Asentí.

—Tocaste tus guardas. Para ver si aún estaban en pie.

—No entiendo cómo puede ser posible, cómo esto es posible.

—Yo tampoco —no sabía si alguna vez lo entenderíamos. Era descabellado ser considerado una cosa extraña entre personas que podían convertirse en lobos a su antojo.

—Necesitas hablar con él.

—¿Lo dices como mi amigo? ¿O como su brujo?

—¿Acaso importa? —se tensionó ligeramente.

No lo sé.

—¿*Qué* es lo que sabes?

—Fui tuyo primero —sonreí—. Aunque creo que Mark estaría en desacuerdo con eso...

Clavó la vista en mí. Le devolví el gesto.

Apartó la mirada primero.

—Probablemente Joe también lo estaría.

Me había pillado.

—¿Por cuál de nosotros? —contrarresté, pero ignoró mi pregunta.

—¿Vas a arreglarlo?

—Has estado en casa por menos de una semana, luego de tres años. Las cosas cambian.

—Lo hemos notado.

—¿Eso qué quiere decir?

—Quiere decir que regresamos y tú tenías tu propia manada con gente que no conocíamos, eso apesta, Ox.

—Me las arreglé con lo que tenía. Ustedes nos dejaron en pedazos, debía intentar unir esas piezas. No puedes culparnos por nada. No luego de lo que nos hicieron.

—Y lo hiciste bien, muchacho —respondió—. Solo que va a tomarnos un buen tiempo acostumbrarnos a todo otra vez. No te culpamos, Ox. Ninguno de nosotros lo hace. Tomaste las decisiones que debías y nadie puede juzgarte por ello.

Casi le creí.

Rechacé su oferta para llevarme a casa.

Caminé.

Joe estaba otra vez esperándome en las sombras del camino de tierra.

No podía hacer esto ahora. Ya había atravesado por muchas cosas hoy.

Caminé esquivándolo nuevamente y...

Estiró su mano y sujeto mi brazo, forzándome a detenerme.

Sus fosas nasales se ensancharon.

—Mis hermanos. Y Gordo.

Me quedé callado.

—No puedes hacerlo —gruñó—. Lo de hablar con ellos pero no conmigo. No para siempre.

—Aún no —le escupí.

Me dejó ir.

No miré atrás al alejarme hacia la vieja casa, pero cada paso que di fue más difícil que el anterior.

Esa noche corrí por los bordes del territorio para asegurarme de que estábamos a salvo.

Thomas había dicho:

"Eres diferente, Ox. Ni siquiera sé si comprendo cuán diferente. Será un espectáculo para la vista. Y yo, entre todos, no puedo esperar a verlo".

Mi madre estalló una burbuja de jabón en mi oreja.

En algún lugar al otro lado del territorio, un lobo cantó para que todo el bosque lo oyera.

Era un aullido azul, todo era azul.

CANTÉ PARA TI /
SIEMPRE
FUISTE MÍO

—¿Cómo haremos que funcione? —les pregunté a Mark y a Elizabeth. Hacía siete días que habían regresado y solo quedaba uno antes de la luna llena. Caminábamos por medio del bosque, rozando nuestras manos contra los árboles, mientras dejábamos nuestra esencia en la corteza. Eligieron no transformarse porque intuían que necesitaba consejos.

—¿Qué cosa? —preguntó Mark.

—Ya sabes qué —puse los ojos en blanco.

—Tal vez, pero ayudaría escucharte decirlo —agregó Elizabeth.

—Joe.

—¿Entre los dos? –sugirió Mark.

—No. Bueno, sí. Eso también. Pero no era lo que intentaba decir. Me refería a todos nosotros.

—Por supuesto que pensabas en eso –Mark soltó una risita–, en todo el mundo antes que en ti.

—Es mi trabajo.

—Puede ser –dijo Elizabeth–, pero a veces necesitas ser egoísta, Ox.

—No puedo. Aún no –odiaba esas palabras más que a nada.

—Sigues enfadado –tocó mi brazo.

—No es algo que simplemente pueda superar.

—Pero ya lo has hecho –replicó Mark–. Con Gordo, Carter y Kelly. Tal vez no por completo, pero has comenzado.

—¿Y qué? –pregunté intentando pasar por tonto–. Eso no tiene nada que ver con…

—¿Por qué sería diferente con Joe?

—Porque él es diferente –fue mezquino, pero no me gustaba sentirme atrapado–. Él no es como todos los demás para mí.

Y lo sabían. Pero también habían hablado con él desde su regreso. Cada día. Iban y venían entre la vieja casa y la principal. Pasaban el día con él mientras yo estaba trabajando con el resto de mi manada y Gordo. Ellos lo abrazaron, lo tocaron, lo escucharon y oyeron su respiración. Ellos no se despertaban de pesadillas en las que Joe se había marchado nuevamente, en las que no había dicho una sola palabra y se había esfumado como si nunca hubiera estado allí…

—No estás soñando, Ox –dijo Elizabeth por lo bajo, y otra vez me pregunté qué tan conectados estaríamos, porque en ocasiones creía que estaban siempre dentro de mi cabeza–. Sé que parece como si lo estuvieras.

Los bordes son difusos y no puedes encontrar el sentido a lo que está sucediendo, pero te juro que esto no es un sueño.

—¿De qué hablan? —pregunté sin mirar a ninguno de los dos—. Cuando no estoy allí.

—No mucho —suspiró Mark—. Carter y Kelly son los que más hablan. Joe… él no dice demasiado.

Me sentí culpable al escucharlo, incluso cuando no sabía si debía hacerlo. Aparentemente, había estado así por un largo tiempo. No sabía qué más había cambiado, no sabía cómo preguntar.

—Tengo que dejarlo ir, pero no sé cómo. Lo he intentado. Lo hago. Me está matando saber que está *allí mismo* y que no estoy haciendo nada al respecto.

—Entonces haz algo —sugirió Elizabeth—. Nunca has sido indeciso, Ox. No comiences ahora.

—Esas son patrañas —solté una risotada—. Hubo muchísimas oportunidades en las que no fui capaz de tomar una decisión.

Me abofeteó en la parte superior de mi cabeza y la fulminé con la mirada.

—Arréglalo. Antes de que pierda la paciencia y me ocupe de ello yo misma. No quieres que eso pase.

—Ciertamente no querrás eso —agregó Mark—. Se convertirá en una pequeña mosca, siempre revoloteando en tu….

—Ni siquiera me hagas empezar por ti —dijo Elizabeth—. Mark, estás en el mismo bote, lo juro por Dios. Solo espera hasta que termine con esto y comenzaré con...

—Oye, está bien, está bien, te escuché —Mark levantó sus manos en señal de rendición.

Elizabeth lo fulminó con una mirada antes de continuar.

—O lo terminas o no. O lo perdonas o no lo haces. Solo no lo hagas esperar porque no es justo para ninguno de los dos. Hombres. No hay caso, todo lo que hacen es hacer las cosas difíciles solo porque pueden.

—¿Una manada puede tener dos Alfa? —indagué intentando distraerlos.

Entrecerró los ojos, consciente de lo que estaba haciendo, pero me lo permitió.

—¿Quién dice que no se podría? Ya tenemos un Alfa humano, no somos necesariamente ortodoxos aquí. Nunca lo hemos sido, incluso cuando se suponía que debíamos serlo. Existe la tradición y luego están los Bennett.

—¿Y si digo que no? —medité lentamente, seguía asimilándolo—. Si lo rechazara, si mantuviera las manadas separadas…

—Sería tu elección —respondió Elizabeth—. Y sabríamos que pensaste que estabas haciendo lo correcto.

—Pero ustedes no estarían de acuerdo.

—Tal vez —contestó Mark—. Tal vez no, pero no se trata de eso. Tú tienes… instintos que nosotros no.

—Podría decir lo mismo de ustedes.

—Cierto —repuso—. Pero nuestro instinto es confiar en que tomas las decisiones correctas por la manada.

—¿Incluso cuando no estén de acuerdo?

—Aun así.

—Eso se siente como si estuviera controlándolos, como si ustedes no tuvieran elección en todo esto.

—La tenemos —me corrigió Mark con amabilidad—. Te elegimos a ti.

—Ellos son tus hijos. Son tus sobrinos.

—Y tú eres nuestro Alfa —dijo Elizabeth con los ojos anaranjados—. Así es cómo son las cosas.

No quería que las cosas fueran de esta manera.

—No quiero interponerme entre ustedes.

—No podrías hacerlo aunque lo intentarás —concluyó ella.

Y eso fue todo.

Esperaba por mí en el camino de tierra. Se veía esperanzado, asustado, enfadado, tenso. Porque yo ya había hablado con todos ellos, excepto con él. Y lo sabía.

Estaba cansado de todo, alguien tenía que ceder y tenía que ser yo. Solo necesitaba encontrar las palabras.

Me acerqué a él y *supe* que pensaba que lo esquivaría, o que tal vez volvería a decir "aún no", que lanzaría esas palabras en su rostro como lo había estado haciendo cada vez que regresaba a casa.

Sus hombros comenzaron a encorvarse.

—Hola, Joe.

Se sobresaltó. Abrió y cerró la boca un par de veces. Emitió un gruñido profundo desde su pecho, un ruido sordo que hizo que me picara la piel. Era un sonido que denotaba placer, como si el hecho de que dijera su nombre fuera suficiente para hacerlo feliz. Y tal vez así fuera. Se detuvo tan rápido como había comenzado. Joe lucía ligeramente avergonzado.

Removí la tierra con mi pie, esperando.

—Hola, Ox —dijo, se aclaró la garganta y bajó la mirada—. Hola.

Era extraña esa desconexión entre el chico que había conocido y el hombre que estaba frente a mí. Su voz se oía más profunda y más grande de lo que jamás había sido. Irradiaba un poder que nunca había estado allí. Le quedaba bien. Recordé ese día en el que realmente lo había visto por primera vez, con esos pantalones cortos para correr y nada más.

Alejé esos pensamientos. No quería que él me olfateara. No todavía. Porque la atracción no era el problema en este momento. Especialmente en este momento.

Aclaré mi garganta y volvió a mirarme. Nuestros ojos colisionaron como un accidente automovilístico, chocando y rompiéndose.

Por primera vez se sentía incómodo.

Pero era *algo*. Más de lo que habíamos tenido durante un largo tiempo. No pude evitar pensar en ese único beso que compartimos, el roce de sus labios contra los míos cuando nos acostamos uno junto al otro. "Regresaré por ti", había dicho, y ¿no le había creído? ¿No había creído cada una de las cosas que me había dicho?

Sí.

Y había regresado, como dijo que lo haría.

Solo que tomó más tiempo de lo que creí.

—Tú... —comenzó a decir.

—Tengo... —dije al mismo tiempo.

Nos detuvimos.

—Tú primero —tosió.

Asentí porque tenía que ser yo.

—Mañana habrá luna llena.

—¿Sí? Creo que así es —lo sabía, pero me seguía la corriente.

—¿Qué vas a hacer?

—Aún no lo he pensado.

Probablemente era una mentira.

—Si no tienes nada que hacer podríamos correr con tu manada y la mía.

—¿Harías eso? —preguntó sorprendido.

—Tú estabas aquí primero, Joe, es tu tierra.

—Pero ahora...

—Solo… ¿lo harías?

—Sí. Sí puedo, *podemos* —asintió con insistencia—. Será…

—Bueno. Será algo bueno.

Y no supe cómo continuar porque tenía *mucho* para decirle.

Así que no dije nada.

Nos miramos el uno al otro por un rato. Asimilándonos. Intenté forzarme para dar un paso más cerca de él, solo para… estar. Pero no pude.

—De acuerdo —concluí—. Entonces mañana.

Frunció el entrecejo en cuanto me dispuse a caminar alrededor suyo por el camino de tierra hacia la vieja casa.

—Ox —dijo con un hilo de voz al estar hombro a hombro.

Contuve la respiración y esperé.

—Nosotros… —se detuvo, negó con su cabeza y dejó salir un gruñido de frustración—. Tenemos que hablar sobre todo. Necesito que lo sepas todo. Hay cosas que debes escuchar de mí, necesito que solo… Te necesito.

—¿Él vendrá para aquí? —intenté ignorar el calor a lo largo de mi piel para enfocarme en lo que era importante.

—Eso creo —supo a qué me refería.

—¿Estamos a salvo en este momento?

—Sí, sí. Puede esperar unos días, pero…

—Entonces lo otro puede esperar también.

—Ox.

Me quedé callado.

—De acuerdo —suspiró.

De alguna manera fui capaz de alejarme.

Al día siguiente el cielo estaba oscureciendo cuando mi manada se reunió en la vieja casa, en la cocina. Aún evitaba la sala siempre que fuera posible. Elizabeth y Mark seguían pasando la noche en la casa al final del camino, pero Robbie se había mudado conmigo. Ocupaba la habitación de huéspedes, dado que la de mi madre estaba fuera de los límites. Al parecer esto no era del agrado de Carter y Kelly, como me lo dijeron.

No sabía que pensaba Joe al respecto.

—¿Estás seguro? —me preguntó Robbie—. Ni siquiera los *conocemos*.

—Me gustaría pensar que sí —intervino Elizabeth ligeramente—. Di a luz a la mayoría de ellos.

—Lo siento —Robbie hizo una pequeña mueca.

—¿Por haber dado a luz? —bromeó ella.

Él se ruborizó y murmuró algo incoherente.

—Tiene razón —opinó Jessie—. Las lunas llenas contigo son diferentes. Conocemos a estos lobos, pero la mayoría de los humanos aquí no conoce a los nuevos. ¿Estás seguro de que están bajo el control suficiente? ¿Los has visto transformarse desde que han regresado?

Respondí que no.

—Se separaron —dijo—. ¿Qué los diferencia de ser Omegas?

—Tenían un Alfa —respondió Mark—. Aún lo tienen. Pudieron no haber... estado aquí, pero aún tenían un Alfa para sacar fuerzas. Se enlazaron a él.

—En cuanto no haya lobos intentando masticar mi trasero, está bien por mí —aclaró Rico.

—Resoluto como siempre —señaló Tanner mientras lo aporreaba por detrás de la cabeza.

—*Pendejo* —murmuró Rico.

—Nadie masticará nada —intenté calmarlos.

—¿De veras? —quiso saber inocentemente Chris—. Estoy seguro de que Joe estará desilusionado de escucharlo.

Lo fulminé con la mirada, casi todos en la habitación se rieron.

—Estaremos bien —intenté encaminar la conversación—. Correremos juntos y no habrá nada de mordiscones. Chris mantén tu boca cerrada... y veremos cómo funciona esto, ¿de acuerdo?

Asintieron.

—Bien.

Esto sería bueno.

No lo fue.

Había ido bien, en su mayoría.

La luna estaba saliendo cuando llegamos al claro. Joe y su manada ya se encontraban allí. Los ojos de los lobos resplandecían con la atracción de la luna. Los tatuajes de Gordo brillaban y caí en la cuenta de que esta era la primera vez que lo veía como parte de una manada bajo la luna llena. Me dolió pensar que había sido parte de algo durante tanto tiempo y no había estado allí para verlo. No había tenido tiempo suficiente para preguntarle sobre eso después de que todo hubiera sucedido.

Todos se movieron juntos, como lo habían hecho la primera vez, observándonos mientras caminábamos hacia el claro. Estaba seguro que, de haber sido un lobo, podría haber escuchado a sus corazones latir en sincronía.

La atmosfera se sentía tensa mientras nos acercábamos, un poco apagada, pero no creí que estuviera tan mal.

O tal vez era optimista.

—Ox –saludó Joe, pero no antes de que su mirada cayera por encima de mi hombro derecho, en donde sabía que estaba Robbie.

—Joe –respondí.

—Gracias por permitirnos acompañarte esta noche.

—Gracias por estar aquí –asentí, odiaba lo formal del intercambio.

—Oh, Dios mío –murmuró Rico–. Se ven tan incómodos.

—Cierra la boca –siseó Tanner–. Son *hombres lobos*. Pueden oírte.

—*Sé* lo que son, ¡deja de gritarme en susurros!

—Aunque se ven realmente incómodos –susurró Chris.

—Siempre fueron así –murmuró Jessie por lo bajo.

Si no hubiera estado mirando a Joe, me habría perdido la forma en que sus labios se curvaron por un segundo, como si estuviera reprimiendo una sonrisa.

—Esta es mi manada –anuncié, intentando no gruñirles.

—Y esta es la mía –respondió Joe.

Carter y Kelly se estaban burlando el uno del otro. Gordo se veía como si estuviera listo para poner los ojos en blanco.

—¿Corremos? –me invitó Joe.

—Podemos.

—Y aquí viene la parte en la que las personas más atractivas se desnudan –anunció Rico–. Y la mayoría de ellos son parientes. Lo que no es para nada extraño, en lo absoluto.

—Rico –lo llamé.

—¿Sí?

—*Cierra* la boca.

—Es extraño. Solo porque tú no lo veas como extraño no quiere decir que no lo sea.

—Y mencionarlo no lo volverá menos extraño.

—Tengo la sensación de que deberíamos al menos mencionar lo que es extraño...

—¡Rico!

—Ya me callo.

Carter y Kelly ya se habían desnudado cuando Rico cerró la boca. Carter me guiñó un ojo antes de cambiar de forma, el chasquido familiar de huesos y músculos llenó el claro. Kelly se le unió rápidamente y entonces hubo dos lobos de pie en la luz de la luna con los ojos anaranjados y los dientes descubiertos en una sonrisa lobuna.

No eran tan diferentes de lo que habían sido años atrás. Tenían el mismo color, pero era más grandes y más pesados. Jamás llegarían a tener el tamaño de Thomas, pero habían crecido notablemente. No sabía si eso se relacionaba con la edad o a Joe. Probablemente a las dos cosas.

Siguieron Mark y Elizabeth, Rico murmuró algo sobre cuán tranquilos estaban todos con los desnudos y Chris lo llamó mojigato.

Pronto hubo cuatro lobos en el claro, frotándose entre ellos. Carter y Kelly a cada lado de su madre, moviendo los rabos como cachorritos exaltados.

—Adelante, Robbie —lo alenté mientras sentía los ojos de Joe sobre mí.

—No es necesario —respondió a través de sus dientes afilados—. Puedo quedarme contigo, puedo correr de esta forma o puedo transformarme a medias, está bien.

Pero no estaba bien. Sabía que la luna lo estaba atrayendo, que su lobo arañaba justo por debajo de la superficie para liberarse. Mark me había dicho una vez, hacía mucho tiempo, que no transformarse con la luna llena implicaba un *dolor* físico, y que si un hombre lobo se negaba a hacerlo durante mucho tiempo, por varias lunas, eso podría causarle un daño psicológico.

—Está bien —dije por lo bajo—. Debes acostumbrarte a los otros.

No se veía feliz por eso, dejó escapar un resoplido mientras nos miraba a Joe a y a mí. Comenzó a desnudarse, aparté mis ojos como cortesía.

Joe continuó observándome inexpresivamente. Él no solía ser capaz de hacer eso. Lo odiaba.

Robbie se transformó en algún lugar detrás de mí. Era más desgarbado que los demás y más pequeño. Tenía piernas largas y delgadas, un cuerpo estrecho. Su cola se sacudió mientras se acercaba a mi lado, observando a los lobos de su manada mezclarse con los lobos de la otra.

Se veía tenso e inseguro. Pasé mi palma por su cabeza, empujando suavemente una de sus orejas. Resopló dentro de mi mano y sentí un pulso de calidez a lo largo del hilo que se extendía entre los dos.

—Ve —insistí.

Y pensé que lo haría. Pensé que se uniría a los demás lobos pero, en cambio, se volteó hacia los humanos y comenzó a frotarse entre sus piernas, mordisqueando juguetonamente sus talones para que comenzarán a moverse hacia los árboles, hasta que corrieron por el bosque.

Quedamos Joe y yo, escuchando a los lobos cantar y a los humanos gritar. Habló primero.

—Lo hiciste bien, Ox.

—Gracias —no sabía qué hacer con eso—. No fui solo yo —agregué, porque no se sentía correcto.

—¿Eh?

—Fuimos todos. Ellos hicieron tanto por mí como yo por ellos.

—Lo sé, eso es lo que hacen las manadas.

Reprimí la réplica y alejé la ola familiar de ira. Probablemente Joe pudiera sentir el sabor de la brillante chispa de rabia antes de que la atrapara, pero no dijo nada.

—Pero no creas que no fue por ti, Ox —dijo—. Si no fuese por ti...

Esperé para ver si continuaba.

—Ox —lo miré. Estaba más cerca de mí de lo que había estado durante estos tres años, así que no entendía por qué se sentía como si aún estuviera lejos—. Gracias.

—¿Por qué?

—Por hacer lo que no pude.

¡No debí haber tenido que hacerlo!, quise gritarle.

¡No debiste haberme puesto en esa posición!

Nos dejaste. Me dejaste.

—No tuve elección —respondí en su lugar.

—Siempre tuviste elección, Ox —rio—. Y aun así nos elegiste. Siempre lo hiciste.

—Eso es lo que hace una manada —respondí arrojándole sus propias palabras.

Me sonrió. Tenía demasiados dientes.

—¿Te transformarás? —pregunté, de repente sentía calor.

Dio un paso hacia mí.

Mis pies no se movieron.

Otro paso y luego otro.

Se detuvo a un brazo de distancia, pero no se movió para tocarme. Fue extraño saber que ya no tenía que bajar la cabeza para encontrarme con sus ojos.

—Cuando no estuve —dijo, jugando con el dobladillo de su camiseta—. Cuando no estuvimos, cada día fue difícil.

Miré sus dedos mientras comenzaban a doblar la prenda, subiéndola.

—Pero las lunas llenas fueron las peores —continuó y descubrió metros de piel.

Ya no era un niño, ni siquiera un adolescente tambaleándose tras los pasos de su padre. No. Ahora era un hombre y un Alfa, y se vio en el corte de músculos de su estómago. En la amplitud de su pecho y la forma en que estaba cubierto con un poco de vello ligeramente coloreado, la forma en que sus bíceps se agruparon cuando se levantó la camisa por encima de la cabeza antes de dejarla caer al suelo, a un costado.

—Fueron los más difíciles, porque yo estaba aullando por mi manada y solo algunos de ellos me oían, solo algunos respondían.

Sus manos se movieron hacia el cierre de sus pantalones vaqueros, mientras sus dedos se arrastraban a lo largo de su cintura enroscándose con el vello de su estómago. Levantó un pie y luego el otro para quitarse una bota, la arrojó hacia un lado.

—Cantaba por ti —susurró mientras se quitaba la otra—. Aun si no podías oírme, aun si no podías sentirlo. Ox, lo juro, cantaba por ti.

Desabrochó el botón superior de sus pantalones y me dije a mí mismo que apartaría la mirada. Me obligué, me dije que esto no estaba bien, que todavía estaba tan enojado con él que apenas podía soportarlo, que teníamos mucho que hablar para ver si podíamos volver a ser lo que fuimos o lo más cercano a eso.

Sabía lo que estaba haciéndome.

Y por un momento lo odié, por manipularme de esa forma.

Pero si pensaba en ello, si *realmente* pensaba en ello, no lo creía capaz de hacer algo así: utilizar su propio cuerpo para obtener lo que quería. Está bien, no conocía a esta versión de Joe. No sabía lo que había hecho mientras estuvo lejos. Con cuánta gente había tenido sexo, o si tuvo sexo con alguien en absoluto. El chico que alguna vez conocí era inocente y amable. Traté de encajarlo con el hombre que tenía enfrente, traté de reconciliar las diferencias entre los dos.

El segundo botón estaba libre, luego el tercero.

No llevaba ropa interior y la luna estaba lo suficientemente brillante para ver su vello púbico y la base de su pene.

Regresé mis ojos a su rostro.

La expresión vacía se fue, la máscara del Alfa de deslizó y fue descartada incluso cuando sus ojos seguían rojos.

Se veía casi más joven. Más suave. Inseguro de sí mismo.

–Jamás hubo alguien más durante mi ausencia. Jamás hubo alguien más para mí. Porque, aunque no podías oírme cuando te llamaba, el aullido en mi corazón siempre fue dedicado a ti.

Quería decirle que se largara de mi mente, porque *de alguna forma* había sabido lo que estaba pensando. No debería haber sido capaz de verlo, de oírlo. De *saberlo*.

Quería decirle que tampoco había estado con nadie más.

Que lo había esperado, y esperado, y *esperado* hasta que creí que mi piel se rompería y mis huesos se volverían polvo. Que hice lo que tuve que hacer para mantenernos con *vida*, que a pesar de que nos habíamos convertido en algo más de lo que las piezas de nosotros deberían haber formado, había un dolor en mi cabeza y un agujero en mi corazón por él. Joe me lo había hecho.

¿No había tenido sexo con nadie?

Bueno, bien por él.

Yo ni siquiera *había pensado* en tenerlo.

Se oyó un aullido entre los árboles, más fuerte que los otros. Miré de dónde provenía y vi a Robbie de pie en la línea de árboles mirándome con su cabeza ladeada de forma interrogante.

–Le importas –susurró Joe a mis espaldas.

–Soy su Alfa.

—Claro, Ox —afirmó, y supe que se había despojado de sus pantalones por el sonido que hicieron al caer. Me obligué a no voltearme, ya había visto demasiado y no iba a rendirme tan fácilmente, incluso si él era todo lo que realmente deseaba.

Robbie volvió a aullar y se volvió hacia el bosque.

—Aún necesitamos hablar —me recordó Joe, estaba *justo detrás de mí*.

Cerré los ojos, pero todavía podía sentir el calor de su cuerpo, su aliento sobre mi cuello, todo lo que tenía que hacer era inclinarme hacia atrás y...

Di un paso hacia adelante.

—Lo haremos —respondí—. Mañana —porque no creía que pudiera seguir otro día así. Me estaba ahogando y estaba luchando para respirar.

—Mañana —repitió, se oyó como una promesa que no sabía que estaba haciendo.

Se transformó, el sonido del cambio pareció ser eterno.

El calor detrás de mí continuaba, pero ahora era diferente.

Algo se presionó contra la mitad de mi espalda. Por la forma, era su nariz. Inhaló profunda y lentamente, exhaló una bocanada de aire silenciosa y caliente.

Algo enterrado en las ataduras de mi manada, jaló cerca de la parte posterior de mi cabeza. Pensé en intentar alcanzarlo, examinarlo, saborearlo, pero antes de que pudiera hacerlo, el lobo Alfa me rodeó.

Y me arrebató el aliento del pecho.

Era mucho, mucho más grande de lo que había sido Thomas. Lo alto de su cabeza casi alcanzaba mi cuello. Seguía siendo completamente blanco a excepción de su hocico y sus patas, sus labios, sus garras y sus ojos, que lucían como el fuego. Me pregunté si así se había sentido mi madre la primera vez, cuando Thomas le había mostrado que nunca más estaría sola.

Y como si pudiera oír cada pensamiento dentro de mi cabeza, Joe se inclinó y presionó su hocico en mi cuello.

—Oh.

Comenzó bien.

En su mayoría.

Me sentí como si estuviera atrapado en caída libre, con mi estómago subiendo en picada hasta mi pecho y mi garganta. Sentí como si estuviera estancado en ese momento en el que te saltas un escalón y aterrizas con fuerza sobre tu pie.

Corrimos en el bosque.

Corrimos entre los árboles, saltamos por encima de los leños y arroyos. Nuestros pies chapotearon en el agua cuando no alcanzábamos la orilla.

Los lobos aullaban a mí alrededor, pero se oía apagado. Las armonías estaban muy alejadas de la afinación como para estar cantando juntos.

Mis lobos aullaron como siempre, a tiempo y en sincronía.

Joe y los suyos hicieron lo mismo, pero un paso por encima o debajo de nosotros.

La mezcla de los dos hacía daño a los oídos. Pero había algo *allí*. Algo que estaba vibrando por debajo de la superficie, que se arrastraba por mi piel y corrí para escapar de ello.

Los humanos reían cuando los lobos los perseguían.

Gordo permanecía atrás de todo, por lo general observando, con los ojos sobre el perímetro y sus brazos iluminados mientras sus tatuajes latían y levantaban vuelo.

Pensé que estábamos cerca de algo mientras nos movíamos por el bosque. Algo que estaba fuera de alcance.

Joe corrió a mi lado, los músculos por debajo del pelaje blanco se movían como el agua, como el humo, fluidos y ondulantes.

Yo no era un lobo. Dudaba de que alguna vez *fuera* un lobo. No experimentaba la atracción de la luna.

Pero ahora se sentía diferente.

Quería aullar una canción, quería que me crecieran garras y colmillos, que se abrieran paso entre la carne de un conejo. Quería que mis ojos estallaran en rojo y poder sentir la hierba bajo mis patas.

Había pensamientos, algunos míos y otros provenientes de todas direcciones.

Decían *"ManadaAmorHermanoHijo"* y *"a salvo aquí, estamos a salvo aquí"* y *"juntos, oh, Dios mío, estamos juntos, corremos juntos"* y *"casa, finalmente estamos en casa, mira aquí este árbol conozco este árbol"* y *"se ha ido PadreEsposoAlfa, se ha ido, pero aún puedo sentirlo, puedo olerlo, puedo amarlo"* y muchas otras cosas.

Eran todos ellos al mismo tiempo, los lobos y tal vez los humanos de mi manada. Se escabullían en mis pensamientos enlazándose a sí mismos, a mí y entre ellos, los hilos se enredaban.

Pero escuchaba mejor al lobo que corría junto a mí.

Él dijo: *Aquí.*

Él dijo: *Estoy aquí.*

Él dijo: *Contigo, finalmente contigo.*

Él dijo: *Puedo sentirte.*

Él dijo: *Sé que puedes sentirme.*

Él dijo: *Esa pequeña voz detrás de tu cabeza, ese pequeño tirón que sientes, que siempre has sentido, que jamás te he abandonado, siempre he sido yo, siempre seré yo, porque tú siempre serás mío y te di mi lobo porque tú eres manada manada manada, eres mi compañero, tú eres, tú eres, tú eres...*

Estábamos tan distraídos, corriendo bajo la ráfaga de ese sueño febril que no podía ser real, que no lo vimos venir. No pudimos anticiparnos. En un momento, Joe y yo estábamos el uno junto al otro; al siguiente, hubo un destello gris y negro frente a mí, y Joe fue derribado sobre su costado.

Estalló la fiebre.

Había gruñidos y chasquidos de dientes.

Seguí corriendo unos cinco pasos antes de recordar que debía detenerme.

Me detuve y...

Robbie estaba encima de Joe, sus dientes enterrados en su garganta. Joe le asestaba patadas, sus garras rasgaban los costados de Robbie y su estómago.

Escuché un rugido de furia por detrás de mí cuando Carter y Kelly irrumpieron de entre los árboles. Robbie dejó escapar un gemido agudo en cuanto Joe le propició una patada despiadada que lo derribó contra un árbol.

Elizabeth y Mark vinieron desde otra dirección, sus ojos estaban anaranjados y descubrían sus dientes. Se detuvieron delante de Robbie mientras este intentaba recobrarse, la sangre brotaba desde las laceraciones en sus costados.

Joe ya estaba de pie, el pelaje de su garganta manchado de rojo. Carter y Kelly se posicionaron a cada uno de sus lados, gruñendo, con sus lomos arqueados mientras se dirigían hacia Robbie, quien había logrado incorporarse.

Mi cabeza estallaba de cosas.

Estaba siendo jalado en todas direcciones.

Había hilos que brotaban de mí, que me aferraban a Robbie, Elizabeth y Mark. Eran hilos fuertes y verdaderos, y decían *"manada"*, *"proteger"* y *"mío"*. Se hicieron más fuertes en cuanto los humanos surgieron de entre los árboles hacia nosotros, llenos de miedo y pensamientos de ataque: *"nos están atacando. Recuerden el entrenamiento, recuerden lo que el Alfa nos enseñó"*.

También había otros hilos más delgados y débiles que se dirigían hacia el lobo blanco, al Alfa. La idea de otro Alfa en mi territorio hizo que quisiera mostrar mis dientes con furia. Estos hilos se extendieron hacia él, y a través de él hacia los demás. Hacia los dos lobos a su lado y hacia el brujo que se acercó a ellos y pasó sus manos por encima de los Betas. Sus brazos brillaban y el cuervo abría su boca en un llamado silencioso, al volar hasta perderse de vista rumbo a su espalda.

Lo estaban protegiendo.

Al igual que mi manada estaba protegiendo a Robbie, por muy idiota que hubiera sido.

No importaba que la familia estuviera dividida entre dos manadas. Lo que importaba eran las ataduras entre nosotros, que nos decían que nadie debía tocar a la manada, que nada debía herir lo que era nuestro. Si todo salía mal, pelearían entre ellos.

Sin embargo, Joe...

Joe no se movía. Por derecho, podía. Había sido atacado sin previa provocación. ¿Y su manada realmente estaba avanzando? ¿O solo estaban en posición defensiva?

Yo no podía hacer esto, no podía tener esto.

No de esta manera.

Robbie dio un paso adelante, escupiendo sangre en la hierba mientras su pecho rugía profundamente.

Carter se agazapó.

–*Alto* –dije.

Mi voz fue una grieta en el aire.

Todos los lobos se detuvieron de inmediato y sus orejas se apoyaron sobre sus cabezas. A excepción de Joe, cuyos ojos brillaron aún más.

Incluso los humanos retrocedieron un paso, reaccionando a su Alfa. Tenían los ojos como platos y los hombros tensos.

Esperaron.

Existía una jerarquía. Sin importar cuánto quería ir hasta Joe, cuánto quería asegurarme de que las heridas en su cuello se estuvieran cerrando y que el rojo de su garganta no fuera algo serio, no podía hacerlo.

Porque primero tenía que ocuparme de los míos.

Sus ojos siguieron cada uno de mis pasos.

Me incliné frente de Robbie. Acuné su rostro entre mis manos, sus ojos estaban muy abiertos y húmedos. Uno de los lobos detrás de mí gruñó, Carter quizás, pero fue reprendido con un ladrido bajo de parte de Joe.

Elizabeth y Mark rozaron los costados y el estómago de Robbie con sus hocicos, mientras lamían su pelaje lleno de sangre. Él mantuvo sus ojos en mí. Presioné un poco más su cabeza entre mis manos.

–Sé lo que estabas haciendo –hablé por lo bajo, aunque todos los lobos podían escucharme–. Pero no puedes hacerlo.

Emitió un lloriqueo e intentó lamer mis manos, pero lo sostuve con firmeza.

–No necesito que pelees por mí. Especialmente cuando no hay necesidad de pelear en absoluto. No los unos contra los otros.

Entonces se transformó y sentí el cambio por debajo de mis manos. La forma en que sus huesos se rompían y reformaban, la forma en la que su cabello decrecía y sus músculos saltaban. Fue como si estuviera sosteniendo una bolsa de serpientes enroscándose y me estremecí al sentirlo.

Ya no sostenía el rostro de un lobo entre mis manos ahora era el de un hombre.

Y estaba furioso.

—Estaba en tu cabeza —soltó con brusquedad—. Pude *oírlo*. No tenía derecho a...

—¿De qué demonios hablas? —pregunté dejando caer mis manos.

Robbie apretó sus dientes y sacudió su cabeza, sus ojos arrojaron una mirada fulminante por encima de mi hombro.

—Robbie, te hice una pregunta...

—Tiene razón —dijo Rico—. Nosotros pudimos... oírlo.

Miré de nuevo a los demás. Se situaban nerviosamente detrás de mí, guardando distancia de los lobos, pero preparados para atacar si era necesario. No estaban enfadados como Robbie, pero estaban asustados.

—¿Qué quieres decir?

Rico echó un vistazo a Tanner, quién asintió una vez con su cabeza.

—Como cuando te oímos a ti. Solo. Tú eres nuestro Alfa, ¿bien? El Gran Jefe. ¿Podemos sentir a otros? Sí, podemos, pero no como... no con tanta claridad. No como podemos oírte y sentirte a ti. Y Joe se oía... fuerte. Todo fue abrumador.

Elizabeth y Mark volvieron a sus formas humanas, sus cuerpos estaban tensos.

—Jamás me acostumbraré a esto —murmuró Rico—. Hola, señora Bennett. Qué alegría de verla. Está desnuda. Otra vez.

—También lo oímos —Elizabeth lo ignoró.

—Pensé que siempre lo habían hecho —afirmé—. Me dijiste que tú...

—No de esta forma. La atadura entre una madre y sus hijos es diferente a esto.

Miré a Mark que asentía.

—Mierda —murmuré.

—Ox —dijo Elizabeth—. Esto no está forzando un problema que aún no estés preparados para enfrentar. En todo caso, está dejando claro el hecho de que hay algo entre ustedes dos. Que siempre lo ha habido, desde el primer día que se conocieron. Esto no es nada nuevo y lo sabes desde hace mucho tiempo.

—No debería ser así —discutió Robbie—. Él se está abriendo paso dentro de Ox y...

—Robbie —interrumpió Elizabeth—. Basta.

—Pero no puede hacer eso...

Carter y Kelly gruñeron.

Robbie me miró. No quería herirlo, mucho menos avergonzarlo más de lo que ya estaría. No frente a todos.

—Puedo cuidarme solo —le dije en voz baja.

—Lo sé —replicó—. Pero no deberías tener que hacerlo. No los conozco, no sé lo que harán.

—Yo sí. Los conozco. Los conozco hace mucho tiempo.

—No conoces en lo que se han convertido. La gente cambia, Ox. Lo sabes. Los conocías, hace tiempo atrás. No sabes lo que han hecho estos últimos tres años. En dónde estuvieron ni lo que han visto.

—¿Confías en mí?

—Claro que sí —parpadeó—. Eres mi Alfa.

—Entonces debes confiar en mí con esto —afirmé, atrapándolo y probablemente siendo un poco injusto.

Dio un paso hacia atrás, viéndome a mí y a la otra manada. Joe estaba en medio de sus hermanos, en completo silencio, observando. Esperando. Estaba dejándome manejar la situación, pero supe que a la vez estaba intentando descifrar la atadura que había entre Robbie y yo.

—Así no es cómo funcionan las cosas —me regañó Robbie.

—Tal vez, pero para nosotros nada funciona dentro de la normalidad. No somos como los demás. Luego está el hecho de que podría haberte matado.

—Sé cuidarme solo.

—Es un Alfa, Robbie.

—Pero...

—Basta —mi voz sonó un poco más profunda.

Hizo una mueca.

Carter y Kelly gimieron.

—Vayan. Todos ustedes corran. Robbie quédate aquí.

Gruñó.

Los demás se alejaron, Mark y Elizabeth regresaron a su forma de lobos. Elizabeth presionó su hocico contra mi mano antes de seguir a Mark entre los árboles. Carter y Kelly esperaron en la línea de árboles por Joe, quien todavía no se había movido. Fulminaron con la mirada a Robbie, retándolo a hacer un movimiento.

—Estaré detrás de ti —le avisé a Joe.

Sus ojos brillaron rojos antes de voltear en dirección a sus hermanos y desaparecer en la oscuridad.

—Lo amas —afirmó Robbie en cuanto supo que estaban fuera del alcance del oído.

—¿Acaso importa? —pregunté—. Es un Alfa que fue invitado aquí esta noche y tú lo *atacaste*. ¿En qué demonios pensabas?

—No debió...

—Robbie, tú no puedes decidir eso.

Se veía herido.

—Cómo se supone que pueda protegerte si tú...

—Me dio su lobo cuando tenía diez años, ¿sabes?

Robbie dejó escapar un sonido ahogado, su expresión se aflojó por la conmoción.

—No sabía lo que significaba en ese momento, pero él me lo dio al día siguiente de conocerme porque lo *sabía*. Y cuando descubrí su significado intenté devolvérselo, intenté decirle que estaba equivocado, que había elegido a la persona incorrecta, que no era lo suficientemente bueno para alguien como él, alguien valiente y listo, y amable. Y no escuchó una sola palabra de todo eso, porque era yo. Ya había decidido que yo era para él.

—No lo sabía —dijo Robbie con un hilo de voz—. No sabía que se remontara desde tan lejos.

—Siempre hemos sido él y yo. Y creo que siempre lo seremos, sin importar lo que decidamos. Aun si solo fuéramos amigos, o aliados, o algo más, siempre seremos él y yo, porque así lo elegimos.

—Lo amas —volvió a decir.

No me atreví a negarlo.

—Desde hace mucho tiempo —confesé, mirando al lugar en donde Joe había desaparecido minutos antes.

—Lo siento —se disculpó Robbie, se oía herido y confundido—. No debí...

Extendí mi brazo hacia él y se apresuró para acurrucarse en mi costado. Su cabeza estaba cerca de mi pecho mientras me envolvía con sus brazos alrededor de mi cintura, sus garras punzaban mi piel. Se estremeció cuando dejé caer mi brazo sobre sus hombros desnudos y pasé mi mano por su cabello.

Nos quedamos en silencio por un rato.

—Bien —sorbió su nariz—. Kelly es lindo.

Incliné mi cabeza hacia atrás y reí.

Más tarde en la noche, encontramos a las manadas en el bosque.

Empujé a Robbie hacia ellos. Se transformó en el aire y cayó sobre sus cuatro patas. Me miró una vez y asintió antes de girarse y comenzar a trotar hacia Rico y Elizabeth.

Carter y Kelly lo miraron con recelo, pero no hicieron ningún movimiento agresivo. Gordo arqueó una ceja en mi dirección y negué con la cabeza, no fue necesario decir más.

Joe se sentó junto al grupo, observando a su madre mientras roía lo que había sido un conejo en algún momento. Sus orejas se movieron cuando me acerqué, pero ese fue todo el reconocimiento que obtuve. No creía que estuviera molesto pero podía equivocarme.

Me senté a su lado dejando el suficiente espacio entre los dos como para no tocarnos.

Su garganta aún lucía roja, pero la sangre se veía pegajosa, la herida había sanado.

—No fue su intención.

Joe resopló.

—No entiendes cómo es para él, no estuviste aquí.

Joe emitió un gruñido bajo en su garganta. Lo ignoré.

—No fue su intención, no como tú crees.

Joe no me miraba.

—Mañana —le recordé. Y esta vez era una promesa.

No dije nada más.

Observamos a nuestras manadas mientras corrían juntas, se echaban en el mismo suelo, se mordisqueaban y aullaban y gritaban sus canciones juntos.

Nos sentamos allí por el resto de la noche.

Y no dije una sola palabra cuando Joe se acercó a mí y presionó su cuerpo contra mi costado, mientras el cielo comenzaba a aclararse en el este.

AMAR

Fui al taller por la tarde para que Tanner y Chris pudieran ir a casa a dormir un poco. Parpadearon ligeramente antes de bostezar y dirigirse hacia el coche, donde Elizabeth los esperaba para llevarlos.

Me detuvo antes de que saliera del automóvil, con una mano sobre mi hombro.

—Lo que sea que decidas, asegúrate de que sea la elección correcta para ti.

Rico me saludó con un asentamiento.

—Gordo está en la oficina —me avisó en voz baja mientras ingresaba al garaje—. ¿Es raro sorprenderse cada vez que lo veamos aquí de nuevo?

—Nos acostumbraremos, no es que vaya a irse a ninguna parte —me encogí de hombros. Él soltó una carcajada.

—Eso es lo que yo hubiera dicho hace tres años.

Y dolió porque decía la verdad, yo también hubiera dicho lo mismo y no sabía si podría confiar en mis propias palabras.

Gordo estaba sentado detrás de su escritorio, tecleando con su dedo índice mientras fruncía el ceño a la pantalla de la computadora.

—¿Qué es esto? —gruñó—. Nada de esto tiene sentido.

—Tuvimos que cambiarnos a un nuevo sistema mientras no estabas. El anterior estaba desactualizado.

—No lo estaba, funcionaba bien para lo que lo usaba.

—No lo usabas.

—¿Y esto va a ser algo ahora? —me miró fijo.

—Probablemente —respondí con soltura.

—¿Por cuánto tiempo?

—Por el tiempo que crea necesario.

—Malditos Alfas —murmuró y frunció el ceño al monitor.

—¿Estás bien aquí?

—De maravilla —agregó con sarcasmo—. Solo me sentaré aquí e intentaré descifrar cómo usar algo que *ni siquiera necesitamos*.

—Eres un grano en el culo —le dije mientras salía al piso del taller.

Rico estaba en lo cierto: era extraño verlo aquí.

Ver como se inclinaba contra la puerta de la oficina, con sus brazos cruzados sobre su pecho mientras escuchaba a Rico cantar sus canciones en español.

Escucharlo gruñir al teléfono a algún proveedor, diciéndoles que estaban condenadamente fuera de sí mismos si creían que iba a pagarles tanto, que tenía un negocio del cual encargarse y que podría ir a otro lugar.

Sentir su mano en la parte trasera de mi cuello, presionando cada vez que caminaba a mi lado.

Era extraño.

Bueno, pero extraño.

—¿Quieres que te lleve? —preguntó cuando cerrábamos el taller. Despedíamos a Rico con la mano mientras se marchaba en su viejo Corolla. Eran solo las tres, pero estábamos lentos hoy.

Negué con la cabeza.

—¿Te está esperando?

—Probablemente.

—¿Vas a arreglar las cosas?

—¿Por qué?

—Por qué, ¿qué?

—¿Por qué te importa?

—Claro —se burló—, ¡por qué mierda me importaría! Me pregunto, ¿por qué mierda me importas tú y Joe y sus patrañas? Eh, no lo sé, Ox.

—Es bueno ver que algunas cosas no cambiaron.

—Usa tu maldita cabeza, Ox. Me importan porque *tú* me importas.

—Sí, Gordo, lo sé.

—Entonces arréglalo. No arriesgamos nuestras vidas durante este último tiempo para regresar y tenerlos a ambos como dos cobardes. No es así como funcionan estas cosas.

No pude evitar sentirme un poco impresionado por él.

—Esto es diferente.

—¿Qué cosa? —preguntó mientras cerraba la puerta principal con llave.

—Antes no me querías metido en esto ni con ellos.

Alzó su vista hacia los cielos mientras ponía los ojos en blanco como si le estuviera pidiendo al santo Dios la fuerza para tratar con alguien como yo. Había visto esa mirada muchas veces a lo largo de mi vida, pero viniendo de él no se sentía igual que con los demás. Gordo era mi amigo. Todavía.

—Solía serlo —se burló con ligereza—. En ese tiempo no había pasado por lo que pasamos ahora.

—Antes no te importaban.

—Las cosas eran... diferentes, ¿de acuerdo? —pareció dolorido—. En ese entonces no sabía lo que sé ahora.

—¿Y eso es?

—No tiene importancia —negó con la cabeza—. No a largo plazo y no deberías estar hablándome de esto, Ox, lo sabes. Te está esperando, te *ha estado* esperando. Es hora de que saques tu cabeza de tu trasero.

—Ah, supongo que entonces podría decir lo mismo de ti. Si las cosas han cambiado, si has atravesado mierda, si puedes quitar tu cabeza de tu trasero...

—Ox, te juro que...

—Cobarde.

—Imbécil.

Le sonreí ampliamente.

Estiró su mano y la ahuecó por detrás de mi cuello, acercando nuestras frentes. Permanecimos con los ojos abiertos. Se veía borroso desde tan cerca. Juro que sentí pequeños tentáculos de su magia trazando un arco sobre mi piel, con pequeños pinchazos de luz eléctrica.

Nos quedamos así por un rato. Luego se apartó y me besó, apoyando sus labios con firmeza sobre mi frente. Me apartó y se fue hacia su camioneta.

—Arregla esto, Ox —dijo por encima de su hombro—. O acábalo. Deja que él te explique, o no. Solo haz algo, porque mientras más tiempo lo retrasas, más quiero golpearte en la cara. Sus ridículos sentimientos se están extendiendo a través de todos nosotros y me dan ganas de vomitar.

No tenía palabras para explicar lo mucho que amaba a ese hombre.

Esperaba por mí en el camino de tierra, tal y como sabía que lo haría.

No pude escupir un "aún no", no pude esquivarlo y fingir que no estaba allí. No pude fingir que mi corazón no había estado roto por mucho tiempo. Que era indiferente a que estuviera de pie frente a mí.

No ahora. Ya no.

—Hola, Ox.

—Hola, Joe.

Sonrió, pero fue una acción temblorosa.

Intenté devolverle la sonrisa, no sabía lo bueno que era.

—Supongo que tenemos que hablar —dijo.

Nos oíamos ridículos.

—Mira —suspiró—. Oye. Solo... Lo que sea que pase. Está bien. Lo que sea que... decidas, necesito que sepas que hablaba en serio.

—¿Sobre qué?

—Sobre todo lo que te he dicho. Todo, Ox.

Mi garganta se cerró un poco.

—Sí, Joe —mi voz era áspera—. De acuerdo.

Asintió antes de girarse y dirigirse sendero abajo por el camino de tierra.

Caminé a su lado.

Mi mano rozaba la suya. No sabía si lo hacía a propósito o no.

Me maldije por no tener el coraje suficiente para sujetarla. Lo habíamos hecho incontables veces en el pasado. Antes de que él...

Solo antes.

Pero decidió por los dos. La siguiente ocasión en que nuestras manos rozaron, Joe extendió la suya y enroscó sus dedos entre los míos. Mi pulgar presionó contra el pulso de su muñeca, sentí el latido errático y nervioso que empujaba por debajo de su piel. Me aferré a su mano lo más fuerte posible.

Cuando llegamos, la vieja casa estaba vacía. La casa al final del camino tenía las luces encendidas, los lobos se movían dentro. Los humanos estaban en sus propias casas. Pensé que quizá Robbie estuviera en algún lugar del bosque, pero no podía estar seguro. Estaba demasiado abrumado por Joe.

Fue considerado dejarnos solos, pero no habían sido sutiles.

Aunque no pude determinar si los hombres lobos sabían cómo ser sutiles.

En realidad, no sabía si yo tampoco lo era.

Dudó brevemente mirando hacia la casa y recordé el día que estuvo sobre mi espalda, ese pequeño tornado que dijo que se lamentaba por todas las cosas que me habían hecho sentir triste. No había estado en la casa desde aquella noche, desde que Thomas y mi mamá murieron.

Dejé caer su mano y suspiró cuando subimos los escalones del pórtico.

La puerta estaba sin llave. La abrí y él me siguió al interior.

Sus ojos destellaron de rojo en cuanto cruzó el umbral, las garras y los dientes saltaron como si no tuviera control sobre ellos.

—Mierda —maldijo—. Oh, Jesús. No es... No es lo mismo. No es como...

—Joe —lo llamé bruscamente, asegurándome de guardar la distancia suficiente.

—Puedo olerlo —gruñó Joe a través una boca cargada de dientes—. Ha estado aquí. Se *ha quedado* aquí, está en el *bosque,* está en las *paredes.* Está...

—Robbie —caí en la cuenta.

Joe me miró y por un momento creí que no alcanzaría mi barreta justo a tiempo. Que aunque fuera un Alfa seguía siendo un humano, y Joe era de todo menos eso.

—Casi lo destrozo —dio un paso hacia mí—. La primera vez que lo vi. La forma en la que se paraba cerca de ti, la forma en la que te *tocaba.* Te conocía. Lo ha hecho por *años.* Lo supe antes de que alguno de nosotros dijera una palabra y tú estabas allí de pie, permitiendo que sucediera. Regreso a casa y me lo encuentro, y él estaba *tocándote...*

Estaba de pie justo frente a mí, la sangre goteaba en pequeñas gotas en donde sus garras habían perforado las palmas de sus manos. Sus ojos eran grandes y salvajes, cada respiración se oía como si fuera empujada forzosamente desde su pecho. Habló en un gruñido bajo. Y era grande, tan grande.

Pero no le tenía miedo.

Nunca antes le había tenido miedo.

—Joe.

—Ox —gruñó el lobo y pude sentir su aliento sobre mi rostro.

—Vive en esta casa, es parte de mi manada y vive *aquí*. Ha vivido aquí por un largo tiempo antes de que se mudará a la casa principal, lo *sabes*. Sé que te lo han dicho tu madre y Mark. Los otros te lo *dijeron*.

Los ojos de Joe parpadearon rápidamente y el rojo volvió a su azul normal. Dio un paso atrás, lucía horrorizado.

—Yo no... no quise.

—Detente. No es...

—Lo hubiera lastimado —soltó Joe oyéndose como un niño—. Si hubiera creído que podría salirme con la mía, lo hubiera herido. Ese primer día. Cuando se acercó a mí, me tomó un gran esfuerzo frenar, detener cada parte de mí. Aun así, casi no fue suficiente. Lo habría matado sin pensarlo dos veces.

—Lo sé.

—No. *No* lo sabes —soltó bruscamente—. No sabes cómo se sintió. Regresar a casa, *finalmente regresar a casa,* y encontrarlo... a él. Y a todos ustedes, juntos, como si ni siquiera fuéramos *necesarios*.

Asentí con la cabeza mientras retrocedía un paso, intentando poner un poco de distancia entre los dos antes de que pudiera golpearle la maldita cara.

—Entonces, ¿así serán las cosas? —quise saber apretando los dientes—. Así es como es. Hagámoslo, ahora. De esta forma.

—¿Qué? —preguntó sobresaltado—. ¿Qué quieres decir? ¿De qué manera?

Di otro paso hacia atrás, solo para estar seguro. Porque me podía importar él y podía haber estado esperando por este día, pero a veces, *Oh, a veces*, Joe Bennett podía ser condenadamente estúpido.

—Mi madre *murió* —intenté hablar lo más calmado que pude—. Mi Alfa *murió*. El chico al que am... la decisión que hice, a quien *elegí*, se convirtió en un Alfa. Y poco menos de una semana después, se *marchó*.

—Ox. Sabes por qué tenía que....

—No. No lo sé, no sé una mierda acerca de lo que tenías que hacer.

—Me dijiste que no podía rehuir de esto. Te sentaste a mi lado y me dijiste que Richard Collins tenía que pagar por lo que había hecho *contigo*, con *nosotros* y la *manada* —dijo entrecerrando los ojos.

—Mi madre acababa de ser asesinada —gruñí—. No pensaba con claridad.

—¿Y yo sí?

—Lo bastante claro como para tomar una maldita decisión *a mis espaldas...*

—*Acabas de decir* que tu madre había sido asesinada. No *pensabas* con claridad —comenzó a caminar de un lado a otro frente a mí—. ¿En verdad crees que quería poner más peso sobre tus hombros? ¿Qué quería arrastrarte más lejos de lo que ya estabas? Ox, era un Alfa de diecisiete años que fue torturado por el hombre que acababa de asesinar a su padre. No pensé en la manada, ni siquiera pensé en mi *madre*. Dios mío. Pensaba en *ti* y en la única forma en la que podía protegerte.

—Entonces me ocultaste todo hasta el último momento —repliqué—. Y luego desapareciste por tres años, porque esa era la mejor forma de protegerme.

Se detuvo y se quedó mirándome como si yo fuera estúpido. Por un momento lo odié, porque recordé cuando mi padre me veía de la misma forma.

—No *desaparecí...*

—Patrañas —solté con brusquedad—. No te atrevas a decirme lo contrario, Joe Bennett. Porque cualquier otra cosa sería una mentira.

Su mandíbula se tensó y sus manos se cerraron en dos puños. Respiró profundo, intentando tranquilizarse. Intenté lo mismo, porque si las cosas iban más lejos que ahora, acabarían incluso antes de que comenzaran. No quería que todo se diera de esta forma, al menos no todavía.

—Mira. Tomé... decisiones porque debía hacerlo. Pudieron no haber sido las mejores a largo plazo, pero fueron las mejores en ese momento. No puedes juzgarme por eso.

—Si, Joe —reí con amargura—. Lo curioso es que sí puedo y lo hago. Ese es el problema.

Caminé hacia la cocina intentando alejarme lo máximo posible de él. Me incliné sobre la encimera y él se quedó cerca de la puerta.

—Ox...

—¿Lo sabías?

—¿Qué cosa?

—Sobre mí.

—No comprendo.

Tal vez decía la verdad.

—Que me convertiría en esto. En lo que soy ahora.

—Un Alfa.

—Un Alfa *humano*.

Comenzó a negar con la cabeza. Luego se detuvo y suspiró.

—Tal vez.

—Tal vez —repetí.

—Papá creía... —se frotó una mano por el rostro—. Bueno. Papá creía muchas cosas de ti. Lo sabías, ¿cierto? Que eras suyo en todo excepto la sangre. No creo que viera alguna diferencia entre Carter, Kelly, tú y yo. Eras suyo tanto como nosotros lo éramos.

Dolió de una buena forma, como si presionara contra un diente flojo. Un dolor agridulce que enterraba sus garras en mi corazón.

—Sí, Joe. Lo noté, tal vez no en ese momento. ¿Pero ahora? Ahora, lo sé.

Asintió.

—A veces cuando íbamos al bosque, solos, hablábamos, ¿sabes? Sobre la manada, sobre lo que significaba ser un Alfa, sobre ti. Hablamos mucho acerca de ti. Cosas de las que nunca te hablé, cosas que nunca tuvo la oportunidad de decirte por su cuenta.

Esperé, no quería interrumpirlo.

—Luego de que te fueras —bajó la mirada a sus manos—, ese primer día en que te encontré, todos se quedaron mirándome por mucho tiempo, especialmente él. No me habían oído hablar desde... bueno, desde Richard, por todas las cosas que me había hecho, la forma en la que me había roto. Pero contigo, Ox. No se parecía a nada que hubiera sentido... ¿de acuerdo? Solo... Mira, se quedaron mirándome, me escucharon, sonrieron, me abrazaron, y rieron, y lloraron, pero yo solo decía *Ox. Ox. Ox.* Y supe en ese entonces lo que significaba, aun cuando no lo comprendiera del todo. Cuando les dije que quería darte mi lobo, estaban asustados, ¿sí? Porque lo habían *entendido*. Habíamos regresado a casa intentando buscar una forma que ayudara a repararme y el primer día te encontré, te llevé a casa y hablé por primera vez en mucho tiempo. Y les dije lo que significabas para mí aun cuando no use las palabras correctas.

Me miró de nuevo con una expresión dura y suplicante.

—Estaban asustados, pero yo estaba seguro, estaba condenadamente seguro acerca de ti. Quería que tuvieras la cosa que más importaba para mí, además de mi manada. Cuando eres niño te dan un lobo y te enseñan que un día encontrarás a la persona para dárselo, que será una muestra de todo lo que ellos son para ti. Papá, él... Mamá. Ella no quería que te lo diera, no en ese entonces, prefería esperar. Me dijo que significaría mucho más si te conocíamos mejor. Si tú sabías en lo que te estarías implicando. Ella dijo que no y no tenía que hacer nada, que no te irías a ninguna parte. No me importaba y papá lo sabía, él podía verlo. Le dije que era mi elección porque eso es lo que nos dicen, que siempre todo se reduce a una elección.

—Y me elegiste —susurré.

—Si Ox, lo hice —rio y se frotó los ojos—. Sabes que así lo hice y papá sabía que lo haría. Él sabía que yo lo haría, entonces le dijo a mamá que estaba bien, que cuando un lobo lo sabe, lo sabe. Pero ese es el asunto, yo no sabía, no sabía de ti. Siempre supe algo de ti, pero no sabía lo que quería decir, ¿de acuerdo? Todo lo que escuché fue *sí, Joe, le puedes dar la única cosa que quieres dar a la persona a la que quieres dársela.* Me ayudó, también trajo la caja en la que lo puse, me dio el lazo para atarlo y jamás les pregunté, pero creo que era la misma que usaron cuando él le entregó su lobo a mi madre.

La casa crujió a nuestro alrededor y no pude encontrar una sola palabra para decir. No era algo inusual. Claro, había mejorado en los últimos años. De hecho, un Alfa no podía estar en silencio, pero aún tenía problemas con las palabras. No es que no tuviera nada para decir, sino que tenía *demasiado* y todas se quedaban estancadas mientras intentaban salir de a una.

Pero eso estaba bien, porque Joe tenía suficientes.

—Lo supo —continuó—. Incluso en ese entonces creo que él supo que algo era diferente en ti. Que eras maravilloso, amable y asombroso, pero que había otra *cosa*. No algo *más*, porque lo que eras ya era suficiente. Se trataba de una parte tuya y la reconoció no sé cómo. Pero... Ox, él lo supo, ¿de acuerdo? Realmente creo que lo supo.

Me estaba observando, sabía que tenía que decir algo para llenar el silencio que siguieron a sus palabras. Se lo debía a él y a mí mismo.

—Aún lo conservo –logré decir.

Asintió con la cabeza y me dio una sonrisa insegura que se desintegró rápidamente.

—Bien –dijo con la voz entrecortada–. Bien. Sí, ¿lo conservas? Eso es realmente bueno. Ox. Lo sé...

—Las cosas no son lo mismo.

—Lo sé. Lo supe desde el momento en que llegué aquí, incluso antes de poner un pie en el territorio.

—¿Te habías enterado? ¿Que me convertí en el Alfa de este territorio cuando te fuiste?

—No había oído de ti –negó con la cabeza.

—La Alfa Hughes lo sabe.

—¿Por qué? ¿Ellos...?

—Robbie.

—Robbie –Joe frunció el ceño.

—Vino aquí... ¿como un espía? Tal vez. No estoy seguro. Cubría el antiguo puesto de Osmond.

—¿Y le permitiste estar en la manada? –indagó.

—No pertenece a Hughes, él me pertenece a mí –lo miré con frialdad.

Retrocedió como si acabara de abofetearlo.

—Ox, sabes lo que hizo Osmond. *Traicionó* a mi padre. Por lo que sabemos, ¡Hughes también estaba implicada! ¡Podrían haberlo querido muerto por *años*!

—Él no –negué–. Él no es así.

—No lo sabes –escupió–. Decían lo mismo de Osmond.

—¿Esto es por Robbie? ¿O es por ti?

—Qué demonios.

—Es mi amigo, Joe. Eso es todo.

—Claro —dijo, abandonando toda pretensión—. Y nada más que eso. Él no quiere nada más.

—*Yo* no quiero nada más.

—No puede... Él no es...

—Se lo dije, ya lo sabe.

—¿Qué sabe?

Pero no estaba listo para eso. Sería demasiado fácil librarlo de sus responsabilidades. Y una parte de mí lo quería, ya estaba cansado de todo, del enojo.

—Nos abandonaste —respondí en su lugar.

—Ox —retrocedió un paso.

—Dijiste "lo siento" en medio de la noche, cuando sabías que no lo vería, como un cobarde. Dijiste "lo siento", y luego no supe nada más de ti. No supimos nada de ti por *años*.

Se estaba preparando para otra pelea, pude verlo en su expresión pétrea, pero no iba a dejar pasar esto. Se había equivocado en muchas cosas, pero creía que éste había sido el peor de sus errores.

—Hice lo que debía —se justificó tranquilamente.

—Lo que debías —repetí como un eco—. ¿Y por qué fue eso?

—No podíamos tener distracciones.

—De acuerdo —reí—. Hablas de todos, quieres decir que todos estaban de acuerdo.

Dudó.

—No lo estuvieron. ¿O sí? No todos estaban de acuerdo.

—Eso no...

—No te atrevas a decir que no importa —azoté mi mano contra la encimera—. Importa. Todo *importa*. Entiendo lo que debió de ser para ti, Joe, lo entiendo...

—No entiendes *nada* —estalló—. No lo entiendes, ¡porque no estuviste allí!

—¿Y de quién fue esa elección? —pregunté fríamente—. Dejaste bastante en claro que...

—No puedes —me apuntó con una de sus garras—. No puedes decir que no te necesité. No tienes derecho a decirlo cuando no es cierto. Te necesitaba. Mierda, te necesitaba demasiado.

—Ese era el problema, ¿no? —las respuestas encajaron lentamente en su lugar—. Yo era tu lazo. Y no podías dejarme serlo, no con lo que te proponías hacer.

—Cada vez que veía tus palabras. Cada vez que respondía, más deseaba regresar a casa, a ti y a los otros. Y no podía, Ox. No podía porque tenía *trabajo* que hacer. Él me había quitado cosas, y lo que es peor, te había quitado también a *ti*. Y no podía hacer lo que necesitaba hacer mientras estuviera pensando en casa. Así que sí, me detuve y corté las ataduras, y lo hice porque me preocupé demasiado por ti, para poder hacer lo que tenía que hacer. Me dije que, si te mantenía separado de mí y de *esto*, te mantendría a salvo.

—Estabas equivocado. No estuvimos a salvo, no todo el tiempo.

—Lo sé —afirmó, desmoralizado—. Me lo dijeron, los demás. No creí que...

—No, porque solo te enfocas en una cosa.

—Venganza. Furia. La necesidad de encontrarlo y hacerlo sufrir.

—Y no lo hiciste —no quise decirlo de esa forma, como si lo estuviera acusando.

—No —sus hombros se hundieron—. Estuvimos cerca. Muchas veces. Pero siempre lograba estar un paso por delante. Lo intenté, Ox. Intenté que las cosas mejoraran, pero no pude. Así que seguí adelante.

—¿Estarías ahora aquí si no fuera porque creías que él venía por nosotros otra vez? —pregunté.

—No lo sé.

Y su honestidad *dolió*.

Asentí, sentía la cabeza amortiguada. No sabía qué más hacer.

—¿Porque vendría aquí ahora? ¿Por qué después de todo este tiempo? ¿Por qué no antes?

—No lo sé.

—¿Cuándo vendrá?

—No lo sé.

—¿Qué necesitamos hacer?

—No lo sé.

—Entonces, ¿qué mierda es lo que *sí* sabes? —gruñí—. ¿Has desperdiciado tres malditos años de nuestras vidas para *nada*?

Hizo una mueca de dolor, sus ojos estaban clavados en el suelo.

—Dime, Joe —no podía detenerme. No ahora que me había roto—, ¿valió la pena mantenerme a salvo como creías que lo hacías? ¿Valió la pena dejarnos a todos atrás, así tú podías ir detrás de un maldito fantasma?

—No...

—*No me digas que no lo sabes* —rugí—. *Dime una sola maldita cosa que sí sepas.*

—Que te amo —su aliento se dificultó en su pecho.

Y yo solo...

Dejé de respirar.

Todo se sintió fuerte, demasiado real, demasiado brillante. Quería herirme para saber si estaba soñando o despierto. De todas las cosas que pudo haber dicho, esa era la que menos esperaba.

Y no era *justo*.

–¿Qué? –grazné.

No levantó la vista, su mirada seguían en el suelo. Cuando habló se oyó más pequeño de lo que alguna vez lo había oído.

–No sé muchas cosas, ya no, todo ha cambiado. Tú cambiaste, la manada, sus integrantes, este lugar. Nada está como cuando no fuimos. Y Carter y Kelly. Ellos simplemente pudieron encajar nuevamente, como si no fuera nada, como si no nos hubiéramos ido en absoluto. Con mamá, con Mark, con todos esos *desconocidos* y contigo y Gordo. Gordo, Ox, él ni siquiera tiene que preocuparse, porque siempre te tuvo. Aun cuando se enlazó a alguien más esa noche, aun cuando se convirtió, siempre. Y yo estoy aquí, simplemente... No sé porque estoy aquí. Lo arruiné, Ox –se secó los ojos y algo se fragmentó en mi pecho–. Creía que estaba haciendo lo correcto, creí que estaba manteniéndolos a todos a salvo, pero fue egoísmo, porque solo quería mantenerte a salvo a ti, mantenerte alejado de los monstruos. Si no me conocieras, si nunca me hubieras conocido, no estarías aquí ahora mismo. Tu madre estaría viva y tú serías feliz. Pensé que lo querías de esa forma. Mientras más tiempo estuviera lejos, más fácil sería para mí olvidarme de todo lo que te había hecho. Quería regresar a casa, Ox. Todo lo que quería era regresar a casa porque, si no estoy contigo, no *tengo* un hogar.

–Joe...

Levantó su mano, interrumpiéndome.

–Solo déjame. Sé que... todavía tienes una elección. Y sé que no he hecho nada para hacer que sigas eligiéndome. Estoy bien con esto porque si hay... –su voz salió estrangulada y áspera–... si hay *alguien* más, si *pudiera* haber alguien más, no quiero estar en medio. Solo quiero estar en donde sea que estés, como tu amigo o tu compañero de manada. O solamente como tú y yo, como éramos antes de todo esto.

»No tienes que conservar el lobo, Ox. No es necesario. Solo necesito estar cerca de ti porque estoy *cansado*, ¿de acuerdo? Estoy tan cansado de esto, de correr, de no obtener lo que quiero. Solo te quiero a ti. Por favor, déjame tenerte. Por favor, nada más me importa si no puedo tenerte. Solo déjame. Por favor, déjame. Ahora eres el Alfa, pero por favor, no hagas que me vaya –su rostro se humedeció.

Se había transformado a medias y estaba cerca de perderse por completo dentro del lobo. Ya no sabía cuán fuerte era su control, dado que solamente lo había visto transformarse una vez, la noche anterior.

Y no era que no confiara en él, al menos en esto. Joe jamás me lastimaría, no físicamente.

No quería resistirme más, no quería que peleáramos.

Di un paso hacia él.

Sus ojos brillaron.

–No lo hagas –suplicó–. No puedes, Ox, me estoy perdiendo.

–No lo harás.

–No puedes saberlo. No es lo mismo. No puedo encontrar mi camino de vuelta porque *no es lo mismo*.

Lo sabía, ambos lo sabíamos. Algunos podrían habernos visto y preguntarse cómo habíamos llegado tan lejos. Después de todo lo que habíamos pasado, después de todo lo que ambos habíamos hecho. Él se había ido y yo me había quedado, y tomé su lugar, lo hubiera querido o no. Pasé un buen rato enojado con él y él paso el mismo tiempo enojado consigo mismo.

Sin embargo, nada de eso importaba. Tal vez importara de nuevo y pronto, pero ahora mismo, no podía pensar en otra cosa más que en tocarlo.

–No. No, no, no, no puedes...

Me detuve frente a él. Su espalda estaba contra la puerta, nuestras rodillas se chocaron, mis manos rozaron las suyas. Después de todo este tiempo se sintió como algo tremendo.

Me gruñó, era más lobo que hombre, y tomé su cara en mi mano. Ese rostro a medio transformar, con cabello blanco, brotando y retrocediéndose como si estuviera atrapado en algún lugar entre los dos estados. Se estremeció ante el contacto tan pronto como mis dedos tocaron su piel y hubo un momento en el que pensé que no sería suficiente. Que demasiadas cosas se habían interpuesto entre los dos como para que él volviera a encontrar su camino.

Porque ahora comprendía lo que le había costado su decisión. Podría haber sido un Alfa y podría haber tenido a sus hermanos y a Gordo con él para mantenerse cuerdo, pero a la vez era casi un Omega, al haber cortado los hilos de su lazo para entregarse a su lobo por completo. No había sido capaz de enfocarse en mí porque yo lo mantenía humano. Había sacrificado eso por el lobo, para convertirse en el predador, el cazador.

No podía haber sido todo por nada.

Los tres últimos años no podían haber sido *nada*. Y no lo fueron. Porque estaba aquí, de pie, aun cuando me sentía derrumbar.

Mi padre me había dicho que la gente haría que mi vida fuera una mierda y que eso iba a dolerme. Mi padre era un mentiroso. Todo había sido una mierda.

Pero yo me mantenía de pie.

—Oye, Joe —me observó con los ojos de un rojo fuego y la piel de su rostro ondulándose por el cambio.

—Ox.

Mi madre me llevó a la iglesia una vez luego de que mi padre se marchara.

Pensó que tal vez los dos podíamos usar un poco a Jesús.

Joe dijo mi nombre como el predicador habló acerca de Dios. Reverente, lleno de asombro, terror y adoración.

No sabía qué hacer con eso. No sabía que me lo merecía.

Hice la única cosa en la que podía pensar.

Besé a Joe Bennet, allí, en la vieja casa.

Y por un momento, todo estuvo bien.

Fue como antes.

Solo que no.

Nos recostamos uno junto al otro, no cabíamos como antes. No había cambiado demasiado. Tal vez me había puesto un poco más ancho, pero no más.

En cambio, Joe...

Él sí había cambiado. Ocupaba más espacio que antes. Cabíamos apretados, pero hicimos que funcionara.

Una de sus piernas estaba presionada entre las mías, manteniéndola en su lugar. Compartimos la misma almohada, me dije que era solo porque no podíamos dejar que cayera de la cama. Pero en realidad solo quería tenerlo lo más cerca posible.

No le importó, pensé que tal vez él quería estar cerca también.

No hablamos mucho, al menos por un rato. Sentí que todo lo que había estado haciendo últimamente era hablar y fue bueno tener un descanso. No necesitar de las palabras. No iba a durar mucho, pero estaba bien, era suficiente por ahora.

Cuando Joe entró a la habitación, fue casi como la primera vez que lo hizo: sus ojos se dispararon para todas partes, asimilándolo todo. No supe qué vio, qué diferencia había allí, qué diferencias veía en mí, pero vi el momento exacto en el que encontró el lobo de piedra reposando aún sobre mi viejo escritorio. Se paralizó y el quejido que surgió de su garganta fue más del lobo que del humano. Un ruido bajo y lastimoso que rompió mi corazón. No se movió, ni siquiera extendió un brazo para tocarlo, pero sabía que estaba allí de todos modos y lo que significaba para mí. Y para él.

No apartó los ojos de mí mientras nos recostamos en esa cama, deambulaban por mi rostro como si estuviera tratando de memorizarme nuevamente. No puedo decir que no estuviera haciendo lo mismo. Me pregunté qué vería si él no pudiera sanar como lo hacía, qué tipo de cicatrices habría y qué historia contarían. Yo tenía mi cuota cubierta: en mi estómago, mi brazo derecho y espalda. La espalda era la peor, de cuando aquella Omega me había atrapado, la noche en que Thomas murió. Contaban mis historias, no podían contar las de Joe.

El mundo se movía afuera de mi habitación, pero lo ignoramos.

Estiró su mano y recorrió mis cejas, mejillas, mi frente y la punta de mi nariz con la yema de sus dedos.

Los rozó contra mi boca y los besé con una tenue presión de mis labios.

Quería... más de él. Más de lo que había querido de alguien antes. Y sería fácil tomarlo porque él me había dado su todo.

Sin embargo, no podía hacerlo. Todavía no. Pensé que tal vez estaba camino al perdón, si es que quedaba algo para perdonar, pero aún no estaba en ese lugar.

Y todavía tenía una manada en la que pensar y un territorio al que proteger.

No quería hablar.

Pero tenía que hacerlo.

–Joe.

–Si, Ox.

Y por un momento me quedé sin aliento porque de todas las veces que lo había imaginado finalmente estaba conmigo, aquí, en mi cama y nunca esperé que se sintiera así.

Debió escuchar el palpitar de mi corazón porque presionó su mano contra mi pecho. El ángulo era torpe porque no había suficiente espacio para que él presionara demasiado, pero supe lo que estaba haciendo.

El latido disminuyó, se tranquilizó.

–Necesito saber –dije finalmente.

Murmuró un sí mientras sus ojos centellaban.

–Vendrá aquí.

–Sí.

–Otra vez.

–Sí.

–¿Por qué?

–Porque eso es lo que hace –sus dientes eran más afilados–. Ya no es racional, se ha perdido en su lobo. No creo que recuerde lo que es ser humano. Un lobo piensa diferente, Ox. En nuestro caso, aún estamos aquí, pero cuando nos transformamos, cuando cambiamos ya no se trata de lo racional. Todo se reduce al instinto, las cosas son más blanco y negro. Es el humano el que actúa entre los matices de gris. Richard ha perdido esa forma de pensamiento, sacrificó su humanidad porque culpa a los humanos de haber destruido a su familia. No necesita ser más complejo que eso.

–¿Por qué ahora?

Sentí que sus garras pinchaban a través de mi camisa. Pero sus ojos nunca dejaron los míos.

–Porque sabía que me traería de vuelta aquí, necesitaba tiempo para recuperarse, para sanar, para reconstruirse. Cambió su ruta, pero el desenlace es el mismo. Se aseguró de darnos ese mensaje con los King. El asesinato de David fue la última señal. Todo apuntaba a Green Creek.

–Está dando vueltas.

–Más bien llevándonos hacia una trampa –sonrió con amargura–. Al señalar las amenazas en esta dirección sabía que no tendría más remedio que volver a casa.

–Siempre tienes una elección.

–No cuando se trata de ti –su sonrisa se suavizó.

No podía soportar más de esto, mi piel estaba zumbando y sentía la necesidad de *tocar*, de *marcar* y *morder*, pero debía acabar con esto primero, tenía que asegurarme.

–¿Qué haremos?

–Lo que tenemos que hacer –suspiró–. Estoy cansado de correr, Ox. Estoy cansado de perseguir las sombras. Todo lo que quiero es clavar mis pies en esta tierra porque alguna vez perteneció a mi padre y sé que así lo hubiera querido para mí también. Este era su hogar, es tuyo ahora y estoy de acuerdo con eso. Estoy bien contigo y con lo que eres, pero quiero que también sea mío, quiero que sea nuestro. Si nos dejas. Si quieres que esté contigo. Si me aceptas.

Dudé.

–No soy… –comencé a decir.

–No –gruñó–. No puedes decir eso, no puedes decir que no eres *nada*.

Por supuesto que él sabía de esos miedos residuales de los cuales no podía librarme, una reliquia de cuando no creía que valiera demasiado.

Tal vez ahora podía ver que significaba algo para alguien, para otros. Tal vez podía verlo en sus ojos cuando me miraban, pero eso no quería decir que aún no me sintiera como si estuviera jugando a ser alguien más o una oveja con piel de lobo. No era más que una máscara y la llevaba muy bien.

Lo curioso era que casi me creía la farsa.

—Ox —Joe se oía frustrado—. ¿Cómo puedes no verlo?

—Soy humano —respondí, como si eso lo explicará todo. Para mí lo hacía.

—Lo sé y esa es la mejor parte —sonrió.

Ahora susurrábamos, como si decir algo en voz muy alta no lo hiciera real.

—¿Qué haremos? —pregunté.

—Lo que sea que podamos —respondió.

—No sé si pueda hacer esto por mi cuenta.

—No tendrás que hacerlo. ¿Acaso no lo ves, Ox? Estoy aquí ahora, si me dejas estarlo.

—No puedes volver a marcharte, no puedes, *no puedes* hacerlo. Incluso si viniera, e incluso si volviera a huir, ya no puedes dejarnos otra vez, no puedes *dejarme* otra vez.

—No lo haré —oí la *promesa* entre esas palabras, la *intensión*. Joe Bennet era muchas cosas para mí, pero no era un mentiroso. Podría haber recibido mi furia, y sin embargo, mucha de ella todavía quedaba. Él podría haber tenido los restos de mi confianza en sus manos.

Pero Joe Bennett no me mentiría, no con esto, no cuando significaba tanto.

Le creí.

Así que no sé si se me puede culpar por abalanzarme sobre él, mientras pensaba *ahora* y *por fin* y *JoeJoeJoe*. Gruñó una vez, pero lo callé con mi boca en la suya, desesperada y brusca. Sus manos subieron hasta mi rostro y se ahuecaron para sostenerlo, acercándome. Y, además de su sabor, todo en lo que podía pensar era en la última vez que estuvimos así, uno junto al otro. Solo que en ese momento estábamos diciéndonos adiós, y ahora era *hola, hola, no puedo creer que estés aquí, hola.*

Fue torpe al comienzo. El ángulo no era el correcto y el ritmo se llenó de dientes y mucha saliva. Caí en la cuenta de que yo era la segunda persona que él había besado en su vida, si lo que decía era cierto. Frankie no había sido más que un pensamiento pasajero, y jamás quise saber qué tan lejos habían llegado.

Así que lo suavicé lo mejor que pude, disminuyendo el ritmo y extendiéndolo. Ya estaba respirando pesadamente cuando pasé mi lengua por sus labios. Dejó escapar un pequeño jadeo, el más pequeño de los sonidos, y sus labios se separaron y mi lengua tocó la suya.

Un momento estaba inclinado sobre él y al siguiente estaba sobre mi espalda, con un hombre lobo Alfa encima de mí. Un gruñido vibró dentro de su pecho mientras arrastraba su nariz a lo largo de mi cuello hasta detrás de mi oreja, inhalando a su paso. Sus labios recorrieron ese camino poco después, húmedos contra mi garganta, resoplando pequeñas bocanadas de aire por mi piel, intentando que su esencia se mezclara con la mía.

Se extendió por encima de mí y, si había alguna duda de que ahora estábamos igualados, se esfumó al ver como encajábamos perfectamente, desde la cabeza hasta los pies. Se apoyó sobre mí y sentí la línea dura de su miembro presionando contra el mío.

Levanté mi mano y la envolví alrededor de su cabeza, sosteniéndolo cerca de mi cuello. Ahora estaba jadeando como si todo fuera embriagador, como si todo esto lo estuviese abrumando. Recorrió mi mandíbula con sus labios y lengua hasta que me besó de nuevo. Todavía estaba inseguro, sus besos eran tímidos y sin práctica, pero se sentía más real que con cualquier otra persona con la que había estado.

Liberé su nuca y deslicé mi mano hacia la ancha expansión de su espalda, intentando encontrar su piel, intentando sentir su calor.

Su camiseta se había levantado y toqué su espalda, presionando mi mano contra él, empujándolo hacia abajo mientras yo empujaba hacia arriba, deseando la fricción brusca. Gruñó dentro de mi boca en cuanto nuestros penes se alinearon brevemente, antes de deslizarse uno junto al otro.

Retrocedió solo un poco, sus labios rozaron los míos cuando habló.

—No sé qué hacer. Jamás hice esto. No sé cómo *hacerlo* —y sus ojos eran del rojo más brillante que jamás había visto, como si ardieran.

—Lo sé. Lo sé. Yo sé, me encargaré...

Lo que en realidad debería haber sabido era que no se debe hablar al compañero de cama actual de las experiencias pasadas, especialmente si se trata de un Alfa capaz de irritarse ante lo más mínimo. Joe atrapó mis manos por encima de mi cabeza y gruñó en mi cara con los dientes afilados y los ojos increíblemente brillantes, en el momento en que dije *"yo sé"* porque *sabía* qué hacer.

—Dijiste que no hiciste esto cuando no estuve —gruñó mientras sus caderas continuaban presionándose a las mías, como si no hubieran captado el hecho de que estaba enfadado.

No es que tuviera ningún derecho a estarlo.

—No lo hice —solté con brusquedad—. Te lo dije...

—Con nadie más —dijo y luego contoneó sus caderas deliberadamente como si quisiera ver mi reacción de cerca.

No pude evitar que mis ojos se cerraran, mi lengua humedeció mis labios.

—Joe —intenté hablar, y lo hizo de nuevo, con más presión esta vez.

—Dilo —exigió acaloradamente mientras presionaba su frente contra la mía realizando movimientos circulares con sus caderas, una y otra vez—. Dilo, Ox.

Era retorcido. Realmente lo era. Porque sabía lo que quería, y lo que significaba para el lobo, y era posesivo y para nada quién era yo. No era un *objeto*.

Pero maldición, eso bastó para mí más que cualquier cosa.

La parte Alfa de mí rechinaba sus dientes al pensarlo.

Pero había una parte aún más grande, la parte que era toda Ox, que decía *sí sí sí*.

—Dilo —me ordenó el lobo cerca de mi oreja.

—Sí —acepté con la voz ronca—. Tuyo, Joe. Soy tuyo.

Se sacudió por encima de mí, inhalando profundo como si estuviera sorprendido, como si no hubiera esperado que le diera la razón, que hiciera lo que me pedía. No sabía cuán profundas tenía sus inseguridades o cuán lejos lo estaban llevando sus instintos, pero no se lo esperaba.

Fue el comienzo, pensé. Para ambos.

Porque a pesar de que era torpe, a pesar de que no sabía qué hacer, se incorporó y se sentó a horcajadas sobre mi cintura, con las piernas dobladas a cada lado. Contoneando nuevamente sus caderas mientras tomaba su camiseta por el dobladillo y la levantaba por encima de su cabeza, revelando su amplio pecho, el pelo escaso y el corte de su estómago.

Arrojó la camiseta al suelo y se inclinó hacia atrás sobre sus manos mientras recorría su estómago y su pecho con mis manos. Sus pezones eran oscuros y tenían pequeños remolinos de vello a su alrededor. Sujeté uno entre mis dedos y lo retorcí con fuerza, observando la reacción cuando su estómago se contrajo y abrió la boca.

Y porque podía, me levanté mientras envolvía su espalda con mis brazos, sosteniéndolo cerca de mí, lamiendo en donde mis dedos habían estado. Sus pezones se endurecieron bajo mi lengua y los arañé con mis dientes solo para verlo estremecerse.

Su erección estaba presionando mi estómago a través de la tela de sus pantalones, pero aún no estaba listo.

Se inclinó detrás de mí, mientras yo seguía atacando su piel con mis dientes. Tiró de mi camisa de trabajo hasta que la tuvo en sus manos, y levantó la camiseta sin hombros que llevaba debajo hasta mis hombros. Me incliné ligeramente para que pudiera quitármelas. No vi en dónde acabaron porque había demasiada piel presionada contra la mía. Quemaba, casi febril, mientras echaba mi cabeza hacia atrás y volvía a besarme, húmedo y cargado de saliva. Sabía como lo imaginaba, limpio y poderoso. Sujetó ambos lados de mi rostro con sus manos, mientras yo dejaba caer las mías hacia abajo para ahuecarlas alrededor de sus glúteos, apretando y empujándolo hacia mí aún más.

Murmuró mi nombre contra mis labios antes de que volviera a inclinar mi cabeza hacia atrás otra vez. Sus dientes encontraron la piel cerca de mi garganta y comenzaron a succionar una marca. Algo en mí cambió y gruñó ante la idea de que me marcara, intentando hacer que succionara con más fuerza, que usará más sus dientes. Quería esa marca allí para que todos la vieran, para que nadie tuviera dudas de quien la había puesto allí. Jamás había tenido esos pensamientos con nadie, pero tampoco había estado con alguien como él.

Estiré mis manos entre los dos para alcanzar el frente de sus pantalones, mientras él continuaba marcándome. Erré a su cremallera y mis nudillos rozaron contra el contorno duro de su pene. Fue accidental, pero lo hice otra vez cuando gimió contra mi cuello. Presioné más fuerte, a propósito. Bramó contra mi piel en cuanto hice lo mejor para sujetarlo, pero la tela era muy suave entre mis dedos y la fricción muy ligera.

Me moví hacia arriba y me empujé contra su pecho, recostándolo nuevamente sobre su espalda. Sus ojos estaban rojos y con los párpados pesados mientras miraba hacia abajo, entre los dos, con la boca abierta. Sus labios lucían hinchados y resbaladizos, y tuve el pensamiento salvaje de haber sido el autor. Había hecho que se vieran de esa forma.

Le di la vuelta al botón de sus vaqueros con un giro experto de mi muñeca, algo que hizo que gruñera. Lo ignoré. No necesitaba sentirse molesto por mi experiencia previa, especialmente porque se beneficiaría de ella.

—Dios —murmuré—. ¿Qué hay contigo y el ahorro de ropa interior?

—Tenía esperanzas —me sonrió ampliamente.

Solté una carcajada y arrastré mis dedos a lo largo de la base de su miembro, su vello púbico erizado raspaba el dorso de mi mano. Su respiración quedó atrapada en su pecho y casi me quedo sin palabras ante el hecho de que estaba *provocándolo*, que estaba aquí, de que estábamos juntos, y estaba *provocándolo*. El pensamiento de que era el único que le había hecho esto (y ahora estaba seguro) solo hizo que me sintiera más poderoso. Que era el único que lo había visto así.

(Y el único que llegaría a eso, susurró una vocecita en mi cabeza, pero la alejé porque era demasiado, demasiado para mí como para siquiera pensarlo, aun cuando la parte más primitiva de mi cerebro dijera *sí* y *sí* y *sí).*

Jalé su erección fuera de sus pantalones, con cuidado de la cremallera. No estaba circuncidado y comenzaba a ponerse rígido. Su pene era más delgado que el mío y tal vez un poco más largo. Su peso sobre mi mano causó un cortocircuito en mi cerebro. Los lobos tenían mayor temperatura y se sintió caliente entre mis manos. Lo presioné, apretándolo tan cuidadosamente como me atreví, observando cuando su prepucio se deslizaba mientras gruñía y encajaba dentro de mi mano.

—Ox —su voz sonó entrecortada y sin aliento.

—Lo sé —dije con ternura mientras ejercía más presión.

—Tienes que...

—Lo sé.

—¡Hacer algo!

Lo solté y exhaló pesadamente, como si lo hubieran golpeado en el estómago. Antes de que pudiera protestar, levanté mi mano hacia su rostro y hablé.

—Lame —indiqué.

Ni siquiera me cuestionó. Sujetó mi mano y la llevó hacia su boca, su lengua raspó contra mi palma y entre mis dedos antes de succionar dos de ellos dentro, dejándolos mojados y cargados de saliva. Apreté los dientes para evitar voltearlo y tomar lo que deseaba en ese mismo momento. Sin embargo, no se trataba solo de mí. Aún no. Necesitaba hacerlo bien para él.

Retiré mi mano y se quejó con un gemido, se levantó y se limpió la boca con el dorso de su mano.

—¿Qué estás...

El resto de sus palabras se sofocaron cuando tomé su erección nuevamente y utilizando su saliva, deslicé mi mano hacia arriba y abajo. Sus manos se posaron sobre mis hombros con las garras hacia afuera, pero sin perforar mi piel mientras lo tocaba. Los músculos de su estómago se tensaron cuando me incliné hacia delante para lamer su pecho. Envolvió sus brazos en mi cuello, acercándome, apenas dejando espacio entre los dos para mi mano. Gruñía cerca de mi oreja, un ronroneo continuo del cual me burlaría más tarde.

Pasé mi pulgar sobre la punta de su pene y sus caderas se sacudieron. Gemí, mi erección presionaba dolorosamente contra mi cremallera, atrapada bajo su trasero. No podía acabar de esta manera, y tampoco lo quería. Ya no era un niño. No necesitaba hacerlo dentro de mis pantalones.

Me abrí camino hasta su cuello y no fue hasta más tarde que caí en la cuenta de que jamás se paralizó ni se apartó. Dejó al descubierto su garganta como si nada, como si no fuera un Alfa que no estaba acostumbrado a hacer estas cosas. Sabía que la garganta era un lugar vulnerable para un lobo, demostraba el rango, especialmente para un Alfa. Los Betas siempre descubrían sus gargantas hacia el Alfa como una señal de respeto. Incluso los humanos de mi manada lo hacían cuando me veían, una acción inconsciente de la que creía que ni siquiera estaban al tanto.

Pero su cuello estaba hacia atrás como si nunca lo hubieran amenazado, como si nunca lo hubieran lastimado, y supe lo que significaba. Apreté los dientes sobre la piel y lo mordí, no lo suficiente como para extraer sangre, pero sí para que lo sintiera. Si los sonidos que hacía significaban algo, su lobo estaba cerca de la superficie y me sentí más animal que hombre, palabras como *mío* y *compañero* y *reclamar* se repitieron a través de mi cabeza.

No era suficiente.

Lo empujé hacia atrás. Se dejó caer sin protestar, rebotando sobre la cama, enseñando su pene de manera obscena y sus pantalones bajos hasta sus caderas. Los tironeé hacia abajo, mis dedos rozaron sus muslos con fuerza. Me ayudó a bajarlos con movimientos bruscos, estremeciéndose en su excitación. Intentó quitárselos, gruñendo de frustración cuando se estancaron en sus pies. Presioné una mano contra su pierna, para intentar que se calmara. Levantó su cabeza de la cama para observarme, sus ojos volvieron al azul normal, pero estaba ruborizado y tenía la frente brillante por el sudor.

Me moví hacia abajo en donde sus pantalones se habían amontonado alrededor de sus pies y los jalé. Joe Bennett estaba completamente desnudo y tendido en mi vieja cama, esperando que me moviera. Su miembro dibujaba una curva y sobresalía sobre su estómago. Sus testículos reposaban sobre su muslo, moviéndose cada vez que él movía su pierna. Sus piernas tenían abundante vello y yo quería recorrerlas con mis manos y lengua. Para tocarlas, para saborearlas.

Era lo más precioso que tenía.

Y, al menos por ahora, lo tenía. Fuera lo que fuera que sucediera después, nadie podría arrebatarme este momento.

—¿Qué sucede? —preguntó. Se oía nervioso.

—Nada —respondí con la voz ronca—. Yo solo... Estás aquí.

—Sí. Sí, Ox, aquí estoy.

Levantó el pie y me golpeó el pecho con uno de sus dedos. Atrapé su tobillo manteniéndolo en su lugar. Me incliné y presioné mis labios sobre el hueso. Suspiró retorciéndose ligeramente mientras exhalaba contra su piel. Besé su pantorrilla mientras me agachaba y desabotonaba mis propios pantalones. La presión disminuyó un poco y fue suficiente para lo que quería hacer. Podría haber un buen dolor y quería empujar esos límites.

Continué hacia arriba de su pierna hasta alcanzar su rodilla. Rio con un soplo cuando besé la parte interior de su rodilla. Sonreí y arqueó una ceja, pero él solo puso los ojos en blanco e hizo un ruido de impaciencia.

—¿Necesitas algo? —pregunté sin moverme, pero aún estrechaba su pierna hacia arriba.

—Bastardo. Sabes lo que haces.

—No tengo idea de lo que estás hablando.

—Que te den, Ox.

—Podemos hacerlo.

Se quedó boquiabierto.

Me encogí de hombros.

Intentó retirar su pierna.

No podía permitir eso.

Así que sujeté su otra pierna. Y me incliné empujando mi peso contra la parte trasera de sus muslos. Sus rodillas alcanzaron su pecho mientras sus ojos se ensanchaban.

Estaba expuesto hacia mí. Su pene presionado contra su estómago y sus testículos levantados entre sus piernas dobladas. Su ano estaba rodeado de vello suave y quería enterrar mi rostro allí, tomar su esencia, su aroma.

—Ox —dijo jadeando otra vez, como si *supiera* lo que estaba pensando, como si *supiera* lo que estaba por hacer.

—Está bien. Te gustará.

Dio un grito cuando lo lamí desde su trasero hasta sus testículos. Intentaba alejarse y acercarse al mismo tiempo. En realidad, no había hecho esto antes, pero conocía la idea implícita, el mecanismo. No sabía si él quería que se lo hiciera o si él quería hacérmelo a mí, pero lo quería flojo y húmedo con mi saliva.

—Sostén tus piernas —utilicé mi voz de Alfa un poco más de lo debido. No vaciló, se levantó sosteniéndose por detrás de sus rodillas y se mantuvo en su lugar. Sus garras aún estaban fuera, y coloqué sus dedos para asegurarme de que no se hiciera daño.

Cuando me aparté fue embriagador ver su posición. Me recorría una sensación de poder por tener a alguien como él sobre su espalda, esperando por mí. No sabía si se debía a que fuera un Alfa o porque se trataba de Joe, o una combinación de ambas. Me mareaba y los bordes de mi visión se volvían difusos.

Comenzó a temblar bajo mi mirada, el rubor se extendía por su cuello hasta la parte superior de su pecho.

—Está bien —le dije e inhaló intensamente—. Lo estás haciendo muy bien.

—Ox —me suplicó.

—Lo haré —me incliné hacia abajo justo por encima de su ano y dejé caer un hilo fino de mi saliva. Dio un gemido mientras me observaba por entre sus piernas. Levanté la mano y froté la saliva sobre su orificio, sin entrar, solo la presión suficiente como para estar cerca de hacerlo. Separé sus nalgas y me incliné hacia delante para asestarle un golpe plano con mi lengua. Comenzó a emitir pequeños ruidos provenientes de la parte posterior de su garganta cuando me abrí paso con mi lengua, ejerciendo más presión. Quería consumirlo durante horas.

Dijo mi nombre una y otra vez, y arrastré mi lengua hacía arriba desde su perineo hasta sus testículos, llevándolos dentro de mi boca, primero uno y luego el otro. Aparté sus manos de sus rodillas, empujando sus pies y apoyándolos contra la cama.

No le di oportunidad de cuestionarlo, solo lo lamí desde la base hasta la punta. Dio un grito ronco intentando arquearse contra mí, pero mi peso contra sus caderas lo retuvo. Presioné su hendidura con mi lengua, probando el amargo producto acuoso de su excitación. Succioné la cabeza de su pene, entregándome a mi experiencia. Chocó contra la parte posterior de mi garganta antes de que dejara de moverme y respirar por mi nariz. Joe estaba gritando por encima de mí, sus caderas se estremecían como si estuviera conteniéndose. Me levanté lentamente mirándolo a través de mis pestañas. Sus ojos estaban rojos y sus dientes se habían alargado como si no pudiera evitar que el cambio ocurriera.

Me aparté con un ruido húmedo. Me miró, tenía la boca abierta.

—No debes contenerlo —mis palabras lo hicieron temblar.

Regresé abajo, torturándolo, tirando de sus testículos mientras les daba la más leve torsión. Mi erección asomaba fuera de mi ropa interior y puse mis caderas contra la cama.

Aceptó el consentimiento que le di y lo empujé con vacilación hacia mi boca. Estiré mi mano y tomé la suya poniéndola en la parte posterior de mi cabeza. Gruñó y las garras se retrajeron hasta que no tuve más que unos dedos humanos sujetándome del cabello.

Entonces empujó su pene con más fuerza dentro de mi boca, primero de manera torpe, hasta que alcanzó un ritmo constante. Sus dedos se enredaron en mi cabello, dándome la cantidad justa de dolor, pero no lo suficiente como para distraerme.

Ahuequé mis mejillas, la saliva goteaba por los lados de su miembro mientras él arremetía contra mi boca. Me atraganté por un momento, pero lo ignoré aun cuando mis ojos se humedecieron.

—Muy bueno —balbuceó entre gruñidos—. Tan condenadamente bueno, Ox. Sabía que serías bueno. Mierda, sabía que serías tan... —inclinó su cabeza hacia atrás, descubriendo su cuello una vez más, y solo hizo que lo deseara más.

Me aparté de él, no quería que acabara aún. No así.

Volvió a mirarme con ojos nublados y una boca cargada de colmillos.

Me puse de rodillas, una vez que me aseguré de que todavía estaba mirando y empujé mis pantalones y ropa interior por mis caderas. Mi pene se liberó, golpeando contra mi estómago. Rugió y apretó el edredón dentro de su puño. Jalé mis vaqueros tan abajo como fue posible antes de inclinarme hacia delante con mis manos, presionando cada una a un lado de su pecho. Llevó sus brazos hacia abajo, sus bíceps me sostuvieron en mi lugar. Estábamos casi al nivel de los ojos y ninguno de los dos parpadeó en cuanto me incliné hacia delante lo suficiente como para elevar mis rodillas y empujar mis pantalones con los pies, primero una pierna y luego la otra. Se inclinó para besarme y me aparté ligeramente, fuera de su alcance. Chasqueó los dientes y le sonreí mostrándole todos los míos.

—Ox —me llamó—. Solo acércate.

Me incliné lentamente y se estiró hacia delante. Lamí sus labios cuando se separaron, pero quedaron fuera de mi alcance. Los dos sabíamos que él podría sujetarme fácilmente, que él siempre sería el más fuerte de los dos, pero no importaba en este momento. Lo que importaba ahora, todo lo que importaba era que yo tenía el control y él lo estaba permitiendo.

Le di el beso que deseaba y rio dentro de mi boca, pero se convirtió en un gemido cuando me acosté a su misma altura, pecho contra pecho, miembro contra miembro. Sus piernas estaban dobladas a mis lados mientras perseguía mi lengua con la suya. Tracé una línea con mi mano por su muslo peludo y di un ligero empujón con mis caderas, nuestras erecciones se frotaron juntas.

—Vamos, vamos —murmuró dentro de mi boca y empujé con más fuerza.

Bramamos uno contra el otro y mi nombre se escapó de sus labios en un suspiro, en un gemido.

—Ox. Quiero... —y lo callé con un beso, nuestras lenguas se deslizaron juntas, mientras anclaba sus pies en la cama, intentando encontrar más fricción entre los dos. Se lo di lo mejor que pude, sintiendo la fricción de su pene contra el mío.

Sentí un silbido en la base de mi columna vertebral y supe que sí seguíamos así, acabaríamos. La idea de él cubierto en mi esperma era casi suficiente como para continuar lo que estábamos haciendo. Estaría marcado por mí, todos serían capaces de sentir mi olor en él.

Sí y sí y sí.

—Ox —jadeó dentro de mi boca—. Quiero más. Por favor, deja que tenga más.

Estábamos sudados, la habitación era casi sofocante.

Quería más, yo también. Pero no sabía si estaba listo para ser emparejado. Porque si teníamos sexo, no seríamos capaces de detenerlo. Lo quería demasiado, podía saborearlo, pero no con todo lo demás sobre nosotros.

Pero había más cosas que podíamos hacer. Lo haría.

Me alejé y gruñó ante la pérdida de mi peso contra su cuerpo.

Intentó acercarme, pero aparté su mano.

Me acerqué a la mesa junto a la cama y abrí el cajón. Había una vieja botella de lubricante, medio vacía de todas las veces que había usado mis manos, mientras él no estaba aquí. Podía hacer lo mismo para él.

—Sí —respiró cuando vio lo que había en mis manos—. Sí, eso es realmente bueno, debes hacerlo, puedes tomarme, Ox. Te prometo que lo haré muy bien para ti.

—No lo haremos —negué con la cabeza.

—Pero... —sonó herido, incluso cuando sus ojos se dilataron.

—Aún no. Sabes por qué.

—*Compañero* —dijo el lobo.

—¿Confías en mí?

No dudó como pensé que lo haría.

—Sí —respondió aun después de todo este tiempo, después de todo lo que habíamos pasado.

—Haré que te sientas bien —le prometí—. Y un día voy a hacértelo hasta que no puedas caminar y luego podrás hacerme lo mismo.

—¿Lo prometes? —insistió. Su pene se contrajo sobre su estómago. Estiró la mano hacia abajo para acariciarlo con sus ojos sobre mí.

—Si, Joe. Lo prometo.

Abrí el lubricante y vertí un poco sobre mis dedos poniéndolos resbaladizos. Dejé caer la botella y metí mis manos entre sus piernas. Notó lo que estaba por hacer y las abrió más. Mis dedos tocaron su ano, todavía lubricado por mi lengua. Levantó sus caderas levemente por encima de la cama mientras presionaba mi dedo contra él.

—¿Has hecho esto contigo antes? —pregunté por lo bajo.

—Sí —sacudió su cabeza arriba y abajo.

—¿Lo hiciste con tus dedos?

—Sí —gimió como respuesta, intentando empujar su trasero hacia mí.

—¿Se sentía bien?

—Nunca obtenía lo suficiente —su respiración era pesada—. Nunca pude encontrar el lugar...

Presioné un dedo hasta el nudillo. Su mano se detuvo sobre su miembro.

—Solo respira —le ordené—. Solo respira y se sentirá bien.

Asintió mientras empujaba lentamente, solo un dedo por ahora.

Los músculos en su estómago se contrajeron en cuanto retiré mi dedo casi por completo.

Se sentía estrecho a mi alrededor, caliente como una caldera.

Empujé nuevamente, sus ojos rodaron.

—Tócate —le ordené—. Quiero verte.

—No, no quiero acabar —negó enérgicamente—. No así, Ox, necesito que...

—Sé lo que necesitas —dije y *gimió*, intentando tomar más de mi dedo, empujando y apartándose—. Lo tendrás, solo que no hoy.

Sus ojos estaban vidriosos cuando me miró.

—Pero yo solo… Ox —su lengua salió disparada mientras lamía sus labios.

—Llegaremos a eso —aseguré mientras empujaba nuevamente mi dedo hasta el fondo solo para ver cómo se estremecía su pecho—. Después de que solucionemos toda esta situación. No quiero que nada cuelgue sobre nuestras cabezas. Entonces será cuando me reclames y cuando yo te reclame a ti.

Gruñó mientras agregaba un segundo dedo. Los testículos se elevaron cargados de tensión.

—Prométemelo. Promételo, Ox. *Promételo*.

—Lo prometo —porque lo hacía, no había ninguna posibilidad de que no terminara de esa forma. Joe y yo siempre fuimos en esa dirección, aun cuando hubo un desvío de tres años. Había necesitado superarme a mí mismo y a la ira que sentía antes de ser capaz de caer en la cuenta.

Sujetó su pene de nuevo y comenzó a agitarlo lento, con presiones continuas y deslizando su pulgar sobre la punta. Era un movimiento practicado, algo que sabía que disfrutaba. El simple pensamiento de él haciéndolo por sí mismo sentado sobre sus propios dedos, frotando su pene, me golpeó duro. Mi erección palpitó ante el pensamiento y al verlo extendido ante mí. Miré hacia abajo y observé como mis dedos desaparecían dentro de su trasero. Apenas tenía que mover mi mano mientras él mecía sus caderas hacia abajo y luego hacia fuera, hacia abajo y hacia fuera.

Comenzó a tensarse en cuanto más introducía mis dedos, sus manos se movían rápido sobre su pene. Sus pezones se endurecieron y supe que estaba acercándose. Siguió canturreando mi nombre en pequeños gemidos que salían de su pecho. Sus ojos comenzaron a centellear de nuevo de color rojo y sumé un tercer dedo casi con brutalidad. Me gruñó con sus dientes afilados. Su trasero se contrajo alrededor de mis dedos y, cuando supe que no podría aguantar mucho más, aparté su mano de su miembro y lo introduje en mi boca hasta la base, haciendo arcadas cuando me golpeó en la parte posterior de la garganta. Joe gritó desde algún lugar por encima de mí con sus manos en la parte posterior de mi cabeza, sus garras pinchaban mi cuero cabelludo. Mi nariz quedó contra los vellos púbicos cuando empujé con más fuerza mis dedos dentro de él. Acabó en mi garganta, fuertes borbotones que sabían amargos en la parte posterior de mi lengua. Me atraganté con ellos y me quité con rapidez mientras goteaba por mi barbilla, lo último sobre mi mejilla.

Lucía verdaderamente acabado por debajo de mí, aun persiguiendo su orgasmo mientras trataba de empujarse más sobre mis dedos. Cuando los retiré se quedó sin aliento con los ojos abiertos, mirándome. Me puse de rodillas sobre él y todo lo que pude pensar cuando lamí mis labios para saborearlo fue que necesitaba que lo marcaran. Los besos que podía succionar en su piel se irían, pero mi aroma no lo haría.

Usé la mano que había estado dentro de él para mi propio pene. No lo hice suave ni con cuidado. Lo sacudí con furia, deseando que él estuviera cubierto en mi esencia.

—Si —dijo con la voz ronca y destrozado—. Lo quiero. Ox, lo quiero —estiró su mano y sujetó mis testículos mientras yo me masturbaba sobre él. Los sostuvo, apretándolos lo suficientemente fuerte como para hacerme gruñir, retorciéndolos en un dolor brillante y placentero. Pequeños relámpagos trazaban un arco a lo largo de mi piel, los sentí construirse en la base de mi columna vertebral. Mis dedos se acurrucaron debajo de mí.

Acabé sobre su pecho mientras presionaba sus dos dedos contra mi mancha del pecado. Pronuncié su nombre como una maldición. Mi esencia aterrizó en su pecho y sus pezones, rodó sobre su clavícula y se juntó en su garganta.

Se veía acabado, poseído. Jamás me había sentido tan primitivo, no sabía si era por el Alfa o si solo era yo. No importaba, todo el mundo lo sabría y eso era todo lo que importaba.

Levantó su mano y pasó sus dedos por el líquido espeso sobre su pecho, lucía delirante y frotó sus dedos mojados por encima de su pezón derecho.

Me derrumbé a su lado en la cama que se quejó bajo el peso de dos hombres de gran tamaño. Ambos respiramos pesadamente al acostarnos juntos, tocándonos con los hombros, nuestros rostros enfrentados a unos centímetros de distancia. Siguió tocando el esperma sobre él. Continuó pasando sus dedos a través de él como si lo estuviera extendiendo alrededor. Me incliné y lo besé. Gimió dentro de mi boca mientras succionaba su lengua, dejándolo probar su sabor.

Sus ojos volvieron a estar rojos cuando me aparté.

–Quiero morderte –dijo.

–Lo sé –respondí.

–Quiero reclamarte, quiero darte cicatrices con mis garras, quiero mis dientes incrustados en tu cuello.

–Lo sé.

–Eres mío y nadie más puede tenerte. Nadie más puede estar contigo, no de esta forma, jamás. ¿Me oíste, Ox? Nunca. Eres mío y mataré a quién sea que piense que pueda alejarte de mí.

–*Lo sé.*

No fue hasta más tarde, mucho más tarde, mucho después de que cayera la noche, que el cielo fuera negro y se llenará de estrellas que ardían con frialdad, que comenzamos a hablar. Había sido una especie de alegría extraña simplemente tumbarse allí a mirarnos el uno al otro.

Puede que haya dormido de tanto en tanto, pero cada vez que abría los ojos Joe estaba aún a mi lado, su rostro tan cerca qué podía ver cada una de sus pestañas. No se había movido mucho, aún estaba tendido, cómodo en su desnudez. Su pene reposaba flácido contra su muslo. Mi esperma se había secado sobre su pecho, había pequeñas motas de blanco adheridas a su vello. Costaría mucho quitarlo más tarde, pero parecía no importarle.

Fui el primero en romper el silencio.

No era mi intención.

En un momento estaba abriendo mis ojos y al otro hablando.

—No debiste haberte ido.

Y no era lo que quería decir.

—Lo sé —suspiró.

—Debimos hacerlo juntos.

—Lo sé, Ox. Pero ya está hecho no hay nada que pueda cambiarlo.

Quería enfadarme con él por ello, aún quería estar muy enfadado.

Pero no pude, no cuando estaba aquí a mi lado, todavía luciendo como si acabara de hacérselo.

—Bien —asentí lentamente. Me pregunté si sería tan simple como eso.

—¿Bien? —arqueó una ceja.

—Bien.

Me entregó una sonrisa lobuna amplia y brillante que duró un momento antes de desvanecerse lentamente.

—¿Deberíamos molestarnos en hablar sobre Jessie? —dijo.

—¿Qué hay con ella?

—Solo... Por qué, supongo.

—Por qué, ¿qué?

—¿Por qué es parte de tu manada? —frunció el ceño.

—¿Por qué Joe Bennett? —apenas logré no poner los ojos en blanco—. ¿Estás celoso?

—No.

—Bien.

—Simplemente no veo el *porqué* de que necesite estar cerca de ti, o en tu manada, o de tu vida.

Me giré por encima de él, haciéndolo reír debajo de mí y retorcerse. Y había kilómetros de piel desnuda.

—Nos ayudó a sanar —respondí.

Inspeccionó mi rostro buscando algo que no sabía lo que era.

—¿Y lo lograste? —preguntó.

Lo besé en vez de responder, porque aún no sabía cómo poner en palabras que no había sanado, no por completo, porque una parte de mí se había ido.

Me pregunté por todas las cosas que habíamos perdido, todo lo que había pasado cuando él se marchó. Tal vez algún día podría escuchar todo lo que le había sucedido a él, a ellos. Pensé que tal vez no importaba ahora, en este momento, porque había cosas más grandes viniendo por nosotros. Tendríamos tiempo. Después.

Porque sin importar lo que Richard Collins tramara, no dejaría que tocará a Joe Bennett, no otra vez. Ni nunca.

DAÑO / NUESTRA MALDITA MANADA

Las dos manadas estaban desparramadas frente a nosotros en la casa la final del camino. La mía estaba en el suelo, en los divanes y en el sofá. Todos se veían como si pertenecieran aquí, casuales y relajados. En realidad, la mayoría. Robbie estaba tenso.

La manada de Joe se apartó a un lado, Carter y Kelly estaban inclinados sobre una pared cerca de los ventanales. Gordo de pie, firme a su lado.

La división era visible.

Sin embargo, Joe... Joe estaba a mi lado. Uno junto al otro, lo suficientemente cerca como para rozarnos con cada respiración. Los lobos lo sabían. Por supuesto que lo hacían. Podían oler la noche anterior sobre nosotros. Lo que me produjo cierta extraña y salvaje satisfacción. Hasta que vi a Elizabeth a los ojos, y me ruboricé escandalosamente, aun cuando no se veía más que complacida.

Todos esperaban a que habláramos, incluso los humanos.

—Entonces —dije intentado no oírme nervioso—. Tenemos algunas cosas que discutir.

—Como que deberían darse una ducha —señaló Carter, como si no le importara nada en el mundo—. De verdad, Joe, lo entendimos. Jesucristo.

Joe se negó a sentirse avergonzado. Y estaba bien, porque yo lo estaba por los dos.

—Totalmente —respondió con tono engreído.

—Qué demonios —murmuré.

Me guiñó un ojo.

—No me digas —dijo Tanner—. ¿En serio?

—Oh, muchacho —acotó Rico—. Esto se va a poner incómodo.

—Solo si nosotros lo hacemos incomodo —señaló Chris como un adulto razonable—. Deberíamos hacerlo realmente incómodo —agregó luego.

—Podríamos comparar historias, supongo —sugirió Jessie porque era malvada.

—Si —gruñó Chris mientras echaba un vistazo a su hermana—. No toquemos el tema porque realmente no quiero romperle la cara a mi Alfa.

—Por favor —Jessie puso los ojos en blanco—. Él es más grande que tú.

—Como sea —exclamé antes de que la conversación se fuera de control—. Hemos estado hablando…

Carter y Kelly comenzaron a toser de forma molesta. Joe les gruñó con los ojos rojos. Sonrieron maliciosamente hacia su hermano como si no tuviera importancia. Probablemente no la tuviera. Era lo más cercano a como actuaban antes de que se marcharan. Me preguntaba si era porque ya sabían lo que íbamos a decir.

–... y decidimos ver si esto funciona –terminé la oración.

–¿Ver qué cosa? –Robbie frunció el entrecejo.

–Nosotros –dijo Joe antes de que pudiera responder. Ladeó su cabeza en dirección a Robbie, pero no utilizó los ojos de Alfa–. Intentar que la manada sea una sola.

Mi manada, en su mayoría, estaba en silencio. Los humanos se veían intrigados, Mark y Elizabeth felices. Robbie mantuvo una expresión vacía.

–¿Cómo podría funcionar? –preguntó Tanner–. ¿Los dos serían los Alfas?

Asentí.

–No lo conocemos. No como a ti –dijo Rico–. Y quieres que... que... ¿que los tratemos por igual? –luego agregó apresuradamente–: Sin ofender, Joe.

–No me ofende –respondió él–. Y estás en lo cierto. No me conoces, no como conoces a Ox. Eso no sucederá de inmediato, pero es el objetivo. Les tomará tiempo confiar en mí.

–¿Confiar en ti? –escupió Robbie–. ¿Cómo podemos confiar en un Alfa que abandonó a su manada?

–Robbie –ladré.

Joe puso su mano sobre mi hombro, le eché un vistazo. No dijo nada, pero no creí que tuviera que hacerlo. Quería manejarlo por su cuenta, quería que confiara en él.

Y lo hacía, hasta cierto punto. Tal vez no confiara en él como antes, pero llegaría a eso finalmente.

–Robbie –dijo Joe–. Sé que esto podría ser difícil para ti.

–¿De veras? –respondió con frialdad–. Porque no sabes nada de mí.

Apreté mis dientes porque, aunque entendiera su frustración, no tenía que actuar de esa forma.

—Te preocupas por él —afirmó Joe con sencillez.

—Él es mi Alfa.

—Y no voy a quitarte eso.

—¿No? —soltó una risotada—. Porque al parecer ya has comenzado.

—Cometí errores —dijo Joe—. Con los que deberé lidiar el resto de mi vida. Herí a las personas que están aquí. A mi madre y a Mark, a mis hermanos y a Ox. A él es a quien más lastimé.

—Entonces puedes ver por qué yo no…

—Pero jamás te hice daño a ti —sentenció—. Porque, como has dicho, no te conozco.

—Heriste a Ox —insistió Robbie—. Él es mi Alfa, por lo tanto me heriste a mí.

—De acuerdo, entonces te pido disculpas por haberlo herido.

—No es tan sencillo —Robbie parpadeó.

—¿Y eso puedes decidirlo solo tú? —preguntó.

—Ox —Robbie se dirigió a mí—. No puedes creer esta mierda.

—No lo conoces —expliqué en voz baja—. No como yo. Habla en serio, Robbie.

Se veía herido y me sentí mal por él, en verdad lo hice. Pero tampoco sabía qué más esperaba de mi parte. Robbie era manada, Joe mi compañero. Lucharía por los dos, pero no podía permitir que pelearan entre ellos.

—Mira —dijo Joe—. No espero que me creas, o que confíes en mí, o *agradarte* siquiera. Sé que el respeto se debe ganar. Te importa Ox, él es tu Alfa, pero también me importa, porque es más que eso para mí y haría lo que fuera por él. Si tienes un problema conmigo, entonces dirígete a mí. Podremos debatirlo o encontraremos alguna solución, pero no lo hieras a él odiándome a mí.

Robbie se quedó sin palabras por primera vez.

Estaba un poco impresionado.

De hecho, Joe probablemente pudo oler lo *impresionado* que estaba. Lo que no era ideal en nuestra primera reunión juntos, frente a su familia sanguínea.

Aun cuando con seguridad todos lo supieran.

Kelly tosió con exageración.

Luché por no sonrojarme.

—Lo siento —se disculpó Kelly—. Había algo en mi garganta.

—Eso fue lo que dijo Joe —murmuró Carter por lo bajo.

Chocaron sus puños sin quitarme la mirada de encima.

—¿Será como tú para nosotros? —preguntó Jessie, clavando sus ojos en Joe—. ¿Seremos capaces de sentirlo como lo hacemos contigo?

—Debieron decirme eso en cuanto regresamos —dijo Gordo mientras fulminaba a Rico, Tanner y Chris con la mirada.

—¡Oye! —exclamó Rico—. Teníamos que ser cuidadosos. No sabíamos si eras el enemigo o no.

—El enemigo —repitió sin emoción antes de voltearse lentamente hacia mí.

—Yo no dije nada —me excusé.

—Tal vez te habías pasado al lado oscuro —repuso Tanner.

—Como Darth Gordo —agregó Chris.

Gordo se llevó las manos al rostro.

—Chicos, les *dije* que era un *brujo*. No un *Jedi*.

—Eh, disculpa —dijo Rico—. ¿Puedes o no puedes disparar rayos de *Fuerza* de tus dedos?

—No se llama así…

—La defensa concluye su alegato —dijo Tanner bastante alto.

—¿Los humanos también sienten la atadura? —Gordo le preguntó a Elizabeth y Mark.

—Curioso, ¿cierto? —respondió ella sonriendo ligeramente—. Me atrevería a decir que extraordinario.

—Es a causa de Ox —dijo Mark—. Y por todo lo que él es. Respondió a la necesidad de un Alfa que tenía el territorio. Y al deseo de la manada por uno. Él creció aquí.

Todos se voltearon a verme.

—*Magia mística de la luna* —susurró Jessie.

—No… —intenté no retroceder bajo la atención.

—Tiene sentido —pensó Gordo en voz alta.

—¿La magia mística de la luna tiene sentido? —pregunté con incredulidad.

—No, idiota —puso los ojos en blanco—. No es la magia mística de la lu… No, ni siquiera voy a decirlo. Mira. Siempre hubo algo contigo. Aun mucho antes de todo esto. La primera pista tendría que haber sido el hecho de que pude enlazarme a ti con facilidad, pero creo que me sentía tan aliviado de volver a tener un lazo que no pensé en nada más. Podía sentirte por esa conexión. Los lobos pueden sentirte por las ataduras de la manada, ¿pero lo humanos? No creía que eso fuera posible. No al punto que parece serlo, ¿qué tan lejos llega la atadura?

—Él tiene que tirar de ella —respondió Jessie—. No es como con los lobos, sabemos que está allí cuando él intenta alcanzarnos.

—¿Ustedes también pueden hacerlo?

Los humanos se miraron los unos a los otros.

—¿A veces? —respondió Jessie.

Gordo frunció el ceño, pero permaneció en silencio.

—¿Habías oído algo como esto antes? —preguntó Carter a su madre.

—Rumores, en su mayoría —se encogió de hombros—. Historias insustanciales que jamás fueron probadas. Nada como él.

—¿Y quién más sabe de esto? —preguntó Gordo—. Además de las personas en esta habitación.

Todos se detuvieron.

—La Alfa Hughes —respondió Robbie, finalmente.

—Y el hombre hosco —agregué.

—¿Quién?

—Phillip Pappas —explicó Robbie—. Trabaja para Alfa Hughes como segundo al mando. Vino aquí cuando ustedes no estaban… para evaluarnos, supongo. No creo que se lo hayan dicho a otros, o al menos no a demasiados. No creo que sepan qué hacer con él.

—Querían que me registrara —dije—. Si Joe no regresaba.

Joe me tomó de la mano y la apretó. No la soltó. Robbie nos observó brevemente y luego retiró su mirada.

—No puedes convertir a otros en lobo —señaló Gordo.

—Pero puedo formar una manada —dije—. Y les demostré que no se trata solo de lobos. Creo que eso les preocupa.

Gordo sacudió su cabeza.

—Debes ser un simple copo de nieve especial —murmuró, pero tenía una pequeña sonrisa en sus labios.

—¿Esos serían todos? —preguntó Kelly—. ¿Nadie más sabe sobre…

—David King —lo interrumpí.

—¿Quién? —preguntó Chris

Y, mierda, olvidé que no les había contado nada al respecto.

—King —dijo Elizabeth lentamente—. ¿Cómo el clan de cazadores King?

—Vino hasta aquí —confesé—. Meses atrás. Esa noche que envié la alerta.

Mi manada se quedó quieta.

–Lo salvamos de Richard –dijo Joe–. Por poco. Estaba huyendo cuando lo atrapó. Richard logró escapar, pero David… Lo envié aquí con un mensaje para Ox.

–¿Y no pensabas constárnoslo? –Mark no parecía enfadado, solo confundido.

Lo hice, lo pensé muchas veces. Pero dejé que mi ira me quitara lo mejor de mí.

–¿Él lo sabía? –preguntó Elizabeth, permitiéndome eludir la pregunta–. ¿Sabía que eras un Alfa?

–Dijo que había estado entre ellos lo suficiente como para saberlo –asentí.

–¿En dónde está? –demandó Mark–. Si aún está en fuga, debemos asegurarnos de que no esté hablando de…

–Lo hallaron muerto –dijo Joe–. Hace unas semanas, no muy lejos de aquí. En Idaho.

–¿Fue Richard? –preguntó Elizabeth. Su hijo asintió con la cabeza–. Por eso volviste a casa, ¿cierto? –continuó–. ¿Porque creíste que regresaría aquí?

–Tal vez –admitió Joe–. Y tal vez porque solo quería volver a casa.

–Dijeron que no hablabas –dijo ella–. Que dejaste de hacerlo otra vez.

Joe llevó su mirada al suelo. La casa se quedó en silencio.

–¿Sabes por qué fue? –preguntó ella nuevamente.

–Dolía –dijo con un hilo de voz. Sonó como el pequeño tornado que había esperado por mí una vez en el camino de tierra, con los ojos bien abiertos y desafiantes–. Estar alejado de ustedes, de él. No podía… encontrar las palabras. Solo quería alcanzar al monstruo para poder regresar a casa.

–Y aquí estás –su madre se puso de pie y se acercó a él.

No sabía qué cosas habían discutido desde su regreso, y si es que lo habían hecho. Tuve la sensación de que ella había estado esperando que yo hablara con él primero. Ahora, Elizabeth era mucho más pequeña que Joe y la forma en la que llevaba sus manos hacia su hijo era entrañable. Se apoyó en sus manos, que todavía aferraban la mía.

—Tu padre habría estado muy orgulloso de ti.

—No creo...

—Joe —replicó ella. Él la envolvió con uno de sus brazos y la empujó contra su cuerpo, con su nariz sobre su mejilla mientras ella acariciaba su cabeza con los dedos. Me miró y sonrió.

Finalmente dio un paso atrás y se apartó.

—Creo que deberíamos intentarlo —declaró Elizabeth—. Porque juntos somos mucho más fuerte que divididos.

—¿La cosa va a ponerse fea? —quiso saber Rico. Se veía cansado. Todos lo hacían.

—Tal vez —afirmé—. Pero ya ha sucedido antes y siempre pudimos superarlo porque somos una manada. Sin embargo, si creen que no pueden con esto, no se los reprocharé. Por eso necesito saber. Porque si se quedan, tengo que poder contar con todos ustedes. Así que díganmelo ahora.

Nadie habló.

No esperaba que lo hicieran. Eran valientes, todos. Tontos, pero valientes.

—Entonces lo haremos —dije—. Como manada.

Me pregunté si así se sentiría sanar.

—Quiere hablar con ustedes —dijo Robbie dos días más tarde—. Con los dos.

–¿La Alfa Hughes? –Joe me echó un vistazo antes de que mirar nuevamente a Robbie.

–Sí.

Joe suspiró y se pasó la mano por la cara. Se quedó a mi lado mientras cortaba pimientos para Elizabeth, que canturreaba suavemente cerca del horno. Mark, Carter y Kelly se habían ido a alguna parte del bosque. Gordo estaba aún en el taller, aunque se suponía que terminaría más tarde. Les di la noche libre a los demás. Todos tenían vidas más allá de la manada, y no quería quitárselas, incluso cuando les parecía gracioso que lo dijera.

–¿Cuándo? –quise saber.

–Ahora, probablemente –Robbie soltó una risotada–. No le gusta esperar.

–Nunca le gustó –comentó Elizabeth desde el horno–. Esto aguantará, solo traten de que no les tome demasiado tiempo.

Recogí los pimientos cortados y los coloqué en un plato cerca de Elizabeth. Besé su mejilla antes de mirar a Joe.

–No hay momento como el presente –me dijo con un encogimiento de hombros.

–¿Qué es lo que quiere? –pregunté a Robbie mientras lo seguíamos a la oficina.

–No puedo hacer preguntas como esas, no a ella. La mayoría de la gente tampoco.

–No soy la mayoría de la gente –aclaré, porque no dejaría que nadie me intimidara.

–Sí, Ox –dijo afectuosamente–. Lo sé.

Joe mantuvo una expresión vacía.

Había una computadora portátil sobre el escritorio. Imaginé que era de Robbie porque yo no tenía una. Con la que teníamos en el taller era suficiente como para querer una en casa. Joe se sentó en el asiento del escritorio y yo llevé una segunda silla para estar a su lado.

Robbie tomó su teléfono y escribió un mensaje. Un momento después, el teléfono vibró y él envió una respuesta. Deslizó el dispositivo en su bolsillo antes de voltear la computadora en su dirección.

—Los llamará en un minuto —dijo luego de hacer *clic* en el ícono de Skype. Puso la computadora de nuevo frente a los dos. Se alejó de la oficina y cerró la puerta detrás de él.

—Pasará mucho tiempo antes de que pueda verme como algo más que su enemigo —comentó Joe, tras un momento.

—No cree que seas un enemigo —puse mis ojos en blanco.

—Cree que soy *algo*.

—Eres *algo*.

—Probablemente estamos pensando en dos cosas diferentes, Ox —sonrió.

Tomé su mano en la mía, aún maravillado de poder hacerlo. Nos estábamos quedando en la vieja casa, Joe en mi cama cada noche. Era pequeña y estábamos apretujados, pero nos daba la excusa de dormir uno encima del otro. No necesitaba distancia entre los dos ahora. Probablemente tampoco por un rato.

—Ya confiará en ti —prometí—. Te comenté lo que dijo de Kelly. Tal vez podríamos…

La computadora hizo un sonido y surgió una pequeña ventana emergente.

—¿Listo? —preguntó Joe.

Lo besé brevemente y con dulzura.

—Sí, Joe —dije.

Me apretó la mano y luego conectó la llamada.

No sabía cómo esperaba que fuera su apariencia. Para ser honestos, no había pensado en esta Alfa en absoluto. No me conocía, tampoco a mi manada, no en verdad. Podría ser la gran Alfa, pero sus acciones no significaban nada para mí a largo plazo. No me había perseguido ni a mí ni a los míos, pero tampoco había hecho algo para protegernos.

Era más joven de lo que había pensado. Tal vez estuviera a finales de los treinta, o al inicio de sus cuarenta. Se veía tranquila, incluso relajada. Tenía el cabello oscuro, recogido hacia atrás en una coleta floja. La camisa blanca que traía estaba abierta por unos pocos botones cerca de su cuello. No lucía como una Alfa, pero solo había conocido a unos pocos como para poder compararla.

No sonrió al vernos en la pantalla, sino que paseó su mirada entre uno y otro de nosotros. Caí en la cuenta de que era la primera vez que nos veía, aunque hubiera oído muchísimo de los dos. Probablemente tampoco éramos lo que esperaba.

Por alguna razón, sentí que no debíamos ser los primeros en hablar. Joe debió pensar igual, dado ambos esperamos.

—No me recordará, Alfa Bennett —habló con tono monocorde—. Probablemente tendría unos cinco o seis años la primera vez que nos vimos, pero lo recuerdo. Su padre fue… Bueno. Él fue un buen hombre. Mis condolencias.

—Gracias —respondió Joe, algo rígido—. Es muy amable de su parte.

Ella asintió, luego llevó su atención hacia mí. Me rehusaba a sentirme intimidado por ella, no sabía cuánto lo había logrado.

—Alfa Matheson —dijo—. Cosa curiosa.

—¿Disculpe? —no supe si debía ofenderme o no.

—Jamás había conocido a alguien como usted —dijo—. A todos los efectos, parece ser único en su clase.

—No tengo idea —admití con franqueza—. Y no tiene que llamarme Alfa. Soy solo Ox.

—¿Sí? —respondió divertida—. Solo Ox.

—Es una señal de respeto —me dijo Joe.

—Lo sé —respondí—. Pero nadie más me llama de esa forma. No necesito que ella lo haga.

—Curioso —señaló ella nuevamente—. Podríamos prescindir de los cumplidos, supongo. Nunca fui alguien muy ceremonioso.

—¿Qué es lo que quieres, Michelle? —preguntó Joe.

—Esa es una lista kilométrica —la Alfa le sonrió forzadamente.

—¿Por qué no comenzamos con las cosas que quieres de nosotros? —preguntó Joe—. Parece más sencillo de esa forma.

—No recuerdo haber mencionado que quería algo de ustedes.

—No hizo falta —continuó—. Estaba implícito.

—Bien —dijo, la sonrisa abandonó su rostro—. ¿En dónde has estado los últimos tres años?

—Sabes en dónde —Joe se tensó a mi lado.

—No específicamente.

—Estábamos *específicamente* en todas partes. No nos quedábamos en un solo lugar. Es curioso que haya funcionado.

—Pero nunca lograste alcanzarlo —golpeteó el escritorio con sus dedos mientras se inclinaba hacia atrás en su silla—. A Richard, quiero decir

—No —la expresión de Joe fue pétrea.

—¿Y Robert Livingstone? ¿Osmond? ¿Nada de ellos?

—No.

—¿Por qué?

—No podría decirlo —afirmó—. ¿Por qué no les preguntas a los equipos que enviaste? Aparentemente no tuvieron mejor suerte que nosotros.

—Sí —frunció el ceño—. Eso... Eso... fue decepcionante, por no decir más. ¿Por qué crees que fue?

—Porque es listo —respondió Joe—. Y arriesgado. Algo que tu gente jamás será.

—¿Y tú sí? —preguntó.

Apreté la mano de Joe fuera de la vista, *ten cuidado ten cuidado*. Él sabía lo que intentaba decirle. Aún no podía sentirlo, no como solíamos hacerlo, pero no creía que nos tomara demasiado tiempo. Las manadas se unirían. Debían hacerlo. No veía otra opción.

—Hice lo que tenía que hacer —dijo Joe.

—¿Y tu manada?

—También lo hizo. Estábamos todos de acuerdo.

—¿Es cierto? —clavó su mirada en mí.

—Sí.

—¿Dónde está Richard Collins?

—No lo sé.

—Pero regresaste.

—Porque era momento.

—Entonces, ¿no tuvo nada que ver con lo del clan King?

Joe permaneció en silencio.

—No podré ayudarte si no me dices qué sucede —Michelle suspiró.

—No pedimos tu ayuda —le recordó Joe.

—La necesitarán, si regresa.

—Ya ha venido dos veces —Joe soltó una risotada—. Ya nos ha arrebatado mucho. ¿En dónde estaban ustedes?

Ni siquiera se inmutó. Era muy buena.

—Las cosas son diferentes ahora.

—Lo son —Joe estuvo de acuerdo—. Pero eso no cambia nada entre nosotros. Ambos sabemos que mi deseo de liderar terminó cuando perdí a mi padre. No me importa, ya no. Puedes quedarte con la posición, haz con ella lo que quieras.

—No confías en mí —advirtió ella.

—No —repuso Joe con frialdad—. No confío en ti. No confío en ninguno de ustedes. No hicieron nada para ayudar a mi padre y, de hecho, enviaron a alguien que nos traicionó. Así que lo siento si no es mi prioridad aliviar su culpa.

—No pido que alivianes *nada* —dijo, su exterior duro se agrietó un poco—. Esto no solo te afecta a ti, Joe. Richard Collins es enemigo de *todos* nosotros. Se supone que debemos trabajar juntos para detenerlo, para *acabar* con esto.

Las garras de Joe pincharon mis dedos mientras presionaba mi mano.

—Debiste haber pensado en eso cuando tuviste la oportunidad de terminar todo luego de que me llevara cuando era un pequeño. Lo *tenían* pero ustedes…

—Ni siquiera formaba parte de esto en ese entonces…

—No importa —la interrumpió Joe—. Ahora eres la Alfa de los lobos. Todo lo anterior ahora reposa en *ti*.

—Podría enviar a alguien allí —dijo—. A muchos, si así lo quisiera.

—De hecho no podría —intervine.

—¿Y por qué no? —me fulminó con la mirada.

—Porque soy el Alfa de este territorio. Y no eres bienvenida aquí.

—Señor Matheson —rio—. Le aseguro que no *necesito* su permiso. En todo caso, usted me responde *a mí* ahora.

—No le respondo a nadie a excepción de a mi manada —dije—. Y le *aseguro* que si piensa lo contrario estará completamente decepcionada.

Nos miró a uno y luego al otro, su máscara se deslizó un poco más.

—¿No pueden ver que intento ayudarlos? No deben estar solos en esto.

—No lo estamos —respondió Joe—. Nos tenemos el uno al otro, y a nuestras manadas.

—Dos Alfas no pueden liderar la misma manada —entrecerró los ojos—. No funciona de esa forma.

—No sabe *cómo* funcionamos —repliqué.

—¿Y vas a escucharlo? —le preguntó a Joe, ignorándome—. ¿Al *humano*? ¿Después de todo lo que hicieron? ¿A pesar de todo lo que *son capaces* de hacer?

—Especista —la llamó Joe—. Qué poco afortunado. Nunca pensé que de toda la gente, tú pensarías de esa forma. Osmond lo hacía y Richard también.

—No soy como ellos —sus ojos destellaron rojo.

—Tal vez no —dije—. Pero no importa. No ahora. No con lo que podría pasar.

—Esas son razones más que válidas para que nos dejes *ayudarte*.

—Tres años —le recordé—. Y esta es la primera vez que oigo algo de ti, ¿por qué será?

Dudó.

—Sabías que Joe se había ido. Sabías que algunos de nosotros permanecíamos aquí. Y aun así *jamás* nos contactaste. Ni a mí, ni a Mark, ni siquiera a Elizabeth ¿por qué?

—No era necesario —se excusó con rigidez—. Estaban de duelo y Robbie estaba allí diciéndome lo que necesitaba saber.

—Pero… —dijo Joe retomando el hilo—, regresé hace dos semanas y hete aquí.

—Deduje que ya era hora…

—No —la interrumpió—. No lo hiciste.

—Porque no nos querías a nosotros —agregué—. Quieres a Joe.

—Él es el Alfa de los Bennett —espetó Michelle—. Se *supone* que lo es…

—Mi padre me dijo que para ser un buen Alfa, siempre era necesario poner a la manada primero —dijo Joe—. Por encima de todo lo demás. Porque un Alfa no puede liderar si no tiene una manada que sea capaz de seguirlo.

—¿De qué te servirá cuando ya no tengas una manada? —preguntó—. Porque ese es el riesgo que corres, Joe. Te estoy pidiendo, no, te estoy *rogando.* Déjanos ayudarte.

Joe me echó un vistazo y me aseguré de que mi expresión no flaqueara, de que pudiera ver cada una de las partes que había creado para él. Todavía nos quedaba mucho camino por recorrer. Esas heridas y quemaduras que habían marcado mi piel durante los tres últimos años tardarían en sanarse. Pero hacía mucho tiempo que le había entregado mi corazón a un chico de ojos azules que me amaba y confiaba lo suficientemente en mí para mantener a su familia a salvo.

Hizo un pequeño ruido ahogado, como si se hubiera hecho daño en el fondo de su garganta. La calidez explotó en mi cabeza y pecho, y estaba allí, aunque pequeño, aunque reciente, ese hilo. El más pequeño de los hilos. Y decía *manada* y *amor* y *compañero compañero compañero.*

Michelle estaba en lo correcto. Joe era el Alfa de los Bennett. Pero no contaba conmigo. No me conocía. Y creyera o no en lo que yo era, todavía creía que era débil.

Sí, Joe era el Alfa.

Pero yo también.

Y haría lo que fuera por él y por la manada.

—No eres bienvenida aquí —dije volviéndome hacia Michelle—. Ni ahora ni hasta que esto acabe, no hasta que podamos estar seguros de que podemos confiar en ti. Soy humano, pero soy un Alfa, y haré lo que sea por mi manada.

—¿Incluso morir? —preguntó en voz baja.

Joe se paralizó.

Yo no.

—Incluso morir —contesté—. Si eso implica a que estén a salvo.

—Espero que no llegue a eso —asintió—. De verdad. Enviaré equipos a Oregon. No pueden discutirme eso. Si ellos lo encuentran primero, bueno, haremos lo que esté a nuestro alcance. Pero si logra escaparse, si se dirige a por todos ustedes… Espero… espero que sepan lo que me están pidiendo.

—Lo sabemos —le aseguré.

—Espero que hablemos pronto —dijo ella—. Tenemos mucho más que discutir. Alfa Bennet, Alfa Matheson.

Y la pantalla se oscureció.

—Eso no fue lo que creí —murmuré.

No dijo nada, entonces lo miré. Tenía la cara ligeramente pálida.

—¿Qué?

—Lo decías en serio.

—¿A qué cosa?

—Morir por ellos. Por nosotros.

—Nadie morirá, Joe. Estaba demostrando mi punto.

—Pero lo harías —insistió.

—Sí, Joe. Sí —no sabía hacia dónde iba esta conversación—. Por ti y por todos ustedes.

Estiró su mano y sujetó la parte trasera de mi cuello, me empujó hacia adelante.

—No puedes —rogó mientras presionaba su frente contra la mía—. No puedes morir.

—Joe…

—*Ox* —gruñó.

—No puedo prometerte nada —suspiré.

—Entonces quédate a mi lado —dijo—. Sin importar lo que suceda. No me dejes.

—Ya lo sabías. Sabías lo que haría por ellos y por ti.

—No me *importa* —su mano presionó más fuerte y me sacudió un poco. Se oía desesperado—. No tienes derecho a hacer eso. Te quedarás a mi lado.

—Crees que él vendrá.

—*Sé* que lo hará —sus ojos ardieron y vi un indicio de colmillos.

—Y con refuerzos: Omegas, Osmond y Robert.

—No lo sé. No importa, vendrá de cualquier forma. Solo. Con un ejército. *Vendrá.*

—Por ti, porque eres el Alfa de los Bennett.

—Sí.

—Este es nuestro territorio.

—Sí.

—Pertenecía a tu padre.

—Sí.

—No puede quitárnoslo —descubrí mis dientes—. No puede quitártelo, no puede quitárselo a nuestra maldita manada.

—*Sí* —dijo el lobo entre gruñidos y fuego.

Entonces lo besé. Porque era lo correcto y porque era lo único que *quería* hacer. Me devolvió el beso, urgente y brusco. Un colmillo perforó mi labio, y sentí el fuerte sabor de la sangre, *mi* sangre, entre los dos.

—Alfa —susurró contra mis labios.

Y pensé *sí* y *sí* y *sí.*

ESTE CASCARÓN VACÍO / LATIDOS

Una semana después de la llamada de Michelle Hughes, me detuve y vi pasar a Elizabeth por la cocina. Era domingo y le dije que deberíamos cenar todos juntos, como era la tradición.

Sus ojos brillaron cuando se lo dije y palmeó mi mano. Ambos ignoramos la aspereza de su voz cuando habló:

—Eso sería agradable, Ox. Eso sería realmente agradable.

Los humanos en mi (*nuestra nuestra nuestra*) manada estaban afuera preparando la mesa. O en realidad, Jessie lo hacía, y Tanner, Rico y Chris bebían cerveza sentados en sillas de jardín deshilachadas que habían sacado de algún lugar. Gordo estaba con ellos, y podía verlo intentarlo. Tratando de encontrar su lugar nuevamente entre ellos. Tratando de forjar los lazos que antes estaban allí, porque, incluso si no lo sabían y aunque ninguno de ellos era un lobo, habían sido su manada por más tiempo que ningún otro. Los necesitaba, como me necesitaba a mí. Fue lento, dada la larga historia entre ellos, pero en general lo entendieron.

Carter y Kelly estaban en el asador. Robbie intentaba no ensombrecer demasiado a Kelly. Luego de esa primera reunión en la que Joe y yo les dijimos sobre combinar las manadas, Robbie había retrocedido. Se había suavizado ligeramente en torno a los demás, con menos resentimiento y virulencia. Ayudó que desviara un poco su atención de mí. Joe, como el bastardo posesivo que era, estaba complacido con todo el asunto. Especialmente al ver la expresión desconcertada de Kelly.

Joe andaba caminando entre los árboles en algún sitio. Un Alfa necesitaba estar en contacto con su territorio. Le dije que iría con él, pero había negado con la cabeza.

—No hace falta, Ox —dijo antes de desaparecer en el bosque.

Y quedamos solo Elizabeth y yo. La ensalada que había mezclado estaba lista en el cuenco de plástico. No me había dado otra tarea, así que esperé. Parecía lo correcto.

Finalmente, dejó de bailar al ritmo de una canción que solo ella podía oír.

—Ox —dijo.

—¿Sí?

—Es lindo, ¿verdad?

—Sí. ¿Qué cosa?

Sonrió sin prestarle atención a la ensalada de patata que estaba revolviendo.

–Esto. Nosotros. Tú y yo. Todos ellos.

Y lo era, y se lo dije.

–No me lo esperaba –suspiró.

–¿A qué?

–Que pudiéramos tener esto otra vez.

–Quería que lo tuvieras –dije–. Quería que tuvieras todo esto otra vez. Después de…

–Sé que lo hacías, pero no podías. No en ese momento.

–No lo sé –me encogí de hombros intentando verme relajado.

–Lo hacías –me echó un vistazo–. Te conozco.

Me conocía y muy bien. Si hubiera creído que mi corazón era capaz de soportarlo, la habría llamado madre. Pero los corazones son cosas curiosas: laten con fuerza dentro de nuestros pechos, pero pueden hacerse pedazos ante la menor presión.

Ella podría oír todo lo que no podía decir. En parte por los hilos entre los dos, pero mayormente porque era Elizabeth Bennett, y ella simplemente sabía las cosas.

–Necesitaba regresar a casa –dijo–. Por mí, por todos. Pero principalmente por ti, creo.

–Nos extrañó a todos por igual.

Puso los ojos en blanco, algo tan raro en ella que aún me hacía sonreír cada vez que sucedía.

–Claro. Lo sé. Soy consciente de *eso*. Pero fue por ti, Oxnard. Aun cuando no lo creas, aun si no lo entiendes, regresó por ti.

Se me quedó viendo como si me desafiara a contradecirla.

–Bueno, sí, tal vez...

–Desde que él regresó, te has amoldado a tu piel. Ya eras el Alfa antes, pero ahora es diferente.

–¿Lo es?

–Sabes que lo es. Y Joe, él… –suspiró y apartó la mirada–. Un día, hace mucho tiempo atrás, mi hijo fue alejado de mí por un monstruo. Siempre le había dicho que no había nada a que temerle. Que no dejaría que nada le hiciera daño. Pero mentía, porque sí le hicieron daño. Mucho y durante muchas semanas. Lo oí llorar cuando… cuando el monstruo nos llamó. Lo oí llorar por mí. Quería… –se quebró y comenzó sacudir su cabeza.

–No tienes que hacer esto –le dije con voz ronca.

Sus ojos centellaron anaranjados mientras levantaba la vista hacia mí.

–Sí, tengo que hacerlo –espetó–. Porque no ves tu propio mérito. Aún no lo ves, luego de todo este tiempo. Lo encontramos, Ox. Encontramos a Joe y estaba roto. Estaba débil y hambriento y *roto*. Se encogía ante *cualquier cosa*. Y creo que por un tiempo ni siquiera supo quiénes éramos. Y cuando lo hizo, cuando nos *logró* recordar, él se contrajo del miedo porque aquel… *aquel hombre*, aquel hombre *terrible* le había dicho que no lo amábamos, que nunca lo quisimos, que jamás había estado destinado a ser un Alfa.

Sus garras descendieron en cuanto sujetó la encimera.

–Y me *desesperaba* pensar en él porque no sabía qué hacer. Lo amaba más de lo que había amado, y creí que tal vez eso sería suficiente. Para traerlo de regreso, para volver a poner sus piezas en orden, pero no lo fue. Solo le tomó semanas a Richard Collins destruir al pequeño niño que conocía. Él era ese *cascarón*, ¿sabes? Ese *cascarón* vacío, y yo no sabía cómo arreglarlo. Y luego, Ox. Oh, y luego apareciste *tú*.

Elizabeth estaba llorando y no sabía cómo habíamos llegado hasta aquí. Sabía que los demás lobos podían oírla, pero no estaban corriendo por la puerta. Esperaban. Aunque no sabía para qué.

—Tú viniste —continuó—. Y él te trajo a casa, como a algo que hubiera encontrado en el bosque. Y tu expresión ese día… Estabas tan nervioso, tan dulcemente avergonzado. No comprendías qué sucedía, no podías hacerlo, pero yo sí, Ox. También Thomas. Porque Joe habló. Él te habló. Hizo su elección, aun cuando no sabía lo que eso significaba. Tú fuiste su elección, Ox. Aun en ese entonces. Y fue tuyo.

No podía hablar, no tenía palabras porque esta era la primera vez que la veía llorar. Incluso después de Thomas, había penado como loba. Por lo que esto era nuevo y no sabía cómo enfrentarlo. Tampoco ayudaba que sus palabras me golpearan con fuerza el pecho y no pudiera respirar.

—Y luego tuvo que marcharse otra vez —dijo, secándose los ojos—. Aun si era lo correcto o no, aun si debía hacerlo o no, lo hizo. Carter y Kelly me lo dijeron, me contaron cómo se cerró igual que antes, cómo se entregó al lobo, cómo no habló durante meses y meses. Y sin embargo, en el momento en que llegó a casa y te vio de nuevo, volvió a encontrar su voz como si no la hubiera perdido en primer lugar. Entonces, ¿no crees que no lo vales? ¿No crees que eres lo suficientemente bueno? Porque me has traído a mi hijo una y otra vez, e incluso si no fueras mi Alfa, incluso si no fueras a quien eligió mi hijo, estaría en deuda contigo por ello. Nos lo has devuelto, Ox. Y nadie puede quitártelo.

Luego rio, sus mejillas estaban húmedas y sus ojos rojos, pero de una manera humana.

—Yo… —dije—. Yo solo… quiero ser quien crees que soy.

—Ox, Ox, ¿no puedes verlo? —rio—. No creo que lo seas. *Sé* que lo eres.

Fue rápida, dio tres pasos y me abrazó, nuestras manos enlazadas y su cabeza sobre mi pecho. Envolví mis brazos a su alrededor, la acerqué a mí, y surgieron los hilos entre los dos. Ella tiró hacia ellos, cantando *manada* e *hijo* y *amor* y *casa*.

—Es la tradición —dije luego de un tiempo—, supongo.

—Lo es —frotó su rostro en mi camiseta.

—¿Todo está bien? —preguntó una voz desde el umbral de la puerta.

Elizabeth volvió a reír y se apartó de mí.

—Todo está bien —le respondió a Joe—. Ox y yo, estábamos... bueno. Supongo que es todo. Ox y yo estábamos.

Joe asintió preocupado.

—Debería llevar esto afuera —dijo Elizabeth con una sonrisa en los labios. Tomó la ensalada de patatas y salió por la puerta sin mirar atrás.

Joe caminó hacia mí lentamente, como si le preocupara que me asustara. Y tal vez, de alguna forma, lo estaba. Porque aun cuando sabía lo que significaba para él, a veces no creía saberlo todo. Era un peso sobre mí, pero tenía hombros fuertes. Podía soportarlo.

—¿Todo bien, Ox? —preguntó.

—Sí, Joe —respondí, no pude ocultar el asombro de mi voz.

—¿Seguro? —insistió divertido.

Quizás no estaba todo bien. Y quizás eso estaba bien. Porque Elizabeth tenía razón. Él se había entregado a mí. Por completo. Solo debía asegurarme de mantenerlo a salvo. Porque claro, él me había elegido. De entre todos, él me había dado su lobo que era esencialmente su corazón.

—Te amo, ¿lo sabías? —dije.

Y cómo *sonrió*.

Llevó tiempo, en verdad que lo hizo.

Las cosas no podían ir siempre bien.

Se marcharon, y habíamos sido solo tres de nosotros.

Regresaron, y ahora éramos ocho y yo era un Alfa.

Hubo enfrentamientos al intentar fusionarnos.

Para ver si las piezas entre nosotros encajaban.

A veces lo hacían, y podíamos movernos sincronizados unos con otros.

Otras veces no lo lográbamos.

Robbie gritó de dolor cuando Carter lo tiró hacia un árbol.

Fue accidental, eran rudos.

Y los lobos hacían esas cosas.

Pero todo lo que escuché fue el chasquido de los huesos, el sonido de uno de los míos herido.

Robbie gimió guturalmente e intentó ponerse sobre sus cuatro patas.

Me encontré frente a él aún antes de darme cuenta de que me estaba moviendo.

Carter había vuelto a transformarse. Estaba de pie y desnudo, con los pies descalzos enterrándose en la hierba.

—Oye —dijo—. No quería…

—Aléjate, demonios —le rugí.

Los ojos de Carter se agradaron y dio un paso hacia atrás.

Me giré y me arrodillé frente a Robbie. Sus orejas estaban chatas sobre su cabeza y temblaba ligeramente como reacción a mi enojo. Respiré profundo y exhalé lentamente.

Tenía una protuberancia de hueso afilada en donde no debía, abultaba la piel y el pelaje cerca de su hombro. Robbie hizo una mueca, apretó los dientes mientras el hueso volvía lentamente a su lugar.

—¿Estás bien? —pregunté pasando mi mano por su hocico.

Mordisqueó mi dedo con delicadeza.

—Lo siento, Ox —dijo Carter a mis espaldas—. Fue un accidente.

—No es a mí a quien debes pedirle disculpas –gruñí, sin saber con seguridad por qué me sentía de así.

—Lo siento, Robbie.

Robbie dio un ladridito y se puso de pie, mientras se frotaba contra mí al pasar. Golpeó su cabeza contra la cadera de Carter y todo fue perdonado.

—Todavía piensas en ellas como manadas separadas –me dijo Joe más tarde esa noche. Yacíamos lado a lado en mi cama de la vieja casa. La habitación estaba oscura y la luna era una astilla blanca en el cielo–. Viste eso como un ataque a tu manada, no como si dos miembros de una pelearan entre ellos.

—No sé cómo cambiarlo –admití por lo bajo–. Ha sido así durante mucho tiempo.

Joe suspiró.

—No te estoy culpando, Joe.

—Tal vez deberías –murmuró.

—Ya lo hice. Está hecho. Ahora solo debo descifrar cómo trabajarlo.

—Tal vez…

—¿Tal vez qué?

—Mi padre –dijo Joe–. Él… me enseñó cosas sobre el significado de ser un Alfa y tener una manada. Podría… mostrarte, si quieres.

Tomé su mano.

—Claro, Joe –dije–. Eso suena bien.

Una vez, cuando tenía siete años mi padre regresó a casa del taller.

Se sentó en el pórtico, abrió una cerveza y suspiró.

Me senté cerca de él porque era mi padre y yo lo amaba mucho.

Miró a la casa al final del camino. Estaba vacía desde hacía mucho tiempo.

El sol ya se había puesto cuando abrió su cuarta cerveza.

—Ox —dijo.

—Hola, papá —respondí.

—Oye, Ox, te voy a dar un consejo, ¿de acuerdo? —sus palabras se tropezaban entre sí.

Asentí, aunque no sabía de qué estaba hablando. Simplemente me gustaba el sonido de su voz.

—Crees que llegarás a alguna parte —dijo—. Crees que harás algo grande con tu vida, porque no quieres ser como aquellos de dónde vienes. Pero la gente va a cagar por donde camines, a ellos no les importará lo que quieras. Todo lo que querrán será derribarte. Te atraparán en un empleo que odies, en una casa que no podrás soportar, y con gente que ni siquiera querrás mirar. No los dejes, ¿de acuerdo? Mierda, no permitas que te hagan eso a ti.

—De acuerdo —aseguré—. No lo haré.

Me gruñó y tomó otro sorbo de su lata roja y blanca.

—Eres un buen chico, Ox. Estúpido, pero bueno —concluyó.

Me pregunté si así se sentía el amor verdadero.

Joe me llevó a los árboles. Al bosque. A caminar por el camino de su padre, su Alfa.

—Papá me dijo que siempre han existido los hilos que nos conectan. Nos unen al otro porque somos manada. Cuánto mejor trabajemos juntos, más confiaremos y nos respetaremos mutuamente, y más fuertes se volverán las ataduras.

Estiró su mano y acarició la corteza de un árbol con sus dedos.

Su padre había hecho lo mismo muchas veces cuando caminábamos por el bosque.

Se lo dije.

—Ayuda —me sonrió.

No sabía lo que significaba, no en verdad, pero lo dejé pasar.

—Puedes sentirlos, ¿cierto? —preguntó mientras esquivaba un leño podrido que estallaba con flores y largas hebras de hierba.

—La mayoría del tiempo.

—¿A Carter? ¿Kelly? ¿Gordo?

—De a poco, creo —me encogí de hombros—. No lo sé. Tal vez siento más a Gordo, solo porque lo he conocido y estoy enlazado a él.

—Estás enlazado a todos los demás también.

Hasta que rompiste esas ataduras, quise decir. *Hasta que cortaste esos hilos como si fueran nada.*

Pero permanecí en silencio porque casi estaba superándolo.

—Fue mi culpa —dijo y *odié* a los hombres lobo en ese momento. *Odiaba* estar enlazado a ellos como lo estaba, porque muchas veces mis pensamientos no parecían ser míos.

—No es así —murmuré.

Puso los ojos en blanco y hubo susurros de *quién eres* y *de dónde vienes* con la voz del pequeño tornado. Otra vez esa desconexión entre el pequeño niño que había conocido, el adolescente que había sido y el hombre que era ahora. Era hosco y más calmado que antes, pero algunos destellos se hacían lugar entre las grietas de vez en cuando. Joe era Joe era Joe.

Podía vivir con eso, por y gracias a él.

—Es un poco así –dijo–. Pero estoy arreglándolo.

—¿Cómo?

—Es difícil ponerlo en palabras –se encogió de hombros.

—Inténtalo.

—Supongo que es como… –entrecerró los ojos y me observó mientras sujetaba mis manos en las suyas, con nuestros dedos enredados–. Okey, es probable que sea estúpido decir *instinto* y que no entenderías porque no eres un lobo, pero no es así. Creo que eres más lobo que hombre estos días.

Se oía orgulloso al decirlo y no entendía el porqué.

—Este es mi hogar –continuó–. Es donde mi familia se crio, como su padre y el padre de su padre. Estábamos destinados a estar aquí. Hay cierta… magia en esta tierra, supongo. No como la de Gordo, pero algo que corre a través del suelo que está bajo nuestros pies. Me reconoce. A la manada y a los Alfas. Cuando las cosas se ponen tensas, se rompen, la tierra lo siente.

—Y tú lo rompiste –dije sin intención–. Cuando nos abandonaste, lo rompiste.

—Sí –hizo una mueca de dolor–. Supongo que eso hice –asintió–. También lo sentiste, ¿cierto?

Recuerdo la sensación en mi cabeza y pecho cuando desperté esa mañana. Las dos palabras en mi teléfono.

Lo siento.

Sí, lo sentí.

—Hubo algo –respondí, lo más monocorde posible.

—Ox, yo... –se veía herido.

No quería escucharlo. Estaba harto de las disculpas. Ya no eran de ayuda.

—Estamos bien, Joe.

—¿De veras?

—Estamos en vías de estarlo —me corregí porque estaba más cerca de la verdad.

—Y eso amerita que yo sea el responsable de repararlo —dijo—. No eres tú, Ox. Porque no puedes sentirlos. Aún no. Se trata de mí. Nos dividí y estoy intentando arreglarlo.

—¿Cómo?

—En comunión con la naturaleza, claro.

—Aún no lo entiendo —dije pensando en mi padre.

—Oye, Ox. Está bien. Yo entenderé lo suficiente por los dos. Lo arreglaré, arreglaré todo, confías en mí, ¿verdad?

La mayoría no hubiera escuchado la duda en su voz, la pequeña astilla que se abría camino al final. Pero lo conocía desde que tenía diez años y éramos solo Ox y Joe. Probablemente lo conociera mejor que nadie más, aun cuando no era el mismo chico que se marchó años atrás.

Había solamente una única respuesta a esa pregunta.

—Sí, Joe. Supongo que confío en ti.

En ocasiones, cuando no podía dormir ni siquiera con Joe a mi lado, caminaba hacia los árboles. A Gordo no le gustaba que lo hiciera, pero le aseguré que no me preocupaba porque tenía fe en sus guardas y en él.

Dijo que lo negaría hasta el último día de su vida si le contaba a alguien que se había conmovido.

En noches como esas, me ponía unos pantalones cortos y una de las camisas de Joe. Lo besaba en la frente mientras continuaba durmiendo y me dirigía afuera, hacia la oscuridad con el aire fresco sobre mi piel.

Y solo me marchaba y caminaba.

Generalmente, en menos de una hora, un lobo blanco me alcanzaba. Se desplazaba con sus patas a mi lado, rozándome. No hablábamos mucho pero siempre me acompañaba hasta que volvíamos de nuevo a la cama. Algunas veces volvía a transformarse y otras permanencia en su forma de lobo y dormíamos en el suelo, ya que la cama era demasiado pequeña. Llevaba las mantas al suelo y se acurrucaba junto a mí, con su cabeza enorme sobre mi pecho, que subía y bajaba con cada bocanada de aire que tomaba. Sus ojos rojos me observaban hasta que se quedaba dormido.

Nadie vino por nosotros durante el primer mes.

Ni al segundo.

Aunque había rumores y susurros.

—Lo rastrearon en el norte —nos informó Michelle Hughes a través de Skype—. Va hacia Canadá.

—Eso no tiene sentido —fruncí el ceño—. ¿Por qué estaría alejándose de nosotros?

—No lo hace —dijo Joe con su visión clavada en la distancia.

—No —coincidió Michelle—. No creo que se esté alejando.

—Una distracción —observé.

—Dar un rastro falso, más que nada —Michelle se veía cansada, con círculos oscuros debajo de sus ojos—. No sé qué estará tramando pero no es nada bueno. Y mis equipos fueron al norte pero su rastro simplemente... se desvaneció. Un momento creyeron que estaban cerca y al siguiente no había nada allí.

—¿Cómo puede hacerlo? –pregunté–. ¿Se puede falsificar la esencia específica de un lobo?

—Magia –señaló Joe.

—Robert Livingstone, probablemente –acordó Michelle–. Joe, estás seguro de que no podemos llegar a un...

—Ya lo hemos hablado –la interrumpió con ojos escarlata brillante.

—Y has sido un estúpido –gruñó como respuesta.

—Tengo gente aquí en la que confío –dijo–. Eso es todo lo que necesito.

Esperaba que estuviera en lo cierto.

Había confianza en el aire, aunque pequeña y frágil.

Pero comenzaba a construirse.

Lo veía en la manera en que los humanos comenzaban a relajarse alrededor de Carter y Kelly. Se veían menos tensos y menos suspicaces.

Lo veía en la manera en que Gordo reía con lo que Rico decía, o en la forma en que chocaba con Chris mientras caminaban lado a lado, o cuando abrazaba a Tanner al despedirse.

Lo veía en la forma en que Robbie se ponía tímido cada vez que Kelly ingresaba la habitación, ruborizándose y lanzando sus ojos hacia el suelo. Kelly se veía confundido pero nunca indagaba.

Lo veía en la forma en que nos movíamos juntos. No estábamos en sincronía, aún no, pero estábamos cerca. Estábamos encontrando el ritmo y la cadencia que necesitábamos. No lo comprendía por completo, pero los ojos de todos siempre estaban en cualquier puerta por la que entraba, como si me esperaran. Hacían lo mismo con Joe.

Lo veía en la forma en la que hablaban.

—Puedes sentirlo, ¿verdad? —preguntó Carter—. Las ataduras, los hilos. Jamás había tenido esto, Ox. Jamás tuve una manada así de grande.

—No lo entiendo —dijo Kelly—. ¿Por qué continúa poniendo esas caras al verme? ¿Por qué comienza a tartamudear cada vez que intento hablarle? No le he hecho *nada* a Robbie, no entiendo por qué actúa tan extraño.

—¡Ni siquiera sé qué decirle! ¡Ni siquiera lo conozco! —exclamó Robbie—. Cada vez que intento hablarle me olvido de cómo hacerlo y... Oh, Dios mío, ¿te estás *riendo* de mí? Eres un maldito bastardo, Ox. Lo juro por Dios.

—Intenté salir con algunas amigas —me contó Jessie—. Íbamos al restaurante y reían sobre... No sé de qué se reían. Y todo en lo que podía pensar era en cómo no estaban *allí*, ¿entienden? No estaban... en mi cabeza como los demás y se sentía *vacío*. Ox, lo juro por Dios, si arruinaste cualquier tipo de vida normal fuera de esto, te daré un puñetazo en el bazo.

—Lo hará, créeme —dijo Chris—. Cuando tenía siete accidentalmente... Oh, *está bien*, fue a propósito. Deja de *golpearme* por el amor de Dios... Dejé una de sus muñecas sobre la ventila de la calefacción y el calor derritió su rostro, y se veía... bueno, simplemente se veía genial, claro que ella no lo creía. Aún tengo una cicatriz en el codo, donde me atacó con sus uñas.

—Él es diferente —señaló Tanner—. Tal vez se deba a que ahora sé todo el asunto del brujo. Tal vez eso lo colorea. Pero no sé si eso es *todo*. Es diferente, ¿sabes? Desde que regresó, está más calmado y más centrado, tal vez. Creo que necesitaba una manada, Ox. Sé que nos tenía pero no creo que fuera lo mismo. Creo que su magia necesitaba a alguien.

—Cuando nos fuimos —comenzó a explicarme Gordo—, no podía respirar. No como puedo hacerlo aquí, no como puedo hacerlo cuando estoy contigo. Sé que lo entiendes, sé que no hablamos sobre cosas como estas, sentimientos o lo que sea. No somos así. Pero Ox, tú me permites respirar. Jamás quise dejarte. Simplemente... yo, tengo una manada. Esa noche... hice lo que tenía que hacer, o mi magia lo hizo. Me enlacé a él, a Joe. Pero necesito que lo sepas, siempre estuve enlazado a ti primero.

—Si me hubieras dicho hace cinco años que estaría en una manada de hombres lobos —dijo Chris—, con un chico de la mitad de mi edad como *Alfa*, quién también se revuelca con otro *Alfa*... No me mires así, Ox, sabes que es cierto... Te hubiera preguntado si podías convidarme lo que fuera que estuvieras fumando. La vida es... extraña. Green Creek es extraño.

—Comencé a pintar otra vez —me contó Elizabeth—. Por primera vez en tres años levanté un pincel y no me asusté. Oh, claro, la idea de crear algo nuevo *siempre* da miedo, pero la acción en sí es catártica y liberadora. No sé en qué fase estoy ahora, Ox. Pero haré lo mejor para descubrirlo. Tal vez es verde. Me siento verde, Ox. ¿Puedes sentirlo?

—Puedo sentirlos —me dijo Joe.

»Puedo sentirlos a todos.

»Pequeños puntos de luz.

»Mi padre me enseñó que un Alfa es tan fuerte como su manada.

»Ox. Ox. ¿No lo ves? ¿No lo sientes? Nuestra manada es *fuerte*.

»Y creo que solo puede hacerse más fuerte.

»Creo que él hubiera estado orgulloso. Papá. Creo que hubiera estado orgulloso de mí y de ti, y de todos nosotros —dijo Joe.

—Es el latido de tu corazón —dijo Mark.

—¿Qué? —pregunté echando un vistazo a Mark que se sentaba enfrente de mí en el restaurante. Había aparecido por el taller diciéndome que me llevaría almorzar. No me sorprendí cuando nos sentamos en el mismo asiento que el día en que lo conocí. Las cosas siempre parecían funcionar de esa manera.

Me observaba con esos mismos ojos que había visto por primera vez cuando apenas era capaz de captar el alcance del mundo.

–Cómo se mueven, cómo *nos* movemos.

–¿Lo dije en voz alta? –fruncí el ceño.

–No.

–Claro que no –suspiré–. Malditos hombres lobo.

–Puedo saber esas cosas –sonrió de oreja a oreja.

–Lo sé, pero ¿a qué precio, Mark? Te lo *diré*: mi cordura y mi maldita *privacidad*.

–Debiste haberlo pensando antes de convertirte en un Alfa.

–Como si hubiera tenido elección.

–Tenías elección, Ox –su sonrisa se suavizó–. Lo sabes tanto como yo.

–Sí –dije.

La camarera vino y tomó nuestras órdenes. Le sonrió de manera coqueta a Mark, pero él pidió su sándwich de atún y no reaccionó.

–También soy tu segundo –continuó mientras la chica se alejaba–. El refuerzo, es por eso que sé este tipo de cosas.

Eso… me dejó pensando. Porque jamás lo habíamos hablado.

Esperó.

–Está bien, entonces –tenía sentido.

–En verdad no lo sabías.

–Nunca lo había pensado, para ser honesto.

–No tienes que hacerlo –señaló–. No cambia las cosas.

–¿Quién es el refuerzo de Joe…? Ni respondas. Es Carter.

Mark pareció complacido.

—¿Latidos? –le recordé.

—Es como funciona la manada –dijo–. Como nos movemos en sincronía el uno con el otro.

—No entiendo.

—Es el latido de tu corazón –explicó–. Y el de Joe. Nos movemos contigo porque escuchamos el sonido de tu corazón.

—Pero los humanos…

—Siguen nuestro mando. Y el tuyo. Hasta que se convierte en una segunda naturaleza para ellos.

—¿Eso es lo que hicimos con Thomas? –pregunté por lo bajo, de repente las cosas cobraron mucho más sentido. Cómo habíamos sido con él, cómo habían sido conmigo y cómo Carter, Kelly y Gordo eran con Joe.

—Sí –dijo Mark–. No lo oíste. No es como si pudiéramos. Pero te moviste con nosotros, con el tiempo. Y ahora nos movemos contigo y con Joe.

Nos perdimos en nuestros propios pensamientos. La camarera finalmente trajo nuestra comida. Mark tenía su pie presionado contra el mío, tocándolo, siempre tocándome.

—Me alegra que todavía seamos amigos –dije mientras miraba a mi sopa–. Después de todo este tiempo.

No dijo nada, pero no tenía que hacerlo. Creo que el latido de mi corazón habló por los dos.

Logramos conectarnos en algún punto del tercer mes.

Había ocasiones en las que aún colisionábamos. No puedes tener a doce personas juntas de esa forma y que siempre se lleven de maravilla.

Pero los choques eran pocos, distantes entre sí, y se terminaban antes de que pudieran volverse algo más grande.

La mayoría se quedaba en la casa Bennett o en la vieja casa más a menudo de lo que no. Joe y yo no pensábamos mudarnos de mi vieja habitación, incluso cuando la cama era muy angosta. Nos quedábamos dormidos juntos, nos despertábamos juntos. Nos levantábamos juntos en las mañanas: él para llevar a los lobos a los bosques y yo para llevar a los chicos al taller y a Jessie a su trabajo. Una línea de autos por las calles de Green Creek al alba.

Sin importar qué, cada mañana Joe tocaba el lobo que me había dado, esa pequeña estatua de piedra que reposaba en mi escritorio. Pasaba los dedos por encima de la cabeza y el lomo hasta la cola. Siempre había una expresión reverencial en su rostro, como si no pudiera creer que la había conservado, que aún deseaba conservarla.

Siempre llegábamos tarde, sin fallar. Porque lo presionaba contra una pared y gemía mientras succionaba su lengua.

Insistía por más. Para que tuviéramos sexo, para que yo se lo hiciera y que él me lo hiciera a mí.

Pero no podía. Aún no.

Fui testigo de lo que sucedió con Elizabeth cuando Thomas murió.

Había visto lo lejos que se había perdido en su loba.

Si algo me pasara ahora… bueno, sabría que estarían tristes. Lo sentirían en sus huesos. Joe podría no recuperarse, o sí, y sería más fuerte gracias a ello.

¿Pero si estuviéramos *emparejados* y algo me sucedía?

No creía que Joe fuera capaz de recobrarse de eso.

Porque estar emparejados significaba mucho más de lo que éramos ahora.

Él quería, lo sabía. Y yo también lo quería, más que a nada.

Pero no podía hacerle eso. Por si acaso, no tomaría ese riesgo.

Probablemente siempre íbamos a tener algo sobre nuestras cabezas. Pero no podía pensar en algo peor que Richard Collins.

Me dije una y otra y otra vez que una vez que él se fuera, aceptaría todo lo que Joe me diera.

Porque Richard se *habría* ido. No me quitaría esto, *no* nos lo quitaría. Éramos más fuertes que antes. Estábamos juntos. Éramos una *manada* como jamás lo habíamos sido. Trabajábamos juntos, vivíamos juntos, comíamos juntos, éramos una familia y ya había perdido a demasiadas personas como para permitir que me arrebataran a alguien más de nuevo. Si eso significaba renunciar a mi propia vida para asegurarme de que estuvieran a salvo, entonces bien. Que así fuera. Mientras estuvieran a salvo, habría hecho mi trabajo como Alfa.

No quería morir, pero quería que ellos vivieran más que yo, y eso me provocaba culpa.

Porque estaba allí la noche en que volvieron las pesadillas. Joe Bennett tenía veintiún años, pero aún soñaba con las cosas que le habían hecho.

Cada vez que comenzaba a golpear y gimotear, atrapado en las garras de lo que fuera que estaba en su cabeza, yo me envolvía a su alrededor, aferrándolo con fuerza, susurrando a su oído que estaba a salvo, que estaba en casa y que nunca dejaría que nada le pasara. No mientras yo estuviera vivo.

Siempre dormía profundamente luego de ese episodio. A salvo, mientras lo cuidaba.

Esta era mi familia.

Estas personas eran mi manada.

Haría lo que fuera por ellos.

Lo que explica por qué, cuando Richard Collins regresó, vino por mí.

BESTIA

—Hola, Ox –dijo la bestia.

Mi mano se aferró al teléfono.

Intenté mantener mi corazón en calma.

Los lobos estaban en el bosque, corriendo bajo el sol de la tarde. Habíamos tenido luna llena seis días antes y estaban trabajando con el exceso de energía que todavía corría dentro de ellos.

Los humanos estaban tendidos a mí alrededor. Gordo estaba más alejado, sentado con las piernas cruzadas y los ojos cerrados mientras daba bocanadas profundas y lentas, sus dedos se curvaban entre la hierba.

Era un día tranquilo. Iríamos a casa pronto para comenzar los preparativos de la cena. Era domingo, era tradición. Elizabeth había encontrado una nueva receta para el pastel de carne que quería intentar. Yo haría una ensalada de pepinos.

—Hola —dije.

—Puedo oírlos —Richard Collins se rio por lo bajo—. La forma en la que respiran a tu alrededor. Los lobos están… lejos, pero si hago un esfuerzo, si escucho con más *fuerza*, estoy seguro de que oigo a Carter y Kelly, Mark, Elizabeth y al nuevo. Robbie ¿cierto? Tu nueva *perra* Beta. Y Joe, por supuesto, el hijo prodigo que regresó a casa, a la tierra de su padre, el príncipe en el reino del rey caído. Dime, Oxnard, ¿no quema saber que puse mis manos en él primero? ¿No se te *revuelve* el estómago al saber que mis dedos recorrieron su piel antes de que tú pudieras hacerlo?

—Tal vez —respondí—, pero nunca más.

—Oh, Ox. Dime que realmente no crees eso. Escucha, ¿estás escuchándome?

—Sí.

—Quiero que lo dejes, ahora. Tenemos mucho de qué hablar, tú y yo.

—Ox.

Levanté la cabeza con brusquedad.

Rico estaba mirándome

—¿Todo en orden? —preguntó.

—Tengo que atender esta llamada —asentí con una sonrisa apretada. Intenté que nada escapara de las ataduras. Había aprendido que los Alfas podían apagar hasta la más pesada de sus emociones así no las cargaba en sus Betas, su manada.

Pensé: *"mi madre era una mujer maravillosa"*

Pensé: *"era grandiosa y muy amable"*

Pensé: *"amo a mi familia"*

Pensé: *"Joe regresó a casa, está aquí y aquí se quedará."*

Pensé: *"no permitiré que nadie le haga daño porque es mi manada, amor, hogar."*

El latido de mi corazón se tranquilizó.

La parte trasera de mi cuello estaba mojada con sudor.

Sentía la piel tensa. Pero mis latidos aún seguían bajos.

Rico ladeó la cabeza en mi dirección y Jessie me observó con el ceño fruncido.

—Enseguida vuelvo, ¿sí? —avisé. Incluso sonreí, una cosa falsa y terriblemente amplia.

Asintieron.

Me puse de pie, con el teléfono sobre mi oreja mientras me alejaba de todos ellos.

En dirección opuesta a todos los lobos.

Podía escuchar cada respiración que él tomaba.

El rasguño de su lengua contra sus dientes.

Pensé en cosas tranquilizadoras como el sabor de la ensalada de pepinos, crujiente y dulce, como la tradición. Me corría sudor por la espalda y la luz del sol ardía entre los árboles, me pareció que todos los pájaros se habían callado, que todo el *bosque* estaba en silencio, pero era solo la sangre que corría por mis oídos.

Me sentía como si hubiera caminado durante días entre los árboles.

Fueron solo unos minutos.

—Estoy solo y alejado —dije.

—¿De veras? —preguntó—. Seré honesto, esperaba un poco más de resistencia de tu parte.

—Podría estar mintiendo.

–Podrías –dijo–. Pero no mientes. Tu corazón está notablemente calmado. De hecho, el control que pareces estar exhibiendo es extraordinario, ¿cómo logras hacer lo que haces?

–No sé de qué estás hablando.

–*No* –dijo con dureza–. *No* puedes hacer eso, *no* tienes derecho a engañarme de esa forma, Oxnard. Hoy no. Jamás. Crees que sabes de lo que soy capaz, pero no tienes idea. Te dije, Ox, *soy* el monstruo.

–Me importa una mierda quién eres. Jamás vas a…

–¿Conoces al señor Fordham?

Eso me detuvo porque no entendía. El señor Fordham era un tipo viejo que venía al taller de vez en cuando. Recordé cuando Gordo le había dado un precio reducido por el convertidor catalítico porque él no podía pagarlo. Ese era el tipo de persona que era Gordo, aún lo era, y la expresión en el *rostro* del señor Fordham había sido algo extraordinario, tan dulce y amable, y simplemente *agradecido* por lo que Gordo había hecho por él. Cuando supo que Gordo estaba de vuelta en la cuidad, le estrechó la mano y solo *habló* con él.

–Ox –Richard habló con suavidad–. Te pregunté algo.

–Sí –respondí, sintiéndome lejos–. Lo conozco.

–¿Sabías que hoy tenía una cita con su médico? Una que requería que se alejara de Green Creek. Es un hombre mayor, ya sabes, el corazón tiende a no funcionar como siempre. Además es bastante temerario, si me preguntas, especialmente a la luz de todos mis dientes.

No. *No, no, no.*

–¿Qué hiciste?

–Ox, no he hecho *nada* aún. Pero lo haré ahora. Aquí, di adiós.

El teléfono hizo un sonido de arrastre mientras sujetaba con más fuerza el mío. El sol brillaba demasiado, todo se sentía muy real.

—Ox —dijo una voz vacilante.

—Señor Fordham —suspiré.

—Escúchame, hijo —dijo con valor—. No sé quién es o qué quiere, pero no se lo des. ¿Me oíste? No se lo des. Sus ojos, Ox. Sus *ojos* son de colores imposibles. No puede entrar, no pueden entrar. Su única oportunidad es que tú salgas. Así que no lo hagas. *No lo ha…*

Se sintió un golpe contra el teléfono.

Conocía ese sonido.

El sonido de la piel del cuello cuando se separa.

El sonido de la sangre cuando se derrama.

El señor Fordham, ochenta años como mínimo, se ahogó mientras moría. Podía sentir el traqueteo de su garganta.

—¿Ox? —dijo Richard—. ¿Estás ahí?

—Te mataré —respondí—. Te encontraré y te mataré.

—Bien, ciertamente lo intentarás —su tono era divertido—. Debo admitirlo, Ox, jamás había conocido a alguien como tú. Podré haberte subestimado el día que asesiné a tu madre, pero eso no es algo que volverá a suceder. Y, ah… allí está. Oh, Ox. Tu corazón, está latiendo tan rápido.

Era cierto, era cierto, era cierto y no pude detenerlo. La ira, la rabia. Pensé que tal vez entendía ahora por qué Joe hizo lo que hizo, por qué se fue, cómo supo lo que necesitaba hacer aun cuando significaba arrancarse de todo y todos los que conocía. Ahora lo entendía porque podría hacer lo mismo.

No era un lobo.

Pero quería entregarme al lobo con muchas ganas.

—¿Qué es lo que quieres?

—Mucho mejor —dijo—. Porque se trata de lo que quiero y es simple, Ox. Vendrás a mí y lo harás solo.

—No dejaré que me utilices para llegar a Joe. Jamás permitiré que lo tengas.

—No se trata de *Joe*. Se trata de *ti*, Ox.

Un zacatero común cantó en algún lugar por encima de mí, era una canción aguda y dolorosa.

—¿Qué hay conmigo? No soy nada, no...

—Te mantuvieron alejado de mí —interrumpió Richard—. Y hubiera continuado de esa forma, pero no contaban con David King. Jamás *pensaron* en él. ¿Sabes qué me dijo, Ox, mientras derramaba su sangre? *Rogaba* que me detuviera, *rogaba* que lo dejara escapar, *por favor, por favor solo detente, haré lo que quieras, por favor, por favor, por favor* —su voz se volvió aguda y burlona antes de reír—. Me contó cosas, Ox. Me contó cosas sobre *ti*, antes de que arrancara su cabeza del cuerpo.

Permanecí callado porque sabía a dónde quería llegar. Cerré los ojos y deseé que no fuera lo que pensaba.

—*Alfa* —susurró en mi oreja.

—Aquí estás —dijo Elizabeth.

Estaba de pie en el umbral de la cocina, podía oír a los demás moviéndose fuera de la casa, en el piso de arriba y en la sala.

—Lo siento —dije—. Era una llamada que debía atender. Del trabajo.

Mantuve un tono estable y mi corazón calmo. Estaba en una casa llena de lobos y sabrían todo si dejaba que la máscara se deslizara un poco.

—¿Todo en orden?

—Todo en orden —le sonreí.

Su mirada se detuvo un poco sobre la mía, antes de asentir con la cabeza.

—Bueno, esta cena no se hará sola. Vuelve al trabajo, Ox. Hay mucho por hacer.

—Ey.

Levanté la vista de las cebollas que cortaba.

Joe arqueó una ceja de mi dirección, inclinándose sobre la encimera. Se cruzó de brazos, todavía tenía los músculos abultados por la gravedad residual de la luna llena. Era hermoso porque era Joe, era hermoso porque era mío.

—Ey —dije, ya se estaba poniendo difícil. No sabía cómo atravesaría esto.

—¿A dónde estabas?

—Llamada telefónica —me encogí de hombros—. Tomó más de lo que pensaba.

—¿Sí? ¿Por trabajo?

Asentí sin atreverme a hablar, volví mi vista hacia las cebollas.

—Joe —lo regañó Elizabeth—. Deja de distraer a mi ayudante, se va a cortar algo si sigues posando así. No seas asqueroso en mi cocina. Ve a buscar otro lugar para hacerlo.

Joe se sonrojó y comenzó a balbucear.

Apreté más el mango del cuchillo y tragué saliva a través de mi garganta cerrada.

—No estaba *posando* —se defendió Joe.

—Absolutamente posando —dijo Elizabeth.

—Ox…

—Absolutamente posando —logré repetir.

—Bien —exclamó—. Puedo notar cuando no soy bienvenido.

No, casi le digo. *Siempre eres bienvenido.*

Siempre te deseo.

No quisiera dejarte nunca.

Nunca quisiera decirte adiós.

Lo siento, Joe.

Lo siento mucho.

—Solo por un ratito —murmuré.

—¿Sí? —dijo Joe—. ¿Y luego me querrás? Me siento tan utilizado.

Asentí.

—Oye —dijo y estaba a mi lado, presionándose contra mi cuerpo con su nariz en mi cuello—. Solo bromeaba. Sabes que no quise decirlo con ese sentido.

—Lo sé —respondí.

—Te dejaré en lo tuyo —besó mi quijada—. Y más tarde dejaré que me muestres cuánto me quieres.

Dio una palmada en mi trasero y rio a carcajadas mientras dejaba la habitación.

Los doce nos sentamos a la cena del domingo, porque era tradición y porque eso era lo que hacía la manada.

Me senté en la cabecera de la mesa. Joe estaba a mi derecha, le había dicho antes que debía tomar el puesto de su padre, pero negó con la cabeza y dijo que me veía bien en donde estaba. Nadie intentó decirle que debía sentarse en el extremo opuesto de la mesa, como lo habían hecho su madre y su padre. Se sentía mejor tenerlo a mi lado.

La mesa estaba repleta de comida, nuestra manada reía y sonreía mientras se servían de los platos. Se quedaron en silencio, uno a uno, esperando.

Los Alfas siempre daban el primer bocado, era un instinto para los lobos y una rutina para los humanos. Nadie se quejaba, porque así eran las cosas.

Levanté mi tenedor.

Podía hacerlo.

Debía hacerlo.

Lo bajé, porque no podía.

No sin decir adiós.

La mano de Joe cubrió la mía.

Lo miré a los ojos.

–¿Ox? –me observaba con preocupación.

–Lo siento –dije–. Solo… fue un día muy largo. Estoy un poco cansado.

–¿Seguro?

–Sí –le sonreí brevemente–. Estoy seguro.

Esperaba que les bastara para creerme.

Me aparté de él y de los otros.

–Eh, yo… no hablo muy bien, o mucho. Es algo que mi papá rompió en mí, creo. A veces me resulta difícil pensar en lo que debo decir. Me preocupa que solo empeore las cosas.

Joe apretó mi mano.

–Así que –dije–. Nunca digo lo que debo. Como cuánto los quiero, a todos ustedes. Cómo los necesito, como hay días en los que no puedo creer que hayan puesto su fe en mí. Su fe, porque solo soy Ox, ¿saben? Mi padre me dijo una vez que la gente haría que mi vida fuera una mierda. Y lo creí, por mucho tiempo. Pensaba que tal vez eso era todo lo que había para mí. Pero luego… encontré personas. Personas a las que no les importaba que fuera un poco más lento que los otros, que fuera más grande y que dijera estupideces. Y tan solo… Ustedes son mi familia, ¿de acuerdo? Son mi familia, mi manada. Y suceda que suceda, más allá de lo que se interponga en nuestro camino, necesito que recuerden eso. Que se tienen el uno al otro, sin importar qué.

Sentía la boca seca y la lengua hinchada. Si Joe continuaba apretando mi mano, causaría cardenales. Elizabeth se estaba secando los ojos y Mark tenía esa sonrisa secreta en su rostro. Robbie me observaba con asombro. Carter y Kelly sonreían estupefactos como si fueran nuevamente adolescentes, como si no cargaran con un infierno sobre sus espaldas. Rico, Tanner y Chris hicieron una reverencia con su cabeza. Jessie tenía su brazo por encima de los hombros de su hermano, y presionaba su frente contra las mejillas de él. Y Gordo. Gordo, Gordo, Gordo.

Tenía en ceño fruncido.

–Y sé que esto es incómodo –dije.

Todos rieron.

Hice un espectáculo al dar el primer bocado.

La mano de Joe jamás se apartó de la mía.

Y Gordo tampoco apartó su mirada.

Los chicos Bennett estaban lavando los platos. Los humanos estaban camino a sus casas. Robbie y Mark estaban en la biblioteca, y Elizabeth estaba pintando y era verde, verde, verde.

–Caminemos, Ox –dijo Gordo.

Dudé.

Agitó su cabeza hacia la puerta principal.

Suspiré, pero lo seguí hacia afuera.

Esperó hasta estar seguro de que estábamos fuera del alcance auditivo de los lobos.

—Te conozco —señaló.

El día comenzaba a oscurecerse.

—Desde hace mucho tiempo —dije, sin estar seguro a dónde nos dirigíamos.

—Y nos decimos la mayoría de las cosas. Porque así es como somos.

—Claro, Gordo.

—¿Hay algo que quieras decirme?

—¿A qué te refieres? —me obligué a mirarlo.

—No soy estúpido, Ox —entrecerró los ojos.

—Nunca dije que lo fueras.

—Algo está mal.

—¿Con qué?

—Contigo.

—Tantas cosas —solté una risotada.

—Ox —me advirtió—. Hablo en serio.

—Lo sé. Gordo, siempre hay algo mal, pero no más de lo usual.

—Necesito que me lo digas, Ox. No puedo ayudarte si no me dices qué está mal.

—No es nada, ¿de acuerdo? Simplemente estoy cansado. La luna llena, el trabajo, todo. Sucede de vez en cuanto. La mierda solo viene y se acumula. Necesito acostarme temprano. Estaré mejor mañana.

—Y me dirás si algo anda mal, ¿de acuerdo?

No lo haría si eso implicaba exponerlo al peligro, exponerlos a todos.

—Claro, Gordo —mentí con el sabor amargo de las cenizas en mi lengua.

Me observó por un largo rato, su mirada era fría y evaluadora.

—Bien —negó con la cabeza—. Solo no hagas esa mierda conmigo, Ox. Por el amor de Dios, en la cena parecía que estabas diciéndonos adiós. Solo… solo no me hagas eso.

—No —tosí—. Solo estoy cansado y todas esas cosas salen afuera cuando estoy cansado.

—Bien, ve y pon todos esos sentimientos sobre Joe, en donde pertenecen. Ay… Dios, desearía no haber dicho eso —puso los ojos en blanco.

Reí con sinceridad. Gordo intentó empujarme mientras volvíamos a la casa, pero lo sujeté por el brazo y lo aferré en un abrazo. Dejó escapar un gruñido por la sorpresa, pero sus brazos me envolvieron inmediatamente la espalda, estrechándome tanto como yo a él.

—¿Qué quería Gordo? —me preguntó Joe mientras caminábamos hacia la vieja casa.

El sol estaba casi oculto y las estrellas salían por encima de nosotros.

El viento soplaba entre los árboles que se balanceaban para un lado y para el otro.

—Cosas del taller —dije.

—Cosas del taller —repitió Joe—. Se oye emocionante.

—Idiota.

—Solo estaba bromeando —me sonrió afectuosamente, tomando mi mano en la suya.

—Lo sé.

—Debes acostumbrarte, de todos modos, si voy a ser tu mantenido.

—Ese es un plan terrible —bromeé—. Deberías conseguir un empleo.

—Ox, primero el certificado de preparatoria –dijo como si no hubiéramos hablado un millón de veces sobre el tema–. Luego la universidad en línea y luego, tal vez, retomar en donde se quedó papá. No necesitamos dinero ahora.

—Lo sé –dije–. Lo harás bien.

—¿Tú crees?

Me acerqué y lo besé en la mejilla. Su barba incipiente raspó mis labios.

—Sí, y tal vez en ese momento yo pueda ser el mantenido.

Rio y me dio un empujón.

Mi teléfono sonó. Solo un pequeño *bip*.

Joe estaba tendido sobre el sofá, su cabeza sobre mi pecho, sus ojos cerrados mientras pasaba mis dedos por su cabello. Había comenzado a crecer nuevamente, y había mucho más para aferrar. La televisión estaba encendida, con el sonido en silencio.

Levanté el teléfono de donde lo había dejado.

Tenía un nuevo mensaje.

Un número desconocido.

Ya tuviste tiempo suficiente.

No dejé que me temblaran las manos.

—Mierda –dije.

—¿Qué? –Joe abrió los ojos. Su voz estaba ronca y maravillosa.

—Jessie.

—¿Qué hay con Jessie?

—Tiene un neumático bajo y no quiere llamar a la grúa.

—Mierda, bien, dame un segundo y podemos…

—No —dije—. No te preocupes, no me llevará mucho tiempo.

—¿Seguro?

—Ya verás —asentí—. Estaré de vuelta antes de que te des cuenta.

Abrió la boca para hablar, pero luego la cerró.

—Qué extraño —dijo luego.

—¿Qué cosa?

—Tu corazón se sobresaltó al decir eso. Como… —negó con la cabeza—. No te preocupes. Supongo que estoy cansado. Mientras no estés planeando escaparte con ella, te dejaré ir. Solo esta vez.

—Jamás —le dije, sentí que me rompía—. Jamás querré a nadie más que a ti.

—Estás hecho un tonto hoy —me sonrió—. Date prisa y ve, así regresas pronto. Y, si aún no estoy dormido, te la chuparé.

—Vaya, con una oferta como esa debería salir corriendo por la puerta.

—Toda la razón.

Me dejó que levantara su cabeza para salir del sofá, le coloqué una de las almohadas en el lugar de mi regazo. Me arrodillé a un lado del sofá y ahuequé su rostro entre mis manos. Me acerqué y lo besé. Suspiró con felicidad, mientras levantaba su mano para rascarme la parte posterior de la cabeza. Apretó su lengua contra mis labios, solo una vez y me aparté.

Pasé mis pulgares sobre sus cejas, sus mejillas y sus labios. Tarareó suavemente, seguro y contenido.

—Te amo —le dije, porque si había una cosa que odiaba, una cosa por la que me culpaba a mí mismo por más que cualquier otra, era por no decirle que lo amaba todos los días, varias veces al día. Era algo inusual entre los dos. No necesitábamos decirlo en voz alta para saber qué sentíamos, pero eso no debería haberme detenido.

–¿Sí? –preguntó mientras besaba mi pulgar antes de ponerlo entre sus dientes y morderlo son suavidad–. También te amo, Ox –dijo una vez que soltó mi dedo–. Eres mi compañero y un día, muy pronto, te demostraré eso.

Tenía que irme antes de que no pudiera hacerlo.

Lo besé otra vez.

Me puse de pie. Tomé mis llaves de la mesa de café.

Y di un paso hacia atrás.

–Estaré esperándote –murmuró, sus ojos ya se estaban cerrando.

Al igual que mi garganta.

Me giré y me marché antes de que pudiera ver el brillo en mis ojos.

–Alfa.

–¿Qué?

–Sé que eres un Alfa.

–No lo soy. Soy humano. No soy nada.

–No me mientas. No sé cómo lo hiciste. No sé qué te hace diferente, pero eres un Alfa, seas humano o no. Un Alfa en el territorio Bennett, nada menos.

–¿Qué es lo que quieres?

–Tengo seis personas más de tu ciudad.

–Maldito.

–Los mataré, Ox. Mataré a todos y cada uno de ellos. Te haré escuchar mientras les arranco los brazos de sus cuerpos. Ox, uno de ellos es un niño. Seguramente no querrás ser el responsable por la muerte de un niño.

–Maldito animal.

—*Ay, Ox. Ya sé eso. Si acabas de descubrirlo, llegas un poco tarde al juego.*

—*No te saldrás con la tuya.*

—*No lo* haré, *Ox, ya lo* he hecho.

—*¡Qué quieres!*

—*A ti. Te quiero a ti. Si no puedo quitarle el Alfa a Joe, lo haré contigo. Vendrás a mí, tú solo, y no lastimaré a estas personas. A este niño. ¿Puedes oírlos, Ox? Están llorando porque tienen miedo. Porque ya he hecho sangrar al pequeño, solo un rasguño, pero lo suficiente para mostrarles hablo en serio. A ellos y a ti. ¿Puedes verlo ahora, Ox? ¿Puedes ver que hablo enserio?*

—*Jamás llegarás a Joe, las guardas te mantendrán fuera incluso si eres un Alfa. No importa a quién tengas de tu lado. Gordo no dejará...*

—*Ox. Ox. Ox, no estás entendiendo nada. No me importa Joe. No me importa tu territorio. Todo lo que me importa es que tú eres un Bennett en todo menos el nombre. Solo me importa quitarte la única cosa que Thomas Bennett jamás quiso que tuviera. Demonios, déjame tenerla, y no haré daño a ninguno de los miembros de tu manada.*

—*¿Y esperas que te crea?*

—*Tú mismo lo dijiste, Ox. No puedo atravesar las guardas. Francamente, no es mi problema si me crees o no. ¿Realmente podrías seguir viviendo con la certeza de que gente inocente morirá por tu causa?*

—*Yo...*

—*Ox. Ser un Alfa no estaba en tu destino. Puedo quitarte ese peso, tu manada estará a salvo, estas personas también. Green Creek estará a salvo, y Joe. Dolerá, estoy seguro, pero solo al principio. Las pérdidas siempre son dolorosas, un puñal punzante de dolor que te consume, pero él es fuerte. Más fuerte de lo que le he dado el crédito. Vivirá porque tendrá una manada que lo necesitará. Un día volverá a sonreír cuando piense en ti, en tu recuerdo.*

—*Yo... ¿no puedo simplemente dártelo?*

—Ah, me temo que no hay tiempo. Solo conozco una manera de tomar el poder de un Alfa. Es un efecto secundario desafortunado, la muerte. Pero estoy seguro de que puedes entenderlo. Puedo prometer que incluso lo haré lo menos doloroso posible.

—No puedo, simplemente no puedo dejarlos. Son mis…

—¿La oyes gritar? Ella es la madre del niño, Ox. Su hijo está viéndome mientras la corto.

—¡Detente! Oh, Dios mío. ¡Detente, maldito bastardo! ¡Déjalos en paz!

—Te daré el resto del día. Sé lo mucho que significaba la… tradición para Thomas. Así que te lo concedo. Diles adiós. Pero, Ox, te juro que si descubro el menor indicio de que me estás engañando, los mataré a todos. Y luego encontraré una forma de romper esas guardas, sin importar lo que me lleve. Las romperé y masacraré a cada una de las personas que amas. Te dejaré para el final, te haré ver como muere tu manada frente a ti, y todo el tiempo estarás sumido en la certeza de que es por tu culpa, que pudiste haberlo evitado. Y cuando llegue a Joe, voy a violarlo hasta que se rompa. Lo violaré hasta que no huela a otra cosa más que a mí. Y entonces le arrancaré el corazón de su pecho y me verás mientras me lo como. Y luego, solo después de que te caigas a pedazos por la pérdida de tu manada y por la forma en que cada uno te fue arrebatado, comenzaré contigo. Comenzaré por tus pies y para cuando llegue a tus malditas rodillas, me estarás suplicando que acaba contigo. Y diré que no. ¿Me crees? ¿Me crees capaz de hacerlo?

—…sí.

—Bien, eso está muy bien, Ox. Disfruta de tus últimas horas, pero ni una sola palabra. No tocaré a las personas que están aquí, no a menos que me obligues. Tu manada jamás estará a salvo si lo haces, no puedes dejarlos encerrados en Green Creek por siempre, Ox. Un día, alguno se deslizará fuera y yo estaré esperando. Haz esto ahora y te prometo que estarán a salvo.

—¿Cuándo?

—Cuando te llame. Soy un monstruo, Ox, pero no soy tan malo. Te daré tiempo con aquellos a los que amas.

—¿Dónde?

—En el puente de madera en donde pude oler la sangre derramada de unos Omegas, tal vez eran míos o podrían haberlo sido. ¿Fuiste tú, Ox? ¿Defendiste tu territorio como un buen Alfa? Está enterrado en el suelo, pero casi puedo sentir el miedo, el dolor, la ira. Sabe igual que Joe cuando lo tuve. Lamí el sudor de su cabeza, ¿te lo contó alguna vez? No fui más lejos, pero estuve cerca. Cada vez que rompía uno de sus pequeños dedos, quería llenarlo con todo mi...

—Suficiente.

—Ooh, puedo sentirlo. Eres el Alfa. Los escalofríos, Ox, me recorren toda la piel. Desearía que hubiera tiempo para descubrir cómo lo hiciste. Cómo te convertiste en Alfa por tu cuenta. Pero, por desgracia, no será posible. Odiaría prolongar lo inevitable, empeoraría tu sabor.

»Tómate el tiempo que necesites, te haré saber cuándo debes venir. Recuérdalo, Ox: ni una sola palabra o los haré sufrir a todos. Te veo pronto.

Estúpido, sí.

Pero si había una *pequeña* posibilidad de que Richard dijera la verdad, de que no los lastimaría, de que no lastimaría a *Joe*, debía aprovecharla. No podía dejar morir a personas inocentes cuando podía hacer algo para detenerlo. Thomas me había enseñado que había valor en todas las vidas, que era la responsabilidad de un Alfa cuidar de todos los que estuvieran en su territorio, incluso si no sabían lo que era un Alfa.

Green Creek me pertenecía.

La gente de aquí me pertenecía.

Ya le había fallado al señor Fordham.

No podía dejar que le sucediera a nadie más.

Esperé hasta que dejé el camino de tierra, los neumáticos de la camioneta levantaron polvo antes de tocar el pavimento, antes de que comenzara a silenciar a las ataduras entre la manada y yo, uno por uno.

Lo hacíamos a veces cuando queríamos privacidad, cuando teníamos intimidad, cuando queríamos estar solos, cuando no queríamos sentirnos abrumados por la sensación continua del *manada manada manada*.

Cuando queríamos guardar secretos.

Raramente lo hacía.

Y sabía que no pasaría mucho hasta que comenzaran las preguntas.

Green Creek estaba casi vacío a esa hora. La luna estaba llena por la mitad. Los faroles de las calles iluminaban con luz tenue la avenida principal. No vi otros automóviles.

El restaurante estaba con las luces encendidas casi como un fanal. Vi a la camarera moviéndose dentro al pasar, tenía una jarra de café en las manos y sonreía, jamás sabría por qué motivo.

Mi madre se sentó en el asiento a mi lado.

"¿Estás seguro de hacer esto?", me dijo.

–¿Por ellos? Siempre –respondí.

Me dijo: *Eso creí* y *te amo* y *estoy tan orgullosa de ti* y *tienes una burbuja de jabón en tu oreja* y rio y era un sonido hermoso, un sonido alegre y se parecía tanto a ella que mis ojos escocieron y se me cerró la garganta.

Pero en verdad no estaba allí.

Pasé las luces de Green Creek.

Unos ojos rojos me observaron desde el asiento del copiloto.

"Un Alfa es solo tan fuerte como su manada", dijo Thomas.

—Lo sé —respondí.

"Eres uno de los Alfas más fuertes que he conocido*"*, me dijo.

—¿Soy lo suficientemente fuerte para hacer esto? —pregunté

"¿Lo harás?".

—Sí.

Y dijo: *Entonces eres lo suficientemente fuerte* y *Eres mi hijo al igual que los demás* y *Cantaremos juntos pronto, y te juro que llenará tu corazón* y sus ojos centellearon de color rojo porque incluso en la muerte, él siempre sería un Alfa. *Mi* Alfa.

El puente estaba a un par de kilómetros de distancia cuando me detuve a un lado de la carretera.

Tenía una última cosa que hacer.

El asiento a mi lado estaba vacío.

Realmente no habían estado allí, lo sabía, pero pensé que tal vez no estaba solo.

Tomé mi teléfono.

Escribí dos palabras a Joe y solo fueron dos palabras.

Porque sabía que él lo entendería.

Lo leería por la mañana cuando se despertara, ya que había apagado su teléfono antes de irme.

Miré la pantalla, dudando.

No creí que pudiera hacerlo. ¿Y qué si no podía? *¿Y qué si no podía mantenerlos a salvo?*

Lo envié.

El mensaje desapareció, retransmitido a torres y luego al éter.

Apagué mi teléfono.

Esperé que no me odiara por esto.

Esperé que pudiera perdonarme algún día.

Esperé que pudiera encontrar la felicidad otra vez.

Él sabría lo que esas dos palabras significaban, porque me había enviado lo mismo cuando supo lo que debía hacer.

Volví a la carretera y continué mi camino hacia el viejo puente.

Y pensé en esas dos palabras una y otra vez.

Lo siento.

Lo siento.

Lo siento.

El camino al puente estaba desierto cuando llegué.

No había farolas de luz.

Solo la luna y las estrellas.

Estaba muy oscuro.

Las luces de mi camioneta alumbraban el puente y unos cincuenta metros.

También estaba vacío.

Pero podía sentirlos.

Un veneno en la tierra que de alguna manera se había vuelto mía.

Era una plaga entre la hierba, y los árboles, y las hojas que temblaban con el viento.

Una herida que comenzaba a infectarse.

Apagué la camioneta y dejé las luces encendidas.

El motor hizo un ruido. Respiré de manera lenta y uniforme. Thomas y mamá no regresaron.

Me hubiera gustado que lo hicieran, aun cuando no fueran reales.

No quería caminar solo.

Las ataduras de la manada estaban completamente cortados.

Me sentía frío y vacío. Hacía mucho tiempo que no me sentía así.

Tomé la barreta de metal de debajo del asiento. Se sentía más pequeña.

Abrí la puerta de la vieja camioneta, se quejó en medio de la noche calma.

Salí al camino de tierra.

No tuve miedo.

No me sobresalté.

Sujeté con fuerza la barreta y cerré la puerta. Me moví hacia el frente de la camioneta, los focos delanteros alargaban mi sombra, haciéndome lucir como un gigante sobre el puente de madera.

Sentí el momento en el que atravesé las guardas, fue como caminar a través de una tela de araña. Un roce en la piel y luego nada.

Los grillos chirriaban entre la hierba.

No vacilé, la barreta se sentía fría en mis manos.

Un destello color violeta en los árboles, parpadeando una vez y luego otra.

Luego otro par, y luego otro y otro.

Vinieron.

Salieron de las sombras.

Eran diez.

Omegas.

Más feroces que todos los que había enfrentado antes.

Sus ojos eran de un violeta continúo.

Estaban a media transformación, babeando a través de sus bocas cargadas de colmillos.

Empujaban a seis humanos frente a ellos.

Tenían las manos estaban atadas por detrás de sus cuerpos.

Los habían amordazado.

Cinco adultos y un niño.

Todos se veían aterrados, con los ojos muy abiertos y las mejillas bañadas de lágrimas.

Dos hombres, tres mujeres y un niño pequeño.

Los reconocí a todos, los había visto en Green Creek. Iban al taller, a la tienda de comestibles, los veía por la calle, nos saludábamos. Decíamos cosas como "ten un buen día" y "me alegra verte de nuevo" y "espero que todo esté bien".

El señor Fordham no estaba con ellos porque había sido asesinado mientras yo escuchaba.

Los humanos parecieron aliviarse al verme.

No era su Alfa, no antes. Pero lo sería al menos por lo que me quedara de tiempo.

El niño pequeño, William, era su nombre. Su madre, Judith.

—Oigan, está bien. Todo está bien. Sé que tienen miedo, lo sé. Pero estoy aquí ahora. Estoy aquí y les prometo que haré lo que sea para que todo esté bien. Tengan fe en mí, yo me encargaré de ustedes.

Los Omegas gruñeron al reír. Rasparon sus garras contra la piel de los humanos, dejando verdugones sin hacerlos sangrar. Y ellos lloraron, lágrimas y mucosidad recorrieron sus rostros.

Los Omegas se detuvieron frente al puente, de pie detrás de las personas.

Los obligaron a ponerse de rodillas en la tierra.

Sus garras los sujetaban por los hombros.

El que estaba detrás de William era el más grande de todos y parecía el más malvado. Cubrió el rostro del pequeño con sus garras, sus dedos eran anzuelos debajo de su barbilla.

Acarició la mejilla de William con la garra de su pulgar, hundiendo la piel. No tomaría demasiado, solo una ligera presión y William estaría...

Otro hombre se acercó.

Me pregunté por el dramatismo de los hombres lobo.

En especial el de estos, que se revelaban lentamente.

Probablemente era idea de Richard lo de salir uno por uno. Él sabía lo que me causaría ver la cara de Osmond.

Él estaba jugando un juego y yo estaba cayendo, porque me tomó todo lo que tenía no lanzarme hacia él.

Los años no habían sido benevolentes con Osmond. Se veía demacrado y más pequeño de lo que recordaba. Más delgado. Tenía círculos oscuros por debajo de sus ojos y parecía nervioso, sus manos se flexionaban y formaban un puño una y otra vez.

Recordé la primera vez que lo vi y la expresión de su rostro cuando cayó en la cuenta de que Joe me había dado su lobo. El *disgusto*, el *desdén*. Probablemente había ido directamente hacia Richard luego de eso, a contárselo todo. Recordé como Thomas lo presionó contra el costado de la casa al final del camino, gruñendo en su rostro, diciéndole que yo tenía *valor*, que *importaba* y que ser humano no me hacía menos que ninguno de los lobos que me rodeaban.

Thomas se había alzado en mi defensa.

Y luego Osmond lo *traicionó*.

Imaginé lo sencillo que sería llevar la barreta de metal directo a su cabeza, solo para ver cómo se aplastaban la piel y el cráneo, cómo se cubría todo con su sangre.

Me destrozarían, probablemente ni siquiera llegaría hasta él antes de que los Omegas me rodearan.

Pero podía intentarlo, realmente podía hacerlo.

Sus ojos centellaron como si oyera mis pensamientos. Eran violetas, como los de los demás.

—Tus ojos —señalé.

Se encogió, como si no hubiera esperado que hablara.

—¿Valió la pena?

Los Omegas volvieron a reír.

—No importa —respondió Osmond con voz baja—. Lo hecho, hecho está.

Lo hecho, hecho está. Como dijo mi madre, como dijo Thomas.

Oh, la rabia que sentía.

La *ira*.

Probablemente irradiaba de mí porque, aunque los Omegas no eran míos, aunque no fuera su Alfa, aunque fuera solo *uno*; sus hombros se tensaron y chillaron y *gimieron* al verme.

Dio la sensación de que Osmond también estuvo a punto de encogerse ante mí, pero se detuvo al último instante.

—Suficiente —dijo con aspereza a los demás Omegas, quienes le ladraron y aullaron a cambio.

—¿Cómo lo hiciste? —me preguntó—. ¿Cómo te convertiste en un Alfa?

—¿Cómo duermes por las noches? —pregunté—. Luego de todo lo que has hecho.

—Duermo muy bien.

—Mentira —dije—. No te ves bien, Osmond.

—Esto no terminará bien para ustedes, ya deberías saberlo.

—Tal vez no —sonreí y se encogió nuevamente—. Pero sé quién soy, ¿puedes decir lo mismo?

—Te investigamos, Matheson. Nada de lobos, nadie en tu familia fue lobo.

Permanecí en silencio.

—Pensamos que podría ser el brujo. Eras parte de su aquelarre, su manada, aun antes de que supieras de los lobos. Sin embargo, no existe magia tan fuerte como para crear a un Alfa. Créeme, él lo investigó.

Robert Livingstone. Me preguntaba si también estaba aquí. Creía que no, Gordo lo hubiera sabido, incluso sin las guardas.

—No hay magia —continuó Osmond—. No hay lobos y aun así aquí estás.

—Aquí estoy —repetí, esperando a que el monstruo se presentara por sí mismo, que se escabullera de la oscuridad con sus colmillos y garras.

—¿Cómo? —insistió nuevamente—. ¿Cómo puedes ser el Alfa si no puedes sentirlos?

—¿Acaso importa? —no hablé de la última parte. Porque parecía que no sabía sobre las ataduras, sobre los hilos que nos unían a todos juntos, y si no lo sabía...

—Si tú fuiste capaz, debe haber otros —Osmond entrecerró los ojos.

Más o menos sabía cómo había ocurrido, pero él no necesitaba saberlo. No necesitaba saber que vino del dolor y la necesidad, de la confianza y la fe. Que había tanto lobos como humanos que creían en mí con tanta fuerza, que no pude ser otra cosa más que su Alfa. Que aun sin ser un lobo, confiaron en mi para que los protegiera, para que los amara y para que les diera un hogar. Para que formáramos una familia.

Era algo que Osmond jamás podría entender.

Era algo que Richard jamás comprendería.

Porque aunque me quitara esto, incluso si lo arrancara de mi pecho, lo arruinara y torciera en algo irreconocible, podría convertirse en un Alfa, pero nunca entendería lo que significa serlo.

—¿En dónde está? —pregunté. Ya estaba cansado de Osmond, estaba harto de todo.

—Vendrá cuando esté listo —respondió.

—Entonces, estabas haciendo tiempo —solté una risotada—. Escuchando mientras intentas conseguir toda la información posible. Eres su perra, Osmond. Jamás has sido otra cosa más que su perra.

Gruñó, sus ojos brillaron en cuanto avanzó un paso.

—Chaney —dijo con frialdad sin apartar sus ojos de mí—. Solo un poco más.

El lobo malvado, el más grande de todos, el que aferraba el rostro de William, sonrió de oreja a oreja. Su barbilla estaba húmeda por la saliva que se vertía desde su boca. Arrastró su dedo con más fuerza sobre la mejilla del niño, cortándola en limpio. El pequeño chilló dentro de su mordaza y causó que la herida sangrara. Era un corte delgado y probablemente ni siquiera dejaría cicatriz, pero los lobos olieron la sangre y comenzaron a rechinar sus dientes. La madre de William intentó lanzarse hacia su hijo, pero la arrastraron bruscamente hacia atrás por su cabellera. El Omega detrás de ella la sacudió con brutalidad.

—No lo hagas —le pedí con la voz ronca—. Solo…

Estaba distraído, por los lobos, por los humanos, por la sangre que caía desde el rostro de William. Tenía sentido, estaba rodeado por Omegas que cambiaban más y más en sus lobos, por Osmond que se veía tanto desafiante como nervioso.

Estaba distraído.

Lo que explica que no haya oído cuando se acercó por detrás.

Lo que explica que no anticipara cuando rodeó mi pecho con su brazo, y me presionó con fuerza hacia él.

Lo que explica que no esperara que su otra mano descendiera sobre mi garganta, ni que sus garras se hundieran en mi cuello.

Tenía su aliento sobre mi oreja, apestaba a carne y sangre.

—Hola, Ox —dijo Richard Collins.

Cerré los ojos, y aunque intenté forcejear con él, mi corazón se sobresaltó en mi pecho.

Lo sintió. Lo oyó. Se rio por el sonido acelerado de mis latidos.

—No hueles a miedo —sonaba divertido—, qué curioso.

—Porque no te tengo miedo —escupí, a pesar de que apretaba más y más mi cuello. El frente de su cuerpo estaba presionado contra mi espalda, sus labios cerca de mi oreja. Era lo más alejado a la intimidad que había experimentado.

—Tal vez —dijo—. Tal vez no lo tienes, y es porque te has convencido de eso. Pero puedo hacer que me tengas miedo, Ox. Muy rápido, si así lo decido.

Los Omegas frente a nosotros sonrieron con malicia y pusieron sus garras sobre las cabezas de los humanos a sus pies. Osmond nos observaba cuidadosamente, sus ojos parpadeaban de color violeta.

—¿Vino solo? —peguntó Richard.

—Solo es él —asintió Osmond.

—Bien —asintió Richard—. Es un comienzo. Gracias Ox, sabía que podía contar contigo.

—Púdrete.

—Tanta amabilidad. Ahora para el próximo truco, necesito que dejes caer esa barra de metal. No la vas a necesitar.

No me moví.

—Ox —dijo, su voz estaba cargada de arrepentimiento—. Puedo hacer esto tan fácil o difícil como tú me obligues. En serio, el poder está en tus manos para decidir cómo seguirá todo esto. ¿No prefieres que sea fácil?

Mentía, lo sabía. Las palabras se llenaban de promesas que morían en mis oídos, nada de esto sería fácil.

—Ox, deja caer la barra.

Era un Alfa, un maldito *Alfa*…

No tuve tiempo de moverme o siquiera reaccionar cuando bajó el brazo de mi pecho y golpeó mi muñeca con su mano. La torció con brutalidad, los huesos rechinaron y luego se rompieron. Una ola de dolor se disparó sobre mí, afilada con el cristal. Mi estómago se revolvió cuando la barreta cayó al suelo y levantó una nube de polvo. Apreté los dientes, tratando de tragarme el grito que quería salir de mi boca.

—Eso fue… desafortunado —dijo Richard y me arrojó al suelo.

Sentí el sabor de la tierra.

Y por primera vez, pánico.

Comenzó en mi pecho, un pequeño movimiento lento que se arrastró a través de mí, pequeños pinchazos que se convirtieron en algo mucho más fuerte de lo que nunca había sentido. No era *solo* el pánico, o al menos, no solo el mío.

Era el pánico de la manada.

Las ataduras que se habían vuelto a conectar.

No, No, No, No.

Thomas me susurró:

El regalo más grande de un Alfa a su manada es el sacrificio. Porque él debe protegerlos por encima de todo, a cualquier precio. Incluso si eso significara su propia vida.

Vendrían.

Llegarían tan pronto como se recuperaran de la ira, la rabia y el dolor.

Intenté alejar los hilos hacia abajo, pero eran brillantes y eléctricos, como cables vivos. No podía apartarlos porque eran *conscientes*.

Estaban viniendo.

Y Richard no lo sabía.

No pude arriesgarme.

No podía dejar que ninguno de ellos saliera lastimado.

Les llevaría tiempo hallarme, creían que me encontraba en el garaje del taller.

Tal vez tenía tiempo suficiente como para...

Pero uno de esos hilos brillaba más que todos los demás, más cercano. Sentí su magia.

Gordo.

Gordo estaba aquí.

Gordo estaba aquí.

Me giré sobre mi espalda, la barreta estaba a mi izquierda, al alcance de la mano. Richard se abalanzó sobre mí, con una expresión de disgusto dibujada en su rostro.

—Si te doy esto —intenté negociar—. Si me quitas esto, me darás tu palabra de que los dejarás en paz. A todos ellos: la manada, las personas y a Green Creek.

—No creo que estés en posición de pedirme *alguna cosa*, muchacho —gruñó Richard—. Eres *humano*. Puedes ser un Alfa, pero eso *jamás* te perteneció. Te lo quitaré y vas a...

—¿No querías saber cómo lo hice? —pregunté apretando mi muñeca contra mi pecho—. ¿Cómo un humano se convirtió en un Alfa?

Hizo una pausa antes de responder.

—Te escucho.

—Van a oírlo —dije—. Los Omegas. Lo escucharán e intentarán hacer lo mismo. Te lo quitarán, intentarán convertirse en Alfas por su cuenta. No quieres eso.

Se puso de cuclillas cerca de mí, hombre estúpido. Lo odiaba más que a nada en el mundo.

–Debes hablar ahora –me apremió en voz baja–. Antes de que pierda la paciencia.

–Púdrete –le dije.

Me moví más rápido que nunca, me movilizaron la tristeza y la desesperación, la ira y ese sentimiento, ese maldito sentimiento de mi *padre*, de mi padre diciéndome *la gente hará que tu vida sea una mierda, Ox* porque aquí estaba Richard, el maldito Collins, demostrando que mi padre tenía razón. Él me estaba dando mierda y no iba a aceptarlo. Para empezar, no tenía que hacerlo.

Pero sobre todo, la manada fue la que me empujó. La que me permitió moverme de esa forma, fue la *manada manada manada*, esa gente, esos lobos que eran mi familia. Y Joe, a quien podía sentir creciendo dentro de mí. Joe, que estaba asustado y furioso y *en camino*. Oh, Dios, él *venía* por mí.

Tiré del hilo que me conectaba a Gordo, era más fuerte de lo que había sido desde su regreso. Decía *"los humanos, los humanos, los humanos. No puedes dejar que les hagan daño, tienes que ayudarme a salvarlos, a ayudarlos",* mientras mis dedos se enroscaban alrededor de la barreta en la tierra.

Los ojos de Richard parpadearon en dirección a mi mano.

Blandí la barreta en un arco ascendente y se aplastó contra uno de los lados de su cabeza con un sonido audible, la rotura del hueso se sacudió por debajo del metal y luego en mi brazo. Gruñó y comenzó a caer hacia un lado.

Entonces llegó Gordo.

Dio un paso por detrás de mi camioneta, sus tatuajes brillaban con intensidad. El cuervo aleteaba furiosamente y podría jurar que en verdad *escuché* un grito cuando abrió su pico, un fuerte y agudo llamado que vibró profundamente en mis huesos. Sentí el *estruendo* de su magia en el suelo, mientras latía en las profundidades de la tierra. Me llamaba, decía *"AlfaAlfaAlfa"* y me jalaba hacia ella, sujetando el hilo entre Gordo y yo lo más fuerte posible.

Antes de que Richard golpeara el suelo, con un gruñido formándose en su rostro destrozado, la tierra alrededor de los humanos y los Omegas cambió de forma y se partió. Grandes columnas se elevaron con un fuerte rugido, lanzando a los humanos hacia adelante y a los Omegas hacia atrás.

Osmond avanzaba cuando me puse de pie. Estaba enfocado en Gordo, con las garras afuera y su hocico comenzando a afilarse mientras corría hacia él. Giré la barreta hasta que el extremo curvo se apartó de mí y lo blandí hacia abajo en las piernas de Osmond, que intentaba correr. La barreta se estrelló contra sus pantorrillas luego de que pusiera toda mi fuerza en ese golpe. Gritó ante el crujido del hueso, el chisporroteo de la piel. Lo empujé tan fuerte como pude, barriendo sus pies del suelo. Cayó hacia delante sobre la tierra, el impulso hizo que patinara bocabajo por el camino y se detuviera cerca de los pies de Gordo.

No me detuve. Les di la espalda, confiando en que Gordo me cubriría. Corrí en dirección al terreno roto, deslizándome por la tierra mientras caía de rodillas frente a los humanos. Estaban aturdidos e inseguros. Comencé con Judith, le arranqué la mordaza de la boca.

—Tienes que ayudarme —le dije mientras acunaba su rostro entre mis manos y la tierra continuaba abriéndose detrás de ella—. Tienes que sacarlos de aquí, desátalos y llévate la camioneta. Vayan a Green Creek, no se detengan hasta que lleguen al taller de Gordo y quédense allí —la solté por un momento y rebusqué las llaves dentro de mi bolsillo. Comenzó a perder el foco, a gemir y mirar a su alrededor con una expresión de aturdimiento. Los otros se movían lentamente.

—¡Escucha! —exclamé con tono brusco—. Escúchame, ¿me escuchas?

–¿Ox? –susurró.

–Esta es la llave de la camioneta y esta otra del taller –sostuve las llaves a centímetros de sus ojos–. ¿Entiendes?

–Yo…Ox, sus ojos, eran…

–Judith, tu hijo morirá si no lo sacas de aquí.

Retrocedió, pero la niebla en su mirada comenzó a aclararse. Se armó de valor y estiró sus manos automáticamente para alcanzar las llaves y a William al mismo tiempo. Deshizo los nudos que la ataban mientras yo ayudaba a los otros tres.

–Síganla –les ordené–. Los mantendrá a salvo, no se detengan hasta que estén el taller y cierren las puertas detrás de ustedes.

Esperaba que las guardas resistieran lo suficiente. Debían bastar, no teníamos otra opción.

Judith levantó a William, que se aferró a su cuello. Puse las llaves en sus manos, aun cuando los Omegas comenzaban a gruñir.

–Gracias, gracias –se volteó para decirme–. Vamos a… ¡cuidado!

Me estrellé contra el suelo cuando algo pesado aterrizó encima de mí. Grité por el dolor que se extendía por mi espalda, en donde se clavaban cuatro garras. Tenía tierra en la boca, el lobo gruñó cerca de mi oreja.

De repente me sentí liberado del peso y oí a un lobo gemir del dolor.

Manos en cada uno de mis brazos me ayudaron a incorporarme. Una mujer estaba a mi derecha (¿Megan?), y un hombre a mi izquierda (Gerald, creo que ese era su nombre). Otro hombre se puso de pie frente a mí, con la respiración pesada y mi barreta entre sus manos. Se llamaba Adam, trabajaba en la tienda de computación. Un hombre amable con terribles cicatrices del acné.

–¡Santa puta mierda! –exclamó.

–Gracias –me tambaleé, tomando la barreta de sus manos.

Asintió con la cabeza, tenía los ojos bien abiertos.

—¡Ox! —gritó Gordo—. Tienes que sacarlos de aquí. Ahora. Osmond escapó y no sé en dónde está.

—Váyanse —dije mientras escupía sangre y tierra en el camino—. Largo de aquí. ¡Apúrense! —solté con brusquedad.

No esperaron a que se los repitiera y se agolparon en la camioneta.

Hubo otro gruñido bajo a mis espaldas.

Me giré.

Richard Collins era completamente un *lobo*, tenía el hocico con sangre y la nariz aplastada. Se puso de pie con los ojos violetas y los labios enroscándose hacia arriba, alrededor de sus colmillos. Se estiró hasta su altura máxima. Era más pequeño que Joe y Thomas, pero aún un maldito lobo grande.

—Omega —dije. No estaba sorprendido. Estaba demasiado perdido en su lobo como para ser otra cosa.

Me gruñó.

Di un paso hacia atrás sujetando con fuerza la barreta.

Se agazapó preparado para saltar.

Y luego una canción de lobos se oyó por encima de nosotros, era más fuerte que nunca. Era una canción aullada con ira y terror.

Era la canción de un Alfa.

—No —susurré.

Nos había encontrado.

No podía permitir que eso sucediera. Joe no podía estar aquí, no cuando existía la posibilidad de que Richard lo hiriera o lo alejara de la manada. Una manada necesitaba un Alfa para sobrevivir, y así no convertirse en Omegas. Thomas había sido nuestro Alfa, Joe luego de la muerte de Thomas, y luego yo por necesidad.

Pero Joe había regresado.

Y él era el verdadero Alfa Bennet.

Lo necesitaban.

Y yo debía asegurarme de que sobreviviera.

Me volteé en dirección a Richard que se había distraído por la llamada del Alfa.

—¡Oye! —le grité—. ¡Estoy aquí maldito cretino!

Y luego corrí lejos de nuestro territorio, lejos de las guardas.

Lejos de mi manada.

Lejos de Joe.

—¡Ox! —gritó detrás de mí—. ¡No lo hagas!

Entonces hubo otra canción.

Era profunda y gutural, más grito que aullido. La canción de un depredador que acababa de encontrar a su presa.

Me dirigí hacia el puente sin un destino en mente, simplemente *lejos lejos lejos.*

Había pilas de tierra revuelta por delante, en donde la magia de Gordo había invocado a la roca y la tierra para cubrir a los Omegas. Salté por encima de ellas y las garras de los Omegas se abrieron paso hacia la superficie intentando atraparme. Una sola raspó mi pantorrilla, y por un momento creí que no lo lograría. Sentí el rasguño contra mi piel, una pequeña llamarada de dolor. Pero el Omega no pudo sujetarme a tiempo.

Aterricé al otro lado de los Omegas. Por encima de mi hombro vi cómo se levantaban de la tierra, con los dientes descubiertos y sus ojos violetas. Gordo estaba más alejado, por detrás de ellos, mirándome fijo y horrorizado. Un lobo grande acechaba entre los demás, esperando a que obtuviera una distancia suficiente como para realizar una buena cacería.

Los Omegas fueron por Gordo antes de que él pudiera atrapar a

Richard. Sus tatuajes brillaron y volvieron a la vida mientras se apresuraban hacia él. El suelo por debajo de sus pies cambió de forma, las rocas se levantaron de la tierra y giraron alrededor suyo. Agitó sus muñecas y se lanzaron hacia los Omegas que se acercaban, tirándolos hacia atrás y hacia abajo.

Richard los ignoró. Solo tenía ojos para mí.

Corrí porque tenía gente a la que amaba y debía mantener a salvo.

Corrí porque Richard había desviado su atención de Joe hacia mí y haría *lo que fuera* para que siguiera así.

El puente estaba oscuro, pero oí el crujido de la madera.

Luego el ritmo de las patas de un lobo sobre el suelo.

Venía por mí.

Por un momento, hubiera jurado que había otro lobo corriendo conmigo. Un gran lobo Alfa. Un lobo al que conocía y había muerto años atrás.

Por un momento, hubiera jurado que mi madre corría conmigo, moviendo sus brazos y pisando fuerte sobre la tierra. Con su pelo trazando una línea detrás de ella.

Me obligué a avanzar.

No sería capaz de tener ventaja sobre Richard por siempre, pero si lograba llegar lo suficientemente lejos, luego podría…

Estaba cerca del viejo puente.

Tenía que cruzarlo, así que esperaba que fuera estable. La caída no tenía más de tres metros, pero no quería que todo el armatoste se me viniera encima.

Alcancé el puente, mis pies golpearon la madera. Se quejó bajo mi peso, las vigas por encima de mi cabeza temblaban con cada paso de mi carrera.

Estaba por la mitad, seguro de que lo lograría. No sabía a dónde ir luego, pero lograría atravesarlo…

Osmond se lanzó desde las sombras en el extremo más alejado del puente, a media transformación, con el rostro manchado de sangre y suciedad. Me deslicé hasta detenerme, casi caigo hacia adelante. Me incorporé en el último segundo.

Un lobo gruñó a mis espaldas.

Miré por encima de mi hombro.

Richard Collins estaba de pie al otro lado del puente. Dio un paso hacia mí.

—Se acabó —dijo Osmond—. Ya has perdido.

—Aparentemente —dije.

—Nunca hubieras ganado.

—Dios —reí sombríamente—. Manos a la obra, maldición.

—¿Qué? —Osmond entrecerró sus ojos violetas.

—No me hables —le gruñí—. ¿Me quieres? Ven y *atrápame*, mierda.

Osmond gruñó.

Richard rugió.

Y ambos corrieron hacia mí.

El puente se movió y crujió.

Una grieta apareció en la madera de arriba.

Saltaron, tal y como imaginé que lo harían, en dirección a mí. Esperé hasta el último segundo posible, oyendo el sonido de las garras que cortaban el aire, y me dejé caer de rodillas.

Alcé mi brazo con la barreta en la mano, un extremo apuntaba a Richard, el otro a Osmond. Su impulso era demasiado grande como para cambiar de dirección en el aire.

Richard impactó primero contra la barra de metal, que se empaló en su pecho, rompiendo el hueso y músculo incluso cuando la plata comenzó a arder. Mi brazo se sacudió en la dirección opuesta por la fuerza del impacto. El extremo curvo de la palanca se estrelló contra la garganta del otro lobo, la plata escaldó y la presión del impacto de Richard forzó la curva hacia el cuello de Osmond, apuñalándolo y desgarrando su garganta. La sangre se derramó a cada lado de mi cuerpo. Sus garras me cortaron los brazos y el pecho, comenzaron a arañarme y sujetarme cuando el dolor de haber sido estacados con plata los atravesó.

Mis brazos estaban empapados de sangre, la mía y la de ellos. No podía aguantar el peso de los dos y la barra se deslizó de mis manos ensangrentadas. Cayeron al suelo del puente con un fuerte golpe, luchando con los brazos y las piernas por quitarse la barra alojada en sus respectivos cuellos y pechos. La estructura del puente se estremeció y crujió.

Arañé y pateé cuando Osmond se estiró en mi dirección, presioné mi espalda contra la pared de madera del puente.

Colapsaron fuera del alcance, conectados por la barreta de plata.

Los dos pares de ojos violetas estaban sobre mí.

Sentía dolor, pero era distante. No podía decir cuál era mi propia sangre.

El puente volvió a quejarse, con más fuerza que antes.

El sonido de madera quebrándose se hizo más fuerte y los puntales comenzaron a sacudirse.

Toda la maldita cosa se vendría abajo.

Casi no me importó.

Quería cerrar los ojos, tal vez dormir por un pequeño momento.

Escuché un gruñido bajo.

Miré hacia delante.

Richard intentaba estirarse hasta donde estaba, pero el peso pesado de la barreta en su pecho, conectada a Osmond, no le permitía mucha movilidad. Estiró su cuello y sus mandíbulas se llenaron de espuma cuando se cerraron cerca de mi pie.

Sus dientes estaban a pocos centímetros de distancia. Eché mi pie atrás antes de patear brutalmente hacia adelante. Aulló y hubo un crujido de huesos, se retiró mientras sacudía su hocico.

El puente de sacudió hacia la izquierda. Solo unos centímetros, pero se sintieron como kilómetros.

Comenzó a caer polvo desde la madera de arriba.

Reí porque podía.

Incliné mi cabeza contra la pared y reí.

—Morirás aquí —les dije mientras las piernas de Osmond pateaban débilmente, sus manos ardieron al intentar remover la barreta de su cuello—. Los dos. *Morirán,* malditos. Fallaron. No pudieron tener a Thomas y tampoco tendrán a Joe. Ni pudieron atraparme a *mí.*

Richard comenzó a arrastrarse en mi dirección, más ensangrentado que antes.

Tenía que moverme.

Era más fácil quedarme quieto.

Pero jamás había tomado los caminos fáciles.

Me levanté por la pared, usando mis piernas en lugar de mis brazos destrozados. Richard chasqueó sus dientes ante el movimiento, luchando por moverse más rápido.

Osmond estaba empezando a agarrotarse, sus ojos blancos, la boca abierta. Alternaba entre humano y lobo, sus manos eran garras y luego dedos que rasguñaban las tablas del suelo. Su cuello adquirió un ángulo agudo cuando Richard continuó moviéndose hacia mí.

Me paré por encima de él, por encima del lobo. Me miró de costado, su lengua fuera de la boca mientras descubría sus dientes cerca de mi pie.

—Jamás lo tendrás —le dije—. Jamás serás un Alfa y ahora morirás por *nada.*

El puente comenzó a romperse, las tablas del suelo se partían y una grieta enorme se abrió paso en una de las paredes mientras la madera se astillaba. Los muros y el techo comenzaron a moverse hacia la izquierda, el puente estaba a punto de colapsar.

Y como pude, corrí otra vez.

Cada paso dolía, mis brazos eran inútiles a mis lados.

Pero no quería morir aquí. No con ellos. No de esta forma.

Había logrado proteger a mi manada de ellos. Joe me encontraría y todo estaría bien.

Tropecé casi al final.

Una tabla salió disparada hacia arriba, golpeándome en las canillas.

Me estrellé contra el suelo, y volteé sobre mi hombro para evitar golpear mi rostro.

Un lobo rugió mientras el puente colapsaba.

Una voz susurró en mi cabeza.

Decía: "*levántate*".

Decía: "*ya casi llegamos, pero tienes que levantarte*".

Decía: "*AlfaHermanoAmorHijoManada levántate levántate levántate*".

Decía: "*te amamos*".

Decía: "*te necesitamos*".

Decía: "*eres nuestro Alfa y tienes que LEVANTARTE*".

Decía: "*LEVÁNTATE LEVÁNTATE LEVÁNTATELEVÁNTATELE-VÁNTATELEVÁNTATE*".

Me puse de pie porque haría lo que fuera por ellos.

Me dolía todo, pero me levanté.

El puente se estaba inclinando. El techo descendía a mí alrededor, tan cerca que podría haberlo alcanzado y tocado.

Di los últimos pasos y en el momento, en el *segundo* en que mis pies tocaron la tierra, el puente se estrelló contra la ensenada, levantando una nube de polvo.

Hubo un fuerte grito a través de las ataduras, los hilos que se extendían entre nosotros. Una llamada de horror, de *"no no no y OxOxOx NO NOS HAGAS ESTO OX..."*.

—Ey, Joe —dije porque nadie más podía gritar de esa forma por mí, nadie más podía estar tan desesperado por oír mi voz.

Y la canción que aulló fue algo maravilloso, cargada de un alivio tan verde que causó que mis ojos quemaran.

Se hizo eco en los árboles a mí alrededor. Estaba cerca. Tan cerca.

Necesitaba verlo para asegurarme de que estuviera bien, para decirle lo mucho que lo sentía, que jamás habría querido dejarlo, que jamás quise estar en ningún sitio sino era a su lado, que todo lo que siempre quise fue mantenerlo a salvo. Siempre, desde ese día en el camino, cuando me habló como un pequeño tornado, todo lo que había querido era asegurarme de que nada malo volviera a sucederle a Joe Bennett.

Venía por mí.

Intenté enfocarme en el resto de la manada, para saber que estaban todos bien, pero Joe era abrumador. Era todo. Era todo lo que podía ver y oír. Todo lo que podía oler y saborear.

Me moví a trompicones por el cauce del arroyo con tanto cuidado como pude. Los escombros del puente yacían extendidos en el agua, montones de tablas y clavos esparcidos por todas partes. No los sentí, a Richard y a Osmond, ni a los Omegas. Ya no. El veneno en la tierra se había ido.

Mis pies golpearon el agua, tenía las botas y las botamangas de mi pantalón empapadas.

Ahora podía oírlos.

A la manada.

A Joe.

Comencé a escalar por uno de los lados del lecho del arroyo. La sangre goteaba de mis brazos y caía sobre la tierra, pero estaba bien. Todo estaba bien. Estaba casi en casa, llegué a la cima.

Y allí estaba. El lobo blanco con los ojos rojos, solo a unos metros de distancia.

Sentí el sonido familiar de huesos y músculos, y pronto estuvo de pie sobre sus dos piernas, observándome con los ojos bien abiertos y ni una sola prenda de ropa.

—*Ox* —dijo con la voz ronca y rota—. *Pensé... pensé...*

Di un paso hacia delante.

—No. Está bien. Está bien, lo juro. No está más, se acabó. Lo juro, Joe. Lo siento, por favor, no estés enojado. Por favor, no estés enojado conmigo. Los siento. Lo siento, *yo...*

Una explosión.

Me giré rápidamente.

Los restos del puente estallaron mientras un Richard a media transformación se elevaba desde abajo y aterrizaba frente a mí, con su cuerpo ensangrentado y roto, y las garras extendidas.

Una de sus manos aterrizó en mi hombro y me tiró hacia él.

—*Alfa* —gruñó en mi oído.

Y luego me empaló con su otra mano. Sus garras cortaron la piel de mi estómago, perforándome hasta que su mano estuvo dentro de mí.

Joe gritó.

Jamás lo había oído hacer un sonido como ese.

Me rompió el corazón, incluso cuando Richard estaba arrancando su mano fuera de mi estómago.

Tosí, sin entender lo que acababa de suceder.

Miré hacia abajo.

La sangre brotaba de mí cuerpo.

Algo me colgaba, una cosa carnosa de apariencia húmeda y roja.

Volví mi vista hacia arriba, sentía que me movía en cámara lenta.

Estaba muy cansado.

Richard dio un paso atrás y caí sobre mis rodillas. La sangre comenzó a brotar de mi boca.

Él tiró su cabeza hacia atrás e hizo sonar su cuello de un lado a otro.

Las laceraciones de su cuerpo comenzaban a sanar.

Abrió los ojos.

Ardían de un color rojo Alfa.

Durante los siguientes segundos, obtuvo lo que quería. Aquello que había comenzado hacia tantos años, había llegado a su fin.

Rugió. Lo sentí en todos mis huesos.

Era un sonido fuerte.

Un sonido poderoso.

Pero fue interrumpido cuando Joe Bennett puso sus manos en cada lado de su rostro, con las garras extendidas, y arrancó la cabeza de Richard de sus hombros.

Richard cayó sobre sus rodillas, imitando mi propia pose.

Con la diferencia de que yo sangraba desde la herida en mi estómago.

Él lo hacía en grandes borbotones desde el tocón irregular de su cuello.

Era difuso. Todo.

No podía tragar.

No creía que pudiera respirar.

Joe dejó caer la cabeza de Richard al suelo, y quise preguntarle por qué se movía con tanta lentitud. Era el Alfa, pero era como si estuviera bajo el agua, no entendía por qué.

Richard cayó de espaldas.

Hice lo mismo.

Antes de que pudiera golpear el suelo, dos brazos evitaron mi caída.

Parpadeé mientras me bajaban con cuidado al suelo, las estrellas brillaban por encima de nosotros.

Y la luna. Ah, Dios, *la luna*. Deseé que hubiera estado llena, porque las lunas llenas eran mis favoritas.

El rostro de Joe se acercó y bloqueó la vista. Decidí que estaba bien porque amaba a ese rostro más de lo que hubiera podido amar a la luna.

Intenté decírselo, especialmente porque estaba llorando, pero parecía que no podía encontrar las palabras.

Estábamos bajo el agua, no creía que debiera hablar si estábamos bajo el agua.

Sus labios se movían, gritaba y lloraba, pero no lograba descifrar las palabras. Podía *oírlo*, pero estaba en mi cabeza y mi pecho y decía *"no"* y *"por favor"* y *"no puedes hacer esto no dejaré que hagas esto ¿me oíste? ¿me oíste, Ox? Tú eres mi Ox y jamás podré dejarte ir, jamás dejaré que te vayas, te necesito más que a nada porque te amo, te amo, Ox, compañero manada amor hogar, tu eres mi hogar hogar hogar y sin ti jamás estaré bien."*

Había otros también.

Podía verlos, amontonándose alrededor de los bordes de mi visión.

También lloraban y gritaban a alguien para que hiciera algo, para que lo arreglara, *"por favor repáralo, no podemos perderlo, no puede acabar así. No de esta forma."* Había tantos, todas sus voces juntas diciendo *"¿Por qué está sangrando tanto? Oh, Dios. No puede morir, no puede dejarnos. AlfaAlfaAlfa, te necesitamos aquí, somos tu manada. ¿Cómo puedes abandonarnos? OxOxOx no te vayas por favor, no te vayas eres mi hijo, eres mi hermano, eres mi amigo, eres mi amor."*

Decían, decían, *decían…*

Alfa.

Alfa.

Alfa.

Una voz se abrió paso a través del resto. Se elevó como una tormenta, mi pequeño tornado.

Dijo: "*no dejaré que acabe*".

Dijo: "*no de esta forma.*

Me oyes

OxOxOx

este no será nuestro final

dolerá

y lo sentirás.

Pero debes luchar.

luchar

por ti

por tu manada

y por mí.

OxOxOx

necesito que luches por mí."

Tenía tantas cosas para decirle.

Tantas cosas que debí haber dicho.

Tantas cosas que no pude ser para él.

Necesitaba saberlas.

Lo que significaba para mí. Todo lo que había hecho por mí.

Me obligué abrir los ojos.

Respiré con un gorgoteo, salpicando sangre de mi boca. Me atraganté, pero lo aparté.

Miré a Joe.

–Gracias por elegirme –declaré de manera incomprensible.

Una lágrima rodó por su mejilla.

Él dijo, "no".

Él dijo, "por favor".

Él dijo, "no puedes, no puedes, no puedes".

Él dijo, *"siempre te elegiré"*.

Y luego sus ojos eran muy rojos, pensé que estaba ardiendo por dentro.

El vello brotó a los lados de su rostro, blanco como la nieve.

Bajó su cabeza con la boca abierta y los colmillos descendiendo de sus encías.

Jamás había visto a un lobo más hermoso.

Cerré los ojos.

Sentí una salpicadura brillante de dolor entre mi hombro y mi cuello, pero era verde, tan condenadamente verde que no podía molestarme en dar otra bocanada de aire.

Así que no lo hice.

Y mientras moría, sonreí con una sonrisa colmada de sangre.

LA CANCIÓN
DEL LOBO

Abrí los ojos.

La luna estaba llena y redonda sobre mí. Levanté la cabeza, me encontraba en el claro en el medio del bosque. Conocía el lugar. Lo conocía porque era mío.

Era mi hogar.

Me incorporé. La hierba bajo mis dedos se sentía caliente y vibrante.

Me sentía verde.

Tomé una bocanada profunda de aire. Podía oler los árboles, podía oír las hojas meciéndose desde sus ramas. Enterré mis dedos en la tierra.

Un conejo se movió a medio kilómetro de distancia, corrió a través de un matorral. No sabía cómo podía oírlo, pero lo hacía. Me puse de pie.

Algo venía.

Podía sentirlo en las vibraciones del aire, en la forma en la que el bosque parecía reverenciarse a mí alrededor. Fuera lo que fuera, era el rey del bosque.

Un aullido, diferente a los que había oído antes, llegó desde los árboles.

La canción que cantaba hizo que temblara hasta los huesos.

Era sobre *amor*, y *esperanza*, y *angustia*, y cada una de las *terribles* y *hermosas* cosas que me habían sucedido. *A mí*.

Lancé mi cabeza hacia atrás y canté en respuesta.

Puse todo de mí en la canción, porque no sabía si estaba soñando. Sentía dolor, pero era un dolor en mi corazón.

Nuestras canciones se entrelazaron, armonizándose y convirtiéndose en una sola. Jamás había aullado de esa forma y esperaba poder hacerlo otra vez.

Sentí el tirón en la parte posterior de mi cabeza. Se enredó y *jaló*. Sentí como se agudizaban mis ojos, la comezón en las encías y el temblor en mis manos. El tirón se sintió más fuerte y quería correr. Cazar. Alimentarme.

Sentir mis patas sobre la tierra, saboreé el viento sobre mi lengua. Levanté mis manos frente a mi rostro.

Mientras las observaba, ese *tirón* en la parte posterior de mi cabeza se volvió agudo, y unas garras descendieron por las puntas de mis dedos, torcidas y negras como anzuelos que brillaban bajo la luz de la luna.

El rey estaba cerca. Ahora podía oírlo, los pasos que daba, el aire que salía de su nariz. Pronto aparecería.

Dejé caer mis manos a los lados.

Los sonidos alrededor de mí se apagaron y todo quedó en silencio.

—Hola —saludé. Y el bosque contuvo la respiración.

Un gran lobo caminó por el claro. Era blanco con salpicaduras de negro a lo largo de su pecho y lomo. Estaba tranquilo, manteniéndose de manera regia, con cada paso que daba deliberadamente. Era más grande de lo que había sido en vida. Me ardían los ojos, se me cerraba la garganta y el dolor en mi corazón se hacía más grande.

No era que estuviera soñando. No era que estuviera despierto.

Era que estaba muerto, o casi.

Thomas Bennett se detuvo frente a mí, al mismo nivel de mis ojos.

—Lo siento —dije de forma entrecortada.

El lobo resopló y se movió hacia adelante, su cuello sobre mi hombro, enroscando su cabeza contra mi espalda, acercándome.

Caí contra él, empujando mi rostro sobre su pecho.

Olía a bosque, a pino y roble, a la brisa del verano y el viento del invierno. No había olido eso en él antes, no como ahora, no tan fuerte.

Me dejó mantenerme contra su cuerpo, esperando a que dejara de temblar. Era cálido, estaba a salvo. Finalmente me tranquilicé, me aparté y un lado de su cabeza rozó mi oreja, se sentó frente a mí, con su cola golpeando el suelo.

Esperó.

Miré mis manos, ¿qué podía decirle? ¿Qué podía decir para hacerle saber lo mucho que lo lamentaba? ¿Qué debería haber hecho para mantener a su manada unida? ¿Que pensé que había hecho mi mejor esfuerzo? ¿Que solo quería mantenerlos a salvo, que solo hice lo que creía que era correcto? ¿Lo furioso que estaba de que un monstruo pudiera venir y arrebatármelo todo, pudiendo robarme lo que más amaba? ¿Cómo su hijo era la única persona con la que podía imaginarme compartiendo mi vida y cómo cuando más lo necesité, estuvo allí para mí?

Como un amigo. Como un compañero de manada. Como mi Alfa. Como mi padre.

Lo miré a los ojos.

Si un lobo pudiera sonreír, entonces creería que se veía justo como se veía su cara en aquel momento.

—¿Tengo elección, cierto? —pregunté.

Ladeó la cabeza, viéndome.

—Para ir contigo.

Miró hacia atrás, en dirección al bosque.

Ahora había movimiento allí. Podía escuchar los sonidos de otros lobos entre los árboles que nos rodeaban. Ladraban, cantaban y aullaban. Había docenas de ellos, tal vez eran cientos.

Me llamaban, cantaban *"estamos aquí, estaremos listos cuando tú lo estés, manada e hijo y hermano y amor. Estamos listos y podemos esperar por ti el tiempo que sea necesario".*

Thomas se volteó en mi dirección.

—O regresar —agregué.

Volvió a dar un resoplido.

—Antes de abandonarnos, mi papá me dijo que la gente haría que mi vida fuera una mierda, ¿sabes?

Gimió.

—Me dijo eso y que solo era un tonto que recibiría mierda toda mi vida, pero estaba equivocado.

Los lobos del bosque aullaron.

—Estaba equivocado. Porque Joe me encontró y me llevó hacia ti. Tú me diste un propósito, me diste un hogar, una manada y una familia.

Los ojos del lobo estaban brillantes y húmedos.

—Eres mi padre —mi voz sonó entrecortada–. En todo menos en la sangre.

Y la sentí, sentí la atadura, el hilo que se extendía entre los dos, aun durante la muerte. No era tan fuerte como antes, y probablemente nunca lo sería mientras viviera, pero allí estaba.

Y susurraba algo. Con la más tenue de las voces.

Decía *"cuida de ellos por mí, hijo mío".*

Thomas Bennett se recostó sobre mí y apoyó su nariz en mi frente.

—Oh.

Abrí mis ojos.

Estaba en una habitación oscura, sentía calor a mí alrededor. Me sentía a salvo y caliente.

Y más. Porque *había* más.

Había pequeños *golpecitos* superponiéndose entre sí por la habitación. Algunos en sincronía.

Otros no.

Pero eran todos lentos y dulces. Me tomó un momento descifrar lo que eran.

Latidos.

Podía oír corazones que latían. Los conté uno por uno, eran diez, en la habitación conmigo. Deberían ser once.

Deberían ser *once.*

Deberían ser...

Silencio —susurró una voz cerca de mi oído. Una mano fría se apoyó sobre mi ceño caliente y apartó el cabello de mi frente–. Despertarás a los demás.

–Ni siquiera estaba hablando –murmuré débilmente.

–Lo sé –respondió Elizabeth–. Pero no tienes que hacerlo, ya no.

Sabía lo que quería decir, por qué lo decía. No parecía posible.

Y supe cuál era el latido que no estaba en la habitación.

–¿Joe? –pregunté.

–Cierra los ojos –susurró–. Porque las cosas son diferentes ahora y debes encontrar una forma de aferrarte a tu humanidad. Cierra los ojos, Ox. Y escucha.

Lo hice.

Oí muchas cosas, sentí aún más.

Había latidos de mi manada, tendidos a mí alrededor en el suelo de la sala de la casa al final del camino. Habían puesto almohadas y mantas, y todos se acurrucaban entre todos, tocándose de alguna forma, los lobos y los humanos. Yo estaba en el centro.

Elizabeth estaba en algún lugar cerca de mi cabeza, había un espacio libre a mi derecha.

Oí sus respiraciones.

Los pequeños suspiros que hacían mientras dormían.

También los olí. Sudor, suciedad y sangre, pero por debajo estaba el aroma al bosque y los árboles, el sol que se filtraba entre el dosel de hojas, y ese aroma justo antes de una tormenta, ozono intenso y tierra.

Pero había otro aroma, uno más básico, embebido en cada uno de ellos.

Lo reconocí como el mío propio.

Todos olían a mí. Como su Alfa.

Sin embargo, no era solo mío. Porque entre las capas de mi propia esencia, había otra igual de fuerte. Y esta, *oh, esta* hundía sus garras dentro de mí en la base de mi cuello y en la base de mi espina dorsal, y *tiraba* con fuerza.

Gruñí más como animal que como un humano. La manada se agitó a mi alrededor, pero no se despertó. Escuché sus latidos elevarse ligeramente ante el sonido que subía desde mi garganta.

Dejé que me jalara más lejos.

Había una casa al final del camino. Había un olor a manada que se había impregnado en la madera. Había voces, ecos del pasado, personas reunidas un domingo porque así era la tradición. Estaba la esencia de otro Alfa, pero no dolía.

Estaba construida dentro del resto de la casa. Cada tabla, cada muro, cada azulejo. Estaba aquí, con nosotros. Y siempre lo estaría.

Padre.

Había tierras alrededor de la casa del final del camino. Un pequeño tornado que demandaba que sus padres le contaran sobre bastones de caramelo y piña, épico y asombroso.

Había otra casa.

Una vieja casa.

Una casa que una vez se entristeció por la cobardía de un padre. Una casa hecha por completo por el amor de los lobos. La sangre en el piso, oculta a los ojos, pero enterrada en los huesos.

Ella había reído allí. Había reventado burbujas de jabón. Se había sentado en una mesa y me había dicho que todo estaría bien, que demostraría que juntos *podíamos estar bien*.

Había una línea, una conexión entre estas dos casas, un hilo más fuerte que nunca, que las enlazaba. No estaban separadas, eran una y lo mismo. Lo habían sido durante mucho tiempo.

Más lejos, tengo que ir más lejos.

Se estiró.

Empujé.

A través de la hierba, a través de los árboles. Oí a cada uno de los pájaros, oí a cada uno de los venados, oí las comadrejas ocultas en la maleza, los topillos bajo tierra. Las ardillas arriba, en los árboles.

Había un pueblo en las montañas, había gente que vivía en este pueblo. No podía sentirlos, no como podía sentir a la manada, pero era *consciente* de ellos. Como lo era con todo el exterior, apenas viéndolo.

Podía sentirlos a todos. Mi manada era como faros luminosos en la oscuridad. La gente de Green Creek era como estrellas difusas a los bordes del espacio.

Pero estaban *allí*.

Jalé del hilo, el hilo me *jaló*. La manada se movió y los latidos comenzaron a sincronizarse uno a uno, los humanos y los lobos.

Elizabeth suspiró.

Había un claro en el medio del bosque. Sabía a rayos y magia, a garras y colmillos. Y en el medio de ese claro había un hombre que alguna vez fue un niño. Un niño al que había amado.

Luego, un monstruo vino al pueblo con asesinato en su mente y arrancó un hueco en nuestras cabezas y corazones. El chico persiguió al monstruo con sus ojos rojos cargados de venganza.

El monstruo ya se había ido. Y también el chico, porque un hombre había tomado su lugar.

Y hacía aquí me atrajo, y hacía aquí lo jalé, porque había un ruido debajo de mi piel, el movimiento de un animal que quería estallar.

La gente de Green Creek era como estrellas difusas.

La manada a mi alrededor era faros luminosos en la oscuridad.

Este chico, este hombre, era el sol. Brillante y absorbente.

El animal de mi interior rugió para ser liberado.

—*Ve* —susurró Elizabeth Bennett.

Y fui.

Estaba fuera de la puerta, en la hierba, cuando sucedió.

Sentí un gran dolor en mi cuerpo, un dolor que jamás había experimentado. Mis músculos se agarrotaron mientras daba un paso fuera del pórtico y dejaba caer mis manos sobre mis rodillas. No podía encontrar la forma de respirar. Todo era demasiado abrumador. Los latidos, el bosque, Green Creek. Todos gritaban por mí y decían *OxOxOx* y abrí mi boca para gritar yo también, pero el sonido que salió fue bajo y gutural, un gruñido que ningún humano podría haber hecho.

Mis huesos comenzaron a quejarse y romperse, las piezas se reacomodaban por sí solas. El vello comenzó a brotar por toda mi piel, y era *negro* como la parte más oscura de la noche, y no podía detenerlo, no podía luchar contra él.

Las garras surgieron por debajo de mis dedos, la tensión era tremenda.

Hubo un momento breve, un momento *humano,* cuando caí en la cuenta de lo que estaba sucediendo, que no debería ser posible, que había *muerto*: la mano de Richard *dentro* de mí, mis entrañas derramándose *fuera* de mi cuerpo. Yo creía en la magia, creía en lo imposible y creía en los hombres lobo y el llamado de la luna.

Casi no creía lo que estaba pasando.

Es un sueño, es un sueño, es un…

Aunque no era un sueño, porque el dolor que sentía era extraordinario. Tenía que serlo, por la forma en que todo mi interior se rompía y cambiaba de forma. Volví a gritar, mi voz era menos humana que antes. Salió incoherente y tuve la idea de *estoy cambiando, oh, Dios mío, estoy cambiando, estoy…* antes de que se disolviera.

El dolor se desvaneció.

Era era era era era era era *SOY*

Un lobo.

Los colores que hay.

Blancos y negros.

Azul, hay azul, veo el azul, está azul.

En la luna, está en la luna.

Es verde.

Todo es verde.

Hay *otros*.

Aquí puedo sentir a los *otros*.

Es la manada, es mi hogar, es mío, es nuestro, nuestro, nuestro.

Nuestro.

Están aquí.

En la casa, la manada está, está de pie, allí de pie, allí observándome.

Soy.

Alfa.

Soy su.

Alfa.

Ojos.

Mis.

Ojos.

Son.

Alfa.

Sí, son míos.

Todos ellos.

—*Oh, Dios mío* —dijo la mujer humana joven que yo conocía, porque lo hacía.

La conocía porque era mía.

No mía.

Ambos, manada, pero nada más por él, por él, por…

—Se transformó —dijo la madre lobo—, se transformó porque sintió que él lo llamaba.

—Maldito Alfa —soltó uno de los hombres humanos—, eso es un lobo de puta madre.

Sí.

Soy un lobo, soy un lobo de puta madre, soy de puta madre.

—Ehhh —otro hombre humano gritó—, ¿por qué nos gruñe de esa forma?

—No puedes sentirlo en las ataduras —explicó el brujo mientras reía, brujo, mi brujo, mío—, está siendo un maldito bastardo, le gustó cuando lo llamaste lobo de puta madre.

Sí, porque lo soy.

Alfa.

Soy grande.

Y fuerte.

Cuido a mi manada, son míos, son.

Míos para protegerlos, porque soy.

Alfa.

—Oh, Jesucristo —el último de los hombres humanos habló—. Va a ser insufrible luego de esto.

Les muestro mis dientes.

No se asustan y ríen porque no tienen.

Miedo.

Bien, no quiero que tengan.

Miedo de mí, porque son míos.

Y soy de ellos, de ellos, pero.

Pero.

Dónde está el mío.

Dónde está el mío.

Dónde está el mío, mío, mío.

Canta por él.

Necesito cantar.

Una canción fuerte, así me puede oír entre los árboles.

Canto.

Los árboles se *sacuden* con mi canción, con ella, ellos.

Se estremecen y se sacuden ante mi canción.

Los árboles son míos.

La hierba es mía.

Todo esto es mío.

Mi territorio.

Respóndeme.

Canta para que vaya a casa, canta por mí, cántala…

Canción canción canción canción canción canción canción canción canción.

Canción *cancióncancióncancióncancióncanción*.

En el claro.

La escucho, la escucho, es para mí, me está llamando, él.

Me está llamando porque él es.

Mi.

Manada.

Mi.

Compañero.

Mi.

Alfa.

Canto por él, canto en respuesta por él, canto por él.

Para que me escuche, estoy en camino compañero, estoy.

Corro.

Hacia la canción que canta para mí.

Corro.

Hacia el corazón que late por mí.

Corro.

Porque me ha llamado.

Porque canta para que vaya a casa.

A través de los árboles.

Canto.

Mi canción, es.

Canto.

Estoy en camino.

Por favor, no te vayas.

Por favor, espérame.

Por favor, ámame.

Soy un lobo.

Soy un Alfa.

Soy tuyo.

Tú eres.

Mío, mío, mío, mío.

Te veo.

¿Puedes verme?

¿Estás enojado?

¿Estás asustado?

¿Estas enojado conmigo?

Hueles a tristeza.

Hueles como yo, pero triste, por favor no estés triste.

¿Por qué estás triste si estoy aquí contigo?

No tienes que estar triste.

Chico hombre lobo Alfa.

Por favor.

—*Ox* —dijo—. *Ox, Ox.*

Por qué no me miras.

Por qué no ves que estoy aquí, contigo, soy tuyo.

Piel, que sabe como la sal.

Llorando.

¿Estás llorando?

No llores.

No puedes estar triste.

No me gusta cuando estás triste.

Dijo: *pensé.*

Dijo: *su mano.*

Dijo: *estaba dentro de ti, Ox.*

Dijo: *tú, bastardo.*

Gritó: *cómo pudiste.*

Gritó: *cómo pudiste dejarme.*

Está enojado conmigo.

Por favor, no estés enojado.

Estoy aquí, soy un lobo, Alfa, manada, compañero.

Y puedo sentirlo.

Se arrastra dentro de mí.

Mi lobo.

Quiere morder.

Y matar.

Estoy tan enojado ahora.

Tú estás enojado.

Yo estoy *enojado.*

No puedes detenerme.

No puedes detenerlo.

Esto es.

Soy un lobo.

Soy un.

Alfa.

Dijo: *no. No, Ox. No, lo siento.*

Dijo: *así no era como se suponía que debía ser.*

Dijo: *aquí estoy. Estoy aquí contigo, Ox. Porque siempre, tú siempre has estado conmigo. Eres bastones de caramelo y piña, épico y asombroso. Tú eres el único. Cuando ya era tarde, cuando estaba oscuro pensaba en ti y en regresar a casa contigo. Estar contigo, ser felices, estar en casa.* Porque Ox, tú eres mi hogar, *sin ti no soy nada, no soy nadie. Eres el amor de mi vida, mi manada, mi compañero. Así que necesito que te concentres, necesito que escuches mi corazón, y mi voz, y mi respiración. Soy tu Alfa y no puedo hacer esto sin tu ayuda, así que regresa. Regresa, maldición, regresa a mí, Ox.*

Escucho.

Su respiración.

Su voz y sus palabras, su corazón.

Y yo.

Yo soy.

Yo soy.

SOY OX, SOY OX, ESTOY.

Transformándome y...

—Maldita sea —me atraganté cuando caí sobre mis rodillas humanas. Una mano se apoyó en mi espalda, los dedos calientes sobre mi piel, mientras luchaba contra mi estómago revuelto. El mundo era demasiado ruidoso a mi alrededor, era como si pudiera escuchar cada cosa en un radio de más de quince kilómetros. Me asaltaron los aromas del bosque.

La transformación intentó volver a poseer mi cuerpo, mis garras se enterraban en la tierra, me picaban las encías y quería jalar ese hilo, quería que el lobo regresara.

—Ox —llamó.

Le gruñí.

—Ox —volvió a llamar el Alfa.

Todo se detuvo.

Se arrodilló frente a mí. Tomó mi rostro entre sus dos manos y echó mi cabeza hacia atrás hasta que pude verlo a los ojos.

Eran rojos, un rojo ardiente como el fuego, y me llamaban, aun ahora, aun a través de esta tormenta en mi cabeza, el lobo arañando justo por debajo de la superficie.

Dijo: *Escúchame.*

Dijo: *Estás aquí.*

Dijo: *Conmigo.*

Dijo: *Y jamás te dejaré.*

—No te creo —respondí.

—¿Crees en mí?

Sí. Sí. Sí.

—No puedo... —hice una mueca de dolor cuando mis músculos se tensionaron.

—Ox. ¿Confías en mí?

—*Sí* —dije entre dientes—. *Sí. Sí.*

—Entonces necesito que ahora lo hagas. Soy tu Alfa, pero también eres mío. Ox, te mordí para salvarte. Te has convertido en lobo. Ya no eres un humano, eres un lobo, Ox. Como yo. Y Carter y Kelly, mamá y Mark. Eres un lobo, ¿de acuerdo?

—Mis ojos —logré decir—. ¿De qué color son mis ojos? —porque no podía evitar pensar que eran de color violeta, que ya no tenía una manada. Porque, para empezar, jamás había sido parte de la manada. Joe era el Alfa, había venido a casa y estaba a cargo, y no tenían un lugar para mí, no necesitarían...

—Rojos —respondió en voz baja—. Tus ojos son rojos.

—Mierda —respiré y todo encajó en su lugar.

Jamás había pensado en el control.

Nunca.

Jamás había pensado en el tiempo que llevaba ser un lobo. Thomas y los otros habían hecho que se viera fácil. La única vez que había visto algo cercano a la falta de control fue durante la noche en la que Joe se transformó por primera vez. Mucho tiempo atrás. Habían pasado años desde esa noche, por lo que jamás pensé demasiado en ello.

Ahora era en todo lo que podía pensar.

Me recosté en el claro con mi cabeza sobre el regazo de Joe, su mano estaba en mi cabello. Los dos despreocupados por mi desnudez. La hierba se sentía fresca contra mi piel caliente. Escuchaba los latidos de su corazón, tomando aire cada tres latidos, y exhalando durante cinco.

El lobo dentro de mi aún rechinaba sus dientes, con los pelos del lomo erizado, pero estaba calmándose bajo el toque del Alfa.

No hablamos por un largo tiempo.

No sabía en qué estaba pensando, no comprendía el significado de su aroma. Estos aromas eran brillantes, cinéticos, me quemaban la nariz. Pero por debajo de ellos, estaba Joe. Era como humo y tierra y lluvia. Eran los aromas que siempre había asociado a él, pero intensificados por miles de veces más. Quería enterrarme en ellos, enroscándome hasta que su esencia me cubriera por completo.

Y el silencio se acabó, debía hacerlo, había mucho para decir.

—Osmond murió —dijo.

Gruñí, lo había calculado.

—Gordo lo mató. Los otros en nuestra manada se encargaron del resto de los Omegas. Los humanos que habían atrapado lograron llegar al taller, están a salvo. Los hallamos acurrucados en la parte trasera del garaje debajo de uno de los elevadores. Gordo... él hizo algo con ellos, alteró sus memorias. No salieron lastimados, solo... no recordarán esto, los Omegas ni a nosotros, a ti, ni nada de esto. Sanarán. Piensan que estuvieron en un accidente automovilístico. Fue extraño, en verdad.

Conveniente, tal vez demasiado conveniente. No sabía qué tan lejos podía llegar la magia de Gordo o lo que había hecho durante los años que estuvo fuera, pero habría tiempo para saberlo. Más tarde. Ahora necesitaba oír a Joe, estar cerca de él.

Intenté encontrar las palabras, alguna de ellas, para decir algo. Pero todo lo que logró salir de mi boca fue un manojo de sonidos incomprensibles, más lobo que hombre. La mano de Joe se detuvo brevemente entre mi cabello, pero luego siguió su camino, uñas sin filo que rascaban mi cuero cabelludo.

—Debí haber sabido que algo andaba mal.

Su voz era calma, cuidadosamente contenida.

—Debí haber sabido —repitió.

Quería preguntar cómo lo descubrió, pero…

Lo escuchó de todas formas, de alguna manera.

—Cortaste el acceso a las ataduras para todos, te llamé, tu teléfono dio directo con el correo de voz, llamé a Gordo y no me respondió, fui al taller y los demás me siguieron porque *sabían*, Ox. *Intuían* que algo andaba mal.

Un leve quiebre en el tono de su voz. La ira se desparramó, teñida de algo que sabía a dolor, o tristeza, no sabía si había una diferencia entre los dos.

Presioné mi rostro contra su regazo, intentando mantener la calma.

—Gordo lo supo —continuó— y te siguió. Dijo que algo parecía fuera de lugar. Y solo… lo supo. Yo no lo noté, pero él sí. Él…

Mis manos se volvieron garras.

—Tú, imbécil —susurró—. Maldito imbécil.

Gemí, implorándole que no me alejara, no ahora, y tampoco nunca.

—¿Cómo pudiste pensar que algo así estaría bien? —preguntó con la voz entrecortada—. ¿Cómo pudiste pensarlo? No logré llegar a ti a tiempo. No pude… Y él estaba *ahí*, el monstruo de mis pesadillas estaba *allí*, con sus manos *dentro de ti*.

Se quebró en cuanto comenzó a estremecerse.

Envolví mis brazos alrededor de su cintura, presionando mi rostro en su vientre.

—No pude detenerlo a tiempo —Joe ya no estaba tranquilo. Su corazón se había disparado. Sujetó mi cabello con fuerza, estaba hablándome a través de sus colmillos—. No pude llegar a tiempo, tuve que ver cuando él... hizo lo que hizo. Y todo lo que puedo recordar, todo lo que puedo recordar es como *pensaba* que se trataba de un sueño, que todo era un sueño, pero no lo era porque una vez me dijiste que no podías sentir dolor en los sueños. Que esa era la diferencia entre soñar y estar despierto. Ox, no estaba soñando porque lo sentí. Sentía todo. Te rompió por dentro y me rompió por dentro a mí. Y luego su cabeza se había ido y tú estabas *sangrando*.

Se encorvó sobre mí, como si tratara de protegerme de todo lo que lo rodeaba.

Su aliento era irregular en mi oído.

—Maldito bastardo. ¿Cómo te atreves a morir frente a mí?

Y fue entonces que encontré mi propia voz. Porque necesitaba hablar, y porque él necesitaba escucharme.

Debí haber dicho: *lo siento.*

O: *todo estará bien ahora.*

O: *el monstruo ha muerto y yo estoy aquí y jamás te dejaré.*

Sin embargo, no lo dije. No dije nada de eso.

Cuando hablé mis palabras salieron amortiguadas. Mi voz se oyó más profunda que antes, como si estuviera atrapada en algún lugar entre el hombre y el lobo.

—Lo volvería a hacer si eso significara mantenerte a salvo.

Inhaló profundamente.

Y era la verdad, con gusto daría mi vida si significaba que Joe viviría un día más, o cualquiera de la manada. Porque eso era lo que hacía una Alfa. Thomas me lo había enseñado, un Alfa ponía a su manada por encima de todo y era su deber mantenerla unida, a salvo y con vida.

Richard Collins podría haber intentado venir tras ellos, aun luego de haberme dado su palabra. Pero ese era un riesgo que debía correr.

Porque significaba que estarían a salvo.

Me giré, recostado sobre mi espalda para poder observarlo.

Bajó sus ojos hacia mí. Una lágrima rodó por su mejilla y cayó sobre mi frente.

—Te odio —susurró.

Asentí porque sabía que me odiaba por lo que había hecho.

—Hubieras hecho lo mismo por mí y, por eso, también te odio.

—Maldito —rio.

Se inclinó para besarme en un ángulo forzado. Su espalda estaba encorvada todo lo que podía, y yo levanté mi cabeza ligeramente para encontrarme con él. Fue solo un rasguño, un roce de sus labios contra los míos. Pero se sentía mucho más que cualquier otro momento anterior. Había desesperación en su beso, y anhelo, y dolor, demasiado dolor. Pero también era verde. Demasiado verde se disparó a través del beso porque estábamos *aquí*. Los dos estábamos aquí. Y ningún monstruo podría separarnos.

Recorrió la piel de mi vientre con sus dedos, en donde las garras de Richard me habían abierto en canal. No había ninguna marca, la piel estaba completamente curada. Tampoco había dolor, era como si le hubiera pasado a alguien más.

Entonces me pregunté si todas las cicatrices de mi cuerpo también se habían ido, las marcas que trazaban el mapa de mi vida. Me preguntaba si todas habían sanado. La línea delgada detrás de mi cuello en donde había quedado atrapado por una cerca de alambre de púas cuando tenía seis años, la marca de varicela en mi mejilla de cuando tenía nueve, la marca en mi antebrazo derecho de cuando mi papá estaba ebrio y había pensado que sería divertido arrojarme un ladrillo para que lo atrapara, esa me había costado seis puntadas y una disculpa.

No podía verlas, no sabía qué sentiría al ver que ya no estaban.

Era más yo mismo ahora, el lobo había retrocedido, creí que era porque Joe estaba cerca. Podía sentir a los otros, con más intensidad que antes. Habían estado aquí hace dos días, pero los bordes estaban borrosos, ahora eran claros como el cristal. Esperaban por nosotros e iríamos. Pronto.

—Te transformé porque no podía dejarte ir —se excusó Joe.

—Lo sé —suspiré.

—¿Estás enojado?

—No. No estoy enojado porque soy un lobo.

—Pero estás enojado.

—No.

—Ox.

—No tanto. No lo sé. No puedo decir cuál es mi enojo y cuál es tuyo. Es como si… me atravesara y…

—Bucle de retroalimentación —completó por mí.

—No sé qué es eso.

—Es un circuito. Un círculo que se completa entre los dos. Todo lo que siento es lo que tú sientes.

Asentí.

—¿Siempre será de esta forma? Es…

—¿Abrumador?

—Sí.

—No, no será siempre así. Acabas de ser transformado, todo está intensificado. Una vez que aprendas a hacerlo, podrás controlarlo mejor.

Pensé que se oía bien, pero no me ayudaba mucho ahora mismo.

–Entonces los dos estamos enojados.

Soltó una carcajada y presionó con más fuerza mi vientre.

–No, soy solo yo. Estoy molesto.

–Conmigo.

–Claro que sí, maldición, y con toda razón.

–Oh.

–¿Por qué lo hiciste?

–Porque si existía la posibilidad de que no fuera a lastimarte, tenía que aprovecharla. Y a los otros, los humanos –no me hacía el tonto, no creía que pudiera ser capaz–. No pude... no pude dejarlos, Joe. Simplemente no pude.

–Debiste habérmelo dicho.

–Si se lo contaba a todos, lo heroico hubiera sido discutible.

Dejó escapar un suspiro que fue casi un sollozo, esperamos hasta que se recompuso.

–No puedes hacer eso otra vez –dijo finalmente.

–Si implica...

–Ox, basta de secretos.

–¿Eso es porque ahora puedes leerme? –entrecerré los ojos.

–Siempre pude hacerlo –rio–. Somos... Simplemente podía hacerlo. Eres Ox.

–Y tú, Joe.

–Exacto.

–¿Lo saben? –miré a las estrellas.

–¿Quiénes?

–Alfa Hughes y los otros en el este.

No, le pedí a Robbie que esperara.

—¿Hasta?

—Tú.

—¿Por qué?

—Somos un equipo, Ox. Tú y yo. No puedo hacerlo sin ti, y tú no deberías hacerlo sin mí. Ya no.

—Puedo hacerlo contigo —admití—, solo que no quiero.

—Bien —rio y fue el más agradable de los sonidos.

—Oye, ¿Joe?

—¿Sí?

—¿Cómo me veo?

—Te ves como tú.

—Como lobo.

—Te ves como tú —repitió—. Podría reconocerte en cualquier lugar y lo haré.

El cielo comenzaba a aclararse.

Los pájaros cantaban.

Me sentí abrumado por la inmensidad de *todo*.

Dijo: *Eres grande Ox. Más grande que cualquier lobo que haya visto antes. Más grande que yo, que mi padre, pero tiene sentido, ¿sabes? Porque siempre has sido así para mí. Más grande que cualquier cosa. El día que te vi, supe que las cosas jamás volverían a ser como antes. Lo abarcas todo, empequeñeces todo lo demás y cuando te veo, Ox, eres todo lo que puedo ver.*

Dijo: *Tus ojos son rojos como los míos. Pero tu lobo es negro, Ox. Negro como la noche. Completamente negro, ni una sola variación. Tu cola es larga y tus patas son grandes, tus dientes son filosos, pero aún puedo verte en el lobo. Puedo verte allí, en sus ojos. Te conozco, Ox. Te reconocería en dónde sea.*

Dijo: *No cambiaste debido a la luna, sino porque tenías que hacerlo. Porque tu lobo sabía que debías encontrarme, para probarte que puedo traerte de vuelta. Érase una vez un chico solitario, un chico roto quien no sabía si podría transformase y le tomó una persona para mostrarle cómo. Y ahora lo* he hecho por ti porque eso es lo que hacemos por el otro. *Así es la manada. Ese es el significado de todo.*

Dijo: *Eres mío, Ox.*

Dijo: *Soy tuyo.*

Dijo: *Y no puedo esperar para mostrarte cómo estoy hecho para ti tanto como tú los estás para mí.*

Estiré mis manos y tomé su rostro, se acercó ante el contacto. Nunca antes hubo alguien como él. Desde ese niño pequeño esperándome en el camino, hasta el adolescente con ojos rojos, y el hombre endurecido que estaba frente a mí en la casa al final del camino. Dijo las *mismas palabras* que había dicho todos esos años. No había nadie como él y era *mío.*

Lo empujé hacia abajo, sobre mí.

El beso fue húmedo y cálido. Sus labios se estamparon contra los míos y mis manos lo sostuvieron de cerca. Y pensé que, aunque el monstruo había encontrado su fin, esto era solo el comienzo. No creía que pudiera dejarlo ir, ya no, no otra vez. No estábamos reparados, había una posibilidad de que nunca lo estuviéramos. Mi papá me había dicho una vez que la gente haría que mi vida fuera una mierda, el monstruo le había dicho a Joe que su familia no lo quería más. Teníamos que vivir con eso, con aquellas cosas que nos susurraron al oído. Tal vez nunca nos liberaríamos de esas sombras, no del todo, pero seguiríamos luchando con ferocidad.

Y tal vez eso era todo lo que importaba.

El resto de la manada, humanos y lobos, nos encontró cuando el sol comenzaba a elevarse en el cielo. Pude oírlos venir desde los árboles al momento en que pusieron un pie sobre el bosque, los había sentido cuando se despertaron antes de eso.

Sabía que una vez que estuvieran aquí, Rico y Tanner se escandalizarían al ver mi desnudez e insistirían que utilizaba mi posición como Alfa para formar un harén. Serían promesas y bravuconerías, pero vería el alivio en sus ojos cuando notaran que no había heridas abiertas en mí.

Gordo pondría los ojos en blanco y los observaría con afecto antes de darme un par de pantalones deportivos. Se encorvaría hacia abajo y susurraría en mi oído que no tenía permitido asustarlo nunca más de esa forma, y que podría apostar que tendríamos una charla seria por mis acciones. Ahuecaría su mano por detrás de mi cuello y apretaría mi frente contra la suya y *respiraríamos.*

Jessie se vería algo insegura, tal vez un poco conmovida al verme. Sería la primera en gritar para decirme cuán estúpidas fueron las decisiones que tomé y quién demonios pensaba que era, o si acaso tenía unas malditas ganas de morir.

Robbie sería un lobo y se frotaría contra mí intentando impregnarme en su esencia, porque odiaba el hedor de la sangre que aún pendía de mi piel. Más tarde me diría que la sangre olía a muerte, que yo olía a muerte y que no podía soportarlo. No podía perderme, yo era su Alfa, maldición, y necesitaba cuidarme más porque no sabía qué sería de él si yo no estaba.

Carter y Kelly también serían lobos y ladrarían y brincarían alrededor de mí y de Joe, sus cuartos traseros se moverían mientras apretaran sus cuerpos contra nosotros, intentando actuar distantes, pero los delatarían sus ojos demasiado grandes y los gemidos provenientes de sus gargantas.

Finalmente, colapsarían a cada lado de nosotros, acurrucándose con sus Alfas mientras cerrasen los ojos, para respirar regularmente.

Elizabeth y Mark cerrarían la marcha, los dos en su forma humana. Observarían a los otros descender sobre nosotros, Mark con la sonrisa misteriosa en sus labios y Elizabeth cerrando los ojos y dejando que los sonidos de la *manada manada manada* se apoderasen de ella. Se unirían a nosotros después de que los demás comenzaran a calmarse, Elizabeth junto a sus hijos y Mark sentado junto a Gordo, mientras evitarían mirarse el uno al otro, pero con sus manos sobre la hierba, cerca, tocándose los pulgares. Sintiéndose *completos* y que, por fin, por fin, *por fin,* esto era lo *correcto.*

Vivimos.

Amamos.

Perdimos. Oh, Dios, todo lo que habíamos perdido.

Pero estaríamos aquí. Juntos. Y tal vez este no sería el final, tal vez aún habría otras cosas por venir: Robert Livingstone, la Alfa Hughes o todos los monstruos que todavía había allí fuera en el mundo.

Estaba bien. Estaba bien.

Porque éramos la condenada manada Bennett.

Y nuestra canción siempre sería oída.

EPÍLOGO

¿Estás listo? –preguntó.

Estaba por encima de mí con una expresión reverencial en su rostro. Mi piel estaba resbaladiza por el sudor, caliente. Me sentía ruborizado y sobrecalentado.

–Sí. Sí, Joe –logré decir luego de casi no encontrar las palabras.

Se aproximó para besarme mientras se presionaba lentamente hacia dentro. Jadeé en cuanto estuvo dentro de mí, y el suspiro fue atrapado por su boca, su lengua contra la mía. Mi pene estaba atrapado entre los dos, raspando su estómago.

Se hundió todo lo que pudo, sus caderas estaban presionadas contra mi trasero, mis piernas por encima de sus hombros. Nos inhalamos con los ojos abiertos y las narices frotándose.

–Oh, *mierda* –dejó escapar contra mi boca mientras sus caderas se contoneaban.

Y esperó, conteniéndose en su lugar, como si no pudiera moverse, como si no *quisiera* moverse.

–Está bien, Joe –dije–. Por favor. Está bien, necesito... Oh, Dios, realmente *necesito*...

–Sí, Ox. Te daré lo que necesitas. ¿Te lo haré, de acuerdo? Solo déjame hacértelo y...

Y se apartó y luego volvió a arremeter hacia dentro. La cama comenzó a rechinar por debajo de los dos y lo hizo una y otra vez hasta que ambos nos gruñíamos el uno al otro y mis garras se clavaban en la piel de su espalda sin importarme si perforaban la carne.

Se sentó, aún dentro de mí y empujó mis piernas hacia atrás, contra mi pecho, dejándome doblado en dos mientras hacía un movimiento circular con sus caderas para poder verse en mi interior. Aminoró la velocidad y me observó con los ojos muy abiertos mientras me veía desarmarme bajo de él. Habíamos estado así durante horas, y ya estaba lo suficiente excitado como para hacerlo durar más tiempo. A pesar de su inexperiencia, aprendía rápido, me hacía cosas que llevaban mis ojos hacia atrás de mi cabeza y hacían que mi boca se aflojara.

Pero esto no se trataba solo de sexo o acabar. Esto era más. Mucho más.

Podía sentirlo levantarse en la base de mi espina dorsal, no intenté detener la transformación cuando se abalanzó sobre mí.

Joe estaba encima de mí de la misma forma, a media transformación y gritando mientras me contraía a su alrededor.

—Ox, ya casi es hora.

—Sí, de acuerdo, sí. Por favor, sí.

Porque habíamos estado construyendo este momento.

Desde el día en que me entregó una caja que contenía un pequeño lobo de piedra y se prometió a mí.

—*Hazlo* —gruñí.

Sus ojos brillaron rojos.

Sus colmillos descendieron.

Acabé torpemente entre los dos, lanzando mi cabeza hacia atrás mientras exponía mi garganta.

Susurró mi nombre, pronunció mi nombre y gritó mi nombre mientras acababa en mi interior.

Y luego me mordió, justo en el espacio entre mi cuello y mi hombro.

Sentí dolor, era brillante y afilado. Luego se desvaneció y fue reemplazado por algo diferente. Algo más amplio.

Mis ojos se abrieron de repente mientras dejaba escapar un jadeo. Porque era *más* de lo que pensaba que podría llegar a ser.

Era *todo*.

Sus dientes se apartaron de mi piel. Podía sentir la sangre mientras brotaba. Jadeaba mientras se deslizaba de mí, sus labios estaban rojos como sus ojos.

Dijo: *Oh, Dios mío.*

Dijo: *Ox.*

Dijo: *Ox, ¿lo sientes? Esto es… No puedo creer que nosotros… Después de todo este tiempo, nosotros…*

Dijo: *Ox.*

Dijo: *Compañero.*

El lobo gruñó: *Mío.*

Muy pronto, todo continúa en…

RAVENSONG

LA CANCIÓN DEL CUERVO

TJ KLUNE

Gordo Livingstone nunca olvidó las lecciones grabadas en su piel. Endurecido por la traición de una manada que lo dejó atrás, juró nunca volver a involucrarse en los asuntos de los lobos. Y buscó consuelo en su taller, en su pequeño pueblo de montaña.

Creía que con eso era suficiente, hasta que la manada regresó y con ella Mark Bennett.

Juntos enfrentaron a una bestia, como manada… y vencieron.

Ahora, un año después, Green Creek se recupera tras la muerte de Richard Collins y Gordo ha vuelto a ser el brujo de los Bennett, mientras pelea constantemente por ignorar a Mark y a la maldita canción que aúlla entre ellos dos.

Pero el tiempo se está acabando.

Algo se acerca.

Y algunos lazos están hechos para romperse.

¡QUEREMOS SABER QUÉ TE PARECIÓ LA NOVELA!

Nos puedes escribir a vrya@vreditoras.com

con el título de esta novela en el asunto.

Encuéntranos en

f facebook.com/VRYA México

🐦 twitter.com/vreditorasya

📷 instagram.com/vreditorasya

COMPARTE
tu experiencia con
este libro con el hashtag
#lacancióndellobo
🐦 📷 f